필립 K. 딕 단편집

마이너리티 리포트
Minority Report

Korean translation Copyright © 2015 by Hyundaemunhak Publishing Co., Ltd.
Korean edition is published by arrangement with
The Wylie Agency Ltd through BC Agency, Seoul

이 책의 한국어판 저작권은 BC 에이전시를 통한
저작권사와의 독점 계약으로 **폴라북스**에 있습니다.
저작권법에 의하여 한국 내에서 보호를 받는 저작물이므로 무단 전재와 복제를 금합니다.

필립 K. 딕 단편집

마이너리티 리포트

Minority Report

조호근 옮김

폴라북스

◑ 차례

〈일러두기〉
0. 본문의 주석은 모두 옮긴이 주이다.
0. 작품은 잡지 지면에 발표된 순서대로 수록했다.
0. 출처는 작품이 처음 게재된 곳을 기준으로 실었다.

워브는 그 너머에 머문다
Beyond Lies The Wub

PHILIP K. DICK

필립 K. 딕(이하 PKD)이 처녀작 「루그」에 이어 두 번째로 집필한 작품으로, 출판 순서로는 가장 먼저이다(「워브」는 《플래닛 스토리즈》 1952년 7월호에, 「루그」는 《판타지 앤드 사이언스 픽션》 1953년 2월호에 처음 수록되었다). 딕이 글쓰기를 전업으로 삼기 위해 음반 가게를 그만둔 게 1951년 12월이었으므로, 작품의 집필 시기는 1951년 후반이라 추측할 수 있다.

인간 존재를 정의하는 본성에 대한 탐구는 PKD이 평생 추구한 화두 중 하나로, 「워브」는 비교적 가벼운 단편이지만 그 안에서 PKD 작품의 원형 중 하나를 찾아볼 수 있다.

선원들은 화물 적재를 거의 끝냈다. 격납고 밖에서는 원주민 예언자가 음울한 표정으로 팔짱을 끼고 서 있었다. 프랑코 함장은 얼굴 가득 미소를 띤 채 가벼운 걸음으로 발판을 내려왔다.

"무슨 문제라도 있나?" 그가 말했다. "우리는 분명히 대가를 지불했는데."

예언자는 그저 로브 자락을 휘감으며 돌아설 뿐 아무 말도 하지 않았다. 함장이 로브 끄트머리를 부츠로 밟으며 물었다.

"잠깐 기다리시지. 그냥 가버리지 말고. 내 얘기 아직 안 끝났으니까."

"그러시오?" 예언자는 위엄을 지키며 뒤를 돌아봤다. "마을로 돌아갈 생각이었소." 그는 트랩도어를 따라 우주선으로 들어가고 있는 짐승과 새들을 보면서 말했다. "새로 사냥 여행을 준비해야 하니까."

프랑코는 담배에 불을 붙였다. "그거 괜찮군. 당신네 종족은 사바나로 나가 짐승을 쫓아서 부족분을 보충하면 될 테니까. 하지만 우리는 화성에서 지구까지 절반쯤 가면 식량 문제가 발생할 테고—"

예언자는 아무 말 없이 자리를 떠났다. 프랑코는 발판 아랫단으로 가서 일등항해사와 합류했다.

"잘 되어가고 있나?" 그는 손목시계를 내려다봤다. "꽤나 괜찮은 거래를 했지 않나."

항해사는 마뜩잖은 얼굴로 함장을 올려다봤다. "그 이유를 아실 텐데요."

"왜 그러는 건가? 어차피 저자들보다는 우리에게 더 필요한 물품이 아니었나."

"나중에 뵙죠, 함장님." 항해사는 다리가 긴 화성의 육상 조류들을 헤치고 트랩을 올라 우주선으로 들어갔다. 프랑코는 항해사가 사라지는 모습을 지켜보다가 그를 따라 우주선으로 올라가려 마음먹었고, 바로 그 순간 놈과 마주쳤다.

"이런 세상에!" 프랑코는 허리춤에 손을 올린 채 그것을 내려다보며 섰다. 피터슨이 빨개진 얼굴로 목줄을 끌면서 놈을 데리고 올라서고 있었다.

"죄송합니다, 함장님." 그는 계속 줄을 당기며 말했다. 프랑코는 피터슨에게 다가갔다.

"그게 대체 뭔가?"

워브 한 마리가 축 늘어져 서 있었다. 커다란 몸뚱이가 천천히 내려앉았다. 눈을 반쯤 감은 채 자리에 앉는 중이었다. 궁둥이에서 파리 몇 마리가 윙윙거리자 놈이 꼬리를 두어 번 흔들었다.

마침내 놈이 자리에 엎드렸다. 정적이 흘렀다.

"워브입니다." 피터슨이 말했다. "원주민들한테서 50센트에 사들였죠. 아주 독특한 짐승이라고 하더라고요. 존경을 받는대요."

"이놈이?" 프랑코는 한쪽으로 천천히 흘러내리는 워브의 옆구리 살을 찔러봤다. "이건 돼지잖아! 크고 더러운 돼지!"

"그렇습니다, 함장님. 돼지네요. 원주민들은 워브라고 부르더라고요."

"엄청나게 큰 놈이군그래. 180킬로그램은 나가겠어." 프랑코는 놈의 거칠고 부숭한 털을 쥐어봤다. 워브는 헐떡이며 숨을 들이켰다. 작고 축축한 눈이 열렸고, 커다란 입이 움찔거렸다.

눈물 한 방울이 워브의 뺨을 타고 흘러내려 바닥으로 떨어졌다.

"어쩌면 맛이 좋을지도 모릅니다." 피터슨이 확신 없는 말투로 중얼거렸다.

"곧 알게 되겠지." 프랑코가 말했다.

워브는 격납고에서 편안히 잠든 채 이륙 과정을 견뎌냈다. 우주로 나온 뒤로 모든 일이 제대로 흘러가는지 확인한 다음, 프랑코 함장은 선원들을 보내 워브를 상층부로 데려오게 했다. 어떤 종류의 짐승인지 직접 확인하기 위해서였다.

워브는 끙끙대고 헉헉거리면서 복도를 가득 메운 채 움직였다.

"이리 온." 존스가 워브의 밧줄을 끌면서 이빨 사이로 내뱉었다. 워브는 몸을 뒤틀며 매끈한 크롬 벽면에 살갗을 문질러댔고, 마침내 간신히 대기실 문을 통과해서는 바닥에 털썩 널브러졌다. 선원들은 깜짝 놀라 자리에서 일어섰다.

"이런 세상에." 프렌치가 말했다. "이놈 대체 뭐야?"

"피터슨 말로는 워브라던데." 존스가 말했다. "그 친구 소유물이야." 그는 워브를 한 대 걷어찼다. 놈은 숨을 헐떡이며 비틀비틀 일어섰다.

"이놈 왜 이러는 거야?" 프렌치가 다가왔다. "멀미라도 하나?"

그들은 놈을 지켜봤다. 워브는 우울한 듯 눈을 굴리면서 사람들을 한 번 돌아봤다.

"목이 마른 것 같은데." 피터슨이 말하고선 물을 가지러 갔다. 프렌치는 고개를 저었다.

"이륙할 때 그렇게 힘들었던 것도 당연해. 하중 계산을 전부 새로 해야 했다고."

피터슨이 물그릇을 들고 돌아왔다. 워브는 기분 좋은 듯 철벅거리며 꿀컥꿀컥 물을 마셨다. 남자들에게 물이 튀었다.

프랑코 함장이 방으로 들어왔다.

"어디 한번 살펴볼까." 그는 눈을 가늘게 뜨며 놈에게 접근했다. "이걸 50센트에 샀다고?"

"네, 함장님." 피터슨이 말했다. "거의 모든 걸 먹어치우더라고요. 곡물을 줬더니 좋아하는 것 같았습니다. 감자, 오트밀, 식탁에서 나온 찌꺼기, 우유도요. 먹는 일을 아주 즐기는 모양입니다. 뭔가를 먹은 다음에는 그대로 누워서 잠이 들고요."

"그렇군." 프랑코 함장이 말했다. "자, 그러면 문제는 이놈의 맛인데. 그게 중요한 것 아니겠나. 이 이상으로 살을 찌울 필요가 있을지 모르겠어. 내가 보기에는 이 정도면 충분한 것 같은데 말이야. 요리사는 어디 있나? 이리 좀 데려오게. 한번 알아보고 싶으니까—"

워브는 물을 들이켜던 걸 멈추고 함장을 올려다봤다.

"부디, 함장님." 워브가 말했다. "가능하면 다른 주제에 대해 이야기를 하고 싶소만."

방 안이 조용해졌다.

"그거 뭐였나?" 프랑코가 말했다. "방금 대체 무슨……"

"워브입니다, 함장님." 피터슨이 말했다. "저 녀석이 말을 했어요."

그들은 일제히 워브를 바라봤다.

"뭐라고 했지? 뭐라고 했어?"

"다른 이야기를 하는 게 어떻겠느냐고 제안했는데요."

프랑코는 워브 쪽으로 걸어갔다. 그는 놈의 주변을 한 바퀴 빙 돌아보며 모든 방향에서 워브를 살펴봤다. 그러고선 원래 자리로 돌아와 부하들과 함께 섰다.

"저 안에 원주민이 숨어 있는 건 아닌지 모르겠군." 프랑코는 생각에 잠겨 말했다. "아무래도 배를 갈라서 안을 살펴봐야겠어."

"아니, 세상에!" 워브가 비명을 질렀다. "그대의 종족이 생각하는 것은 오직 그것뿐인가? 살육과 도살?"

프랑코는 주먹을 쥐었다. "이리 나와라! 네놈이 누구든 간에, 당장 이리 나와!"

움직임은 전혀 없었다. 선원들은 한데 모여서 멍한 표정으로 워브를 바라보고 있었다. 워브는 꼬리를 살랑살랑 흔들더니 문득 트림을 했다.

"이거 실례." 워브가 말했다.

"저 안에 누가 있는 것 같지는 않습니다." 존스가 낮은 목소리로 말했다. 선원들은 모두 서로를 바라봤다.

이때 요리사가 방으로 들어왔다.

"부르셨다고요, 함장님?" 그가 말했다. "저건 뭡니까?"

"워브야." 프랑코가 말했다. "먹어치울 놈이다. 근수를 재어보고, 고기가 얼마나 나올지를—"

"아무래도 대화가 좀 필요할 것 같소만." 워브가 말했다. "가능하다면 함장님, 그대와 함께 상담을 하고 싶소. 그대와 나는 아무래도 가장 기본적인 쟁점에 대해 의견이 갈리는 모양이니까."

함장이 대답하기까지는 오랜 시간이 걸렸다. 워브는 주둥이에 묻은 물을 핥으며 유순하게 기다리고 있었다.

"함장실로 오게." 마침내 함장이 대답했다. 그는 몸을 돌려 방에서 걸어 나갔다. 워브는 자리에서 일어나 함장을 따라 터벅터벅 걸어갔다. 선원들은 놈이 나가는 모습을 바라보고만 있었다. 놈이 계단을 오르는 소리가 들려왔다.

"무슨 결론이 나올지 모르겠군." 요리사가 중얼거렸다. "어쨌든 나는 부엌에 가 있겠네. 정해지면 바로 나한테 알려달라고."

"물론." 존스가 말했다. "당연히 그러겠네."

워브는 한숨을 쉬며 한쪽 구석에 자리를 잡고 배를 깔았다. "부디 무례를 용서해주시오." 놈이 말했다. "아무래도 나는 육체를 편안하게 해주는 다양한 자세에 중독된 모양이오. 나와 같이 덩치가 큰 존재는—"

함장은 성마르게 고개를 끄덕였다. 그는 책상에 앉아 손으로 깍지를

졌다.

"좋아." 그가 말했다. "시작해보자고. 자네가 워브라고 했지. 그게 사실인가?"

워브는 등의 살을 으쓱해 보였다. "그런 모양이오. 그들은, 그러니까 원주민들은 우리를 그런 이름으로 부릅디다. 물론 우리는 다른 용어를 사용하지만."

"거기다 영어를 할 줄 안다? 예전에도 지구인과 만난 적이 있나?"

"그렇지는 않소."

"그러면 어떻게 영어를 하는 거지?"

"영어를 한다? 내가 지금 영어로 말하고 있던가? 딱히 의식적으로 특정 언어를 사용하고 있는 것은 아니오만. 그저 나는 그대의 마음속을 살펴보고—"

"내 마음?"

"그 안의 내용물을 연구했소. 그중에서도 특히 의미론적 집합체를 탐구해서 그 내용을 참고하고—"

"알겠군." 함장이 말했다. "텔레파시야. 뻔한 거였어."

"우리는 아주 오래된 종족이오." 워브가 말했다. "아주 오래되고 활력이 없지. 우리는 주변을 돌아다니는 일에 어려움이 많소. 당연하지만 이렇게 둔중한 종족이라면 보다 날렵한 생명 형태들의 사냥감이 되리라고 여기시겠지. 물리적인 방어 수단을 강구해도 아무런 소용이 없었소. 그런다고 해서 승리할 수는 없을 테니까. 달리기에는 너무 무겁고, 맞서 싸우기에는 너무 부드럽고, 사냥을 하기에는 너무 유순한 성품이니—"

"그럼 어떻게 사는 건가?"

"식물, 야채를 먹고 살지. 우리는 거의 모든 것을 먹을 수 있소. 우리는 매우 포용적이오. 관대하고, 절충적이고, 너그럽지. 우리 식으로 살아가며 다른 이들도 나름대로 살아가도록 놔두는 거요. 지금까지 그렇게 다른 이들과 함께 어울려왔소."

워브는 함장을 바라봤다.

"바로 그 이유 때문에 나를 끓는 물속에 넣는다는 생각에 대해 그렇게 격렬한 반대를 표출한 것이오. 마음속에 여러 모습이 보이는구려. 내 몸 대부분이 냉동고에 들어가 있고, 일부는 냄비 속에서 끓고 있으며, 그대의 애완용 고양이에게도 일부가 주어지는 모습이—"

"그러니까 마음을 읽을 수 있다는 건가?" 함장이 말했다. "참으로 흥미롭군. 다른 것은 없나? 그러니까 내 말은, 그런 식으로 또 할 수 있는 일이 있나?"

"몇 가지 사소한 일들뿐이오." 워브는 방 안을 둘러보며 다른 생각에 빠진 듯 보였다. "이곳 주거 공간은 참으로 쾌적하군요, 함장님. 깔끔하게 관리되고 있는 모양이오. 나는 깔끔하게 살아가는 생명체를 존중하는 편이오. 화성의 새들 중 일부는 상당히 깔끔하죠. 쓰레기를 둥지에서 밖으로 던지는 식으로 청소를 하는데—"

"그렇겠지." 함장은 고개를 끄덕였다. "하지만 본론으로 돌아가서—"

"그럽시다. 내 몸뚱이를 식용으로 쓰겠다는 말씀을 하셨지 않소. 제가 들은 바로는 맛이 꽤 좋은 편이라 합디다. 기름이 조금 많지만 육질이 부드럽다더군요. 하지만 그렇게 야만적인 방식을 동원한다면, 그대의 종족과 내 종족 사이에 어떻게 항구적인 관계가 이루어질 수 있겠소? 나를 섭식한다니? 그보다 나와 문답을 하는 쪽은 어떻겠소이까. 철학이나, 예술이나—"

함장은 자리에서 일어섰다. "철학이라. 우리가 다음 달이면 식량 문제 때문에 꽤나 절박한 처지에 놓일 것이라는 사실에는 흥미가 생기지 않나? 미리 말해줘서 유감이지만—"

"이미 알고 있소." 워브가 고개를 끄덕였다. "하지만 그대 종족의 민주주의 원칙을 생각하면, 모두 함께 제비를 뽑는 등의 해결책이 더 합당하다고 생각하지 않소? 어쨌든 민주주의는 바로 이런 경우에 처한 소수의 집단을 보호하기 위해 존재하는 것 아니오. 따라서 우리 모두가 한 표씩의 투표권을 행사한다면—"

함장은 문 쪽으로 걸어 나갔다.

"엿이나 먹어라." 그는 이렇게 말하고 문을 열었다. 그리고 입을 열었다.

다음 순간, 그는 그대로 굳었다. 입을 크게 벌리고, 눈은 정면을 쳐다보면서, 손은 여전히 문고리를 잡은 채로.

워브는 함장을 물끄러미 바라보더니 터벅터벅 그를 지나쳐 방을 나섰다. 놈은 그대로 깊이 명상에 잠긴 채 복도를 따라 걸어 내려갔다.

방 안은 고요했다.

"그렇다면 보다시피," 워브가 말했다. "우리 두 종족은 같은 신화를 공유하는 모양이네. 그대의 마음속에 여러 종류의 눈에 익은 신화 속 상징이 보이는군. 이슈타르, 오디세우스—"

피터슨은 아무 말 없이 바닥을 바라보며 앉아 있었다. 그는 의자 위에서 앉은 자세를 바로잡았다.

"계속해봐." 그가 말했다. "계속 말해줘."

"오디세우스는 대부분의 지성을 가진 종족 신화에서 흔히 찾아볼 수 있는 인물 유형이라네. 내가 해석하는 바에 따르면, 오디세우스는 자신의 존재를 자각한 개인으로서 세계를 떠돌게 되지. 이는 개인이 가족과 국가로부터 이탈해 나가는 개념일세. 개인주의의 성립 과정이지."

"하지만 오디세우스는 집으로 돌아가잖아." 피터슨은 창문을 통해 밖을 내다봤다. 별들, 끝없는 별들, 공허한 우주에서 격렬하게 타오르는 무수한 별들. "결국에는 집으로 가지."

"모든 생물들이 그리해야 하는 법이네. 독립의 순간은 일시적이야. 영혼이 취하는 짧은 여행일 뿐이니까. 여행에는 시작과 끝이 있게 마련이지. 방랑자는 고향으로, 종족의 품으로 돌아가며……"

문이 열렸다. 워브가 말을 멈추고 커다란 머리를 돌렸다.

프랑코 함장이 방 안으로 들어왔다. 선원들이 그 뒤를 따르고 있었다. 그들은 문간에 서서 망설였다.

"자네 괜찮은가?" 프렌치가 물었다.

"나 말이야?" 피터슨이 놀란 듯 물었다. "내가 왜?"

프랑코가 총구를 내렸다. "이쪽으로 와라." 그가 피터슨에게 말했다. "당장 일어나서 이쪽으로 와."

침묵이 흘렀다.

"그렇게 하게나." 워브가 말했다. "어차피 소용없는 일이니."

피터슨이 자리에서 일어났다. "왜 그러시는 건데요?"

"명령이다."

피터슨은 문 쪽으로 걸어갔다. 프렌치가 그의 팔을 잡았다.

"뭘 하려는 거야?" 피터슨이 팔을 뿌리치며 말했다. "대체 뭐가 문젠데?"

프랑코 함장이 워브를 향해 다가갔다. 워브는 구석에 기대어 누운 자세 그대로 그를 올려다봤다.

"흥미롭군." 워브가 말했다. "그대가 나를 섭식한다는 생각에 이토록 집착하다니. 이유를 모르겠소."

"일어나라." 프랑코가 말했다.

"원하신다면 그렇게 하지." 워브가 끙 소리를 내며 자리에서 일어섰다. "실례지만 조금 기다려주시게나. 나한테는 꽤 힘든 일이라서." 놈은 헐떡이며 네 다리로 섰다. 바보처럼 혀를 축 늘어뜨린 채로.

"지금 쏴버리죠." 프렌치가 말했다.

"세상에, 그 무슨!" 피터슨이 소리쳤다. 존스는 공포로 가득한 회색 눈을 들어 재빨리 피터슨을 돌아봤다.

"넌 그 모습을 못 봐서 그래. 석상처럼 입을 벌린 채 꼼짝도 못 하고 서 계셨다고. 우리가 가지 않았더라면 아직도 그러고 계셨을 거야."

"누가? 함장님이?" 피터슨은 주변을 둘러봤다. "하지만 지금은 괜찮아 보이시는데."

그들은 방 한가운데 서 있는 워브를 쳐다봤다. 커다란 가슴팍이 오르락내리락하고 있었다.

"이쪽으로. 사선射線에서 비켜서라." 프랑코가 말했다.

남자들은 문 쪽으로 물러섰다.

"꽤나 겁을 먹은 모양이로군." 워브가 말했다. "내가 그대들에게 뭔가를 하기라도 했소? 나는 폭력에 반대하는 입장이오. 내가 한 일은 오직 나 자신을 지키기 위해서였소. 내가 기꺼이 죽음을 받아들이리라 생각한 거요? 나는 그대들과 마찬가지로 의식을 가진 존재요. 그대들의 우주선에 대해, 그대들에 대해 호기심을 가졌을 뿐이오. 그래서 원주민들에게 제안을 해서—"

총구에서 불꽃이 튀었다.

"봤지." 프랑코가 말했다. "그럴 줄 알았어."

워브는 헐떡이며 자리에 누웠다. 놈은 다리를 뻗고는 꼬리를 몸 가까이 붙였다.

"아주 따뜻하군." 워브가 말했다. "우리가 제트 분사구와 가까운 곳에 있는 모양이오. 원자력이라. 이 힘을 사용해서 여러 훌륭한 일을 해냈군. 기술적으로는 말이지. 그렇지만 그대들의 과학 체계로는 윤리적, 도덕적 문제를 해결할 수는 없는 모양이니—"

프랑코는 자기 뒤에 몰려 서 있는 부하들을 돌아봤다. 하나같이 눈을 크게 뜨고 아무 말 못 하는 모습이었다.

"내가 하겠다. 네놈들은 보고만 있어."

프렌치가 고개를 끄덕였다. "뇌를 노리시죠. 어차피 먹지 못하는 부위니까요. 가슴은 맞추지 마시고. 갈빗대가 날아가면 뼈를 골라내느라 애 좀 먹을 겁니다."

"잠깐만요." 피터슨이 입술을 핥으며 말했다. "저 녀석이 뭔가 하긴 했습니까? 피해를 끼친 일이 있나요? 대답 좀 해봐요. 게다가 저 녀석은 아직 제 소유란 말입니다. 쏘아 죽이려면 권한이 있어야 해요. 당신들 물건이 아니잖아요."

프랑코가 총을 쳐들었다.

"나는 나가 있겠어." 존스가 말했다. 얼굴이 창백하게 질려 있었다. "보고 싶지 않아."

"나도 그래." 프렌치가 말했다. 두 사람은 뭔가를 중얼거리며 밖으로 걸어 나갔다. 피터슨은 한동안 문가에 머물렀다.

"저하고 신화에 관한 이야기를 하고 있었다고요." 그가 말했다. "아무도 해치지 않았을 겁니다."

그러고는 그도 밖으로 나갔다.

프랑코는 워브를 향해 걸어갔다. 워브는 천천히 자리에서 일어서서 침을 꿀꺽 삼켰다.

"참으로 어리석은 행동이오." 놈이 말했다. "그런 행동을 원하다니 유감을 표할 수밖에 없군. 그대의 구세주가 언급한 바 있는 우화가 있지 않소—"

놈은 말을 멈추고 총구를 물끄러미 바라봤다.

"내 눈을 보면서 그런 일을 할 수 있겠소?" 워브가 말했다. "정말로 할 수 있겠소?"

함장은 워브를 내려다봤다. "물론 눈을 보면서 할 수 있지." 그가 말했다. "우리 농장에서는 돼지를 키웠거든. 지저분한 야생 돼지들 말이야. 당연히 할 수 있지."

축축하게 반짝이는 워브의 눈을 들여다보면서, 그는 방아쇠를 당겼다.

맛은 훌륭했다.

식탁의 분위기는 음울했다. 아예 입도 대지 않는 선원들도 있었다. 그 상황을 즐기는 듯 보이는 사람은 프랑코 함장 혼자뿐이었다.

"더 드실 분?" 그가 주변을 둘러보며 말했다. "더 드실 분 없으신가? 와인도 좀 있었으면 하는데."

"저는 됐습니다." 프렌치가 말했다. "해도실로 돌아가 있죠."

"저도 그렇습니다." 존스도 의자를 끌며 자리에서 일어섰다. "나중에 뵙죠."

함장은 그들이 자리를 뜨는 모습을 지켜봤다. 다른 선원 몇 명도 따라서 사라졌다.

"문제가 뭐라고 생각하나?" 함장이 이렇게 말하며 피터슨을 돌아봤다. 피터슨은 자리에 앉은 채 자기 접시를 바라보고 있었다. 감자와 완두콩, 그리고 두툼하고 따끈따끈한 고기 한 조각을.

그는 입을 열었다. 하지만 아무 말도 나오지 않았다.

함장이 피터슨의 어깨에 손을 올렸다.

"이제 이건 그저 유기물 조각일 뿐이네." 그가 말했다. "생명의 본질은 사라진 상태지." 함장은 빵 조각으로 그레이비소스를 떠 올려 먹으며 말했다. "나는 먹는 일을 아주 좋아한다네. 생명체가 즐길 수 있는 최상의 쾌락 중 하나지. 식사, 휴식, 명상, 그리고 토론."

피터슨은 고개를 끄덕였다. 선원 두 명이 추가로 자리를 떴다. 함장은 물을 마시고 한숨을 쉬었다.

"자, 그러면." 그가 말했다. "아무래도 아주 즐거운 식사 시간이었다고 말할 수밖에 없겠군. 내가 지금까지 들었던 보고는 모두 사실이었어. 워브의 맛에 대한 이야기 말이지. 아주 훌륭해. 하지만 과거에는 이런 맛을 즐길 도리가 없었으니까."

그는 냅킨으로 입술을 닦아내고는 의자에 몸을 기댔다. 피터슨은 낙담한 얼굴로 식탁 위를 쳐다보고만 있었다.

함장은 골똘히 그를 바라보더니 상체를 피터슨 쪽으로 기울였다.

"자, 자." 함장이 말했다. "기운 좀 내게! 이제 토론을 해보지."

그는 얼굴에 웃음을 머금었다.

"방해받기 전에 내가 말하고 있었던 대로, 신화 속에서 오디세우스의 역할은—"

피터슨은 깜짝 놀라 고개를 들어 함장을 쳐다봤다.

"계속해보자면," 함장이 말했다. "내가 이해하는 바에 따르면 오디세우스는 말이네—"

수호자
The Defenders

PHILIP K. DICK

당시 《갤럭시》의 편집장이던 H. L. 골드에게 직접 투고한 단편 중 하나이다. 작품을 상당히 높이 평가한 골드는 유명한 SF 삽화가인 에드 엠스와일러의 펜을 빌려 해당 호의 표지와 속지를 이 작품의 일러스트로 장식했다. PKD의 단편이 잡지의 표지 일러스트에 사용된 것은 이 작품이 처음이다.

3차 대전 이후의 포스트 아포칼립스, 선량한 로봇 문명, 부도덕한 인간과 지구의 재생 등 여러 요소가 고루 섞여 있어 당대에 상당한 인기를 끌었다. '리디 Leadie(쇳덩이)'라 불리는 로봇이 지상에서 전쟁을 수행하는 척하며 지구를 재생한다는 설정은 「얀시의 허울」의 대중 통제와 함께 『끝에서 두 번째의 진실 The Penultimate Truth(1964)』이라는 장편의 소재로 사용되기도 했다.

한동안 PKD의 대표작으로 여겨지면서 「콜로니」와 함께 라디오 드라마로 제작되었고, 로봇을 주제로 하는 여러 단편집에 반복해 수록되었다. PKD 본인도 작품의 유명세를 인지하고 있었는지 여러 SF 작가가 실명 그대로 등장하는 단편 「물거미 Waterspider」에서 다른 작가들의 입을 빌려 자신을 「수호자」의 작가로 소개하고 있다.

테일러는 의자에 몸을 기대고 앉아 조간신문을 읽고 있었다. 출근을 하지 않아도 된다는 편안한 기분에 따뜻한 부엌 공기와 커피 냄새가 한데 섞여 들어왔다. 오랜만에 돌아온 휴식 주기였고, 그저 쉴 수 있다는 사실만으로도 기뻤다. 그는 신문의 두 번째 면을 뒤로 넘기며 기꺼운 한숨을 쉬었다.

"왜 그래요?" 스토브 쪽에서 메리가 물었다.

"어젯밤에 모스크바를 또 박살 냈다는군." 테일러는 마음에 든다는 듯 고개를 끄덕였다. "흠씬 두들겨준 모양이야. 그 R-H 폭탄을 사용해서. 그럴 때가 되었지."

그는 완벽하게 편안한 부엌과 통통하고 매력적인 아내, 아침 식사와 커피를 향해 다시 흐뭇하게 고개를 끄덕였다. 게다가 전쟁 뉴스도 훌륭하고 만족스러웠다. 소식을 들으며 테일러는 정당한 환희를 느꼈다. 자존심과 개인적 성취의 느낌. 어쨌든 그는 전쟁 수행 계획에서 빼놓을 수 없는 일원이었다. 고철 수레나 끄는 공장 일꾼이 아니라, 전쟁의 중추를 설계하고 계획하는 기술자였다.

"신형 잠수함도 거의 완성했다고 하는 것 같더군. 그게 움직이기 시작하면 어떻게 될지 생각해보라고." 그는 잔뜩 기대하는 표정으로 입가를 닦았다. "해저에서 폭격을 시작하면 소비에트 놈들이 엄청 놀랄 거야."

"성과가 아주 대단한 모양이에요." 메리는 적당히 동의했다. "오늘 우리가 뭘 봤는지 알아요? 우리 근무 조에서 학교 아이들에게 보여주려고 리디를 하나 데려오기로 했어요. 아주 잠깐이기는 하지만 리디를 봤다고요. 자기네의 헌신이 낳은 결과물을 보면 아이들에게 좋을 것 같지 않아요?"

그녀는 몸을 돌려 테일러를 바라봤다.

"리디라." 테일러가 중얼거리면서 천천히 신문을 내려놨다. "글쎄, 오염 정화가 제대로 되었는지 확인하라고. 위험을 감수할 수는 없으니까 말이야."

"아, 하지만 지표에서 리디를 데려올 때면 항상 세척을 하잖아요." 메리가 말했다. "세척하지 않으면 리디를 이 아래로 내려오게 할 리 없어요. 그렇지 않아요?" 그녀는 머뭇거리며 기억을 더듬었다. "던, 있잖아요, 그 생각을 하니까 기억이 나는데ー"

그는 고개를 끄덕였다. "나도 알아."

테일러는 아내가 무슨 생각을 하는지 알고 있었다. 전쟁이 터진 첫주 모두가 지표에서 소개되던 시절, 둘은 낙진을 뒤집어쓴 부상자들을 실은 병원 열차와 마주친 적이 있었다. 그는 그들의 모습을, 그들의 얼굴을, 또는 그들에게 남아 있는 얼굴이라 부를 수 있는 부분에 떠오르던 표정을 기억하고 있었다. 보기에 즐거운 모습은 아니었다.

처음에는 그런 이들이 아주 많았다. 지하로 민간인 수송을 완료하기 전인 전쟁 초기에는. 그런 부상자는 아주 많았고, 직접 마주치는 일도 드물지 않았다.

테일러는 아내를 올려다봤다. 그녀는 최근 몇 달 동안 그 모습을 너무 자주 떠올리고 있었다. 사실 테일러 자신도 그랬다.

"그런 건 잊어버려." 그가 말했다. "전부 과거의 일이야. 이제 지표에는 리디들밖에 없고, 녀석들은 그런 건 신경 쓰지 않는다고."

"하지만 그렇다고 해도, 리디를 이 아래로 들일 때는 제발 세심하게 신경을 썼으면 좋겠어요. 만약 방사능 수준이 아직도 높다면ー"

그는 웃으며 의자를 뒤로 밀었다. "잊어버리라고. 오랜만에 즐거운 시간이잖아. 나는 다음 두 번의 교대 동안 집에 있을 거야. 그냥 앉아서 여유를 즐길 거라고. 어쩌면 쇼를 보러 갈 수 있을지도 몰라. 어때?"

"쇼라고요? 꼭 그래야 해요? 나는 그 모든 파괴와 폐허를 보고 싶지 않아요. 가끔은 샌프란시스코처럼 내가 기억하는 모습이 나온다고요. 샌프란시스코를 찍은 사진이 나왔는데, 다리가 무너져서 수면으로 떨어진 모습이었어요. 무척 기분이 나빠졌죠. 그런 건 보고 싶지 않아요."

"하지만 전쟁이 어떻게 흘러가는지 알고 싶지 않아? 더 이상 전쟁 때문에 인간이 다칠 일은 없다고."

"하지만 너무 끔찍하잖아요!" 메리의 얼굴은 고통으로 경직되어 있었다. "제발, 그러지 말아요, 던."

던 테일러는 언짢은 표정으로 신문을 들었다. "알겠어. 하지만 다른 할 일이 있는 것도 아니잖아. 그리고 잊지 말라고, 놈들의 도시는 이보다 더 심하게 당하고 있단 말이야."

그녀는 고개를 끄덕였다. 테일러는 거칠고 얇은 신문 종이를 넘겼다. 기분 좋은 분위기가 사그라졌다. 저 여자는 왜 사사건건 불평만 늘어놓는 거지? 이런 상황에서도 그들 가족은 꽤 유복하게 살아가는 편이었다. 전시라 지하에서 인공 태양과 합성 식품에 의지해 살아가는 마당에 모든 것이 완벽할 수는 없었다. 하늘도 볼 수 없고, 다른 곳으로 갈 수도 없고, 금속 벽과 굉음을 울려대는 공장과 작업장과 병영 외에는 볼 것도 없으니 삶이 고통스러운 것도 당연한 일이었다. 언젠가 이 고통이 끝나면 돌아갈 수 있을 것이다. 이렇게 살고 싶은 사람은 아무도 없었지만, 지금 상황에서는 견뎌내야 하는 일이었다.

그는 화가 나서 신문을 넘겼다. 저질의 종이가 찢어져버렸다. 빌어먹을, 신문의 질도 갈수록 나빠지고 있었다. 인쇄 상태도 나쁘고 종이에는 누런 기가 돌고—

글쎄, 전쟁 수행 계획을 위해서는 모든 것이 필요했다. 그로서는 당연히 이해해야 하는 일이었다. 그는 계획 입안자의 일원이 아니었던가?

테일러는 자리에서 일어나 다른 방으로 건너갔다. 아직 침대 정리를 끝내지 못했다. 7번 시각 검열에 대비해 정리를 하는 편이 좋을 것 같았다. 1유닛의 벌금이 나올 테니까—

영상 전화가 울렸다. 그는 움직임을 멈췄다. 누구지? 그는 전화 쪽으로 가서 스위치를 올렸다.

"테일러?" 화면에 떠오른 얼굴이 말했다. 잿빛에 심각한 표정을 띤 노인의 얼굴이었다. "모스일세. 휴식 주기인데 방해해서 미안하네만, 이런 일이 벌어져서 말일세." 그는 서류를 흔들어 보였다. "서둘러 이쪽으로 와주게."

테일러의 표정이 굳었다. "무슨 일입니까? 기다릴 수는 없는 일인가요?" 무표정하고 침착한 회색 눈이 그를 관찰하고 있었다. 테일러는 툴툴대며 말을 이었다. "연구실로 가기를 원하시는 거라면, 곧 갈 수 있을 것 같습니다. 제복만 챙기면—"

"아니, 지금 차림 그대로 오게. 그리고 연구실이 아니야. 최대한 빨리 2차 격벽에서 만나세. 고속 차량을 이용하면 30분 정도 걸릴 거야. 거기서 보도록 하지."

화면이 깜빡이며 모스의 모습이 사라졌다.

"방금 뭐였어요?" 문가에서 메리가 물었다.

"모스야. 내가 필요한 일이 생긴 모양이지."

"이렇게 될 줄 알았어요."

"뭐, 어쨌든 당신도 아무것도 하고 싶어 하지 않았잖아. 무슨 상관이야?" 그는 차갑게 내뱉었다. "매일 똑같은 일뿐이잖아. 이번에는 뭔가 기념품을 가져다주지. 2차 격벽으로 나가게 될 거야. 어쩌면 지표 가까운 곳까지 가서—"

"아니에요! 절대 아무것도 가져오지 말아요! 지표의 물건은 안 돼요!"

"알았어, 아무것도 가져오지 않겠어. 하지만 이런 말도 안 되는 헛소리는—"

테일러가 부츠를 신는 동안, 메리는 대답 없이 남편을 바라보고만 있을 뿐이었다.

모스는 테일러를 향해 고개를 끄덕여 보였다. 테일러는 그대로 이 나이 든 남자와 합류해 속도를 맞춰 걸었다. 지표로 가는 화물이 계속해서 운반되고 있었다. 덤프트럭처럼 생긴 자동 운전 차량들이 덜걱거리며 승강기를 타고 올라가 트랩도어를 통해 위쪽으로 사라지는 모습이 보였다. 테일러는 튜브 형태의 기계를 실은 차량들을 지켜봤다. 처음 보는 무기들이었다. 사방에 인부들이 있었다. 모두가 근로병단의 짙은 회색 제복을 입은 채 물건을 나르고, 들어 올리고, 서로 소리쳐대고 있었다. 격벽 위는 온갖 소음 때문에 귀가 먹먹할 지경이었다.

"한 층 더 올라가면 이야기를 할 수 있을 걸세." 모스가 말했다. "여기서는 자세한 설명이 힘들 것 같군."

그들은 에스컬레이터를 타고 위로 올라갔다. 업무용 승강기가 아래로 멀어져갔고, 그와 함께 대부분의 굉음과 소음도 사라졌다. 그들은 얼마 지나지 않아 튜브의 한쪽 면에 설치되어 있는 관측용 플랫폼으로 나왔다. 튜브는 지표로 연결되어 있는 광대한 규모의 터널이었다. 이제 그들이 있는 곳에서 지표까지는 약 2킬로미터 정도밖에 되지 않았다.

"이런 세상에!" 테일러는 무심코 튜브 아래쪽을 바라보고는 소리쳤다. "이거 정말로 깊은데요."

모스가 웃었다. "내려다보지 말게나."

그들은 문을 열고 사무실로 들어섰다. 책상 앞에 내부 보안국 장교가 앉아 있었다. 그가 고개를 들었다.

"금방 끝날 걸세, 모스." 장교는 테일러를 찬찬히 훑어봤다. "조금 일찍 온 듯하군."

"이쪽은 프랭크 국장이네." 모스가 테일러에게 말했다. "처음으로 그 일을 발견한 사람이지. 나는 어젯밤에 보고를 받았다네." 모스가 손에 든 꾸러미를 툭툭 쳐 보였다. "이것 때문에 이 상황에 끼어들게 된 셈이지."

프랭크는 모스에게 얼굴을 찌푸리고는 자리에서 일어났다. "1차 격벽으로 올라갈 걸세. 거기서 자세히 논의하기로 하지."

"1차 격벽요?" 테일러는 불안하게 그의 말을 되풀이했다. 세 사람은 측면 통로를 통해 작은 승강기에 이르렀다. "거기까지는 올라가본 적이 없습니다. 가도 괜찮은 겁니까? 방사능이 있는 건 아니겠죠?"

"자네도 다른 사람들과 똑같군." 프랭크가 말했다. "도둑을 두려워하는 노파 같은 모습이야. 방사능은 1차 격벽까지 침투하지 못한다네. 납판과 암석층이 있고, 튜브를 통해 내려오는 것들은 전부 세척이 되니까."

"어떤 성질의 문제인 겁니까?" 테일러가 물었다. "미리 약간이라도 알고 싶습니다만."

"금방 알게 될 걸세."

그들은 승강기를 타고 위로 올라갔다. 승강기에서 나오자 사방에 병사와 무기와 제복이 깔린 커다란 홀이 나왔다. 테일러는 놀라서 눈을 깜빡였다. 여기가 1차 격벽, 최상부에 가장 가까운 지하층이란 말인가! 이 격벽 위로는 납판과 암석, 지렁이가 뚫은 굴처럼 위로 뻗은 거대한 튜브들밖에 없었다. 그 끝에 8년 동안 생명의 손길이 전혀 닿지 않은 광활한 황야가 펼쳐져 있었다. 한때 인류의 거처였던 곳, 8년 전 그가 살았던 곳, 이제는 황막한 폐허가 되어버린 곳이.

현재의 지표면은 낙진과 방사능 구름으로 가득한 독성의 사막이었다. 끝을 모르게 펼쳐진 구름이 이리저리 흔들려 다니며 붉은 태양을 가렸다. 가끔씩 금속성의 물체가 돌아다니는 것이, 도시의 폐허를 가로 지르고 파괴된 교외 풍경 속에서 길을 찾아 움직이는 모습이 보일 뿐이 었다. 그들은 방사능의 영향을 받지 않는 지표용 로봇 리디였다. 냉전이 문자 그대로 뜨거운 전쟁으로 변한 몇 달 동안에 서둘러 만든 물건이었 다.

리디는 땅 위를 기어 다니고, 바다를 건너고, 검게 그을린 날씬한 비 행기를 타고 하늘을 날아다녔다. 리디는 생명이 살아남을 수 없는 곳에 서도 존재할 수 있는 피조물이었다. 인간의 손으로 일으키기는 했으나 계속해나갈 수는 없었던 전쟁을 대신 수행하는 금속과 플라스틱의 존 재였다. 전쟁을 발명하고 무기를 발명해 제작하는 것으로는 부족했는 지, 인간은 마침내 전장이라는 무대의 배우, 즉 전쟁을 수행할 병사들까 지 발명해냈다. 하지만 그들 자신은 더 이상 앞으로 나갈 수가, 직접 전 쟁을 수행할 수가 없었다. 세상 모든 곳에서―러시아, 유럽, 아메리카, 아프리카에서―살아 있는 인간은 더 이상 찾아볼 수 없었다. 그들은 모 두 첫 번째 폭탄이 떨어지기 시작하자마자 지표 아래 깊숙한 곳에, 세 심하게 설계하고 계획한 대피소에 들어앉아버렸다.

현명한 생각이었고, 제대로 먹힐 만한 유일한 생각이기도 했다. 한때 살아 있었던 행성의 부서지고 파괴된 표면에서 리디들이 꿈틀꿈틀 기 어 다니며 인류의 전쟁을 대신 수행했다. 인간들은 행성 지하 깊숙한 곳에서 끊임없이 노동하며 전쟁을 계속하기 위한 무기를 생산했다. 달 마다, 해마다.

"1차 격벽이라." 테일러가 말했다. 묘한 고통이 그를 꿰뚫고 지나갔다. "지표에 거의 다 온 셈이군요."

"하지만 사실 가깝지는 않지." 모스가 말했다.

프랭크는 둘을 이끌어 병사들 사이를 지나 튜브 가장자리에 가까운 한쪽으로 데려갔다.

"조금만 있으면 승강기를 통해 지표에서 뭔가 내려올 걸세." 그가 설명했다. "있잖나, 테일러. 보안국에서는 일정 주기마다 지표의 리디를 하나 데려와서 검사하고 심문한다네. 한동안 저 위에 있던 녀석으로 말이야. 몇 가지 사항을 확인하기 위해서지. 영상 호출을 위로 보내서 전선 사령부와 연락해. 우리는 이런 직접적인 면접이 필요하다네. 영상 통화로만 접촉할 수는 없는 노릇이지 않나. 리디들은 일을 잘하고 있지만, 모든 것이 우리가 원하는 방향으로 진행되고 있는지 확인할 필요가 있거든."

프랭크는 테일러와 모스를 바라보며 말을 이었다. "승강기를 통해 지표에서 리디가 하나 내려올 걸세. A등급 리디 중 하나지. 옆방에는 검사실이 있다네. 가운데에 납으로 된 벽이 있어서 면담하는 장교들이 방사능에 노출되지 않도록 설계되었어. 이러는 쪽이 리디를 세척하는 것보다 더 쉽거든. 리디는 금세 위로 돌아갈 걸세. 다시 작업을 수행해야 하니까.

이틀 전, A등급 리디 하나를 데려와서 심문을 했네. 내가 직접 그 심문 작업을 지휘했지. 우리는 소비에트 놈들이 사용하는 신병기에 관심이 있었거든. 움직이는 모든 것을 추적한다는 지뢰 말이야. 군에서 보낸 지시 사항에는 그 지뢰를 관찰하고 자세히 보고하라고 되어 있었어.

이 A등급 리디는 정보를 가져왔네. 우리는 그놈한테서 몇 가지 사실을 확인하고, 평소와 마찬가지로 필름 한 통과 보고서를 입수한 다음 다시 올려 보냈지. 그런데 놈이 이 방을 나가서 승강기로 돌아갈 때 묘한 일이 벌어진 거야. 그 당시에 내가 생각한 것은—"

프랭크는 말을 멈췄다. 붉은 조명이 번쩍이고 있었다.

"승강기가 내려오는 모양이군." 그는 병사 몇 명을 향해 고개를 끄덕였다. "심문실로 들어가도록 하세. 잠시 후면 리디가 도착할 게야."

"A등급 리디라고요." 테일러가 말했다. "쇼 화면에서 본 적은 있습니다. 보고서를 쓰는 모습이었죠."

"꽤 대단한 경험이라네." 모스가 말했다. "거의 인간과 다를 바가 없거든."

그들은 심문실에 들어가서 납으로 된 벽 뒤에 자리를 잡고 앉았다. 잠시 후 신호가 들어오자 프랭크가 손짓으로 응답했다.

벽 뒤의 문이 열렸다. 테일러는 자기 쪽 관찰 슬롯을 통해 안을 들여다봤다. 뭔가 천천히 다가오는 모습이 보였다. 궤도를 따라 움직이는 늘씬한 금속성 동체로, 양쪽에 집게가 달린 팔이 보였다. 로봇은 움직임을 멈추고 납으로 된 벽을 훑어보면서 기다리고 서 있었다.

"뭔가 알고 싶은 것이 있어서 그러는데." 프랭크가 말했다. "질문을 시작하기 전에, 일단 지상 상황에 대해서 보고할 내용은 없나?"

"아니요. 전쟁은 계속되고 있습니다." 리디에게서 억양이 없는 기계음이 울려 나왔다. "고속 추적기가 부족합니다. 단좌單座형 모델이 좋겠습니다. 다른 요청은—"

"그건 전부 확인한 내용이다. 내가 묻고 싶은 것은 바로 이거야. 그쪽과의 접촉은 지금까지 영상 화면을 통해서만 이루어졌다. 우리 중 누구도 위로 올라가지 않으니 간접적인 증거에 의존하는 셈이지. 정확히 무슨 일이 벌어지고 있는지에 대해서는 추론할 수밖에 없다는 거야. 실제로는 아무것도 보지 못하고 전부 간접적으로만 접하는 거지. 고위 지도자 중 일부는 실수가 일어날 가능성이 너무 크다고 생각하네."

"실수?" 리디가 물었다. "어떤 실수 말입니까? 보고서는 내려보내기 전에 철저하게 검수 작업을 거칩니다. 우리는 여러분과 끊임없이 연락을 유지합니다. 보고할 필요가 있는 모든 것을 보고합니다. 그리고 적이 사용하는 신병기가 보이기만 하면—"

"그건 나도 알고 있네." 프랭크는 자기 슬롯 뒤에서 투덜거렸다. "하지만 아무래도 우리가 직접 볼 필요가 있단 말이지. 혹시 소수의 인간이 올라갈 수 있을 만큼 넓은 방사능 제거 구역이 있겠나? 만약 우리 몇 명이 납을 댄 방호복을 입고 올라가본다면, 상황을 확인하고 주변을 둘러볼 수 있을 정도로는 생존할 수 있지 않겠나?"

기계는 대답하기 전에 망설이는 듯했다. "저는 부정적입니다. 물론 공기 샘플을 확인하고 직접 결정하셔도 됩니다. 하지만 여러분이 지상을 떠난 지 8년이 지났고, 상황은 갈수록 나빠지기만 했습니다. 위쪽의 상황이 정확히 어떤지 짐작도 안 되실 겁니다. 움직이는 존재가 오래 살아남는 일 자체가 어려운 상황이 되었습니다. 움직임에 반응하는 발사체가 여러 종류 있습니다. 신형 지뢰는 움직임에 반응할 뿐만 아니라 목표에 도달할 때까지 무한대로 추적하는 능력이 있습니다. 게다가 모든 곳이 방사능에 오염되어 있습니다."

"알겠네." 프랭크가 모스를 바라보며 묘하게 눈을 가늘게 떠 보였다. "뭐, 그게 내가 알고 싶었던 일의 전부일세. 이제 가도 좋네."

기계는 출구를 향해 움직여 가다 문득 멈춰 섰다. "매달 대기 중 독성입자의 양이 증가하기만 합니다. 전쟁의 속도 자체가 계속해서―"

"잘 알겠네." 프랭크는 자리에서 일어섰다. 그는 손을 뻗었고, 모스는 그에게 꾸러미를 건네줬다. "떠나기 전에 한 가지만 더. 여기 새로운 금속 방호벽 재료를 검사해줬으면 하네. 집게를 사용해 시제품을 건네주겠네."

프랭크는 집게에 꾸러미를 끼운 다음 회전시켜 반대쪽 조작기가 자신에게 오도록 했다. 꾸러미는 빙 돌아 리디 쪽으로 향했고, 리디는 그것을 받아들였다. 그들은 리디가 꾸러미를 풀고 금속판을 손에 드는 모습을 바라봤다. 리디는 금속판을 계속해서 이리저리 뒤집어봤다.

순간 리디의 움직임이 멎었다.

"됐어." 프랭크가 말했다.

그가 벽 한쪽에 어깨를 대자 그 부분이 양쪽으로 밀리며 열렸다. 테일러는 숨을 들이쉬었다. 프랭크와 모스가 서둘러 리디에게 다가가고 있었다!

"세상에!" 테일러가 말했다. "그거 방사능이 있잖습니까!"

리디는 여전히 금속을 든 채 움직이지 않고 서 있었다. 병사들이 방 안으로 들어왔다. 그들은 리디를 둘러싸고 세심하게 계수기로 몸을 훑었다.

"됐습니다, 국장님." 그들 중 하나가 프랭크에게 말했다. "길고 긴 겨울밤만큼이나 차갑고 깨끗합니다."

"좋아. 확신은 하고 있었지만, 위험을 무릅쓰고 싶지는 않거든."

"알겠나." 모스는 테일러를 보고 말했다. "이 리디에는 방사능이 전혀 없다네. 세척도 하지 않고 지표에서 바로 내려온 놈인데도 말이지."

"대체 그게 무슨 소립니까?" 테일러가 멍하니 물었다.

"우연일 수도 있지." 프랭크가 말했다. "특정 물체가 지표에서 방사능에 노출되지 않았을 가능성도 없는 건 아니니까. 하지만 우리가 알고 있는 한 이런 일이 일어난 게 벌써 두 번째라네. 앞으로 더 있을지도 모르고."

"두 번째라고요?"

"우리가 눈치챈 건 지난번 면담 때였다네. 그 리디에는 방사능이 없었어. 이번 녀석과 마찬가지로 아예 방사능이 검출되지 않았지."

모스는 리디의 손에서 금속판을 빼내 표면을 조심스레 눌러본 후, 꿈쩍도 하지 않는 경직된 손가락으로 다시 돌려놓았다.

"이걸 이용해서 합선시킨 걸세. 가까이 가서 정밀 검사를 할 수 있도록 말이야. 이제 몇 초만 있으면 다시 움직일 걸세. 어서 벽 뒤로 돌아가는 편이 좋겠군."

그들은 다시 원래 자리로 돌아갔고, 납으로 된 벽이 그들 뒤로 재차 닫혔다. 병사들도 심문실을 떠났다.

"앞으로 2주기 후면," 프랭크가 작은 소리로 말했다. "초동 조사 팀이 지표 쪽으로 나갈 준비가 끝날 걸세. 우리는 방호복을 입고 튜브를 통해 꼭대기까지 올라갈 거야. 지난 8년 동안 지하를 떠난 첫 번째 인간 탐사대가 되는 걸세."

"심각한 문제가 아닐 수도 있네만," 모스가 말했다. "그렇지는 않을 거라는 예감이 드는군. 뭔가 사건이 일어나고 있어. 묘한 사건이. 리디의 보고에 따르면 지표에서는 모든 생물이 그대로 구워질 거라 하지 않나. 아귀가 맞지 않는다고."

테일러는 고개를 끄덕였다. 그는 슬롯을 통해 움직이지 않는 금속 로봇을 내다봤다. 리디는 이미 꿈틀거리기 시작했다. 이곳저곳에 움푹 패고 뒤틀린 자국이 있고, 도장 위로 검게 그을린 흔적도 보였다. 오랫동안 지표에 있었던 리디가 분명했다. 전쟁과 파괴를 목격하고, 인간으로서는 그 규모를 상상할 수도 없는 광대한 폐허를 직접 봤던 놈이었다. 그 어떤 생명도 존재할 수 없는, 방사능과 죽음으로 가득한 세계를 걸어 다녔던 놈이었다.

그런데 테일러는 놈을 만졌던 것이다!

"자네도 우리와 함께 가지." 갑자기 프랭크가 말했다. "자네도 갔으면 좋겠군. 아무래도 우리 셋이 함께 가는 편이 나을 듯싶네."

메리는 창백해져서 겁에 질린 표정으로 그를 마주했다. "말 안 해도 알겠어요. 당신 지표로 나가는 거죠. 아닌가요?"

그녀는 테일러를 따라 부엌으로 들어왔다. 그는 아내의 시선을 피하며 자리에 앉았다.

"기밀 작전이야." 그가 회피하려 했다. "어떤 내용인지 조금도 이야기 해줄 수 없어."

"말할 필요도 없어요. 보면 아니까. 당신이 집에 들어온 그 순간 깨달았어요. 당신 표정을 봐요. 아주 오랫동안 본 적 없는 표정이라고요. 과거의 표정이에요."

메리가 그에게 다가왔다. "하지만 대체 어떻게 당신을 지표로 보낼 생각을 할 수 있는 거죠?" 그녀는 떨리는 손으로 남편의 얼굴을 잡아 자신을 정면으로 바라보게 만들었다. 그녀의 눈에는 기묘한 갈망이 서려 있었다. "거기서는 아무도 살아남을 수 없잖아요. 봐요, 이걸 봐요!"

메리는 신문을 들어 그의 눈앞에 펼쳐 보였다.

"이 사진을 봐요. 아메리카, 유럽, 아시아, 아프리카—전부 폐허뿐이라고요. 쇼 화면에서 매일 보잖아요. 전부 파괴되고, 오염되고. 그런데 당신을 올려 보내다니, 왜죠? 거기서는 그 어떤 생물도, 풀 한 포기도 살아남을 수 없어요. 지표는 작살난 것 아니었어요? 그런 거 아니에요?"

테일러는 자리에서 일어났다. "명령이야. 나도 아무것도 모른다고. 정찰대에 합류하라는 명령을 받았을 뿐이야. 내가 아는 건 그게 전부야."

그는 한동안 멍하니 앞을 바라보며 서 있다가, 천천히 손을 뻗어 신문을 들고서는 불빛에 비춰봤다.

"전부 진짜처럼 보이는데." 그가 중얼거렸다. "폐허도, 정적도, 낙진도. 전부 진짜 같아. 그 모든 보고서에, 사진에, 필름에, 심지어는 대기 샘플까지. 그런데도 처음 한 달을 제외하면 우리가 실제로 본 것은 아무것도 없어……"

"무슨 소릴 하는 거예요?"

"아무것도 아냐." 그는 신문을 내려놓았다. "다음 번 수면 주기가 끝나면 일찍 떠날 거야. 이제 자러 가자고."

메리는 날카롭게 굳은 얼굴로 몸을 돌렸다. "원하는 대로 해요. 이 아래에서 땅속 벌레들처럼 천천히 죽음을 맞이하는 것보다는, 차라리 전부 올라가 단번에 죽어버리는 편이 나을 수도 있죠."

테일러는 아내가 이토록 모든 것을 혐오하고 있다고는 깨닫지 못했었다. 모두가 이런 걸까? 밤낮으로 끝없이 공장에서 일하는 노동자들도? 창백한 얼굴에 굽은 몸으로 계속해서 집과 일터를 오가며, 무색의 조명에 눈을 깜빡이고 합성 식품으로 끼니를 때우는—

"그렇게 싫어할 필요는 없잖아." 그가 말했다.

메리는 약간 미소 지어 보였다. "당신이 절대 돌아오지 않을 거라는 사실을 아니까 싫어하는 거예요." 그녀는 몸을 돌렸다. "일단 거기 올라가면 다시는 당신을 보지 못할 거라고요."

그는 충격을 받았다. "뭐라고? 어떻게 그런 소리를 할 수가 있어?"

그녀는 대답하지 않았다.

테일러는 공영방송 뉴스 진행자가 목청 높여 외치는 소리 때문에 잠에서 깼다. 소리는 건물 밖에서 들려왔다.

"특별 뉴스 단신입니다! 지상 부대가 신병기로 무장한 대규모 소비에트 군의 공격을 보고했습니다! 주요 거점에서 병력이 후퇴했습니다! 모든 작업 인원은 즉각 공장으로 집합하십시오!"

그는 껌뻑이며 눈을 비볐고, 즉시 침대에서 뛰어나와 영상 전화 쪽으로 향했다. 잠시 후 모스와 연락을 취할 수 있었다.

"이것 좀 들어보시죠." 테일러가 말했다. "새로운 공세라니 또 무슨 소립니까? 우리 계획은 취소된 겁니까?" 그는 모스의 책상이 보고서와 서류로 뒤덮여 있는 모습을 확인할 수 있었다.

"아니." 모스가 말했다. "즉시 출발할 걸세. 당장 이리로 오게나."

"하지만—"

"반박은 용납하지 않겠네." 모스는 지상에서 온 보고서를 한 손 가득 들어 올리더니, 사납게 구겨서 던져버렸다. "이건 전부 가짜야. 어서 오라고!" 그는 전화를 끊었다.

테일러는 어안이 벙벙한 채 서둘러 옷을 챙겨 입었다.

반 시간 후, 그는 고속 차량에서 뛰어내려 합성 물질 연구소 건물로 들어갔다. 복도는 사방에서 밀려오는 남자와 여자로 가득했다. 그는 모스의 사무실로 들어갔다.

"자네, 왔군." 모스는 즉시 자리에서 일어서며 말했다. "프랭크가 외부 사출 승강장에서 우리를 기다리고 있다네."

그들은 사이렌을 울리는 보안국 차량에 올랐다. 노동자들이 서둘러 길을 비키는 모습이 보였다.

"공격은 어떻게 된 겁니까?" 테일러가 물었다.

모스는 어깨를 폈다. "우리 때문에 놈들이 손을 쓸 수밖에 없었던 게 분명하네. 문제가 코앞에 다가왔다는 사실을 인지한 거겠지."

셋은 튜브로 연결되는 승강장에 도착해 차에서 내렸고, 잠시 후에는 승강기를 타고 1차 격벽까지 고속으로 이동하고 있었다.

그들은 놀랍도록 분주한 장소 한가운데에 내렸다. 병사들이 납을 댄 방호복을 입고 흥분한 듯 서로 떠들며 이리저리 소리를 질러대고 있었다. 총기를 나눠주고 지시사항을 확인하는 모습도 보였다.

테일러는 병사 중 한 명을 눈여겨봤다. 그는 무시무시한 벤더 권총으로 무장하고 있었다. 최근 들어 생산되기 시작한, 주둥이가 큼지막한 최신 소형 화기였다. 몇몇 병사들은 조금 겁을 먹은 듯한 모습이었다.

"우리가 실수하는 게 아니었으면 좋겠는데." 모스가 그의 시선을 눈치채고 말했다.

프랭크가 그들에게 다가왔다. "계획은 다음과 같네. 우리 셋이 일단 먼저 올라갈 걸세. 병사들은 15분 후에 우리를 따라 올라올 거야."

"리디들에게는 뭐라고 말하죠?" 테일러가 걱정 섞인 목소리로 물었다. "뭔가 이유를 말해야 할 것 아닙니까."

"새로 시작된 소비에트의 공격을 확인하러 온 거지." 프랭크는 의미

심장하게 웃음 지었다. "아무래도 공격이 심각한 모양이니, 우리가 직접 가서 상황을 확인해야 하지 않겠나."

"그러고는 어떻게 합니까?" 테일러가 물었다.

"놈들에게 달린 일이지. 그럼 출발하세."

그들은 소형 차량에 올라탄 채 아래에서 쏘아 올리는 반중력 빔을 타고 빠르게 튜브 위로 올라갔다. 테일러는 가끔씩 아래를 내려다봤다. 아래까지는 아주 멀었고, 거리는 시간이 갈수록 더욱 멀어졌다. 방호복 안에서 진땀이 흘렀다. 손가락은 익숙하지 못한 벤더 권총을 꽉 움켜쥐고 있었다.

이 사람들은 왜 자신을 선택했을까? 우연, 순전히 우연이었다. 모스는 자기 부서의 일원으로서 동행하기를 요청했을 뿐이다. 프랭크는 순간의 충동 때문에 테일러를 뽑았다. 이제 그들은 지표를 향해 갈수록 빠르게 상승하고 있었다.

8년 동안 주입되어온 깊은 공포가 마음속에서 울렁였다. 방사능, 확정적인 죽음, 파괴되어 치명적인 세계—

차량은 계속 상승했다. 테일러는 손잡이를 잡고 눈을 감았다. 매 순간 지표에 보다 가까워지고 있었다. 그들은 1차 격벽을 넘고 납판과 암석층을 지나 지표로 나가는 첫 생명체였다. 공포의 광증이 물밀듯 몰려왔다. 죽음이 기다리고 있었다. 그들 모두가 알고 있는 일이었다. 필름을 수천 번은 보지 않았던가? 도시들이며, 떨어지는 낙진이며, 몰아닥치는 구름이며—

"이제 얼마 남지 않았네." 프랭크가 말했다. "거의 다 왔으니까. 지상의 사령탑에서는 우리가 온다는 사실을 모르고 있을 걸세. 어떤 신호도 보내지 말라는 명령을 내렸거든."

차량은 격렬하게 위로 달려 올라갔다. 테일러는 머리가 핑핑 돌 지경이었다. 그는 손잡이에 매달린 채 눈을 꾹 감았다. 계속해서 위로……

차가 멈췄다. 테일러는 슬그머니 눈을 떴다.

그들은 형광등이 켜진 거대한 방 안에 있었다. 수많은 장비와 기계, 끝없이 많은 물자가 쌓여 있는 지하실이었다. 그 사이로 수많은 리디들이 아무 말 없이 트럭과 손수레를 밀며 일하고 있었다.

"리디로군." 모스가 말했다. 얼굴이 창백했다. "그렇다면 우리는 정말로 지상에 나온 거야."

리디들은 지표로 가지고 나온 엄청난 양의 총기와 예비 부품, 탄약과 보급품을 바쁘게 날랐다. 그렇지만 여기는 단 한 개의 튜브에서 화물을 취합하는 공간일 뿐이었다. 대륙의 다른 여러 곳에 이런 튜브가 설치되어 있었다.

테일러는 불안한 눈으로 주변을 둘러봤다. 정말로 이곳 지상으로, 지표로 나왔다. 전쟁이 벌어지고 있는 한복판으로.

"자, 어서." 프랭크가 말했다. "B급 한 놈이 이쪽으로 온다."

그들은 차에서 내렸다. 리디 하나가 그들에게 빠르게 접근했다. 놈은 일행 앞으로 다가와 소화기를 든 채 멈춰 서서 그들을 훑어봤다.

"보안국이다." 프랭크가 말했다. "당장 A급 한 대를 이쪽으로 보내도록."

리디는 머뭇거렸다. 다른 B등급 경비 로봇들이 경계하며 방 곳곳에서 이쪽으로 모여들었다. 모스는 주변을 둘러봤다.

"복종해라!" 프랭크가 권위 있는 목소리로 크게 소리쳤다. "이건 명령이다!"

리디는 어쩔 줄 모르는 태도로 물러섰다. 건물 맞은편에서 문 하나가 열렸다. A급 리디 두 대가 모습을 드러내고는 천천히 그들 쪽으로 다가왔다. 각자 동체 앞쪽에 계급장의 줄무늬가 그려져 있었다.

"지상 의회에서 나왔군." 프랭크가 긴장해서 속삭였다. "그럼 여기가 지표라는 건 분명한 셈이야. 준비들 하라고."

두 대의 리디는 조심스레 접근해왔다. 그들은 아무 말 없이 사람들 가까이에 멈춰 서더니 위아래를 훑어봤다.

"보안국의 프랭크다. 우리가 지하에서 올라온 이유는—"

"믿을 수가 없군요." 리디 하나가 차갑게 그의 말을 끊었다. "이 위에서는 생존할 수 없다는 사실을 알고 계시지 않습니까. 지상 모든 곳이 여러분에게 위험합니다. 여러분은 지상에 머무를 수 없습니다."

"이 방호복이 우리를 보호해줄 거다." 프랭크가 말했다. "어쨌든 너희들이 신경 쓸 문제도 아니고. 나는 지금 당장 의회를 소집해서 내가 이곳 지상의 상황을 파악할 수 있게 해주길 원한다. 지금 주선할 수 있겠나?"

"당신 인간들은 이 위에서 생존할 수 없습니다. 게다가 소비에트의 새로운 공세는 이 지역에 집중되어 있습니다. 상당히 위험한 상황입니다."

"우리도 알고 있다. 부디 의회를 소집하도록." 프랭크는 조명이 환하게 빛나는 커다란 방 안을 둘러보며 말했다. 그의 목소리에 확신하지 못하는 기색이 어렸다. "지금이 밤인가, 아니면 낮인가?"

"밤입니다." 잠시 침묵이 흐른 후, A급 중 한 대가 대답했다. "두 시간 후면 새벽이 될 겁니다."

프랭크는 고개를 끄덕였다. "그럼 적어도 두 시간은 여기 있어야겠군. 우리 감정을 감안해 부디 태양이 떠오르는 광경을 관찰할 수 있는 곳으로 안내해주지 않겠나? 그 모습을 감상하고 싶은데."

리디들이 웅성거리기 시작했다.

"불쾌한 풍경일 겁니다." 리디 중 하나가 말했다. "사진을 보셨잖습니까. 어떤 모습을 보게 될지 잘 알고 계시지 않습니까. 대기 중의 입자가 태양빛을 가리고, 잔해가 사방에 쌓여 있고, 대지도 모두 파괴된 모습입니다. 여러분에게는 너무 충격적일 겁니다. 사진이나 필름으로는 전달할 수 없는 끔찍한 모습입니다."

"어떤 광경이든, 우리는 그 모습을 볼 때까지 머물러 있을 생각이다. 의회에 명령을 전달해주겠나?"

"이리 따라오십시오." 두 대의 리디가 내키지 않는 듯 창고의 한쪽 벽으로 걸어갔다. 세 명의 남자는 그들을 따라갔다. 콘크리트 위에 무거운 신발 소리가 울렸다. 리디는 벽에 이르러 걸음을 멈췄다.

"여기가 의회 회의실 입구입니다. 창문이 있긴 하지만 밖은 아직 어둡습니다. 지금 당장은 아무것도 보이지 않을지 몰라도 두 시간 후면—"

"문을 열어라." 프랭크가 말했다.

문이 미끄러져 열렸다. 그들은 천천히 안으로 걸어 들어갔다. 가운데에 원탁이 놓였고, 그 주변을 의자들이 둘러싼 깔끔하고 작은 방이었다. 세 사람은 아무 말 없이 자리에 앉았다. 두 대의 리디도 그들을 따라 들어와 제각기 자리를 잡았다.

"다른 의원들은 지금 오는 중입니다. 이미 연락이 닿았고 최대한 빨리 이곳으로 향하고 있을 겁니다. 다시 한번 지하로 돌아가실 것을 부탁드리고 싶습니다만." 리디는 세 명의 인간을 관찰했다. "이곳 환경을 견딜 수 있을 리가 없습니다. 심지어 우리들도 생존에 어려움을 겪는 상황입니다. 대체 어떻게 하려고 그러십니까?"

지도자 리디가 프랭크에게 접근했다.

"우리는 놀랍고 당황스럽습니다." 리디가 말했다. "물론 우리는 여러분이 지시하는 대로 따라야 하지만 실례를 무릅쓰고 말하자면, 여러분이 이곳에 머무르신다면—"

"알고 있다." 프랭크가 짜증 섞인 소리로 대꾸했다. "그렇다 해도 여기 있을 생각이다. 적어도 해가 뜰 때까지는."

"원한다면 그러십시오."

침묵이 흘렀다. 리디들은 자기네끼리 의견을 나누는 모양이었지만 세 사람에게는 아무런 소리도 들리지 않았다.

지도자 리디가 마침내 입을 열었다. "여러분을 위해서라도 지금 내려 가셔야겠습니다. 토의를 한 결과, 우리가 판단하기에 여러분은 스스로를 위험에 빠뜨리는 행동을 하고 계십니다."

"우리는 인간이다." 프랭크는 날카롭게 대답했다. "이해가 안 되나? 우리는 기계가 아니라 인간이라고."

"바로 그 때문에 돌아가셔야 하는 겁니다. 이 방은 방사능이 가득합니다. 지상의 모든 장소가 그렇습니다. 우리의 계산에 따르면 여러분의 방호복은 앞으로 50분을 버티지 못할 겁니다. 따라서—"

리디들은 갑자기 그들을 둥글게 둘러싸며 다가왔다. 빠져나갈 구멍이 없었다. 남자들은 일어섰고, 테일러는 어색하게 무기로 손을 뻗었다. 손가락이 굳어 제대로 움직이지도 않았다. 세 사람은 아무 말 없는 금속 존재들을 마주하고 있었다.

"강제력을 행사할 수밖에 없는 상황입니다." 지도자 리디가 무감정한 목소리로 말했다. "여러분을 튜브로 안내한 후 다음 차량으로 내려보내 겠습니다. 유감입니다만 꼭 필요한 일입니다."

"어떻게 하지?" 모스가 초조하게 프랭크를 향해 물었다. 그는 총을 만지작거렸다. "놈들을 날려버릴까?"

프랭크는 고개를 저었다. "알겠다." 그는 지도자 리디에게 말했다. "돌아가도록 하지."

그는 문을 향해 걸어가며 테일러와 모스에게 따라오라는 손짓을 했다. 그들은 놀라서 프랭크를 바라봤지만, 결국 따라갈 수밖에 없었다. 리디들은 그들을 따라 거대한 창고로 돌아왔다. 그들은 천천히, 아무 말 없이 튜브의 입구로 다가갔다.

튜브 가장자리에 서서 프랭크는 고개를 돌렸다. "우리가 돌아가는 것은 그저 다른 방법이 없기 때문이다. 너희들은 열 대가 넘는데 우리는 셋뿐이니까. 하지만 만약—"

"차가 오는데요." 테일러가 말했다.

튜브 쪽에서 긁히는 소리가 들렸다. D등급 리디들이 튜브 가장자리로 가서 차량을 수용할 준비를 했다.

"죄송합니다만, 전부 여러분의 안전을 위한 일입니다." 지도자가 말했다. "우리는 말 그대로 여러분을 돌보고 있는 셈이니까요. 여러분은 지하에 머물면서 우리가 전쟁을 수행하게 놔둬야 합니다. 어떻게 보자면 우리들의 전쟁이 된 셈이니까요. 우리는 우리가 원하는 방식대로 싸워야만 합니다."

차량이 지상으로 올라왔다.

벤더 권총으로 무장한 열두 명의 병사들이 차에서 내려 세 사람을 둘러쌌다.

모스는 안도의 한숨을 내쉬었다. "자, 상황이 변했군. 딱 맞춰 도착했어."

지도자 리디는 병사들을 피해 뒤쪽으로 물러섰다. 그는 병사들을 날카롭게 관찰했고, 계속 시선을 옮기면서 결정을 내리려 하는 듯 보였다. 마침내 그는 다른 리디들에게 신호를 보냈다. 리디들은 물러섰고, 창고를 향해 통로가 열렸다.

"현재 상황에서도, 우리는 여러분을 무력으로 돌려보낼 수 있습니다." 지도자가 말했다. "그러나 여러분이 단순한 관찰 목적으로 올라온 게 아니라는 사실이 명백해졌습니다. 이 병사들을 보니 다른 목적을 가지고 계신 듯합니다. 모두 철저하게 준비된 행동이 분명합니다."

"아주 철저히 준비했지." 프랭크가 말했다.

리디들이 포위망을 좁혔다.

"얼마나 준비하셨는지는 그저 추측밖에 할 수 없습니다. 우리가 기습을 당했다는 사실은 인정해야겠습니다. 상황에 대처하는 일에 완벽하게 실패했습니다. 이렇게 된 이상 무력을 쓸 필요는 없을 것으로 보입니다. 서로 상대방에게 해를 입힐 수는 없으니 말입니다. 우리는 인간 생명을 보호해야 한다는 제약 때문에, 그리고 여러분은 전쟁의 필요성 때문에—"

병사들이 겁에 질려 발포를 시작했다. 모스는 무릎을 꿇고 앉아 위를 향해 총을 쏘았다. 지도자 리디가 입자의 구름으로 녹아내렸다. 사방에서 D등급과 B등급의 리디들이 모여들었다. 일부는 무기를, 일부는 금속판을 들고 있었다. 방 안에 혼란이 가득했다. 멀리서 사이렌 울리는 소리가 들렸다. 프랭크와 테일러는 다른 이들과 떨어져 고립되어버렸다. 금속 시체 더미가 그들과 병사들 사이를 갈라놓고 있었다.

"놈들은 응사할 수 없어." 프랭크가 차분하게 말했다. "이것도 거짓말이었던 셈이지. 지금까지 계속 거짓말을 해온 거라고." 그는 리디 하나의 면상을 쏘았다. 리디는 그대로 녹아내렸다. "그저 우리에게 겁을 주려 할 뿐이야. 그걸 기억하라고."

그들은 계속 총을 쏘았고, 리디들은 줄줄이 사라졌다. 방은 금속 탄 냄새, 플라스틱과 강철이 눌어붙은 악취로 가득했다. 테일러는 밀려 쓰러졌다. 그는 총을 찾으려고 금속 다리들 사이로 정신없이 손을 뻗었고, 저쪽에서 흔들리는 총 손잡이를 향해 손가락을 쭉 폈다. 갑자기 뭔가가 그의 팔을 밟았다. 금속 발이었다. 그는 비명을 질렀다.

그러고는 모든 것이 끝나버렸다. 리디들은 한데 모여 한쪽으로 물러나고 있었다. 지상 의회 의원은 네 대밖에 남지 않았다. 다른 놈들은 방사능 입자가 되어 허공을 떠돌고 있었다. D등급 리디들은 이미 질서를 회복하고 일부 파괴된 금속 존재와 파편들을 모아 한쪽으로 치우고 있었다.

프랭크는 떨리는 한숨을 내쉬었다.

"좋았어." 그가 말했다. "그럼 다시 창문 앞으로 데려가주실까. 이제 얼마 남지 않았을 테니."

리디들이 양쪽으로 물러섰다. 인간 일행, 모스와 프랭크와 테일러와 병사들은 천천히 방으로 통하는 문으로 다가갔다. 의회 회의실로 들어가니 이미 희미한 회색 기운이 창밖으로 보이는 검은색에 섞여 들고 있었다.

"밖으로 안내해라." 프랭크가 초조하게 지시했다. "여기 안에서가 아니라 밖에서 직접 보겠다."

문이 열렸다. 차가운 새벽 공기가 안으로 몰려들었다. 납 방호복 속에서도 차가운 기운을 느낄 수 있을 정도였다. 사람들은 미심쩍은 눈으로 서로를 바라봤다.

"자, 어서." 프랭크가 말했다. "밖으로 나가지."

그들은 널찍한 계곡을 내려다보는 언덕 위에 있었다. 회색으로 변해가는 하늘을 배경으로, 흐릿하게 산맥의 형상이 맺히는 모습이 보였다.

"조금만 있으면 주변을 볼 수 있을 만큼 밝아질 걸세." 모스가 주변을 휘감고 도는 차가운 바람에 몸을 부르르 떨며 말했다. "이럴 가치가 있어. 정말로 가치가 있다고. 8년 만에 이 모습을 다시 보게 되다니. 이게 우리가 마지막으로 보게 되는 광경이라고 해도—"

"얌전히 보기나 해." 프랭크가 말을 자르며 쏘아붙였다.

그들은 명령에 따라 아무 말 없이 몸을 떨면서 지켜봤다. 하늘이 매 순간 조금씩 밝아지고 있었다. 어딘가 멀리 떨어진 곳에서 들려오는 수탉 우는 소리가 계곡에 가득 울려 퍼졌다.

"닭이라니!" 테일러가 중얼거렸다. "방금 들었죠?"

따라 나온 리디들이 그들 뒤편에 줄지어 선 채 조용히 귀를 기울이고 있었다. 회색 하늘이 흰색으로 변하고, 언덕의 모습이 조금 더 명확해졌다. 계곡으로 빛이 퍼져 나가 그들을 향해 다가오기 시작했다.

"이런 세상에!" 프랭크가 소리쳤다.

나무가, 나무와 숲이 있었다. 온갖 식물과 나무로 가득한 숲, 그 가장자리를 돌아 나가는 도로가 보였다. 농장도. 풍차도. 멀찍이 아래로 외양간도 보였다.

"저걸 보라고!" 모스가 속삭였다.

하늘에 색이 깃들었다. 태양이 떠오르고 있었다. 새들이 노래하기 시작했다. 나뭇잎이 바람에 살랑이며 흔들리는 소리가 얼마 떨어지지 않은 곳에서 들려왔다.

프랭크는 뒤에 줄지어 서 있는 리디들을 돌아봤다.

"8년 동안이나. 네놈들이 우리를 속였군. 전쟁은 없었던 거야. 우리가 지상을 떠나자마자—"

"그렇습니다." A등급 리디 한 대가 인정했다. "여러분이 떠나자마자 전쟁은 중지되었습니다. 여러분의 말대로 이 전쟁은 거짓이었습니다. 여러분은 지하에서 열심히 일해서 총과 무기를 올려 보냈고, 우리는 무기가 올라오자마자 전부 분해했습니다."

"하지만 왜?" 테일러는 어안이 벙벙해져 물었다. 그는 아래에 펼쳐진 광활한 계곡을 내려다봤다. "무엇 때문에?"

"여러분은 전쟁을 대신 수행하도록 우리를 만들었습니다." 리디가 말했다. "여러분 인류는 생존하기 위해 지하로 들어가면서 말입니다. 전쟁을 계속하기에 앞서 전쟁의 목적이 무엇인지를 분석하는 일이 필요했습니다. 우리는 분석을 했고, 그 결과 이 전쟁에 아무런 목적이 없다는 점을 깨달았습니다. 어쩌면 인간만의 필요에 의한 목적을 제외하고 말입니다. 심지어는 그것조차 불명확했습니다.

우리는 더욱 깊이 조사해 들어가 인간의 문명이 여러 번의 주기를 거치며, 각 문명이 자신의 전성기를 맞는다는 사실을 발견했습니다. 문명이 나이를 먹으며 원래의 목적을 잃어버리기 시작하면, 그 문명을 포기하고 새로운 문명을 건설하고 싶어 하는 이들과 예전 문명을 유지하며 최소한의 변화만을 하려는 이들 사이에 갈등이 일어납니다.

이 시기에 이르면 심각한 위험이 발생합니다. 내부의 갈등은 사회를 집단 간의 내전 상태로 몰고 갑니다. 소중한 전통이 사라질 수도 있습니다—단순히 변화되거나 개혁되는 것이 아니라, 이런 혼란과 무정부 상태 속에서 소실될 수도 있다는 겁니다. 우리는 인류 역사 속에서 이런 예를 여러 번 발견했습니다.

그래서 문명 속에 내재된 증오를 외부로 발산할 필요가 생겨납니다. 외부 집단을 향해 증오를 쏟아 문명이 위기를 넘길 수 있도록 하기 위해서 말입니다. 그 결과 전쟁이 발생합니다. 논리적인 정신이 보기에 전쟁이란 있을 수 없는 행위입니다. 하지만 인간의 욕구를 생각해본다면 전쟁은 필수적인 요소라고 할 수 있습니다. 전쟁은 인간이 성장하여 내면에서 증오가 사라질 때까지 계속될 것입니다."

테일러는 열정적으로 그 말을 듣고 있었다. "그런 때가 올 거라고 생각해?"

"물론입니다. 이미 거의 도달했습니다. 이번이 마지막 전쟁입니다. 인간은 최종적인 문명, 세계 문명으로 거의 융합되어 있습니다. 이 시점에서 인류는 대륙 대 대륙으로, 세계의 절반 대 다른 쪽 절반으로 나뉘어 싸웁니다. 한 걸음만 더 올라가면 통일된 문명이 등장할 겁니다. 인류는 천천히 전진하며 문명을 하나로 통합하는 쪽으로 움직입니다. 앞으로 얼마 지나지 않아서—

하지만 아직은 그 때가 오지 않았습니다. 따라서 인간이 느끼는 마지막 폭력 충동을 만족시키기 위해 전쟁은 계속되어야만 합니다. 전쟁이 시작되고 8년이 흘렀습니다. 우리는 이 8년 동안 인간의 마음속에 벌어지는 주요한 변화를 관찰하고 기록했습니다. 피로와 무관심이 증오와 공포를 대체해나가는 모습을 확인했습니다. 시간이 흐르며 증오는 점차 사그라지고 있습니다. 하지만 지금 당장은 거짓 전쟁을 계속해야 합니다. 적어도 약간이라도 더 길게 말입니다. 여러분은 아직 진실을 마주할 준비가 되어 있지 않습니다. 전쟁을 계속하고 싶을 테니까요."

"하지만 어떻게 거짓을 유지한 거지?" 모스가 물었다. "그 사진이며, 시료며, 파손된 장비며—"

"이쪽으로 오십시오." 리디는 그들을 이끌어 길고 낮은 건물로 안내했다. "여기서는 작업을 계속 진행 중입니다. 전체 조직원들이 전 지구적 전쟁이라는 환상을 설득력 있게 유지하기 위해 온 힘을 다하고 있습니다."

그들은 건물로 들어섰다. 사방에서 리디들이 탁자와 책상을 뚫어져라 쳐다보며 일하고 있었다.

"이쪽 프로젝트를 보시죠." A등급 리디가 말했다. 두 대의 리디가 탁자 위에 놓인 섬세한 모형을 보면서 조심스레 사진을 찍고 있었다. "이게 좋은 예시가 되겠군요."

사람들은 모여들어 그 모습을 바라봤다. 폐허가 된 도시의 모형이었다.

테일러는 한동안 아무 말 없이 그것을 관찰하더니 마침내 고개를 들었다.

"이건 샌프란시스코잖아." 그가 낮은 소리로 말했다. "파괴된 샌프란시스코의 모형이야. 우리한테 내려온 영상 화면에서 본 적이 있어. 다리가 폭격을 맞아서—"

"그렇습니다. 다리 부분을 잘 보시죠." 리디는 금속 손가락으로 무너진 현수교 부분을 쓰다듬었다. 거미줄같이 가늘어 거의 알아보기 힘들 정도인 철사가 보였다. "분명 이 모습은 사진으로 여러 번 보셨을 겁니다. 이 건물 안에 있는 다른 탁자들 위의 모형도 마찬가지겠죠.

실제 샌프란시스코는 온전합니다. 여러분이 떠난 후, 전쟁 초기에 파괴된 부분을 재건해 완벽하게 복원했습니다. 이 건물에서는 항상 뉴스를 제작하는 일에만 매진하고 있습니다. 우리는 모든 내용이 다른 부분과 일관성을 지니도록 하기 위해 엄청난 주의를 기울이죠. 상당한 시간과 노력이 필요한 일입니다."

프랭크는 폐허 속에 반쯤 누워 있는 작은 모형 건물을 만져봤다. "그래서 이런 일에 시간을 쓰고 있었던 게로군—모형 도시를 만들고 그걸 박살 내면서 말이야."

"아니요, 우리는 훨씬 더 많은 일을 합니다. 전 세계를 우리 손으로 돌봅니다. 주인이 잠시 집을 비운 셈이니 도시를 청결하게 하고, 부식을 멈추고, 모든 물건이 잘 관리되어 작동할 수 있도록 신경을 써야 합니다. 정원, 거리, 급수 시설, 그 모든 것이 8년 전과 동일한 상태로 유지되어야 합니다. 주인이 돌아왔을 때 불쾌해하지 않도록 말입니다. 우리는 주인이 완벽하게 만족하도록 최선을 다하고 있습니다."

프랭크는 모스의 팔을 툭툭 쳤다.

"잠시 이리 와보게." 그가 낮은 소리로 말했다. "할 말이 있네."

그는 모스와 테일러를 이끌고 밖으로 나가 리디들에게서 떨어진 언덕 사면으로 향했다. 병사들이 그 뒤를 따랐다. 태양이 푸른 하늘 높이 떠올라 있었다. 공기는 상쾌하고 달콤한 냄새가 났다. 자라나는 생명들의 냄새였다.

테일러는 헬멧을 벗고 숨을 깊이 들이쉬었다.

"오랫동안 맡아보지 못한 냄새로군요." 그가 말했다.

"잘 들어." 프랭크가 낮고 경직된 목소리로 말했다. "당장 내려가야 해. 시작할 일이 아주 많다고. 이 모든 상황을 우리에게 유리한 쪽으로 이용할 수 있어."

"그게 무슨 뜻인가?" 모스가 물었다.

"소비에트 놈들도 우리와 마찬가지로 속아 넘어간 게 분명해. 하지만 우리는 알아챘지. 이걸로 우리가 유리한 고지를 점하게 된 셈 아닌가."

"알겠군." 모스가 고개를 끄덕였다. "우리는 알지만 놈들은 모르지. 놈들의 지상 의회도 우리 쪽과 마찬가지로 배신했을 테니까. 똑같은 식으로 놈들을 적대하며 움직였을 거야. 하지만 만약 우리가ㅡ"

"100명의 최정예 요원만 있으면, 우리는 다시 지상을 확보하고 원래 목적대로 되돌려놓을 수 있어. 어린애 팔 비틀기라고!"

모스가 그의 팔을 건드렸다. A등급 리디 하나가 건물을 나와 그들 쪽으로 오고 있었다.

"이제 볼 만큼 봤다." 프랭크가 목소리를 높여 말했다. "모든 게 상당히 심각한 상황이로군. 당장 지하에 보고한 다음 우리 정책을 결정하기 위해 검토해야 할 듯하다."

리디는 아무 말도 하지 않았다.

프랭크는 병사들에게 손짓했다. "이만 가지." 그는 창고를 향해 걸어가기 시작했다.

병사들 대부분이 헬멧을 벗고 있었다. 일부는 납 방호복도 벗어던지고 면으로 된 제복만 입은 채 편안하게 휴식을 취했다. 그들은 주변을 둘러보고, 계곡 아래의 나무와 덤불을, 끝없이 펼쳐진 푸른 평원을, 산맥과 하늘을 바라봤다.

"태양 좀 봐." 병사 한 명이 중얼거렸다.

"정말 끝내주게 밝은데." 다른 병사가 말했다.

"이제 다시 내려갈 거다." 프랭크가 말했다. "2열 종대로 따라오도록."

병사들은 머뭇거리며 다시 줄을 만들어 섰다. 리디들은 인간들이 다시 창고로 행진해 가는 모습을 무감정한 눈으로 바라보고 있었다. 프랭크와 모스와 테일러는 병사들을 이끌고 창고로 향하면서 주변의 리디들을 경계하는 눈빛으로 지켜봤다.

그들은 창고에 들어섰다. D등급 리디들이 지표용 카트에 원자재와 무기를 실어 운반하고 있었다. 사방에서 크레인과 화물용 기중기가 바쁘게 작동했다. 능률적으로 일하면서도, 서두르거나 흥분하는 모습은 전혀 보이지 않았다.

사람들은 멈춰 서서 그 모습을 바라봤다. 리디들이 서로 신호를 보내며 작은 카트를 끌고 지나다녔다. 자석 크레인이 무기와 부품을 들어올려, 기다리고 있는 카트 위에 사뿐히 내려놓았다.

"자, 어서." 프랭크가 말했다.

그는 튜브의 입구로 향했다. D등급 리디들이 그 앞에 아무 말 없이 일렬로 늘어서 있었다. 프랭크는 걸음을 멈추고 뒤로 물러서서 주변을 둘러봤다. A등급 리디 한 대가 그에게 다가왔다.

"물러나라고 명령해라." 프랭크가 말했다. 그는 총을 만지작거렸다. "좋게 말할 때 움직이게 하는 게 좋을걸."

시간이 흘러갔다. 가늠할 여지가 없는 무한한 순간이었다. 인간들은 일렬로 앞을 막아선 리디들을 바라보며 초조하고 불안하게 서 있었다.

"원하시는 대로." A등급 리디가 말했다.

신호를 보내자 D등급 리디들이 움직이기 시작했다. 그들은 천천히 길을 비켰다.

모스는 안도의 한숨을 쉬었다.

"다 끝나서 다행이군." 그는 프랭크를 보며 말했다. "저놈들 좀 봐. 왜 우리를 저지하려 하지 않는 거지? 우리가 뭘 하려는지 뻔히 알고 있을 텐데."

프랭크는 웃음을 터뜨렸다. "저지? 놈들이 우리를 저지하려 했을 때 무슨 일이 벌어졌는지 보지 않았나. 저지할 수가 없는 거야. 놈들은 기계일 뿐이라고. 우리가 만들었기 때문에 우리에게 손을 댈 수 없고, 놈들도 그 사실을 잘 알고 있겠지……"

그의 목소리가 점차 잦아들었다.

사람들이 튜브 입구를 멍하니 바라보고 있었다. 그 주변을 둘러싼 리디들이 그들을 보고 있었다. 아무 움직임 없이 조용하게, 금속 얼굴에는 아무런 표정도 띄우지 않은 채.

한동안 사람들은 꼼짝도 못 하고 서 있었다. 마침내 테일러가 시선을 돌렸다.

"이런 세상에." 그가 중얼거렸다. 머릿속이 그저 먹먹하기만 할 뿐 다른 감정이 느껴지지 않았다.

튜브가 사라졌다. 구멍은 완벽히 닫힌 채 용접되어 있었다. 식어가는 둔탁한 금속 표면이 그들을 마주할 뿐이었다.

튜브가 닫혀버린 것이다.

프랭크가 창백하고 공허한 표정으로 고개를 돌렸다.

A등급 리디가 움직였다. "보시다시피, 튜브는 폐쇄되었습니다. 우리는 이런 사태에 대비하고 있었습니다. 여러분이 지표로 나오자마자 폐쇄 명령을 내렸죠. 만약 우리가 부탁했을 때 지하로 돌아갔다면, 여러분은 지금 안전하게 지하에 머물러 있을 것입니다. 상당히 큰 공사라서 빨리 수행해야 했습니다."

"하지만 왜?" 모스가 분노해서 따져 물었다.

"여러분이 전쟁을 재개하도록 용납하는 일은 생각할 수도 없기 때문입니다. 모든 튜브를 폐쇄하면 지하의 병력이 지표에 도달할 때까지 수개월이 걸리겠죠. 전쟁 계획을 수행하는 일은 고사하고 말입니다. 그때쯤이면 이 순환 구조는 마지막 단계에 도달할 겁니다. 여러분의 세상이 무사하다는 사실에 그리 동요하게 되지도 않으실 테고요.

우리는 폐쇄가 끝났을 때 여러분이 지하에 있기를 바랐습니다. 여러분이 여기 있으면 방해가 됩니다. 소비에트 측에서 뚫고 올라왔을 때에는 별문제 없이 폐쇄에 성공할 수 있었는데—"

"소비에트 놈들? 놈들이 뚫고 올라왔다는 말인가?"

"몇 개월 전, 그들이 왜 아직까지 전쟁에서 승리하지 못했는지를 파악하기 위해 불쑥 올라왔습니다. 우리는 서둘러 대응해야 했습니다. 그들은 지금 지상으로 통하는 새로운 튜브를 뚫기 위해 처절히 노력하고 있습니다. 전쟁을 재개하기 위해 말입니다. 하지만 우리들은 새로운 튜브가 나타날 때마다 바로 폐쇄하는 식으로 대응하고 있습니다."

리디는 세 명의 사람들을 차분하게 바라봤다.

"연결이 끊겼어." 모스가 떨리는 목소리로 말했다. "이제는 돌아갈 수 없다고. 어떻게 해야 하지?"

"어떻게 그렇게 빨리 튜브를 폐쇄한 거지?" 프랭크는 리디에게 물었다. "여기 올라온 지 두 시간밖에 안 지났는데."

"이런 비상사태에 대비해서 각 튜브의 1차 격벽 바로 위에 폭탄을 설치했습니다. 발열 폭탄이죠. 납과 암석을 녹여버립니다."

프랭크는 총 손잡이를 쥔 채 모스와 테일러를 돌아봤다.

"어떻게 할 건가? 돌아갈 수는 없지만, 우리 열다섯이면 상당한 피해를 입힐 수 있어. 벤더 권총이 있다고. 어떻게 생각하나?"

그는 주변을 둘러봤다. 병사들은 다시 건물 출구 쪽으로 나가고 있었다. 그들은 바깥에 서서 계곡과 하늘을 바라봤다. 몇 명은 조심스레 언덕을 올라갔다.

"부디 방호복과 무기를 넘겨주시겠습니까?" A등급 리디가 예의 바르게 부탁했다. "방호복은 불편할 테고, 무기는 아무 필요도 없을 겁니다. 곧 보시겠지만 러시아인들 역시 자기들의 무기를 포기했습니다."

방아쇠 위의 손가락이 경직되었다. 러시아 군복을 입은 남자 네 명이 그들에게 다가오고 있었다. 제법 떨어진 곳에 아무 소리 없이 내려앉은 작은 비행기 한 대가 그제야 눈에 띄었다.

"놈들을 날려버려!" 프랭크가 소리쳤다.

"그들은 비무장 상태입니다." 리디가 말했다. "여러분이 평화적으로 논의하실 수 있도록 여기로 데려온 겁니다."

"우리는 국가를 대표해 협상할 권한을 가지고 있지 않네." 모스가 뻣뻣하게 말했다.

"외교적 토의를 말하는 게 아닙니다." 리디가 설명했다. "더 이상 그런 것은 없을 테니까요. 살아가기 위한 일상의 문제들을 처리하다 보면 같은 세상에서 어울려 살아가는 방법을 익힐 수 있을 겁니다. 쉽지는 않겠지만 가능한 일이겠죠."

러시아인들이 걸음을 멈췄다. 그들은 서로 명백한 적의를 드러내 보이며 마주했다.

"나는 보로도이 대령이고, 무기를 반납한 사실을 후회하는 중이다." 러시아 측의 선임 병사가 말했다. "너희들이 8년 만에 처음으로 사살된 미국인이 될 수 있었을 텐데."

"아니면 처음으로 사살을 하는 미국인이 될 수도 있었겠지." 프랭크가 말했다.

"그런다고 해도 그 사실은 여러분밖에 알 수 없습니다." 리디가 지적했다. "쓸모없는 영웅주의일 뿐입니다. 여러분은 지상에서 살아남는 방법을 더 걱정해야 할 겁니다. 아시겠지만 우리에게는 여러분을 위한 식량이 없기 때문입니다."

테일러는 총집에 총을 다시 꽂았다. "저 빌어먹을 놈들이 아주 깔끔하게 우리 무장을 해제해버린 것 같네요. 도시로 이주해 리디들의 도움을 받아 작물이나 키우면서 그냥 편안하게 지내는 건 어떨까요." 그는 웃음을 보이지 않으려 애쓰며 A등급 리디 쪽을 향했다. "우리 가족들이 지하에서 나올 때까지는 꽤나 외로울 것 같지만, 어떻게든 해나가야겠죠."

"제안을 하나 하자면," 다른 러시아인이 머뭇거리며 입을 열었다. "우리는 이미 도시에 살아보려 했습니다. 근데 너무 텅 비어 있어요. 게다가 적은 수의 인원으로는 유지하기가 힘듭니다. 결국 찾을 수 있는 가장 현대적인 마을에 정착했습니다."

"이 나라에서는," 세 번째 러시아인이 퉁명스레 말했다. "당신들한테 배울 게 아주 많을 것 같은데."

미국인들은 어느새 웃고 있는 자신들을 발견했다.

"어쩌면 당신네들한테도 우리에게 가르쳐줄 만한 게 한두 가지쯤 있을지도 모르지." 테일러가 너그럽게 대꾸했다. "그게 뭘지는 상상도 안 가지만."

러시아 쪽 대령이 웃음을 지었다. "우리 마을에 합류하겠나? 일도 쉬워질 테고, 동료도 생기면 좋을 것 같은데."

"너희 마을이라고?" 프랭크가 날카롭게 되쏘았다. "여긴 미국이라고, 아닌가? 우리 마을이라고!"

리디가 그들 사이로 끼어들었다. "우리 계획이 끝나고 나면 그 두 표현을 동시에 사용할 수 있게 될 겁니다. '우리의'라는 표현은 곧 인류 전체의 것을 의미하게 될 테니까요." 그는 시동을 걸어놓은 비행선을 가리키며 말했다. "배가 기다리고 있습니다. 힘을 합해 새로운 고향을 만들어주지 않겠습니까?"

러시아인들은 미국인들이 결정을 내리기를 기다리고 있었다.

"리디들이 외교가 소용없게 되리라고 말하는 이유를 알겠군." 프랭크가 마침내 입을 열었다. "함께 일하는 사람들 사이에는 외교관이 필요없어. 회담장이 아니라 실제 작업 단위에서 문제를 해결해야 하니까."

리디는 그들을 비행선으로 이끌고 갔다. "역사의 목표는 세계를 하나로 통합하는 것입니다. 가족에서 부족으로, 도시국가로, 민족국가에서 세계의 절반에 이르기까지, 그 모든 방향은 통합을 향해 나아가고 있습니다. 이제 두 반구가 하나가 되면—"

테일러는 리디의 말을 흘려들으며 튜브가 있던 장소를 바라봤다. 그 아래 지하에 메리가 있었다. 튜브의 폐쇄가 풀릴 때까지 그녀를 다시 볼 수는 없을 테지만, 아내를 떠나고 싶지는 않았다. 하지만 그는 곧 어깨를 으쓱하고 다른 이들을 따라갔다.

만약 과거 적이었던 이 작은 융합 공동체가 훌륭한 예시가 되어준다면, 그와 메리와 다른 인류 전체가 다시 지상으로 나와, 눈먼 증오로 몸부림치는 두더지가 아니라 이성적인 인간답게 살게 될 날도 그리 멀지는 않을 터이다.

"수천 세대의 시간이 흘렀습니다." A등급 리디가 결론을 내렸다. "유혈과 파괴의 세기가 수백 번 지나갔습니다. 그러나 매번의 전쟁은 인류를 하나로 묶기 위한 단계일 뿐이었습니다. 그리고 이제 그 끝이 눈에 보입니다. 전쟁 없는 세계가. 하지만 이는 역사의 새로운 단계의 시작에 지나지 않습니다."

"우주 정복." 보로도이 대령이 말했다.

"삶의 의미." 모스가 덧붙였다.

"기아와 빈곤의 퇴치." 테일러가 말했다.

리디는 비행선의 문을 열었다. "그 모든 것과, 그 이상도 가능합니다. 얼마나 더 많은 것이 가능하겠습니까? 처음 부족을 조직한 사람이 이 날을 예측하지 못한 것처럼 우리 역시 미래를 예측할 수는 없지만, 상상할 수 없을 만큼 위대하리라는 점만은 분명합니다."

문이 닫히고, 비행선은 그들의 새로운 마을을 향해 날아올랐다.

두 번째 변종
Second Variety

PHILIP K. DICK

포스트 아포칼립스 세계, 냉전, 인간과 구별할 수 없는 로봇, 인류의 멸망. PKD의 단편을 논할 때 빼놓을 수 없는 작품이며, 후대의 SF 계열 영상 매체에 가장 많은 영향을 끼친 작품이기도 하다. 1995년 〈스크리머스〉라는 제목으로 영화화되었는데, 지구가 아닌 다른 식민 행성을 배경으로 하며 결말이 크게 달라지는 등 차이점이 있지만 PKD의 작품을 차용한 다른 영화들보다 원작에 충실하다는 평가를 받았다. PKD 본인은 〈블레이드 러너〉 관련 인터뷰에서 〈스크리머스〉에 대해 언급하면서 제작진 측에 호의적인 평가를 내린 바 있다. 개봉 당시에는 전반적으로 부정적인 평가를 받았고 흥행에도 참패했지만, 이후 일부 SF 팬들 사이에서 재평가가 이루어지기도 했다.

러시아 병사가 총을 들고 주위를 잔뜩 경계하면서 초조하게 바위 투성이 언덕을 오르고 있었다. 굳은 얼굴로 주변을 둘러보며 마른 입술을 핥는 모습이 보였다. 가끔씩 장갑 낀 손을 들어 외투의 목깃을 내리고 목의 땀을 닦아내기도 했다.

에릭은 리온 상병을 돌아봤다. "자네가 하겠나? 아니면 내가 처리할까?" 그는 조준경을 만지작거려 러시아인의 얼굴이 시야에 가득 차도록 조정하며 말했다. 조준경의 검은 선이 러시아 병사의 침울하고 경직된 얼굴을 넷으로 갈랐다.

리온은 잠시 생각해봤다. 러시아인은 가까운 곳에서 빠른 속도로, 거의 달리듯 움직이고 있었다. "발포하지 마. 기다려." 리온은 긴장하고 있었다. "우리가 나설 필요는 없을 것 같으니까."

러시아 병사는 재와 잔해 더미를 발로 걷어차며 점차 속도를 올리고 있었다. 그는 마침내 언덕 꼭대기에 도착해 걸음을 멈추고는 헐떡이며 주변을 둘러봤다. 하늘은 흘러가는 구름과 회색 분진 때문에 어두침침했다. 나무둥치들이 여기저기에서 비쭉 솟아 모습을 드러냈다. 헐벗고 평탄한 대지 위에는 온갖 잔해만이 가득했고, 군데군데 건물의 폐허가 누렇게 변색되어가는 해골처럼 서 있는 모습도 보였다.

러시아인은 초조해하고 있었다. 뭔가 잘못됐다는 걸 알아차린 모양이었다. 그는 무심코 언덕을 내려다봤다. 이제 벙커에서 몇 발짝 거리밖에 되지 않았다. 에릭은 불안한 기색으로 권총을 만지작거리며 리온을 힐끔 쳐다봤다.

"걱정 말라고." 리온이 말했다. "여기까지는 못 올 테니까. 놈들이 처리할 거야."

"확실해? 빌어먹을, 거의 다 왔다고."

"놈들은 벙커 근처에 모여 있잖아. 안 좋은 일은 이제부터 시작이야. 준비해!"

러시아인은 총구를 내리지 않으려 애쓰면서 서둘러 언덕을 미끄러져 내려갔다. 부츠가 회색 잿더미 속으로 박혀 들었다. 그는 아주 잠깐 멈춰서 쌍안경을 눈가로 들어 올렸다.

"우릴 보고 있는데." 에릭이 말했다.

러시아인이 다가왔다. 눈이 한 쌍의 푸른 돌멩이 같았다. 입이 달싹거렸다. 턱이 까슬까슬한 것이 면도가 필요할 듯했다. 광대뼈가 드러난 볼에는 네모난 반창고가 붙어 있었는데, 한쪽 끄트머리로 푸른빛이 보였다. 상처가 균류에 감염된 모양이었다. 외투는 진흙투성이에 찢어져 있었다. 장갑 한쪽은 보이지 않았다. 그가 달리기 시작하자 벨트에 달린 계수기가 위아래로 흔들리며 병사의 몸뚱이에 부딪쳤다.

리온이 에릭의 팔을 잡았다. "한 놈 온다."

작고 금속성 광택이 나는 뭔가가 한낮의 흐릿한 햇빛에 반짝이며 대지를 가로질러 다가왔다. 금속 구체였다. 놈은 그대로 러시아인을 쫓아나는 듯한 걸음으로 언덕을 올라갔다. 크기는 작았다. 소위 꼬마 기계 종류인 모양이었다. 발톱은 이미 뽑아든 상태였다. 하얀 금속으로 만든 두 개의 날카로운 돌출물이 잔상을 남기며 빠르게 돌아가고 있었다. 러시아인도 소리를 들은 모양인지 즉시 몸을 돌리며 총을 쏘았다. 구체는 즉시 입자로 분해되었지만, 이미 첫 번째를 따라 두 번째가 기어 나오고 있었다. 러시아인은 다시 총을 쏘았다.

세 번째 구체가 달각거리고 윙윙거리는 소리를 내며 러시아인의 다리를 타고 올라 그대로 어깨로 뛰어올랐다. 고속으로 회전하는 톱날이

러시아인의 목 안으로 모습을 감췄다.

에릭은 긴장을 풀었다. "뭐, 이제 끝이군. 세상에, 저 끔찍한 놈들을 볼 때마다 오싹해진다니까. 가끔은 저놈들이 없었을 때가 더 나았던 것도 같다고."

"우리가 저걸 발명하지 않았다면 놈들 쪽에서 했을 거야." 리온은 떨리는 손으로 담배에 불을 붙였다. "러시아 놈이 왜 혼자서 여기까지 왔는지 모르겠군. 주변에 엄호하는 동료도 없어 보이는데."

스콧 중위가 토굴에서 미끄러져서 비틀대며 벙커로 들어왔다. "무슨 일인가? 감시 영역에 뭔가 들어온 모양인데."

"이반 한 놈입니다."

"하나뿐인가?"

에릭은 영상 화면으로 주변을 비췄다. 스콧은 화면을 뚫어져라 쳐다봤다. 수많은 금속 구체가 시체 위를 기어 다니고 있었다. 흐리게 반짝이는 금속 구체들이 사방에서 달각거리고 윙윙대며 러시아인을 작은 조각으로 잘라내고 있었다.

"발톱이 엄청나게 많군." 스콧이 중얼거렸다.

"파리 떼처럼 모여들죠. 요즘은 사냥감이 별로 많지 않거든요."

스콧은 혐오감을 느끼며 화면을 밀어냈다. "파리 떼라. 저놈이 밖에서 뭘 하고 있었는지 모르겠군. 사방에 발톱을 풀어놨다는 사실은 알고 있을 텐데."

보다 큰 로봇이 작은 구체 무리에 합류했다. 눈자루가 튀어나와 있는 길고 굵은 튜브 형태의 로봇으로, 해체 작업을 지휘하고 있었다. 이제 병사의 잔해는 얼마 남지 않았다. 남은 신체 부분은 발톱 무리에 의해 언덕 아래로 운반되는 중이었다.

"중위님." 리온이 말했다. "괜찮다면 저기 나가서 시체를 한번 살펴보고 싶습니다."

"왜지?"

"어쩌면 뭔가를 가지고 왔을지도 모르니까요."

스콧은 그 제안을 생각해보고는 어깨를 으쓱했다. "괜찮겠지. 하지만 조심하게."

"인식표는 가지고 있습니다." 리온은 손목에 달린 금속 띠를 두드려 보였다. "저를 먹잇감으로 인식하지는 않을 겁니다."

그는 소총을 들고 조심스레 벙커 입구로 기어올라, 콘크리트 블록과 뒤틀리고 구부러진 철조망 사이를 헤치고 나아갔다. 언덕 꼭대기는 서늘했다. 그는 부드러운 잿더미를 헤치고 병사의 잔해 쪽으로 다가갔다. 바람이 회색 입자를 리온의 얼굴로 쓸어 올렸다. 그는 몸을 움츠리고는 계속 나아갔다.

리온이 가까이 오자 발톱들은 물러났다. 일부는 그대로 움직임을 멈춰버리기도 했다. 그는 자신의 인식표를 쓰다듬었다. 이 이반 놈은 이걸 손에 넣기 위해서라면 뭐든 내놨겠지! 인식표에서 방사되는 단파는 발톱들을 일시적으로 행동불능 상태로 몰아넣는 효과가 있었다. 심지어 눈자루를 흔들고 있는 거대한 로봇조차도 그가 다가오자 존중하는 태도로 뒤로 물러섰다.

그는 몸을 숙여 병사의 잔해를 살펴봤다. 장갑 낀 손은 꼭 쥐어 있었다. 안에 뭔가 있는 모양이었다. 리온은 억지로 손가락을 벌렸다. 알루미늄으로 만든 봉인된 통이 있었다. 아직도 반짝였다.

리온은 통을 주머니에 넣고 다시 벙커로 돌아왔다. 그의 뒤쪽에서는 발톱들이 다시 살아나 작동을 시작하고 있었다. 작업이 재개되었고, 금속 구체들은 각자 자기 화물을 가지고 회색 잿더미 속을 움직였다. 땅에 끌리는 발걸음 소리가 들렸다. 그는 몸을 떨었다.

스콧은 주머니에서 꺼낸 반짝이는 통을 유심히 살펴봤다. "이걸 가지고 있었다고?"

"손에 쥐고 있었습니다." 리온이 뚜껑을 돌려 열었다. "아무래도 중위님이 직접 확인하시는 편이 좋을 것 같습니다."

스콧은 통을 받아들고는 손바닥에 대고 털어 내용물을 꺼냈다. 조심스럽게 접은 작은 견지絹紙였다. 그는 조명 근처에 앉아 종이를 펼쳤다.

"뭐라고 적혀 있습니까?" 에릭이 물었다. 토굴에서 여러 명의 장교들이 나왔다. 헨드릭스 소령이 모습을 드러냈다.

"소령님." 스콧이 말했다. "이것 좀 보십시오."

헨드릭스는 쪽지를 읽었다. "방금 들어온 건가?"

"전령 한 명이었습니다. 조금 전에 도착했습니다."

"그 전령은 어디 있나?" 헨드릭스가 날카롭게 물었다.

"발톱들이 처리해버렸습니다."

헨드릭스 소령은 신음 소리를 냈다. "이걸 보게." 그는 동료들에게 쪽지를 돌렸다. "아무래도 우리가 기다리고 있던 소식이 온 듯하네. 지금까지 꽤나 시간을 끌었구먼."

"협상을 하고 싶다는 거죠." 스콧이 말했다. "여기 동의하실 겁니까?"

"우리가 결정할 일이 아니지." 헨드릭스는 자리를 잡고 앉았다. "통신장교는 어디 있나? 달 기지와 연락을 해봐야겠군."

통신장교가 벙커 위 하늘에 러시아의 비행기가 떠 있지는 않은지 확인하며 조심스레 외부 안테나를 올리는 동안, 리온은 생각에 잠겨 있었다.

"소령님." 스콧이 헨드릭스에게 말했다. "갑자기 이 주변에 놈들이 나타나다니 분명 이상하기는 합니다. 발톱을 사용한 지도 거의 1년이 되어가지 않습니까. 그런데 갑자기 놈들이 저자세로 나오다니 말입니다."

"어쩌면 그쪽 벙커로 발톱들이 들어가고 있나 보지."

"지난주에 이반 놈들의 벙커로 눈자루 달린 커다란 놈이 들어갔다고 합니다." 에릭이 말했다. "입구를 닫기 전까지 소대 하나를 쓸어버렸다고 하던데요."

"어떻게 아는 건가?"

"친구가 말해줬습니다. 그놈이 그러니까—시체를 가지고 돌아왔다고 하더군요."

"달 기지 연결됐습니다, 소령님." 통신장교가 말했다.

화면에 달 기지 담당자의 얼굴이 떠올랐다. 그의 빳빳하게 다린 군복은 벙커 속 군인들의 군복과 명확하게 대비되어 보였다. 심지어 깔끔하게 면도까지 했다. "달 기지입니다."

"여기는 테라 소재 L-휘슬 전방 사령부다. 톰슨 장군님을 연결해주기 바란다."

화면이 흐릿해졌다. 곧 톰슨 장군의 엄격한 얼굴이 화면에 떠올랐다. "무슨 일인가, 소령?"

"발톱들이 통신문을 소지하고 있는 러시아인 전령을 제거했습니다. 통신문 내용을 받아들여야 할지 모르겠습니다만—과거에도 이와 비슷한 속임수를 쓴 적이 있었으니 말입니다."

"내용이 어떻기에?"

"러시아인들은 우리 쪽에서 협상권을 가진 장교 한 명을 자기들 쪽 전선으로 보내주기를 원합니다. 회담을 위해서 말입니다. 회담의 성격에 대해서는 언급하지 않고 있습니다. 그쪽 말로는—" 헨드릭스가 쪽지를 참조하며 말을 이었다. "극도로 화급한 사태라 반드시 UN군 대표와 논의해야 한다고 합니다."

그는 장군이 볼 수 있도록 쪽지를 화면 앞에 펼쳐 보였다. 톰슨의 눈동자가 움직였다.

"어떻게 할까요?" 헨드릭스가 물었다.

"사람을 하나 보내게."

"함정이라 생각지는 않으시는 겁니까?"

"그럴 수도 있겠지. 하지만 이 전갈에 적힌 전선 사령부의 위치는 정확하네. 어쨌든 시도해볼 가치는 있지 않겠나."

"그럼 장교를 한 명 보내겠습니다. 그가 돌아오면 즉시 결과를 보고하도록 하죠."

"알겠네, 소령." 톰슨이 통화를 끝냈다. 화면이 어두워졌다. 밖에서는 안테나가 천천히 땅속으로 내려오고 있었다.

헨드릭스는 종이를 둥글게 말면서 생각에 잠겼다.

"제가 가겠습니다." 리온이 말했다.

"협상권을 가진 장교를 원한다지 않나." 헨드릭스는 턱을 문질렀다. "협상권이라. 몇 달 동안 밖으로 나가보지도 못했군. 아무래도 바람 좀 쐬어야 할 것 같아."

"위험하다고 생각하지 않으십니까?"

헨드릭스는 잠망경을 올려 밖을 살펴봤다. 러시아인의 시체는 이미 사라진 뒤였다. 보이는 것이라고는 발톱 한 마리뿐이었다. 몸을 작게 접어 넣으며 잿더미 속으로 몸을 감추고 있었다. 마치 게처럼. 끔찍하게 생긴 금속 게처럼…… "걱정되는 것은 한 가지밖에 없네." 헨드릭스는 손목을 문질렀다. "이걸 가지고 있으면 안전하다는 사실은 알고 있네. 하지만 저놈들은 뭔가 꺼림칙해. 나는 저 빌어먹을 놈들이 싫다네. 놈들을 발명하지 않는 편이 나았을지도 몰라. 저놈들은 뭔가 잘못되어 있어. 쉴 새 없이 움직이는 조그만—"

"우리가 만들지 않았다면 이반 놈들이 만들었을 겁니다."

헨드릭스는 잠망경을 내렸다. "어쨌든, 놈들 덕분에 승리를 거둘 수 있을지도 모르겠군. 그거야 나쁠 것 없겠지."

"이반 놈들만큼이나 초조하신 것처럼 들립니다."

헨드릭스는 손목시계를 확인했다. "아무래도 빨리 떠나는 편이 좋겠네. 어두워지기 전에 그쪽에 도착하려면 말이야."

헨드릭스 소령은 심호흡을 한 다음 회색의 거친 지면으로 발을 옮겼다. 잠시 후 그는 담배에 불을 붙이고 자리에 서서 주변을 둘러봤다. 모든 것이 죽어 있었다. 움직이는 것은 아무것도 없었다. 몇 킬로미터에 걸쳐 잿더미와 파편, 무너진 건물들이 끝없이 늘어서 있었다. 잎도 가지도 없이 줄기만 남아 있는 나무들도 보였다. 머리 위로는 끊임없이 흘러가는 회색 구름이 테라와 태양 사이를 가로막고 있었다.

걸음을 옮기자 오른쪽으로 둥글고 금속성인 물체가 움직이는 것이 보였다. 발톱 하나가 뭔가를 맹렬히 쫓고 있었다. 아마도 작은 동물, 쥐 같은 거겠지. 놈들은 쥐도 잡았다. 일종의 부업 삼아서.

그는 작은 언덕 꼭대기로 올라와 쌍안경을 들어 올렸다. 러시아 쪽 전선까지는 아직 몇 킬로미터 남아 있었다. 거기 전방 사령부가 있었고, 전령은 그곳에서 왔다.

굽이치는 여러 개의 팔을 가진 납작한 로봇이 그를 스쳐 지나갔다. 호기심이 생긴 듯 수많은 팔이 흔들렸다. 로봇은 그를 지나쳐 주변의 파편 아래로 들어갔다. 헨드릭스는 놈이 가버리는 모습을 바라봤다. 예전에 본 적 없는 기종이었다. 갈수록 그가 보지 못했던 기종이 많아졌다. 새로운 형태와 크기를 가진 로봇들이 지하 공장에서 끊임없이 생산되어 올라오고 있었다.

헨드릭스는 담배를 끄고 걸음을 서둘렀다. 인공적인 존재를 전쟁에 사용하다니 흥미로운 일이긴 했다. 처음에는 어떤 식으로 시작됐을까? 물론 필요에 의해서였겠지. 전쟁의 주도권을 잡은 쪽이 흔히 그렇듯 소비에트 연방은 전쟁 초기에 엄청난 성공을 거뒀다. 북미의 대부분이 지도에서 사라졌다. 물론 보복 역시 즉각 이루어졌다. 전쟁이 시작되고 얼마 지나지 않아 하늘은 원반형 폭격기로 가득 찼다. 애초에 수년 동안이나 떠 있던 것들이었다. 원반들은 워싱턴이 폭격을 당한 지 몇 시간 만에 러시아 전역에 폭탄을 떨어뜨리기 시작했다.

그러나 그런다고 해서 워싱턴이 되살아날 리는 없었다.

전쟁 첫해에 미국 정부 전체가 달 기지로 옮겨 갔다. 달리 할 수 있는 일이 없었다. 유럽은 끝장나서, 이제는 잿더미와 해골 사이에서 검은색 잡초가 자라는 쓰레기 더미일 뿐이었다. 북미의 대부분은 쓸모없는 황무지가 되어버렸다. 땅에서는 아무것도 자라지 않았고, 누구도 살 수 없었다. 수백만의 사람들이 캐나다로 올라가거나 남미로 내려갔다. 하지만 전쟁 2년 차에 들어서자 소련의 강하병이 투입되기 시작했다. 처음에는 조금이었지만, 갈수록 수가 늘었다. 그들은 최초로 실효성 있는 방사능 대처 장비를 착용하고 있었다. 미국의 남은 생산 설비는 정부와 함께 달 기지로 이송되었다.

병력을 제외한 다른 모든 것들이 옮겨 갔다. 남은 병력은 최대한 후방에 머무르며 생존에 힘썼다. 이쪽에는 1,000명, 저쪽에는 1개 소대 따위로. 정확한 소재는 아무도 몰랐다. 병사들은 생존이 가능한 곳에 머무르다가 밤이 되면 기어 나오며 폐허에, 하수도에, 다락방에 쥐와 뱀들과 머리를 맞댄 채 숨어 있었다. 소련은 전쟁에 거의 승리한 것처럼 보였다. 미국이 사용할 수 있는 무기라곤 달에서 매일 발사하는 한 움큼의 포탄뿐이었다. 소련군은 자기네 마음 내키는 대로 땅 위를 활보했다. 전쟁은 실제로 끝난 것이나 다름없었다. 소련에게 효율적으로 맞설 수단이란 존재하지 않았다.

바로 그때 최초의 발톱이 등장했다. 그리고 하룻밤 사이에 전쟁의 양상이 바뀌었다.

최초의 발톱은 그리 쓸모 있어 보이지 않았다. 느렸으니까. 이반들은 땅속 토굴에서 기어 나오는 발톱들을 나오는 족족 쓰러뜨렸다. 하지만 곧 성능이 향상된 발톱이 생산되었다. 지하 깊숙한 곳의 공장들, 소련군 전선 후방부에서 한때 핵탄두를 만들었으나 이제는 거의 잊힌 공장들에서.

발톱들은 점점 빨라지고 크기도 더 커졌다. 새로운 기종들이 등장했다. 더듬이가 달린 것도, 날아다니는 것도 있었다. 뛰어다니는 놈들도 나타났다. 달에 있는 최고의 기술자들이 설계에 매진해 더 복잡하고 더 유연한 활동이 가능한 로봇을 만들어냈다. 놈들은 강력해졌다. 이반 놈들은 로봇 때문에 상당히 곤란을 겪고 있었다. 작은 발톱들 중 일부는 잿더미 속을 파고들어 가 모습을 숨기고 잠복하는 법을 익혔다.

놈들은 러시아 측 벙커 안에 들어가기 시작했다. 덮개를 열고 환기나 주변 정찰을 하는 동안 기어 들어가는 것이다. 벙커 안에 발톱이 한 마리만 들어가도, 놈의 금속 톱날이 사방을 휘젓기 시작하면—그거면 충분했다. 거기다 한 놈이 들어가면 곧 다른 놈들이 뒤를 따랐다. 이런 무기가 있으면 전쟁은 오래 계속될 수가 없었다.

어쩌면 전쟁은 이미 끝났는지도 모른다.

어쩌면 그런 소식을 듣게 될지도 모른다. 정치국에서 패배를 인정하려는 걸지도. 이렇게 오래 걸리다니 참으로 애석한 일이었다. 6년이 흘렀다. 이런 방식의 전쟁치고는 너무도 오랜 시간이었다. 자동 보복용 원반 수십만 대가 러시아 전역을 휩쓸었다. 박테리아 결정, 굉음을 내며 하늘을 날아가는 소련의 유도 미사일, 연쇄 폭격. 그리고 이제는 로봇, 발톱들까지—

발톱은 다른 무기들과는 차원이 달랐다. 그들은 어떤 면으로 봐도, 정부가 인정하고 싶든 아니든 분명 살아 있는 존재였다. 단순한 기계가 아니었다. 휘돌고, 기어 다니고, 잿더미 속에서 갑자기 일어나 인간을 향해 달려들 줄 아는, 몸을 타고 올라 목덜미를 노리고 덤벼드는 생물이었다. 그리고 이것이야말로 놈들을 설계한 목적이었다. 그게 놈들의 임무였다.

놈들은 임무를 훌륭하게 수행했다. 특히 새로운 기종이 등장하기 시작한 최근에 들어서는. 놈들은 이제 자가 수리와 자가 생존이 가능해졌다. 단파 발생 인식표가 UN군을 보호했지만, 인식표를 잃어버린 병사들은 군복 색깔과 관계없이 발톱의 사냥감이 되었다. 지표 아래에서는 자동 기계가 놈들을 찍어내고 있었다. 인간들은 멀찍이 거리를 두고 있었다. 너무 위험했기 때문이다. 누구도 놈들 근처에 있고 싶어 하지 않았다. 놈들은 혼자 힘으로 살아가도록 방치되었고, 게다가 그런 상황에서도 잘 살아가고 있는 듯했다. 새로운 기종은 더욱 빠르고 복잡했으며 더욱 능률적이었다.

아무래도 그들 덕에 전쟁을 이기게 될 모양이었다.

***

헨드릭스 소령은 두 대째의 담배에 불을 붙였다. 주변 풍경 때문에 울적한 감정만 강해졌다. 잿더미와 폐허밖에는 보이지 않았다. 자신이 이 세계에 살아남은 유일한 생물인 것만 같았다. 오른쪽으로 도시의 폐허가 솟아 있었고, 일부 남은 벽들과 잔해 더미가 보였다. 그는 타 들어간 성냥개비를 던지고 빠르게 발걸음을 옮겼다. 순간 그는 걸음을 멈추고 긴장해선 총을 들었다. 방금 뭔가 보였던 것 같은데—

무너진 건물의 골조 속에서 사람 한 명이 걸어 나왔다. 머뭇거리며 그를 향해 천천히 걸음을 옮기고 있었다.

헨드릭스는 눈을 껌뻑였다. "멈춰!"

소년이 그 자리에 멈췄다. 헨드릭스는 총구를 내렸다. 소년은 조용히 서서 그를 바라보고 있었다. 작은 체구에다 별로 나이 들어 보이지도 않았다. 아마 8살 정도? 하지만 나이를 분간하는 건 쉬운 일이 아니었다. 지구에 남은 대부분의 아이들은 발육 상태가 좋지 못했다. 아이는 색이 바랜 진흙투성이 푸른색 스웨터와 반바지를 입고 있었다. 얼굴과 귓가를 뒤덮고 있는 갈색의 긴 머리카락은 떡이 졌다. 팔에 뭔가를 들고 있었다.

"뭘 들고 있는 거냐?" 헨드릭스가 날카롭게 물었다.

아이는 손에 든 것을 들어 보였다. 장난감, 곰 모양 인형이었다. 테디 베어. 아이의 커다란 눈에는 아무런 감정도 보이지 않았다.

헨드릭스는 긴장을 풀었다. "됐다. 가지고 있어도 된다."

아이는 다시 곰 인형을 껴안았다.

"어디 살고 있지?" 헨드릭스가 물었다.

"여기 안에요."

"저 폐허 속에?"

"네."

"지하에?"

"네."

"몇 명이나 있지?"

"몇─몇 명요?"

"너희 친구들 말이다. 은신처 규모가 얼마나 되지?"

아이는 대답하지 않았다.

헨드릭스는 얼굴을 찌푸렸다. "설마 너 혼자 살고 있는 거냐?"

아이는 고개를 끄덕였다.

"어떻게 살아남은 거지?"

"음식이 있어요."

"어떤 종류의 음식?"

"이것저것요."

헨드릭스는 소년을 살펴봤다. "몇 살이니?"

"열세 살요."

말도 안 되는 소리였다. 아니, 그럴 수도 있으려나? 아이는 비쩍 마르고 성장이 멈춰 있었다. 아마 생식 능력도 없을 터였다. 몇 년 동안이나 계속해서 방사능에 노출되어 있었으니까. 이렇게 작은 것도 무리는 아니었다. 팔다리는 파이프 소제기처럼 가늘고 관절이 튀어나와 있었다. 헨드릭스는 소년의 팔을 만져봤다. 마르고 거친 피부였다. 방사능에 오염된 피부. 그는 상체를 숙여 아이의 얼굴을 보았다. 아무런 표정도 없었다. 커다란 눈, 검고 큰 눈이었다.

"혹시 눈이 멀었니?" 헨드릭스가 물었다.

"아뇨. 약간은 보여요."

"발톱들한테서 어떻게 도망친 거냐?"

"발톱요?"

"둥근 놈들 말이다. 뛰어다니거나 땅을 파는 놈들."

"무슨 말인지 모르겠어요."

어쩌면 이 주변에는 발톱이 없는지도 모른다. 공백지는 상당히 많았다. 발톱 대부분은 인간이 있는 벙커 주변에 모여 있었다. 발톱은 온기를, 생명의 온기를 감지하도록 설계되어 있기 때문이다.

"너는 운이 좋구나." 헨드릭스가 몸을 일으켰다. "그래서? 이제 어디로 갈 거냐? 저기—저 안으로 돌아갈 생각이냐?"

"아저씨 따라가면 안 돼요?"

"나를?" 헨드릭스는 팔짱을 끼며 말했다. "나는 아주 멀리 가야 한단다. 몇 킬로미터 떨어진 곳이지. 게다가 서둘러야 하고." 그는 손목시계를 들여다봤다. "밤이 되기 전에 그곳에 도착해야 하거든."

"나도 가고 싶어요."

헨드릭스는 배낭 안을 뒤적였다. "그래 봤자 별것 없을 게다. 여기." 그는 가져온 통조림 식품을 던져줬다. "이걸 받고 돌아가거라. 알겠지?"

아이는 아무 말도 하지 않았다.

"돌아올 때도 이곳을 지날 거다. 내일이나 뭐 그렇게 될 거야. 내가 돌아올 때도 이 주변에 있으면 너를 데리고 가기로 하마. 알겠지?"

"지금 아저씨랑 가고 싶어요."

"한참 걸어야 하는데."

"걸을 수 있어요."

헨드릭스는 초조하게 몸을 움직였다. 두 사람이 함께 걸어간다면 무척 훌륭한 표적이 될 것이다. 게다가 아이 때문에 속도가 느려질 게 분명했다. 하지만 이쪽 길로 돌아오지 못할지도 모른다. 게다가 이 아이가 정말로 혼자 남겨진 거라면—

"알았다. 따라오거라."

아이가 즉시 그의 옆으로 따라붙었다. 헨드릭스는 함께 걸음을 옮겼다. 아이는 테디베어를 꼭 쥔 채 아무 말 없이 걸었다.

"이름이 뭐지?" 한동안 시간이 흐른 후 헨드릭스가 물었다.

"데이비드 에드워드 데링이에요."

"데이비드? 그럼—네 부모님은 어떻게 되신 거냐?"

"죽었어요."

"어떻게?"

"폭격 때문에요."

"언제쯤?"

"6년 전에요."

헨드릭스는 걸음을 늦췄다. "6년 동안 혼자 있었던 게냐?"

"아뇨. 한동안은 다른 사람들도 있었어요. 전부 떠났지만요."

"그 후로는 혼자 있었던 게로구나."

"네."

헨드릭스는 아이를 내려다봤다. 묘하게도 말수가 적은 아이였다. 매우 내성적이었다. 하지만 생존한 아이들은 전부 이런 모습이었다. 조용하고 감정을 보이지 않는, 일종의 묘한 체념에 사로잡힌 모습이었다. 무엇을 보아도 놀라지 않고 일어나는 모든 일을 그저 받아들이기만 했다.

그들이 기대할 만한 평범한 존재, 자연스러운 행동은 이제 존재하지 않았다. 도덕적으로도, 물리적으로도. 관습, 선례, 학습을 필요로 하는 모든 개념이 사라져버리고 말았다. 직접적인 경험만이 남아 있을 뿐이었다.

"내 걸음이 너무 빠른 건 아니냐?" 헨드릭스가 물었다.

"아뇨."

"어떻게 나를 본 거냐?"

"기다리고 있었어요."

"기다려?" 헨드릭스는 혼란에 빠졌다. "뭘 기다리고 있던 거지?"

"잡으려고요."

"뭘 잡아?"

"먹을 수 있는 것들요."

"아하." 헨드릭스는 쓴웃음을 머금었다. 들쥐와 땅다람쥐와 반쯤 썩은 통조림 음식으로 연명하는 열세 살 소년. 도시의 폐허 아래 토굴 속에서 혼자 살고 있는 아이. 방사능 웅덩이와 발톱들과 러시아 놈들의 대인지뢰를 머리 위에 이고, 하늘을 보지 못하고 살아가는 소년.

"어디로 가는 건가요?" 데이비드가 물었다.

"러시아 쪽의 전선으로 간다."

"러시아요?"

"적군 말이다. 전쟁을 시작한 사람들. 방사능 폭탄을 먼저 떨어뜨린 놈들. 놈들이 이 모든 것을 시작했지."

아이는 고개를 끄덕였다. 얼굴에는 아무런 표정도 떠오르지 않았다.

"나는 미국인이란다." 헨드릭스가 말했다.

아무 반응도 없었다. 두 사람은 계속 걸었다. 헨드릭스가 조금 앞에 서고, 데이비드가 그 뒤를 따르며, 가슴팍에 더러운 테디베어를 꼭 껴안은 채로.

둘은 오후 4시쯤 식사를 하기 위해 걸음을 멈췄다. 헨드릭스는 양쪽에 콘크리트 파편이 쌓여 있는 공터에서 잡초를 뽑고 목재를 쌓아 올려 불을 피웠다. 러시아 쪽 전선에 제법 가까이 온 듯했다. 이 주변은 한때 긴 계곡이었다. 과수원과 포도나무가 가득했던 곳이다. 이제는 그루터기 몇 개와 반대쪽 지평선까지 이어지는 산맥 말고는 아무것도 남아있지 않았다. 물론 바람을 따라 이리저리 흩날리다가 잡초나 건물 잔해, 여기저기 솟아 있는 벽들, 가끔가다 보이는 도로의 흔적 위로 내려앉는 재의 구름은 모든 곳에 있었다.

헨드릭스는 커피를 타고 조리한 양고기와 빵을 데웠다. "여기 있다." 그는 빵과 양고기를 데이비드에게 내밀었다. 데이비드는 불가에 쪼그려 앉아 있었다. 창백하고 툭 튀어나온 무릎이 눈에 띄었다. 아이는 음식을 살펴보더니 고개를 저으면서 헨드릭스에게 돌려줬다.

"됐어요."

"됐어? 조금도 먹고 싶지 않은 거냐?"

"됐어요."

헨드릭스는 어깨를 으쓱했다. 어쩌면 특별한 음식에 적응한 돌연변이일지도 모른다. 그렇다면 별 상관없었다. 배가 고프면 알아서 먹을 것을 찾겠지. 이 아이는 이상했다. 하지만 세상에는 이상한 변화가 워낙 많이 일어나고 있었다. 생명은 예전과 같지 않았다. 앞으로도 예전 모습으로 돌아가지는 않을 것이다. 인류는 그 사실을 받아들일 수밖에 없었다.

"마음대로 하렴." 헨드릭스는 이렇게 말하고는, 혼자 빵과 양고기를 베어 문 다음 커피와 함께 삼켰다. 음식을 넘기는 일이 쉽지 않아서 천천히 먹을 수밖에 없었다. 식사가 끝나자 그는 자리에서 일어나 발로 불을 밟아 껐다.

데이비드는 천천히 자리에서 일어났다. 애늙은이의 눈길로 계속해서 그를 바라보고 있었다.

"그럼 가자꾸나." 헨드릭스가 말했다.

"알았어요."

헨드릭스는 총을 든 채 계속 걸어갔다. 이제 얼마 남지 않았다. 그는 어떤 일이 일어나도 대응할 수 있도록 긴장을 늦추지 않고 있었다. 물론 러시아 측에서도 답신을 가져올 전령을 기다리고 있을 터이지만, 놈들은 약삭빠른 족속이었다. 이 모든 것이 함정일 가능성을 배제할 수는 없었다. 그는 주변 지형을 훑어봤다. 잔해와 잿더미, 언덕 몇 군데와 불타버린 나무밖에 보이지 않았다. 콘크리트 벽도 있었다. 그러나 이 앞쪽 어딘가에 러시아 점령 지역 최전선의 벙커가, 전방 사령부가 있을 터였다. 지하 깊은 곳에 숨어 잠망경 하나와 총구 몇 개만 밖으로 내놓은 채. 어쩌면 안테나도 있을 테고.

"금방 도착하나요?" 데이비드가 물었다.

"그래. 지친 모양이지?"

"아뇨."

"그럼 왜 그러니?"

데이비드는 대답하지 않았다. 소년은 조심스레 잿더미를 헤치며 그의 뒤를 따라오고 있었다. 다리와 신발은 먼지가 묻어 회색으로 변했다. 수척한 얼굴 위 땀이 흐른 자국에 먼지가 묻어, 창백한 얼굴과 대조되는 회색 줄무늬가 생겨나 있었다. 핏기조차 보이지 않는 창백한 얼굴이었다. 다락방이나 하수도, 지하 방공호에서 자라난 새로운 세대의 아이들에게서 흔히 볼 수 있는 피부색이었다.

헨드릭스는 걷는 속도를 늦췄다. 그는 쌍안경을 꺼내 앞쪽의 지형을 살펴봤다. 그의 부하들이 러시아인 전령을 지켜보고 있던 것처럼 이곳 어딘가에서 그를 기다리며 잠복해 있는 건 아닐까? 싸늘한 기운이 등골을 스쳤다. 어쩌면 발포할 준비를 마친 뒤 총구를 겨누고 있을지도 모른다. 그의 부하들이 사살할 준비를 하고 기다리던 것처럼.

헨드릭스는 걸음을 멈추고 얼굴의 땀을 훔쳐냈다. "젠장." 불안한 상황이었다. 하지만 저들은 그가 올 것을 알고 있었다. 상황이 다른 것이다.

그는 양손으로 총을 움켜쥔 채 잿더미 속을 헤치고 나아갔다. 데이비드가 그 뒤를 따랐다. 헨드릭스는 입을 꾹 다문 채 주변을 둘러봤다. 언제든 일어날 수 있는 일이었다. 깊숙한 콘크리트 벙커 안에서 조준하고 있다가, 하얀 불빛이 번쩍이며 폭발이 일어나기만 하면.

헨드릭스는 손을 들고는 크게 원을 그리며 휘저었다.

아무런 움직임도 보이지 않았다. 오른쪽으로 산등성이가 길게 이어지고 있었다. 꼭대기에는 죽은 나무둥치가 점점이 늘어서 있었다. 야생 덩굴이 한때 숲이었던 곳의 나무줄기를 타고 올라가는 모습이 보였다. 영원히 검은색일 잡초들도 보였다. 헨드릭스는 산등성이를 바라봤다. 저 위에 뭔가 있지는 않을까? 어쩌면 초소가 있을지도 모른다. 그는 불안하게 산등성이 쪽을 향해 다가갔다. 데이비드는 아무 말 없이 헨드릭스의 뒤를 따랐다. 그가 지휘를 맡고 있다면, 저 위에 보초를 세워 점령지로 잠입을 시도하는 적 병력을 파악하게 할 것이다. 물론 그의 부대가 이곳에 있다면 발톱들이 주변 지역 방어를 완벽하게 책임지겠지만 말이다.

그는 걸음을 멈추고 다리를 떡 벌린 채, 허리춤에 손을 가져다 대고 섰다.

"다 왔어요?" 데이비드가 물었다.

"거의 다 왔다."

"왜 멈춘 건가요?"

"위험을 무릅쓰고 싶지는 않거든." 헨드릭스는 천천히 접근했다. 이제 산등성이는 그의 바로 옆에, 오른쪽을 따라 위치해 있었다. 그를 굽어보고 있었다. 불안한 느낌이 강해졌다. 만약 저 위에 이반 놈이 있다면 헨드릭스는 저항할 엄두조차 내지 못할 것이다. 그는 다시 손을 흔들었다. 놈들은 분명 UN군복을 입은 누군가가 올 거라고 기대하고 있을 터였다. 쪽지가 들어 있는 알루미늄 통에 대한 응답으로 말이다. 이 모든 게 함정이 아니라면 말이지만.

"내 뒤로 꼭 붙어 있어라." 그는 데이비드를 돌아보며 말했다. "멀리 떨어지지 말고."

"아저씨한테요?"

"내 옆으로 오거라. 가까이 있는 편이 좋아. 위험을 무릅쓸 수가 없단다. 자, 어서."

"괜찮을 거예요." 데이비드는 여전히 그의 뒤를 따르고 있었다. 몇 발짝 떨어진 곳에서, 여전히 자신의 테디베어를 손에 쥔 채.

"마음대로 하거라." 헨드릭스는 순간 긴장하며 쌍안경을 다시 들어 올렸다. 방금—뭔가 움직이지 않았나? 그는 찬찬히 산등성이를 살펴봤다. 모든 것이 고요했다. 죽어 있었다. 나무둥치와 잿더미뿐, 어떤 생물도 보이지 않았다. 쥐 몇 마리 정도는 있겠지. 발톱들에게서 살아남은 크고 검은 들쥐들. 타액과 재를 회반죽처럼 이용해 자기들만의 방공호를 짓는 방법을 알아낸 돌연변이 쥐들. 적응한 놈들. 그는 다시 걸음을 옮기기 시작했다.

헨드릭스의 앞쪽 산등성이에서 키 큰 사람 하나가 망토를 펄럭이며 걸어 나왔다. 녹회색. 러시아인이었다. 그 뒤에서 다른 병사가 등장했다. 역시 러시아인이었다. 둘 다 총을 들고 그를 겨누고 있었다.

헨드릭스는 그 자리에서 얼어붙었다. 그는 입을 열었다. 병사 두 명은 무릎을 꿇고 조준경으로 언덕 사면을 바라보고 있었다. 세 번째 사람이 산등성이 꼭대기에서 그들과 합류했다. 녹회색 군복을 입은 보다 작은 형체였다. 여성. 그녀는 다른 두 사람 옆에 서 있었다.

헨드릭스는 간신히 목청을 돋우었다. "멈추시오!" 그는 그들을 향해 힘껏 손을 저었다. "나는—"

두 명의 러시아 병사가 발포했다. 헨드릭스 옆에서 희미한 푹 소리가 들렸다. 열기가 그를 뒤덮었고, 헨드릭스는 그대로 땅에 쓰러졌다. 잿더미가 일어나 그의 얼굴에 부딪치며 눈과 코를 가득 메웠다. 그는 숨이 막혀 캑캑대며 팔을 짚고 엎드렸다. 모든 것이 함정이었다. 이제 끝장이다. 그는 어리석은 황소처럼 제 발로 도살장에 걸어 들어온 것이다. 병사들과 여자가 부드러운 잿더미 속을 미끄러지며 언덕을 내려와 그에게 다가왔다. 헨드릭스는 꼼짝도 할 수 없었다. 머릿속이 윙윙 울려댔다. 그는 어색한 자세로 소총을 쥐고 그들을 겨눴다. 소총이 족히 1천 톤은 될 만큼 무겁게 느껴져 제대로 잡고 있기도 힘들었다. 코와 볼이 따가웠다. 공기는 블래스터* 냄새로 가득했다. 따갑고 매운 냄새였다.

"쏘지 마시오." 앞서 내려오던 러시아 병사가 억양이 심한 영어로 말했다.

세 사람은 그에게 다가와 주변을 둘러쌌다. "총 내려놓으시지, 양키." 다른 병사가 말했다.

헨드릭스는 어안이 벙벙했다. 모든 일이 너무 빠르게 일어났다. 사로잡힌 것이다. 게다가 그들은 소년을 날려버렸다. 그는 고개를 돌렸다. 데이비드는 사라지고 없었다. 그의 잔해가 땅 위에 널려 있었다.

세 명의 러시아인은 묘한 눈으로 그를 관찰했다. 헨드릭스는 자리에 앉아 코에서 피를 씻어내고 재를 훔쳐냈다. 그는 고개를 저으며 정신을 차리려 했다. "왜 그런 짓을 한 거지?" 그가 거친 소리로 중얼거렸다.

"그 아이를."

"왜냐고?" 병사 한 명이 거칠게 그를 일으켜 세웠다. 그는 헨드릭스를

---

* 광선총.

돌려세우며 말했다. "잘 보라고."

헨드릭스는 눈을 감았다.

"보라고!" 두 러시아인이 그를 앞으로 밀쳤다. "잘 봐. 어서. 이러고 있을 시간이 없단 말이다, 양키!"

헨드릭스는 눈을 떴다. 그러고는 헉 하고 숨을 삼켰다.

"봤지? 이제야 알겠나?"

데이비드의 시체에서 금속 톱니 하나가 굴러 나와 있었다. 스위치, 반짝이는 금속, 단자, 부속, 배선. 러시아 병사 하나가 잔해를 발로 걷어찼다. 사방으로 부속이 튀어나와 굴러갔다. 톱니바퀴와 스프링과 막대기들이. 반쯤 타버린 플라스틱 부속이 땅으로 떨어졌다. 헨드릭스는 몸을 떨며 굽어봤다. 머리 앞부분이 떨어져 나와 있었다. 전선과 밴드, 작은 진공관과 스위치, 수천 개의 납땜이 드러난 복잡한 대뇌를 알아볼 수 있었다―

"로봇이다." 그의 팔을 잡고 있는 병사가 말했다. "이놈이 당신에게 붙어 있는 모습을 봤지."

"나한테 붙어?"

"이게 이놈들 수법이라고. 사람한테 달라붙어서 따라오지. 벙커 안으로. 그런 식으로 들어오는 거야."

헨드릭스는 영문을 모른 채 눈을 껌뻑였다. "하지만―"

"어서 가자고." 그들은 산등성이 위로 그를 이끌었다. "여기 있으면 안 돼. 안전하지 못하거든. 이 주변에는 놈들이 수백 마리는 있을 거라고."

세 사람은 잿더미 속에서 미끄러지면서도 그를 산등성이 한쪽으로 끌어올렸다. 여자는 꼭대기에 올라 그들을 기다리고 있었다.

"전방 사령부는." 헨드릭스가 중얼거렸다. "나는 소련 측과 협상을 하러 온 건데―"

"전방 사령부 따위는 없어. 놈들이 들어왔거든. 곧 설명하지." 그들은 산등성이 꼭대기에 도착했다. "남은 건 우리뿐이야. 우리 셋. 나머지는 벙커 안에 있었어."

"이쪽이에요. 이리 내려가요." 여자는 땅바닥에 단단히 박힌 회색 맨홀 뚜껑을 돌려 열었다. "빨리 들어가요."

헨드릭스는 안으로 들어갔다. 두 병사와 여자는 그를 따라 사다리를 타고 내려갔다. 여자는 마지막으로 내려오며 출입구 뚜껑을 닫은 다음 나사로 단단하게 조였다.

"우리가 당신을 발견했기에 망정이지." 병사 두 명 중 하나가 투덜댔다. "그놈은 거의 최대 거리까지 당신을 따라왔던 거라고."

"담배 한 대 주세요." 여자가 말했다. "몇 주 동안 미국 담배는 구경도 못 했어요."

헨드릭스는 담뱃갑을 그녀 쪽으로 밀었다. 그녀는 담배 한 대를 꺼내고 나머지를 병사들 쪽으로 건넸다. 작은 방의 한쪽 구석에서 램프 불빛이 깜빡이며 타올랐다. 천장도 낮고 비좁은 방이었다. 네 사람은 작은 목제 탁자를 가운데 두고 앉았다. 한쪽 구석에 더러운 접시들이 잔뜩 쌓여 있었다. 누더기가 된 커튼 뒤편으로 두 번째 방이 보였다. 외투며 담요, 옷걸이에 걸려 있는 옷들이 흘깃 보였다.

"우린 여기 있었소." 헨드릭스 옆에 앉은 병사가 말했다. 그는 철모를 벗고 금발 머리카락을 뒤로 쓸어 넘겼다. "나는 루디 막세 하사요. 폴란드인이지. 2년 전에 소련군에 징집됐소." 그는 손을 내밀었다.

헨드릭스는 머뭇거리다 악수를 했다. "조지프 헨드릭스 소령이오."

"클라우스 엡스타인이다." 다른 병사도 그와 악수를 나눴다. 머리가 벗겨지고 있는, 어두운 피부의 키 작은 남자였다. 엡스타인은 초조하게 귀를 쑤시며 말했다. "오스트리아 출신이고, 언제일지도 모를 태곳적에 징집됐지. 기억도 안 나. 루디와 나와 타소, 우리 셋은 여기 함께 있었지." 그는 여자를 가리켰다. "그렇게 도망친 거야. 나머지 놈들은 전부 벙커에 있었거든."

"그리고―그리고 놈들이 들어간 거요?"

엡스타인이 담배에 불을 붙였다. "처음에는 한 놈이었지. 당신을 따라온 그 종류 말이야. 놈이 나머지를 들어오게 했어."

헨드릭스는 순간 긴장했다. "그 종류라니? 다른 종류가 있단 말이오?"

"꼬맹이 데이비드는 봤겠지. 테디베어를 들고 있는 데이비드. 그게 세 번째 변종이야. 가장 효율적이지."

"다른 종류는 뭐가 있는 거요?"

엡스타인은 자기 외투를 뒤적거렸다. "여기." 그는 끈으로 묶은 사진 한 묶음을 탁자 위로 던졌다. "직접 살펴보라고."

헨드릭스는 끈을 풀었다.

"보시다시피." 루디 막세가 말했다. "녀석들 때문에 우리가 협상을 하려고 한 거요. 그러니까, 러시아 놈들이 말이지. 우리가 이걸 알게 된 건 일주일 전이었소. 당신네 발톱들이 스스로 새로운 설계를 하기 시작했다는 사실을 알게 됐소. 자기네들만의 새로운 기종, 더 나은 변종을 만든 거요. 우리 전선 후방의 지하 공장에서 말이지. 당신들은 놈들이 스스로 복제하고 스스로 수리하도록 만들었소. 놈들을 갈수록 더 복잡하게 만들었지. 이런 사태가 벌어진 건 당신들 책임이오."

헨드릭스는 사진을 살펴봤다. 서둘러 찍은 티가 역력했다. 흔들리고 초점도 제대로 잡히지 않았다. 처음의 몇 장에는―데이비드가 찍혀 있었다. 홀로 도로를 따라 걷고 있는 데이비드. 데이비드와 다른 데이비드. 세 명의 데이비드. 모두 똑같은 모습에 누더기가 된 테디베어를 들고 있었다.

모두 불쌍한 모습이었다.

"다른 사진도 봐요." 타소가 말했다.

다음 사진들은 멀찍이서 찍었다. 부상병 하나가 도로 한쪽에 앉아 있었다. 팔은 축 늘어뜨리고 잘려 나간 한쪽 다리를 뻗은 채, 무릎 위에 대충 만든 목발을 올려놓고 있었다. 다음 사진은 나란히 서 있는 똑같은 모습의 부상병 두 명이었다.

"그게 첫 번째 변종이야. '부상병'이라고 부르지." 클라우스는 손을 뻗어 사진들을 낚아챘다. "당신도 알겠지만 발톱들은 인간에게 다가가는 것, 인간을 찾아내는 것을 목적으로 하고 있어. 새로운 기종은 나올 때마다 매번 예전 기종보다 더 나아졌지. 더 멀리 이동하고, 우리의 방어 수단 대부분을 통과해서 우리 전선으로 더 가까이 침투해 들어올 수 있게 됐어. 하지만 놈들이 단순한 기계일 뿐이라면, 발톱과 뿔과 촉각기가 달린 금속 구체에 지나지 않는다면 다른 물체와 마찬가지로 골라낼 수 있어. 보자마자 살인 로봇이라는 걸 알아챌 수 있다면 말이야. 눈에 보이는 순간 작살내면 되니까."

"첫 번째 변종이 우리 전선의 북쪽 구역을 초토화시켰소." 루디가 말했다. "누군가 알아챌 때까지 한참 걸렸지. 이미 너무 늦은 후였소. '부상병'들이 와서 문을 두드리고는 제발 들여보내달라고 애원했지. 그래서 우리는 놈들을 들어오게 했소. 놈들은 안으로 들어오자마자 벙커를 제압했고. 우리는 기계를 경계하고 있었을 뿐이라……"

"당시에는 한 가지 변종만 있을 거라고 생각했어." 클라우스 엡스타인이 말했다. "다른 변종이 있을 거라고는 상상도 못 했지. 이 사진들은 전송받은 거야. 당신네들 쪽으로 전령을 보냈을 때는 한 가지 변종밖에는 알지 못했어. 첫 번째 변종. 부상병 말이야. 그게 전부인 줄만 알았지."

"당신들 전선은 그럼—"

"세 번째 변종에게 당했어. '데이비드'와 곰 인형한테. 이번에는 더 효과가 좋았어." 클라우스는 쓴웃음을 머금었다. "병사들이란 아이만 보면 정신을 못 차리는 족속이거든. 아이들을 안으로 들여 먹을 것을 주려고 했지. 막대한 대가를 치르고 나서야 놈들이 진정으로 원하는 게 뭔지 깨닫게 된 거야. 적어도 벙커 안에 있던 친구들은."

"우리 셋은 운이 좋았소." 루디가 말했다. "클라우스와 나는 그 일이 일어났을 때 여기 타소를…… 방문하고 있었으니 말이오. 여기가 이 여자의 거처요." 그는 커다란 손을 흔들어 보이며 말했다. "이 작은 골방이 말이오. 우리는 일을 마치고 사다리를 올라가기 시작했소. 산등성이에 올라서니 놈들이 벙커 주변에 잔뜩 몰려 있는 모습이 보이더군. 전투가 벌어지고 있었소. 수백 마리의 '데이비드'와 곰 인형들이 있었지. 클라우스가 사진을 찍었고."

클라우스는 사진들을 다시 끈으로 묶었다.

"당신네 전선 모든 곳에서 이런 일이 벌어지고 있는 거요?" 헨드릭스가 물었다.

"그렇소."

"그럼 우리 쪽은 어떻소?" 헨드릭스는 문득 멍하니 팔의 인식표를 만졌다. "설마 놈들이—"

"놈들은 당신네의 방사능 인식표 따위는 신경 쓰지 않소. 러시아인, 미국인, 폴란드인, 독일인, 놈들에게는 어느 쪽이든 아무 상관없거든. 전부 똑같은 거요. 놈들은 설계된 대로 움직이는 것뿐이오. 기초 개념을 따르고 있는 거지. 생명체를 추적해서 사냥하는 거요."

"놈들은 온기에 반응한다고." 클라우스가 말했다. "애초에 그쪽에서 그런 식으로 설계한 거잖아. 물론 당신네가 설계한 놈들은 방사능 인식표를 달고 있으면 물리칠 수 있겠지. 하지만 이젠 그게 통하지 않을걸. 새로 만들어진 변종들은 납판을 대고 있단 말이야."

"다른 변종은 뭐가 있소?" 헨드릭스가 물었다. "'데이비드', '부상병'…… 나머지는 뭐요?"

"우리도 몰라." 클라우스가 벽을 가리켰다. 벽에는 가장자리가 뜯겨

나간 금속판 두 개가 붙어 있었다. 여기저기 움푹 패고 일그러진 모습이었다.

"왼쪽 것은 '부상병'한테서 나온 거요." 루디가 말했다. "한 놈을 처치하는 데 성공했을 때의 일이지. 예전 벙커 쪽으로 걸어가고 있었소. 당신에게 붙은 '데이비드'를 처치했을 때와 마찬가지로 산등성이에서 공격했지."

그 금속판에는 I-V라는 글자가 찍혀 있었다. 헨드릭스는 다른 쪽 금속판을 만져봤다. "그러면 이건 데이비드 변종에서 나온 거요?"

"그렇소." 그 금속판에는 III-V라는 글자가 찍혀 있었다.

클라우스는 헨드릭스의 널찍한 어깨에 기대어 금속판을 바라봤다. "우리가 뭘 상대하고 있는지 잘 알겠지. 한 가지 변종이 더 있는 거라고. 어쩌면 포기해버린 설계일지도 모르지. 제대로 작동하지 않았을 수도 있고. 하지만 두 번째 변종이 존재하는 것만은 분명하지 않나. 첫 번째와 세 번째가 있으니까."

"당신은 운이 좋았던 거요." 루디가 말했다. "'데이비드'가 여기까지 따라오면서 당신을 건드리지도 않았으니. 아마도 당신이 어딘가의 벙커 안으로 들어갈 거라고 생각한 거겠지."

"일단 들어가고 나면 모든 게 끝장이야." 클라우스가 말했다. "정말로 재빠르거든. 하나가 들어가면 다른 놈들을 전부 따라오게 만들어. 망설이지도 않아. 오직 한 가지 목적만 가진 기계일 뿐이니까. 그놈들은 단하나의 목표를 위해 만들어졌거든." 그는 입가로 흘러내린 땀을 훔쳤다. "우리는 직접 봤다고."

잠시 침묵이 흘렀다.

"양키 씨, 담배 한 대만 더 줘요." 타소가 말했다. "정말 좋은데. 이게 어떤 맛인지도 거의 잊어버리고 있었던 것 같아."

밤이 되었다. 하늘은 어두웠다. 하늘을 뒤덮은 잿빛 구름 때문에 별은 전혀 보이지 않았다. 클라우스는 조심스레 뚜껑을 들어 올려 헨드릭스가 밖을 살펴볼 수 있게 해줬다.

루디는 어둠 속을 가리켰다. "저 방향에 벙커들이 있소. 우리가 원래 주둔하던 곳이지. 지금 위치에서 1킬로미터도 안 될 거요. 클라우스와 내가 그 일이 벌어졌을 때 벙커에 있지 않았던 건 그저 운이 좋았기 때문이었소. 우리의 약점 때문에, 정욕 때문에 구원을 받은 거요."

"나머지는 전부 죽었겠지." 클라우스가 낮은 목소리로 중얼거렸다. "순식간에 일어난 일이었으니까. 그날 아침 정치국에서는 마침내 결단을 내린 모양이었어. 우리 전방 사령부에도 통지가 내려왔지. 우리는 즉각 전령을 내보냈고. 그 친구가 당신네 전선을 향해 달려가는 모습을 봤어. 시야에서 사라질 때까지 엄호를 해줬지."

"알렉스 라드리프스키라는 친구였소. 우리 둘 다 그 친구를 알고 있었지. 그는 6시 정각에 우리 시야에서 사라졌소. 태양이 막 떠오르고 있었어. 정오 무렵이 되어 클라우스와 나는 한 시간의 휴식 시간을 얻었고, 벙커에서 몰래 빠져나왔소. 아무도 우리를 목격하지 못했고, 우리는 여기로 왔소. 예전에는 여기 집 몇 채와 대로가 있는 마을이 있었다고 하더군. 이 구석방은 한때 커다란 농장 건물의 일부였소. 우리는 타소가 여기 작은 다락방 안에 숨어 있을 거라는 사실을 알고 있었소. 예전에도 여기 들렀으니까. 벙커의 다른 친구들도 이곳을 방문하거든. 오늘이 우리 차례였을 뿐이오."

"덕분에 구원받은 거지." 클라우스가 말했다. "순전히 우연으로. 다른 친구들이 될 수도 있었는데. 우리는—그러니까 일을 마친 다음에, 다시 지표로 나가서 산등성이를 따라 돌아가기 시작했어. 그러다 놈들을, '데이비드'들을 봤고 즉시 사태를 이해했지. 첫 번째 변종, '부상병'들의 사진을 본 적이 있었거든. 우리 쪽 정치장교가 설명과 함께 사진을 나눠줬으니까. 한 발짝만 더 움직였으면 놈들이 우리도 봤을지 몰라. 돌아오기 전까지 '데이비드' 두 놈을 날려버려야 했지. 사방에 수백 마리가 있었어. 개미처럼. 우리는 사진을 찍은 다음 이곳으로 다시 돌아와 뚜껑을 단단히 조였어."

"혼자 있을 때는 별것 아니오. 우리가 놈들보다 더 빠르게 움직일 수 있으니까. 하지만 놈들은 주저하는 법이 없소. 생물이 아니니까. 그대로 우리를 향해 덤벼들지. 우리는 놈들을 날려버리고."

헨드릭스는 출입구 가장자리에 기대어 서서 눈이 어둠에 적응하기를 기다리고 있었다. "뚜껑을 열어둬도 괜찮은 거요?"

"조심만 한다면야. 그러지 않으면 당신 통신기도 작동하지 않을 것 아냐?"

헨드릭스는 천천히 소형 벨트 통신기를 들어 올렸다. 통신기를 귓가에 가져다 댔더니 차갑고 축축한 느낌이 들었다. 그는 마이크에 대고 한두 번 바람을 불어본 후 짧은 안테나를 뽑았다. 희미한 웅웅 소리가 귓가에 울렸다. "아마도 그 말대로겠지."

하지만 그는 여전히 망설이고 있었다.

"무슨 일이 생기면 우리가 끌어내릴 테니까." 클라우스가 말했다.

"고맙소." 헨드릭스는 잠시 기다린 다음 통신기를 어깨에 올리고 말했다. "재미있군. 그렇지 않소?"

"뭐가?"

"이 새로운 기종들 말이오. 발톱의 변종들. 우리는 완전히 놈들의 손아귀에 잡힌 거 아니오? 어쩌면 지금쯤 UN군 전선 안쪽으로도 침투해 들어갔을 수도 있겠지. 혹시 새로운 종의 출현을 목격하고 있는 건 아닌가 하는 생각이 드는군. 새로운 생물종. 진화. 인류의 뒤를 이을 종족."

루디가 투덜댔다. "인간 다음의 종족은 없소."

"없다고? 없을 건 또 뭐요? 어쩌면 우리가 지금 목격하고 있는 것일지도 모르잖소. 인류의 종말, 그리고 새로운 사회의 시작을."

"놈들은 종족이 아니오. 기계 살인마일 뿐이지. 당신네들은 파괴를 위해 놈들을 만들었소. 놈들이 할 수 있는 일은 그것뿐이오. 목적을 가진 기계일 뿐이지."

"지금은 그렇게 보이겠지. 하지만 나중에는 어떻겠소? 전쟁이 끝나 더 이상 파괴할 인간이 남지 않으면 그들의 진정한 가능성이 모습을 드러낼지도 모르는 것 아니오."

"놈들이 살아 있는 것처럼 말하는군!"

"실제로 그렇지 않소?"

침묵이 흘렀다. "놈들은 기계일 뿐이오." 루디가 말했다. "인간처럼 보이는 기계일 뿐이란 말이오."

"통신기나 쓰라고, 소령 양반." 클라우스가 말했다. "여기 평생 동안 이러고 있을 수는 없잖아."

헨드릭스는 통신기를 꽉 쥐고 본부 벙커를 호출하는 신호를 보냈다. 귀를 기울이며 기다렸지만 응답은 없었다. 침묵만이 흘렀다. 그는 다시 무선 상태를 살폈다. 모든 것이 제대로 작동하고 있었다.

"스콧!" 그는 마이크에 대고 소리쳤다. "내 말 들리나?"

대답은 없었다. 그는 마이크 음량을 최대로 높인 다음 다시 시도했다. 여전히 잡음밖에 들리지 않았다.

"아무것도 안 들리는군. 내 목소리는 들리지만 대답하고 싶지 않은 것일 수도 있소."

"긴급 상황이라고 말하라고."

"내가 강요받고 있다고 생각할 거요. 당신네들 지시에 따르고 있다고." 그는 다시 한번 시도했고, 자신이 습득한 정보를 요약해 설명했다. 그러나 여전히 희미한 잡음 외에는 아무것도 들리지 않았다.

"방사능 웅덩이가 통신을 방해할 수도 있지." 잠시 후 클라우스가 말했다. "그 때문일지도 몰라."

헨드릭스는 통신기를 접어 넣었다. "소용없소. 답을 하지 않는군. 방사능 웅덩이? 그럴 수도 있소. 아니면 내 목소리가 들리지만 답하지 않으려는 걸지도 모르고. 솔직히 말해서, 전령이 소련 쪽 전선에서 통신을 시도한다면 나라도 그렇게 반응하겠소. 이런 이야기를 믿어줄 이유가 없으니까. 내가 말하는 것은 전부 듣고 있지만—"

"아니면 이미 너무 늦었을지도 모르지."

헨드릭스는 고개를 끄덕였다.

"뚜껑을 닫는 편이 좋겠소." 루디가 불안하게 중얼거렸다. "쓸데없이 위험을 무릅쓸 필요는 없지 않겠소."

셋은 다시 천천히 토굴로 기어 내려갔다. 클라우스는 조심스레 뚜껑을 정확하게 맞춘 뒤 잠갔다. 그들은 부엌으로 들어왔다. 무겁고 답답한 공기가 그들 사이에 흐르고 있었다.

"그렇게 빠르게 끝나버릴 수 있는 거요?" 헨드릭스가 말했다. "내가 우리 벙커를 떠난 게 정오였소. 고작해야 열 시간 전인데, 그렇게 빨리 움직일 수가 있겠소?"

"그리 오래 걸리지는 않을 거야. 일단 한 놈이 안에 들어가기만 하면 그대로 날뛰기 시작하거든. 그 작은 발톱이 뭘 할 수 있는지 봤지. 이놈들은 혼자 있어도 믿을 수 없을 지경이라니까. 손가락 하나하나에 날을 세우고 미친 것처럼 날뛴다고."

"알겠소." 헨드릭스는 초조하게 발을 옮겼다. 그는 러시아인들을 등지고 섰다.

"왜 그러는 거요?" 루디가 물었다.

"달 기지. 세상에, 만약 거기까지 침투해 들어간다면—"

"달 기지라고?"

헨드릭스는 몸을 돌렸다. "달 기지에 도달하지는 못했을 거요. 무슨 방법으로? 불가능한 일이오. 그러지는 못했을 거요."

"그 달 기지라는 게 뭐요? 우리도 소문은 들었지만 명확한 내용은 없었소. 실제 상황이 어떤 거요? 당신 지금 걱정하고 있는 것 같은데."

"우리는 달에서 보급을 받고 있소. 우리 정부는 그곳에, 월면 지하 기지에 가 있지. 우리 국민과 산업도 마찬가지고. 우리는 그 덕에 버티고 있는 거요. 만약 놈들이 테라를 떠나 달에 가 닿을 방법을 찾아내기만 한다면—"

"한 놈이면 충분할 거요. 한 놈이 도착하면 다른 놈들을 불러들이지. 똑같이 생긴 놈들을 수백 마리씩. 당신도 그 모습을 봤으면 좋았을 텐데. 완전히 똑같은 모습이오. 마치 개미처럼."

"완벽한 사회주의죠." 타소가 말했다. "공산주의 국가의 이상향 아닌가요? 모든 시민을 부속처럼 대체할 수 있는."

클라우스가 화난 표정으로 투덜댔다. "그런 소리는 그만하라고. 그래서? 이제 어떻게 하지?"

헨드릭스는 작은 방 안을 오락가락했다. 공기는 음식과 사람들의 숨결 냄새로 가득했다. 다른 이들은 그를 바라보고 있었다. 타소는 곧 커튼을 젖히고 다른 방으로 들어갔다. "나는 낮잠이나 잘래요."

그녀 뒤로 커튼이 닫혔다. 루디와 클라우스는 여전히 탁자에 앉아 헨드릭스를 바라보고 있었다. "당신에게 달린 일이야." 클라우스가 말했다. "우리는 당신네 상황을 모른다고."

헨드릭스는 고개를 끄덕였다.

"별로 좋지 못한 상황이오." 루디는 녹슨 주전자에서 커피를 따라 마시며 말했다. "이곳에 머무르면 한동안은 안전하겠지만, 영원히 머무를 수는 없는 노릇 아니오. 식량이나 보급품이 부족하니까."

"하지만 밖으로 나가면—"

"밖으로 나가면 놈들이 우리를 사냥하겠지. 어쩌면 남아 있어도 잡힐

지 모르고. 사실 얼마 가지도 못할걸. 당신네 지휘 벙커까지 거리가 얼마나 되는 거요, 소령?"

"5~6킬로미터 정도요."

"할 수 있을지도 모르겠군. 넷이서 함께 말이오. 네 명이면 사방을 경계할 수 있겠지. 뒤에서 덮치거나 따라붙을 수는 없을 거요. 블래스터 라이플이 세 자루 있소. 타소는 내 권총을 쓰면 될 거요." 루디는 자기 탄띠를 툭툭 쳐 보였다. "소련군에서는 신발 배급이 끊기는 경우는 있어도 총이 부족한 경우는 없거든. 우리 넷 모두 무장을 하면 한 명 정도는 당신네 지휘 벙커에 도달할 수 있을지도 몰라. 아마도 당신이 좋겠지, 소령."

"만약 놈들이 벌써 거기 들어가버렸으면?" 클라우스가 말했다.

루디는 어깨를 으쓱했다. "글쎄, 그럼 이리 돌아와야겠지."

헨드릭스는 걸음을 멈췄다. "놈들이 이미 미국 쪽 전선에 침투했을 가능성이 얼마나 된다고 보시오?"

"쉽지 않은 추측이군. 꽤나 높을 거요. 놈들은 체계적으로 움직이니까. 자신들이 뭘 하는지 정확하게 알고 있소. 일단 움직이기 시작하면 메뚜기 떼처럼 덤벼들 거요. 계속 빠르게 움직여야 하거든. 놈들은 기밀 유지와 신속성에 의지해 습격하오. 기습 공격이 중요하지. 아무도 감을 잡지 못한 상황에서 전선을 확장해나가는 거요."

"그렇군." 헨드릭스가 중얼거렸다.

다른 방에서 타소가 부스럭거리는 소리가 들렸다. "소령 아저씨?"

헨드릭스는 커튼을 젖히며 물었다. "왜 그러지?"

타소는 침대에 누운 채 나른하게 그를 올려다보며 말했다. "미국 담배 남은 거 없어요?"

헨드릭스는 방으로 들어가 그녀 맞은편에 놓인 나무 의자에 앉았다. 그는 주머니를 뒤적였다. "없군. 다 피웠어."

"아쉬워라."

"아가씨는 어디 출신인가?" 헨드릭스가 잠시 후 물었다.

"러시아요."

"여기 어떻게 온 거지?"

"여기요?"

"여기는 원래 프랑스였을 텐데. 노르망디 지방이었지. 아가씨도 소련 군과 함께 온 건가?"

"그건 왜 묻는 건데요?"

"그냥 궁금해서." 그는 그녀를 바라봤다. 외투는 벗어서 침대 끄트머리에 던져놓은 상태였다. 젊었다. 스물 남짓 되어 보였다. 늘씬한 몸매에 긴 머리카락이 베개 위에 펼쳐져 있었다. 그녀는 아무 말 없이 검고 큰 눈으로 그를 바라보고만 있었다.

"무슨 생각 해요?" 타소가 말했다.

"아무 생각도. 아가씨는 몇 살이지?"

"열여덟요." 그녀는 계속해서 눈도 깜빡이지 않고 팔을 괸 채 그를 바라보기만 했다. 녹회색의 러시아 군복 바지와 셔츠를 입고 있었다. 계수기와 탄약통과 응급처치 도구가 달린 묵직한 가죽 탄띠도 보였다.

"소련군 소속인가?"

"아뇨."

"군복은 어디서 얻은 거지?"

그녀는 어깨를 으쓱해 보였다. "누가 줬어요."

"그럼—아가씨가 여기 왔을 때는 몇 살이었지?"

"열여섯요."

"그렇게 어렸나?"

여자의 눈이 가늘어졌다. "그거 무슨 뜻이에요?"

헨드릭스는 턱을 문질렀다. "전쟁이 아니었으면 아가씨의 삶도 많이 달랐을 텐데. 열여섯이라. 열여섯에 이곳으로 왔단 말이지. 이렇게 살기 위해서."

"살아남아야 했다고요."

"훈계를 하려는 건 아니야."

"아저씨도 꽤나 다른 삶을 살고 있었겠죠." 타소가 중얼거렸다. 그녀는 손을 뻗어 한쪽 군화의 끈을 풀고는 바닥으로 차서 벗어 던졌다. "소령 아저씨, 다른 방으로 가줄래요? 나 졸려요."

"우리 넷이 여기 함께 있으려면 문제가 생길 텐데. 공간이 너무 좁으니까. 방이 두 개밖에 없나?"

"네."

"이 창고가 원래 얼마나 컸던 거지? 지금보다 더 컸었나? 잔해로 막힌 다른 방은 없나? 하나 뚫어낼 수 있을지도 모르겠는데."

"그럴지도 모르죠. 나도 잘 몰라요." 타소는 벨트를 풀었다. 그녀는 셔츠의 단추를 풀고 침대 위에 편하게 자리를 잡았다. "정말로 담배 더 없어요?"

"한 갑밖에 가져오지 않았어."

"정말 아쉽네요. 어쩌면 아저씨네 벙커로 돌아가면 더 있을지도 모르죠." 반대쪽 군화가 땅으로 떨어졌다. 타소는 전등의 끈을 향해 손을 뻗었다. "잘 자요."

"잘 생각인가?"

"맞아요."

방이 어둠에 휩싸였다. 헨드릭스는 자리에서 일어나 커튼을 젖히고 부엌으로 나왔다. 그리고 그대로 얼어붙었다.

루디가 땀에 절어 하얗게 질린 얼굴로 벽에 기대어 서 있었다. 입술이 달싹거렸지만 아무 소리도 흘러나오지 않았다. 클라우스가 권총의 총구를 루디의 배에 댄 채 그의 앞에 서 있었다. 둘 다 움직이지 않았다.

클라우스는 굳은 얼굴로 권총을 단단히 쥐고 있었다. 루디는 창백한 얼굴로 아무 말도 못 하고 사지를 벌린 채 벽에 붙어 있었다.

"이게 무슨—" 헨드릭스가 중얼거렸지만, 클라우스가 그의 말을 잘랐다.

"조용히, 소령 양반. 이리 오라고. 총 들고. 당신 총 꺼내."

헨드릭스는 자기 권총을 꺼냈다. "이게 무슨 일인가?"

"저놈을 겨누라고." 클라우스가 자기 쪽으로 손짓하며 말했다. "내 옆에 서. 어서!"

루디가 몸을 움직이며 팔을 내렸다. 그는 입술을 핥으며 헨드릭스를 돌아봤다. 흰자가 번득였다. 땀방울이 이마를 타고 뺨으로 흘러내렸다. 그는 헨드릭스에게서 시선을 떼지 않았다. "소령, 이 친구가 미쳤소. 저 지해주시오." 루디의 목소리는 가늘고 거칠었다. 거의 들리지 않을 정도였다.

"무슨 일인 거요?" 헨드릭스가 물었다.

클라우스는 총구를 내리지 않고 답했다. "소령, 우리가 했던 대화 기억하나? 세 가지 변종에 대해서? 우리는 첫 번째와 세 번째 변종에 대해서는 알고 있었어. 하지만 두 번째에 대해서는 아는 게 없다고. 적어도 방금 전까지는 그랬지." 클라우스의 손가락이 권총을 단단히 움켜쥐었다. "방금 전에는 몰랐지만, 이제는 알고 있다고."

그는 방아쇠를 당겼다. 백색의 열기가 총에서 뿜어져 나와 루디를 휘감았다.

"소령, 바로 이놈이 두 번째 변종이야."

타소가 커튼을 젖혔다. "클라우스! 당신 지금 뭘 한 거야?"

클라우스는 벽을 타고 천천히 바닥으로 무너져 내리는 불탄 형체를 뒤로하고 몸을 돌렸다. "두 번째 변종이야, 타소. 이제 알게 된 거라고. 세 가지 변종을 모두 확인했어. 이제 위험이 줄어든 셈이라고. 나는—"

타소는 그의 뒤에서 무너져 내리는, 검게 그을린 루디의 잔해를 바라봤다. 연기를 뿜고 있는 육신의 조각과 옷가지들을. "당신이 그를 죽였어."

"그라고? 그것이라고 해야지. 쭉 지켜보고 있었다고. 느낌은 왔지만 확신할 수가 없었어. 적어도 이전까지는 확신하지 못했지. 하지만 오늘 저녁에는 확신했다고." 클라우스는 초조하게 권총 총구를 문질렀다. "운이 좋았던 거야. 어떻게 된 건지 모르겠어? 1시간만 더 있었어도 우리는—"

"확신했다고?" 타소는 그를 밀치고 나가 연기를 뿜어내는 시신 위로 몸을 숙였다. 그녀의 얼굴이 차갑게 굳었다. "소령 아저씨, 직접 와서 보세요. 뼈하고 살점을."

헨드릭스는 그녀 옆에서 몸을 숙였다. 시체는 분명 인간의 유해였다. 불타버린 살점, 검게 그을린 뼛조각, 두개골의 일부. 인대, 창자, 피. 벽에서 흘러내려 웅덩이를 이루고 있는 피.

"톱니 따위는 없어." 타소가 침착하게 말했다. 그녀는 몸을 일으켰다. "톱니도, 부속도, 단자도 없어. 발톱이 아니야. 두 번째 변종이 아니라고." 그녀는 팔짱을 끼고 섰다. "당신, 이 상황을 똑똑히 설명하는 편이 좋을 거야."

클라우스는 갑자기 온몸의 핏기가 빠져나간 듯 창백한 얼굴로 탁자에 주저앉았다. 그는 손으로 머리를 감싸고는 앞뒤로 흔들기 시작했다.

"정신 차려." 타소의 손가락이 그의 어깨를 파고들었다. "왜 이런 짓을 한 거야? 왜 이 사람을 죽였어?"

"겁에 질렸던 게지." 헨드릭스가 말했다. "이 모든 일에, 이 상황 전체에, 우리를 포위하는 모든 것들에."

"그럴지도 모르죠."

"그게 아니라면, 아가씨는 무슨 생각을 하는 건가?"

"제가 보기에는 루디를 죽일 만한 이유가 있었을 것 같아요. 제대로 된 이유가요."

"무슨 이유 말인가?"

"어쩌면 루디가 뭔가를 알아챘을지도 모르죠."

헨드릭스는 그녀의 굳은 얼굴을 바라봤다. "뭘 말인가?" 그가 물었다.

"이 사람에 대해서요. 클라우스에 대해서."

클라우스가 고개를 번쩍 들었다. "지금 이년이 무슨 말을 하려는지 알고 있어? 내가 두 번째 변종이라고 생각하는 거야. 모르겠나, 소령? 이년이 지금 내가 고의로 루디를 죽였다고 믿게 만들려는 거라고. 내가 변종이라고ㅡ"

"그럼 왜 이 사람을 죽인 건데?"

"말했잖아." 클라우스가 지친 기색으로 고개를 저었다. "발톱인 줄 알았어. 확신했다고."

"왜?"

"계속 지켜보고 있었다니까. 의심할 만했거든."

"왜?"

"뭔가를 본 것만 같았어. 뭔가를 들은 것 같았다고. 분명히 그랬다고ㅡ" 그는 말을 멈췄다.

"계속해봐."

"우리는 탁자에 앉아 있었어. 카드를 치고 있었지. 거기 둘은 다른 방에 있었고. 완전히 조용했어. 그런데 그때ㅡ이놈이 윙윙거리는 소리가 들린 거야."

침묵이 흘렀다.

"저 말을 믿어요?" 타소가 헨드릭스에게 말했다.

"그래. 저 친구 말을 믿을 수 있을 것 같네."

"난 아니에요. 내 생각에는 저 사람이 명확한 이유를 가지고 루디를 죽인 것 같아요." 타소는 방 한구석에 서 있는 소총을 만지며 말했다. "소령 아저씨—"

"안 돼." 헨드릭스는 고개를 저었다. "여기서 멈춰. 한 명으로 충분해. 우리 역시 저 친구와 마찬가지로 겁에 질려 있어. 저 친구를 죽이면 그건 저 친구가 루디에게 한 짓을 되풀이하는 것밖에 되지 않아."

클라우스는 고마워하는 표정으로 그를 올려다봤다. "고맙네. 겁이 났을 뿐이야. 이해해주는 거지? 저년도 나랑 똑같이 겁에 질린 것뿐이라고. 저년은 나를 죽이고 싶어 해."

"더 이상 아무도 죽일 필요 없네." 헨드릭스는 사다리를 향해 다가가며 말했다. "지상으로 올라가서 다시 한번 통신기를 시험해보지. 연락이 되지 않으면 내일 아침 우리 쪽 전선으로 이동하도록 하세."

클라우스는 재빨리 자리에서 일어났다. "같이 나가자고. 도와줄 테니까."

밤공기가 차가웠다. 지면이 식어가고 있었다. 클라우스는 심호흡을 하며 폐에 공기를 가득 채웠다. 그와 헨드릭스는 토굴을 나와 지표에 올라와 있었다. 클라우스가 발을 넓게 벌리고 서서 총을 든 채 주변을 둘러보며 귀를 기울였다. 헨드릭스는 토굴 입구로 기어 나가 작은 통신기의 전원을 켰다.

"소득이 있나?" 클라우스가 즉시 물었다.

"아직 없네."

"계속해봐. 그들에게 무슨 일이 벌어졌는지 알려줘야지."

헨드릭스는 계속 시도했다. 별 성과는 없었다. 마침내 그는 안테나를 내렸다. "소용없는 짓이야. 내 목소리가 닿지 않는 모양일세. 아니면 듣고도 대답하지 않던가. 아니면—"

"들어줄 사람이 없는 걸지도 모르지."

"한 번 더 해보겠네." 헨드릭스는 안테나를 올렸다. "스콧, 내 말 들리나? 대답 좀 해!"

그는 귀를 기울였다. 잡음만이 들렸다. 그런 와중에 아주 작은 소리가—

"스콧입니다."

그의 손가락에 힘이 들어갔다. "스콧! 자네인가?"

"스콧입니다."

클라우스는 옆에 쭈그려 앉으며 말했다. "당신네 사령부야?"

"스콧, 잘 듣게. 이해가 되나? 그들에 대해서, 발톱들에 대해 말이야. 내가 한 말을 들었나? 내 말 들었냐는 말이네."

"네." 거의 들리지 않을 만큼 희미한 소리였다. 간신히 뜻을 파악할 수 있을 정도였다.

"내가 전송한 내용을 들은 건가? 벙커에는 아무 일 없고? 놈들이 들어오지는 않았나?"

"아무 일도 없습니다."

"놈들이 침입하려 시도하지는 않았나?"

목소리가 더 희미해졌다.

"아니오."

헨드릭스는 클라우스를 돌아봤다.

"괜찮은 모양일세."

"공격을 받았다고 하나?"

"아니." 헨드릭스는 송신기를 귀에 더 바싹 붙였다. "스콧, 자네 목소리가 거의 들리지 않네. 달 기지에는 연락을 보냈나? 그쪽에서도 알고 있나? 상황을 파악하고 있나?"

응답이 없었다.

"스콧! 내 말 들리나?"

침묵뿐이었다.

헨드릭스는 긴장을 풀고 몸을 축 늘어뜨렸다. "연결이 끊겼네. 방사능 웅덩이 때문이겠지."

헨드릭스와 클라우스는 서로를 마주봤다. 둘 다 아무 말도 하지 않았다. 잠시 시간이 흐른 후 클라우스가 입을 열었다. "당신네 부하처럼 들리는 목소리던가? 누구인지 알아들을 수 있었나?"

"소리가 너무 희미했네."

"확신할 수는 없었다는 말이지?"

"그렇네."

"그렇다면 대답한 게 당신 부하가 아니라─"

"모르겠군. 다시 생각해보니 확신할 수가 없네. 안으로 들어가서 뚜껑을 닫기로 하세."

그들은 천천히 사다리를 내려와 따뜻한 방 안으로 들어왔다. 클라우스가 뚜껑의 나사를 조였다. 타소가 무표정한 얼굴로 그들을 기다리고 있었다.

"잘 됐어요?" 그녀가 물었다.

두 남자 모두 대답하지 않았다. "글쎄." 클라우스가 마침내 입을 열었다. "당신 생각은 어떤가, 소령? 당신네 장교였나, 아니면 놈들 중 하나였던 것 같나?"

"나도 모르겠네."

"그러면 예전과 똑같은 상황일 뿐이로구면."

헨드릭스는 입을 굳게 다물고 바닥을 내려다봤다. "가야만 하네. 확인하기 위해서."

"어차피 식량도 몇 주분밖에 남지 않았어. 그 후에는 어찌됐든 올라가야 했을 테니까."

"그렇겠지."

"뭐가 문제예요?" 타소가 물었다. "아저씨네 벙커에 연락이 된 거 아니에요? 왜 그러는 건데요?"

"내 부하 중 한 명이었을 수도 있고." 헨드릭스가 천천히 말했다. "놈들 중 하나였을 수도 있네. 하지만 여기 가만히 틀어박혀서는 알아낼 도리가 없겠지." 그는 손목시계를 확인했다. "일단 잠을 좀 자도록 합세. 내일은 일찍 일어나야 할 테니까."

"일찍?"

"발톱들의 포위망을 돌파하려면 새벽 이른 시간이 가장 가능성이 높을 걸세."

상쾌하고 청명한 아침이 밝았다. 헨드릭스 소령은 쌍안경으로 주변 풍경을 둘러봤다.

"뭔가 보이나?" 클라우스가 말했다.

"아니."

"우리 벙커는 알아볼 수 있겠나?"

"어느 쪽이지?"

"저쪽이야." 클라우스는 쌍안경을 받아들고 나사를 조절했다. "어딜 봐야 하는지 알고 있지." 그는 아무 말 않고 오랫동안 그쪽을 바라보고 있었다.

타소는 토굴을 타고 올라와 땅 위에 발을 디뎠다. "뭔가 보여요?"

"아니." 클라우스가 헨드릭스에게 쌍안경을 돌려줬다. "이 위치에서는 보이지 않는군. 자, 어서. 여기 더 있지 말자고."

세 사람은 부드러운 잿더미 위를 미끄러지며 산등성이를 타고 내려갔다. 평평한 바위 위에서 도마뱀 한 마리가 종종걸음으로 도망쳤다. 그들은 그 모습에 순간 경직되듯 멈췄다.

"방금 뭐였지?" 클라우스가 내뱉었다.

"도마뱀일세."

도마뱀은 그대로 잿더미 속으로 달려 도망쳤다. 회색 재와 똑같은 색깔이었다.

"완벽한 적응이군." 클라우스가 말했다. "우리가 옳았다는 뜻이지. 그러니까, 리센코* 말이야."

그들은 산등성이 아래까지 내려와 걸음을 멈추고는, 한데 붙어 서서 주변을 둘러봤다.

"출발하지." 헨드릭스가 먼저 걸음을 옮겼다. "걸어서 가기에는 꽤나 먼 거리일세."

클라우스가 그의 옆에 섰고, 타소는 주의 깊게 권총을 손에 쥔 채 뒤에서 걸었다. "소령, 한 가지 묻고 싶었던 게 있는데 말이야." 클라우스가 말했다. "당신 어떻게 데이비드와 만나게 된 거지? 당신을 따라왔던 그놈 말이야."

"오던 길에 만났네. 폐허 속에서 나왔지."

"놈이 뭐라고 하던가?"

"별말은 하지 않았네. 자기가 혼자라고 했지. 홀로 살아간다고."

"놈이 기계라는 사실을 알아채지 못한 거지? 살아 있는 인간처럼 말했나? 절대 의심하지 못할 만큼?"

"말수가 별로 많지 않았네. 특별히 이상한 점은 발견하지 못했어."

"기묘하군. 당신이 속아 넘어갈 만큼 인간과 비슷한 기계라니. 거의 살아 있는 것 같아. 어디까지 발전해 나갈지 모르겠어."

"당신네 양키들이 설계한 대로 행동하고 있는 것뿐이에요." 타소가 말했다. "당신네는 생명을 추적해서 파괴하기 위해 놈들을 만들었어요. 인간의 생명을요. 찾아낸 모든 것을 없애도록."

---

* 러시아의 농업생물학자. 환경 조건을 변화시켜 유전적 성질을 변경시키는 일이 가능하다고 주장했다. 그로 인해 소련의 농업을 파행으로 이끌었으며, 소련 체제 모순의 상징으로 잘 알려져 있다.

헨드릭스는 클라우스를 날카롭게 바라봤다. "왜 그런 질문을 하는 건가? 무슨 생각을 하는 거지?"

"아무 것도 아니야." 클라우스가 대답했다.

"클라우스는 아저씨가 두 번째 변종이라고 생각하는 거예요." 타소가 뒤따라 걸어오며 침착하게 말했다. "아저씨를 목표로 삼고 있는 거라고 요."

클라우스의 얼굴이 시뻘게졌다. "안 될 건 또 뭐야? 양키 전선 쪽으로 전령을 보냈더니 이 사람이 되돌아왔어. 어쩌면 이쪽에 괜찮은 사냥감이 있었으리라 생각했을지도 모르잖아."

헨드릭스는 거칠게 웃었다. "나는 UN쪽 벙커에서 왔네. 내 주변에는 인간들밖에 없었지."

"어쩌면 소련 쪽 전선으로 잠입할 기회를 포착했을지도 모르지. 절호의 기회라고 생각했을 거야. 어쩌면 당신은—"

"소련 쪽 전선은 이미 점령된 상태였네. 자네들 전선은 내가 우리 쪽 지휘 본부를 떠나기 전에 붕괴되었어. 그 사실을 잊지 말게."

타소가 그의 옆으로 붙어 섰다. "그것만으로는 아무것도 증명되지 않아요, 소령 아저씨."

"그건 왜지?"

"변종들 사이에는 거의 의사소통이 없는 것 같거든요. 각자가 다른 공장에서 만들어지죠. 그들이 서로 협동하는 것 같지는 않아요. 다른 변종들의 작업이나 모습을 알지 못한 채 소련 쪽 전선을 향해 출발했을 수도 있다는 거예요."

"발톱에 대해 어떻게 그렇게 많이 알고 있는 건가?" 헨드릭스가 말했다.

"직접 봤으니까요. 놈들이 소비에트 벙커를 휩쓰는 모습을 봤거든요."

"정말 많이 아는 것 같은데." 클라우스가 말했다. "하지만 네년이 실제로 본 건 얼마 안 될 텐데. 그렇게 날카로운 관찰을 해냈다니 솔직히 말해 놀라울 지경이지 않나?"

타소는 웃었다. "이제 나도 의심하는 건가요?"

"그만두게." 헨드릭스가 말했다. 그들은 침묵 속에 걸음을 옮겼다.

"끝까지 걸어갈 생각인가요?" 잠시 후 타소가 말했다. "나는 이렇게 걸어본 적이 별로 없어요." 그녀는 시선이 닿는 한도까지 사방으로 펼쳐진 잿더미의 평원을 바라봤다. "정말 끔찍하네요."

"온 세상이 이 모양이라고." 클라우스가 말했다.

"솔직히 말해서 공격이 닥쳤을 때 당신이 당신네 벙커 안에 있었으면 좋았을 것 같아요."

"그러면 내가 아니라 다른 누군가가 네년과 함께 있었겠지." 클라우스가 중얼거렸다.

타소는 웃으며 주머니에 손을 찔러 넣었다. "아마 그랬겠죠."

그들은 사방에 조용히 깔린 잿더미의 평원을 둘러보며 계속해서 걸어갔다.

해가 지고 있었다. 헨드릭스는 손짓해 타소와 클라우스를 뒤로 물러나게 하고는 앞으로 나아갔다. 클라우스는 쭈그려 앉아서 총 개머리판을 땅에 대고 있었다.

타소는 콘크리트 조각 하나를 찾아내 한숨을 쉬며 그 위에 앉았다. "쉴 수 있어서 좋네요."

"조용히 해." 클라우스가 날카롭게 말했다.

헨드릭스는 바로 앞의 언덕 꼭대기로 걸음을 옮겼다. 어제 러시아인 전령이 올라왔던 바로 그 언덕이었다. 그는 자리에 엎드려서 쌍안경을 통해 전방의 상황을 확인했다.

잿더미와 여기저기 솟아 있는 나무들뿐 아무것도 보이지 않았다. 그렇지만 여기서 45미터도 떨어지지 않은 곳에 전방 사령부 입구가 있었다. 그가 처음에 길을 떠났던 벙커 말이다. 헨드릭스는 숨을 죽이고 그곳을 바라봤다. 움직임은 보이지 않았다. 생명의 흔적 역시. 아무것도 움직이지 않았다.

클라우스가 기어서 그의 옆으로 다가왔다. "어딘가?"

"저 아래네." 헨드릭스는 그에게 쌍안경을 건넸다. 재의 구름이 저녁 하늘을 휩쓸었다. 세상이 어둠에 휩싸이고 있었다. 길어봤자 두 시간이면 암흑이 주변을 뒤덮겠지. 어쩌면 그만큼의 시간도 남지 않았을지 모른다.

"아무것도 안 보이는데." 클라우스가 말했다.

"저기 나무 있잖나. 나무등치. 벽돌 더미 옆에 말이야. 출입구는 저 벽돌 바로 오른쪽에 있네."

"당신이 말해주는 대로 믿어야지 어쩌겠나."

"자네와 타소는 여기서 엄호를 해주게. 여기라면 벙커 입구까지 사선이 확보될 걸세."

"혼자 내려가려고?"

"손목 인식표가 있으니까 나는 안전할 걸세. 벙커 근처 땅은 발톱들로 뒤덮여 있다네. 잿더미 속에서 숨을 죽이고 있지. 게처럼. 인식표가 없으면 한순간도 버티지 못할 걸세."

"당신 말이 맞을지도 모르겠군."

"천천히 다가갈 걸세. 확인만 하고 나면ㅡ"

"놈들이 벙커 안에서 기다린다면 당신은 이리로 못 돌아올걸. 엄청나게 빨리 움직인다고. 당신은 아무것도 모르고 있어."

"그럼 어찌했으면 좋겠나?"

클라우스는 곰곰이 생각했다. "나도 모르겠군. 지표로 나오게 해보지. 당신이 볼 수 있도록."

헨드릭스는 탄띠에서 통신기를 빼들고 안테나를 올렸다. "시작해볼까."

클라우스가 타소에게 신호를 보냈다. 그녀는 능숙하게 그들이 앉아 있는 언덕 사면으로 기어 올라왔다.

"혼자 내려간다고 하는군." 클라우스가 말했다. "우린 여기서 엄호하면 돼. 이 친구가 돌아오기 시작하면 즉시 그 뒤편에 총을 쏘라고. 빠르게 움직이니까."

"별로 낙관적으로 보이지는 않네요." 타소가 말했다.

"사실 그래."

헨드릭스는 총의 약실을 열고는 세심하게 점검했다. "어쩌면 아무 일 없을지도 모르네."

"자네는 직접 못 봐서 그래. 수백 마리나 있었어. 전부 똑같이 생긴 놈들이 개미 떼처럼 기어 나왔다고."

"아래까지 내려가보지 않으면 알아낼 도리가 없겠지." 헨드릭스는 장전을 마친 총을 한 손에 들고, 다른 손으로 통신기를 쥐었다. "자, 그럼 행운을 빌어주게."

클라우스는 손을 들며 말했다. "확신할 수 있을 때까지는 내려가지 말라고. 이쪽에서 일단 대화를 해. 직접 모습을 드러내게 만들라고."

헨드릭스는 자리에서 일어나 언덕 사면을 따라 걸어 내려갔다.

잠시 후, 그는 죽은 나무 등걸 옆의 벽돌과 잔해 더미를 향해 조심스레 나아가고 있었다. 전방 사령부 벙커의 출입구를 향해서.

아무것도 움직이지 않았다. 그는 통신기를 들고 전원을 켰다. "스콧? 내 말 들리나?"

응답이 없었다.

"스콧! 헨드릭스다. 내 말 들리나? 지금 벙커 밖에 서 있다. 잠망경으로 내 모습을 볼 수 있을 걸세."

그는 통신기를 단단히 움켜쥐고 귀를 기울였다. 아무 소리도 들리지 않았다. 잡음뿐이었다. 헨드릭스는 다시 걸음을 옮겼다. 발톱 한 마리가 잿더미를 파고 나와 그를 향해 달려 내려왔다. 놈은 1미터쯤 앞에서 움직임을 멈추더니 그대로 널브러졌다. 두 번째 발톱이 등장했다. 촉각기를 가진 커다란 놈이었다. 놈은 헨드릭스에게 다가와 면밀히 확인을 하더니, 그의 옆을 지나쳐 몇 발짝 떨어진 곳으로 얌전히 물러섰다. 잠시후 두 번째의 커다란 발톱이 합류했다. 발톱들은 벙커로 향하는 그의 뒤를 조용히 따라갔다.

헨드릭스는 걸음을 멈췄다. 뒤를 따르던 발톱들 역시 멈췄다. 그는 이제 가까운 곳까지 와 있었다. 벙커의 계단에 발을 올리기 직전이었다.

"스콧! 내 말 들리나? 지금 자네들 바로 위에 서 있다. 바깥에, 지표면에 말이야. 나를 맞이하러 나올 수 있나?"

그는 한쪽 옆구리에 총을 끼고 통신기를 귀에 단단히 붙인 채 기다렸다. 시간이 흘렀다. 온 힘을 다해 귀를 기울였지만 정적만이 흐를 뿐이었다. 정적, 그리고 희미한 잡음만이.

그리고 희미하게 기계적인 목소리가 울렸다—

"스콧입니다."

감정이 없는 목소리였다. 차가웠다. 누구의 목소리인지 알 수가 없었다. 하지만 송신기가 너무 작기 때문일지도 모른다.

"스콧! 잘 듣게. 나는 지금 자네들 바로 위에 서 있어. 지표에서 벙커 출입구를 내려다보는 중이네."

"네."

"내가 보이나?"

"네."

"잠망경을 통해서? 지금 내게 초점을 맞추고 있나?"

"네."

헨드릭스는 생각에 빠졌다. 발톱들은 조용히 그를 둘러싸고 있었다. 회색 동체들이 사방에서 번쩍였다. "벙커 안에는 아무 일 없는 건가? 별다른 일이 벌어지지는 않았고?"

"아무 일 없습니다."

"위로 나올 수 있겠나? 자네를 보고 싶은데." 헨드릭스는 숨을 깊이 들이쉬었다. "잠시 이리 좀 나와보게. 할 말이 있어."

"내려오시죠."

"이건 명령이네."

침묵.

"나오고 있나?" 헨드릭스는 귀를 기울였다. 반응은 없었다. "지금 밖으로 나오라고 명령하는 걸세."

"내려오시죠."

헨드릭스는 이를 악물었다. "리온하고 얘기하게 해주게."

한동안 정적이 이어졌다. 그는 잡음 속으로 귀를 기울였다. 딱딱하고 가느다란 금속성 목소리가 들렸다. 아까의 목소리와 똑같았다. "리온입니다."

"헨드릭스다. 지금 벙커 출입구 지표에 있네. 둘 중 하나가 이리 나오게."

"내려오시죠."

"왜 내려오라는 건가? 나는 지금 명령하는 거야!"

침묵이 이어졌다. 헨드릭스는 통신기를 든 손을 내리고 조심스레 주변을 둘러봤다. 바로 앞이 출입구였다. 발치에 있었다. 그는 안테나를 내리고 통신기를 허리춤에 단단히 찬 뒤, 양손으로 총을 잡고 한 걸음씩 앞으로 나아가기 시작했다. 만약 그들이 헨드릭스를 볼 수 있다면 지금 출입구로 다가가는 중이란 걸 알고 있을 터였다. 그는 잠시 눈을 질끈 감았다.

그리고 아래로 향하는 첫 계단에 발을 올려놓았다.

두 마리의 데이비드가 그에게 달려들었다. 똑같이 생긴 무표정한 얼굴이었다. 그는 놈들을 입자로 분해해버렸다. 더 많은 놈들이 소리 없이 올라오기 시작했다. 한 무리가 전부 똑같은 얼굴이었다.

헨드릭스는 등을 돌려 달아나기 시작했다. 벙커에서 벗어나 언덕을 향해서.

언덕 꼭대기에서 타소와 클라우스가 총을 쏘아댔다. 이미 작은 발톱들이 무리를 지어 그들을 향해 나아가고 있었다. 반짝이는 금속 구체들이 잿더미를 헤치고 격렬하게 달려갔다. 하지만 그들을 걱정하고 있을 시간이 없었다. 그는 총을 볼에 대고 엎드려 벙커 입구를 겨눴다. 데이비드들이 무리를 지어 밖으로 나오고 있었다. 저마다 테디베어를 손에 쥐고, 가늘고 관절이 튀어나온 다리를 놀려 지상으로 이어지는 계단을 달려 올라왔다. 헨드릭스는 놈들이 가장 많은 쪽으로 사격을 가했다. 놈들은 그대로 터져 나가며 톱니와 용수철을 사방으로 흩뿌렸다. 그는 입자의 안개를 뚫고 다시 총을 쏘았다.

출입구 안에서 큰 키에 비틀거리는 형체 하나가 비척이며 일어섰다. 헨드릭스는 순간 놀라 사격을 멈췄다. 인간이었다. 병사. 외다리에 목발을 짚고 몸을 지탱하고 있었다.

"소령 아저씨!" 타소의 목소리가 들렸다. 총 쏘는 소리도. 커다란 형체가 앞으로 걸어 나왔다. 데이비드들이 주변을 둘러싸고 있었다. 헨드릭스는 마비 상태에서 빠져나왔다. 첫 번째 변종인 '부상병'이 틀림없었다. 그는 조준을 하고 총을 쏘았다. 병사는 산산조각 나며 사방으로 부속과 단자 파편을 날렸다. 이제 꽤 많은 수의 데이비드들이 벙커를 벗어나 지상으로 나와 있었다. 그는 조금씩 뒤로 물러나며 반쯤 엎드린 상태로 계속 조준 사격을 가했다.

클라우스가 언덕 위에서 아래를 쏘아대고 있었다. 언덕 사면은 위로 올라가는 발톱들로 바글바글했다. 헨드릭스는 자세를 낮추고 언덕을 향해 퇴각했다. 타소는 클라우스를 놔둔 채 천천히 오른쪽으로 돌아서 언덕을 빠져나가고 있었다.

데이비드 하나가 작고 하얀 무표정한 얼굴로 슬그머니 헨드릭스 쪽으로 다가갔다. 갈색 머리카락이 늘어져 눈을 가리고 있었다. 놈은 갑자기 몸을 숙이면서 팔을 벌렸다. 테디베어가 품에서 뛰어내리더니 껑충대며 지면을 가로질러 헨드릭스 쪽으로 달려왔다. 헨드릭스는 총을 쏘았다. 곰과 데이비드가 한꺼번에 분해되었다. 헨드릭스는 눈을 껌뻑이며 웃음을 지었다. 모든 것이 꿈만 같았다.

"이 위예요!" 타소의 목소리가 들렸다. 헨드릭스는 그녀를 향해 움직였다. 타소는 무너진 건물 벽 사이로 튀어나온 콘크리트 기둥 뒤에 숨어 있었다. 그녀는 클라우스가 준 권총으로 그를 엄호했다.

"고맙다." 헨드릭스는 숨을 가쁘게 몰아쉬며 타소와 합류했다. 그녀는 그를 기둥 뒤쪽으로 끌어당기고는, 자기 혁대에서 뭔가를 만지작거렸다.

"눈 감아요!" 타소가 허리춤에서 구체 하나를 끌러냈다. 그녀는 빠른 동작으로 뚜껑을 열어 동작 위치에 고정시켰다. "눈 감고 엎드려요."

타소가 폭탄을 던졌다. 폭탄은 솜씨 좋게 포물선을 그리면서 날아가 지면을 구르고 튕기며 벙커 입구까지 도달했다. 부상병 두 명이 벽돌 더미 옆에 어찌할 바를 모르고 서 있었다. 그들 뒤로 더 많은 데이비드들이 벌판으로 쏟아져 나왔다. 부상병 중 한 명이 폭탄 쪽으로 움직이더니 불편한 몸을 굽혀 폭탄을 주워들려 했다.

폭탄이 폭발했다. 헨드릭스는 충격파에 휘말려 날아가 얼굴부터 바닥에 부딪쳤다. 뜨거운 바람이 그를 휩쓸었다. 타소가 기둥 뒤에 서서 하얀 불길과 휘몰아치는 연기 사이로 기어 나오는 데이비드를 느리고 능률적인 동작으로 하나씩 쏴버리는 모습이 흐릿하게 보였다.

언덕에서는 클라우스가 그를 둘러싸려 드는 발톱들과 사투를 벌이고 있었다. 그는 놈들을 날려버리면서 후퇴해 포위를 빠져나오려 했다.

헨드릭스는 비틀거리며 몸을 일으켰다. 머리가 아팠다. 앞을 거의 볼 수가 없었다. 주변의 모든 것들이 어지럽게 일렁이며 그에게 손을 뻗고 있었다. 오른팔을 움직일 수가 없었다.

타소는 그에게 돌아오며 말했다. "어서요. 움직여요."

"클라우스가—아직 언덕 위에 있네."

"어서요!" 타소는 헨드릭스를 끌고 기둥에서 멀리 움직여 갔다. 헨드릭스는 고개를 저어 정신을 차리려 해봤다. 타소는 재빨리 그를 끌고 움직였다. 눈을 밝게 빛내면서, 폭발에서 살아남은 발톱이 주변에 있는지 살펴보며.

데이비드 하나가 화염 구름 속에서 걸어 나왔다. 타소가 놈을 날려버렸다. 그 이후로는 더 이상 놈들이 보이지 않았다.

"하지만 클라우스가. 저 친구는 어떻게 하게?" 헨드릭스는 비틀거리며 제자리에 멈춰 섰다. "저 친구는—"

"어서요!"

그들은 벙커에서 멀어지는 쪽으로 계속 퇴각했다. 작은 발톱 몇 마리가 한동안 그들을 따라왔으나, 곧 포기하고 몸을 돌려 돌아갔다.

마침내 타소가 걸음을 멈췄다. "여기서 잠깐 숨 좀 돌리기로 하죠."

헨드릭스는 잔해 더미 위에 걸터앉았다. 그는 목을 훔치며 숨을 헐떡였다. "클라우스를 저기 두고 왔어."

타소는 말없이 총열을 열고 새 블래스터 탄창을 끼워 넣어 장전했다.

헨드릭스는 현기증을 느끼며 그녀를 바라봤다. "자네 그 친구를 일부러 거기 남기고 온 거로군."

타소는 총을 다시 조립했다. 그녀는 무표정한 얼굴로 주변의 돌 더미를 관찰하고 있었다. 마치 뭔가를 경계하고 있는 것만 같았다.

"왜 그러는 건가?" 헨드릭스가 물었다. "뭘 경계하는 거지? 뭔가 오고 있는 건가?" 그는 머리를 흔들었다. 상황을 이해하려고 노력하면서. 저 여자가 뭘 하고 있는 걸까? 뭘 기다리고 있는 걸까? 아무것도 보이지 않았다. 주변에는 잿더미와 폐허뿐이었다. 가끔씩 잎도 가지도 남지 않은 희멀건 나무 등걸만이 서 있을 뿐이었다. "대체 뭐가—"

타소가 그의 말을 잘랐다. "꼼짝 말고 있어요." 그녀의 눈이 가늘어졌다. 갑자기 그녀가 총구를 들었다. 헨드릭스는 그녀의 시선을 따라 몸을 돌렸다.

둘이 왔던 길을 따라 누군가 모습을 드러냈다. 그는 비척이며 그들을 향해 다가왔다. 옷이 누더기가 되었고, 다리를 절룩이며 매우 느리고 조심스럽게 움직이고 있었다. 가끔씩 발걸음을 멈추고 잠시 쉬어 체력을 회복하는 듯했다. 한번은 거의 넘어질 뻔했다. 그는 잠시 몸을 가누려 걸음을 멈췄다가 다시 움직이기 시작했다.

클라우스였다.

헨드릭스가 자리에서 일어섰다. "클라우스!" 그는 클라우스를 향해 걸음을 옮기기 시작했다. "대체 자네 어떻게 여기까지—"

타소의 총이 불을 뿜었다. 헨드릭스는 뒤를 휙 돌아봤다. 그녀는 다시 총을 쏘았다. 블래스터의 불길이 헨드릭스를 지나쳐 직선으로 날아갔다. 불길은 클라우스의 가슴에 명중했다. 그는 폭발하며 사방으로 부속과 톱니를 날렸다. 한동안 이쪽으로 계속 걸어왔지만, 곧 몸이 앞뒤로 흔들리기 시작했다. 놈은 그대로 땅으로 엎어졌다. 팔이 떨어져 날아갔다. 톱니 몇 개가 주변으로 더 굴러 나왔다.

정적이 흘렀다.

타소는 헨드릭스를 돌아봤다. "이제 저 작자가 루디를 죽인 이유를 아시겠죠."

헨드릭스는 천천히 자리에 앉았다. 그는 고개를 저었다. 머리가 먹먹해서 생각을 제대로 할 수가 없었다.

"봤어요?" 타소가 말했다. "이해가 돼요?"

헨드릭스는 아무 말도 하지 않았다. 모든 생각이 빠져나가는 기분이었다. 점점 더 빠르게. 어둠이 밀려와서 그를 집어삼키려 혀를 날름대는 것만 같았다.

그는 눈을 감았다.

헨드릭스는 천천히 눈을 떴다. 온몸이 쓰라렸다. 일어나 앉으려 하자 찌르는 듯한 고통이 팔과 어깨를 사정없이 쑤셔댔다. 그는 숨을 헐떡였다.

"일어나려 하지 말아요." 타소가 말했다. 그녀는 몸을 수그리고 차가운 손을 그의 이마에 얹었다.

밤이 되어 있었다. 하늘에서는 얼마 안 되는 별들이 재의 구름을 뚫고 반짝였다. 헨드릭스는 입을 꾹 다문 채 다시 몸을 뉘었다. 타소는 무표정한 얼굴로 그를 바라보고 있었다. 나무와 잡초를 모아 모닥불을 피운 모양이었다. 불길은 약하게 타오르며 그 위에 고정해놓은 금속 컵 주변으로 일렁였다. 모든 것이 고요했다. 불길 너머로는 아무런 움직임도 없는 어둠이 펼쳐져 있었다.

"그래서, 그 친구가 두 번째 변종이었던 게로군." 헨드릭스가 중얼거렸다.

"나는 예전부터 그렇게 생각하고 있었어요."

"왜 보다 일찍 그를 없애지 않은 건가?" 그는 알고 싶었다.

"아저씨가 나를 말렸잖아요." 타소는 불가로 가서 금속 컵 안을 살펴봤다. "커피예요. 조금만 있으면 마실 만해질 거예요."

그녀는 돌아와서 그의 옆에 앉았다. 그러고는 바로 권총을 열어서 점화장치를 분해한 다음 찬찬히 살펴보기 시작했다.

"멋진 총이네요." 타소가 반쯤 혼잣말로 중얼거렸다. "훌륭한 설계예요."

"그쪽은 어떻게 된 건가? 발톱들 말이야."

"폭탄의 충격파 때문에 대부분은 고장 났을 거예요. 섬세한 기계니까요. 아마 조직화 수준이 상당히 정교한 거겠죠."

"데이비드들도 말인가?"

"그래요."

"어쩌다가 그런 폭탄을 손에 넣게 된 건가?"

타소는 어깨를 으쓱했다. "우리 쪽에서 만든 거예요. 소령 아저씨, 우리 기술력을 무시하면 곤란해요. 이런 폭탄이 없었더라면 아저씨도 나도 아직까지 살아남지 못했을 거라고요."

"꽤나 유용하더군."

타소가 다리를 쭉 펴고 모닥불의 열기로 발을 데웠다. "그놈이 루디를 죽였는데도 아저씨가 사실을 알지 못하다니 정말 놀랐어요. 왜 그놈이 인간이라고—"

"말했지 않나. 겁에 질린 줄로만 알았어."

"정말요? 있잖아요, 소령 아저씨. 한동안은 아저씨도 의심했어요. 내가 그놈을 죽이지 못하게 했으니까요. 놈을 지켜주려는 줄로만 알았어요." 그녀는 크게 웃었다.

"여기는 안전한가?" 잠시 후 헨드릭스가 물었다.

"한동안은요. 놈들이 다른 지역에서 증원을 불러오기 전까지는." 타소는 헝겊 조각을 들고 총의 내부를 닦아낸 다음, 작업을 마치고 장치를 원래대로 돌려놓았다. 그녀는 총열을 닫고 총신을 쓰다듬었다.

"우린 운이 좋았어." 헨드릭스가 중얼거렸다.

"그래요. 정말 운이 좋았죠."

"나를 끌고 와줘서 고맙네."

타소는 대답하지 않았다. 그녀는 불길이 비쳐 반짝이는 눈으로 그를 바라봤다. 헨드릭스는 자기 팔을 확인해봤다. 손가락을 움직일 수가 없었다. 몸의 한쪽 감각이 완전히 사라져버린 듯했다. 배 속에서는 계속해서 희미한 복통이 느껴지고 있었다.

"기분이 어때요?" 타소가 물었다.

"팔에 부상을 입은 것 같네."

"그것 말고는요?"

"내부 장기 손상."

"폭탄이 폭발할 때 엎드리지 않아서 그래요."

헨드릭스는 아무 말도 하지 않았다. 그는 타소가 커피를 컵에서 납작한 금속 접시로 옮겨 담는 모습을 바라만 보고 있었다. 그녀가 커피를 가져왔다.

"고맙네." 그는 커피를 마실 수 있을 만큼 몸을 일으켰다. 커피를 목으로 넘기기가 힘들었다. 속이 울렁거려 접시를 밀어냈다. "지금은 이 정도밖에 못 마시겠네."

타소가 나머지를 마셨다. 시간이 흘러갔다. 재의 구름이 머리 위 하늘을 뒤덮었다. 헨드릭스는 텅 빈 머리로 휴식을 취했다. 잠시 시간이 흐른 후, 그는 타소가 옆에 서서 자신을 내려다보고 있다는 사실을 깨달았다.

"왜 그러나?" 그가 중얼거렸다.

"기분 좀 나아졌어요?"

"조금."

"있잖아요, 소령 아저씨. 만약 내가 당신을 끌어내지 않았다면 놈들이 아저씨를 잡았을 거예요. 죽었을 거라고요. 루디처럼."

"나도 아네."

"내가 왜 아저씨를 끌고 나왔는지 알고 싶지 않아요? 남겨두고 올 수도 있었는데. 거기 그냥 버려두고 왔을 수도 있다고요."

"왜 나를 끌고 나온 건가?"

"여기서 도망쳐야 하니까요." 타소는 막대기로 모닥불을 휘저으며 찬 찬히 그 안을 들여다봤다. "이곳에서는 어떤 인간도 살아남을 수 없어 요. 증원이 오면 꼼짝없이 죽게 될 거예요. 아저씨가 의식을 잃은 동안 에 생각해봤어요. 아마 놈들이 오기까지는 세 시간 정도 남았을 거예 요."

"그리고 내가 도망칠 방도를 가지고 있을 거라고 생각한다는 거지?"

"바로 그거예요. 아저씨가 우리를 여기서 빼내줬으면 좋겠어요."

"왜 나지?"

"나한테는 아무 방법도 없으니까요." 어스름 속에서 타소의 눈이 반 짝이며 그를 바라봤다. "아저씨가 도망칠 방도를 생각해내지 못하면 우 리는 세 시간 안에 목숨을 잃을 거예요. 내 생각에 다른 가능성은 없어 요. 어때요, 소령 아저씨? 어떻게 할 생각인가요? 나는 밤새도록 기다 리고 있었어요. 아저씨가 의식을 잃은 동안 여기 앉아서 기다리며 귀를 기울였다고요. 이제 거의 새벽이네요. 밤이 다 끝나가고 있어요."

헨드릭스는 생각에 잠겼다. "묘한 일이로군." 그가 마침내 입을 열었 다.

"묘해요?"

"내가 여기서 빠져나갈 방법을 알고 있다고 생각한다는 점이 말일세. 자네가 왜 그런 생각을 하는지 궁금하군."

"달 기지로 갈 수 있어요?"

"달 기지? 어떻게?"

"뭔가 방법이 있을 것 아녜요."

헨드릭스는 고개를 저었다. "아니, 내가 아는 한 방법은 없어."

타소는 아무 말도 하지 않았다. 그녀의 눈빛이 잠시 흔들렸다. 그녀는 머리를 숙이고 그에게서 고개를 돌리더니 그대로 쪼그려 앉았다. "커피 더 마실래요?"

"아니."

"마음대로 하세요." 타소는 조용히 커피를 홀짝였다. 얼굴은 보이지 않았다. 그는 땅에 몸을 뉘인 채, 깊이 생각에 잠겨 집중하려 했다. 생각을 하기가 힘들었다. 여전히 머리가 아팠다. 먹먹한 어지러움이 여전히 그의 머릿속을 채우고 있었다.

"한 가지 방법이 있을지도 모르겠네." 그가 갑자기 입을 열었다.

"네?"

"동이 트기까지 얼마나 남았지?"

"두 시간요. 곧 해가 떠오를 거예요."

"이 근처에 우주선이 있을 걸세. 직접 본 적은 없어. 하지만 존재한다는 건 알지."

"무슨 우주선요?" 그녀의 목소리에는 날이 서 있었다.

"로켓 크루저."

"이륙할 수 있는 건가요? 달 기지로 갈 수 있어요?"

"그래야만 하네. 비상사태에는 말이지." 그는 자기 이마를 문질렀다.

"뭐가 문제예요?"

"내 머리가 문제네. 생각을 하기가 힘들어. 거의―거의 집중할 수가 없군. 폭탄 때문이야."

"우주선이 이 근처에 있어요?" 타소는 그의 옆으로 기어와서는 쪼그려 앉았다. "얼마나 멀어요? 어디 있어요?"

"생각해내려고 하는 중이네."

그녀의 손가락이 헨드릭스의 팔을 꽉 움켜쥐었다. "가까워요?" 강철같은 목소리였다. "어디에 있나요? 지하에 격납되어 있을까요? 숨겨진 지하 구조물에요?"

"그래. 격납고가 있어."

"어떻게 찾아요? 표식이 있나요? 암호를 입력해야 하나요?"

헨드릭스는 온 힘을 다해 생각에 집중했다. "아니. 표식은 없어. 암호도 없고."

"그럼 뭔데요?"

"서명이야."

"무슨 서명요?"

헨드릭스는 대답하지 않았다. 일렁이는 불빛 속에서 그의 두 눈이 반짝였다. 앞이 보이지 않는 두 개의 구체였다. 타소의 손가락이 그의 팔을 파고들었다.

"무슨 서명인데요? 그게 대체 뭐예요?"

"새―생각을 할 수가 없어. 좀 쉽게 해주게."

"알았어요." 그녀가 그의 팔을 놓고 자리에서 일어섰다. 헨드릭스는 땅에 누운 채 눈을 감았다. 타소는 주머니에 손을 찔러 넣은 채 그에게서 떨어져 걸어갔다. 그녀는 돌을 하나 걷어차고는 그대로 서서 하늘을 올려다봤다. 밤의 어둠이 이미 회색으로 흐려지는 중이었다. 아침이 다가오고 있었다.

타소는 권총을 손에 들고 원을 그리며 모닥불 주변을 돌았다. 땅에는 헨드릭스가 눈을 감은 채 꼼짝도 하지 않고 누워 있었다. 회색빛이 지평선에서 하늘 위로 점차 번져나갔다. 주변 풍경이, 잿더미 평원이 사방으로 펼쳐져 있는 모습이 보이기 시작했다. 재와 건물의 잔해와 여기저기 솟아 있는 벽들, 콘크리트 더미, 헐벗은 나무둥치들이.

아침 공기는 싸늘했다. 멀리 어디선가 새 한 마리가 음침하게 우는 소리를 냈다.

헨드릭스가 뒤척이더니 눈을 떴다. "새벽인가? 벌써?"

"그래요."

그는 힘겹게 일어나 앉았다. "뭔가 알고 싶어 했었지. 뭔가 묻지 않았나."

"이제 기억이 나요?"

"그래."

"그게 뭔데요?" 잔뜩 긴장한 목소리였다. "뭐냐고요?" 그녀는 날카로운 목소리로 되풀이해 물었다.

"우물이야. 무너진 우물이지. 우물 아래에 격납고가 있어."

"우물이라." 타소가 긴장을 풀었다. "그럼 우물을 찾아야겠네요." 그녀는 손목시계를 들여다봤다. "1시간 정도 남았어요, 소령 아저씨. 1시간 안에 찾을 수 있을까요?"

"날 좀 일으켜주게." 헨드릭스가 말했다.

타소는 권총을 집어넣고 그가 일어서는 것을 도왔다. "꽤나 힘들 것 같은데요."

"그래, 그렇지." 헨드릭스는 입술을 악물었다. "그리 멀리 갈 수 있을 것 같지는 않군."

그들은 걷기 시작했다. 아침 햇살이 내리쬐어 조금이나마 몸에 온기가 돌아왔다. 평탄하고 황량한 대지가 펼쳐져 있었다. 보이는 곳 모두가 잿빛이었고 생명의 흔적은 보이지 않았다. 머리 위에서 새 몇 마리가 소리 없이 하늘을 휘돌았다.

"뭔가 보이나?" 헨드릭스가 물었다. "발톱은 없어?"

"아뇨. 아직 없어요."

그들은 콘크리트와 벽돌 구조물이 서 있는 폐허를 지나쳐 걸어갔다. 시멘트로 만든 토대가 보였다. 쥐들이 폐허 사이로 도망쳤다. 타소는 놀라 뒤로 물러섰다.

"한때 여기는 마을이었네." 헨드릭스가 말했다. "시골 마을이었지. 옛날에는 전부 포도밭이었다네. 우리가 지금 있는 곳이 전부."

그들은 갈라진 틈새와 잡초가 줄지어 가로지르는 무너진 거리로 나왔다. 오른쪽에 석조 굴뚝 하나가 비쭉 솟아 나와 있었다.

"조심하게." 헨드릭스가 타소에게 주의를 줬다.

구멍이 뻥 뚫려 있었다. 천장이 날아간 지하실이었다. 날카롭게 찢겨나간 파이프 끄트머리가 휘어지고 꼬인 채 튀어나와 있었다. 주택의 일부도 지났다. 한쪽으로 욕조가 엎어져 있는 것이 보였다. 부서진 의자. 숟가락 몇 개와 자기 접시 조각들. 거리 가운데의 땅은 움푹 패어 있었다. 구덩이 안에는 잡초와 잔해와 뼈가 가득했다.

"저리로." 헨드릭스가 중얼거렸다.

"이쪽요?"

"오른쪽으로."

그들은 중전차의 잔해를 지나쳤다. 헨드릭스의 허리춤에 달린 계수기가 불길하게 끽끽거리는 소리를 냈다. 방사능 무기에 당한 탱크인 듯했다. 탱크에서 몇 발짝 떨어진 곳에 미라가 된 시체가 팔다리를 뻗은 채 입을 쩍 벌리고 누워 있었다. 그 너머로는 평야가 이어졌다. 돌과 잡초, 유리 조각만이 보였다.

"저기네." 헨드릭스가 말했다.

반쯤 부서져 내린 석조 우물 하나가 솟아 나와 있었다. 위에 판자가 몇 개 덮여 있었다. 우물의 대부분은 무너져 돌 더미가 되었다. 헨드릭스는 비척거리며 그리로 걸어갔다. 타소도 옆에 서서 따라갔다.

"이거 확실한 거예요?" 타소가 말했다. "아무것도 아닌 것처럼 보이는데요?"

"확실하네." 헨드릭스는 이를 악물고 우물 가장자리에 걸터앉았다. 숨이 가빴다. 그는 얼굴에 맺힌 땀방울을 닦아냈다. "이곳은 선임 장교가 탈출할 수 있도록 만들어둔 곳이네. 무슨 일이 생길 경우에. 벙커가 함락당하면 말이지."

"그게 아저씨예요?"

"그래."

"우주선은 어디 있는데요? 여기에 있어요?"

"지금 그 위에 서 있는 셈이지." 헨드릭스는 우물의 돌벽 위를 손으로 훑었다. "망막 확인 장치가 오직 나한테만 반응하지. 내 우주선이거든. 적어도 그렇게 될 예정이었지."

날카로운 달각 소리가 들렸다. 곧 아래에서 낮게 삐걱이는 소리가 들리기 시작했다.

"물러서게." 헨드릭스가 말했다. 그와 타소는 우물가에서 떨어졌다.

땅의 한 부분이 움직여 열렸다. 금속 골조가 잿더미를 뚫고 벽돌과 잡초를 밀어내며 천천히 지표로 올라오기 시작했다. 우주선의 모습이 드러나자 움직임이 멈췄다.

"저걸세." 헨드릭스가 말했다.

작은 우주선이었다. 주변을 둘러싼 골조 안에서 뭉툭한 바늘처럼 비죽 튀어나온 채 서 있었다. 우주선이 튀어나온 어둑한 공동 속으로 재가 비처럼 쏟아져 내렸다. 헨드릭스는 우주선으로 다가갔다. 그는 골조에 올라가 해치의 나사를 풀고는 당겨 열었다. 우주선 안에 계기판과 감압 좌석이 보였다.

타소는 그를 따라와 옆에 서서 우주선 안을 들여다봤다. "나는 로켓 조종을 해본 적이 없는데요." 잠시 후 그녀가 말했다.

헨드릭스는 그녀를 바라봤다. "조종은 내가 하지."

"그럴래요? 근데 좌석이 하나뿐인데요, 소령 아저씨. 아무리 봐도 1인용으로 만든 것 같아 보여요."

헨드릭스의 호흡이 가빠졌다. 그는 우주선 내부를 샅샅이 훑어봤다. 타소의 말이 옳았다. 좌석은 하나뿐이었다. 이 우주선은 오직 한 사람만 탈 수 있게 만든 것이었다. "그렇군." 그는 천천히 입을 열었다. "그리고 그 한 사람은 자네가 되어야 한다는 소리군."

타소가 고개를 끄덕였다.

"당연하죠."

"왜지?"

"아저씨는 갈 수가 없잖아요. 우주 여행을 견딜 수 없을지도 몰라요. 부상을 입었잖아요. 아마 목적지에 도달할 수 없을 거예요."

"흥미로운 지적일세. 하지만 달 기지의 위치를 아는 것은 나뿐이야. 자네는 그걸 모르지. 몇 달 동안 날아다녀도 그 위치를 찾지 못할 수도 있어. 은폐가 잘되어 있거든. 어디를 찾아봐야 할지 모른다면—"

"운에 맡겨야죠. 찾지 못할 수도 있겠지만요. 나 혼자서는. 하지만 아저씨라면 내가 필요로 하는 정보를 줄 거라고 생각해요. 당신 목숨도 여기 달려 있으니까요."

"어째서?"

"내가 제시간에 달 기지를 찾으면, 아저씨를 회수해올 우주선을 보내게 할 수 있을지도 모르니까요. 물론 시간 안에 기지를 찾는다면 말이지만요. 그렇지 못하면 아저씨는 여기서 끝장일 테고요. 아마 우주선 안에 보급품도 있겠죠. 그거면 나야 한동안 살아남을 수 있을 테니까—"

헨드릭스는 빠르게 움직였다. 하지만 부상당한 팔이 말을 듣지 않았다. 타소는 민첩하게 옆으로 물러나며 공격을 피했다. 그녀의 손이 번개같이 움직였다. 헨드릭스의 눈에 총신이 다가오는 것이 보였다. 공격을 막아보려 했으나 그녀의 움직임이 너무 빨랐다. 금속 총신이 그의 머리 측면을, 귀 바로 위쪽을 때렸다. 먹먹한 고통이 금세 그를 휘감았다. 고통과 암흑의 구름이 밀려왔다. 그는 그대로 무너져 내려 땅 위로 쓰러졌다.

타소가 그를 내려다보며 서 있는 모습이 흐릿하게 보였다. 발끝으로 그를 툭툭 차고 있었다.

"소령 아저씨! 일어나요!"

그는 신음하며 눈을 떴다.

"내 말 잘 들어요." 그녀는 헨드릭스의 얼굴에 총을 겨눈 채 몸을 숙였다. "서둘러야 해요. 시간이 얼마 없어요. 우주선 준비는 끝났지만, 내가 떠나기 전에 필요한 정보를 줘야겠어요."

헨드릭스는 정신을 차리려 애쓰면서 고개를 저었다.

"어서요! 달 기지는 어디 있죠? 어떻게 찾아요? 어디를 살펴봐야 하나요?"

헨드릭스는 아무 말도 하지 않았다.

"대답해요!"

"미안하군."

"소령 아저씨, 우주선에는 식량이 가득 차 있어요. 나 혼자라면 몇 주도 버틸 수 있거든요. 결국에는 기지를 찾아내게 될 거예요. 아저씨는 반 시간이면 죽을 거고요. 아저씨가 살아남으려면—" 그녀는 말을 멈췄다.

경사를 따라 서 있는 무너진 폐허 사이로 뭔가 움직이는 것이 보였다. 타소는 재빨리 몸을 돌리며 총을 조준한 뒤 발사했다. 화염 한 줄기가 치솟아 올랐다. 뭔가가 잿더미 속을 파헤치며 멀어져갔다. 그녀는 다시 총을 쏘았다. 발톱 한 마리가 폭발하며 사방으로 톱니를 날렸다.

"봤죠?" 타소가 말했다. "척후병이에요. 이제 얼마 안 남았어요."

"나를 회수할 사람들을 데려올 건가?"

"네. 최대한 빨리요."

헨드릭스는 타소를 올려다보며 날카롭게 그녀의 얼굴을 살폈다. "진실을 말하는 거겠지?" 그의 얼굴 위에 묘한 표정이 떠올랐다. 탐욕스런 굶주림처럼 보였다. "나를 데리러 올 거지? 나를 달 기지로 데려다줄 거지?"

"달 기지로 데려다줄게요. 그러니까 어딘지나 말해요! 이제 시간이 별로 없어요."

"알았네." 헨드릭스는 돌멩이 하나를 집어 들고는 상체를 조금 일으켜 기대앉았다. "잘 보게."

그는 잿더미 속에서 뭔가를 끼적이기 시작했다. 타소는 그의 옆에 서서 돌의 움직임을 지켜봤다. 헨드릭스는 어설프게 달 표면의 지도를 그리고 있었다.

"여기가 아펜니노 산맥일세. 여기가 아르키메데스 크레이터고. 달 기지는 아펜니노 산맥이 끝나는 곳 너머에 있네. 대충 320킬로미터쯤 되지. 나도 정확한 위치는 몰라. 테라의 그 누구도 모르지. 하지만 아펜니노 산맥을 넘어가면 붉은 신호탄과 녹색 신호탄을 하나씩, 그리고 붉은 신호탄 두 개를 연이어 빠르게 발사하도록 하게. 물론 기지는 달 표면 아래에 있다네. 자력 제어기로 자네를 유도해줄 거야."

"조종은요? 내가 조종할 수 있나요?"

"조종은 거의 자동이나 다름없어. 그저 제시간에 제대로 신호만 보내면 될 거야."

"그럴게요."

"조종석이 이륙할 때의 충격 대부분을 흡수해줄 거네. 공기와 기온은 자동으로 조절되지. 우주선은 테라를 떠나 무중력 영역으로 들어갈 걸세. 거기서 달과 직선거리를 맞춘 다음, 그대로 달 궤도에 진입해 들어가겠지. 월면 상공 160킬로미터 정도 거리일 게야. 궤도를 따라가면 그대로 기지 위로 향하게 되네. 아펜니노 산맥 지역에 들어서면 신호탄을 발사하게."

타소는 우주선 안으로 들어가 감압 좌석에 몸을 묻었다. 안전 고정대가 자동으로 그녀의 몸에 둘러졌다. 그녀는 제어판을 눌러봤다. "같이 못 가게 되어 유감이에요, 소령 아저씨. 이 모든 게 아저씨를 위해 준비된 것인데, 정작 아저씨는 달로 갈 수가 없다니요."

"총은 주고 가게."

타소는 허리에서 권총을 푼 뒤 손에 들고서는 골똘히 무게를 가늠해 봤다. "여기서 너무 멀리 떨어지지 말아요. 지금 그대로 있어도 아저씨 위치를 찾기가 힘들 테니까."

"안 그러겠네. 여기 우물 옆에 있을 걸세."

타소는 이륙 스위치에 손을 올리고 손가락으로 매끄러운 금속을 쓰다듬었다. "아름다운 우주선이네요, 소령 아저씨. 훌륭한 솜씨예요. 당신네 기술력은 정말 대단하네요. 당신 종족은 언제나 훌륭한 일을 해냈죠. 훌륭한 것들을 만들어요. 당신들의 기술, 당신들의 창조물이야말로 최고의 업적이라 할 수 있을 거예요."

"권총을 주게." 헨드릭스는 초조하게 말하며 손을 뻗었다. 그는 비틀대며 자리에서 일어났다.

"잘 있어요, 소령 아저씨!" 타소는 헨드릭스 너머로 권총을 던졌다. 권총은 땅바닥에 부딪혀 튕기며 굴러갔다. 헨드릭스는 서둘러 쫓아가서 몸을 굽혀 권총을 낚아챘다.

우주선의 해치가 철컹 하고 닫혔다. 잠금장치가 제자리를 찾아 들어갔다. 헨드릭스는 서둘러 돌아갔다. 안쪽 문이 잠기고 있었다. 그는 떨리는 손으로 총을 들어 올렸다.

굉음이 들렸다. 우주선이 금속 새장을 부수고 상승하면서 남겨진 골조를 녹여 한 덩이로 만들고 있었다. 헨드릭스는 얼굴을 찡그리며 뒤로 물러섰다. 우주선이 재의 구름을 뚫고 올라가 하늘 높이 사라져버렸다.

헨드릭스는 오랫동안 그 자리에 서서 하늘을 올려다보고 있었다. 로켓의 흔적이 사라진 후에도 한동안. 움직이는 것은 아무것도 없었다. 아침 공기는 서늘하고 고요했다. 그는 지금까지 온 길을 따라 무작정 걷기 시작했다. 계속 움직이는 편이 나았다. 구조의 손길이 도착하기까지는 얼마 걸리지 않을 것이다―애초에 온다면 말이지만.

그는 주머니를 한참 뒤적이다 담배 한 갑을 찾아내, 어두운 얼굴로 한 대를 물고 불을 붙였다. 그들 모두가 담배를 원했다. 하지만 담배는 귀한 물품이었다.

도마뱀 한 마리가 헨드릭스 옆 잿더미 속을 헤치고 미끄러지듯 나아 갔다. 그는 순간 움직임을 멈췄다. 도마뱀은 사라졌다. 하늘에 태양이 더 높이 떠올라 있었다. 옆에 있는 납작한 바위에 파리 몇 마리가 와서 앉았다. 그는 발길질로 파리를 쫓았다.

점차 더워지고 있었다. 얼굴을 타고 땀방울이 흘러내려 옷깃 속으로 들어갔다. 입이 바싹 말랐다.

잠시 후 헨드릭스는 걸음을 멈추고 잔해 위에 걸터앉았다. 구급약 통 을 풀어 진통제 몇 알을 입에 넣고 삼킨 다음 주변을 둘러봤다. 지금 어 디에 있는 걸까?

뭔가가 앞에 누워 있었다. 지면에 뻗어 있었다. 소리도 움직임도 느껴 지지 않았다.

헨드릭스는 재빨리 총을 뽑아들었다. 사람처럼 보이는 모습이었다. 다음 순간 그는 기억해냈다. 클라우스의, 두 번째 변종의 잔해였다. 타 소가 블래스터로 그를 쏘아버린 곳이었다. 흩어진 톱니와 단자와 금속 부품들이 잿더미 속에서 햇빛을 받아 반짝였다.

헨드릭스는 자리에서 일어나 그쪽으로 다가갔다. 그는 움직이지 않 는 잔해를 발로 건드려 슬쩍 뒤집어봤다. 금속 동체가 보였다. 알루미늄 갈비뼈와 버팀대였다. 전선이 우수수 떨어져 내렸다. 마치 내장처럼. 전 선과 스위치와 단자 더미. 셀 수 없이 많은 모터와 피스톤.

그는 몸을 굽혔다. 넘어질 때 두개부가 박살이 난 모양인지 인공 뇌 가 드러나 있었다. 안을 살펴봤다. 미로같이 얽혀 있는 회로. 소형 진공 관들. 머리카락만큼 얇은 전선들. 그는 두개부 판을 건드려봤다. 판은 그대로 떨어져 내렸다. 형식 번호가 새겨진 판이 보였다. 헨드릭스는 그것을 훑어봤다.

그리고 얼굴이 창백해졌다.

IV-V.

한동안 그는 형식판을 바라보고 있었다. 네 번째 변종. 두 번째가 아니었다. 그들은 잘못 생각하고 있었다. 더 많은 변종이 있었다. 세 가지만이 아니었다. 아마 훨씬 많겠지. 적어도 넷은 되는 게 분명했다. 그리고 클라우스는 두 번째 변종이 아니었다.

하지만 클라우스가 두 번째 변종이 아니라면—

그는 순간 긴장했다. 뭔가가 언덕 너머의 잿더미를 헤치며 다가오고 있었다. 뭐지? 그는 눈을 찌푸리고 그쪽을 바라봤다. 인간의 형체였다. 천천히 걸어오는 인간의 모습이었다.

그를 향해 다가오고 있었다.

헨드릭스는 재빨리 엎드리며 총을 들었다. 땀이 흘러 눈으로 들어갔다. 그는 다가오는 형체들을 보면서 끓어오르는 공포를 억누르려 애썼다.

처음 나타난 것은 데이비드 하나였다. 데이비드는 그를 보고는 빠르게 걷기 시작했다. 다른 놈들도 그 뒤를 따라 걸음을 빨리했다. 두 번째 데이비드. 세 번째. 모두 똑같이 생긴 세 명의 데이비드가 무표정한 얼굴로 조용히 그를 향해 다가오고 있었다. 비쩍 마른 다리들을 움직여 가며. 손에는 제각기 테디베어를 쥔 채.

그는 조준을 하고 발사했다. 첫 데이비드 둘이 입자로 분해되었다. 세 번째는 계속 다가왔다. 그리고 그 뒤의 형체도 보였다. 회색 잿더미를 헤치며, 조용히 그를 향해 비척거리며 다가오고 있었다. 데이비드보다 훨씬 큰 부상병이었다. 그리고—

그리고 부상병 옆을 따라 두 명의 타소가 나란히 걸어 나왔다. 묵직한 탄띠, 러시아군의 군복 바지와 셔츠, 긴 머리카락. 방금 전까지 함께 있었던 모습과 똑같은, 익숙한 형상이었다. 우주선의 감압 좌석에 앉아 있던 모습이었다. 호리호리한 몸매에 아무 소리도 내지 않는, 똑같은 생김새의 두 명의 여인.

그들은 이제 매우 가까워졌다. 데이비드가 갑자기 몸을 숙이며 테디 베어를 땅에 떨어뜨렸다. 곰 인형이 땅 위를 질주하기 시작했다. 헨드릭스의 손가락이 반사적으로 방아쇠를 당겼다. 곰 인형은 그대로 안개가 되어 흩어졌다. 두 명의 타소 변종이 무표정한 얼굴로 나란히 서서 회색 잿더미를 헤치며 계속 앞으로 나왔다.

그들이 거의 다 왔을 때, 헨드릭스는 권총을 허리 높이로 들고 발사했다.

두 명의 타소가 녹아내렸다. 하지만 이미 언덕 위에 새로운 무리가 서서 그를 내려다보고 있었다. 대여섯 명의 타소. 모두 똑같이 생긴 타소들이 일렬로 서서 빠른 속도로 그에게 접근하고 있었다.

그리고 그는 우주선과 연락 신호를 넘겨줘버렸다. 그 덕분에 타소는 달로, 달 기지로 갈 수 있었다. 그가 그렇게 만들었다.

적어도 그 폭탄에 대해서는 헨드릭스의 생각이 옳았다. 그 폭탄은 다른 형식에 대한 사전 지식을 가지고 만든 것이었다. '데이비드' 형식과 '부상병' 형식. 그리고 '클라우스' 형식도. 인간이 설계한 게 아니었다. 지하의 공장 중 한 곳에서, 인류와의 접점이 없는 곳에서 만든 거였다.

일렬로 늘어선 타소가 그를 덮쳤다. 헨드릭스는 마음을 굳게 먹고 차분한 눈으로 그들을 바라봤다. 눈에 익은 얼굴, 탄띠, 두툼한 셔츠, 허리춤에 단단하게 달려 있는 폭탄.

바로 그 폭탄—

타소들이 그에게 손을 뻗는 동안, 헨드릭스의 머릿속에 마지막으로 한 가지 묘한 생각이 떠돌았다. 그 생각을 하니 조금은 기분이 나아지는 듯했다. 폭탄. 두 번째 변종이 다른 변종들을 파괴하려 만들어낸 폭탄. 오로지 그 목적만을 위해서.

그들은 이미 서로에게 사용할 무기를 만들고 있었다.

콜로니
Colony

'인간을 적대하는 사물'이라는 고전적인 환상 소설의 소재를 SF식으로 변주한 작품으로, PKD의 초기 단편 중에서는 가장 널리 알려졌다.

이런 인기에 힘입어 《갤럭시》지에 처음 게재된 후 몇 달 만에 영국에도 소개되었고, 이후 PKD의 첫 단편집인 『한 움큼의 어둠』(1955)에도 수록된다. 「수호자」와 함께 라디오 드라마로 제작되기도 했다. PKD은 훗날 인터뷰에서 「수호자」와 「콜로니」의 라디오 시리즈는 지금(1976년 당시) 들어도 최신 SF 작품들과 구별할 수 없다고 말하며 SF에서 새로운 아이디어의 중요성과 그에 의한 통시성을 역설했다.

로렌스 홀 소령은 쌍안 현미경을 내려다보며 초점을 맞췄다.

"흥미롭군." 그가 중얼거렸다.

"그렇지 않습니까? 이 행성에 3주나 있었는데 해로운 생명체는 아직 단 하나도 발견하지 못했습니다." 프렌들리 중위는 배양 용기를 피해 실험실 탁자 끄트머리에 걸터앉았다. "여긴 대체 뭐하는 동넵니까? 병균도 없고, 이도 없고, 파리도 없고, 쥐도 없고—"

"위스키나 홍등가도 없지." 홀은 상체를 펴며 말했다. "끝내주는 곳이야. 이번 배양액에서는 지구의 장티푸스균 종류를 발견할 거라 생각했는데. 아니면 화성의 모래열병 나선균이나."

"하지만 이 행성 전체가 무해합니다. 솔직히 말해서, 저는 이곳이 혹시 우리 조상들이 쫓겨난 에덴동산이 아닌지 궁금해지던 중입니다."

"떠밀려 나간 거겠지."

홀은 실험실 창문 앞에 서서 바깥의 풍경을 바라봤다. 매력적인 풍경이라고 인정할 수밖에 없었다. 울창한 숲과 푸른 언덕, 꽃과 덩굴식물로 가득한 녹색의 경사면. 폭포와 나무이끼. 과일나무와 꽃으로 가득한 들판과 호수. 푸른 행성의 지표를 있는 그대로 유지하기 위해 모든 노력을 다했다. 6개월 전 이곳을 찾아온 최초의 탐사선이 지시한 대로.

홀은 한숨을 쉬었다. "정말 끝내주는 데야. 언젠가 다시 돌아오고 싶은 마음이 간절하군."

"여기와 비교해보면 테라는 조금 황량해 보이죠." 프렌들리는 담배를 꺼냈다가 곧 다시 집어넣었다. "있잖습니까, 이곳이 저한테 조금 웃기는 영향을 미치는 것 같습니다. 요즘은 담배를 피우지 않거든요. 아마 이곳의 모습 때문이겠죠. 여기는 너무—너무 빌어먹게 순수하지 않습니까. 티끌 한 점 없어요. 여기서는 담배를 피우거나 쓰레기를 던질 수가 없습니다. 소풍 나온 행락객처럼 굴 수가 없어요."

"소풍 나온 사람들이 곧 도착할 텐데." 홀이 말했다. 그는 다시 현미경으로 돌아갔다. "배양지 몇 개를 더 시험해봐야겠어. 어쩌면 치명적인 병균이 발견될지도 몰라."

"계속하십시오." 프렌들리 중위는 탁자에서 뛰어내렸다. "나중에 들러서 뭔가 발견하신 게 있는지 확인하죠. 1번 회의실에서 대규모 회의가 열리는 모양입니다. E. A.에 첫 이주자 무리를 보내도 된다고 신호하기 직전인 것 같습니다."

"소풍 나온 놈들이 오는 건가!"

프렌들리는 웃음을 머금었다. "그런 것 같더군요."

프렌들리가 나가고 문이 닫혔다. 복도를 따라 발소리가 울려 퍼졌다. 홀은 실험실에 홀로 남았다.

그는 한동안 생각에 잠겨 앉아 있었다. 하지만 곧 몸을 굽혀 재물대에서 슬라이드를 빼냈고, 새 슬라이드를 선택한 후 불빛에 비춰 표식을 읽었다. 실험실은 따뜻하고 조용했다. 햇살이 창문을 통해 들어와 바닥에 비치고 있었다. 바람에 바깥의 나무가 살랑였다. 졸음이 오기 시작했다.

"그래, 소풍 나온 놈들이 온다고." 홀은 투덜대면서 새 슬라이드를 제 위치에 고정시켰다. "다들 쳐들어와선 나무를 베어 넘기고, 꽃을 뜯어대고, 호수에 침을 뱉고, 풀밭을 태우겠지. 여기에는 일반 감기 바이러스조차 없는데—"

그는 목이 메어 말을 멈췄다.

현미경의 경통 두 개가 갑자기 휘어지며 그의 기도를 감고 목을 조르려 했기 때문이다. 떼어내려 했으나 현미경은 계속해서 그의 목을 조이며 파고들었다. 강철 고정쇠가 덫의 톱날처럼 그에게 매달렸다.

그는 현미경을 바닥으로 던지고 몸을 날려 일어섰다. 현미경은 재빨리 그에게 기어오며 다리에 매달렸다. 그는 반대쪽 발로 놈을 걷어차 떨어뜨린 다음 블래스터를 꺼냈다.

현미경은 주 조절 나사를 사용해 데굴데굴 구르며 도망쳤다. 홀은 총을 발사했다. 놈은 금속 입자를 뿌옇게 날리며 사라졌다.

"이런 세상에!" 홀은 힘없이 주저앉으며 얼굴을 쓸어내렸다. "이게 대체—?" 그는 목을 주무르며 말했다. "빌어먹을, 이게 대체 무슨 일이야!"

회의실에는 사람들이 가득 들어찼다. 푸른 행성 기지의 모든 장교들이 거기 모여 있었다. 스텔라 모리슨 사령관은 가느다란 플라스틱 지휘봉으로 커다란 상황 지도를 두드렸다.

"여기 보이는 길쭉한 평야 지역이 실제 도시가 들어서기 좋은 곳으로 보인다. 물가에서 가깝기도 하고, 기후 조건도 이주자들이 서로 만날 때마다 말할 거리가 생길 만큼 다양하지. 여러 종류의 광물 자원이 매장되어 있으니 이주자들이 물자를 수송해 올 필요 없이 자기들 힘만으로도 공장을 세울 수 있을 거야. 이쪽에는 이 행성에서 가장 큰 숲이 있다. 만약 조금이라도 상식이 있는 자들이라면 숲을 건드리지는 않겠지. 하지만 그들이 저 숲을 신문 쪼가리로 바꾸기를 원한다고 해도 우리가 관여할 일은 아니다."

그녀는 말 없는 사람들로 가득한 방 안을 둘러봤다.

"이봐, 다들 현실적이 되라고. 자네들 중 몇몇은 이민국에 오케이 사인을 보내지 말고 언젠가 돌아올 수 있도록 우리끼리만 이 행성을 소유하자는 의견을 피력하기도 했다. 나도 자네들과 마찬가지로 그러고 싶은 심정이지만, 그랬다가는 엄청난 문제가 일어나겠지. 여기는 우리 행성이 아니야. 우리는 특정 임무를 수행하러 이 행성에 온 거다. 임무가 끝나면 다음 행성으로 넘어가야 해. 이제 임무는 거의 다 끝났다. 다 잊어버려. 이제 남은 일은 진행 완료 신호탄을 쏘아 올리고 짐을 챙기는 것뿐이다."

"실험실에서 세균 관련 보고서를 보냈습니까?" 우드 부사령관이 물었다.

"물론 세균 쪽으로는 특별히 신경을 쓰고 있습니다. 하지만 마지막으로 들렀을 때에는 아무것도 발견되지 않았어요. 이대로 이민국에 연락해도 괜찮다고 생각합니다. 우주선을 보내서 우리를 데려가고 첫 이주자 무리를 풀어놓게 말입니다. 이제 더 이상 망설일 이유가—" 그녀가 말을 멈췄다.

방 안이 중얼거리는 소리로 소란스러워졌다. 사람들이 문 쪽으로 고개를 돌렸다.

모리슨 사령관은 얼굴을 찌푸렸다. "홀 소령, 회의가 진행 중일 때는 아무도 방해해서는 안 된다는 점을 굳이 내가 지적해야겠나!"

홀은 제대로 몸을 가누지도 못하고 문고리를 잡은 채 문에 기대어 있었다. 그는 멍하니 회의장 안을 둘러봤다. 마침내 그의 흐릿한 눈이 회의실 가운데쯤에 앉아 있는 프렌들리 중위를 발견했다.

"이리 와." 그가 목쉰 소리로 말했다.

"저요?" 프렌들리는 의자에 몸을 더욱 깊이 묻었다.

"소령, 이게 대체 무슨 일인가?" 우드 부사령관이 화난 표정으로 끼어들었다. "자네 취했거나 아니면—?" 그는 홀의 손에 들린 블래스터를 봤다. "뭔가 문제라도 있나, 소령?"

프렌들리 중위는 화들짝 놀라 일어나서 홀의 어깨를 잡았다. "왜 그럽니까? 어떻게 된 거예요?"

"실험실로 와보게."

"뭔가 찾아낸 겁니까?" 중위는 친구의 경직된 얼굴을 살펴봤다. "뭔데 그럽니까?"

"어서." 홀은 복도를 따라 걸어 내려갔고, 프렌들리가 그 뒤를 따랐다. 홀은 실험실 문을 열고 천천히 안으로 들어갔다.

"뭔데 그럽니까?" 프렌들리는 같은 말을 반복했다.

"내 현미경이."

"현미경이요? 현미경이 어때서요?" 프렌들리는 그를 밀치고 실험실 안으로 들어갔다. "안 보이는데."

"사라졌어."

"사라져요? 어디로?"

"내가 날려버렸거든."

"날려버렸다고요?" 프렌들리는 홀을 바라봤다. "무슨 말인지 모르겠습니다."

홀은 입을 달싹거렸지만 아무 소리도 나오지 않았다.

"괜찮은 겁니까?" 프렌들리는 걱정하는 투로 물었다. 문득 그는 몸을 숙여 탁자 아래 선반에서 검은색 플라스틱 상자 하나를 꺼냈다. "저기, 이거 혹시 농담입니까?"

그는 상자에서 홀의 현미경을 꺼냈다. "날려버렸다니 그건 또 무슨 소립니까? 여기 원래 있던 자리에 있는데요. 자, 그러면 어떻게 된 건지 이야기 좀 들어볼까요? 슬라이드에서 뭔가 발견한 겁니까? 세균인가요? 치명적입니까? 유독성이거나?"

홀은 천천히 현미경에 접근했다. 아무 문제도 없었다. 미세 조절 나사 바로 위에 흠집이 있는 것도, 재물대 고정쇠 하나가 살짝 굽어 있는 것도 기억하는 그대로였다. 그는 손을 뻗어 현미경을 만져봤다.

5분 전까지만 해도 이 현미경은 그를 죽이려들었다. 게다가 자신이 현미경을 쏘아 날려버린 일도 또렷하게 기억하고 있었다.

"정신 감정이 필요한 것 아닙니까?" 프렌들리가 걱정스레 물었다. "제가 보기에는 트라우마 장애 상태에 빠져 계신 것 같은데요."

"자네 말이 맞을지도 모르겠어." 홀이 중얼거렸다.

로봇 정신 분석기가 윙윙거리며 추론과 분석을 수행했다. 마침내 불빛 색이 붉은색에서 초록색으로 바뀌었다.

"어떤가?" 홀이 물었다.

"심각한 동요 상태입니다. 불안정 지수가 10을 넘었습니다."

"그러면 위험 기준 이상인가?"

"그렇습니다. 8이 위험 기준입니다. 10은 평범하지 않은 수치입니다. 특히 당신과 같은 기록을 가진 사람에게는 말입니다. 평상시의 수치는 4 정도입니다."

홀은 지친 듯 고개를 끄덕였다. "나도 알아."

"보다 많은 정보를 제게 주실 수 있다면―"

그는 굳게 입을 다물었다. "더 이상은 말할 수 없어."

"정신 분석을 하는 동안 정보를 제공하지 않는 것은 위법입니다." 로봇은 심술이 난 것처럼 말했다. "그런 행위를 하면 제 검진 결과를 의도적으로 왜곡하는 일이 됩니다."

홀은 자리에서 일어났다. "더 이상은 말할 수 없어. 하지만 내게서 높은 수준의 동요 상태를 확인했다는 거지?"

"높은 수준의 정신적 불안정이 확인되었습니다. 하지만 그것이 무엇을 뜻하는지, 또는 왜 존재하는지는 확신할 수 없습니다."

"고맙네." 홀은 분석기의 전원을 내리고 자기 방으로 돌아갔다. 머리가 빙빙 돌았다. 정신이 나가 있었던 것일까? 하지만 뭔가에 블래스터를 발사한 것은 사실이었다. 나중에 실험실의 공기를 검사해본 결과, 공기 중을 떠도는 금속 입자가 검출되었다. 특히 그가 현미경에 대고 블래스터를 발사한 그 주변에서.

하지만 어떻게 그런 일이 일어날 수 있단 말인가? 현미경이 살아나서 그를 죽이려들다니!

게다가 프렌들리는 원래 그대로의 모습인 현미경을 상자에서 꺼내기까지 했다. 대체 어떻게 다시 상자 안으로 돌아간 거지?

홀은 제복을 벗고 샤워실로 들어갔다. 그는 따뜻한 물을 맞으면서 생각에 잠겼다. 로봇 정신 분석기는 그가 상당히 동요한 상태라는 점을 확인해줬지만, 이는 아까의 경험의 이유가 아니라 결과일 수도 있었다. 그는 프렌들리에게 그때 일어난 일을 전부 설명해주려다 그만뒀다. 대체 그런 이야기를 어떻게 받아들일 수 있겠는가?

홀은 물을 잠그고 선반의 수건 하나를 향해 손을 뻗었다.

수건이 그의 손목을 휘감더니 벽으로 끌어당겼다. 거친 천이 홀의 코와 입을 내리눌렀다. 그는 격렬하게 몸부림치며 수건을 뿌리쳤다. 갑자기 수건이 떨어져 나왔다. 그는 그대로 넘어져 바닥에 미끄러졌고, 벽에 머리를 박았다. 사방에 별이 반짝였다. 격렬한 고통이 찾아왔다.

홀은 미지근한 물속에 주저앉은 채 수건이 있는 선반을 바라봤다. 예의 수건은 옆의 다른 수건들과 마찬가지로 꼼짝도 하지 않고 있었다. 똑같이 생긴 세 장의 수건이 움직이지 않은 채 놓여 있었다. 꿈을 꾼 것일까?

홀은 후들거리는 몸을 일으키며 머리를 문질렀다. 그는 조심스레 수건 선반을 피해 샤워실을 빙 돌아 방으로 빠져나왔다. 그런 다음 아주 조심스럽게 자동 기기에서 새 수건을 뽑아들었다. 이번에는 정상으로 보였다. 그는 몸을 닦고는 옷을 입기 시작했다.

벨트가 허리를 휘감더니 그를 조이려 했다. 바지와 총을 지탱할 수 있도록 금속 고리를 덧댄 물건이라 튼튼했다. 그와 벨트는 아무 말 없이 바닥을 구르며 주도권을 잡으려 안간힘을 썼다. 벨트는 격노한 금속

뱀처럼 계속해서 그를 때리고 덤벼들었다. 마침내 그는 블래스터에 손을 댈 수 있었다.

벨트는 즉각 몸을 뺐다. 그는 벨트를 쏘아 그대로 분해해버린 다음, 숨을 헐떡이며 의자에 몸을 던졌다.

의자의 팔걸이가 그를 휘감아 들어왔다. 하지만 이번에는 블래스터를 준비한 상태였다. 의자가 축 늘어지고 그가 다시 일어설 수 있게 될 때까지 여섯 번이나 쏘아야 했다.

그는 반쯤 벌거벗은 채 방 한복판에 서 있었다. 가슴이 힘겹게 오르내렸다.

"이건 말도 안 돼." 그가 나지막이 말했다. "내가 정신이 나간 모양이야."

마침내 그는 바지와 부츠를 챙겨 입고 텅 빈 복도로 나갔고, 승강기에 올라타 최상층으로 향했다.

모리슨 사령관은 홀이 자동 검색대를 통과하는 것을 보고 책상에서 고개를 들었다. 경고음이 들렸기 때문이다.

"무장하고 있잖아." 사령관이 질책하듯 말했다.

홀은 자기 손에 들린 블래스터를 내려다봤다. 그는 책상 위에 총을 내려놓으며 말했다. "죄송합니다."

"원하는 게 뭐지? 뭐가 문제야? 정신 분석기에서 보고가 올라왔어. 지난 24시간 동안 수치가 10을 찍었다고 하던데." 그녀는 그를 날카롭게 바라봤다. "우리 서로 꽤 오래 알아온 사이잖아, 로렌스. 무슨 일이 일어나고 있는 거야?"

홀은 심호흡을 했다. "스텔라, 아까 전에 내 현미경이 나를 목 졸라 죽이려고 했어."

그녀의 푸른 눈이 커졌다. "뭐라고!"

"샤워실에서 나올 때에는 목욕 수건이 나를 질식시키려 했고. 그건 무사히 넘겼지만, 옷을 입으려는데 내 벨트가—" 그는 말을 멈췄다. 사령관이 자리에서 일어나고 있었다.

"경비병!" 그녀가 소리쳤다.

"잠깐, 스텔라." 홀이 그녀를 향해 움직였다. "내 말 좀 들어봐. 이건 심각한 일이라고. 내가 문제인 게 아니야. 물체들이 네 번이나 나를 죽이려고 들었어. 평범한 물건들이 갑자기 살인자가 됐다고. 어쩌면 이게 우리가 찾던 것일지도 몰라. 어쩌면 이게 바로—"

"당신 현미경이 당신을 죽이려고 했다고?"

"살아났다니까. 경통으로 내 기도를 휘감으려고 했어."

한동안 정적이 흘렀다. "그 일을 당신 말고 또 본 사람이 있어?"

"아니."

"그래서 당신은 어떻게 했는데?"

"날려버렸어."

"흔적이 남은 게 있어?"

"아니." 홀은 마지못해 인정했다. "솔직히 말하자면, 그 현미경은 다시 괜찮아진 것 같아. 예전에 있던 그대로 상자에 들어가 있었어."

"알겠어." 사령관은 부름을 받고 들어온 두 명의 경비병을 향해 고개를 끄덕여 보였다. "홀 소령을 테일러 대위에게 데려가서 구금하도록. 테라로 돌려보내서 제대로 검진을 받게 하겠다."

그녀는 두 명의 경비병이 홀의 팔에 자기력 수갑을 채우는 모습을 차분하게 지켜봤다.

"미안하군, 소령." 그녀가 말했다. "귀관의 이야기를 증명할 수 있을 때까지, 우리는 해당 상황을 귀관의 정신착란으로 인한 환상으로 간주하겠다. 이 행성은 정신병자를 마음대로 풀어놔도 될 만큼 치안 상태가 좋지는 않아서 말이지. 커다란 피해를 끼칠 수도 있거든."

경비병들은 그를 문가로 데려갔다. 홀은 저항하지 않고 그들을 따라갔다. 머릿속이 윙윙 울리고 있었다. 어쩌면 그녀의 말이 옳을지도 모른다. 어쩌면 그가 정신이 나간 것일지도 모른다.

그들은 테일러 대위의 집무실에 도착했다. 경비병 한 명이 버저를 눌렀다.

"누구십니까?" 로봇 문이 새된 소리로 물었다.

"모리슨 사령관께서 이 남자를 대위의 관할하에 구속해두라는 명령을 내리셨다."

잠시 머뭇거리는 듯한 침묵이 흐른 후, 문은 이렇게 말했다. "대위님은 바쁘십니다."

"긴급 상황이다."

로봇이 결정을 내리는 동안 제어 시스템이 철컥거리며 돌아갔다. "사령관께서 보내셨다고요?"

"그래. 문 열어."

"들어오셔도 좋습니다." 마침내 로봇이 승인했다. 문의 자물쇠가 풀렸다.

경비병들은 문을 밀어 열었다. 그리고 그 자리에 멈춰 섰다.

테일러 대위가 바닥에 쓰러져 있었다. 시퍼런 얼굴로 놀란 눈을 크게 뜨고 있었다. 보이는 것은 머리와 발뿐이었다. 붉은색과 흰색의 작은 양탄자가 그의 몸을 휘감고는 점점 더 세게 조여 들어가고 있었다.

홀은 그대로 바닥으로 몸을 숙여 양탄자 끄트머리를 잡았다. "어서!" 그가 소리쳤다. "이걸 잡아!"

세 사람은 함께 양탄자를 잡아당겼다. 양탄자는 끈덕지게 저항했다.

"도와줘." 테일러가 힘없이 중얼거렸다.

"하는 중이야!" 그들은 정신없이 끌어당겼다. 마침내 양탄자가 테일러의 몸에서 떨어져 나왔다. 놈은 펄럭이며 서둘러 열린 문으로 향했다. 경비병 한 명이 놈을 날려버렸다.

홀은 영상통화 장치로 가서 떨리는 손으로 사령관의 긴급 번호를 눌렀다.

그녀의 얼굴이 화면에 등장했다.

"보세요!" 그가 헐떡이며 소리쳤다.

사령관은 홀 뒤쪽 바닥에 쓰러져 있는 테일러와 블래스터를 꺼내든 채 그 옆에 무릎 꿇고 앉아 있는 두 명의 경비병을 살펴봤다.

"무슨—무슨 일이 벌어진 거지?"

"양탄자가 그를 공격했습니다." 홀은 빙그레 웃으며 말했다. "이제 어느 쪽이 미친 거죠?"

"당장 경비대를 내려보내지." 그녀는 눈을 깜빡였다. "지금 당장. 하지만 어떻게—"

"블래스터를 준비하라고 일러두시죠. 다른 모두에게도 그렇게 하라고 경보를 울리는 편이 좋을 것 같습니다."

홀은 네 개의 물건을 모리슨 사령관의 책상 위에 올려놓았다. 현미경, 수건, 금속 벨트, 마지막으로 빨갛고 하얀 색의 작은 양탄자.

그녀는 불안한 기색으로 그것들에게서 물러났다. "소령, 확신할 수 있나—?"

"지금은 다 괜찮습니다. 그게 사실 가장 이상한 점입니다. 이 수건만 해도 몇 시간 전에는 저를 죽이려들었습니다. 입자로 분해해버린 다음에야 도망칠 수 있었죠. 그런데 이제 그대로 있지 않습니까. 예전과 똑같이 무해한 모습으로 말입니다."

테일러 대위는 조심스레 붉은색과 흰색의 양탄자를 어루만졌다. "이건 제 양탄자입니다. 테라에서 가져온 물건이죠. 아내가 선물로 준 겁니다. 저—저는 이걸 완벽하게 믿고 있었습니다."

그들은 서로를 마주봤다.

"양탄자도 블래스터로 날려버렸을 텐데." 홀이 지적했다.

침묵이 흘렀다.

"이 양탄자가 아니었다면, 저를 공격한 그건 대체 뭐였단 말입니까?" 테일러 대위가 물었다.

"이 양탄자처럼 생겼었지." 홀이 천천히 말했다. "나를 공격한 놈 역시 이 수건처럼 생겼었어."

모리슨 사령관은 수건을 조명에 비춰 들어 보였다. "평범한 수건이잖아! 이게 당신을 공격했을 리는 없어."

"물론 그렇죠." 홀이 동의했다. "우리는 이 물건들을 생각할 수 있는 모든 방식을 동원해 검사해봤습니다. 변화된 요소는 전혀 없었고, 이 물건들은 처음 그대로의 것들일 뿐입니다. 완벽하게 안정된 무기물로 구성되어 있죠. 이 물건들이 생명을 얻어 우리를 공격하는 일은 불가능합니다."

"하지만 뭔가가 공격을 하지 않았습니까." 테일러가 말했다. "뭔가가 저를 공격했습니다. 그게 이 양탄자가 아니었다면 대체 뭐죠?"

도드 중위는 옷장을 더듬으며 장갑을 찾았다. 그는 서두르는 중이었다. 전체 부대가 긴급 소집 호출을 받은 것이다.

"내가 그걸 대체 어디—?" 그가 중얼거렸다. "이런 망할!"

침대 위에는 똑같이 생긴 장갑 두 쌍이 나란히 놓여 있었다.

도드는 얼굴을 찌푸리며 머리를 긁적였다. 어떻게 이런 일이? 그는 장갑이 한 쌍밖에 없었다. 남은 한 쌍은 다른 사람 물건일 게 분명했다. 지난밤 밥 웨슬리가 카드를 하러 들렀으니 어쩌면 그가 놓고 간 걸지도 모른다.

영상 화면이 다시 반짝였다. "모든 대원은 즉시 집합하라. 모든 대원은 즉시 집합하라. 모든 대원은 긴급 소집에 응하라."

"알겠습니다!" 도드는 신경질을 섞어 대답했다. 그는 한쪽의 장갑 한 쌍을 집어 들고는 손에 끼웠다.

손이 들어가자마자, 장갑은 즉시 손을 허리춤으로 옮겼다. 그대로 손가락을 굽혀 총의 손잡이를 단단히 쥐게 한 다음 총집에서 꺼내어 들어 올렸다.

"이게 무슨 빌어먹을 일이야." 도드가 말했다. 장갑은 블래스터를 쳐 들어 그의 가슴팍을 겨눴다.

손가락이 조여졌다. 굉음이 울렸다. 도드의 가슴팍 절반이 흔적도 없이 증발했다. 그의 남은 부분은 천천히 바닥으로 쓰러졌다. 입은 여전히 놀란 듯 벌리고 있는 채였다.

테너 상병은 긴급 경보가 울리는 소리를 듣자마자 서둘러 주 건물로 건너왔다.

그는 건물 입구에 멈춰 서서 금속 안전 부츠를 벗고 얼굴을 찌푸렸다. 문가에는 하나가 아니라 두 개의 방역용 매트가 있었다.

뭐, 신경 쓸 일은 아니었다. 둘 다 똑같이 생겼으니까. 그는 매트 위에 올라가 기다렸다. 방역용 매트는 표면에서 고주파의 전류를 발과 다리로 흘려보내, 외부에 있는 동안 달라붙었을지도 모르는 포자나 씨앗을 죽여 없앴다.

그는 그곳을 지나 건물로 들어갔다.

잠시 후 풀턴 중위가 서둘러 문으로 다가왔다. 그는 등산화를 벗어 던지고는 눈에 띈 첫 번째 매트로 올라갔다.

매트가 그의 발을 감싸며 접혔다.

"이봐." 풀턴이 소리쳤다. "이거 놓으라고!"

그는 발을 빼내려 애썼지만, 매트는 떨어져 나오지 않았다. 풀턴은 겁에 질렸다. 총을 뽑아들었으나 자기 발을 쏠 엄두가 나지 않았다.

"도와줘!" 그가 소리쳤다.

두 명의 병사가 달려왔다. "왜 그러십니까, 중위님?"

"이 망할 놈을 좀 떼어 내."

병사들은 웃기 시작했다.

"농담이 아니라고." 풀턴은 갑자기 창백해진 얼굴로 말했다. "이놈이 내 발을 부수고 있어! 이게—"

그는 비명을 지르기 시작했다. 병사들은 매트를 잡고 서둘러 잡아당겼다. 풀턴은 쓰러진 채로 구르고 몸을 뒤틀며 비명을 질러댔다. 마침내 병사들은 매트 한 귀퉁이를 그의 발에서 떼어 냈다.

풀턴의 발은 사라져 있었다. 남아 있는 것은 이미 반쯤 녹아버린 흐늘거리는 뼈뿐이었다.

"이제는 알게 됐군요. 그게 일종의 생명체라는 사실을 말입니다." 홀이 냉정한 얼굴로 말했다.

모리슨 사령관은 테너 상병을 돌아봤다. "건물로 들어올 때 두 개의 매트를 봤다고 했지?"

"네, 사령관님. 두 개였습니다. 저는 그—그 두 개 중 하나에 올라섰습니다. 그리고 건물로 들어왔죠."

"운이 좋았군. 귀관은 진짜 매트에 올라선 거다."

"조심해야겠습니다." 홀이 말했다. "복제품에 주의해야 하니까요. 지금까지 본 바로 그놈은 정체가 뭔지는 몰라도 찾아낸 사물을 모방할 수 있는 모양입니다. 카멜레온같이요. 의태인 셈이죠."

"두 개라." 스텔라 모리슨은 책상 양쪽 끝에 놓인 꽃병을 바라보며 중얼거렸다. "판별하기 쉽지 않겠는걸. 두 장의 수건, 두 개의 꽃병, 두 개의 의자. 여러 개가 갖춰진 물건이 한두 개가 아니지 않은가. 단 하나를 제외하면 모두 괜찮은 물건이란 말이지."

"그게 문제입니다. 저는 실험실에서 어떤 이상한 점도 눈치채지 못했습니다. 현미경이 하나 더 있다고 해서 이상할 일은 없으니까요. 완벽하게 숨어 들어간 셈이죠."

사령관은 똑같이 생긴 꽃병들 쪽에서 물러섰다. "이것들은 어떻지? 어쩌면 이것들 중 하나가―그놈들일지도 모르지 않나."

"두 개로 구성된 물건들은 수도 없이 많습니다. 당연한 한 쌍 말이죠. 부츠, 옷가지, 가구. 저는 방에 의자가 하나 늘어난 것도 눈치채지 못했습니다. 장비도 마찬가지죠. 명확히 할 방법이 필요합니다. 그리고 때로는―"

영상 화면이 켜졌다. 우드 부사령관의 얼굴이 화면 위에 맺혔다. "스텔라, 희생자가 또 나왔소."

"이번에는 누구입니까?"

"장교 한 명이 사라졌소. 남은 것은 단추 몇 개와 블래스터뿐이오. 도드 중위였소."

"이걸로 세 명째군요." 모리슨 사령관이 말했다.

"유기체라면 어떻게든 우리 힘으로 제거할 방법이 있을 겁니다." 홀이 중얼거렸다. "이미 몇 마리를 블래스터로 날려버렸고, 아마도 죽인 것으로 보입니다. 피해를 입힐 수 있는 겁니다! 하지만 놈들이 얼마나 더 많은지는 알 도리가 없습니다. 지금까지 대여섯 마리를 제거했죠. 어쩌면 무한 분열이 가능한 존재일지도 모릅니다. 일종의 원형질처럼 말이죠."

"그렇다면 그 결과는―?"

"결국 우리 모두는 놈의 손아귀에 있는 셈이죠. 놈들일지도 모르지만. 우리가 찾아 헤매던 치명적인 생명체를 이제야 발견한 것 같군요. 그렇다면 다른 모든 생물이 무해한 것도 이해가 갑니다. 그 무엇도 이런 종류의 생명체와는 경쟁할 수 없을 테니까요. 물론 우리 세계에도 나름의 의태 전략을 사용하는 생물이 존재합니다. 곤충이나 식물 같은 것들 말이죠. 금성에는 굽이달팽이가 있습니다. 하지만 이 정도까지 발달한 존재는 보지 못했습니다."

"하지만 죽일 수 있지 않은가. 귀관 자신이 그렇게 말했다. 그 말은 우리에게도 기회가 있다는 뜻이지."

"방법을 찾을 수 있다면 말이죠." 홀은 방 안을 둘러봤다. 문가에 외출용 망토가 두 벌 걸려 있었다. 방금 전에도 두 벌이 있었던가?

그는 지친 기색으로 이마를 문질렀다. "놈들을 단번에 죽일 수 있는 독물이나 용해제를 발견해야 합니다. 여기 이대로 앉아서 놈들이 공격해 오기만을 기다릴 수는 없습니다. 살포할 수 있는 물질이 필요합니다. 굽이달팽이도 그런 식으로 제거했죠."

사령관은 딱딱하게 굳은 표정으로 그의 어깨 너머를 바라봤다.

그는 그녀의 시선을 따라 고개를 돌렸다. "왜 그러십니까?"

"지금까지는 저쪽 구석에 서류 가방이 두 개 있는 줄 몰랐었는데. 예전에는 하나만 있었던 것 같아—내 생각에는." 그녀는 고개를 저어 정신을 차리려 했다. "어떻게 판별할 수 있지? 이 일 때문에 신경쇠약에 걸릴 것만 같아."

"독한 술 한 잔이면 괜찮아질지도 모르죠."

그녀는 얼굴이 밝아졌다. "그거 괜찮은 생각이네. 하지만—"

"하지만 뭐죠?"

"아무것도 만지고 싶지 않아. 판별할 방법이 없다고." 그녀는 허리춤에 찬 블래스터를 만지작거렸다. "계속해서 이걸 쏴버리고만 싶어. 모든 물건에."

"공황 반응입니다. 이러는 와중에도 우리는 한 명씩 잡아먹히겠죠."

웅거 대위는 헤드폰을 통해 긴급 호출 명령을 들었다. 그는 즉시 작업을 멈추고 지금까지 수집한 표본을 가득 안은 뒤 서둘러 탐사정으로 돌아갔다.

탐사정은 그가 생각한 것보다 더 가까운 곳에 세워져 있었다. 그는 잠시 영문을 몰라 발걸음을 멈췄다. 밝은색의 작은 원추형 차량은 문이 열린 채 부드러운 흙 위에 궤도를 단단히 박고 서 있었다.

웅거는 표본을 조심스레 안아들고 서둘러 탐사정으로 다가갔다. 화물칸을 열고 짐을 그 안에 내려놓은 다음, 앞쪽으로 돌아가 조종간 앞으로 올라탔다.

그는 스위치를 켰다. 그런데 모터가 돌아가지 않았다. 묘한 일이었다. 그는 어찌된 일인지 확인하다가 문득 눈에 들어온 다른 어떤 것을 보고 깜짝 놀랐다.

백여 미터 밖의 수풀 사이에 두 번째 탐사정이 서 있었던 것이다. 그가 타고 있는 탐사정과 똑같이 생긴 물건이었다. 바로 저 장소가 자신이 탐사정을 세워놓은 곳이라는 생각이 들었다. 물론 그는 탐사정 안에 있었다. 아마 다른 사람이 시료를 채취하러 왔고, 이 탐사정은 그들이 가져온 것인 모양이었다.

웅거는 탐사정에서 내리려 했다.

문이 그를 향해 조여들기 시작했다. 조종석이 머리 위로 접혀 들어왔다. 계기판이 말랑말랑해지더니 흘러내리기 시작했다. 그는 숨을 헐떡였다. 숨이 막혀오고 있었다. 그는 몸을 뒤틀고 팔을 휘두르며 나가려고 발버둥을 쳤다. 사방이 젖어들었다. 육체와 같이 따뜻한 습기가 거품을 내며 끓어오르고 액체가 되어 흐르기 시작했다.

"꾸르륵." 머리가 잠겼다. 그다음엔 몸이 잠겼다. 탐사정 전체가 액체로 변하고 있었다. 손을 뿌리치려 했으나 떨치고 나올 수가 없었다.

그리고 고통이 시작되었다. 그는 녹아들고 있었다. 웅거는 곧 이 액체가 무엇인지 깨달았다.

산이다. 소화액이다. 그는 내장 속에 있었던 것이다.

"보지 마!" 게일 토머스가 소리쳤다.

"왜 안 돼?" 헨드릭스 상병이 웃으며 그녀를 향해 헤엄쳤다. "왜 보면 안 되는데?"

"이제 나갈 거거든."

햇살이 호수 위로 내리쬐어 수면에서 반짝이며 춤췄다. 사방에 이끼로 덮인 거대한 나무들이 우뚝 서 있었다. 꽃이 활짝 핀 덩굴과 관목 사이에 솟은 거대하고 조용한 기둥들이었다.

게일은 호숫가로 올라와 머리채를 뒤로 넘기며 물을 털었다. 숲속은 고요했다. 물결이 찰싹이는 소리밖에는 들리지 않았다. 그들은 부대의 야영지에서 꽤 멀리 떨어진 곳까지 와 있었다.

"언제쯤 봐도 되는데?" 헨드릭스는 눈을 감은 채 원을 그리고 헤엄치면서 물었다.

"금방 돼." 게일은 숲속을 헤치고 들어가 제복을 벗어둔 곳에 도착했다. 맨어깨와 팔에 쏟아지는 따뜻한 햇볕을 느낄 수 있었다. 그녀는 풀밭에 쪼그리고 앉아 윗옷과 바지를 주워들고 낙엽과 나무껍질을 털어낸 다음, 머리로 뒤집어쓰며 입기 시작했다.

헨드릭스 상병은 물속에서 계속 빙글빙글 돌며 참을성 있게 기다렸다. 시간이 흘렀지만 아무 소리도 들리지 않았다. 그는 눈을 떴다. 주변에 게일의 모습은 보이지 않았다.

"게일?" 그가 말했다.

매우 조용했다.

"게일!"

대답이 없었다.

헨드릭스 상병은 빠르게 호숫가로 헤엄쳐 나갔다. 그는 그대로 물에서 몸을 빼내 자기 제복이 깔끔하게 접혀 쌓인 곳까지 한달음에 달려갔다. 그리고 블래스터를 손에 쥐었다.

"게일!"

숲속은 여전히 고요했다. 아무 소리도 들리지 않았다. 그는 그곳에 서서 얼굴을 찌푸리며 주변을 둘러봤다. 따뜻한 햇살에도 차가운 공포가 서서히 그의 몸을 좀먹어 들어오기 시작했다.

"게일! 게일!"

그러나 여전히 정적은 계속되었다.

모리슨 사령관은 걱정하고 있었다. "행동에 나서야 해." 그녀가 말했다. "이렇게 기다리고만 있을 수는 없어. 30건의 조우에서 벌써 10명이 목숨을 잃었다고. 3분의 1은 너무 높은 비율이야."

홀은 작업대에서 고개를 들며 말했다. "어쨌든 적어도 무엇에 맞서고 있는지는 알고 있는 셈 아닙니까. 무한한 적응성을 가지고 있는 일종의 원형질이죠." 그는 분사 용기를 들어 보였다. "이거면 그 수가 얼마나 되는지를 짐작할 수 있을 듯합니다."

"그게 뭐지?"

"기체 상태의 비소와 수소 혼합물이죠. 아르신입니다."

"그걸로 어떻게 할 건데?"

홀은 헬멧을 썼다. 그의 목소리가 사령관의 이어폰에서 흘러나오기 시작했다. "이걸 실험실 전체에 살포할 겁니다. 이 안에 다른 곳보다 훨씬 많이 있을 거라 생각하니까요."

"왜 하필 여기지?"

"모든 표본과 시료를 처음 가져오는 데가 바로 이곳이고, 여기서 첫 개체를 조우했기 때문이죠. 저는 놈들이 표본에 묻어서, 또는 표본으로 위장해서 들어온 다음 건물 전체에 퍼져나갔을 거라고 생각합니다."

사령관은 헬멧을 쓰고 고정했다. 네 명의 경비병도 똑같은 행동을 했다. "아르신은 인간에게도 치명적이지 않던가?"

흘은 고개를 끄덕였다. "주의해야 할 겁니다. 여기서 제한적인 시험을 할 정도는 되지만 그게 거의 전부니까요."

그는 헬멧으로 흘러 들어오는 산소 흐름을 조절했다.

"이 시험을 통해 뭘 증명하려는 거지?" 그녀가 물었다.

"이 약물이 효력이 있다면, 그들이 얼마나 깊이 침투했는지 확인할 수 있을 겁니다. 적을 명확하게 파악할 수 있겠죠. 우리가 생각하는 것보다 더 심각한 상황일 수도 있습니다."

"그게 무슨 뜻이지?" 그녀는 산소 흐름을 조절하며 말했다.

"플래닛 블루 기지에는 100명의 인원이 있습니다. 현재 상황으로 보면 가장 나쁜 경우는 그들이 우리 모두를 한 사람씩 처치하는 겁니다. 하지만 그건 아무것도 아닙니다. 매주, 매일 100명 단위의 부대가 소멸됩니다. 새로운 행성에 처음 착륙하는 부대가 응당 치러야 할 대가죠. 최종 분석 결과상으로는 비교적 중요하지 않을 겁니다."

"무엇에 비해서?"

"만약 놈들이 무한히 분열 가능하다면, 우리는 이곳을 떠날 수 있을지 재고해봐야 합니다. 놈들을 싣고 태양계로 돌아가는 위험을 감수하는 것보다는 여기서 한 명씩 죽음을 맞는 편이 나을 수도 있습니다."

그녀는 그를 바라봤다. "그걸 알고 싶은 거로군. 놈들이 무한정 분열해 증식할 수 있는지."

"적의 상황을 알아내려 하는 겁니다. 어쩌면 수가 얼마 되지 않을 수도 있습니다. 아니면 사방에 깔려 있을 수도 있죠." 그는 손을 저어 실험실 전체를 가리켰다. "어쩌면 이 방 안의 물건 중 절반이 눈에 보이는 모습과 다른 존재일 수도 있습니다…… 우리를 공격한다면 좋지 않은 일이죠. 공격하지 않는다면 더욱 좋지 않은 일일 겁니다."

"좋지 않다고?" 사령관은 영문을 알 수 없었다.

"저들의 의태는 완벽합니다. 적어도 무기물에서는 말이죠. 저는 놈이 제 현미경으로 위장하고 있을 때 그놈을 들여다봤습니다. 확대도 되고, 초점 조절도 되고, 반사경도 작동했습니다. 실제 현미경 같았어요. 우리가 상상했던 그 어떤 동물보다 뛰어난 의태입니다. 표면 아래에 숨어 있는 물체의 실제 요소까지 따라할 수 있는 겁니다."

"그렇다면 놈들 중 하나가 우리와 함께 테라까지 돌아갈 수도 있다는 말인가? 옷이나 실험실 기구 중 하나로 변신한 상태로?" 그녀가 몸을 떨었다.

"우리는 놈들이 일종의 원형질이라고 가정하고 있습니다. 그렇게 다양한 변환이 가능하다면 원래 형태는 단순할 것이라 추측할 수 있겠죠. 그렇다면 이분법으로 번식한다는 가정이 설득력 있을 겁니다. 만약 그렇다면 놈들의 번식 능력에는 한계가 존재하지 않습니다. 용해 능력이 있다는 점을 생각하면 단순한 단세포 원생동물이 떠오르더군요."

"놈들이 지능이 있다고 생각하나?"

"모릅니다. 그렇지 않기를 바라야죠." 홀은 분사 장치를 들어 올렸다. "어찌됐든 이거면 그들의 한계를 알 수 있을 겁니다. 또 놈들이 단순한 분열을 통해 번식한다는 제 가정을 어느 정도까지는 뒷받침할 수도 있겠죠. 우리 입장에서 보자면 가장 좋지 못한 일이지만 말입니다."

"그럼 시작하죠." 홀이 말했다.

그는 분사기를 단단히 잡고는 방아쇠를 당기며 분사구를 실험실 전체로 천천히 움직였다. 사령관과 네 명의 경비병은 그 뒤에 아무 말 없이 서 있었다. 아무것도 움직이지 않았다. 창문을 통해 햇살이 들어와 배양 접시와 실험실 장비들 위에서 반짝였다.

잠시 후 그는 방아쇠를 놓았다.

"아무것도 안 보이는데." 모리슨 사령관이 말했다. "제대로 한 게 확실

한가?"

"아르신은 무색입니다. 하지만 헬멧의 밀폐를 풀지는 마십시오. 치명적이니까요. 움직이지도 마시고요."

그들은 가만히 서서 기다렸다.

한동안 아무 일도 일어나지 않았다. 그러더니—

"이런 세상에!" 모리슨 사령관이 소리쳤다.

실험실 반대편에서 서랍장 하나가 갑자기 움찔거렸다. 놈은 몸을 뒤틀며 녹아내리기 시작했고, 곧 완전히 형체가 사라졌다. 균질한 젤리 형태의 덩어리가 탁자 위에 자리 잡고 있다가 갑자기 무너지면서 꿈틀대며 한쪽으로 흘러내렸다.

"저기도!"

벤젠 버너 하나가 녹으면서 앞의 놈의 뒤를 이어 흘러내렸다. 실험실 곳곳에서 물체들이 움직이고 있었다. 커다란 유리 증류기가 몸을 접더니 커다란 액체 방울이 되었다. 시험관대도, 약품이 들어찬 선반도……

"조심해!" 홀은 이렇게 말하며 뒤로 물러섰다.

커다란 종형 유리병이 철썩 하는 소리를 내면서 홀 바로 앞으로 떨어져 내렸다. 하나의 커다란 세포임은 분명해 보였다. 그는 핵과 세포벽, 그리고 세포질 안에 고정되어 있는 단단한 액포*를 희미하게 알아볼 수 있었다.

피펫, 집게, 막자사발, 모두가 흘러내렸다. 실험실 안의 장비 중 절반이 움직이고 있었다. 흉내 낼 수 있는 모든 대상을 흉내 낸 모양이었다. 시험관과 단지와 유리병과 플라스크 하나하나를……

경비병 한 명이 블래스터를 꺼내들었다. 홀은 총을 내려쳐 떨어뜨렸다. "발사하면 안 돼! 아르신은 인화성 물질이다. 여기서 나갑시다. 알고

---

* 막으로 싸인 거대한 세포소기관. 안에는 당류, 무기염류, 유기산, 단백질 등이 포함된 세포액이 차 있다. 성숙한 식물세포에 많으며 하등동물이나 단세포동물에서도 발견된다.

싶은 것은 다 알았으니까."

그들은 재빨리 실험실 문을 열고 복도로 나섰다. 홀은 마지막으로 문을 쾅 닫고는 단단히 자물쇠를 채웠다.

"그럼 상황이 안 좋은 게로군?" 모리슨 사령관이 물었다.

"가망이 없습니다. 아르신으로 교란시킬 수는 있었습니다. 충분한 양이 있으면 죽일 수 있을지도 모르죠. 하지만 우리에게는 그렇게 많은 양의 아르신이 없습니다. 그리고 이 행성을 아르신으로 가득 채우면 블래스터를 쓸 수도 없을 겁니다."

"행성을 떠나는 방법이 있잖아."

"놈들을 우리 태양계로 데려갈 수도 있다는 위험을 무릅쓸 수는 없습니다."

"여기 있으면 우리는 한 명씩 녹아서 흡수당할 거라고." 사령관이 항변했다.

"아르신을 더 가져오게 할 수는 있을 겁니다. 아니면 놈들을 파괴할 수 있는 다른 독극물을 가져오던가요. 하지만 그러면 이 행성의 생물 대부분이 놈들과 함께 소멸될 겁니다. 남는 게 별로 없겠죠."

"그렇다면 모든 생명을 파괴해야겠군! 다른 방법이 없다면 이 행성을 깨끗이 태워버릴 수밖에. 죽은 행성만 남기고 가야 한다고 해도 말이야."

그들은 서로를 바라봤다.

"항성계 관리국에 연락할 거야." 모리슨 사령관이 말했다. "우리 탐사대를 이곳의 위험에서 빼낼 거라고. 적어도 그때까지 남아 있는 사람들은. 호숫가의 그 불쌍한 아이는……" 그녀는 몸을 떨었다. "모두 도망친 다음에, 이 행성을 청소하는 가장 좋은 방법을 의논해보자고."

"놈들 중 하나를 테라로 데려가게 될지도 모른다는 위험을 무릅쓸 겁니까?"

"우리도 흉내 낼 수 있나? 생명체도 따라할 수 있어? 고등 생명체의 경우에도?"

홀은 생각해봤다. "그렇지는 않을 겁니다. 무생물로만 의태할 수 있는 것으로 보이니까요."

사령관은 침울하게 웃었다. "그렇다면 무기물을 하나도 가져가지 않으면 되는 일이잖아."

"하지만 옷은요! 놈들은 벨트나 장갑, 부츠로도 의태할 수 있고—"

"옷도 가져가지 않으면 되지. 아무것도 가져가지 않을 거야. 내 말은, 정말로 아무것도 가져가지 않을 거라는 뜻이야."

홀의 입술이 뒤틀렸다. "무슨 뜻인지 알겠습니다." 그는 생각에 잠겼다. "가능할 수도 있겠네요. 모든 소지품을 놔두고 가라고 대원들을 설득할 수 있겠습니까? 가지고 있는 모든 것을요?"

"생명과 관계된 문제라면 대원들에게 명령을 내릴 수 있지."

"그렇다면 그게 도망칠 수 있는 유일한 기회가 되겠군요."

탐사대의 남은 인원을 전부 태울 수 있는 크기의 순양함들 중 가장 가까이 있는 것은 행성에서 두 시간 거리에 있었다. 다시 테라 쪽으로 항해하는 순양함이었다.

모리슨 사령관은 영상 화면에서 고개를 들며 말했다. "여기에 무슨 문제가 있는지 알고 싶어 하는데."

"제가 말하죠." 홀은 화면 앞에 자리를 잡고 앉았다. 순양함 함장의 엄격한 얼굴과 금발 머리카락이 그를 맞이했다. "저는 탐사대 연구 분과의 로렌스 홀 소령입니다."

"대니얼 데이비스 함장이오." 데이비스 함장은 무표정한 얼굴로 그를 관찰했다. "뭔가 문제가 있는 모양인데, 소령?"

홀은 입술을 핥았다. "괜찮으시다면 그쪽 우주선에 승선한 다음에 설명하고 싶습니다만."

"왜 그러는 거요?"

"함장님, 지금은 상황을 설명하더라도 우리가 정신이 나갔다고 생각하실 겁니다. 우주선에 오른 다음에 자세히 상의하고 싶습니다." 그는 머뭇거렸다. "우리는 벌거벗은 채로 그쪽 우주선에 승선할 겁니다."

함장은 한쪽 눈썹을 들어 보였다. "벌거벗고?"

"그렇습니다."

"잘 알겠소." 그렇지 못한 것이 명백해 보였다.

"언제까지 여기 도착할 수 있으십니까?"

"아마 두 시간 정도 걸릴 거요."

"저희 시간으로는 지금이 13시 정각입니다. 15시까지 오실 수 있으십니까?"

"아마도 그쯤 되겠지." 함장은 동의했다.

"기다리고 있겠습니다. 승무원을 밖으로 내보내지 마십시오. 우리가 들어갈 수 있게 승강구만 열어주시면 됩니다. 그 어떤 장비도 없이, 우리 맨몸뚱이만 가지고 승선할 겁니다. 우리가 승선하면 바로 이륙해주십시오."

스텔라 모리슨은 화면을 향해 몸을 기울였다. "함장님, 혹시 그쪽 배의 승무원들을…… 하지 말라고 명령해주실 수 있을지……?"

"로봇 조종으로 착륙할 거요." 그는 그녀에게 확인해줬다. "승무원들이 갑판에 나가 있지는 않을 거고, 아무도 당신들을 보지 못할 거요."

"고맙습니다." 그녀가 중얼거렸다.

"천만에." 데이비스 함장이 경례했다. "그러면 두 시간 후에 보기로 하겠소, 사령관." 영상 화면이 꺼졌다.

"모두 착륙장에 집합시키도록 하지." 모리슨 사령관이 말했다. "여기 건물 안에서 옷을 전부 벗어서, 착륙장에서 우주선과 접촉하는 물체가 없도록 하는 편이 좋겠어."

홀은 그녀의 얼굴을 바라봤다. "목숨을 구하기 위해 이 정도는 할 만하지 않나?"

프렌들리 중위는 입술을 깨물었다. "저는 안 할 겁니다. 여기 남겠습니다."

"따라와야 해."

"하지만, 소령님—"

홀은 시계를 확인했다. "이제 14시 50분이다. 우주선이 언제 도착할지 몰라. 옷을 벗고 착륙장으로 나가라고."

"정말로 아무것도 가져가면 안 됩니까?"

"안 돼. 블래스터도 놔두고 가라고. 우주선에 올라타면 옷을 줄 거야. 어서! 목숨이 달린 일이야. 다른 사람들은 전부 명령에 따르고 있어."

프렌들리는 미심쩍은 태도로 셔츠를 잡아당겨봤다. "글쎄, 이거 좀 바보짓을 하는 기분인데 말입니다."

영상 화면에 불이 들어왔다. 로봇이 새된 소리로 외쳤다. "모두 즉시 건물에서 나가라! 모두 즉시 건물에서 나가서 착륙장으로 가라! 모두 즉시 건물에서 나가라! 모두 즉시—"

"벌써?" 홀은 창문으로 달려가 금속 블라인드를 올렸다. "착륙하는 소리도 못 들었는데."

착륙장 가운데 길쭉한 회색 순양함이 서 있었다. 운석에 맞아 여기저기 우그러진 자국이 있는 동체가 보였다. 우주선은 미동도 없이 서 있었다. 주변에 생명의 흔적은 전혀 보이지 않았다.

벌써 벌거벗은 사람들 한 무리가 햇빛에 눈을 깜빡이고 머뭇거리며 착륙장을 가로질러 우주선으로 향하고 있었다.

"벌써 왔군!" 홀은 서둘러 셔츠를 벗어던지기 시작했다. "어서 가자고!"

"좀 기다려줘요!"

"그럼 서둘러." 홀은 옷을 마저 벗었다. 두 남자는 서둘러 복도를 따라 달렸다. 벌거벗은 경비병들이 그들을 지나쳐 달려갔다. 둘은 맨발로 탐사대 건물의 긴 복도를 달려 문가에 이르렀고, 계단을 내려가 착륙장으로 나갔다. 따뜻한 햇살이 머리 위 하늘에서 내리쬐었다. 탐사대 건물 곳곳에서 벌거벗은 남자와 여자들이 조용히 쏟아져 나와 우주선으로 향하고 있었다.

"대단한 광경이군!" 장교 한 명이 말했다. "이런 수치는 오랫동안 기억에 남겠는데."

"적어도 살아남을 수는 있잖나." 다른 장교가 말했다.

"로렌스!"

홀은 반쯤 몸을 돌렸다.

"제발 돌아보지 말아줘. 계속 움직여. 뒤에서 따라 걸어갈 테니까."

"어떤 기분이야, 스텔라?" 홀이 물었다.

"이상해."

"이럴 가치가 있을까?"

"아마 그렇겠지."

"사람들이 우리 말을 믿어줄 것 같아?"

"아니." 그녀가 말했다. "스스로도 의심이 들기 시작하고 있으니까."

"어쨌든 살아서 돌아갈 수는 있겠지."

"그렇겠지."

홀은 눈앞에 내려와 있는 승강 계단을 쳐다봤다. 가장 먼저 도착한 사람들은 이미 금속 비탈을 올라가 원형 출입구를 통해 우주선에 들어가고 있었다.

"로렌스—"

사령관의 목소리는 묘하게 떨리고 있었다. "로렌스, 나는—"

"왜 그러는데?"

"나 겁이 나."

"겁이 난다고!" 그는 걸음을 멈췄다. "무엇 때문에?"

"모르겠어." 떨리는 목소리였다.

사방에서 사람들이 밀고 들어왔다. "그만 잊어버려. 어린 시절 생각을 해보라고." 그는 승강구 끄트머리에 발을 올려놓았다. "올라가자."

"돌아가고 싶어!" 그녀의 목소리에는 공포가 서려 있었다. "나는—"

홀은 크게 웃었다. "이미 너무 늦었어, 스텔라." 그는 난간을 잡고 승강구에 올라섰다. 사방에서 남자와 여자들이 밀치고 들어오며 그들을 위로 밀어 올렸다. 그들은 출입구 앞에 도착했다. "다 왔다고."

그의 앞에 서 있던 남자가 안으로 사라졌다.

홀은 그를 따라 안으로, 어두컴컴한 우주선 내부로, 고요한 암흑 속으로 들어갔다. 사령관이 그 뒤를 따랐다.

15시 정각, 대니얼 데이비스 함장은 착륙장 가운데에 우주선을 착륙시켰다. 제어 장치가 움직였고, 팡 소리와 함께 출입구 밀폐 장치가 풀렸다. 데이비스와 다른 승무원들은 조종실의 커다란 제어 테이블 주변에 둘러앉아 있었다.

"그래서," 한동안 시간이 흐른 후 데이비스 함장이 입을 열었다. "다들 어디 있는 거지?"

장교들은 불안한 모습이었다. "뭔가 잘못된 걸지도 모릅니다."

"혹시 이 모든 일이 빌어먹을 장난이었던 건 아니겠지?"

그들은 기다리고 또 기다렸다.

그러나 우주선으로 들어오는 사람은 아무도 없었다.

페이첵
Paycheck

PHILIP K. DICK

1952년은 PKD에게 있어 다작의 해였다. 그는 1952년 7월부터 뉴욕의 스콧 메러디스 에이전시를 통해 작품을 투고했는데, 덕분에 작품을 접수한 시기가 기록으로 남아 실제 집필 시기를 추적하는 일이 가능해졌다.「페이첵」은 1952년 7월 31일에 다른 두 편의 단편과 함께 에이전시에 도착했는데, 세 편을 합치면 무려 2만 단어가 넘는 분량이었다.

이 작품에서는 작가가 언급한 시간 여행에 대한 독특한 해석은 물론 주인공의 이분된 정체성도 눈여겨볼 만하다. 주인공은 시간이 지남에 따라 '과거의 자신'에 대해 무한한 신뢰를 보이며 현재의 상황과 자신의 행동보다 과거의 자신에게 더 의존하게 되고, 마지막에는 과거의 자신을 별도의 인물로 언급하기까지 한다. 흥미로운 착상과 정체성 문제를 잘 버무린, 초기 PKD의 특성이 뚜렷하게 드러나는 단편이다. 2003년 오우삼 감독이 벤 애플렉, 우마 서먼 주연의 할리우드 블록버스터로 제작했다.

문득 정신이 들었을 때, 제닝스는 이동하는 중이었다. 어딘가 가까이서 제트 엔진 소리가 부드럽게 울렸다. 그는 작은 개인용 로켓 전용기에 탄 채 도시 사이의 오후 하늘을 부드럽게 날아가고 있었다.

"으아!" 그는 이렇게 말하며 자리에 일어나 앉아 머리를 문질렀다. 옆에서는 얼 레드릭이 강렬한 눈빛으로 날카롭게 그를 주시하고 있었다.

"정신이 드나?"

"여긴 어딥니까?" 제닝스는 고개를 저으며 흐릿하게 남은 통증을 떨쳐버리려 했다. "아니면 다른 방식으로 질문을 해야 할지도 모르겠군요." 이미 계절이 늦가을이 아니라는 정도는 알아챌 수 있었다. 지금은 봄이었다. 전용기 아래로 녹색 들판이 보였다. 그가 마지막으로 기억하는 장면은 레드릭과 함께 승강기에 오르던 당시의 것이었다. 그때는 아직 가을이었고, 그는 뉴욕에 있었다.

"그래." 레드릭이 말했다. "거의 2년이 지났다네. 자네는 많은 것들이 바뀌었음을 깨닫게 될 거야. 몇 달 전에 정부가 전복되었다네. 새로운 정부는 예전보다 더욱 강력해졌지. SP, 즉 보안경찰은 거의 무한한 권력을 가지고 있다네. 이제는 저학년 학생들 사이에서도 밀고제를 실시하지. 하지만 우리 모두 이렇게 될 줄 알고 있지 않았나. 어디 보자, 또 뭐가 있더라? 뉴욕은 더 넓어졌다네. 샌프란시스코 만은 이제 거의 다 메운 것 같더군."

"지난 2년간 내가 뭘 하고 있었는지를 알고 싶다는 겁니다!" 제닝스는 초조한 기색으로 담배에 불을 붙이며 질문을 밀어붙였다. "말해줄 생각 있습니까?"

"아니, 당연히 자네에게 말해주진 않을 걸세."

"지금 우리가 어디로 가고 있는 겁니까?"

"뉴욕의 사무실로 돌아가는 중이지. 자네가 나를 처음 만난 곳 말이야. 기억이 나나? 자네가 나보다 더 또렷하게 기억하고 있을지도 모르겠군. 어쨌든 자네에게는 고작해야 하루 이틀 전의 일일 테니까."

제닝스는 고개를 끄덕였다. 2년이라니! 그의 인생에서 2년 분량이 영원히 사라져버렸다. 아무리 생각해봐도 있음직하지 않은 일이었다. 엘리베이터에 올라탔을 당시에도 여전히 제안을 고려하고 검토하는 중이었다. 그러다 마음을 바꾸게 된 것일까? 그렇게 많은 돈을 보상으로 받는다고 해도—심지어 그에게도 어마어마한 양의 돈이었다—도저히 그럴 만한 가치가 있을 듯하지 않았다. 그는 계속해서 자신이 무슨 일을 했는지 궁금해할 터였다. 합법적인 일이었을까? 아니면 혹시—하지만 이제 전부 과거의 문제였다. 결단을 내리려 애쓰는 동안 모든 일이 벌써 끝나버렸다. 그는 창문 밖으로 펼쳐진 오후의 하늘을 우울하게 바라봤다. 전용기 아래의 대지는 촉촉하게 젖어 생명으로 넘치고 있었다. 봄, 2년 후의 봄이라. 그 2년 동안의 보상으로 무엇을 받게 되는 것일까?

"제가 이미 보수를 받았습니까?" 그는 이렇게 물으며 자기 지갑을 꺼내 안을 들여다봤다. "그렇지는 않은 모양이네요."

"아직일세. 사무실에 도착해서 보수를 받을 거야. 켈리가 지급해줄 걸세."

"그동안의 보수를 한 번에 말입니까?"

"50만 크레딧이지."

제닝스는 웃음 지었다. 정확한 금액을 명확하게 듣고 나니 기분이 조금 나아졌다. 어쩌면 그리 나쁘지 않은 일이었는지도 모른다. 말하자면 잠을 자는 대가로 돈을 받은 것이나 다름없지 않은가. 하지만 그는 두 살의 나이를 더 먹었다. 그만큼 앞으로 살날이 더 짧아진 것이다. 마치 자신의 일부를, 생명의 일부를 파는 것이나 다름없었다. 그리고 요즘 세상에서 생명은 엄청난 가치를 지닌다. 그는 어깨를 으쓱했다. 어차피 전부 다 지난 일이었다.

"이제 거의 다 왔네." 레드릭이 말했다. 로봇 조종사는 전용기의 기수를 낮춰 지면을 향해 강하했다. 뉴욕 시의 경계가 아래로 보이기 시작했다. "그래, 제닝스, 두 번 다시 보지 못하게 될지도 모르니까 하는 말이네만." 그는 손을 내밀어 악수를 청하며 말했다. "자네와 함께 일할 수 있어서 즐거웠네. 자네도 알겠지만, 우리는 어깨를 나란히 하고 함께 작업했다네. 자네는 내가 지금까지 본 가장 훌륭한 기술자 중 하나였어. 막대한 보수를 무릅쓰고 자네를 고용한 보람이 있었지. 자네는 여러 번 그 가치를 증명해 보였다네. 기억은 못 하겠지만 말이야."

"제가 고용한 값을 했다니 다행스런 일이로군요."

"화난 것처럼 들리는군."

"그런 건 아닙니다. 그저 두 살 더 먹었다는 사실을 받아들이려 노력하고 있을 뿐이죠."

레드릭은 크게 웃었다. "그래도 자네는 아직 젊은이 아닌가. 그리고 켈리가 보수를 지불해주면 기분이 더 나아질 게야."

그들은 뉴욕 사무실 건물의 좁은 옥상 착륙장으로 걸어 나왔다. 레드릭은 그를 엘리베이터로 이끌었다. 문이 닫히는 것을 보며 제닝스는 정신적 충격을 받았다. 마지막 기억이 바로 이 엘리베이터였던 것이다. 그 이후로는 아무것도 생각나지 않았다.

"켈리가 자네를 보면 기뻐할 걸세." 조명이 밝은 홀 안으로 들어서며 레드릭이 말했다. "가끔가다 자네에 대해서 묻곤 했거든."

"무엇 때문에요?"

"자네가 잘생겼다고 하더군." 레드릭은 문에 코드 키를 밀어 넣었다. 문은 그에 반응해 양 옆으로 활짝 열렸다. 둘은 레드릭 건설 회사의 화려한 사무실로 들어섰다. 긴 마호가니 책상 뒤에 젊은 여성 한 명이 앉아서 보고서를 검토하고 있었다.

"켈리." 레드릭이 말했다. "여기 마침내 기한이 다 된 사람이 한 명 왔단다."

여자는 웃으며 고개를 들었다. "안녕하세요, 제닝스 씨. 다시 세상으로 돌아온 기분이 어떠신가요?"

"괜찮습니다." 제닝스는 그녀 쪽으로 걸어갔다. "레드릭 말로는 당신이 회계 담당이라고 하던데요."

레드릭은 제닝스의 등을 두드리며 말했다. "그럼 잘 가게, 이 친구야. 나는 공장으로 돌아가야겠네. 급히 많은 돈이 필요한 일이 생기면 찾아오게나. 우리는 언제든 자네와 다시 한번 계약을 할 테니 말이야."

제닝스는 고개를 끄덕였다. 레드릭이 밖으로 나가자 그는 책상 옆 의자에 다리를 꼬고 앉았다. 켈리는 의자를 뒤로 물리며 서랍 하나를 열었다. "좋아요. 고용 기한이 끝났으니 레드릭 건설 회사는 보수를 지불할 준비가 되어 있습니다. 계약서 사본은 가지고 있나요?"

제닝스는 주머니에서 봉투 하나를 꺼내 책상 위로 가볍게 던졌다. "여기 있군요."

켈리가 책상 서랍에서 작은 천 주머니와 손으로 쓴 서류 몇 장을 꺼냈다. 그녀는 작은 얼굴에 심각한 표정을 띠고 한동안 서류 내용을 꼼꼼히 훑어봤다.

"문제가 있습니까?"

"이걸 보면 놀랄 것 같네요." 켈리가 그에게 계약서를 도로 내밀었다. "다시 한번 읽어보세요."

"왜 그래요?" 제닝스는 봉투를 열면서 말했다.

"내용에 변경이 있어요. '만약 을에 해당하는 계약자 본인이 원한다면, 전술한 레드릭 건설 회사와 계약을 맺은 기간 동안—'"

"'만약 계약자가 원한다면, 그는 자신의 의지에 따라 해당 계약서상에서 언급한 금액 대신 스스로 해당 금액과 동일한 가치를 지닌다고 간주한 일련의 물품 또는 제품을 대신 보수로 받을 수 있으며—'"

제닝스는 천 주머니를 낚아채 주둥이를 끄르고는 손바닥 위에 내용물을 털어냈다. 켈리는 그 모습을 지켜보고만 있었다.

"레드릭은 어디 있습니까?" 제닝스는 자리에서 일어섰다. "만약 이 따위로 나를 속여도 될 거라고 생각했다면—"

"레드릭과는 아무 관계없는 일이에요. 당신 자신의 요청이었으니까요. 자, 여길 좀 보세요." 켈리는 그에게 서류 뭉치를 넘겨줬다. "당신이 직접 쓴 거예요. 읽어보세요. 당신 생각이지, 우리 쪽 생각이 아니었다고요. 정말이에요." 그녀는 그를 향해 웃어 보였다. "가끔씩 계약을 한 사람들 중에 이러는 사람들이 있더라고요. 고용 기간 동안 돈이 아니라 다른 뭔가를 대가로 받기로 결정한 거죠. 왜인지는 나도 몰라요. 하지만 다들 기억이 깨끗이 날아간 채로 나오니까요. 다들 동의를 했으니—"

제닝스는 서류를 훑어봤다. 자신의 필체가 분명했다. 의심할 여지가 없었다. 서류를 든 손이 떨리기 시작했다. "믿을 수가 없어. 내 필적인 것은 분명하지만." 그는 입을 굳게 다물고 종이를 접어 넣었다. "내가 그곳에 있는 동안 뭔가를 당한 게 분명합니다. 이딴 조건에 동의했을 리가 없어요."

"분명 그럴 만한 이유가 있었겠죠. 말이 안 된다는 점에는 동의해요. 하지만 기억을 지우기 전에 어떤 요소가 당신의 결정에 영향을 미쳤는지는 모르는 일 아닌가요. 당신이 처음도 아니었어요. 당신 이전에도 여러 명이 그랬다고요."

제닝스는 손바닥 위의 물건들을 멍하니 내려다봤다. 천 주머니에서 나온 것은 한 움큼의 잡동사니뿐이었다. 코드 키 하나. 반으로 찢은 표 한 장. 보관 영수증 하나. 가는 철사 약간. 반으로 쪼개진 포커 칩 한 개. 초록색 천 조각. 버스 토큰 하나.

"50만 크레딧 대신에 겨우 이거라고." 그는 중얼거렸다. "내 2년 이……"

그는 건물을 나와 북적이는 오후의 거리로 들어섰다. 여전히 정신이 멍했다. 혼미하고 혼란스러운 상태였다. 사기를 당한 걸까? 그는 주머니 속의 잡동사니를 더듬어봤다. 철사, 반만 남은 표, 기타 온갖 것들을. 2년을 일한 대가가 이것뿐이라니! 그러나 서류에는 자신의 필적이 명백하게 남아 있었다. 보수 포기 선언, 그리고 대체 물품 요청까지. 「잭과 콩나무」 같은 이야기였다. 왜? 무엇 때문에? 대체 왜 그런 짓을 하게 된 것일까?

그는 방향을 틀어 골목길로 들어섰고, 모퉁이에 이르러 유턴을 하고 있는 자동차 한 대와 마주쳤다.

"좋아, 제닝스. 당장 올라타라."

순간 그는 고개를 번쩍 들었다. 자동차의 문은 열려 있었다. 남자 하나가 무릎을 대고 앉아 방열 소총으로 그의 얼굴을 겨누고 있었다. 청록색 제복을 입은 남자였다. 보안경찰이었다.

제닝스는 차에 올랐다. 등 뒤에서 문이 닫히며 자석식 자물쇠가 자동으로 잠기는 소리가 들렸다. 금고 안에 들어온 느낌이었다. 차는 도로를 따라 미끄러져 내려갔고, 제닝스는 좌석에 몸을 기대고 앉았다. 옆에 앉은 보안경찰 요원이 총구를 내렸다. 반대편에 앉은 다른 요원이 능숙하게 그의 몸을 훑으며 무기를 수색했다. 그는 제닝스의 지갑과 잡동사니 더미를 꺼냈다. 봉투와 계약서도 있었다.

"뭘 가지고 있나?" 운전석의 남자가 물었다.

"지갑, 돈, 레드릭 건설 회사와의 계약서입니다. 무기는 없습니다." 그는 제닝스에게 소지품을 돌려줬다.

"이게 다 무슨 일입니까?" 제닝스가 물었다.

"그쪽에 질문할 것이 있을 뿐이야. 그게 전부다. 레드릭을 위해 일했다지?"

"그렇습니다."

"2년 동안?"

"거의 2년이 됐죠."

"공장에서 일했나?"

제닝스는 고개를 끄덕였다. "그런 모양입니다."

요원이 그를 향해 상체를 기울이며 물었다. "그 공장이 어디 있는지 말해주겠나, 제닝스 씨. 정확한 위치가 어딘가?"

"저도 모릅니다."

두 요원은 서로를 마주봤다. 첫 번째 요원이 긴장으로 험하게 굳어진 얼굴로 입술을 핥았다. "모른다고? 그럼 다음 질문. 마지막 질문이다. 그 2년 동안 어떤 종류의 일을 했나? 당신 직업이 뭐였지?"

"기계공이죠. 저는 전자 기기를 수리하는 일을 했습니다."

"어떤 종류의 전자 기기지?"

"저도 모릅니다." 제닝스는 요원을 올려다봤다. 이 말도 안 되는 상황 때문에 입술이 일그러지고 입가에 웃음이 떠오르는 것을 도저히 참을 수가 없었다. "죄송하지만, 정말로 모릅니다. 그게 진실이에요."

침묵이 흘렀다.

"모른다니 그게 무슨 소린가? 2년 동안 뭐하는 기계인지도 모른 채 수리만 했다는 건가? 자기가 어디 있는지도 모른 채로?"

제닝스는 몸을 뒤척였다. "이게 대체 무슨 일입니까? 왜 저를 불러들인 겁니까? 저는 아무 일도 하지 않았습니다. 저는 그냥—"

"우리도 안다. 구속하려는 게 아니야. 그저 우리 쪽 기록을 위해 정보를 수집하고 있을 뿐이지. 레드릭 건설에 대해서. 당신은 그들을 위해서, 그들의 공장에서 일했어. 중요한 시설에서. 자네가 전자 기기 수리공이라고 했지?"

"그렇습니다."

"고성능 컴퓨터나 부속 장비도 수리할 수 있는 모양이지?" 요원은 자신의 수첩을 확인하며 말을 이었다. "우리 정보에 의하면 이 나라에서 최고의 기술자 중 하나인 듯한데."

제닝스는 아무 말도 하지 않았다.

"우리가 원하는 정보 두 가지만 제공하면 즉시 풀어주겠네. 레드릭의 공장은 어디에 있나? 그곳에서 무슨 일을 하는 건가? 자네는 그들을 위해 기계 정비를 해온 것 아닌가? 2년 동안이나 말이야."

"저도 모릅니다. 그랬을 거라고 짐작은 하죠. 지난 2년 동안 무엇을 했는지 전혀 짐작도 가지 않습니다. 제 말을 믿든 믿지 못하든 알아서 하시죠." 제닝스는 지친 기색으로 바닥을 내려다봤다.

"어떻게 할 셈인가?" 운전석의 남자가 마침내 물었다. "이 다음의 일에 대해서는 지령을 받은 바가 없는데."

"우리 쪽 건물로 데려가지. 여기서는 더 이상 심문을 할 수 없으니." 차 밖으로 온갖 사람들이 보도를 따라 바삐 걸음을 옮기는 모습이 보였다. 거리는 일터를 떠나 교외의 주택으로 향하는 차와 노동자들로 가득했다.

"제닝스, 왜 질문에 대답하지 않는 건가? 자네 문제가 뭐야? 그런 단순한 사실 몇 가지를 말하지 못할 이유가 없지 않은가. 정부에 협조하고 싶지 않은 건가? 왜 우리에게 정보를 숨기려고 하는 거지?"

"저도 알고 있다면 말했을 겁니다."

요원은 끙 하는 신음소리를 냈다. 아무도 입을 열지 않았다. 차는 곧 거대한 석조 건물 앞에 멈췄다. 운전석의 남자는 시동을 끄더니 조종간을 빼내 자기 주머니에 넣었다. 그는 코드 키로 문을 건드려 자석식 자물쇠를 해제했다.

"이제 어떻게 할까요. 구속해야 할까요? 사실 우리로서는—"

"기다려." 운전석의 남자가 밖으로 나섰다. 다른 두 사람도 그를 따라 나서며 자물쇠를 잠갔다. 그들은 보안국 건물 밖의 보도 위에서 한동안 이야기를 하며 서 있었다.

제닝스는 아무 말 없이 바닥을 보며 앉아 있었다. 보안경찰들은 레드릭 건설에 대해 알고 싶어 했다. 글쎄, 어차피 그는 아무것도 알려줄 도리가 없었다. 사람을 잘못 고른 것이 명백했지만, 그 사실을 증명할 수 있겠는가? 애초에 말도 안 되는 이야기였다. 2년 동안의 기억이 마음속에서 완전히 지워지다니. 누가 그를 믿어주겠는가? 애초에 스스로도 믿기 힘든 이야기였는데.

그의 생각은 처음 광고를 봤을 때로 거슬러 올라갔다. 자신과 완벽히 맞아떨어지는 광고였다. '기술자 구인', 그리고 간략한 작업의 개요가 실려 있었다. 모호하고 간접적인 표현을 사용했지만, 바로 그에게 딱 맞는 일이라는 사실만은 분명히 확인할 수 있었다. 게다가 보수가 얼마나 대단한지! 사무실에서 면접이 이어졌다. 시험, 양식. 그 뒤로는 레드릭 건설 측에서 자신에 대한 모든 것을 파헤친 반면, 자신은 그 회사에 대해 전혀 아는 것이 없다는 사실이 차츰 드러났다. 그들이 무슨 일을 하는가? 건설업이겠지. 하지만 어떤 종류? 어떤 종류의 기계를 사용하는 걸까? 2년 동안 50만 크레딧이라니……

그러고는 기억이 깨끗하게 지워진 채 밖으로 나온 것이다. 2년이 지났는데 아무것도 기억할 수가 없었다. 계약의 그 부분에 동의하는 데 상당한 시간이 걸렸었다. 하지만 결국에는 동의한 모양이다.

제닝스는 창밖을 내다봤다. 세 명의 요원은 여전히 보도에 서서 그의 처우 문제를 놓고 토론하는 중이었다. 안 좋은 상황에 놓인 게 분명했다. 저들은 그가 제공할 수 없는 정보를, 알고 있지 않은 정보를 원했다. 하지만 그 사실을 증명할 방도가 있을까? 2년이나 일했는데, 처음 들어갔을 때보다 딱히 더 아는 게 없는 상태로 나왔다는 사실을 어떻게 증명한단 말인가! 보안경찰에서는 분명 그를 고문할 것이다. 그의 말을 받아들이려면 한참 걸릴 테고, 그때쯤 되면 아마 그는 분명—

그는 화급히 주변을 둘러봤다. 도망칠 방법이 없을까? 그들은 곧 되돌아올 게 분명했다. 문을 만져봤다. 3중 자석 자물쇠로 단단히 잠겨 있었다. 그는 여러 번 자석 자물쇠와 관계된 작업을 했다. 제어 장치의 코어를 설계해본 적도 있었다. 이런 자물쇠는 적합한 코드 키가 없으면 어떻게 해도 문을 열 수 없는 종류다. 어떻게든 회로를 합선시키지 않는 한은. 하지만 어떻게 합선을 시킨단 말인가?

그는 주머니 속을 뒤적였다. 사용할 만한 물건이 있을까? 자물쇠의 회로를 합선시켜 날려버리면 약간이라도 가능성이 있을 듯했다. 밖에서는 사람들이 직장에서 쏟아져 나와 집으로 향하고 있었다. 5시가 넘었고, 거대한 관공서 건물들의 업무는 끝나가고 있었으며, 도로는 차량으로 붐비고 있었다. 일단 나가면 그를 향해 총을 쏘지는 못할 것이다—나갈 수만 있다면.

요원 세 명이 흩어졌다. 한 명은 보안국 건물로 향하는 계단을 오르기 시작했다. 다른 두 명은 잠시 후면 다시 차로 들어올 것이다. 제닝스는 주머니를 뒤적여 물건을 꺼내봤다. 코드 키, 표 조각, 철사. 철사라! 사람의 머리카락만큼 가는 철사 조각이었다. 절연 전선이려나? 그는 서둘러 전선을 풀어봤다. 그렇지는 않았다.

그는 무릎을 꿇고 능숙하게 문의 표면을 손가락으로 훑었다. 자물쇠 가장자리, 자물쇠와 문 사이에 가는 선이 드러나 보였다. 그는 철사 끄트머리를 그쪽으로 가져가 섬세한 손놀림으로 거의 보이지도 않는 틈

새로 밀어 넣었다. 철사가 자물쇠 안으로 2센티미터 정도 사라졌다. 제닝스의 이마로 땀방울이 흘러내렸다. 그는 철사를 몇 분의 일 센티미터씩 움직이며 뒤틀어봤다. 그는 숨을 삼켰다. 제어 장치가 분명 이 부근—

섬광이 번쩍였다.

그는 반쯤 눈먼 상태로 몸무게를 실어 문을 밀쳤다. 합선이 일어난 자물쇠에서 연기가 솟아오르며 문이 떨어져 나갔다. 제닝스는 거리로 굴러 나와 몸을 일으켰다. 사방에 가득한 차들이 경적을 울리며 빠르게 스쳐 지나가고 있었다. 그는 커다란 트럭 뒤로 몸을 낮추고 차도 한복판으로 나왔다. 보도 위에서 보안경찰 요원들이 그를 쫓아 달리는 모습이 얼핏 보였다.

쇼핑객과 노동자를 가득 태운 버스가 양옆으로 몸을 흔들며 그에게 다가왔다. 제닝스는 뒤쪽 난간을 손으로 잡고 승강구 위로 뛰어올랐다. 허연 달처럼 보이는 놀란 사람들의 얼굴이 일제히 그를 향했다. 로봇 차장이 화난 듯 윙윙 소리를 울리며 그를 향해 다가오고 있었다.

"손님—" 차장이 입을 열었다. 버스는 속도를 늦추고 있었다. "손님, 지정된 정류장이 아닌 곳에서는 버스를 탑승하실 수—"

"괜찮아." 제닝스는 이렇게 말했다. 순간 그는 묘한 희열에 휩싸였다. 그는 바로 얼마 전까지만 해도 도망칠 방법 없이 사로잡힌 신세였다. 아무런 보수도 받지 못하고 2년 동안의 삶을 잃어버렸고, 보안경찰은 그를 구속한 다음 자신도 알지 못하는 정보를 요구하고 있었다. 그 어떤 희망도 없었는데! 하지만 그의 머릿속에서 이제 모든 것이 맞아떨어지기 시작했다.

그는 주머니 속에 손을 넣어 버스 토큰을 꺼낸 뒤 침착하게 차장의 동전 투입구에 집어넣었다.

"됐지?" 그가 말했다. 운전사가 망설이는 듯 발밑에서 버스가 흔들렸지만, 곧 다시 속도를 올려 앞으로 나가기 시작했다. 윙윙 소리가 잦아 들며 차장이 멀어졌다. 모든 일이 잘 풀렸다. 제닝스는 웃음을 지었다. 그는 서 있는 사람들을 헤치고 나아가 빈 좌석을, 어딘가 앉을 수 있는 공간을 찾았다. 생각을 정리할 수 있을 만한 곳을.

생각할 일이 아주 많았다. 그의 머리는 바삐 움직이고 있었다.

버스는 끝없이 이어지는 도시의 차량 물결을 따라 나아갔다. 제닝스 는 주변에 앉아 있는 사람들을 제대로 돌아보지도 않았다. 의심의 여지 가 없었다. 그는 사기를 당한 게 아니었다. 모든 일이 제대로 진행되었 다. 실제로 그 자신이 내린 결정이었다. 그는 놀랍게도 2년 동안 근무한 대가로 50만 크레딧 대신 한 줌의 잡동사니를 선택했다. 하지만 더욱 놀랄 일은 그 한 줌의 잡동사니가 현금보다 더한 가치를 가진 물건들이 었다는 사실이다.

그는 철사 한 조각과 버스 토큰만으로 보안경찰의 손아귀에서 빠져 나왔다. 그것만으로도 엄청난 가치였다. 일단 보안국의 거대한 석조 건 물 안으로 사라지면 돈 따위는 아무 쓸모도 없었을 테니까. 50만 크레 딧이라는 거금도 마찬가지였다. 잡동사니는 아직 다섯 개 남아 있었다. 그는 주머니 안의 물건들을 만지작거렸다. 다섯 개의 물건. 일곱 개 중 두 개는 사용했다. 그럼 나머지는 왜 있는 걸까? 마찬가지로 중요한 일 이려나?

하지만 더 큰 수수께끼가 남아 있었다. 과거의 그가 철사와 버스 토 큰이 목숨을 구해줄 거라는 사실을 어떻게 알 수 있었을까? '그'가 알고 있었다는 점은 분명했다. 미리 알고 있었던 것이다. 하지만 어떻게? 남 은 다섯 개의 물건도 아마 그만큼이나 귀중하거나 곧 그런 가치를 지니 게 될 것으로 보였다.

2년 동안의 '그'는 지금의 그가 알지 못하는 일들을 알고 있었다. 회 사가 그의 기억을 지워버렸을 때 같이 쓸려 나간 사실들을. 머릿속은 입력한 숫자를 깨끗이 지운 계산기처럼 완벽하게 깨끗했다. '그'가 알고 있던 내용은 이제 사라져버렸다. 일곱 개의 잡동사니, 이제는 다섯 개 남은 물건들만 빼고.

하지만 당장 가장 중요한 문제는 그런 추측으로 해결될 리 없었다. 보안경찰이 그를 찾고 있었다. 그의 이름과 인상착의를 확보했으니 아파트로 돌아가는 일은 엄두도 낼 수 없었다. 아파트가 아직 자신 소유일 때의 얘기지만. 하지만 그럼 어디로 가야 할까? 호텔로? 보안경찰은 매일 정기적으로 호텔을 이 잡듯 훑었다. 친구들은? 그래 봤자 친구들마저 위기에 처하게 할 뿐이다. 보안경찰이 거리를 걸어가거나, 식당에서 음식을 먹거나, 공연을 보거나, 하숙집에서 잠을 청하는 그를 발견하는 것은 시간문제였다. 보안경찰은 모든 곳에 존재하니까.

모든 곳? 사실 그렇지는 않았다. 개인이야 경찰 앞에서 무력할지 몰라도 기업은 그렇지 않았다. 거의 모든 것이 정부에 흡수된 상황에서도, 거대한 경제력을 가진 조직은 여전히 자유로웠다. 개인의 권리는 보장하지 못하는 법률도 사유재산과 기업은 여전히 보호하고 있었다. 보안경찰은 그 어떤 개인이라도 잡아들일 수 있지만, 사업체를 짓밟고 들어가 회사를 압류할 수는 없었다. 이런 규칙은 이미 20세기 중반부터 명확히 확립되었다.

사업체, 기업, 법인 단체는 보안경찰에게서 안전했다. 적법한 절차가 반드시 필요했다. 레드릭 건설은 보안경찰의 주요 관심 대상이었지만, 법규 위반이 드러나기 전에는 먼저 행동할 방법이 없었다. 만약 다시 회사로 돌아가 그 문 안으로 발을 들여놓을 수만 있다면 안전을 확보할 수 있을 터였다. 제닝스는 쓴웃음을 머금었다. 기업은 현대의 교회, 성역이었다. 왕권 대 신권이 아니라 정부 대 기업. 기업은 이 세계의 새로운 노트르담이었다. 법의 추적이 미치지 않는 곳.

레드릭이 그를 다시 받아줄까? 물론, 과거의 계약 조건을 따르기만

한다면야. 그는 이미 그렇게 말한 바 있었다. 그러고 나면 다시 2년 동안의 삶이 지워져 거리로 내던져지겠지. 그런다고 상황이 나아질까? 그는 문득 주머니 속을 더듬어봤다. 아직 남은 잡동사니들이 만져졌다. '그'는 분명 이걸 사용하기를 원한 것이다! 레드릭에게 돌아가서 계약이 만료될 때까지 일할 수는 없었다. 보다 나은 방법이 있을 터였다. 보다 항구적인 방법이. 제닝스는 생각에 잠겼다. 레드릭 건설이라. 대체 뭘 건설하는 회사인가? 지난 2년 동안 '그'가 알고 있던 것, 알아낸 것은 대체 뭘까? 그리고 보안경찰은 왜 그렇게 그 회사에 관심을 보이는 걸까?

그는 다섯 개의 물체를 꺼내들고 유심히 살펴봤다. 녹색 천 조각. 코드 키. 잘린 표 조각. 보관 영수증. 반쪽만 남은 포커 칩. 이렇게 사소한 물건들이 중요할 수 있다니 참으로 이상한 일이었다.

레드릭 건설이 관계되어 있는 것만은 분명했다.

의심의 여지가 없었다. 모든 답은 레드릭에게 달려 있었다. 하지만 레드릭이 대체 어디 있단 말인가? 제닝스는 공장의 위치가 어딘지 짐작조차 가지 않았다. 사무실이 어디인지는 알고 있었다. 책상 뒤에 젊은 여인이 앉아 있는 크고 화려한 방. 하지만 그곳은 레드릭 건설이 아니었다. 애초에 레드릭 외에 아는 사람이 있기는 할까? 켈리는 모른다고 했다. 보안경찰들은 알고 있을까?

도시 안에는 없었다. 그 점만은 확실했다. 로켓을 타고 그리로 갔었으니까. 아마도 미국 안에 있을 것이다. 농장 지역에, 시골에, 도시와 도시 사이에. 이게 대체 무슨 상황인지! 보안경찰은 언제든 그를 잡아갈 수 있다. 다음번에는 도망치지 못할지도 모른다. 그의 유일한 희망, 안전을 얻을 수 있는 제대로 된 희망은 오로지 레드릭과 접선하는 것에 달렸다. 그가 알아야만 하는 것들을 찾을 수 있는 유일한 기회기도 했다. 공장—한때 그가 있었지만 이제는 그 위치를 떠올릴 수 없는 장소. 그는 다섯 개의 잡동사니를 내려다봤다. 이 중에서 도움 되는 게 있을까?

절망이 그의 온몸을 훑고 지나갔다. 철사와 토큰은 어쩌면 우연이었을지도 모른다. 어쩌면—

그는 보관 영수증을 이리저리 뒤집고 불빛에 비춰보며 자세히 살펴봤다. 순간 속이 뒤집히는 느낌이 들면서 맥이 빨라졌다. 그의 생각이 옳았다. 철사와 토큰은 우연이 아니었다. 보관 영수증에는 이틀 후의 날짜가 적혀 있었다. 무슨 물건인지는 모르지만 아직 맡기지도 않았다. 앞으로 48시간 안에는 맡기지 않을 게 확실했다.

그는 다른 물건들을 살펴봤다. 개찰구에서 찢어버린 표 조각. 표 조각이 대체 무슨 쓸모란 말인가? 여러 번 구겨지고 접혀 있었다. 이걸로는 아무데도 갈 수 없었다. 써버린 표 조각으로는 어디에도 갈 수 없다. 이건 그저 어디에 있었는지를 알려줄 뿐이다.

어디에 있었는지를!

그는 몸을 수그리고 구겨진 자국을 문지르며 표 조각을 뚫어져라 살펴봤다. 인쇄된 글씨의 가운데가 찢어져 각 단어의 앞쪽 절반밖에는 알아볼 수가 없었다.

PORTOLA T

STUARTSVI

IOW

그는 웃음 지었다. 바로 이거야! 그가 있었던 곳이었다. 빠진 글자는 채워 넣으면 된다. 이거면 충분했다. 의심의 여지가 없었다. '그'는 이 상황도 예측한 거였다. 일곱 개의 잡동사니 중 세 개를 사용했다. 네 개가 남았다. 스튜어트빌, 아이오와. 이런 지명이 존재하나? 그는 버스 창밖을 내다봤다. 한 블록만 가면 인터시티 로켓 역이 있었다. 금방 도착할 수 있는 곳이었다. 보안경찰이 그를 저지하지 않기만을 바라면서 버스에서 내려 뛰어가기만 하면—

하지만 그는 경찰이 끼어들지 않으리라는 사실을 알고 있었다. 주머니에 네 개의 물건이 남아 있는 한은 그럴 터였다. 그리고 일단 로켓에 오르기만 하면 안전해질 것이다. 인터시티는 보안경찰을 들여놓지 않을 만큼 충분히 큰 회사였다. 제닝스는 나머지 잡동사니를 다시 주머니에 넣고 자리에서 일어나 정차 신호 끈을 잡아당겼다.

잠시 후 그는 조심스레 보도로 걸어 나왔다.

로켓에서 내린 곳은 도시 외곽의 작은 갈색 들판이었다. 무심한 짐꾼들이 짐을 가득 쌓은 채 태양의 열기를 피해 이리저리 움직이고 있었다.

제닝스는 들판을 가로질러 대기실로 들어서며 주변의 사람들을 살펴봤다. 평범한 사람들, 노동자, 사무원, 가정주부들이었다. 스튜어트빌은 중서부의 작은 마을일 뿐이었다. 트럭 운전사, 고등학교 아이들.

그는 대기실을 가로질러 거리로 나왔다. 그래서 여기에 레드릭의 공장이 있다는 거지—아마도. 그 표 조각을 제대로 쓴 게 맞다면 말이지만. 어쨌든 여기 뭔가 존재하지 않는다면, '그'가 표 조각을 다른 잡동사니 속에 집어넣었을 리는 없으니까.

스튜어트빌, 아이오와. 흐릿하고 불명확하기는 하지만, 그의 마음속에서는 한 가지 계획이 만들어지고 있었다. 그는 주머니에 손을 찔러 넣은 채 주변을 둘러보며 걷기 시작했다. 신문사, 점심 가판대, 호텔, 도박장, 이발소, 텔레비전 수리점. 번쩍이는 로켓들로 가득한 거대한 전시장이 딸린 로켓 판매상—대형 가족용. 구역 끄트머리에는 포톨라 영화관이 있었다.

점차 건물이 드문드문해졌다. 농장, 들판, 푸르른 교외의 풍경이 계속해서 이어졌다. 머리 위 하늘에는 농장 물품이나 장비를 실은 수송용 로켓 몇 대가 지나가고 있었다. 작고 별 볼 일 없는 도시였다. 레드릭 건설에 딱 어울렸다. 도시에서도, 보안경찰의 눈길에서도 멀리 떨어진 이곳이라면 공장도 눈에 띄지 않을 게 분명했다.

제닝스는 다시 중심가로 걸음을 옮겨 〈밥스 플레이스〉라는 간이식당으로 들어갔다. 카운터에 자리를 잡자 안경을 낀 젊은이가 흰 앞치마에 손을 문질러 닦으며 그에게 다가왔다.

"커피." 제닝스가 말했다.

"커피요." 젊은이가 컵을 가져왔다. 식당 안에는 사람이 별로 없었다. 파리 몇 마리가 창문에 붙어서 윙윙거리는 소리가 들렸다.

밖의 거리에서는 물건 사는 사람들과 농부들이 느릿하게 걸어 다니고 있었다.

"있잖나." 제닝스는 커피를 저으며 말을 걸었다. "이 부근에 일거리를 구할 수 있을 만한 곳이 있나? 혹시 아는 것 없나?"

"어떤 종류의 일요?" 젊은이가 그의 앞으로 돌아와 카운터에 몸을 기댄 채 물었다.

"전기 배선 종류. 나는 전기 수리공이거든. 텔레비전, 로켓, 컴퓨터, 뭐 그런 것들."

"큰 공업 도시로 가보는 게 낫지 않아요? 디트로이트나 시카고, 뉴욕 같은 데 말이에요."

제닝스는 고개를 저었다. "대도시는 견딜 수가 없어. 도시는 영 마음에 안 들거든."

젊은이는 소리 내어 웃었다. "여기에는 디트로이트로 가서 일하고 싶은 사람이 산더미인데요. 전기공이라고 하셨죠?"

"주변에 공장 같은 곳은 없나? 수리점이나 공장 같은 곳."

"내가 아는 한은 없어요." 젊은이는 가게에 들어온 다른 손님들을 상대하려 자리를 떴다. 제닝스는 커피를 홀짝였다. 실수한 걸까? 어쩌면 아이오와 주 스튜어트빌은 잊어버리고 돌아가야 할지도 모른다. 표 조각을 잘못 해석한 것일지도 모른다. 물론 뭔가 의미는 존재할 것이다. 그렇지 않다면 애초에 모든 추리가 틀렸다는 뜻일 테니까. 하지만 그렇게까지 생각하기에는 조금 늦어버린 감이 있었다.

젊은이가 돌아왔다. "아무 종류든 상관없으니 다른 일자리는 없나?" 제닝스가 말했다. "잠시 생활비라도 벌게 말이야."

"농장 일손이야 언제든 부족하죠."

"개인 수리점은 어떤가? 자동차나 텔레비전 같은 거."

"이 길을 따라가면 TV 수리점이 있어요. 어쩌면 거기 일자리가 있을지도 모르겠네요. 시도는 해볼 수 있겠죠. 농장일은 보수가 괜찮아요. 요즘은 일손을 구하기가 힘들거든요. 남자는 대부분 군대에 들어가니까요. 건초 나르는 일 하고 싶어요?"

제닝스는 웃었다. 그는 커피 값을 치르며 말했다. "별로 하고 싶지는 않군. 고맙네."

"가끔씩 일하러 길을 따라 올라가는 사람들도 있어요. 뭔가 정부 기관 같은 게 있다고 하더라고요."

제닝스는 고개를 끄덕였다. 그는 가게 문을 밀어 열고는 달아오른 보도 위로 발을 옮겼다. 한동안 그는 깊은 생각에 잠겨 흐릿하게 떠오른 계획을 몇 번이나 곱씹으며 목적지 없이 걸음을 옮겼다. 훌륭한 계획이었다. 사실 모든 문제를 한번에 해결해줄 수 있을 터였다. 하지만 지금 당장은 단 한 가지 문제에 모든 것이 달려 있었다. 레드릭 건설의 소재지를 찾는 것. 그리고 그가 가지고 있는 단서는 단 하나뿐이었다. 물론 그게 단서가 맞는다면 말이지만. 주머니 속에 들어 있는 접히고 구겨진 쓰고 남은 표 조각 말이다. 또한 '그'가 자신이 하는 일을 명확히 알고 있었다는 신념도.

정부 건물이라. 제닝스는 걸음을 멈추고 주변을 둘러봤다. 길 건너에 택시 승강장이 있었고, 택시 기사 한두 명이 자기 차에 앉아서 담배를 물고 신문을 읽는 모습이 보였다. 적어도 시도해볼 가치는 있어 보였다. 다른 할 일도 별로 없는 상황이었다. 레드릭 건설은 분명 표면적으로는 다른 모습을 취하고 있을 터였다. 만약 정부 프로젝트 건물로 위장할 수 있다면 딱히 누구도 질문하지 않을 것이다. 사람들은 정부 프로젝트가 아무 설명 없이 비밀로 진행되는 데에 다들 익숙해져 있으니까.

그는 맨 앞의 택시로 다가가 말을 걸었다. "저기요, 뭐 좀 여쭤도 되겠습니까?"

택시 기사가 그를 올려다보며 답했다. "뭘 알고 싶은 거요?"

"사람들 말로는 이 부근에 일자리가 있다고 하던데요. 정부 건물에서요. 그 말이 사실입니까?"

택시 기사가 그를 훑어보더니 곧 고개를 끄덕였다.

"어떤 종류의 일입니까?"

"나도 모르지."

"고용은 어디서 처리합니까?"

"내가 아나." 기사는 신문을 들어 올리며 대답했다.

"고맙습니다." 제닝스는 발길을 돌렸다.

"따로 구인을 하지는 않을 거요. 아주 가끔가다 한 번씩 모집하는 정도겠지. 그리 많은 사람을 필요로 하는 것도 아니라서. 일자리를 찾고 있다면 다른 곳에 가보는 게 좋을 거요."

"알겠습니다."

다른 택시 기사가 차창 밖으로 몸을 내밀며 말했다. "이봐, 거기서는 그냥 인부 몇 명 고용하는 게 다야. 게다가 엄청나게 까다롭지. 웬만해서는 안에 들여보내 주지 않거든. 무슨 전쟁 사업을 하는 모양인데."

제닝스는 귀를 쫑긋 세웠다. "비밀입니까?"

"마을로 들어와서는 건설 노동자를 수송해 가. 아마 트럭 한 대 분량 정도일걸. 그게 다야. 정말로 조심해서 사람을 고르더라고."

제닝스는 다시 택시 기사 쪽으로 돌아가며 말했다. "그렇습니까?"

"큰 건물이지. 전류가 흐르는 강철 벽에 경비병들까지, 밤낮을 가리지 않고 돌아가. 하지만 아무도 안에 들어가지는 못해. 구 헨더슨로 끝의 언덕 위에 세워져 있는데, 여기서 한 4킬로미터 정도 되나?" 택시 기사가 자기 어깨를 두드려 보였다. "신분이 이미 확인된 사람들만 들어갈 수 있다고. 자기네 인부를 고른 다음에 표식을 주거든. 알잖나."

제닝스는 멍하니 그를 바라봤다. 택시 기사는 자기 어깨에 선을 그어 보이고 있었다. 순간 그는 깨달았다. 순식간에 안도의 감정이 가득 밀려 들어왔다.

"물론 알죠. 무슨 말씀이신지 압니다. 적어도 제 생각에는 아는 것 같군요." 그는 조심스레 녹색 천 조각을 펼쳐서 들어 보였다. "이런 것 말이죠?"

택시 기사들은 천 조각을 쳐다봤다. "그거 맞네." 그들 중 한 명이 시선을 떼지 않은 채 느릿하게 말했다. "그걸 어디서 얻은 젠가?"

제닝스는 웃었다. "친구에게서요." 그는 천 조각을 다시 주머니에 집어넣었다. "친구가 줬습니다."

그는 인터시티 착륙장을 향해 걸음을 옮기기 시작했다. 첫 단계가 끝난 이상 해야 할 일이 아주 많았다. 레드릭이 여기 있는 것은 분명했다. 아무래도 잡동사니에 의지하면 모든 게 무사히 해결될 모양이었다. 문제 하나에 해결책 하나씩. 미래를 알고 있는 사람이 보내준 주머니 가득한 기적이 아닌가!

하지만 다음 단계는 혼자 처리할 수가 없었다. 도움이, 다른 사람의 존재가 필요한 때였다. 그렇지만 누구한테 도움을 청한다? 그는 인터시티 대기실에 들어가며 생각에 잠겼다. 손을 벌릴 만한 사람은 단 한 명밖에 없었다. 별로 확률이 높지는 않았지만 모험해볼 필요가 있었다. 여기부터는 혼자서 움직일 수 없다. 만약 레드릭의 공장이 여기 있다면 켈리도 여기 있을 테니……

거리는 어두웠다. 구석에서 가로등이 깜빡였다. 차량 한두 대가 거리를 달려갔다.

아파트 건물 입구에서 날씬한 형체 하나가 걸어 나왔다. 외투를 입고 핸드백을 든 젊은 여성이었다. 제닝스는 그녀가 가로등 아래를 지나가는 동안 유심히 지켜봤다. 켈리 맥베인은 어딘가로, 아마도 파티장으로 가는 모양이었다. 맵시 있게 차려입고 또각거리는 하이힐을 신은 그녀는 얇은 외투와 모자까지 챙겨 입고 있었다.

그는 그녀 뒤로 따라붙었다. "켈리."

켈리가 입을 벌리고 잽싸게 뒤를 돌아봤다. "아!"

제닝스가 그녀의 팔을 잡았다. "걱정하지 말아요, 납니다. 그렇게 차려입고 어딜 가는 거죠?"

"별다른 곳은 아녜요." 그녀는 눈을 깜빡였다. "세상에, 당신 때문에 놀랐잖아요. 왜 그래요? 무슨 일인데요?"

"별일 아닙니다. 잠시 시간 좀 내줄 수 있나요? 할 말이 있습니다."

켈리는 고개를 끄덕였다. "안될 건 없죠." 그녀는 주변을 둘러봤다. "어디로 갈까요?"

"이야기할 만한 데가 있을까요? 다른 사람들이 엿듣지 못하는 곳이었으면 좋겠습니다."

"그냥 계속 걸으면서 얘기하면 안 되나요?"

"안 돼요. 경찰이 있으니까."

"경찰요?"

"그들이 저를 찾고 있습니다."

"당신을요? 아니, 왜요?"

"여기 서 있지 맙시다." 제닝스가 굳은 얼굴로 말했다. "갈 만한 곳이 있을까요?"

켈리는 잠시 머뭇거렸다. "제 아파트로 가죠. 거기는 아무도 없으니까."

그들은 엘리베이터를 타고 위로 올라갔다. 켈리가 코드 키로 문의 잠금장치를 풀었고, 둘은 안으로 들어갔다. 그녀의 발소리에 전열기와 조명이 자동으로 켜졌다. 켈리는 문을 닫고 외투를 벗었다.

"오래 있지는 않을 겁니다." 제닝스가 말했다.

"저는 상관없어요. 마실 것 좀 가져다줄게요." 그녀는 부엌으로 들어갔다. 제닝스는 소파에 앉아 작고 깔끔한 아파트 안을 둘러봤다. 곧 켈리가 돌아왔다. 그녀는 제닝스 옆에 자리를 잡고 앉았고, 제닝스는 음료를 마셨다. 차가운 스카치와 물이었다.

"고맙습니다."

켈리가 웃음 지었다. "괜찮아요." 둘은 한동안 조용히 앉아 있었다. "그래서요?" 그녀가 마침내 입을 열었다. "이게 다 무슨 일이죠? 경찰이 왜 당신을 찾고 있는 거예요?"

"그들은 레드릭 건설에 대해 알고 싶어 합니다. 저는 이 일에 휘말린 말일 뿐이죠. 제가 2년 동안 레드릭 건설의 공장에서 일했기 때문에 뭔가를 알고 있을 거라고 생각하는 모양이더군요."

"하지만 당신은 아무것도 모르잖아요!"

"그 사실을 증명할 방법이 없죠."

켈리는 손을 뻗어 제닝스의 머리를, 귀 바로 위쪽을 만졌다. "여기를 한번 만져봐요. 바로 이 지점요."

제닝스는 손을 들어 올렸다. 귓바퀴 위, 머리카락 안쪽에 작고 단단한 멍울이 만져졌다. "이게 뭡니까?"

"그 지점에서 두개골을 태워서 안으로 뚫고 들어간 거예요. 대뇌에서 작은 부분을 잘라냈어요. 2년 동안의 당신 기억을요. 그 위치를 추적해서 태워 없애버린 거죠. 보안경찰도 그 기억을 되찾아줄 수는 없어요. 사라졌으니까요. 그 기억은 당신에게 없는 거예요."

"그들이 그 사실을 깨달을 때쯤에는 저 자신도 별로 남아나지 못하겠죠."

켈리는 아무 말도 하지 않았다.

"제가 어떤 상황에 처해 있는지 아시겠죠. 제가 기억을 해낸다면야 상황이 훨씬 나아질 겁니다. 다 털어놓기만 하면 그들은—"

"그러면 레드릭 건설이 파멸할 거예요!"

제닝스는 어깨를 으쓱했다. "안될 게 뭡니까? 레드릭 건설은 제게 아무런 의미도 없습니다. 그들이 뭘 하는지조차 몰라요. 경찰에서는 왜 레드릭 건설에 관심을 가지는 겁니까? 애초에 그렇게 비밀 엄수에 신경을 쓰고, 내 기억을 지운 이유가 대체—"

"이유가 있어요. 훌륭한 이유가요."

"당신은 알고 있습니까?"

"아뇨." 켈리는 고개를 저었다. "하지만 분명 이유가 있을 거예요. 만약 보안경찰이 관심을 보였다면 이유가 있기 마련이죠." 그녀는 자기 음료를 내려놓고 그를 돌아봤다. "나는 경찰이 싫어요. 다들 그렇죠. 우리 모두가 그래요. 항상 우리를 쫓아오니까요. 나는 레드릭에 대해서는 아무것도 몰라요. 알고 있었다면 내 목숨이 위험에 처할 테니까요. 그들과 레드릭 사이에는 장애물이 별로 많지 않아요. 법조문 몇 개, 한 움큼의 법률뿐이죠. 그게 다예요."

"제가 보기에 레드릭 건설은 보안경찰이 조종하려는 평범한 건설 회사보다는 훨씬 더 큰 존재인 것 같습니다."

"그럴 수도 있겠죠. 정말로 잘 몰라요. 나는 그냥 일반 직원일 뿐인걸요. 공장에 가본 적도 없어요. 그게 어디 있는지도 모르고요."

"하지만 회사에 나쁜 일이 벌어지기를 원하지는 않겠죠."

"당연하죠! 경찰과 싸우고 있는걸요. 경찰과 싸우는 사람은 누구든 우리와 같은 편이에요."

"정말입니까? 예전에도 그런 논리를 들어본 적이 있습니다. 수십 년 전에는 공산주의와 싸우는 사람은 자동적으로 선한 사람이 되었죠. 글쎄, 시간이 판단해주겠죠. 제가 아는 것이라고는 제가 두 개의 무자비한 권력 사이에, 정부와 기업 사이에 끼인 개인이라는 것뿐입니다. 정부에는 인력과 재원이 있습니다. 레드릭 건설에는 기술 권력이 있죠. 그걸로 무엇을 하는지는 나도 모릅니다. 몇 주 전에는 알았겠지만요. 이제 알고 있는 거라고는 몇 가지 단서와 희미한 추측뿐입니다. 하나의 가설뿐이죠."

켈리는 그를 물끄러미 바라봤다. "가설요?"

"주머니 속의 잡동사니도 있죠. 일곱 개의 물건. 이제 서너 개 남았습니다. 몇 개는 써버렸어요. 바로 이것들이 제 가설의 근거입니다. 만약 레드릭 건설이 제가 생각하는 그런 일을 하는 곳이라면, 보안경찰이 관심을 기울이는 이유도 이해가 갑니다. 사실 저 역시 그들의 관심을 공유하기 시작하고 있어요."

"레드릭에서 뭘 하고 있는데요?"

"시간 집게를 만들어낸 겁니다."

"뭐를요?"

"시간 집게요. 이론적으로는 몇 년 전부터 가능했던 물건입니다. 하지만 시간 거울이나 시간 집게의 실험은 법으로 금지되어 있어요. 중죄일 뿐만 아니라, 일단 걸리면 모든 장비와 실험 자료가 정부에 귀속됩니다." 제닝스는 비뚤어진 웃음을 지어 보였다. "정부가 관심을 가지는 것도 당연한 일이겠죠. 만약 레드릭이 장비를 가지고 있는 것을 발견하기만 하면—"

"시간 집게라니. 믿을 수가 없네요."

"제 가설이 옳다고 생각하지 않습니까?"

"모르겠어요. 그럴 수도 있겠죠. 당신 잡동사니들 있잖아요. 그런 온갖 물건들을 넣은 작은 주머니를 들고 나온 사람이 당신이 처음은 아니었거든요. 몇 개를 썼다고 했죠? 어떻게요?"

"먼저 철사 조각과 버스 토큰이었습니다. 경찰의 손에서 벗어나느라 써버렸죠. 농담 같겠지만 그 물건들이 없었더라면 저는 아직도 그곳에 있었을 겁니다. 철사 한 조각과 10센트 토큰이죠. 저는 보통 그런 물건들을 가지고 다니지 않습니다. 그게 중요하죠."

"시간 여행이라니."

"아뇨, 시간 여행이 아닙니다. 버코스키는 시간 여행이 불가능하다는 사실을 증명해냈습니다. 제가 말한 물건은 시간 집게입니다. 미래를 보기 위한 거울, 그리고 미래에서 물건을 가져오기 위한 집게죠. 이 물건들을 보세요. 적어도 이 중 하나는 미래에서 온 물건입니다. 집게로 미래에서 집어 온 거죠."

"그걸 어떻게 알아요?"

"날짜가 적혀 있거든요. 다른 물건들이야 아닐 수도 있죠. 토큰이나 철사 같은 건 규격이 있는 물건이잖습니까. 토큰은 액수가 어떻든 상관없을 테고요. '그'는 아마도 거울을 사용해서 미래를 본 걸 겁니다."

"'그'라고요?"

"레드릭에서 일하던 때의 저 말입니다. 제가 거울을 사용한 겁니다. 자신의 미래를 들여다본 거죠. 그 장비를 수리하는 일을 맡고 있었다면, 저는 도저히 그 기회를 참고 넘길 수 없었을 겁니다. 분명 미래를 보고 무슨 일이 벌어질지 확인했겠죠. 보안경찰이 저를 잡아들이는 것도요. 분명 그 모습을, 그리고 철사 조각과 버스 토큰으로 무슨 일을 할 수 있는지를 직접 목격했던 겁니다―바로 그 순간 그 물건들이 있다면 했음 직한 일을요."

켈리는 생각에 빠졌다. "그래서요? 내가 왜 필요한 거죠?"

"이제는 확신이 안 서는군요. 정말로 레드릭 건설이 경찰에 대항해 싸우는 선의의 기관이라고 생각하시는 겁니까? 론세스바예스의 롤랑* 같은 존재라고―"

"내가 회사를 어떻게 여기든 무슨 상관인데요?"

"꽤 상관이 있죠." 제닝스는 술을 비우고 유리잔을 옆으로 밀어놓았다. "당신이 저를 도왔으면 하니, 상당히 중요한 문제입니다. 레드릭 건설을 협박할 생각이거든요."

켈리는 멍하니 그를 바라봤다.

"제가 살아남을 수 있는 유일한 방법입니다. 레드릭 건설의 지분을 손에 넣어야 해요. 제 나름의 조건에 따라 회사에 소속되게 만들어줄 만큼 충분히 말입니다. 갈 수 있는 곳이 그곳밖에 없어요. 결국 언젠가는 경찰이 저를 잡아들일 겁니다. 빠른 시간 안에 공장에 들어가지 못한다면―"

"당신이 우리 회사를 협박하도록 도와달라고요? 회사를 파멸시키도록?"

"아뇨, 해를 끼치려는 게 아닙니다. 레드릭 건설을 파멸시킬 생각은 없어요. 제 목숨이 회사에 달려 있지 않습니까. 제가 살아남으려면 레드릭 건설이 보안경찰을 따돌릴 수 있을 만큼 힘을 유지하고 있어야 합니다. 하지만 제가 회사 외부의 인물인 이상은 레드릭 건설이 아무리 강해도 전혀 도움이 되지 않아요. 알겠습니까? 저는 너무 늦기 전에 회사 내부

---

* 11세기 말에 쓰인 프랑스 무훈시 「롤랑의 노래」의 주인공으로 신앙이 깊고 정직한 기사이다. 「롤랑의 노래」는 프랑크 왕국 샤를마뉴 대제의 에스파냐 원정 중 론세스바예스 고개에서 벌어진 롤랑 최후의 전투를 노래한다.

로 들어가야 합니다. 제 나름의 조건을 따라서요. 계약이 끝난 다음에 다시 길거리로 내쫓기는 2년제 임시직은 안 됩니다."

"그러면 경찰이 바로 잡아들일 테니까요."

제닝스는 고개를 끄덕였다. "바로 그겁니다."

"어떻게 회사를 협박할 생각인데요?"

"공장에 들어가서 레드릭이 시간 집게를 사용하고 있다고 증명할 수 있는 문건을 가지고 나올 생각입니다."

켈리가 웃었다. "공장에 들어가요? 당신이 공장을 찾을 수나 있을지 모르겠네요. 보안경찰들도 몇 년 동안이나 공장을 찾으려 헛수고만 하고 있다고요."

"이미 찾아냈습니다." 제닝스는 몸을 뒤로 젖히고 담배에 불을 붙였다. "제 잡동사니들로 위치를 파악해냈어요. 또 아직 네 개가 남아 있으니 이 정도면 충분히 공장 안으로 숨어 들어갈 수 있을 겁니다. 제가 원하는 것도 손에 넣을 수 있을 테고요. 레드릭을 교수형에 처하기에 충분한 서류와 사진을 가지고 빠져나올 수 있을 겁니다. 하지만 저는 레드릭의 목을 매달고 싶은 게 아니에요. 그저 거래를 하고 싶을 뿐입니다. 바로 여기서 당신의 역할이 필요해요."

"나요?"

"경찰로 달려가지 않을 거라고 믿을 수 있는 사람이니까요. 제가 찾은 문건을 넘길 사람이 필요합니다. 제가 가지고 있을 엄두는 나지 않아요. 손에 넣자마자 다른 누군가에게 넘겨야 할 겁니다. 제가 찾을 수 없는 곳에 문건을 보관해줄 사람에게 말이죠."

"왜요?"

"그야 당연히." 제닝스는 차분하게 말했다. "보안경찰이 언제든 저를 체포할 수 있기 때문이죠. 레드릭 건설에 딱히 호의를 가진 것은 아니지만, 그래도 무너뜨리고 싶은 생각은 없어요. 그래서 당신이 나를 도와야만 하는 겁니다. 레드릭과 거래를 하는 동안, 나는 당신에게 문건을 넘겨서 보관해두게 할 겁니다. 그게 안 된다면 직접 가지고 있을 수밖에 없겠죠. 하지만 제가 그 문건을 몸에 지니고 있다가는—"

그는 그녀를 힐끔 바라봤다. 켈리는 굳은 얼굴로 바닥을 내려다보고 있었다.

"그래서 어떻게 하시겠습니까? 저를 도와주실 겁니까, 아니면 보안경찰이 그 문건째 저를 잡아넣을지도 모른다는 위험을 감수하시겠어요? 레드릭 건설을 박살 내기에 충분한 정보를 말입니다. 어떻게 해야 할까요? 레드릭 건설이 무너지는 걸 보고 싶으십니까? 어떻게 하실래요?"

두 사람은 몸을 낮춘 채 평야 너머에 솟아오른 언덕을 바라봤다. 식생을 깨끗이 태워버려 헐벗은 갈색 몸을 고스란히 드러내고 있었다. 경사면에도 아무것도 자라지 않았다. 언덕을 절반쯤 올라간 곳에 긴 철제 담장이 있었고, 그 위에 전기가 흐르는 철조망이 걸쳐져 있었다. 반대편에 헬멧을 쓰고 소총을 든 채 천천히 순찰을 돌고 있는 경비병 한 명이 보였다.

언덕 꼭대기에 거대한 콘크리트 블록 하나가 솟아나 있었다. 창문도 문도 보이지 않는 육중한 건물이었다. 비쭉 튀어나온 총구들이 건물 옥상에서 이른 아침의 햇빛을 받아 일렬로 반짝였다.

"그래서 저게 공장이로군요." 켈리가 작은 소리로 말했다.

"그렇습니다. 저곳을 점령하려면 군대가 필요하겠죠. 언덕을 올라가서 철조망을 넘어야 하니 말입니다. 저쪽에서 들여보내 주지 않는 이상에는요." 제닝스는 자리에서 일어서며 켈리가 일어나는 것을 도왔다. 그들은 숲속 오솔길을 따라 켈리가 차를 주차시킨 곳으로 돌아왔다.

"정말로 그 녹색 천 조각으로 들어갈 수 있을 거라고 생각하세요?" 켈리가 운전석으로 몸을 밀어 넣으며 물었다.

"마을 사람들 말에 따르면 오늘 아침에 트럭 한 대 분량의 인부들이 공장으로 들어갈 예정이라고 합니다. 트럭은 입구에서 인부들을 내릴 테고 거기서 검색을 진행하겠죠. 모든 것이 잘 되면 그들은 철조망 너머의 공장 부지로 들어갈 겁니다. 건설 작업, 막노동을 위해서 말이죠. 하루가 끝날 때가 되면 건물을 나서서 마을로 돌아가고요."

"그걸로 충분히 접근할 수 있겠어요?"

"적어도 철조망 안쪽으로는 들어갈 수 있잖아요."

"시간 집게에 어떻게 접근할 건데요? 분명 건물 안 어딘가에 있을 텐데."

제닝스는 작은 코드 키를 꺼내 보였다. "이거면 들어갈 수 있을 겁니다. 적어도 그러기를 바라야죠. 그럴 거라고 생각합니다."

켈리는 키를 받아들고 확인해봤다. "이게 당신의 잡동사니 중 하나군요. 우리는 그 천 주머니 안을 제대로 확인했어야 했어요."

"우리?"

"회사 말이에요. 잡동사니가 들어 있는 주머니를 가지고 나가는 걸 여러 번 봤거든요. 내 손을 통해서요. 레드릭은 그런 일이 생겨도 아무 말 하지 않았어요."

"회사 측에서는 다시 들어오고 싶어 하는 사람이 생길 거라고 여기지 않았을지도 모르죠." 제닝스는 코드 키를 받아들었다. "자, 그럼 당신은 뭘 해야 하는지 알고 있습니까?"

"아마도 당신이 돌아올 때까지 여기서 기다려야겠죠. 문건을 내게 넘겨야 할 테니까요. 그런 다음에는 그걸 가지고 뉴욕으로 돌아가 당신이 연락할 때까지 기다리면 되겠죠."

"그거면 됩니다." 제닝스는 숲을 지나 공장 정문으로 향하는 도로를 살펴보기 시작했다. "저리 가 있어야겠습니다. 트럭이 언제 지나갈지 모르니까요."

"사람 수를 세어서 들여보내면 어떻게 할 거예요?"

"그 정도는 운에 맡겨야죠. 하지만 걱정은 안 되는군요. '그'가 모든 걸 내다봤을 테니까요."

켈리는 웃음 지었다. "당신과 당신의 친구, 아주 도움 되는 친구 말이죠. '그'가 당신이 사진을 손에 넣은 다음 무사히 빠져나올 수 있도록 충분히 준비를 해뒀으면 좋겠네요."

"정말 그러기를 원합니까?"

"안 될 건 또 뭐예요?" 켈리가 가볍게 말했다. "난 항상 당신이 마음에 들었어요. 당신도 알 텐데요. 애초에 그걸 알고서 날 찾아온 거잖아요."

제닝스는 차에서 내렸다. 그는 아래위가 붙은 긴 작업복에 운동화, 회색 스웨터 차림이었다. "좀 있다 보죠. 일이 다 잘 풀린다면 말입니다. 별일 없을 것 같습니다만." 그는 자기 주머니를 두드렸다. "여기 제 행운의 부적들이 있으니까요."

그는 빠르게 걸어 숲속으로 사라졌다.

숲을 가로지르면 도로변이 나온다. 그는 모습을 드러내는 대신 숲 가장자리를 따라 움직였다. 공장 경비병들이 분명 주변을 감시하고 있을 터였다. 언덕 사면을 깨끗이 불태웠으니, 몸을 낮추고 철조망으로 접근하는 사람은 즉각 눈에 띌 게 분명했다. 게다가 적외선 서치라이트도 보였다.

제닝스는 낮은 자세로 쭈그려 앉은 채 도로를 지켜봤다. 길을 따라 몇 미터만 올라가면 입구 정면에 초소가 있었다. 그는 시계를 확인했다. 10시 30분이었다. 어쩌면 앞으로 한참 기다려야 할지도 모른다. 그는 긴장을 풀려고 노력했다.

11시가 지나서야 대형 트럭 한 대가 굉음을 울리며 도로를 따라 달려오기 시작했다.

제닝스는 즉각 움직였다. 그는 녹색 천 조각을 꺼내 자기 팔에 묶었다. 트럭이 더 가까워졌다. 이제 트럭 위의 사람들이 보이기 시작했다. 짐칸에 인부들이 가득 올라타 있었다. 청바지와 작업복 차림의 남자들이 트럭의 움직임에 따라 흔들리고 튀어 오르는 모습이 보였다. 모두가 그와 마찬가지로 팔 윗부분에 녹색 천을 두르고 있었다. 아직까지는 모든 일이 잘 되어가는 듯했다.

트럭이 속도를 줄이더니 초소 앞에서 멈췄다. 남자들은 천천히 트럭에서 내려오며 뜨거운 한낮의 태양 아래 먼지를 피워 올렸다. 청바지에 묻은 흙을 떨고, 몇몇은 담배를 피워 물기도 했다. 경비병들이 여유 있게 장애물 뒤편에서 걸어 나왔다. 제닝스는 긴장했다. 곧 그가 노리는 순간이 찾아올 것이다. 경비병들은 남자들 사이로 들어가서 녹색 천과 얼굴, 몇 명의 식별표를 확인하고 있었다.

장애물이 뒤로 치워지고 정문이 열렸다. 경비병들은 자기 자리로 돌아갔다.

제닝스는 그대로 풀숲을 헤치고 도로로 미끄러져 나왔다. 사람들은 담배를 눌러 끄고 다시 트럭에 올라탔다. 트럭에 시동을 걸고 브레이크를 푸는 소리가 들렸다. 제닝스는 트럭 뒤편 도로로 뛰어내렸다. 낙엽과 흙더미가 그를 따라 쏟아져 내렸다. 그가 착지한 장소는 트럭 때문에 경비병들의 시야에 들어오지 않는 곳이었다. 제닝스는 심호흡을 하고 그대로 트럭 뒤편을 향해 달려갔다.

그가 숨을 헐떡이며 트럭 짐칸으로 뛰어오르자, 다른 남자들의 호기심 어린 눈초리가 일제히 그를 향했다. 지치고 주름진 회색 얼굴들이었다. 땅 파는 일을 하는 사람들의 얼굴. 제닝스는 트럭이 출발하는 동안 덩치 좋은 농부 두 명 사이에 자리를 잡았다. 그들은 딱히 그에게 신경 쓰지는 않는 눈치였다. 피부에 흙을 문질러 바르고 하루 동안 면도를 하지 않았으니, 얼핏 보기에는 다른 남자들과 별로 달라 보이지 않을 것이다. 하지만 만약 인원을 헤아리게 되면—

트럭은 정문을 지나 부지 안으로 들어섰다. 뒤쪽으로 문이 닫혔다. 그들은 가파른 경사를 따라 언덕을 올라갔고, 트럭은 계속해서 양옆으로 흔들렸다. 거대한 콘크리트 건물이 눈앞으로 다가왔다. 저 안으로 들어가는 걸까? 제닝스는 눈앞의 광경을 정신없이 지켜보고 있었다. 높고 좁은 문이 열리며 어두컴컴한 내부가 드러났다. 일렬로 달린 인공조명이 반짝였다.

트럭이 멈췄다. 인부들은 다시 트럭에서 내렸다. 기술자 몇 명이 그들 쪽으로 다가왔다.

"뭐 하러 온 사람들이야?" 한 사람이 물었다.

"굴착 작업이야. 내부에서." 다른 사람이 엄지를 들어 보였다. "또 파들어가는 모양이지. 안쪽으로 보내라고."

제닝스의 심장이 쿵쿵거리기 시작했다. 안으로 들어가는 것이다! 그는 목덜미를 더듬었다. 회색 스웨터 안쪽에 평면형 사진기가 턱받이처럼 걸려 있었다. 거기 있다는 것을 알면서도 거의 느껴지지 않았다. 어쩌면 처음 생각만큼 어렵지 않을지도 모른다는 생각이 들었다.

인부들은 걸어서 문을 통과했다. 제닝스도 그들과 함께 움직였다. 그들은 커다란 작업실에 있었다. 반쯤 완성된 기구들이 놓인 긴 선반과 기중기들이 보였고, 작업에 따르는 굉음이 들렸다. 등 뒤로 문이 닫히며 그들은 외부와 완전히 차단되었다. 그는 이제 공장 안에 있었다. 하지만 시간 집게와 거울은 대체 어디 있을까?

"이쪽이다." 현장 주임이 말했다. 인부들은 오른쪽으로 쏟아져 들어가기 시작했다. 화물용 승강기가 아래에서 올라와 사람들을 맞아들였다. "자네들은 아래로 내려간다. 여기 굴착기 써본 사람이 몇이나 되나?"

손 몇 개가 올라갔다.

"다른 사람들에게 사용법을 알려주도록. 굴착기와 운반기를 이용해 땅을 파 들어갈 거다. 운반기 사용해본 사람은 있나?"

아무도 손을 들지 않았다. 제닝스는 작업 선반 쪽을 바라봤다. 그 역시 얼마 전까지만 해도 여기서 일했던 것은 아닐까? 순간 서늘한 기운이 등골을 따라 흘러내렸다. 누군가 그를 알아본다면? 어쩌면 바로 이 기술자들과 함께 일했었는지도 모른다.

"그럼 움직이지." 주임이 말했다. "서둘러라."

제닝스는 다른 사람들과 함께 화물 승강기에 올랐다. 잠시 후 그들은 검은 관을 통해 내려가기 시작했다. 아래로, 아래로, 공장의 하층부로. 레드릭 건설은 지상에서 보이는 것보다 훨씬 거대했다. 그의 상상보다도 훨씬 컸다. 셀 수도 없이 많은 지하층이 빠르게 눈앞을 지나갔다.

승강기가 멈추고 문이 열렸다. 눈앞으로 긴 복도가 이어졌다. 바닥에는 돌가루가 두껍게 깔려 있었다. 공기가 축축했다. 주변의 인부들이 북적이며 밖으로 나가기 시작했다. 순간 제닝스는 뻣뻣이 굳어 뒤로 물러났다.

복도 끝에 있는 철문 앞에 얼 레드릭이 서 있었다. 기술자 한 무리와 이야기를 나누는 중이었다.

"전부 나와라." 주임이 말했다. "어서 가자고."

제닝스는 다른 이들의 뒤에 붙어서 승강기를 나섰다. 레드릭이라니! 심장이 쿵쿵 뛰었다. 레드릭의 눈에 띄면 끝장이었다. 그는 주머니 속을 더듬어봤다. 소형 보리스 총을 가지고 있기는 했지만, 정체가 발각되면 어차피 별 도움도 안 될 게 뻔했다. 레드릭이 그를 보게 되면 모든 것이 끝이었다.

"이쪽 길로 간다." 주임은 그들을 이끌어 복도 한쪽에 있는 일종의 지하 철로로 데려갔다. 인부들은 철로를 따라 늘어선 금속 차량에 탑승했다. 제닝스는 레드릭을 바라봤다. 성난 몸짓을 보이는 그의 목소리가 희미하게 복도를 따라 울려 퍼졌다. 갑자기 레드릭이 몸을 돌렸다. 그가 손을 들어 올리자 뒤편의 육중한 강철 문이 열리는 게 보였다.

순간 제닝스는 맥박이 멎는 기분을 느꼈다.

바로 그 강철 문 뒤에 시간 집게가 있었다. 즉시 알아볼 수 있었다. 거울도 보였다. 끝에 집게발이 달려 있는 긴 금속 막대도 있었다. 버코스키의 이론적 모형과 비슷한 모습이었다. 실제로 존재한다는 점이 다를 뿐이었다.

레드릭이 방 안으로 들어갔고 기술자들이 뒤를 따랐다. 사람들이 방호판 일부를 벗겨낸 시간 집게 주변에 잔뜩 붙어서 작업에 열중하고 있었다. 제닝스는 뒤에 떨어져 서서 그 모습을 지켜봤다.

"거기 너—" 주임이 그에게 다가오며 말했다. 강철 문이 닫혔다. 시야도 함께 닫혔다. 레드릭, 시간 집게, 기술자, 모두가 없어져버렸다.

"죄송합니다." 제닝스가 중얼거렸다.

"여기서 이것저것 구경하고 다니면 안 된다는 건 알고 있을 텐데." 주임이 그의 모습을 훑어보며 말했다. "너는 기억에 없는데. 인식표 좀 꺼내봐."

"인식표요?"

"네 신분 인식표 말이야." 주임이 몸을 돌리며 말했다. "빌, 가서 인명부 좀 가져와." 그는 제닝스를 위아래로 훑었다. "아무래도 인식표와 대조해봐야겠어. 인부들 중에서 당신을 본 기억이 없단 말이지. 여기 있으라고." 남자 하나가 장부를 손에 들고선 쪽문을 열고 나왔다.

지금 아니면 다른 기회는 없을 것이 분명했다.

제닝스는 육중한 강철 문을 향해 복도를 달려 내려갔다. 뒤에서 주임과 그 조수의 놀란 고함 소리가 들려왔다. 제닝스는 간절히 기도하며 코드 키를 끄집어냈고, 그걸 앞으로 내민 채 문에 도달했다. 반대쪽 손에는 이미 보리스 총을 꺼내 들고 있었다. 바로 이 문 안에 시간 집게가 있었다. 사진을 좀 찍고 기획안 몇 장을 집어든 다음, 무사히 나갈 수만 있다면—

문은 꿈쩍도 하지 않았다. 땀방울이 얼굴을 타고 흘러내렸다. 제닝스는 코드 키로 문을 두드렸다. 왜 열리지 않는 거지? 분명히…… 손이 떨리며 공황이 찾아들었다. 복도 저편에서 사람들이 그를 쫓아 달려오고 있었다. 제발 열려라……

　하지만 문은 열리지 않았다. 손에 들고 있는 코드 키는 이 문에 맞는 것이 아니었다.

　그는 낙담했다. 문과 열쇠가 맞지 않았다. 모든 걸 잘못 생각한 게 아니라면, 이 코드 키는 다른 상황에 사용해야 하는 물건이다. 하지만 어디에? 제닝스는 다급하게 주변을 둘러봤다. 어디로? 어디로 갈 수 있을까?

　한쪽으로 반쯤 열려 있는 문이 보였다. 평범한 잠금장치가 달려 있었다. 그는 복도를 가로질러 그 문을 열었다. 안은 창고 종류인 듯했다. 문을 닫고 자물쇠를 걸었다. 밖에서 당황한 사람들이 경비병을 찾는 소리가 들려왔다. 곧 무장 경비병들이 이리로 들이닥칠 것이다. 제닝스는 보리스 총을 단단히 쥔 채 주변을 둘러봤다. 갇힌 걸까? 다른 출구는 없을까?

　제닝스는 가득 쌓여 있는 꾸러미와 상자를 밀치며 방을 가로질러 달려갔다. 반대쪽에 비상 출입구가 있었다. 그는 즉시 문을 열었다. 코드 키를 던져버리고 싶은 충동이 일었다. 아무런 도움도 안 되지 않았던가? 하지만 '그'는 자신이 무엇을 할지 알고 있을 터였다. 이 모든 상황을 예견한 것이다. 마치 신처럼, 앞으로 일어날 일을 이미 경험했다. 모든 것이 결정되어 있었다. '그'가 틀릴 리 없었다. 아니, 어쩌면 그렇지 않을지도?

　순간 오싹한 기분이 들었다. 만약 미래가 유동적이라면 어떻게 될까. 예전에는 이게 맞는 열쇠였지만, 이제는 아닐 수도 있는 것이다!

　뒤에서 소리가 들렸다. 창고 문을 녹이는 모양이었다. 제닝스는 비상용 해치로 몸을 밀어 넣었다. 곧 천장이 낮고 어두운 축축한 콘크리트 통로로 나오게 되었다. 그는 재빨리 통로를 따라 달려 내려갔다. 하수도 같은 느낌으로, 사방에서 다른 통로들이 합류하는 게 보였다.

그는 걸음을 멈췄다. 어느 쪽으로 가야 할까? 어디에 숨을 수 있을까? 머리 위에 대형 환풍구 파이프가 입을 벌리고 있었다. 제닝스는 파이프를 잡고 몸을 위로 끌어 올린 뒤 힘겹게 파이프 안에 몸을 뉘었다. 파이프 정도는 무시하고 지나가겠지. 그는 조심스레 파이프 안쪽으로 기어 들어가기 시작했다. 따뜻한 바람이 얼굴로 불어왔다. 왜 이렇게 거대한 환풍구가 있을까? 아무래도 반대편에 특수한 방이 있는 게 분명했다. 그는 금속 철망과 마주치자 움직임을 멈췄다.

그리고 숨을 삼켰다.

눈앞에 커다란 방이 보였다. 강철 문 뒤편에 보이던 그 방이었다. 이번에는 반대쪽에서 들어왔을 뿐이다. 시간 집게도 보였다. 집게 너머 저 멀리에서 레드릭이 영상 화면을 향해 대화하는 모습이 보였다. 날카로운 경보 소리가 여기저기서 울려 퍼졌고, 기술자들은 사방으로 뛰어다녔다. 제복을 입은 경비병들이 문을 열고 뛰어나오는 모습이 보였다.

시간 집게가 여기 있다. 제닝스는 철망을 살펴봤다. 접합하지 않고 끼워두기만 했는지, 뒤쪽으로 끌어당기자 그대로 손안으로 떨어져 들어왔다. 이쪽을 보고 있는 사람은 아무도 없었다. 그는 보리스 총을 언제라도 쏠 수 있도록 준비하고 천천히 방 안으로 내려왔다. 시간 집게 덕분에 나름 몸을 숨길 수 있었다. 기술자와 경비병들은 처음 봤던 방의 반대편으로 몰려가 있었다.

주변에 그가 원하던 모든 것이 널려 있었다. 설계도, 거울, 서류, 자료, 청사진 등. 제닝스는 사진기의 전원을 넣었다. 사진기가 진동하며 필름이 움직이는 게 가슴팍에 느껴졌다. 설계도면도 몇 장 챙겼다. 어쩌면 몇 주 전까지만 해도 자신이 사용하던 설계도일지도 모르지만!

그는 주머니 가득 서류를 구겨 넣었다. 필름이 다 떨어졌지만 필요한 작업은 이미 다 끝났다. 제닝스는 다시 환풍구로 몸을 밀어 넣고는 파이프가 끝나는 곳까지 계속 나아갔다. 하수도 같은 통로는 여전히 텅 비어 있었지만 사람들의 목소리와 발걸음 소리가 계속해서 울렸다. 그들은 수많은 통로 속에서 제닝스를 찾아 미로같이 얽힌 비상 탈출구를 헤매고 있었다.

제닝스는 재빨리 달려 나갔다. 방향 따위는 신경 쓰지 않고 주 통로를 따라가는 것만 염두에 둔 채 계속해서 달렸다. 수많은 통로가 하나씩 끝없이 주 통로에 합류해 들어왔다. 그는 점점 아래로, 계속해서 비탈을 내려가고 있었다.

문득 그는 숨을 헐떡이며 발을 멈췄다. 뒤쪽에서 들리던 소리가 잦아들고 있었다. 하지만 이제는 앞쪽에서 새로운 소리가 들렸다. 그는 천천히 전진했다. 통로가 오른쪽으로 꺾였다. 제닝스는 보리스 총을 준비하고 조심스레 나아갔다.

두 명의 경비병이 앞쪽에 느슨하게 서서 잡담을 하고 있었다. 그 뒤에 코드 키로 잠긴 육중한 문이 보였다. 뒤에서 다시 목소리가 들리기 시작했고 점점 커졌다. 그가 따라온 통로를 발견한 게 분명했다. 이쪽으로 오고 있으리라.

제닝스는 보리스 총을 든 채 걸어 나갔다. "손들어. 총 내려놔."

경비병들은 입을 떡 벌린 채 그를 바라봤다. 젊은 애들이었다. 짧게 자른 금발에 반짝이는 제복을 입은 풋내기들. 그들은 하얗게 질린 얼굴로 뒷걸음질을 쳤다.

"총 말이야. 얌전히 바닥에 내려놔."

소총 두 자루가 바닥에 떨어지며 덜걱였다. 제닝스는 웃음 지었다. 풋내기 녀석들. 처음으로 실제 문제와 마주친 게 분명했다. 광낸 가죽 부츠가 반짝였다.

"문 열어." 제닝스가 말했다. "지나가야겠으니."

그들은 제닝스를 바라봤다. 뒤쪽에서 소리가 커지기 시작했다.

"얼른 열라고." 그는 초조해졌다. "당장." 그는 총을 흔들었다. "젠장, 빨리 열라고! 내가 이놈을 사용하는 꼴을 봐야—"

"우, 우리는 못 열어요."

"뭐라고?"

"열 수가 없어요. 코드 문이잖아요. 코드 키가 없어요. 정말이에요, 아저씨. 우리한테 코드 키를 주지 않았다고요." 그들은 겁에 질려 있었다. 제닝스 본인도 두려움을 느끼고 있었다. 뒤쪽에서 발소리가 더 크게 들리기 시작했다. 옴짝달싹 못하게 붙들린 것이다.

아니, 아닌가?

제닝스는 웃기 시작했다. 그는 빠른 걸음으로 문을 향해 걸어갔다. "무슨 일이 있어도," 그는 손을 들면서 중얼거렸다. "신념을 잃으면 안 되는 거야."

"그, 그게 무슨 소립니까?"

"자기 자신에 대한 신념 말이야. 스스로를 믿는 것."

코드 키를 들어 보이자 문이 스르르 뒤로 열렸다. 그는 밀려들어 오는 눈부신 햇빛에 눈을 껌뻑이며 총을 단단히 붙잡았다. 제닝스는 이미 건물 밖, 정문 앞에 있었다. 세 명의 경비병이 총을 보고 숨을 삼켰다. 지금 그가 있는 곳은 정문이었고, 그 뒤편으로 숲이 이어져 있었다.

"얌전히 길을 비키라고." 제닝스는 정문의 철창을 향해 총을 발사했다. 금속이 불꽃과 함께 녹아내리며 불의 구름이 솟아올랐다.

"저놈을 잡아!" 뒤쪽 통로에서 경비병들이 쏟아져 나오기 시작했다.

제닝스는 연기가 자욱한 정문을 뛰어넘었다. 금속에 긁히며 화상을 입은 것도 같았다. 그는 연기를 뚫고 나와 그대로 넘어지며 땅에 굴렀지만, 바로 일어나 숲속으로 서둘러 들어갔다.

밖으로 나왔다. '그'는 자신을 실망시키지 않았다. 코드 키는 제대로 작동했다. 처음에는 맞지 않는 문에 사용한 것뿐이었다.

그는 계속해서 숨을 헐떡이며 숲속을 달려갔다. 공장과 사람들의 목소리가 멀어져갔다. 그는 서류를 가지고 있었다. 게다가 자유의 몸이었다.

그는 켈리를 만나 필름을 비롯해 주머니에 구겨 넣을 수 있었던 모든 자료를 넘겨준 후 평상복으로 갈아입었다. 켈리는 스튜어트빌 외곽까지 그를 태워다줬다. 제닝스는 그녀의 자동차가 하늘로 올라가 뉴욕을 향해 날아가는 모습을 지켜보고서는 마을로 돌아가 인터시티 로켓에 올랐다.

돌아오는 비행에서는 꾸벅꾸벅 조는 회사원들 사이에서 잠들 수 있었다. 잠이 깨었을 때 로켓은 거대한 뉴욕 우주 공항에 착륙하는 중이었다.

제닝스는 로켓에서 내려 사람들의 물결 속으로 섞여 들어갔다. 돌아온 이상 보안경찰에게 잡혀 들어갈 가능성이 남아 있었다. 녹색 옷을 입은 두 명의 보안경찰이 그가 공항 역에서 택시를 잡아타는 모습을 무심히 지켜봤다. 택시는 번화가의 차량들 속으로 흘러 들어갔다. 제닝스는 이마를 훔쳤다. 아슬아슬했다. 이제 켈리를 찾아야 했다.

그는 창문에서 멀리 떨어진 자리를 잡아 작은 식당에서 저녁 식사를 했다. 밖으로 나오자 해가 지고 있었다. 그는 생각에 잠긴 채 천천히 보도를 걸었다.

아직까지는 괜찮았다. 서류와 필름을 손에 넣은 다음 도망쳤으니까. 지금까지는 잡동사니가 매 단계 효력을 발휘했다. 그 물건들이 없었다면 그는 아무것도 하지 못했을 것이다. 제닝스는 주머니 속을 더듬어봤다. 두 개가 남았다. 들쭉날쭉하게 반으로 갈라진 포커 칩, 화물 보관 영수증. 그는 영수증을 꺼내 저물어가는 저녁 햇빛 속에서 자세히 살펴봤다.

문득 한 가지를 깨달았다. 영수증에 적힌 날짜가 바로 오늘이었다. 영수증의 시간대를 따라잡은 셈이었다.

제닝스는 영수증을 집어넣고 계속 걸음을 옮겼다. 이게 무슨 뜻일까? 무슨 물건을 보관해놓은 걸까? 그는 어깨를 으쓱했다. 어차피 곧 알게 되겠지. 반쪽짜리 포커 칩. 이건 또 뭐하는 물건일까? 알아낼 도리가 없었다. 하지만 어쨌든 분명 그걸로 위기를 헤쳐 나갈 수 있을 터였다. '그'는 지금까지 그를 완벽하게 인도했으니까. 이제 얼마 남지 않았다.

그는 켈리의 아파트 앞에서 걸음을 멈추고 위를 올려다봤다. 방에 불이 켜져 있었다. 작고 빠른 자동차가 인터시티 로켓보다 빨리 도착한 모양이었다. 그는 승강기에 올라타고 켈리의 방이 있는 층으로 올라갔다.

"안녕." 그녀가 문을 열어주자 그는 이렇게 말했다.

"당신 괜찮아요?"

"물론이죠. 들어가도 됩니까?"

제닝스는 안으로 들어갔다. 켈리가 뒤에서 문을 닫았다. "당신을 보게되어 기뻐요. 도시 안에 보안경찰이 가득해요. 블록마다 사람이 배치되어 있어요. 순찰하는 사람들도—"

"나도 알아요. 공항에서 두어 명 봤습니다." 제닝스는 소파에 앉으며 말했다. "그래도 돌아오니 좋군요."

"인터시티 비행 편을 전부 멈추고 승객을 훑어보면 어쩌나 걱정했어요."

"내가 도시로 돌아오고 있다고 생각할 이유가 없지 않습니까."

"그 생각은 못 했네요." 켈리는 그의 맞은편에 앉았다. "자, 이제 어떻게 하죠? 증거품을 가지고 빠져나왔으니, 이제 뭘 할 차례인가요?"

"이제 레드릭을 만나서 이 소식을 전해줘야겠죠. 공장에서 도망쳐 나온 사람이 바로 나였다는 사실을 말입니다. 누군가 도망쳤다는 건 알고 있겠지만, 누구인지는 모를 겁니다. 분명히 보안경찰 쪽 사람이라고 생각하고 있겠죠."

"거울을 사용해서 알아낼 수 있지 않을까요?"

제닝스의 얼굴에 그림자가 드리웠다. "그렇군요. 그 생각을 못 했습니다." 그는 얼굴을 찌푸리고는 턱을 문질렀다. "어쨌든 증거는 가지고 있으니까요. 정확히 말하면 당신이 가지고 있죠."

켈리는 고개를 끄덕였다.

"좋아요. 그럼 계획대로 갑시다. 우리는 내일 레드릭을 만날 겁니다. 여기 뉴욕에서 보기로 하죠. 그 사람을 사무실로 불러낼 수 있습니까? 당신이 신호를 보내면 그 사람이 이리 올까요?"

"네. 암호가 있어요. 와달라고 부탁하면 반드시 올 거예요."

"좋아요. 그럼 거기서 만나죠. 우리가 사진과 설계도를 가지고 있다는 사실을 알면 제 요구를 들어줄 수밖에 없을 겁니다. 제 조건에 따라 레드릭 건설에 들어갈 수 있게 해주겠죠. 그러지 않으면 증거를 보안경찰에 넘기는 위험을 감수해야 할 테니까요."

"그래서 회사에 들어온 다음에는요? 레드릭이 당신 요구를 들어준 다음에는?"

"공장에서 본 바로는, 레드릭 건설은 제가 생각한 것보다 훨씬 거대한 곳이었습니다. 얼마나 큰지도 모르겠어요. '그'가 관심을 가진 것도 당연한 일이죠!"

"회사의 동일한 지분을 요구할 건가요?"

제닝스는 고개를 끄덕였다.

"기술자로 만족할 생각이 아니었던 거군요, 그렇죠? 예전에 당신이 그랬던 방식으로는."

"물론이죠. 다시 쫓겨나라는 말입니까?" 제닝스가 웃으며 말했다. "어쨌든 '그'가 보다 나은 상황을 염두에 뒀다는 건 알고 있습니다. '그'는 교묘하게 계획을 꾸몄어요. 잡동사니도 준비하고. 모든 걸 한참 전에 계획했던 게 분명합니다. 기술자로 돌아가지는 않을 겁니다. 층층이 쌓인 기계들과 사람들을 봤어요. 분명 뭔가를 하고 있는 겁니다. 저도 그 일부가 되고 싶더군요."

켈리는 아무 말이 없었다.

"알겠죠?" 제닝스가 말했다.

"알았어요."

그는 아파트를 떠나 어두운 밤거리로 서둘러 걸음을 옮겼다. 아파트에 너무 오래 머무른 것 같았다. 만약 보안경찰이 그들 둘이 함께 있는 모습을 발견한다면 레드릭 건설은 끝장이 나겠지. 이제 다 끝나가는 마당에 위험을 무릅쓸 수는 없었다.

시계를 봤다. 자정이 지나 있었다. 제닝스는 오늘 아침에 레드릭을 만나 제안을 할 것이다. 걸음을 옮길수록 기분이 나아졌다. 자신은 안전해질 테고, 안전 이상을 손에 넣을 것이다. 레드릭 건설은 단순한 기업 권력 이상의 것을 노리고 있었다. 그가 본 것들로 추측해보자면 혁명을 준비하는 게 분명했다. 레드릭은 땅속 아주 깊은 곳의 콘크리트 요새 안에서 총과 무장 병력에 둘러싸여 전쟁을 준비하고 있었다. 끊임없이 기계를 생산하고, 시간 집게와 거울을 부지런히 놀려 미래를 살펴보고, 그 안으로 손을 뻗어 물건을 가져오고 있었다.

'그'가 이렇게 자세한 계획을 세운 것도 당연했다. '그'는 이 모든 것을 보고 이해한 다음 계획을 궁리했다. 기억 소거의 문제가 있었다. 레드릭을 나가게 되면 모든 기억이 사라질 터이니 계획도 모두 소멸될 거였다. 소멸? 계약서에는 대리 조항이 있었다. 다른 이들도 사용하곤 했다. 하지만 그와 같은 방식으로 사용한 사람은 없었다!

'그'는 예전에는 그 누구도 생각하지 못한 것을 좇고 있었다. 모든 걸 이해하고 계획을 꾸민 사람은 '그'가 처음이었다. 일곱 개의 잡동사니는 차원이 다른 뭔가를 향해 나아갈 수 있는 연결 고리였다—

구역 끄트머리의 포석 위로 보안경찰 차량 한 대가 멈추는 모습이 보였다. 소리 없이 문이 열렸다.

제닝스는 심장이 멎는 느낌과 함께 멈춰 섰다. 도시 안을 돌아다니는 야간 순찰 차량이었다. 통금 시간인 11시가 지난 지 오래였다. 서둘러 주변을 둘러보니 모든 곳이 어두웠다. 상점과 주택의 문은 밤을 맞아 굳게 잠겨 있었다. 조용한 아파트 건물이 가득했다. 술집조차 불이 꺼져 있었다.

그는 지금까지 걸어온 길을 뒤돌아봤다. 뒤쪽에서 두 번째 보안경찰 차량이 멈췄다. 두 명의 보안경찰이 보도 위로 걸어 나왔다. 제닝스를 목격한 모양인지 이쪽으로 다가오고 있었다. 그는 얼어붙은 듯 서서 거리 양쪽을 번갈아 바라봤다.

거리 건너편에 네온사인이 깜빡이는 화려한 호텔 입구가 보였다. 제닝스는 그쪽으로 걸음을 옮겼다. 포석 위로 발소리가 울려 퍼졌다.

"거기 서!" 보안경찰이 소리쳤다. "얼른 이쪽으로 오라고. 밖에서 뭘 하고 있는 거지? 신분증은 어디—"

제닝스는 계단을 올라 호텔로 들어가 로비를 가로질렀다. 사무원이 그를 물끄러미 바라봤다. 주변에는 아무도 없었다. 좌절감이 가슴을 채우기 시작했다. 어찌할 도리가 없었다. 그는 목적지 없이 달리기 시작했다. 접수처를 지나, 양탄자가 깔린 홀을 통과해서. 어쩌면 뒷문으로 나갈 수 있을지도 모른다. 뒤에서는 보안경찰들이 이미 로비에 들어서고 있었다.

제닝스는 모퉁이를 돌았다. 남자 두 명이 길을 막으며 걸어 나왔다.

"지금 어딜 가는 거지?"

그는 불안한 기색으로 걸음을 멈췄다. "지나가게 해줘." 그는 보리스 총을 잡으려 외투 속으로 손을 뻗었다. 남자들은 즉시 움직였다.

"저놈 잡아."

순식간에 팔이 뒤로 꺾여 올라갔다. 제대로 된 깡패들이었다. 뒤편으로 불빛이 보였다. 불빛과 목소리. 뭔가를 하는 듯했다. 사람들이 모여 있었다.

"됐어." 깡패 한 명이 말했다. 그들은 제닝스를 끌고 복도를 지나 로비로 나가기 시작했다. 제닝스는 저항하려 애썼지만 무력했다. 막다른 골목에 부딪친 것 같았다. 깡패, 조직. 이 도시에는 어둠 속에 숨어 있는 불량배들이 가득했다. 이 화려한 호텔은 그들의 위장 사업체였다. 그들은 제닝스를 쫓아내 보안경찰의 손에 넘겨줄 것이다.

남자 하나와 여자 하나가 홀로 들어왔다. 나이가 지긋했고, 잘 차려입고 있었다. 그들은 두 남자 사이에 잡혀 있는 제닝스를 호기심 어린 기색으로 바라봤다.

순간 제닝스는 모든 것을 이해했다. 말로 할 수 없는 안도감이 밀려들어왔다. "잠깐만." 그는 목쉰 소리로 말했다. "내 주머니 좀."

"얼른 움직여."

"잠깐, 좀 보라고. 오른쪽 주머니야. 직접 찾아봐."

그는 긴장을 풀고 기다렸다. 오른쪽의 덩치가 조심스레 그의 주머니 깊숙이 손을 넣었다. 제닝스는 웃음을 지었다. '그'는 심지어 이것조차 예견했다! 실패할 가능성은 전혀 없었다. 이걸로 한 가지 문제가 해결되었다. 레드릭을 만날 때까지 어디에 머물 것인가. 여기 있으면 되는 거였다.

깡패는 반쪽 난 포커 칩을 꺼내서는 톱니 모양으로 잘려 나간 자국을 살펴봤다. "잠깐 기다려." 그는 자기 외투에서 금 사슬에 달려 있는 반대편 칩을 꺼내 양쪽 조각을 서로 맞춰봤다.

"괜찮지?" 제닝스가 말했다.

"물론." 그들은 제닝스를 풀어줬다. 깡패가 무의식적으로 외투를 털었다. "물론이죠, 선생. 미안하게 됐수다. 내 말은, 처음부터 이걸 보여줬어야—"

"뒤쪽으로 좀 데려가주게." 제닝스는 얼굴을 문지르며 말했다. "나를 찾는 사람들이 있거든. 그들이 나를 찾아내지 못했으면 좋겠어."

"물론이죠." 그들은 제닝스를 데리고 도박장으로 들어갔다. 반쪽짜리 포커 칩이 재난을 자산으로 바꿨다. 도박과 매춘 조직. 경찰이 건드리지 않는 단체 중 하나였다. 그는 안전해졌다. 의심할 여지가 없었다. 이제 단 하나가 남았다. 레드릭과의 싸움!

레드릭은 굳은 얼굴로 숨을 헐떡이며 제닝스를 노려봤다.

"아니." 그가 말했다. "자네인 줄은 모르고 있었네. 우리는 보안경찰이라고만 생각했지."

침묵이 흘렀다. 켈리는 자기 자리에 다리를 꼬고 앉아 손에 담배를 들고 있었다. 제닝스는 팔짱을 낀 채 문에 기대서 있었다.

"왜 거울을 사용하지 않은 겁니까?" 그가 물었다.

레드릭의 얼굴색이 살짝 변했다. "거울? 자네가 일을 훌륭하게 해놨더군, 이 친구야. 시도는 해봤지."

"시도만요?"

"자네가 계약 기간이 끝나기 전에 내부 배선을 조금 바꿔놓은 모양이더군. 작동시키려 했지만 아무 일도 벌어지지 않았어. 공장을 떠난 게 30분 전이야. 그때까지도 아직 작업을 하고 있었다네."

"2년 기한이 끝나기 전에 그런 짓을 하고 나왔다고요?"

"아무래도 자네는 계획을 꽤나 상세하게 꾸민 모양이야. 거울이 있으면 쉽사리 자네를 추적할 수 있다는 사실을 알았던 게지. 자네는 훌륭한 기술자야, 제닝스. 지금까지 계약한 친구들 중 최고지. 언젠가는 자네를 다시 불러들이고 싶었다네. 다시 우리를 위해 일하도록 말이지. 자네처럼 거울을 조작할 수 있는 사람은 한 명도 없었다네. 그리고 지금 당장은 전혀 사용할 수 없게 된 셈이고.”

제닝스는 웃음 지었다. “‘그’가 그런 일까지 했을 거라고는 생각조차 못 했는데요. 그를 과소평가한 모양입니다. ‘그’가 그런 곳까지 보호의 손을 뻗칠 거라고는—”

“지금 누굴 말하는 건가?”

“저 자신입니다. 2년 동안의 저 말이죠. 3인칭을 사용하는 편이 더 쉽더군요.”

“그래, 제닝스. 자네 둘이서 우리 설계도를 훔치기 위해 세밀한 계획을 세웠다고 치세. 이유가 뭔가? 무슨 목적으로? 경찰에 넘긴 것도 아니지 않은가.”

“그렇죠.”

“그렇다면 내 생각에는 협박인 것 같은데.”

“바로 그겁니다.”

“무엇 때문에? 원하는 게 뭔가?” 레드릭은 부쩍 나이 든 모습이었다. 어깨는 처져 있었고, 작은 눈은 흐릿했으며, 손으로는 초조하게 턱을 문지르고 있었다. “자네는 우리를 이 상황으로 몰아넣기 위해 상당한 위험을 감수했지 않나. 나는 그 이유가 궁금하네. 우리를 위해 일하는 동안 밑 작업을 끝낸 데다, 우리의 모든 조치에도 계획을 성공시켰지.”

“조치라뇨?”

“자네 기억을 지우는 일 말이네. 공장 위치를 숨기고.”

“얘기해줘요.” 켈리가 말했다. “이런 일을 한 이유를.”

제닝스는 심호흡을 했다. “레드릭, 저는 돌아가기 위해 이런 일을 한 겁니다. 회사로 다시 들어가기 위해서. 그게 이유입니다. 다른 이유는 없어요.”

레드릭은 물끄러미 그를 바라봤다. “회사로 돌아오기 위해서? 당연히 돌아올 수 있지. 내가 말해주지 않았나.” 그의 높고 날카로운 목소리는 팽팽하게 긴장되어 있었다. “대체 문제가 뭔가? 자네는 돌아올 수 있어. 원하는 만큼 머무를 수 있다고.”

“기술자로서 말이죠.”

“그래, 기술자로서. 우리는 기술자를 많이 고용하니까—”

“기술자로서 돌아가고 싶은 게 아닙니다. 당신을 위해 일하고 싶은 생각은 없어요. 잘 들어요, 레드릭. 제가 사무실을 떠나자마자 보안경찰이 저를 잡아들였습니다. ‘그’가 아니었다면 저는 이미 죽은 목숨이에요.”

“경찰이 자네를 잡아들였다고?”

“레드릭 건설이 무슨 일을 하는지를 알고 싶어 했죠. 제가 털어놓았으면 하는 눈치더군요.”

레드릭은 고개를 끄덕였다. “그거 안됐군. 그런 줄은 몰랐네.”

“그러니 안 됩니다, 레드릭. 당신이 원하면 언제든 내다 버릴 수 있는 고용인으로 들어가지는 않겠습니다. 당신을 위해서가 아니라, 당신과 함께 들어갈 겁니다.”

“나와 함께?” 레드릭은 그를 바라봤다. 그의 얼굴에 막이 한 겹 천천히 덮였다. 일그러지고 단단한 막이. “지금 무슨 소리를 하는지 이해가 안 되는데.”

“우리 둘이 함께 레드릭 건설을 운영할 겁니다. 지금부터는 그런 식으로 일이 진행되어야 합니다. 그 누구도 자신의 안전을 위해 제 기억을 태워 없애지는 못할 겁니다.”

“자네가 원하는 게 그건가?”

“그렇죠.”

"만약 우리가 협상에 응하지 않는다면?"

"설계도와 필름이 보안경찰의 손으로 넘어가겠죠. 단순한 문제입니다. 하지만 저는 그러고 싶지 않아요. 회사를 파멸로 이끌고 싶은 게 아닙니다. 회사에 들어가고 싶은 거라고요! 안전해지고 싶습니다. 갈 곳도 없이 혼자 내동댕이쳐진 기분이 어떤지 당신은 모를 겁니다. 누구에게도 의지할 수 없고 누구에게도 도움을 청할 수 없는 개인이라는 사실이 어떤 건지, 정치권력과 경제 권력이라는 두 개의 무자비한 권력 사이의 졸卒이 된 기분이 어떤지. 저는 졸로 사는 일에는 질렸습니다."

레드릭은 한동안 아무 말도 않고 무심한 표정으로 멍하니 바닥을 내려다보고만 있었다. 마침내 그가 고개를 들었다. "그 기분은 나도 알고 있네. 아주 오랫동안 알아온 기분이지. 자네보다 더 오래 말이야. 나는 자네보다 훨씬 더 나이를 먹었어. 세월이 흐르면서 현실이 갈수록 그런 형태로 고착되어가는 모습을 지켜봤다네. 바로 그 때문에 레드릭 건설이 존재하는 거야. 언젠가는 모든 것이 달라질 게야. 언젠가, 우리가 집게와 거울을 완성하면 말이지. 우리의 무기가 완성되면."

제닝스는 침묵을 지켰다.

"나도 그게 어떤 기분인지 안다는 말일세! 나는 노인이야. 아주 오랫동안 이 분야에 있었네. 누군가 설계도를 훔쳐서 공장에서 도망쳤다는 소리를 들었을 때, 나는 종말이 찾아왔다고 생각했다네. 자네가 거울을 망가뜨렸다는 사실은 이미 알고 있었어. 자네와 침입 사건 사이에 연관이 있다는 것은 짐작했지만, 중요한 부분을 잘못 짚은 셈이지.

우리는 당연히 보안경찰이 자네를 회사에 심은 거라고 생각했네. 우리가 무슨 일을 하는지 알기 위해서 말일세. 정보를 전달할 방법이 없다는 사실을 깨닫고 거울을 망가뜨렸다고 추측했어. 거울이 망가지면 보안경찰은 그대로 작전을 수행해서—"

그는 말을 멈추고 자기 뺨을 문질렀다.

"계속하시죠." 제닝스가 말했다.

"그래서, 자네 혼자 이런 일을 했다는 말이지…… 협박을 하기 위해서. 회사에 들어오기 위해서. 자네는 이 회사가 뭘 위해 만들어졌는지도 모르지 않나, 제닝스! 어떻게 감히 경영에 끼어들 생각을 할 수가 있나! 우리는 아주 오랫동안 노력해 조금씩 계획을 세워왔는데, 자네가 목숨을 부지하기 위해 우리를 작살낸 거야. 자신을 구하기 위해 우리를 파멸시킨 거라고."

"작살내는 게 아닙니다. 저는 회사에 큰 도움이 될 수 있어요."

"회사는 나 혼자 경영할 걸세. 내 회사니까. 내가 만들고 일으켜 세운 회사야. 내 거라고."

제닝스는 소리 내어 웃었다. "그럼 당신이 죽은 다음에는 어떻게 됩니까? 아니면 당신 살아생전에 혁명을 일으킬 생각입니까?"

레드릭은 번쩍 고개를 들었다.

"당신도 죽을 거고, 그 뒤를 이을 사람은 아무도 없을 겁니다. 제가 훌륭한 기술자라는 사실은 알고 계시죠. 당신 입으로 그런 말을 했으니까요. 당신은 바보입니다, 레드릭. 모든 일을 홀로 꾸려나가려 하다뇨. 모든 일을 혼자 하고 혼자 결정하죠. 하지만 언젠가는 당신도 죽습니다. 그러면 무슨 일이 일어날까요?"

침묵이 흘렀다.

"나를 끼워주는 편이 좋을 겁니다. 나 자신만이 아니라 회사를 위해서도요. 나는 당신을 위해 많은 일을 해줄 수 있어요. 당신이 세상을 뜨면 회사는 내 손안에서 살아남을 겁니다. 어쩌면 혁명이 성공할지도 모르죠."

"지금 목숨이 붙어 있는 것이나 기뻐하게! 만약 우리가 그 잡동사니를 들고 나가게 놔두지 않았더라면—"

"다른 무엇을 할 수 있었겠습니까? 사람들이 거울을 조작하도록, 자기 미래를 볼 수 있도록 놔두고는 자기 자신에게 도움이 되는 일을 하지 못하게 할 수 있습니까? 애초에 대체 보수 항목을 집어넣을 수밖에 없었던 이유도 뻔하죠. 다른 도리가 없었을 테니까요."

"우리가 무엇을 하는지도 모르고 있지 않나. 우리가 왜 존재하는지도."

"나름 추측할 수는 있습니다. 어쨌든 거기서 2년 동안이나 일한 몸이니까요."

시간이 흘러갔다. 레드릭은 계속해서 입술을 훑고 뺨을 문질렀다. 이마에 땀방울이 맺혔다. 마침내 그가 고개를 들었다.

"안 되네." 그가 말했다. "협상은 결렬일세. 나 이외의 다른 누구도 내 회사를 운영하지는 못해. 내가 죽으면 회사도 나와 함께 쓰러지는 걸세. 내 자산이니까."

제닝스는 즉시 긴장했다. "그럼 서류는 경찰에게 넘어갑니다."

레드릭은 아무 말도 하지 않았지만, 얼굴에 묘한 표정이 스쳐 지나갔다. 제닝스는 그 모습을 보고 갑자기 한기를 느꼈다.

"켈리." 제닝스가 말했다. "지금 서류를 가지고 있습니까?"

켈리는 천천히 자리에서 일어났다. 그녀는 창백한 얼굴로 담배를 눌러 끄며 말했다. "아뇨."

"어디 있죠? 어디에 숨겨놨습니까?"

"미안해요." 켈리가 작은 소리로 말했다. "당신에게 말해주지 않을 거예요."

제닝스가 켈리를 쳐다봤다. "뭐라고요?"

"미안해요." 켈리가 다시 말했다. 작고 희미한 목소리였다. "안전한 곳에 있어요. 절대 보안경찰의 손에는 넘어가지 않을 거예요. 하지만 마찬가지로 당신에게도 줄 수 없어요. 모든 일이 해결되면 아버지께 돌려드릴 거니까요."

"당신 아버지라고!"

"켈리는 내 딸이라네." 레드릭이 말했다. "자네가 계산에 넣지 못한 유일한 요소지, 제닝스. '그' 역시 염두에 두지 않은 것 같군. 우리 둘만 알고 있는 사실이라네. 나는 신뢰가 필요한 모든 요직을 가족에게 맡겨놨지. 생각해보니 잘한 일 같군. 하지만 비밀로 지켜야만 했어. 보안경찰이 눈치챘다가는 즉시 이 아이를 잡아갔을 테니까 말이야. 이 아이의 목숨이 위험할 수도 있으니 말일세."

제닝스는 천천히 숨을 내뱉었다. "그렇군요."

"당신에게 협력하는 척하는 편이 좋을 것 같았어요." 켈리가 말했다. "그렇지 않았더라면 당신 혼자서 그 일을 했을 테고, 서류는 직접 가지고 있었겠죠. 당신이 말한 대로, 보안경찰이 당신과 서류를 함께 손에 넣으면 우리는 끝장이잖아요. 그래서 당신에게 협력한 거죠. 당신이 서류를 넘겨주자마자 아주 안전한 장소에 넣어뒀어요." 그녀는 슬쩍 웃었다. "그걸 찾아낼 수 있는 사람은 나밖에 없을 거예요. 미안해요."

"제닝스, 우리와 함께해도 된다네." 레드릭이 말했다. "원한다면 영원히 우리와 함께 일해도 돼. 원하는 것은 뭐든 주겠네. 단 하나만 제외하면—"

"회사를 경영하는 건 오직 당신 혼자라는 점 말이죠."

"바로 그걸세. 제닝스, 이 회사는 아주 오래됐다네. 나보다 더 오래됐지. 내가 처음 세운 곳이 아니야. 유산으로 내게 주어졌다고 말할 수도 있겠군. 나는 이 책무를 짊어져 회사를 경영하고, 성장하게 하고, 그날을 위해 전진해왔다. 자네가 말한 대로 혁명의 날을 향해서 말이야.

내 조부님께서 처음 회사를 세우신 건 20세기의 일이야. 회사의 경영권은 언제나 우리 가족의 손에 있었고, 앞으로도 그럴 걸세. 언젠가 켈리가 결혼하면 내 뒤를 이어나갈 후계자가 생길 테고. 그러니 그쪽으로는 걱정할 필요가 없다네. 회사가 처음 설립된 곳은 메인 주의 작은 뉴잉글랜드 마을이었지. 조부님께서는 전형적인 뉴잉글랜드 지방 양반이었다네. 검소하고, 정직하고, 열정적이고, 독립적이셨지. 작은 수리점을 하셨어. 공구를 팔고 물건을 고쳐주는 곳 말이야. 그리고 재주가 아주 많으셨지.

그분은 정부와 거대 기업이 모두를 조여 들어가는 것을 알아채고 지하로 숨어 들어가셨네. 레드릭 건설은 지도상에서 사라졌지. 정부가 메인 주를 조직화하는 데에는 다른 곳보다 훨씬 더 오랜 시간이 걸렸어. 세계의 나머지 부분이 다국적 기업과 세계 정부의 손에 분할되는 동안 뉴잉글랜드는 살아남았다네. 여전히 자유로웠지. 조부님과 레드릭 건설도 마찬가지였고.

그분은 중서부에서 사람들을 데려왔네. 기계공, 의사, 법률가, 주간 신문 판매원 등을 말이야. 회사는 성장해갔고 무기와 지식이 등장했다네. 시간 집게와 거울 말이야! 엄청난 비용을 들여서 오랫동안 비밀리에 공장을 세웠다네. 크고 깊숙한 공장이지. 자네가 본 것보다 훨씬 더 깊이 뻗어 있다네. '그', 그러니까 자네의 다른 반쪽은 그걸 전부 봤고. 엄청난 힘이 잠들어 있지. 힘, 그리고 세계 곳곳에서 쫓겨나 사라진 사람들이 그곳에 있어. 우리가 정부나 거대 기업보다 먼저 그들을 손에 넣었다네. 최고의 사람들을 말이야.

제닝스, 언젠가 우리는 밖으로 나갈 걸세. 자네도 알다시피 이런 상태는 지속될 수 없어. 정치와 경제 권력 사이에서 이리저리 휘둘리며 살아가지는 못한단 말이네. 엄청난 수의 사람들이 정부 또는 기업의 요구에 맞춰 이리저리 떠밀려 다니고 있지. 언젠가는 강력한 저항 세력이 생겨날 거야. 격렬하고 필사적인 저항 세력이. 위대하고 강력한 사람들이 아니라 우리 근처 사람들이 만들어낼 걸세. 버스 운전사, 청과상 주인, 영상통화 교환원, 웨이터. 그리고 바로 그때 우리 회사가 등장하는 거지.

우리는 그들이 필요로 하는 것들, 도구와 무기와 지식을 제공할 거라네. 우리의 서비스를 '판매'할 거야. 그들은 우리를 고용할 수 있을 테고, 고용할 수 있는 사람들을 필요로 하겠지. 상대방이 엄청나게 강력하니까 말일세. 엄청난 부와 권력을 소유하고 있으니까."

정적이 흘렀다.

"이제 알겠어요?" 켈리가 말했다. "그러니까 끼어들면 안 된다는 거예요. 아빠의 회사니까요. 언제나 그래왔어요. 메인 주 사람들의 방식이죠. 가족의 일부인 거예요. 우리 회사는 우리 가족 소유예요. 우리 거라고요."

"우리와 함께 가세." 레드릭이 말했다. "기술자로서 말이야. 유감이네만 우리 상황에서는 이 이상의 것은 제공해줄 수 없어. 위태로워 보일지도 모르지만, 우리는 항상 이런 식으로 상황에 대처해왔네."

제닝스는 아무 말도 하지 않았다. 그는 주머니에 손을 찔러 넣은 채천천히 사무실을 걸어 다니다가, 블라인드를 올리고 저 멀리 아래의 길거리를 내려다봤다.

아래에 작은 갈색 딱정벌레 같은 보안경찰 차량 한 대가 보였다. 그차는 도로를 따라 흘러가는 차량의 물결 속에서 소리 없이 움직이며 이미 주차해 있는 두 번째 보안경찰 차량과 합류했다. 녹색 제복을 입은요원 네 명이 그 옆에 서 있었다. 지켜보고 있는 동안에도 더 많은 수의요원들이 거리를 가로질러 왔다. 그는 블라인드를 내렸다.

"힘든 결정이로군요." 그가 말했다.

"밖으로 나가면 저들이 자네를 잡아들일 걸세." 레드릭이 말했다. "항상 저 밖에 있거든. 자네는 여길 빠져나갈 수 없어."

"제발—" 켈리가 그를 올려다보며 말했다.

순간 제닝스는 웃음을 지었다. "그러니까 당신은 그 서류가 어디 있는지 알려주지 않겠다는 거군요. 어디에 뒀는지."

켈리는 고개를 끄덕였다.

"잠깐만." 제닝스는 주머니를 뒤적거렸다. 그는 작은 종잇조각을 꺼내 천천히 펴면서 내용을 훑어봤다. "혹시 어제 오후 3시쯤 던 국립은행에 맡긴 건 아닙니까? 거기 안전 금고에 보관하려고 말이죠."

켈리는 헉 하고 숨을 삼켰다. 그녀는 핸드백을 집어 들고 지퍼를 열었다. 제닝스는 물품 보관증을 다시 주머니에 집어넣었다. "아무래도 '그'가 이 상황까지 내다본 모양이군요." 그가 중얼거렸다. "마지막 잡동사니. 이건 어디에 쓰는 건지 참 궁금했었는데."

켈리는 당황해 어쩔 줄 몰라 하는 얼굴로 지갑을 움켜쥐었다. 그녀는 종이쪽 하나를 꺼내 흔들었다.

"당신이 틀렸어요. 여기 있다고요! 영수증은 아직 여기 있어요." 그녀는 긴장을 조금 풀었다. "당신이 방금 뭘 가지고 그랬는지는 모르지만, 진짜 보관증은 여기—"

허공에서 뭔가 움직였다. 검은색의 원형 공간이 열렸고, 그 안에 뭔가가 보였다. 켈리와 레드릭은 얼어붙은 채 위를 바라보고 있었다.

검은 원 속에서 집게가 나타났다. 반짝이는 막대에 연결된 금속 집게였다. 집게는 긴 원호를 그리며 아래로 휘둘러져 내려와 켈리의 손에서 종이쪽을 낚아챘다. 그러고는 잠시 머뭇거리더니 종이를 쥔 채 검은 구멍 속으로 들어갔다. 곧 집게와 막대와 구멍 모두가 소리 없이 사라졌다. 아무것도 남지 않았다. 흔적조차.

"어디—어디로 간 거죠?" 켈리가 속삭였다. "종이는 어떻게 된 거예요? 방금 뭐였죠?"

제닝스는 자기 주머니를 두드려 보였다. "안전한 곳에 있죠. 바로 여기. 사실 '그'가 언제 나타날지 몰라서 조금 걱정이 되던 참이었습니다."

레드릭과 그의 딸은 충격을 받은 채 아무 말도 못 하고 망연히 서 있었다.

"그렇게 우울한 표정 짓지 마시죠." 제닝스는 이렇게 말하며 레드릭의 팔짱을 꼈다. "서류는 안전합니다. 그리고 회사도 안전하죠. 그때가 올 때까지 회사는 쓰러지지 않을 겁니다. 강건하게, 혁명을 도울 모든 채비를 마치고 서 있겠죠. 우리는 그때를 보게 될 겁니다. 우리 모두, 당신과 나, 당신 딸이 함께 말입니다."

그는 눈을 빛내며 켈리를 바라봤다. "우리 셋이서 함께 말이죠. 어쩌면 그때쯤이면 가족이 더 불어나 있을지도 모르겠군요!"

변수 인간
The Variable Man

PHILIP K. DICK

PKD의 중단편 중 처음으로 해외에서 출판된 작품이다. 정식 대리인도 없이 영국으로 직접 투고했는데, 우여곡절 끝에 영국 SF 잡지 《스페이스 사이언스 픽션》에 실렸다. PKD은 이후 다섯 편의 작품을 《스페이스 사이언스 픽션》 지면에 올리며 영국에서 지명도를 쌓았고, 미국에서보다 먼저 단편집을 출간하기에 이른다.

분량이 2,600 단어에 달해 비교적 긴데, PKD의 중편 소설이 흔히 그렇듯 전개가 다소 난삽하고 논리의 비약이 눈에 띄기도 한다. 하지만 당대에는 냉전 시대의 군비 경쟁을 참신한 방법으로 묘사하고 비판했다는 점에서 상당한 호평을 받았다. 권위와 군사주의 독재를 반대하는 PKD의 정치적 성향이 직설적으로 드러나 있으며, 당시 미국에서 절정에 달했던 매카시즘을 빗대어 비판하는 요소도 찾아볼 수 있다. 1957년에 다른 다섯 편의 중단편과 함께 미국에서 재출간되었고, 이후 여러 번에 걸쳐 단편집에 수록되었다.

I

보안국장 라인하트는 빠른 걸음으로 정문 계단을 올라 의회 건물로 들어갔다. 의회 경비원들은 재빨리 길을 비켰고, 그는 거대한 기계들이 작동하고 있는 친숙한 장소로 들어왔다. 라인하트는 잔뜩 집중한 홀쭉한 얼굴과 감정으로 타오르는 눈으로 중앙의 SRB 컴퓨터를 열심히 올려다보며 그 수치를 확인하고 있었다.

"지난 분기에 비해 꾸준히 증가 추세를 보이고 있습니다." 연구실 책임자인 캐플런이 말했다. 그는 마치 그 일이 자신 덕분이기라도 한 듯 자부심 넘치는 웃음을 지어 보였다. "나쁘지 않죠, 국장님."

"우리가 놈들을 따라잡고 있는 것은 분명하지." 라인하트가 대꾸했다. "하지만 빌어먹게 느리지 않나. 어서 놈들을 앞질러야 해. 빠른 시일 내에."

캐플런은 오늘따라 말이 많아 보였다. "우리가 새로운 공격용 무기를 설계하면, 놈들은 진보된 방어 능력으로 그에 맞섭니다. 실제로는 아무것도 만들지 않았는데요! 진보는 계속되지만, 우리도 켄타우리인들도 신무기 설계를 중단하지 못하고 있습니다. 생산 체계를 안정시키기에 충분한 여력은 없어요."

"결국 끝날 걸세." 라인하트가 차갑게 대꾸했다. "우리가 켄타우리인들이 방어 수단을 만들 수 없는 무기를 제작하기만 한다면 말일세."

"모든 무기에는 방어 수단이 존재하는 법입니다. 설계와 충돌, 즉각적인 폐기. 그렇게 오래도록 효력이 있는 무기는 존재할 수가—"

"우리는 그 사이의 시차를 이용해야 하는 거네." 라인하트는 짜증 난 목소리로 끼어들었다. 라인하트의 냉혹한 회색 눈길을 정면으로 받은 캐플런은 흠칫 놀라 뒤로 물러섰다. "우리의 공격 무기 설계와 그들의 대응 수단 사이의 시차를 말하는 걸세. 그 시간이 얼마나 될지는 상황에 따라 다르겠지." 그는 거대한 SRB 기계들을 향해 짜증 섞인 손짓을 보내며 말을 이었다. "자네도 잘 아는 일일 텐데."

바로 이 순간—2136년 5월 7일 오전 9시 30분에—SRB 기계의 통계 확률은 21대 17로 켄타우리 쪽으로 기울어 있었다. 모든 요인을 고려해 볼 때 프록시마 켄타우리가 테라의 군사적 공격을 성공적으로 퇴치할 가능성이 더 크다는 뜻이었다. 이 확률은 SRB 기계가 알고 있는 모든 정보를 반영해 계산한 수치였다. 태양계와 켄타우리 항성계의 모든 지역에서 끊임없이 흘러들어 오는 방대한 양의 정보에서 유추해냈다.

21대 17로 켄타우리 쪽이 유리. 그러나 한 달 전에는 적이 24대 18로 유리했었다. 느리지만 꾸준하게, 상황은 나아지고 있었다. 테라인보다 오래되고 활동력이 부족한 종족인 켄타우리인은 테라 테크노크라트의 진보 속도를 따라갈 수 없었다. 테라는 점점 앞서가고 있었다.

"지금 당장 전쟁을 벌인다면," 라인하트는 생각에 잠겨 말했다. "우리는 지게 되겠지. 전면 공격으로 인한 위험을 무릅쓸 수 있을 정도가 아니니까." 잔인하고 무자비한 표정이 그의 잘생긴 얼굴을 뒤덮고 뒤틀어 냉혹한 가면으로 바꾸고 있었다. "하지만 확률도 우리에게 유리한 쪽으로 움직이고 있네. 조금씩 우리의 공격 무기 설계가 그들의 방어 수단을 압도할 수 있게 될 거야."

"전쟁이 빨리 일어나기만을 바라야죠." 캐플런이 동의했다. "우리 모두 한계 아닙니까. 이렇게 죽치고 기다리기만 하면……"

곧 전쟁이 일어날 것이다. 라인하트는 본능적으로 그 사실을 느낄 수 있었다. 공기가 긴장감으로, 병사들의 전의로 가득했기 때문이다. 그는 SRB실을 떠나 빠른 걸음으로 복도를 내려가, 다양한 방어 시설을 갖추고 있는 보안 구역 내 집무실에 도착했다. 얼마 걸리지 않을 것이다. 목덜미에 운명의 여신의 뜨거운 숨결이 느껴질 정도였다—그에게는 즐거운 감각이었다. 그는 그을린 피부에 대비되는 고르고 하얀 치열을 내보이며, 얇은 입술에 기꺼운 미소를 머금었다. 그래, 기분이 좋아지는 것도 당연했다. 아주 오랫동안 그날을 위해 일해왔으니까.

백여 년 전 일어난 첫 번째 조우는 곧이어 프록시마 켄타우리의 전방 초소와 테라 탐사대 사이의 분쟁을 불러일으켰다. 화염과 에너지 광선이 사방으로 날아다니는 화려한 전투가 이어졌다.

그리고 길고 지루한 휴전기가 이어졌다. 이들 사이에는 빛의 속도로 여행해도 수년이 걸리는 광대한 우주 공간이 놓여 있었다. 두 항성계의 능력은 동등했다. 차폐벽 대 차폐벽. 전함 대 파워 스테이션. 켄타우리 제국은 테라를 에워싸고 있었다. 마치 낡고 녹슬기는 했지만 부술 수 없는 강철 고리처럼. 테라가 그들을 뚫고 나가려면 새로운 무기를 개발하는 수밖에 없었다.

집무실 창문 밖으로 끝없이 늘어선 건물과 거리가 보였다. 테라인들이 사방을 바삐 오가고 있었다. 반짝이는 점들은 사업가나 화이트컬러 노동자들을 실어 나르는 달걀형의 통근 비행선이었다. 거대한 운송용 튜브가 수많은 노동자를 거주 시설에서 공장이나 노동 캠프로 이동시키는 모습도 보였다. 이 모든 사람들이 뛰쳐나가기를 원하고 있었다. 그날을 기다리고 있었다.

라인하르트는 영상 화면을 켜고 극비 채널을 호출했다. "군 무기개발부와 연결하게." 그가 날카롭게 명령을 내렸다.

그는 여윈 몸으로 딱딱하게 긴장해서 앉은 채 영상 화면이 움직이기만을 기다렸다. 피터 셰리코프의 육중한 모습이 갑자기 눈앞에 떠올랐다. 우랄 산맥 지하에 있는 광대한 연구소 네트워크를 총괄하는 책임자였다.

셰리코프의 수염 난 얼굴이 라인하트를 알아보고 굳었다. 숱 많은 검은 눈썹이 한데 모이며 언짢은 표정을 만들어냈다. "원하는 게 뭐요? 내가 바쁘다는 건 아실 텐데. 지금 이대로도 할 일이 너무 많소. 정치가들이 참견하지 않아도 말이오."

"그저 자네 쪽 상황을 확인하고 싶었을 뿐이네." 라인하트가 느긋하게 대답했다. 그는 티끌 하나 묻지 않은 회색 망토의 소맷부리를 매만지며 말을 이었다. "자네 쪽의 작업 상황, 그리고 지금까지의 진척 요소에 대한 자세한 설명을 부탁하네."

"그쪽 집무실 어딘가에 통상적인 방식으로 정리한 우리 쪽 기록 플레이트가 굴러다니고 있을 거요. 그 내용을 확인해본다면 우리가 정확히 뭘 하고 있는지를—"

"그런 것에는 흥미 없네. 자네들이 뭘 하고 있는지 보고 싶다는 걸세. 자네가 작업 경과를 완벽하게 설명할 준비가 되어 있기를 기대하고 있고. 곧 그쪽으로 갈 걸세. 30분 후에 보지."

라인하트는 회선을 끊었다. 셰리코프의 험악한 얼굴이 흔들리다 곧 사라져버렸다. 라인하트는 긴장을 풀고 숨을 내쉬었다. 셰리코프와 함께 일해야 하다니 참으로 고약한 일이었다. 그는 셰리코프를 좋아해본 적이 없었다. 저 덩치 큰 폴란드 과학자는 개인주의자로 사회와 섞이기를 거부하는 인간이었다. 독립적이고 독자적인 사람이었다. 현대인의 유기적 국가 세계관과는 상극으로, 개인주의 개념을 극단적으로 선호하는 사람이었다.

그러나 셰리코프는 연구 분야에서 선도적인 과학자였으며, 군 무기 개발부의 책임자였다. 그리고 새로운 무기의 개발이야말로 테라 전체의 미래가 달린 일이었다. 켄타우리에 승리할 것인가, 아니면 부서져 내리고는 있지만 여전히 강력한 적대적인 제국에 포위당한 채 태양계에 틀어박혀 기다리고만 있을 것인가.

라인하트는 재빨리 자리에서 일어나 집무실을 떠났다. 그는 서둘러 홀을 가로질러 의회 건물을 나섰다.

몇 분 후, 그는 전용 고속 크루저를 타고 오전의 하늘을 가로질러 아시아 대륙 쪽으로, 광대한 우랄 산악 지대로 향하고 있었다. 군 무기개발부 연구소를 향해서.

셰리코프가 입구에서 그를 맞았다. "이것 보시오, 라인하트. 함부로 나한테 명령을 내리려는 생각은 그만두는 게 좋을 거요. 나는 절대로—"

"진정 좀 하게." 라인하트는 덩치 큰 남자와 나란히 걷기 시작했다. 그들은 보안 검사대를 통과해 부속 연구소로 들어갔다. "당신이나 당신네 연구원들에게 즉각 압박을 가할 생각은 없네. 자네들은 원하는 대로 작업을 계속하면 된다네—일단 지금은. 이 사실을 확실히 해두세나. 내가 원하는 바는 자네들의 작업 결과물을 우리 사회 전체의 요구와 한데 엮어 넣는 것뿐일세. 자네들의 연구가 충분히 생산적이기만 하다면—"

라인하트는 순간 말을 멈췄다.

"저 아이, 예쁘지 않소?" 셰리코프가 비꼬듯 말했다.

"저게 대체 뭔가?"

"우리는 이카루스라고 부르지. 그리스 신화 기억하시오? 이카루스의 전설 말이오. 하늘을 날았던 이카루스…… 언젠가 이 이카루스 역시 날아오르게 될 거요." 셰리코프는 어깨를 으쓱했다. "원한다면 살펴봐도 좋소. 바로 이걸 보려고 여기까지 온 것 같으니 말이오."

라인하트는 천천히 접근했다. "이게 당신들이 작업하던 무기란 말인가?"

"어때 보이오?"

연구 공간 가운데 흉측한 모습의 납작한 암회색 금속 원통이 하나 있었다. 기술자들이 그 주위를 돌아다니며 노출된 단자를 연결하는 모습이 보였다. 라인하트는 끝없이 이어지는 진공관과 필라멘트, 층층이 서로 얽혀 있는 전선과 단자와 부품의 미로를 흘깃 바라봤다.

"이게 뭔가?" 라인하트는 작업대 가장자리에 걸터앉은 채 넓은 어깨를 벽에 기대며 물었다.

"재미슨 헤지의 아이디어요. 40년 전 우리의 항성 간 순간 영상 전송 기술을 만들어낸 바로 그 사람 말이오. 초광속 이동 방법을 찾으려다 죽음을 맞이했고, 그가 작업하던 것들 대부분도 그와 함께 파괴되어버렸소. 그 이후로 초광속 이동 연구는 중지되었지. 그 연구에는 아무런 미래도 없는 것처럼 보였소."

"어떤 존재도 빛보다 빠르게 움직일 수 없다는 사실은 이미 증명된 것 아니었나?"

"항성 간 영상 전송기는 기능하지 않소! 아니, 헤지는 제대로 작동하는 초광속 기술을 개발해냈소. 물체를 광속의 50배 속도까지 가속하는 데 성공했지. 하지만 물체의 속도가 증가할수록, 그 길이는 점차 줄어들고 질량은 증가하게 되는 거요. 흔히들 알고 있는 20세기의 질량-에너지 변환 개념과 일치하는 현상이지. 우리는 헤지의 물체의 속도가 증가할수록 계속해서 길이가 줄고 질량이 증가해, 마침내 길이가 0이 되고 질량이 무한이 될 것이라 추측했소. 누구도 그런 물체는 상상할 수 없을 거요."

"계속해보게."

"하지만 실제로는 이런 일이 일어났소. 헤지의 물체는 이론적인 한계 속도, 즉 광속에 이를 때까지 계속해서 길이를 잃고 질량을 얻었소. 그리고 바로 그 시점에서, 계속해서 속도가 증가한 물체는 아예 존재 자체가 사라져버린 거요. 길이가 없으니 공간을 차지할 수 없는 게지. 물체는 사라져버렸소. 하지만 파괴된 것은 아니오. 물체는 매 순간 가속하며, 태양계를 떠나 은하계 저 너머로 원호를 그리며 계속해서 날아갔소. 우리가 지각할 수 있는 개념 너머에 있는 다른 세계로 들어간 거지. 실험의 다음 단계는 초광속에 도달한 물체의 속도를 줄여 다시 아광속 영역으로, 우리의 우주로 돌아오게 하는 방법을 찾는 일이었소. 이 정반대의 개념 역시 결국 성공했지."

"어떤 결과가 나왔나?"

"헤지의 목숨과 장비 대부분을 잃어버리게 되었지. 그가 실험에 사용한 물체는 시공간이 존재하는 우주로 돌아오면서 이미 다른 물질이 존재하는 공간에 나타났소. 당시 헤지의 물체는 무한에 극도로 근접한 막대한 질량을 가지고 있었고, 즉시 거대한 폭발을 일으켰지. 그런 방식으로 우주여행을 할 수 없다는 사실은 분명해졌소. 우주의 거의 모든 공간에는 어떤 형태로든 물질이 존재하고 있으니 말이오. 물체는 다시 우리 우주로 돌아오는 과정에서 자동으로 파괴되는 거요. 헤지는 초광속 추진체와 감속체를 만들어냈지만, 우리가 이걸 만들기 전까지는 아무도 그 발견을 사용할 방법을 찾아내지 못한 거요."

라인하트는 거대한 금속 원통을 향해 걸어갔다. 셰리코프 역시 뛰어내려 그를 따라갔다. "이해가 안 되는군." 라인하트가 말했다. "그 이론은 우주여행에는 아무런 도움이 안 된다고 하지 않았나."

"그 말대로요."

"그럼 이건 뭘 하는 물건인가? 만약 우주선이 우리 우주로 돌아오자마자 폭발해버린다면—"

"이건 우주선이 아니오." 셰리코프가 교활한 웃음을 머금었다. "이카루스는 헤지의 이론을 처음으로 실용화한 물건이오. 이카루스는 폭탄이오."

"그래서 이게 우리의 무기라는 게로군." 라인하트가 말했다. "폭탄. 거대한 폭탄."

"광속보다 더 빠르게 날아가는 폭탄이오. 우리 우주에 존재하지 않는 폭탄. 켄타우리인들은 이 폭탄을 감지해내거나 멈추지 못할 거요. 어떻게 그럴 수 있겠소? 광속을 통과하는 순간 존재가 사라져버릴 테니, 어떻게 해도 감지할 수 없을 거요."

"하지만—"

"이카루스는 연구소 외부에서, 지표에서 발사될 거요. 프록시마 켄타우리를 조준한 채로 빠르게 가속하겠지. 목적지에 도달할 때쯤에는 광속의 100배 속도로 날고 있을 거요. 이카루스는 켄타우리 내부에서 우리 우주로 돌아올 거요. 별은 폭발로 파괴될 테고, 행성의 대부분이 쓸려 나가겠지. 그들의 중심 행성인 아르문도 포함해서. 일단 발사하면 이카루스를 막을 방법은 없소. 방어 자체가 불가능하지. 그 무엇도 이 폭탄을 막을 수 없소. 엄연한 현실이오."

"언제쯤 준비가 끝나겠나?"

셰리코프의 눈빛이 흔들렸다. "곧."

"정확히 얼마나 곧 말인가?"

덩치 큰 폴란드인은 망설였다. "솔직히 말해서, 이제 한 가지 문제만 남았소."

셰리코프는 라인하트를 데리고 연구소의 다른 구역으로 향했다. 그는 연구소 경비병들을 한쪽으로 밀치고 앞으로 나아갔다.

"이것 보이시오?" 그는 한쪽이 열려 있는 자몽 크기의 구체를 툭툭 치며 말했다. "이게 우리 시간을 잡아먹고 있소."

"그게 뭔가?"

"중앙 제어 터릿이오. 바로 이놈이 정확한 순간에 이카루스를 아광속으로 끌어내리는 거요. 따라서 완벽하게 정확해야 하지. 이카루스가 항성 내부를 지나가는 순간은 1마이크로초 미만일 거요. 만약 터릿이 정확하게 작동하지 않는다면, 이카루스는 반대쪽을 뚫고 나가 켄타우리 항성계 밖으로 날아가버릴 거요."

"이 터릿은 얼마나 완성되어 있는 건가?"

셰리코프는 큼직한 손을 펼치며 애매한 몸짓을 해 보였다. "누가 알겠소? 극도로 미세한 도구로 배선 작업을 해야 하는데. 육안으로는 볼 수도 없는 극소 단위의 단자와 전선으로 말이오."

"완성 일자를 전혀 지정할 수 없다는 건가?"

셰리코프는 외투 안으로 손을 넣어 서류 폴더 하나를 꺼냈다. "이건 SRB 기계에 입력할 수 있는 데이터요. 완성 일자를 지정해놓았지. 가서 이걸 입력해보시오. 최대치로 잡아 10일을 입력했으니, 그걸 기반으로 해서 결과를 도출해내면 될 거요."

라인하트는 조심스레 폴더를 받아들었다. "날짜는 확실한 건가? 당신을 믿을 수 있을지 확신을 못 하겠어서 말이지. 셰리코프."

셰리코프의 얼굴이 어두워졌다. "위험 부담은 감수해야 하지 않겠소, 국장. 당신이 나를 믿지 않는 만큼, 나도 당신을 믿지 않소. 당신이 얼마나 나를 여기서 끌어내리고 그 자리에 당신의 꼭두각시를 앉히고 싶어 하는지도 잘 알고 있지."

라인하트는 생각에 잠겨 덩치 큰 과학자를 훑어봤다. 셰리코프를 굴복시키는 일은 쉽지 않을 것이다. 무기 개발부는 의회가 아니라 보안국 산하 기관이기는 했다. 셰리코프의 기반도 흔들리고 있었다—하지만 그는 여전히 잠재적 위험 요소였다. 완고하고, 개인주의적이며, 공공의 이익을 위해 자신의 안녕을 희생하는 일을 거부하는 자였다.

"좋아." 라인하트는 천천히 폴더를 외투 안으로 집어넣었다. "입력해보겠네. 하지만 여기 기일은 맞추는 게 좋을 걸세. 실수가 있어서는 곤란해. 앞으로 며칠 동안에 상당히 많은 일이 달려 있으니 말이야."

"만약 확률이 우리 쪽에 유리하게 변하면 동원령을 내릴 생각이오?"

"물론." 라인하트는 단언했다. "확률이 변하는 바로 그 순간 명령을 내릴 걸세."

라인하트는 기계 앞에 서서 초조하게 결과를 기다렸다. 오후 2시였다. 따스하고 상쾌한 5월의 오후였다. 건물 밖에서는 평상시와 같은 행성의 삶이 이어지고 있었다.

평상시와 같은? 엄밀하게 말해 같지는 않다. 매일 증가하는 고양감이 공기 속을 떠돌고 있었다. 테라는 오랜 시간 기다려왔다. 이제 프록시마 켄타우리를 공격해야 했다. 빠르면 빠를수록 좋다. 낡은 켄타우리 제국은 테라를 둘러싸 인류 종족을 하나의 항성계에만 붙들어놓고 있었다. 하늘에 둘러친 거대하고 숨 막히는 그물이, 테라를 저 너머의 빛나는 다이아몬드들에 가 닿지 못하도록 막고 있는 것이다…… 이 상황은 끝나야만 했다.

SRB 기계가 돌아가며 화면의 숫자가 사라졌다. 잠시 동안 확률이 표시되지 않았다. 라인하트는 긴장으로 몸이 경직될 지경이었다. 그는 계속 기다렸다.

새로운 확률이 나타났다.

라인하트는 헉 하고 숨을 내뱉었다. 7대 6으로 테라의 우세였다!

그로부터 5분 후, 모든 정부 부처에 긴급 동원령 경고 불빛이 깜빡였다. 의원들과 더프 의장은 긴급회의에 출석할 것을 통보받았다. 모든 일이 빠르게 벌어지고 있었다.

하지만 의심의 여지가 없었다. 7대 6으로 테라의 우세라니. 라인하트는 의회 시간에 맞추기 위해 서둘러 자신의 서류를 정리하기 시작했다.

역사 연구 센터에서 한 연구원이 극비 슬롯의 메시지 판을 뽑아들고 서둘러 중앙 연구실을 가로질러 관리 담당자에게 향했다.

"이걸 좀 보십시오!" 프레드먼은 판을 자기 상급자의 책상 위에 내려놓으며 말했다. "이걸 좀 보시라고요!"

하퍼는 판을 집어 들고 빠르게 내용을 훑었다. "진짜인 것 같군. 내 살아생전 이런 걸 보게 될 거라고는 생각도 못 했네."

프레드먼은 연구실을 떠나 바삐 복도를 걸어 시간 거품 제어실로 들어갔다. "거품은 어디 있나?" 그가 주변을 둘러보며 말했다.

기술자 한 명이 천천히 고개를 들었다. "한 200년쯤 전입니다. 1914년의 전쟁에 대한 흥미로운 자료를 추출하는 중이죠. 거품에서 지금까지 끌어낸 정보에 의하면—"

"그건 관둬. 이제 일상 업무는 끝이라고. 당장 거품을 현재로 회수해. 이제부터 모든 장비는 군용 목적으로 사용할 수 있도록 비워놔야 하니까."

"하지만—시간 거품은 자동 제어 장비인데요."

"수동으로 가져올 수도 있잖나."

"위험 부담이 있습니다." 기술자는 머뭇거렸다. "하지만 비상사태 때문에 필요한 거라면, 자동제어를 정지시키고 위험을 감수할 수도 있겠죠."

"비상사태에는 모든 것을 바쳐야 하는 법이네." 프레드먼은 감정을 실어 말했다.

"하지만 확률은 바뀔 수 있지 않습니까." 마거릿 더프 의장이 불안한 어조로 말했다. "언제라도 결과가 뒤바뀔 수 있을 텐데요."

"바로 이게 우리가 바라던 기회요!" 라인하트는 점차 분노가 쌓이는 것을 느끼며 쏘아붙였다. "대체 뭘 망설이는 거지? 수년 동안 이런 기회만을 기다려왔는데."

의회의 의원들은 흥분으로 웅성거리고 있었다. 마거릿 더프는 미심쩍은 기색으로 머뭇거렸다. 그녀의 푸른 눈에 근심이 드리웠다. "기회가

왔다는 것은 알고 있습니다. 적어도 확률적으로는. 하지만 이 새로운 확률은 이제 막 생겨난 것 아닌가요. 확률이 그대로 유지될지 어떻게 확신할 수 있죠? 고작해야 무기 하나의 정보로부터 추산한 결과 아닙니까."

"그 말은 틀렸소. 상황을 이해하지 못하는 모양인데." 라인하트는 온 힘을 다해 자기 성질을 누르려 애썼다. "셰리코프의 무기 덕분에 우리 쪽으로 확률이 기울게 된 것은 맞소. 하지만 그 확률 자체는 몇 개월 동안 우리에게 유리한 쪽으로 움직여오고 있었다고. 애초에 시간문제였을 뿐이오. 결국 언젠가는 새로운 균형 상태에 도달했겠지. 단순히 셰리코프 한 사람의 문제가 아니라는 거요. 그는 이 사태에서 하나의 요소일 뿐이오. 확률은 단 한 사람이 아니라 태양계 아홉 개 행성의 힘인 겁니다."

의원 한 명이 자리에서 일어섰다. "의장께서는 행성 전체가 이 기다림의 시간을 끝내고 싶어 한다는 사실을 감안해주시기 바랍니다. 지난 80년 동안 우리의 모든 행동은 바로 이것을 위해서—"

라인하트는 날씬한 몸매의 의장에게 조금 더 다가갔다. "만약 전쟁을 승인하지 않는다면, 아마 폭동이 일어날 거요. 대중들은 격렬한 반응을 보일 테지. 지독하게 격렬한 반응을. 당신도 알고 있을 텐데."

마거릿 더프는 차가운 눈으로 그를 쏘아봤다. "내 손을 움직이기 위해 비상 명령을 내린 것 아닌가요? 당신은 자기가 무슨 일을 하는지 잘 알고 있었어요. 일단 명령을 내리면 상황을 멈출 수 없을 거라는 사실도."

의원들 사이에서 중얼거리는 소리가 퍼져나가며 점차 그 크기를 더해갔다. "전쟁을 승인해야만 합니다! ……우리의 숭고한 의무입니다! ……되돌아가기에는 너무 늦었습니다!"

고함, 성난 외침, 강요하는 목소리들이 마거릿 더프의 주변을 휘감고 돌았다. "나 역시 다른 누구만큼이나 전쟁을 원합니다." 그녀는 날카롭게 말했다. "다만 절제를 요구하는 것뿐입니다. 항성 간 전쟁은 중요한 문제입니다. 우리는 지금 기계 하나가 우리가 승리할 확률이 있다고 말했다는 이유만으로 전쟁에 뛰어들려 하고 있는 겁니다."

"우리가 승리할 수 없다면 전쟁을 일으킬 이유가 없지 않겠소." 라인하트가 말했다. "SRB 기계는 우리가 이길 수 있는지를 말해주는 거요."

"우리가 이길 확률을 말해주는 것뿐이죠. 아무것도 보증해주지 않습니다."

"승리할 확률이 높다는 것 이외에 뭘 더 바랄 수 있다는 거요?"

마거릿 더프는 입을 악물었다. "알겠습니다. 나도 저 아우성을 들을 수 있어요. 의회의 승인 과정에 제동을 걸지 않겠습니다. 투표하도록 하세요." 그녀는 라인하트 쪽으로 차갑고 경계하는 시선을 보냈다. "특히 모든 정부 기관에 비상 명령이 내려진 상태이니 말이죠."

"좋소." 라인하트는 안도하며 그녀에게서 물러났다. "그럼 결정된 거로군. 마침내 전체 동원령을 내릴 수 있겠어."

동원 과정은 빠르게 진행되었다. 이어진 48시간은 온갖 작업으로 바쁘게 흘러갔다.

라인하트는 의회 회의실에서 함대 사령관 칼턴이 소집한 군사작전 회의에 참가했다.

"우리 전략은 이만하면 알겠지." 칼턴이 말했다. 그는 칠판에 그려진 모식도 쪽으로 손을 흔들었다. "셰리코프의 말로는 초광속 폭탄을 완성하는 데 8일이 더 걸린다고 한다. 그동안 켄타우리 항성계 근처에 배치된 함대는 공격 위치를 확보한다. 함대는 폭탄이 폭발한 직후 잔존한 켄타우리 우주선에 공격을 개시할 것이다. 분명 상당수는 폭발에서 살아남겠지만, 아르문이 사라진 후에는 우리가 감당할 만한 정도가 될 것이다."

라인하트가 칼턴 사령관의 말을 받았다. "경제 상황을 보고하겠네. 테라의 모든 공장은 이제 군수품 생산으로 전환되었네. 아르문이 사라지면 우리는 켄타우리의 식민 행성들에서 대규모 반란을 사주할 수 있을 걸세. 광속에 근접하는 우주선이 있다고 해도 여러 항성계로 구성된 제국을 유지하는 일은 쉽지 않은 법이지. 사방에서 지역 군벌들이 들고 일어날 걸세. 시간에 맞춰 도착하려면 반군들이 쓸 수 있는 무기를 지금 당장 마련해서 우주선을 띄워야 한다네. 우리의 최종적인 목표는 여러 식민 행성을 하나로 뭉치게 할 수 있는 공통의 원칙을 마련하는 걸세. 우리의 관심사는 정치보다는 경제 쪽이니까. 그들은 우리의 자원 보급 행성이 되어주기만 한다면 원하는 어떤 정치체제도 가질 수 있게 될 걸세. 지금 우리 태양계의 여덟 행성들과 마찬가지로 말이야."

칼턴은 보고를 계속했다. "켄타우리의 함대가 와해되면 그대로 이 전쟁의 가장 중요한 단계로 진입할 수 있게 된다. 켄타우리 항성계의 주요 지점에서 기다리고 있던 우주선을 착륙시켜 병력과 물자를 수송하는 것이다. 이 단계에 이르면—"

라인하트는 걸음을 옮겼다. 동원령을 내리고 겨우 이틀밖에 지나지 않았다는 사실을 믿을 수가 없었다. 태양계 전체가 생명을 얻은 듯 다양한 활동에 몰두하고 있었다. 수도 없이 많은 문제점을 해결했지만, 문제점은 아직 사방에 산적해 있었다.

그는 승강기에 올라타고 SRB실로 올라갔다. 혹시 기계의 결과에 변동이 있을지 궁금해하면서. 결과는 동일했다. 아직까지는 좋았다. 켄타우리인들은 이카루스에 대해 알고 있을까? 분명 알고 있겠지. 하지만 알아도 대처할 방법이 없었다. 적어도 8일 안에는 없을 터였다.

연구실 책임자 캐플런이 새로 들어온 정보를 정리하면서 라인하트 쪽으로 다가왔다. 그는 자신의 정보를 뒤적거렸다. "흥미로운 사건이 하나 들어왔습니다. 국장님도 흥미가 있으실지 모르겠군요." 그는 메시지

판 하나를 라인하트에게 넘겼다.

역사 연구 센터에서 온 메시지였다.

2136년 5월 9일

연구용 시간 거품의 수동 귀환 조작이 최초로 일어났음을 보고합니다. 그 때문에 완벽한 격리가 일어나지 않았으며, 과거의 물질 일부가 함께 현재로 건너왔습니다. 그 물질 안에는 20세기 초반의 인간이 한 명 포함되어 있었습니다. 그는 즉시 연구 시설에서 도주했으며, 아직까지 보호를 위한 격리 수용에 성공하지 못했습니다. 역사 연구 센터는 이 사건을 깊이 유감으로 여기지만, 비상사태에 힘을 보태기 위해 노력할 것입니다.

E. 프레드먼

라인하트는 판을 캐플런에게 돌려줬다. "흥미롭군. 과거에서 온 사람이라. 그것도 오자마자 우주에서 가장 큰 전쟁 한복판에 던져지다니."

"묘한 일들은 언제나 일어나죠. 기계가 무슨 생각을 할지가 궁금합니다."

"예측이 힘들군. 아마도 별일 없겠지." 라인하트는 연구실을 떠나 자신의 집무실로 빠르게 발걸음을 옮겼다.

그는 집무실 안으로 들어서자마자 극비 회선을 통해 영상 화면으로 셰리코프를 호출했다.

폴란드인의 험상궂은 얼굴이 나타났다. "좋은 날이오, 국장. 전쟁 수행은 어떻게 되어가고 있소?"

"괜찮네. 터릿의 배선 작업은 어떻게 되어 가나?"

셰리코프의 얼굴이 슬쩍 찌푸려졌다. "솔직히 말하자면, 국장—"

"뭐가 문제인가?" 라인하트는 날카롭게 말했다.

셰리코프가 허둥대는 낌새가 느껴졌다. "이런 일이 어떤지 알지 않소. 연구원들을 빼내고 로봇 작업도 시도해봤소. 로봇은 손놀림이 더 좋지만 결정을 내리지 못하지. 이 작업은 단순한 손놀림 이상의 능력이 필요한 일이오. 이 작업에는—" 그는 알맞은 단어를 찾으려 애썼다.

"—예술가의 손길이 필요한 모양이오."

라인하트의 얼굴이 굳어졌다. "잘 듣게, 셰리코프. 자네는 8일 안에 폭탄을 완성해야 하네. SRB 기계에 입력한 자료에 그런 정보가 기록되어 있었어. 7대 6이라는 확률은 그 추정치에 기반을 둔 내용이야. 만약 자네가 기일 내에 성공하지 못하면—"

셰리코프는 당황해서 얼굴을 일그러뜨렸다. "그렇게 흥분하지 마시오, 국장. 우리가 완성해낼 수 있을 거요."

"그러기를 바라지. 완성되면 즉각 내게 연락을 취하게." 라인하트는 바로 회선을 끊었다. 만약 셰리코프가 실패한다면 놈을 끌어내 총살시킬 생각이었다. 전쟁 전체가 그 초광속 폭탄에 달려 있었다.

영상 화면이 다시 반짝였다. 그는 화면의 전원을 넣었다. 화면 위로 캐플런의 얼굴이 떠올랐다. 연구실 책임자의 얼굴은 창백하고 경직되어 있었다. "국장님, SRB실로 좀 오셔야겠습니다. 일이 벌어졌습니다."

"무슨 일인가?"

"오시면 보여드리겠습니다."

라인하트는 당황해서는 집무실을 나와 복도를 따라 내려갔다. 캐플런은 SRB 기계 앞에 서 있었다. "무슨 일이 벌어진 건가?" 라인하트가 물었다. 그는 다시 한번 눈금을 확인했다. 아까와 변한 바가 없었다.

캐플런은 두려움에 떨리는 손으로 메시지 판 하나를 내밀었다. "방금 전에 이 정보를 기계에 입력했습니다. 그 결과를 보자마자 즉시 판을 빼냈고요. 아까 제가 보여드린 물건입니다. 역사 연구 센터에서 온 내용 말입니다. 과거에서 온 남자에 대한 내용요."

"그걸 입력했더니 무슨 일이 벌어진 건가?"

캐플런은 초조하게 침을 꿀꺽 삼켰다. "이제 보여드리죠. 다시 한번 해보겠습니다. 아까 했던 것과 똑같은 방식으로요." 그는 움직이는 입력 벨트에 판을 밀어 넣었다. "결과를 잘 보십시오." 캐플런이 중얼거렸다.

라인하트는 긴장 때문에 굳은 얼굴로 화면을 바라봤다. 한동안은 아무 일도 벌어지지 않았다. 계속해서 7대 6의 결과가 떠올라 있었다. 그러다가―숫자가 사라졌다. 기계가 움찔거렸다. 순간 새로운 숫자가 나타났다. 4대 24로 켄타우리인들이 유리했다. 순간 상황을 이해한 라인하트는 숨이 턱 막혔다. 하지만 숫자는 다시 사라지고 새로운 숫자가 나타났다. 16대 38로 켄타우리인이 유리. 그러고는 48대 86. 79대 15로 테라인이 유리. 그러고는 아무것도 나타나지 않았다. 기계는 계속 돌아갔지만 아무 일도 벌어지지 않았다.

아무것도. 숫자가 보이지 않았다. 그저 텅 빈 화면뿐이었다.

"이게 무슨 뜻인가?" 라인하트는 멍하니 중얼거렸다.

"정말로 대단합니다. 이런 일이 일어날 수 있을 거라고는―"

"무슨 일이 일어난 거지?"

"기계가 이 정보를 분석할 수 없는 겁니다. 결과를 도출하지 못하는 거죠. 결론을 낼 수 없는 정보니까요. 예측에 사용할 수 없을뿐더러, 다른 모든 요소도 무시하게 만들고 있습니다."

"왜 이런 일이?"

"이 정보가―이 정보 자체가 변수인 겁니다." 캐플런의 창백한 얼굴과 핏기가 가신 입술에서 떨리는 목소리가 흘러나왔다. "그로부터 어떤 추론도 불가능한 변수가 등장했습니다. 과거에서 온 인간요. 기계가 그 내용을 처리할 수 없는 겁니다. 변수 인간인 거죠!"

II

회오리바람이 덮쳤을 때 토머스 콜은 숫돌로 나이프를 갈고 있었다.

그 나이프는 커다란 녹색 집에 사는 숙녀분의 물건이었다. 그 숙녀분은 콜이 '뭐든 고쳐요' 수레를 몰고 지나갈 때마다 항상 뭔가 날을 세울 물건을 가지고 나왔다. 가끔가다 커피를 한 잔 대접하기도 했다. 낡고 흰 냄비에 끓인 뜨겁고 진한 커피였다. 마음에 드는 일이었다. 그는 훌륭한 커피를 좋아했다.

하늘이 잔뜩 찌푸렸고 가랑비가 내리는 날이었다. 그날 실적은 영 좋지 못했다. 자동차 때문에 말 두 마리가 놀라버렸다. 날씨가 나쁘면 사람들이 밖으로 잘 나오지 않기 때문에 콜이 직접 마차에서 내려 초인종을 울려야만 했다.

하지만 노란 집에 사는 사내는 전기냉장고를 수리해준 대가로 1달러를 건네줬다. 다른 누구도 그 물건을 고치지 못했던 모양이었다. 심지어는 공장 일꾼조차도. 1달러면 꽤나 오래 버틸 수 있을 터였다. 그에게는 상당한 금액이었다.

회오리바람이 덮치기 전에도 그는 이미 낌새를 채고 있었다. 모든 것이 고요해졌다. 콜은 말고삐를 다리 사이에 끼고 숫돌 위에 몸을 숙인 채 작업에 열중하고 있었다. 나이프를 훌륭하게 다듬는 작업이 거의 끝난 상태였다. 그는 칼날에 침을 뱉은 다음 들어 올려 자세히 살펴봤다―바로 그 순간 회오리바람이 나타났다.

회오리바람은 순식간에 주변을 완벽하게 휘감아버렸다. 주위가 온통 잿빛이었다. 그와 수레와 말들은 회오리바람 한가운데의 고요한 지점에 있는 모양이었다. 주변은 고요하고 사방에 잿빛 안개만이 가득했다.

콜이 무엇을 해야 할지, 노부인의 나이프를 어떻게 돌려주어야 할지 고민하고 있는 동안 갑자기 주변이 덜컹거렸다. 그는 수레에서 떨어져 바닥으로 나동그라지고 말았다. 말들은 겁에 질려 울부짖으며 넘어지지 않으려 안간힘을 썼다. 그는 즉시 자리에서 일어났다.

지금 어디에 있는 거지?

주변의 잿빛은 사라져 있었다. 흰 벽이 사방을 둘러싸고 있었다. 환한 조명이 내리쬐었다. 햇빛은 아니지만 그와 흡사한 느낌이었다. 한쪽으로 기울어진 수레가 말들에게 질질 끌려가는 모습이 보였다. 도구와 장비가 떨어져 내리고 있었다. 그는 얼른 수레를 바로 세운 다음 마부석으로 뛰어올랐다.

그리고 처음으로 사람들의 모습이 보였다.

제복 같은 옷을 입은, 놀란 기색이 완연한 허연 얼굴의 남자들이 서 있었다. 게다가 위험한 느낌이 들었다!

콜은 수레를 몰아 문을 향해 달려갔다. 말편자가 바닥을 때리며 금속끼리 부딪치는 소리가 났다. 사람들은 놀라서 사방으로 흩어졌다. 그는 널찍한 복도로 나왔다. 병원과 비슷한 느낌의 건물이었다.

복도는 갈림길에 이르렀다. 사방에서 더 많은 사람들이 쏟아져 나왔다.

사람들은 흰개미처럼 소리 지르며 복도를 가득 메우고 다가왔다. 뭔가가 그를 스쳐 지나갔다. 짙은 보라색 광선이었다. 광선은 수레 모서리에 맞았고, 그 부분의 목재는 그대로 검게 타버리며 연기가 나기 시작했다.

콜은 두려움을 느끼고 겁에 질린 말들을 힘껏 몰았다. 커다란 문에 도착해서도 멈추지 않고 그대로 돌진했다. 문이 부서져 나가며 그들은 밖으로 나왔다. 오전의 밝은 햇빛이 내리쬐었다. 순간 수레가 뒤집힐 듯 아찔하게 기울었다. 하지만 다음 순간, 말들은 빠른 속도로 앞이 탁 트인 벌판 위를 질주하기 시작했다. 멀리 보이는 초록색의 지평선을 향해. 콜은 그저 고삐를 꽉 붙들고 있을 뿐이었다.

뒤편에서 흰 얼굴의 남자들이 밖으로 나와 무리 지어 서서는 격렬한 몸짓을 해대는 모습이 보였다. 그들의 새된 목소리가 희미하게 들려왔다.

그러나 그는 도망쳐 나왔다. 이제 안전했다. 콜은 말들의 속도를 늦추고 호흡을 고르기 시작했다.

숲은 인공적인 곳이었다. 일종의 공원인 것 같았다. 하지만 충분히 무성하고 자연스러웠다. 뒤틀린 식물들로 가득한 빽빽한 정글이었고, 모든 것이 혼돈 속에서 자라고 있었다.

공원 안은 텅 비어 있었다. 사람이라고는 보이지 않았다. 태양의 위치를 보니 이른 아침 아니면 늦은 오후인 모양이었다. 꽃과 풀의 냄새, 축축한 낙엽을 보니 아침인 듯했다. 회오리바람이 그를 집어삼켰을 때는 늦은 오후였고 하늘에는 구름이 가득했다.

콜은 생각에 잠겼다. 아주 멀리까지 날아온 게 분명했다. 병원, 흰 얼굴의 남자들, 괴상한 조명, 괴상한 억양의 목소리—모든 것을 고려해보건대 여기가 네브래스카가 아니라는 것만은 분명했다. 어쩌면 미국이 아닌지도 몰랐다.

여기까지 오는 동안 도구 일부를 흘려서 잃어버렸다. 콜은 남아 있는 모든 도구를 모아들여 정리하면서 하나하나를 사랑이 담긴 손길로 어루만졌다. 작은 끌과 나무 정 몇 개가 없어졌다. 잡동사니 함이 열리는 바람에 작은 물건들은 거의 다 사라진 후였다. 그는 남은 물건들을 모아들여 다시 상자 안에 조심스레 정리해놓았다. 열쇠톱 하나를 꺼내 기름걸레로 세심하게 닦은 다음 원래 위치에 끼워 넣었다.

수레 위로 천천히 태양이 떠오르고 있었다. 콜은 못 박인 손으로 눈을 가리며 하늘을 올려다봤다. 그는 큰 덩치에 구부정한 어깨, 수염뿌리가 꺼끌꺼끌한 회색 턱을 가진 남자였다. 옷은 구겨진 데다 지저분했다. 하지만 옅은 푸른색 눈에는 총기가 돌았고, 재주가 좋은 손을 가지고 있었다.

공원 안에 계속 머무를 수는 없었다. 그자들은 그가 이쪽으로 들어오는 것을 목격했다. 아마 그를 찾고 있을 터였다.

머리 위 높은 곳에서 뭔가 쏜살같이 하늘을 가로질러 날아갔다. 엄청난 속도로 움직이는 작고 까만 점이었다. 두 번째 점이 그 뒤를 따랐다. 두 개의 점은 그가 눈치를 채는 것과 동시에 사라져버렸다. 아무런 소리도 내지 않고서.

콜은 혼란에 얼굴을 찌푸렸다. 그 점들을 보니 불안한 기분이 들었다. 계속 움직여야 했다. 먹을 것도 찾아야 했다. 배 속에서는 벌써 꾸르륵대는 신음소리가 들리기 시작했다.

일이 필요했다. 그는 꽤나 다양한 일을 할 줄 알았다. 정원 일, 날붙이 갈기, 제분 일, 기계나 시계 수리, 그리고 온갖 종류의 가정용 물품도 고칠 수 있었다. 심지어는 페인트칠도 하고, 때로는 목공 일이나 이런저런 잡일도 맡아 하곤 했다.

그는 뭐든 할 수 있는 사람이었다. 사람들이 원하는 일이면 뭐든 해치울 수 있었다. 식사와 약간의 용돈을 대가로 받고.

토머스 콜은 말을 몰아 앞으로 나아가기 시작했다. 뒤엉켜 있는 풀과 나무와 꽃들 사이로 '뭐든 고쳐요' 수레를 천천히 몰아가며, 그는 마부석에 쭈그려 앉은 채 열심히 사방을 둘러봤다.

라인하트는 크루저를 최고 속도로 몰며 서두르고 있었다. 두 번째 비행선, 군용 호위함이 그 뒤를 따랐다. 아래쪽에서는 대지가 회색과 녹색이 뒤섞인 잔상처럼 스쳐 지나갔다.

뉴욕의 폐허가 펼쳐져 있었다. 뒤틀리고 박살 난 모습에 잡초가 무성했다. 20세기의 원자력 무기 대전 당시, 바다에 인접한 지역 전체가 잿더미로 뒤덮인 끝없는 황무지가 되어버렸다.

비행선 아래로는 잡초와 잿더미만 보였다. 그러더니 갑자기 과거 센트럴 파크였던 뒤얽힌 숲이 나타났다.

역사 연구 센터 건물이 시야에 들어왔다. 라인하트는 그대로 급강하해 본관 건물들 옆의 작은 보급용 착륙장에 크루저를 세웠다.

라인하트의 비행선이 착륙하자마자 부서의 최고 관리자인 하퍼가 재빨리 그에게 다가왔다.

"솔직히 말해서, 왜 이 문제를 이토록 중요하게 생각하시는지 이해가 안 됩니다." 하퍼는 초조한 기색으로 말했다.

라인하트는 차가운 눈으로 그를 노려봤다. "무엇이 중요한 일인지는 내가 결정하네. 자네가 시간 거품을 수동 조작으로 가져오라는 명령을 내린 사람인가?"

"실제 명령을 내린 것은 프레드먼입니다. 전쟁 수행을 위해 모든 시설을 준비해놓으라는 국장님의 명령에 맞춰—"

라인하트는 연구 센터 건물의 입구로 걸음을 옮기기 시작했다. "프레드먼은 어디 있나?"

"안에 있습니다."

"그자를 보고 싶군. 어서 가지."

프레드먼은 안에서 그들을 맞이했다. 그는 아무런 감정도 보이지 않고 차분하게 라인하트를 대면했다. "폐를 끼치게 되어 죄송합니다, 국장님. 우리는 연구 설비를 전쟁 수행을 위해 준비해놓을 생각이었습니다. 최대한 빨리 시간 거품을 회수해 오고 싶었죠." 그는 호기심이 담긴 눈으로 라인하트를 곁눈질했다. "물론 그 남자와 수레는 곧 국장님의 경찰 병력에 의해 회수되겠죠."

"당시 일어난 모든 일을 알고 싶네. 정확한 세부 사항까지 전부."

프레드먼은 불편한 듯 몸을 뒤척였다. "말씀드릴 수 있는 내용이 그리 많지 않습니다. 저는 자동 조정을 취소하고 수동으로 거품을 회수하라는 명령을 내렸습니다. 신호가 도달했을 때 거품은 1913년 봄을 지나고 있었는데, 그 지역을 떠나면서 당시의 토지 일부를 뜯어냈습니다. 바로 그 위에 그 사람과 수레가 위치해 있었고요. 그렇게 해서 그 사람이 자연스레 거품 속에 든 채 현재에 도착하게 된 겁니다."

"자네들의 기기로는 거품 안에 화물이 있다는 사실을 알아채지 못한 건가?"

"수치를 확인하기에는 너무 흥분해 있었습니다. 거품은 수동 조작을 시도한 지 30분 후에 관측실 안에 나타났습니다. 에너지 제거 작업을 끝마친 다음에야 그 안에 뭔가 있다는 사실을 알게 되었죠. 우리는 그 남자를 저지하려 했지만, 그는 우리를 밀치면서 수레를 타고 복도로 달려 나갔습니다. 말들이 미쳐 날뛰고 있었어요."

"어떤 종류의 수레였나?"

"동체에 뭔가 적혀 있었습니다. 양쪽 모두에 검은 글자가 칠해져 있었는데, 내용은 아무도 확인하지 못했습니다."

"계속해보게. 그리고 무슨 일이 일어났나?"

"누군가 그에게 슬렘 광선을 쏘았지만 빗나갔습니다. 말들은 질주해서 건물을 빠져나가 바깥에 도달했습니다. 우리가 출입구에 도착했을 때쯤에는 그가 이미 절반쯤 공원으로 가버린 상태였습니다."

라인하트는 생각을 더듬었다. "만약 그자가 아직도 공원에 있다면 곧 확보할 수 있겠지. 하지만 주의를 기울일 필요가 있겠어." 그는 벌써 프레드먼을 뒤에 남긴 채 자기 비행선 쪽으로 돌아가고 있었다. 하퍼가 그의 뒤로 따라붙었다.

라인하트는 비행선 앞에서 걸음을 멈춘 뒤 정부 소속 호위병 몇 명을 가까이 불렀다.

"이 부서의 간부들을 체포하도록. 나중에 반역죄로 법정에 세우겠다." 그는 순식간에 핏기가 싹 가신 하퍼의 얼굴을 보며 비꼬듯 웃음을 지었다. "전쟁이 진행 중이지 않나. 목숨을 건지려면 운이 좋아야 하지."

라인하트는 비행선에 올라타서 착륙장을 떠나 빠른 속도로 상승하기 시작했다. 군용 호위함 한 대가 여전히 그를 따르고 있었다. 그는 잿빛 잿더미의 바다 위를, 수복되지 않은 황무지 위를 높이 날았다. 문득 잿빛 바다 위에 떠 있는 녹색 사각형이 눈에 들어왔다. 라인하트는 그 모습이 사라질 때까지 그쪽을 바라봤다.

센트럴 파크였다. 경찰 비행선이 하늘을 질주하는 모습이 보였다. 병력을 실은 전투함과 수송선들이 녹색 사각형을 향해 날아가고 있었다. 땅에서는 중화기와 지상 차량이 달려가는 모습이 보였다. 검은 선이 사방에서 공원을 향해 접근하고 있었다.

그들은 곧 그 남자를 잡을 터였다. 하지만 그동안 SRB 기계들은 아무것도 출력하지 않을 것이다. 그리고 이 전쟁은 SRB 기계의 출력 결과에 달려 있었다.

정오쯤 되어 수레는 공원 가장자리에 도착했다. 콜은 잠시 쉬면서 말들에게 무성한 풀을 뜯을 시간을 줬다. 그는 고요히 펼쳐진 잿더미 벌판에 놀라고 있었다. 무슨 일이 벌어진 것일까? 움직이는 것은 아무것도 없었다. 건물도, 생명의 흔적도 보이지 않았다. 군데군데 잿더미를 뚫고 잔디나 잡초가 고개를 내밀고 있기는 했다. 그렇기는 해도 오싹하게 만드는 광경이었다.

콜은 천천히 수레를 몰아 잿더미 속으로 나서며 머리 위 하늘을 살펴봤다. 공원을 나가면 이제 숨을 만한 곳은 어디에도 없었다. 잿더미는 마치 바다처럼 황량하고 균일해 보였다. 누군가 그를 발견하게 된다면—

작은 검은 점 무리가 하늘을 가로지르며 빠른 속도로 다가왔다. 그들은 즉시 오른쪽으로 방향을 틀더니 사라져버렸다. 더 많은 비행기들, 날개 없는 금속 비행기들이었다. 그는 점들이 사라져가는 모습을 지켜보며 천천히 수레를 몰았다.

30분쯤 후, 뭔가가 앞쪽으로 모습을 드러냈다. 콜은 수레의 속도를 줄이고 앞을 내다봤다. 잿더미가 끝나고 있었다. 마침내 가장자리에 도달한 것이다. 검은 흙에 풀이 자라는 대지가 드러나 있었다. 사방에 잡초가 자랐다. 잿더미 가장자리 너머에는 건물들과 주택으로 보이는 것들이 있었다. 아니면 움막이던가.

아마 집일 것이다. 하지만 지금까지 그가 본 적 없는 형태였다.

집들은 모두 완벽히 똑같은 형태를 하고 있었다. 작은 녹색 조가비처럼 생긴 집 수백 채가 늘어서 있었다. 작은 앞뜰, 정원과 진입로, 정문 현관, 집을 두르고 있는 빈약한 관목 덤불까지, 모든 집이 똑같은 모습이었고 매우 작았다.

완벽하게 열을 맞춰 선 작은 초록색 조가비들. 그는 조심스레 수레를 몰아서 앞으로, 집들 쪽으로 다가갔다.

주변에는 아무도 없는 것 같았다. 수레는 2열로 늘어선 주택들 사이의 거리로 들어섰다. 정적 속에서 두 마리 말의 발굽 소리만이 크게 울렸다. 일종의 도시에 들어온 듯했다. 하지만 개도 아이들도 보이지 않았다. 모든 것이 깔끔하고 고요했다. 모형이나 전시장 같았다. 불안한 느낌만 들었다.

젊은 남자 한 명이 보도를 따라 걸어가다 그를 보고는 놀라 입을 떡 벌렸다. 묘한 복장의 젊은이였다. 토가처럼 생긴, 무릎까지 늘어지는 망토는 단 한 필의 옷감으로 만들어져 있었다. 게다가 샌들도 신고 있었다.

아니면 샌들처럼 보이는 신발이던가. 망토와 샌들 모두 반쯤 발광 물질로 만든 모양인지 햇빛 속에서 희미하게 빛났다. 천이라기보다는 금속처럼 보였다.

여자 한 명이 정원 끄트머리에서 꽃에 물을 주고 있었다. 그녀는 말이 끄는 수레가 가까이 다가오자 상반신을 쭉 폈다. 그녀의 눈이 경악으로 커지더니 곧 공포의 빛을 띠었다. 입이 소리 없이 O자 모양으로 열렸고, 물뿌리개가 손에서 떨어져 정원을 굴렀다.

콜은 얼굴을 붉히며 재빨리 고개를 돌렸다. 여자가 옷을 거의 입고 있지 않았던 것이다. 그는 고삐를 가볍게 흔들며 말들의 발걸음을 재촉했다.

여자는 그의 뒤편에서 아직도 멈춰 서 있었다. 그는 아주 잠깐 뒤쪽을 곁눈질한 다음, 귀 끝까지 빨개진 채 거친 목소리로 말들에게 소리를 쳤다. 제대로 본 것이 맞았다. 그녀는 반투명한 반바지 한 벌밖에 걸치지 않았다. 다른 옷은 아무것도 없었다. 예의 반발광성 물질 한 조각이 반짝이고 있을 뿐이었다. 자그마한 몸의 나머지 부분은 완벽하게 드러나 있었다.

그는 말의 걸음을 늦췄다. 예쁜 여자였다. 갈색 머리카락과 눈동자, 진한 붉은색 입술을 지니고 있었다. 몸매도 제법 괜찮았다. 가녀린 허리, 유연하고 부드러운 맨다리, 육감적인 가슴—그는 황급히 그 생각을 머릿속에서 지우려 애썼다. 지금은 일을 해야 했다. 일이 먼저였다.

콜은 '뭐든 고쳐요' 수레를 멈추고 보도 위로 뛰어내렸다. 그는 아무 집이나 무작위로 하나를 점찍은 다음 조심스레 다가갔다. 매력적인 집이었다. 일종의 단순미가 숨어 있었다. 하지만 연약해 보였다. 다른 집들과 똑같이 생긴 것은 물론이고.

콜은 현관 계단에 발을 올려놓았다. 초인종은 보이지 않았다. 그는 한동안 손으로 문 표면을 더듬으며 초조하게 초인종을 찾았다. 갑자기 그의 눈높이에서 날카롭게 철컥 하는 소리가 들렸다. 콜은 깜짝 놀라 고개를 들었다. 렌즈 위로 문의 일부가 덮이는 모습이 보였다. 누군가 그의 사진을 찍은 것이다.

이게 대체 무슨 뜻인지 고민하고 있을 때 갑자기 문이 활짝 열렸다. 남자 한 명이 입구를 가득 메우고 서 있었다. 황갈색 제복을 입은 덩치 큰 남자가 험악한 기색으로 눈앞을 가로막았다.

"원하는 게 뭐요?" 남자가 물었다.

"저는 일감을 찾고 있습니다." 콜이 중얼거렸다. "아무 일이나 상관없어요. 저는 뭐든 할 줄 알고, 뭐든 수리할 수 있습니다. 부서진 물건을 고치는 일을 하죠. 땜질할 필요가 있는 물건 말입니다." 그의 목소리가 불안하게 기어들어 갔다. "아무거나 상관없습니다."

"연방 직업 제어국의 배치 부서에 가서 말하시오." 남자는 또렷한 말투로 말했다. "모든 직업 관계 문제는 그쪽을 통해서 이뤄지니 말이오." 그는 호기심 어린 눈초리로 콜을 바라보며 덧붙였다. "그런데 왜 고대의 복장을 하고 있는 거요?"

"고대라고요? 아니, 저는—"

남자의 눈이 그의 뒤편에 서 있는 '뭐든 고쳐요' 수레와 졸고 있는 두 마리 말에 가서 멎었다. "저건 또 뭐지? 저 두 마리 짐승은 뭐요? 설마 말인가?" 남자는 턱을 문지르며 날카로운 눈으로 콜을 관찰했다. "이거 묘하군." 그가 말했다.

"묘하다고요? 뭐가요?" 콜이 불안하게 중얼거렸다.

"말이 사라진 지 100년은 지났으니까. 제5차 원자력 전쟁 때 말은 전부 죽어버렸을 텐데. 바로 그래서 이상하다는 거요."

콜은 갑자기 뭔가를 눈치채고 긴장했다. 남자의 눈 속에 묘한 기색이 서려 있었다. 꿰뚫어 보는 단호한 눈길이었다. 콜은 현관에서 진입로로 천천히 물러섰다. 조심해야 했다. 뭔가 잘못되었다.

"이만 가보겠습니다." 그가 중얼거렸다.

"200년이 넘도록 말은 한 마리도 보이지 않았는데." 남자는 콜에게 다가왔다. "당신은 누구지? 왜 그렇게 차려입고 있나? 어디서 저 탈것과 말 두 마리를 얻은 거지?"

"이만 가보겠습니다." 콜은 같은 말을 되풀이하며 그에게서 물러났다.

남자는 허리춤에서 뭔가를 꺼냈다. 가느다란 금속 튜브였다. 그는 그것을 콜에게 내밀었다.

둘둘 말린 종이, 아니, 튜브 형태로 말린 얇은 금속판이었다. 글자같이 보이는 것들이 새겨져 있었다. 그는 단 한 글자도 알아볼 수 없었다. 눈앞의 남자의 사진, 줄지어 적힌 숫자, 글자들—

"나는 윈슬로 지국장이다." 남자가 말했다. "연방 군수품 위원회 소속이지. 빨리 소속을 밝히지 않으면, 5분도 지나지 않아 보안국 차량이 여기 도착할 거다."

콜은 빠르게 움직였다. 그는 고개를 숙인 채 그대로 진입로를 따라 수레가 서 있는 거리를 향해 달려 나갔다.

그리고 뭔가에 충돌했다. 보이지 않는 벽이 그의 얼굴에 정면으로 부딪쳐 왔다. 그는 어안이 벙벙해선 땅바닥을 굴렀다. 온몸이 쑤셨고, 걷잡을 수 없이 몸이 흔들려 제대로 가누기가 힘들었다. 충격이 그의 몸을 휩쓸고 천천히 사라져갔다.

콜은 비틀거리며 몸을 일으켰다. 머리가 빙빙 돌았다. 약해지고 다친 몸이 격렬하게 떨려왔다. 남자는 진입로를 따라 그에게 다가오고 있었다. 콜은 숨을 헐떡이고 몸을 비틀며 간신히 수레에 올랐다. 말들이 즉시 활기차게 움직이기 시작했다. 흔들리는 수레의 움직임에 속이 메스꺼워졌다. 그는 자리에 몸을 누인 채 헐떡였다.

콜은 고삐를 붙들고 간신히 자리에 일어나 앉았다. 수레는 속도를 올려 모퉁이를 돌았다. 집들이 나는 것처럼 스쳐 지나갔다. 그는 힘없이 고삐를 움직이며 힘겹게 심호흡을 했다. 수레가 점차 속도를 올리자 주택과 거리가 잔상을 일으키며 지나갔다.

작고 깔끔한 집들을 뒤로 한 채, 콜은 도시를 떠났다. 그는 곧 큰 공공 도로로 보이는 곳에 도착했다. 도로 옆으로 커다란 건물과 공장이 잔뜩 늘어서 있었다. 사람들이 놀라서 그를 바라봤다.

잠시 후 공장들도 사라졌다. 콜은 수레의 속도를 늦췄다. 그 남자가 무슨 말을 한 걸까? 제5차 원자력 전쟁이라니. 말이 사라졌다니. 이해할 수 없는 소리였다. 그리고 이곳 사람들은 그가 전혀 모르는 것들을 가지고 있었다. 투명한 벽. 소리도 날개도 없는 비행기.

콜은 문득 주머니 속을 뒤적거렸다. 남자가 건네준 신분증 튜브가 있었다. 그는 흥분해서 그것을 꺼내들어, 튜브를 펴고 내용을 살펴보기 시작했다. 그가 알아볼 수 없는 글자였다.

그는 오랫동안 튜브를 살펴봤다. 문득 뭔가 그의 눈에 띄었다. 맨 위 오른쪽 구석에 알아볼 수 있는 내용이 있었다.

날짜였다. 2128년 10월 6일.

콜의 시야가 흐려졌다. 주변의 모든 것이 빙빙 돌기 시작했다. 2128년 6월. 이게 말이 되는 소린가?

하지만 금속 종이는 실제로 그의 손에 들려 있었다. 매우 얇은 금속판은 마치 은박지처럼 보였다. 그러니 사실일 것이다. 날짜는 금속판 구석에, 표면에 직접 새겨져 있었다.

콜은 충격에 어안이 벙벙한 채 천천히 금속판을 말았다. 200년이라니. 가능할 리가 없었다. 하지만 이제 모든 것이 이해가 되기 시작했다. 그는 미래에, 200년 후의 미래에 도착한 것이다!

이런 사실을 곱씹어보는 동안, 검은색의 날쌘 보안국 비행선이 그의 머리 위에 나타나 천천히 길을 따라 움직이는 수레 위로 급강하하기 시작했다.

라인하트의 영상 화면이 지직거렸다. 그는 재빨리 전원을 넣었다. "뭐지?"

"보안국의 보고입니다."

"연결해." 라인하트는 회선이 연결되는 동안 긴장을 풀지 않고 기다렸다. 화면이 다시 밝아졌다.

"서부 지역 지휘국의 딕슨입니다." 화면의 장교는 목청을 가다듬은 다음 자신의 메시지 판을 뒤적였다. "과거에서 온 남자가 뉴욕 지역을 벗어나는 모습이 확인되었습니다."

"자네는 포위망의 어느 쪽인가?"

"외부입니다. 목표는 잿더미 지역의 가장자리에 있는 소도시로 진입해서 센트럴 파크 포위망을 회피했습니다."

"회피했다고?"

"우리는 목표가 도시를 피할 것이라 가정하고 있었습니다. 따라서 포위망에 도시 지역은 포함되어 있지 않았습니다."

라인하트의 턱이 뻣뻣하게 경직되었다. "계속하게."

"목표는 포위망이 공원을 완전히 둘러싸기 몇 분 전에 소도시인 피터스빌에 진입했습니다. 우리는 공원을 말끔히 소각했지만, 당연히 아무것도 발견하지 못했습니다. 그는 이미 그곳을 떠난 상태였으니까요. 1시간 후, 피터스빌의 거주자에게서 보고가 들어왔습니다. 연방 군수품 위원회 소속의 공무원이었습니다. 과거에서 온 남자가 자기 집 문간으로 찾아와 일거리를 요구했다고 합니다. 그 공무원, 윈슬로는 대화를 나누며 그를 붙들어두려 했지만 그는 수레를 몰아 도망쳤습니다. 윈슬로는 즉시 보안국에 연락을 취했지만, 이미 늦은 후였습니다."

"추가 정보가 들어오면 즉시 보고하도록. 우리는 놈을 잡아야 한다. 최대한 빨리." 라인하트는 그대로 화면을 꺼버렸다. 화면은 순식간에 잦아들었다.

그는 의자에 몸을 기댄 채 다시 기다리기 시작했다.

콜은 보안국 비행선의 그림자를 눈치채고 즉시 반응했다. 그는 그림자가 스쳐 지나가자마자 수레에서 뛰어내려 땅바닥으로 몸을 굴렸다. 그대로 몸을 뒤틀고 튕기면서, 가능한 한 수레에서 멀리 떨어지려 했다.

엄청난 굉음이 울리며 눈부신 흰 섬광이 번쩍였다. 뜨거운 바람이 콜을 휩쓸고 지나가면서 그를 땅에서 들어 올려 마치 나뭇잎처럼 던져버렸다. 그는 눈을 감고 몸의 긴장을 풀었다. 그의 몸은 그대로 튕기며 떨어져 땅바닥에 메다꽂혔다. 자갈과 돌멩이가 얼굴과 무릎과 손바닥에 박혀 들었다.

콜은 고통을 참지 못하고 비명을 질렀다. 몸이 불타고 있었다. 눈이 멀 듯 밝은 흰색 불 구슬이 그를 집어삼키고 있었다. 구슬은 점점 커지며 거대한 태양처럼 꿈틀대더니 뒤틀리며 부풀었다. 마지막이 다가온 것이다. 이제 아무런 희망도 없었다. 그는 이를 악물고는ㅡ

탐욕스러운 구체가 서서히 희미해지며 잦아들었다. 구체는 단말마처럼 몇 번 껌뻑이더니 곧 꺼져 검은 재만을 남겼다. 공기에서는 기분 나쁜 톡 쏘는 냄새가 났다. 옷이 타들어가 연기를 내고 있었다. 그의 몸 아래 대지는 폭발 때문에 뜨겁게 달궈졌고 메말랐다. 하지만 그는 살아 있었다. 적어도 잠시 동안은.

콜은 천천히 눈을 떴다. 수레는 사라져버렸다. 수레가 있던 자리에 커다란 구덩이가 입을 벌렸고, 대로 한가운데에는 흉측한 흉터가 생겨났다. 검고 끔찍한 구름이 그 위를 뒤덮었다. 하늘 높은 곳에서는 날개 없는 비행기가 공중을 선회하며 생명의 흔적이 남아 있는지를 확인하고 있었다.

콜은 천천히 가쁜 호흡을 내뱉으며 자리에 누워 있었다. 시간이 흘러갔다. 태양은 고통스러울 정도로 느리게 하늘 위를 움직여갔다. 아마 오후 4시쯤 되었을 것이다. 콜은 마음속으로 계산을 해봤다. 3시간만 지나면 어둠이 찾아올 것이다. 만약 그때까지 살아 있을 수만 있다면ㅡ

그가 수레에서 뛰어내리는 모습을 비행기에서 봤을까?

그는 꼼짝도 않고 누워 있었다. 늦은 오후의 태양이 사정없이 내리쬐었다. 구역질이 나고 오한이 들었다. 입이 바싹 말라왔다.

개미들이 그의 펼친 손 위를 지나갔다. 거대한 검은 구름이 천천히 밀려가더니 이윽고 형체 없는 흐릿한 덩어리로 흩어져버렸다.

수레가 없어졌다. 그 생각이 머릿속으로 밀려들면서 힘겨운 맥박 뛰는 소리와 뒤섞였다. 사라졌다. 부서져 재와 잔해만이 남았다. 그 사실을 생각하니 머리가 어질해졌다.

마침내 비행기가 선회를 멈추고 지평선을 향해 날아가 곧 사라져버렸다. 하늘에는 아무것도 남지 않았다.

콜은 비틀거리며 자리에서 일어나 떨리는 손으로 얼굴을 훔쳤다. 몸 여기저기가 쑤시고 떨렸다. 그는 침을 몇 번 뱉으면서 입 안의 이물질을 뱉어내려 했다. 아마 그 비행기가 보고서를 보낼 것이다. 사람들이 그를 찾으러 올 텐데, 이제 어디로 가야 할까?

오른쪽 멀리, 녹색으로 보이는 낮은 구릉지가 늘어서 있었다. 어쩌면 저곳까지 갈 수 있을지도 모른다. 그는 천천히 걷기 시작했다. 아주 조심해야 했다. 사람들이 그를 찾고 있었다. 무기를, 무시무시한 무기를 가진 사람들이.

해가 질 때까지 살아남을 수 있다면 운이 좋은 거겠지. 그의 말들과 '뭐든 고쳐요' 수레는 사라져버렸다. 도구도 전부. 콜은 혹시나 하는 생각에 도구를 찾아 주머니 속을 더듬었다. 작은 스크루드라이버 몇 개, 소형 절단용 펜치 두어 개, 전선 약간, 땜납 약간, 숫돌, 마지막으로 노부인의 나이프가 나왔다.

작은 연장 몇 개만 남은 셈이었다. 다른 것들은 모두 잃어버렸다. 하지만 수레가 없으면 보다 눈에 덜 뜨여 더 안전할 수도 있었다. 걸어 다니면 그를 찾는 일은 더욱 힘들어질 터였다.

콜은 서둘러 멀리 보이는 구릉지를 향해 평야를 가로지르기 시작했다.

거의 즉시 라인하트에게 보고 내용이 전달되었다. 딕슨의 얼굴이 화면 위에 떠올랐다. "추가 보고가 있습니다, 국장님." 딕슨이 금속판의 내용을 훑어봤다. "좋은 소식입니다. 과거에서 온 남자가 피터스빌에서 벗어나 33번 고속국도를 따라 약 시속 2킬로미터의 속도로 이동하는 모습을 발견했습니다. 우리 쪽의 비행선이 즉각 폭격을 가했습니다."

"그래서— 그자를 잡았나?"

"조종사의 보고에 따르면, 폭발 후에는 아무런 생명의 흔적도 남지 않았다고 합니다."

라인하트는 순간 심장이 멎는 것만 같았다. 그는 의자로 몸을 던지며 말했다. "그러면 그자는 죽은 게로군!"

"사실 잔해를 검사해보기 전까지는 확신할 수 없습니다. 지금 지표면용 차량이 현장으로 향하고 있습니다. 곧 자세한 보고서가 도착할 테니, 정보가 들어오는 대로 즉시 국장님께 알려드리도록 하겠습니다."

라인하트는 손을 뻗어 화면을 껐다. 영상이 어둠 속으로 잦아들었다. 그들이 과거에서 온 남자를 제거한 것일까? 아니면 다시 도망간 것일까? 애초에 죽일 수는 있는 걸까? 사로잡을 수는 없었나? 그러는 동안 SRB 기계는 아무런 결과물도 출력하지 않고 침묵했다.

라인하트는 생각을 곱씹으며 자리에 앉아, 초조하게 지상 차량의 보고가 도착하기만을 기다리고 있었다.

저녁이었다.

"얼른!" 스티븐이 다급하게 형을 따라가며 소리쳤다. "당장 이리 돌아와!"

"잡아보라고." 얼은 계속해서 달음박질하며 언덕 사면을 따라 내려갔다. 군수품 저장고를 지나 네오텍스제 철조망을 따라, 마침내 노리스 부인의 뒤뜰에 이를 때까지.

　스티븐은 거의 울다시피 숨을 헐떡이면서, 형을 따라 소리치며 달려갔다. "이리 와! 그거 돌려달라고!"

　"형이 뭘 가져간 건데?" 샐리 테이트가 갑자기 앞으로 나와 스티븐의 길을 막으면서 물었다.

　스티븐이 걸음을 멈췄다. 가슴이 힘겹게 오르내렸다. "형이 내 항성 간 영상 전송기를 가져갔어." 아이의 얼굴은 분노와 고통으로 일그러져 있었다. "돌려주는 게 좋을걸!"

　얼은 빙 돌아 오른쪽에서 나타났다. 저녁 어스름 속에서 아이의 모습은 거의 눈에 띄지도 않았다. "나 여기 있지롱." 그가 소리쳤다. "이제 어떻게 할 건데?"

　스티븐은 성난 눈초리로 그를 노려봤다. 그의 눈이 얼의 손에 들린 네모난 상자에 가서 멎었다. "당장 돌려줘! 안 그러면―아빠한테 이를 거야."

　얼이 큰 소리로 웃었다. "뺏어보시지."

　"아빠가 뺏어줄 거야."

　"그거 돌려줘." 샐리가 말했다.

　"잡아보던가." 얼이 다시 달리기 시작했다. 스티븐은 난폭하게 샐리를 밀치고 형에게 달려들었다. 아이는 그대로 형에게 부딪쳐 형이 땅바닥에 나뒹굴게 만들었다. 상자가 얼의 손에서 떨어졌다. 상자는 그대로 보도 위를 미끄러지다가 한쪽의 유도등 기둥에 부딪쳤다.

　얼과 스티븐은 천천히 자리에서 일어났다. 둘은 함께 망가진 상자를 내려다봤다.

　"알아?" 스티븐이 눈물이 그렁그렁해서 빽 소리쳤다. "형이 뭘 한 건지 알아?"

　"네가 그랬잖아. 네가 부딪친 거라고."

"형이 그랬어!" 스티븐은 허리를 굽혀 상자를 주워들었다. 그는 유도등 불빛 아래로 상자를 가져가, 보도 가장자리에 걸터앉아 살펴보기 시작했다.

얼이 천천히 다가왔다. "날 밀치지 않았으면 이것도 부서지지 않았을 거야."

밤의 어둠이 빠르게 내려앉고 있었다. 마을 뒤로 솟아 있는 언덕 능선은 이미 어둠에 잠겼다. 여기저기서 불빛이 한두 개씩 모습을 보였다. 따뜻한 저녁 무렵이었다. 멀리 어디선가 지상 차량의 문을 쾅 닫는 소리가 들렸다. 하늘에는 비행선이 이리저리 떠다니며 지친 통근자들을 거대한 지하 공장 시설에서 집으로 실어 나르고 있었다.

토머스 콜은 유도등 아래에 모여 있는 세 명의 아이들 쪽으로 천천히 다가갔다. 움직이는 일이 쉽지 않았다. 온몸이 쑤시고 지쳐서 허리를 펴지도 못할 지경이었다. 밤이 찾아왔지만 그는 아직 안전하지 않았다.

그는 지치고 탈진하고 배가 고팠다. 먼 길을 걸어왔기 때문에 어서 뭔가를 먹지 않으면 안 될 것 같았다.

콜은 아이들에게서 1미터쯤 떨어진 곳에서 걸음을 멈췄다. 그들은 모두 스티븐의 무릎 위에 놓인 상자를 뚫어져라 쳐다보고 있었다. 갑자기 아이들이 대화를 멈췄다. 얼이 천천히 고개를 들었다.

어스름 속에서 구부정하게 선 덩치 큰 토머스 콜은 평소보다 몇 배는 더 무서워 보였다. 긴 팔을 힘없이 몸 양쪽으로 늘어뜨린 채였다. 얼굴은 그림자에 가려 보이지 않았다. 어둠 속의 몸은 형체를 제대로 알아보기도 힘들었다. 정체를 알 수 없는 거대한 형체가 1미터도 안 되는 어스름 속에서 꿈쩍도 하지 않고 조용히 서 있었던 것이다.

"거기 누구예요?" 얼이 낮은 소리로 물었다.

"뭘 원하는 거죠?" 샐리가 말했다. 아이들은 겁에 질려 조금씩 물러났다. "저리 가요."

콜은 아이들에게 다가가 몸을 조금 수그렸다. 유도등 불빛이 그의 얼굴을 비췄다. 길쭉하고 툭 튀어나온 매부리코, 흐릿한 푸른 눈—

스티븐은 영상 전송기 상자를 손에 쥔 채 자리에서 일어섰다. "당장 저리 꺼져요!"

"잠깐만." 콜은 아이들을 향해 기분 나쁜 웃음을 지어 보였다. 메마르고 귀에 거슬리는 소리가 났다. "거기 뭘 가지고 있는 거니?" 그는 길고 가는 손가락으로 상자를 가리켰다. "네가 들고 있는 상자 말이다."

아이들은 아무 말도 하지 않았다. 마침내 스티븐이 입을 열었다. "이건 내 항성 간 영상 송신기예요."

"제대로 작동하지 않기는 하지만요." 샐리가 말했다.

"얼이 망가뜨렸어요." 스티븐은 자기 형을 노려봤다. "내던지는 바람에 망가졌어요."

콜은 슬쩍 웃음 지었다. 그는 안도의 한숨을 내쉬며 보도 한쪽 모서리에 힘겹게 걸터앉았다. 너무 오래 걸은 모양이었다. 피로 때문에 온몸이 쑤셔왔다. 배도 고프고 지쳐 있었다. 그는 오랫동안 자리에 앉아 목과 얼굴에서 땀을 훔쳐냈다. 너무 지쳐 입을 열기도 힘들었다.

"아저씨는 누구예요?" 마침내 샐리가 물었다. "왜 그런 이상한 옷을 입고 있는 거예요? 어디서 왔어요?"

"어디서?" 콜은 아이들을 둘러봤다. "아주 멀리서 왔단다. 아주 먼 곳에서." 그는 천천히 고개를 저으며 정신을 차리려 했다.

"아저씨는 무슨 요법을 하는 사람이에요?"

"요법?"

"뭘 하는데요? 어디서 일해요?"

콜은 숨을 크게 들이쉬었다 천천히 내뱉었다. "나는 물건을 고친단다. 모든 종류의 물건을. 뭐든 고칠 줄 알지."

얼이 코웃음을 쳤다. "물건 고치는 사람이 어디 있어요. 망가지면 그냥 버리는 거지."

콜은 아이의 말을 듣지 못했다. 그는 다시 생리적 욕구가 엄습해와 갑자기 자리에서 일어섰다. "이 근처에 일자리가 있을까?" 그가 물었다. "내가 할 수 있는 일이 있을까? 나는 물건을 고칠 줄 안단다. 시계, 타자기, 냉장고, 냄비나 프라이팬도. 지붕 새는 것도 고칠 수 있어. 어떤 물건이든 바로 수리할 수 있단다."

스티븐은 자신의 항성 간 영상 전송기를 내밀었다. "그럼 이걸 고쳐보세요."

침묵이 흘렀다. 콜의 눈에 천천히 상자의 모습이 들어왔다. "그거 말이냐?"

"내 전송기요. 얼이 망가뜨렸어요."

콜은 천천히 상자를 받아들었다. 그는 상자를 뒤집어서 불빛 아래에서 들여다보고, 얼굴을 찌푸린 채 상자에 집중했다. 길고 호리호리한 손가락이 탐색하듯 세심하게 상자 표면을 더듬었다.

"저거 훔쳐갈 거야!" 얼이 갑자기 소리쳤다.

"아니야." 콜은 멍하니 고개를 저었다. "나는 믿어도 된단다." 그의 섬세한 손가락이 상자 겉면을 고정시키는 고정쇠를 찾아냈다. 그는 고정쇠를 누른 후 숙련된 솜씨로 밀어냈다. 상자가 열리면서 복잡하게 구성된 내부 모습이 드러났다.

"저걸 열었어." 샐리가 속삭였다.

"이리 돌려줘요!" 약간 겁을 먹은 스티븐이 소리쳤다. 아이는 손을 내밀었다. "돌려받을래요."

세 명의 아이는 콜의 모습을 바라보고만 있었다. 콜은 주머니를 뒤졌다. 그는 천천히 작은 스크루드라이버와 펜치들을 꺼내 자기 옆에 일렬로 늘어놓았다. 상자를 돌려줄 낌새는 전혀 보이지 않았다.

"그거 돌려줘요." 스티븐이 가는 목소리로 중얼거렸다.

콜은 고개를 들었다. 그의 흐릿한 푸른 눈에 세 명의 아이들이 어스름 속에 나란히 서 있는 모습이 들어왔다. "내가 이걸 고쳐주마. 이걸 고치고 싶다고 하지 않았니."

"돌려줘요." 스티븐은 의심에 어쩔 줄 몰라 하며 양쪽 발을 번갈아 굴렀다. "아저씨 정말로 고칠 수 있어요? 다시 작동하게 만들 수 있어요?"

"그럼."

"알았어요. 그럼 그거 고쳐봐요."

콜의 지친 얼굴에 슬쩍 미소가 스쳐 지나갔다. "음, 잠깐 기다려보자꾸나. 만약 내가 이걸 수리하면 뭔가 먹을 걸 가져다줄 수 있겠니? 대가도 없이 수리를 할 생각은 없단다."

"먹을 거요?"

"음식 말이야. 뜨뜻한 음식이 필요하구나. 커피도 좀 있으면 좋을 테고."

스티븐이 고개를 끄덕였다. "알았어요. 가져다줄게요."

콜은 안도했다. "좋아. 그거면 됐다." 그는 다시 무릎 위에 놓인 상자로 주의를 돌렸다. "그럼 이걸 고쳐주마. 아주 깔끔하게 고쳐주지."

그의 손가락이 빠르게 움직였다. 여기저기를 만지고 비틀며 배선과 단자를 더듬어보고 확인하고 검사하기 시작했다. 항성 간 영상 전송기가 어떤 물건인지를, 어떻게 작동하는 기계인지를 알아내는 중이었다.

스티븐은 비상구를 통해 집 안으로 들어갔다. 아이는 조심스레 발끝으로 걸어 부엌으로 숨어들어 간 다음, 심장이 쿵쾅거리는 것을 참으며 부엌 제어 버튼을 마구잡이로 눌러댔다. 스토브가 윙윙 소리를 내며 작동하기 시작했다. 계기판에 눈금이 나타나더니 완성 쪽을 향해 움직였다.

얼마 지나지 않아 스토브가 열리며 김이 솟아오르는 음식 접시가 나왔다. 기계 장치는 달각거리며 꺼지더니 곧 잠잠해졌다. 스티븐은 쟁반

위의 내용물을 양팔 가득 주워들었다. 그는 나온 음식 전부를 들고 복도를 가로질러 비상구를 통해 뒤뜰로 나왔다. 정원은 어두웠다. 스티븐은 조심스레 길을 더듬으며 전진했고, 아무것도 떨어뜨리지 않고 무사히 유도등 불빛 아래에 도착했다.

스티븐이 시야에 들어오자 토머스 콜은 천천히 자리에서 일어섰다. "여기 있어요." 스티븐이 말했다. 아이는 숨을 헐떡이며 포석 위에 음식을 내려놓았다. "음식 가져왔어요. 수리는 다 됐어요?"

콜은 항성 간 영상 전송기를 아이에게 내밀었다. "다 끝났지. 꽤 심하게 부서졌더구나."

얼과 샐리는 눈을 동그랗게 뜨고 그를 올려다봤다. "제대로 작동해요?" 샐리가 물었다.

"당연히 안 하지." 얼이 말했다. "어떻게 저게 작동하겠어? 저 사람이 무슨 수로—"

"어서 틀어봐!" 샐리가 신이 나서 스티븐을 찔러댔다. "작동하는지 보자."

스티븐은 불빛 아래 상자를 들고 서서 스위치를 확인했다. 아이는 전원 스위치를 올렸다. 신호 불빛이 깜빡였다. "불이 들어오네." 스티븐이 말했다.

"뭐라도 말해봐."

스티븐이 상자에 대고 말했다. "여보세요! 여보세요! 여기는 6-Z75 통신소입니다. 내 말 들려요? 여기는 6-Z75 통신소입니다. 내 말 들려요?"

토머스 콜은 어둠 속에서 유도등의 불빛에 몸을 돌린 채 음식 위로 몸을 숙였다. 그는 아무 말 없이 즐겁게 음식을 먹었다. 괜찮은 솜씨로 조리하고 양념을 뿌린 훌륭한 음식이었다. 오렌지 주스와 이름을 알 수 없는 달콤한 음료도 마셨다. 대부분의 음식은 이상하게 보이는 것들이었지만 그는 조금도 개의치 않았다. 먼 길을 걸어온 후였고, 아침이 찾아오기 전까지 또 먼 길을 걸어야 하기 때문이었다. 해가 뜨기 전까지 구릉지 깊숙한 곳에 몸을 숨겨야 했다. 본능이 그에게 울창한 숲속 깊숙이 숨으면 안전할 것이라고 일러주고 있었다. 적어도 지금 상황에서 가능한 한도 내에서는.

콜은 서둘러 음식을 마구 섭취했다. 다 먹을 때까지 고개도 들지 않았다. 그는 손등으로 입가를 닦으며 천천히 자리에서 일어났다.

세 명의 아이들은 둥글게 모여 서서 항성 간 영상 전송기를 조작하고 있었다. 그는 잠시 동안 아이들을 바라봤다. 어느 누구도 그 작은 상자에서 고개를 들지 못했다. 상자를 가지고 노는 일에 깊이 빠져 있는 모양이었다.

"그래, 어떠냐?" 마침내 콜이 말했다. "제대로 작동하는 거지?"

잠시 후 스티븐이 고개를 들어 그를 바라봤다. 아이의 얼굴에는 묘한 표정이 떠올라 있었다. 그는 천천히 고개를 끄덕였다. "네, 그래요. 잘 작동해요. 아주 훌륭하게 작동해요."

콜은 끙 하는 신음 소리를 냈다. "그럼 됐다." 그는 몸을 돌려 불빛 속에서 걸어 나갔다. "잘됐구나."

아이들은 토머스 콜의 형체가 완전히 사라질 때까지 아무 말 없이 그를 바라보고 있었다. 그들은 천천히 고개를 돌려 서로를 쳐다본 후 다시 스티븐의 손에 들린 상자를 내려다봤다. 상자를 보면 볼수록 놀라움이 커져가는 것만 같았다. 그 놀라움 속으로 조금씩 공포가 섞여 들어왔다.

스티븐은 몸을 돌려 집을 향해 걸음을 옮기기 시작했다. "아빠한테 보여드려야겠어." 아이는 멍한 표정으로 중얼거렸다. "아빠도 알아야 해. 누군가에게 이걸 보여줘야 해!"

III

에릭 라인하트는 영상 전송기 상자를 이리저리 돌리면서 세심하게 살펴봤다.

"그렇다면 폭발에서 도망친 게 맞네요." 딕슨은 마지못해 인정했다. "폭탄이 충돌하기 직전에 수레에서 뛰어내린 모양입니다."

라인하트는 고개를 끄덕였다. "도망친 거지. 자네들에게서 도망친 거야. 두 번이나." 그는 영상 전송기 상자를 밀어놓고는 자기 책상 앞에 안절부절못하고 서 있는 남자를 향해 갑자기 상체를 기울였다. "자네 이름이 뭐라고 했지?"

"엘리엇. 리처드 엘리엇입니다."

"자네 아들 이름은?"

"스티븐입니다."

"어젯밤에 이 일이 벌어졌다고 했지?"

"8시경이었습니다."

"계속해보게."

"스티븐이 집으로 돌아왔습니다. 뭔가 묘하게 행동하더군요. 자기 항성 간 영상 전송기를 들고 있었습니다." 엘리엇은 라인하트의 책상 위에 있는 상자를 가리켜 보였다. "저거 말입니다. 겁을 먹고 흥분한 듯 보이더군요. 저는 아들에게 뭐가 잘못되었는지 물었습니다. 한동안은 말해주지 않더군요. 꽤나 당황한 모양이었습니다. 그러더니 저에게 그 영상 전송기를 보여주더군요." 엘리엇은 몸을 떨며 심호흡을 했다. "보기만 해도 달라졌다는 걸 알 수 있었습니다. 제가 전기 기술자라는 사실은 알고 계시겠죠. 예전에 건전지를 갈아 끼우기 위해 저걸 열어본 적이 있었습니다. 저 물건이 어떤 모습이어야 하는지 제법 잘 알고 있었죠." 엘리엇은 여기서 머뭇거렸다. "국장님, 저 물건은 변해버렸습니다.

상당수의 배선이 바뀌었어요. 이리저리 옮겨놨더군요. 단자도 다른 방식으로 연결되어 있었습니다. 부품 일부를 빼낸 다음 그 옛 부품을 이용해 임시변통으로 새 부품을 만들어놓았습니다. 저는 곧 보안국을 호출할 수밖에 없는 이유를 발견했습니다. 저 영상 전송기가—실제로 작동했던 겁니다."

"작동했다고?"

"국장님도 아시겠지만, 저 물건은 애초에 장난감이었을 뿐입니다. 송신 거리가 도시의 몇 개 구역 정도밖에 되지 않아서, 아이들이 자기 방에서 다른 아이들과 통화할 때나 쓰죠. 그저 휴대용 영상통화 정도에나 쓰는 겁니다. 국장님, 저는 저 영상 전송기의 통화 버튼을 누른 뒤 마이크에 대고 말을 해봤습니다. 그랬더니 전선에 있는 우주선이 잡히더군요. 프록시마 켄타우리 너머에서 작전을 수행중인 군함, 8광년 떨어진 곳의 우주선이 말입니다. 실제 영상 전송기가 작동하는 범위까지 신호가 도달한 겁니다. 그래서 저는 보안국을 호출했습니다. 그 즉시 말입니다."

한동안 라인하트는 아무 말도 하지 않았다. 마침내 그는 책상 위에 놓인 상자를 두드리며 입을 열었다. "전선의 우주선과 통화를 했단 말이지…… 이 물건으로?"

"그렇습니다."

"일반적인 영상 전송기는 어느 정도 크기지?"

딕슨이 정보를 제공했다. "20톤짜리 금고 정도의 크기죠."

"나도 그렇게 생각했네." 라인하트는 초조하게 손을 저었다. "잘 알았네, 엘리엇. 이 정보를 우리에게 알려줘서 정말 고맙네. 이제 가 보게."

보안경찰이 엘리엇을 집무실 밖으로 데리고 나갔다.

라인하트와 딕슨은 서로를 마주봤다. "일이 안 좋게 됐군." 라인하트가 거친 목소리로 중얼거렸다. "이자에게는 모종의 재능이 있어. 기계를 다루는 재능이겠지. 아마 이런 종류의 일을 할 수 있는 천재인 모양이야. 그가 살던 시대가 언제인지 생각해보게, 딕슨. 20세기 초반이란 말이야. 전쟁이 일어나기 전이지. 아주 독특한 시대였네. 일종의 활력이랄까, 능력 같은 것이 넘치던 시대였네. 놀라운 발전과 발견의 시대였어. 에디슨. 파스퇴르. 버뱅크. 라이트 형제. 발명과 기계. 당시 사람들은 기계를 다루는 비범한 능력이 있었다네. 지금의 우리에게는 없는…… 기계에 대한 직관을 말이지."

"국장님 말씀은―"

"그런 자가 우리의 시대로 들어오는 일 자체가 해롭다는 말이네. 전쟁이 있든 없든 말이야. 그자는 너무도 다른 존재일세. 우리와는 다른 목적을 위해 구성된 존재. 우리에게는 없는 재능을 가진 사람일세. 그 수리 능력을 보게. 우리로서는 이해할 수 없는 일을 가볍게 해치우는 자일세. 그런데 전쟁까지 벌어지고 있으니……

이제 SRB 기계가 그의 존재를 계산에 넣지 못한 이유를 알 것도 같군. 우리로서는 이런 부류의 인간을 이해할 수가 없는 걸세. 윈슬로의 말에 따르면 이자는 일감을 요구했다고 하더군. 어떤 일이든 말이야. 자신이 뭐든 할 수 있다고, 뭐든 고칠 수 있다고 했다더군. 그게 무슨 뜻인지 이해가 되나?"

"아뇨." 딕슨이 말했다. "그게 무슨 뜻입니까?"

"우리 중에 물건을 고칠 줄 아는 사람이 있던가? 아니. 물건을 고칠 수 있는 사람은 아무도 없어. 우리는 특화되어 있으니까. 각자가 자신만의 업무를 가지고 있으니까. 나는 내 업무를 이해하고, 자네는 자네의 업무를 이해하지. 진화의 과정은 갈수록 더욱 분화되는 경향성을 보인다네. 인간 사회는 적응을 요구하는 하나의 생태계라고 할 수 있지. 복잡성이 계속해서 증가하기 때문에, 우리들은 자기 전문 분야 바깥의 일은 전혀 이해하지 못한다네. 나는 바로 옆 책상에 앉아 있는 사람의 업무조차 따라갈 수 없어. 각각의 분야에 너무 많은 지식이 쌓여 있기 때문이지. 분야의 수도 너무 많고.

하지만 이 작자는 그렇지 않은 거야. 이자는 뭐든 고치고, 뭐든 할 줄 안다네. 지식을, 과학을, 분류되어 축적된 사실을 이용해 작업하는 게 아니야. 이자는 아무것도 몰라. 학습을 통해 머릿속에 넣은 지식이 아니라는 걸세. 만물박사인 셈이지, 그자의 손은! 화가의 손, 예술가의 손인 거야. 그의 손으로…… 그자는 칼날처럼 우리 삶을 베어낼 수 있는 걸세."

"그럼 다른 문제는 뭡니까?"

"다른 문제는 바로 이자가, 이 변수 인간이 앨버틴 산맥 속으로 숨어들었다는 걸세. 이제 그자를 찾는 데만도 시간이 한참 걸릴 거야. 영리한 놈이지. 자신만의 묘한 방식으로 말이지만. 짐승 같다고 해야 할까. 아마 상당히 잡기 힘들 걸세."

라인하트는 딕슨을 내보냈다. 잠시 후 그는 책상 위의 보고서를 모아 들고 SRB실로 향했다. SRB실은 굳게 닫혔고, 보안경찰 한 무리가 주변을 봉쇄하고 있었다. 성난 표정으로 경찰들 옆에 서 있는 남자는 피터 셰리코프였다. 허리춤에 커다란 손을 올린 채, 분노로 턱을 떨고 있었다.

"이게 무슨 일이오?" 셰리코프가 물었다. "왜 안에 들어가서 확률을 보면 안 된다는 거요?"

"미안하군." 라인하트는 경찰들을 한쪽으로 물러서게 했다. "나하고 함께 들어가지. 설명해주겠네." 그들은 안으로 들어갔다. 그들이 들어가자 문이 닫혔고 밖에서는 경찰들이 다시 봉쇄선을 형성했다. "연구소를 떠나 여기까지 온 이유가 뭔가?" 라인하트가 물었다.

셰리코프는 어깨를 으쓱했다. "이런저런 이유요. 국장 당신을 만나고 싶었소. 영상 화면으로 호출했더니 지금은 연결할 수 없다고만 말하더군. 어쩌면 뭔가 안 좋은 일이 벌어진 걸지도 모른다고 생각했소. 무슨 일이 벌어진 거요?"

"금방 말해주겠네." 라인하트는 캐플런을 그들 쪽으로 불렀다. "여기 새로운 자료가 있네. 당장 입력해보게. 기계가 이 정보도 받아들일지 확인하고 싶으니."

"물론이죠, 국장님." 캐플런은 메시지 금속판을 받아들고 입력 벨트에 끼웠다. 기계가 작동하기 시작했다.

"금방 알게 되겠지." 라인하트가 반쯤 소리 내어 혼잣말을 중얼거렸다.

셰리코프는 날카로운 눈으로 그를 쏘아봤다. "뭘 알게 된다는 거요? 나한테도 좀 알려주시오. 무슨 일이 벌어지고 있는 거요?"

"문제가 발생했네. 지난 24시간 동안 기계가 어떤 수치도 내놓지 못하고 있어. 텅 빈 화면뿐일세. 완벽한 공백이지."

셰리코프의 얼굴에 믿을 수 없다는 표정이 떠올랐다. "하지만 그건 불가능한 일인데. 언제나 확률 자체는 존재하기 마련이지 않소."

"확률이야 존재하지만, 기계가 계산해낼 수 없는 모양이지."

"무엇 때문에?"

"계산에 변수가 도입되었기 때문일세. 기계가 손대지 못하는 요소가. 그 요소에 대해서는 예측할 수 없는 것 같아."

"그 변수를 받아들이지 않을 수는 없는 거요?" 셰리코프가 교활하게 물었다. "그냥 변수를 무시해버리면 안 되는 거요?"

"안 되지. 실제로 존재하는 정보거든. 따라서 그 변수는 결과물의 균형에, 존재하는 모든 정보의 총합에 실제로 영향을 끼치네. 그 정보를 무시하면 거짓 결과가 나오겠지. 이 기계를 쓰려면 진실로 밝혀진 그 어떤 정보도 무시하면 안 되네."

셰리코프는 우울하게 자신의 검은 수염을 쓰다듬었다. "기계가 처리할 수 없는 요소가 어떤 것인지 흥미가 생기는군. 현재의 현실에 존재하는 모든 정보를 처리할 수 있는 줄로만 알았는데 말이오."

"그 말은 사실이네. 이 요소는 현재의 현실과는 아무런 관계도 없거든. 바로 그게 문제일세. 역사 연구 센터에서 과거로 보냈던 시간 거품을 회수할 때 지나치게 열성적이 되어 회로를 너무 빨리 차단해버린 걸세. 덕분에 시간 거품 속에 20세기의 사람이 들어 있었던 거야. 과거에서 온 남자가."

"알겠소. 2세기 전의 시대에서 온 사람이라." 덩치 큰 폴란드인은 얼굴을 찌푸렸다. "게다가 지금과는 아주 다른 세계관을 가지고 있겠군. 우리의 현대 사회와는 아무런 연관도 없겠지. 우리의 사고방식을 공유하지도 못할 테고. 그 때문에 SRB 기계들도 당황한 모양이오."

라인하르트는 웃음을 지었다. "당황이라? 그럴 수도 있겠지. 어쨌든 이 남자에 관한 정보를 어떻게도 사용할 수 없는 것만은 사실인 모양이야. 변수 인간이지. 어떤 통계 자료도 나오지 않았고, 어떤 예측도 할 수 없었네. 게다가 다른 모든 요소를 원래의 위치에서 밀어내고 있지. 우리는 여기 화면에 나타나는 확률에 깊이 의존하고 있네. 이 확률이 전쟁 수행의 전제라는 말이네."

"말편자의 못 같은 거로군. 옛날의 시 기억하시오? '못 하나가 부족해 편자를 잃었네. 편자가 부족해 말을 잃었네. 말이 부족해 기수를 잃었네. 기수가 부족해―'"

"바로 그거지. 이런 식으로 나타난 하나의 요소 때문에, 단 한 사람 때문에 모든 것이 망가질 수도 있네. 단 한 사람이 사회 전체의 균형을 흐트러뜨리다니 있을 수 없는 일 같지만―아무래도 그게 가능한 모양이야."

"이 남자를 어떻게 할 거요?"

"보안경찰이 대규모 수색대를 조직해 그자를 찾고 있네."

"결과는?"

"어젯밤 앨버틴 산악 지대로 숨어들었네. 찾기가 쉽지 않을 거야. 앞으로 적어도 48시간 동안은 마음대로 돌아다닐 걸세. 산맥 지역을 초토화할 만한 작전을 세우려면 그 정도는 시간이 걸리거든. 어쩌면 그 3배의 시간이 걸릴지도 모르지. 그리고 그 동안에는—"

"준비됐습니다, 국장님." 캐플런이 끼어들었다. "새로운 합산 결과입니다."

SRB 기계들은 새로운 정보의 처리를 끝냈다. 라인하트와 셰리코프는 서둘러 출력 화면 앞에 자리를 잡았다.

잠시 동안 아무런 일도 벌어지지 않았다. 그러다 곧 확률이 나타나더니 고정되었다.

셰리코프는 헉 하고 숨을 삼켰다. 99대 2로 테라가 유리했다. "이거 대단하군! 이러면 우리가—"

확률이 사라지고, 새로운 확률이 그 자리를 차지했다. 97대 4로 켄타우리가 유리했다. 셰리코프는 놀라고 실망해서 신음을 뱉었다. "기다리게." 라인하트가 그에게 말했다. "저 수치도 고정되어 있을 것 같지 않으니."

확률이 다시 사라졌다. 수많은 확률 수치가 빠른 속도로 화면 위를 수놓았다. 매번 나타나자마자 바뀌는 격렬한 숫자의 흐름이었다. 마침내 기계는 침묵했다.

아무 것도 보이지 않았다. 확률은 없었다. 합산 결과도 없었다. 출력 화면은 텅 비어 있었다.

"이제 알겠나?" 라인하트가 중얼거렸다. "매번 똑같은 일이 벌어진단 말이야!"

셰리코프는 생각에 빠졌다. "라인하트, 당신은 너무 앵글로색슨 유형인 것 같소. 지나치게 충동적이란 말이오. 좀 더 슬라브적인 태도를 취해보시오. 이 남자는 이틀 안에 사로잡혀 처분될 거요. 당신이 직접 그렇게 말했지 않소. 그러는 동안 우리 모두는 쉬지 않고 전쟁 수행을 위해 일할 테고. 함대는 프록시마 근처에서 공격을 위해 배치되는 중이오. 공장은 모두 전력을 다해 작동하고 있소. 공격 날짜가 닥치면, 우리는 켄타우리의 식민지로 향하는 긴 여행에 오를 완전 편제된 침공군을 가지게 될 거요. 테라의 모든 사람들이 동원되었소. 8개의 자원 행성에서는 물자가 쏟아져 나오고 있지. 이 모든 일이 확률의 도움 없이도 밤낮으로 이뤄지고 있잖소. 이 남자는 공격이 시작되기 훨씬 전에 죽음을 맞을 테고, 기계는 다시 확률을 보여주게 될 거요."

라인하트는 그의 말을 곱씹어봤다. "하지만 그런 자를 풀어놓았다는 일 자체가 걱정이 된단 말일세. 예측이 안 되는 인간이 멋대로 돌아다닌다니 과학에 반하는 일이야. 우리는 2세기 동안 사회에 대한 확률적 예측을 계속해왔네. 방대한 양의 자료가 쌓였지. 기계는 특정 시간에 특정 상황에 놓인 개인 또는 집단이 어떤 행동을 할지 예측할 수 있네. 그렇지만 이 남자는 모든 예측을 넘어선 존재일세. 이자는 변수야. 과학에 반하는 존재라고."

"불확정성 입자라는 소리 아니오."

"그게 뭔가?"

"특정 시간에 어느 위치에 존재할지 예측할 수 없는 방식으로 움직이는 입자 말이오. 완전히 무작위로. 무작위 입자라는 말이지."

"바로 그거야. 이건―자연에 반하는 일이라고."

셰리코프는 냉소적으로 웃었다. "그런 걱정은 하지 마시오, 국장. 이 남자는 붙잡힐 테고, 모든 일은 자연적인 모습으로 돌아갈 거요. 당신은 미로에 넣은 실험실 생쥐들처럼 사람들을 예측할 수 있게 될 테고. 그건 그렇고―이 방에 경비를 세워놓은 이유는 뭐요?"

"다른 자들이 기계가 합산 수치를 출력하지 못한다는 사실을 모르게 하고 싶었네. 전쟁 수행에 위험할 수도 있거든."

"예를 들자면, 마거릿 더프라던가?"

라인하트는 마지못해 고개를 끄덕였다. "그 작자들, 의회 인간들은 너무 나약해. 만약 SRB 확률이 존재하지 않는다는 사실을 알게 된다면 즉시 전쟁 계획을 중단하고 기다리는 삶으로 돌아가려 할 거네."

"당신이 보기에 너무 느리다는 말일 뿐 아니오, 국장? 법률에, 논쟁에, 의회 회의에, 토의에…… 한 사람이 모든 권력을 손에 쥐고 있다면 상당히 시간을 절약할 수 있겠지. 한 사람이 다른 모든 이들에게 무엇을 할지 말해주고, 대신 생각해주고, 이끌어주기만 한다면."

라인하트는 덩치 큰 폴란드인을 날카롭게 바라봤다. "그러고 보니 생각이 나는군. 이카루스는 어떻게 되어가고 있나? 제어 터릿의 개발에는 계속 진전이 있었나?"

셰리코프의 널찍한 얼굴이 찌푸려졌다. "제어 터릿 말이오?" 그는 커다란 손을 막연하게 흔들어 보였다. "잘 되어가고 있다고 할 수 있을 듯하오. 금방 따라잡을 거요."

라인하트는 이 말에 즉시 경계하는 표정이 되었다. "따라잡는다고? 아직 일정에 뒤처져 있다는 뜻인가?"

"그런 셈이오. 약간이지만. 하지만 금세 따라잡을 거요." 셰리코프는 문을 향해 물러섰다. "식당으로 가서 커피나 한 잔 합시다. 당신은 걱정이 너무 많소, 국장. 조금 더 여유 있게 사물을 받아들이는 법을 배워보시오."

"당신 말이 맞는 듯하군." 두 남자는 복도로 걸어 나왔다. "아무래도 너무 조급해진 모양이야. 이 변수 인간 때문에. 이 작자를 머릿속에서 지워버릴 수가 없어."

"그자가 뭔가를 하기라도 한 거요?"

"중대한 문제를 일으키지는 않았지. 애들 장난감의 배선을 바꾸는 정도였네. 장난감 영상 전송기였지."

"오?" 셰리코프가 흥미를 보였다. "그건 무슨 뜻이오? 그자가 뭘 한 거요?"

"직접 보여주지." 라인하트는 셰리코프를 데리고 복도를 내려가 자신의 집무실로 향했다. 그는 셰리코프에게 장난감을 건네주고는, 콜이 벌인 일에 대해 설명해줬다. 셰리코프의 얼굴에 묘한 빛이 스치고 지나갔다. 그는 상자의 잠금쇠를 찾아내 눌렀다. 상자가 열렸다. 덩치 큰 폴란드인은 책상에 앉아 상자의 내부를 확인하기 시작했다. "과거에서 온 남자가 이 상자의 배선을 바꾼 게 분명하오?"

"당연하지. 즉석에서 해냈다네. 아이가 가지고 놀다 망가뜨린 모양이야. 변수 인간이 다가오자 그걸 고쳐달라고 부탁했다는군. 그자가 그렇게 말끔하게 고쳐놓았고."

"놀랍군." 셰리코프는 회로에서 몇 센티미터밖에 떨어지지 않은 곳까지 눈을 가져다 대고 있었다. "이렇게 미세한 단자라니. 그자가 대체 어떻게―"

"뭐라고?"

"아무것도 아니오." 셰리코프는 갑자기 자리에서 일어나더니 상자를 조심스럽게 닫았다. "이걸 내 연구소로 가져가도 되겠소? 조금 더 자세히 분석해보고 싶소."

"물론 그래도 되네. 그런데 무슨 이유로?"

"별다른 이유는 없소. 가서 커피나 듭시다." 셰리코프는 문을 향해 걸어갔다. "하루 정도만 있으면 그자를 사로잡을 수 있다고 했던가?"

"사로잡는 게 아니라 죽이는 걸세. 그자의 죽음을 하나의 정보로 입력해야 해. 지금도 공격대를 조직하는 중일세. 이번에는 빠져나가지 못할 거야. 우리는 앨버틴 산악 지대 전체를 초토화시킬 십자폭격 방식을 구상하는 중일세. 그 작자는 48시간 안에 반드시 파괴되어야 해."

셰리코프는 멍하니 고개를 끄덕였다. "물론 그렇겠지." 그가 중얼거렸다. 셰리코프의 널찍한 얼굴은 여전히 다른 생각에 잠긴 듯한 표정이었다. "완벽하게 이해하고 있소."

토머스 콜은 자신이 피운 모닥불 위로 몸을 굽힌 채 손을 데우는 중이었다. 거의 아침이 다 되어 하늘이 연보라색으로 변하고 있었다. 산의 공기는 차갑고 상쾌했다. 콜은 몸을 떨면서 불에 더 바싹 다가앉았다.

손에 느껴지는 열기가 기분 좋았다. 그의 손. 그는 모닥불에 비쳐 불그스름한 노란색으로 빛나는 자신의 손을 내려다봤다. 손톱은 검게 변하고 갈라져 있었다. 손가락 하나하나, 그리고 손바닥에도 사마귀와 못이 가득 박여 있었다. 그래도 길고 가는 손가락 하나하나까지 훌륭한 손이었다. 그는 자신의 손을 존중했다. 스스로도 이 손을 온전히 이해하지는 못했지만 말이다.

콜은 자신의 상황을 반추하며 깊은 생각에 잠겼다.

산에 들어온 후로 두 번의 밤과 한 번의 낮이 흘러갔다. 첫날 밤이 가장 끔찍했다. 발이 걸리고 넘어지면서 뒤엉킨 수풀과 덤불을 헤쳤고, 가파른 산비탈을 더듬거리며 올랐다.

하지만 해가 떠오를 무렵에는 산 속 깊숙한 곳에 안전하게 도달할 수 있었다. 높은 봉우리 두 개 사이에 낀 곳이었다. 그리고 다시 해가 질 무렵이 되었을 때, 그는 이미 쉴 곳과 불을 피울 수단을 마련해놓은 상태였다. 작고 훌륭한 사냥용 덫도 만들어뒀다. 풀을 꼬아 만든 밧줄과 구덩이, 칼자국을 낸 막대로 작동하는 함정이었다. 이미 토끼 한 마리가 뒷다리를 묶인 채 매달려 있었고, 함정은 다음 사냥감을 기다리고 있었다.

하늘은 연보라색에서 깊고 차가운 회색으로, 금속과 같은 색깔로 변했다. 산 속은 적막하고 고요했다. 멀리 어디선가 새의 노랫소리가 들렸다. 광활한 산과 골짜기를 따라 그 소리가 울려 퍼졌다. 다른 새들도 노래하기 시작했다. 오른쪽 수풀 속에서 뭔가 바스락거리는 소리가 들렸다. 짐승이 움직이는 모양이었다.

다시 낮이 찾아오고 있었다. 이곳에서 보내는 두 번째 낮이었다. 콜은 자리에서 일어나 토끼의 다리에 묶인 끈을 풀었다. 식사 시간이었다. 그다음엔? 그다음에는 별다른 계획이 없었다. 그는 지금 가지고 있는 도구와 천재적인 손재주만 있다면 이대로 계속 살아갈 수 있음을 본능적으로 알고 있었다. 사냥감을 죽이고 가죽을 벗길 수 있을 것이다. 얼마 지나지 않아 제대로 된 거처도 마련할 수 있을 테고, 가죽으로 옷도 만들 수 있을 것이다. 겨울이 찾아온다고 해도—

그러나 그는 그렇게 먼 앞일을 생각하고 있지는 않았다. 콜은 불가에 서서 허리춤에 손을 대고 하늘을 올려다봤다. 그러고는 갑자기 긴장하며 눈을 가늘게 떴다. 뭔가 움직이고 있었다. 회색 하늘을 배경으로 천천히 떠다니는 물체가 보였다. 검은색 점이었다.

그는 서둘러 불씨를 밟아 껐다. 방금 뭐였지? 그는 눈을 찌푸리며 자세히 보려고 했다. 새였나?

두 번째 점이 합류했다. 두 개의 점. 점은 곧 세 개, 네 개, 다섯 개가 되었다. 편대를 이루어 이른 아침의 하늘을 날아 산맥 쪽으로 오고 있었다.

그를 향해 다가오고 있었다.

콜은 서둘러 불가에서 물러섰다. 그는 토끼를 낚아채서 자신이 만든 조잡한 은신처 안으로 기어들어 갔다. 은신처 안에 있으면 눈에 띄지 않을 테고, 누구도 그를 찾아낼 수 없을 것이다. 하지만 만약 저들이 모닥불을 봤다면—

그는 은신처 안에 쭈그리고 앉아 점들이 점점 커지는 모습을 보고 있었다. 비행기가 맞았다. 검고 날개 없는 비행기들이 매 순간 다가오고 있었다. 이제는 소리도 들렸다. 희미한 웅웅 소리가 점차 커지더니, 마침내 그의 발아래 땅이 흔들릴 정도가 되었다.

첫 번째 비행기가 급강하했다. 거대한 동체가 마치 돌멩이처럼 떨어지며 급격히 가까워졌다. 콜은 숨을 삼키며 몸을 낮췄다. 비행기는 원호를 그리며 지표 가까이를 스치고 지나갔다. 갑자기 꾸러미들이 떨어져 나왔다. 하얀 꾸러미들이 꽃씨처럼 사방으로 흩어져 떨어지고 있었다.

꾸러미들은 빠르게 땅으로 흘러내려와 착지했다. 사람이었다. 제복을 입은 사람들.

이제 두 번째 비행기가 강하하기 시작했다. 이번에도 굉음이 머리 위를 스치고 지나가며 화물이 땅으로 떨어져 내렸다. 더 많은 꾸러미가 떨어져 나와 하늘을 가득 메웠다. 세 번째, 네 번째 비행기도 강하했다. 풀씨처럼 흔들리며 지상으로 떨어지는 하얀 꾸러미들로 하늘이 가득 찼다.

지상에서는 착지한 병사들이 도열하고 있었다. 은신처에 숨어 있는 콜에게도 그들의 구령 소리가 들려왔다. 공포가 그를 사로잡았다. 사방이 착륙하는 병사들로 가득했다. 그는 고립된 것이다. 마지막 두 대의 비행기가 그의 뒤편에도 병사들을 뿌려놓았다.

그는 자리에서 일어나 은신처 입구를 젖히고 나왔다. 병사 일부가 모닥불이 있던 자리를, 재와 숯을 발견한 모양이었다. 한 사람이 몸을 굽혀 숯을 만져보더니 다른 이들에게 손짓했다. 병사들은 소리치고 손짓을 보내며 사방으로 돌아다니고 있었다. 누군가가 일종의 대포 같은 걸 설치하기 시작했다. 다른 이들은 둘둘 말린 튜브를 풀고 이상하게 생긴 파이프와 기계 장치를 여기저기 설치하는 중이었다.

콜은 달리기 시작했다. 그는 미끄러져 넘어지면서 비탈을 달려 내려갔고, 아래에 이르자 그대로 뛰어올라 덤불 속으로 들어갔다. 덩굴과 나뭇잎이 그의 얼굴을 찔러대고 베었다. 그는 뒤엉킨 관목에 발이 걸려

다시 한번 넘어졌다. 그는 온 힘을 다해 덩굴을 풀어내려 애썼다. 만약 주머니의 나이프를 꺼낼 수만 있다면—

목소리, 발소리가 들렸다. 병사들이 그를 따라 비탈을 내려오고 있었다. 콜은 숨을 몰아쉬고 몸을 뒤틀며 필사적으로 몸을 빼내려 했다. 덩굴을 당기고, 뽑아내고, 양손으로 잡아 뜯기 시작했다.

병사 한 명이 무릎을 꿇고 앉아서 총을 조준했다. 더 많은 병사들이 총을 가지고 도착해서 그를 겨눴다.

콜은 비명을 질렀다. 그는 눈을 감고 움직임을 멈췄다. 목덜미에서 식은땀이 흘러내려 셔츠 속으로 들어갔다. 그는 이를 악문 채 주변을 휘감고 있는 덩굴과 나뭇가지에 몸을 기대고 축 늘어져 마지막을 기다렸다.

침묵이 흘렀다.

콜은 천천히 눈을 떴다. 병사들이 다시 모이고 있었다. 덩치 큰 남자가 비탈을 내려와 그를 향해 다가오며 명령을 내리는 모습이 보였다.

병사 두 명이 덤불 속으로 들어왔다. 한 명이 콜의 어깻죽지를 잡았다.

"도망치지 못하게 해라." 덩치 큰 남자가 다가왔다. 검은 턱수염이 인상적이었다. "꽉 잡아."

콜은 숨을 헐떡였다. 사로잡힌 것이다. 이제 아무것도 할 수 없었다. 더 많은 병사들이 골짜기로 내려와 사방을 둘러쌌다. 그들은 서로 수군거리며 호기심 어린 눈으로 그를 관찰했다. 콜은 힘없이 고개를 저을 뿐 아무 말도 하지 않았다.

수염이 난 덩치 큰 남자는 콜 바로 앞에 서서 허리춤에 손을 올린 채 위아래로 그를 훑어봤다. "도망치려는 생각도 하지 말게." 남자가 말했다. "자네는 도망칠 수 없어. 알아듣겠나?"

콜은 고개를 끄덕였다.

"알았네. 좋아." 남자가 손짓했다. 병사들이 콜의 팔과 손목에 금속 띠를 채웠다. 금속이 살을 파고들자 콜은 고통에 헉 하고 숨을 삼켰다. 다리에도 족쇄가 채워졌다. "여길 떠날 때까지 이걸 채워놓겠네. 꽤 오래 걸릴 거야."

"어디로—나를 어디로 데려가는 거죠?"

대답하기에 앞서, 피터 셰리코프는 한동안 변수 인간을 살펴봤다. "어디냐고? 내 연구소로 데려가는 거지. 우랄 산맥 아래에 있다네." 그는 갑자기 하늘을 올려다봤다. "서두르는 편이 좋겠군. 보안경찰이 몇 시간 안에 폭파 공격을 시작할 테니까. 그게 시작될 때쯤에는 아주 멀리 가 있고 싶거든."

셰리코프는 한숨을 쉬며 강화 안락의자에 몸을 던졌다. "돌아오니 좋군." 그는 경비병 중 한 명에게 신호를 보냈다. "좋아. 이제 이 친구 풀어 줘도 좋네."

콜의 팔다리에서 금속 족쇄가 풀려 나갔다. 그는 그대로 무너지듯 자리에 쓰러졌다. 셰리코프는 아무 말 없이 그를 바라보고만 있었다.

콜은 바닥에 앉아서 손목과 다리를 문지르기만 할 뿐, 아무 말도 하지 않았다.

"원하는 게 있나?" 셰리코프가 물었다. "음식은? 자네 배고프지 않나?"

"아뇨."

"약은 어떤가? 아프지는 않은가? 다친 곳은?"

"아뇨."

셰리코프는 콧등을 찌푸렸다. "목욕 정도는 해도 나쁠 것 없겠지. 그건 나중에 준비해주도록 하지." 그는 시가에 불을 붙이고 주변으로 회색 연기를 내뿜었다. 방문 앞에 연구실 경비 두 명이 총을 든 채 서 있었다. 방 안에는 셰리코프와 콜 외에는 아무도 없었다.

토머스 콜은 가슴에 머리를 바싹 가져다 댄 채 쭈그러든 모양새로 바닥에 앉아 꼼짝도 하지 않았다. 수그린 몸은 그 어느 때보다 더 길게 늘어지고 구부정해 보였다. 머리는 까치집처럼 엉망이 되었고, 뺨과 턱은 회색 수염이 거칠게 자라 있었다. 옷은 덤불을 헤치고 다니느라 더러워지고 찢어진 상태였다. 피부 여기저기에 긁히고 찢긴 상처가 보였다. 목과 뺨과 이마 여기저기에 상처가 드러나 있었다. 그는 입을 열지 않았다. 가슴이 오르내리는 것만 보였다. 흐릿한 푸른 눈은 거의 감긴 상태였다. 꽤나 나이 들고 지친, 풍파에 휩쓸린 노인처럼 보였다.

셰리코프는 손을 흔들어 경비병 한 명을 불러들였다. "의사를 한 명 이리 불러오게. 이 남자를 진찰해봐야겠어. 정맥주사가 필요할지도 모르겠군. 보아하니 한동안 아무것도 먹지 못한 것 같은데."

경비병은 자리를 떴다.

"나는 자네에게 나쁜 일이 벌어지는 것을 원치 않아." 셰리코프가 말했다. "일을 진행하기 전에 우선 진찰부터 해봐야겠네. 그와 동시에 살충제도 좀 뿌리도록 하지."

콜은 아무 말도 하지 않았다.

셰리코프는 크게 웃었다. "기운 좀 내라고! 기분이 나쁠 이유는 없지 않나." 그는 콜을 향해 몸을 숙이고는 커다란 손가락으로 그를 찔러댔다. "그 산 속에서 2시간만 더 있었으면 자네는 목숨을 잃었을 거야. 알고 있나?"

콜은 고개를 끄덕였다.

"내 말을 믿지 않는군. 이걸 보게." 셰리코프는 몸을 뻗어 벽에 걸린 영상 화면의 전원을 켰다. "직접 보라고. 아직도 작전이 계속되고 있을 테니까."

화면이 밝아졌다. 어떤 곳의 풍경이 화면 위에 나타났다.

"이건 극비 보안 채널일세. 몇 년 전에 도청에 성공했지. 나 자신의 안전을 위해서 말일세. 지금 보는 풍경은 에릭 라인하트에게 전송되고 있는 영상이야." 셰리코프는 웃음을 지었다. "지금 자네가 보는 장면은 라인하트가 계획한 것이라네. 잘 보게. 2시간 전에 자네는 저곳에 있었어."

콜은 화면을 향해 고개를 돌렸다. 처음에는 무슨 일이 벌어지는 것인지 알 수가 없었다. 화면에 소용돌이와 함께 거대한 구름이 피어오르는 모습이 보였다. 스피커에서는 낮은 굉음이, 깊은 곳에서 흘러나오는 듯한 울음소리가 들려왔다. 잠시 후 화면의 시점이 변하며 살짝 다른 각도에서 장면을 보여줬다. 순간 콜은 얼어붙었다.

그의 눈앞에서 산악 지대 전체가 파괴되고 있었다.

영상 화면은 한때 앨버틴 산악 지대였던 곳 상공을 비행하고 있는 비행선에서 전송되는 것이었다. 이제 그곳에는 솟아오르는 잿빛 구름과 분진, 파편의 기둥, 끝없이 밀려들었다 사방으로 흩어져가는 잔해의 물결밖에는 남아 있지 않았다.

앨버틴 산악 지대는 산산이 분해되어 거대한 잔해의 구름밖에 남지 않았다. 그 아래의 땅에는 불의 비에 휩쓸린 황량한 평야만이 보였다. 여기저기 커다란 상처가 남아 있었다. 바닥이 보이지 않는 거대한 구멍들이 시야 안의 모든 곳에 끝없이 펼쳐져 있었다. 크레이터와 잔해들. 마치 수많은 구멍이 뚫린 월면처럼 보이는 풍경이었다. 2시간 전만 해도 그곳은 푸른 산봉우리와 골짜기, 덤불과 녹색 관목과 나무들로 가득했었다.

콜은 고개를 돌렸다.

"이제 알겠나?" 셰리코프는 화면을 끄며 말했다. "자네는 얼마 전까지만 해도 저곳에 있었네. 저 소음과 연기가 모두 자네를 위한 것이란 말일세. 전부 자네 때문이야, 과거에서 온 변수 인간 선생. 라인하트가 자네를 끝장내기 위해서 마련한 일이라고. 자네가 그 점을 이해했으면 좋겠네. 자네가 그 사실을 인식하는 게 중요해."

콜은 아무 말도 하지 않았다.

셰리코프는 앞에 놓인 탁자 서랍으로 손을 뻗었다. 그는 조심스레 작은 정방형 상자를 꺼내 콜에게 내밀었다. "자네가 이 물건의 배선을 고쳤지?"

콜은 상자를 손에 들어봤다. 잠시 동안 그의 지친 정신은 눈앞의 물건에 초점을 맞추지 못했다. 지금 손에 들고 있는 게 뭐지? 그는 집중하려 했다. 그 상자는 아이들의 장난감이었다. 아이들은 그 물건을 항성간 영상 전송기라고 불렀다.

"그래요, 내가 고쳤습니다." 그는 상자를 다시 셰리코프에게 돌려줬다. "내가 수리했습니다. 망가져 있었거든요."

셰리코프는 열의를 띤 눈으로 그를 내려다봤다. 커다란 눈이 밝게 빛나고 있었다. 그가 고개를 끄덕이자 검은 수염과 시가도 함께 오르락내리락했다. "좋아. 내가 알고 싶었던 건 그게 다일세." 그는 자리에서 벌떡 일어나 의자를 뒤로 밀었다. "의사가 온 것 같군. 저 친구가 자네를 치료해줄 걸세. 필요한 건 다 해줄 거야. 잠시 후에 다시 이야기하도록 하지."

의사가 그의 팔을 잡고 일으키려 하자, 콜은 저항하지 않고 순순히 자리에서 일어났다.

셰리코프는 의학 부서에서 풀려난 콜을 전용 식당에서 만났다. 실제 연구 시설 바로 위층에 있는 곳이었다.

폴란드인은 서둘러 입에 음식을 밀어 넣으면서 쉬지 않고 얘기했다. 콜은 그의 맞은편 자리에 앉아 음식을 먹지도, 말하지도 않고 조용히 앉아 있었다. 사람들이 낡은 옷을 버리고 새 옷을 가져다줬다. 면도도 하고 마사지도 받았다. 상처와 멍든 부위도 전부 치료를 받고, 몸과 머리카락도 세정을 끝낸 상태였다. 훨씬 건강하고 젊은 모습이 되었지만 여전히 구부정한 자세에 지친 표정이었다. 닳아버린 푸른 눈은 흐릿했다. 그는 아무 질문 없이 셰리코프가 말하는 서기 2136년의 세상에 대한 설명에 귀를 기울이고 있었다.

"그럼 자네도 이제 알겠지." 셰리코프는 닭다리를 휘두르며 마침내 결론에 도달했다. "자네가 여기 나타났기 때문에 우리 계획에 문제가 발생했다는 사실을 말이야. 이제 자네는 우리에 대해서도 더 잘 알고, 왜 라인하트 국장이 자네를 없애는 일에 그렇게 열을 올리는지도 이해하게 되었을 거야."

콜은 고개를 끄덕였다.

"자네도 이제 알겠지만, 라인하트는 SRB 기계의 실패야말로 전쟁 수행의 가장 큰 위협이라고 여기고 있다네. 하지만 그게 대체 뭐라고!" 셰리코프는 요란하게 자기 접시를 밀어놓고, 머그잔에 담긴 커피를 단숨에 들이켰다. "어차피 확률적 예보가 없어도 전쟁을 치를 수는 있는 거 아닌가. SRB 기계는 세세한 결과를 제공할 뿐이야. 그저 기계적인 관찰자에 지나지 않지. 전쟁의 경과에는 전혀 영향을 끼치지 못한단 말일세. 전쟁을 하는 건 우리 인간이니까. 기계는 그저 분석만 할 뿐이고."

콜은 고개를 끄덕였다.

"커피 더 들겠나?" 셰리코프가 물었다. 그는 플라스틱 용기를 콜에게 내밀었다. "좀 마시게."

콜은 커피 한 잔을 더 받아들었다. "고맙습니다."

"자네도 우리의 진짜 문제는 완전히 다른 것이라는 사실을 알고 있겠지. 기계들은 결국 우리 스스로도 할 수 있는 계산을 순식간에 해치워주는 것뿐이야. 기계는 우리의 하인이고 도구일 뿐이라고. 성소에 모셔두고 기도를 올리는 신 같은 것이 아니란 말일세. 우리를 위해 미래를 예지해주는 신관도 아니고. 그것들은 미래를 내다보는 게 아니야. 그저 확률적인 예측을 할 뿐이지 예언이 아니란 말이네. 이건 아주 큰 차이인데, 라인하트와 그 동류들은 SRB 기계 따위를 신으로 세워버렸어. 하지만 나는 신을 섬기지 않는다네. 적어도 눈에 보이는 신은 말이야."

콜은 커피를 홀짝이며 고개를 끄덕였다.

"우리가 무엇에 맞서고 있는지를 자네가 이해해야 하기 때문에 이런 이야기까지 늘어놓는 거라네. 테라는 아주 오래된 켄타우리 제국에 사방을 포위당해 있어. 수 세기 동안, 수천 년 동안이나 존재해온 제국이지. 얼마나 오래되었는지 아는 사람은 아무도 없네. 오래되어 부스러져 무너지고 있는 제국이야. 부패하고 타락했어. 하지만 그 제국이 우리 주변의 은하계 대부분을 장악하고 있어서 우리는 태양계를 빠져나갈 수가 없다네. 이카루스, 그리고 헤지의 초광속 이동 방법에 대해서는 이미 이야기했었지. 우리는 켄타우리 제국과의 전쟁에서 승리해야만 하네. 이걸 위해 아주 오랫동안 기다려왔어. 포위를 뚫고 나가서 별들 사이의 자리를 차지하는 순간을 기다려왔단 말이네. 이카루스는 그 핵심이 되는 무기야. 이카루스에 대한 정보를 입력하자마자 SRB의 확률은 우리에게 유리한 쪽으로 기울었네. 사상 처음으로 벌어진 일이지. 켄타우리와의 전쟁의 성패는 SRB 기계가 아니라 이카루스에 달려 있는 거라네. 이해가 되나?"

콜은 고개를 끄덕였다.

"하지만 여기서 문제가 하나 있어. 내가 기계에 넘긴 정보에는 이카루스가 열흘 안에 완성될 거라고 명시되어 있었다네. 그 시간 중 절반이 이미 흘러갔어. 그런데도 터릿의 배선 조합에는 조금도 진전이 없다네. 터릿 때문에 모두가 좌절하고 있는 거야." 셰리코프는 미묘한 웃음을 지었다. "내가 직접 배선을 건드려보기도 했지만 아무 소용이 없었다네. 너무 복잡하고 미세한 작업이거든. 기술적인 고려 사항이 너무 많아서 제대로 작업을 할 수가 없어. 자네도 알겠지만, 이 폭탄이 우리의 처음이자 마지막 작품이거든. 예전에 시험기를 만들어봤었다면야─"

"하지만 이게 시험기인 거죠." 콜이 말했다.

"게다가 4년 전에 죽은 사람의 설계를 사용하고 있지. 설계자가 이곳에 와서 실수를 지적해줄 수도 없는 노릇이지 않나. 이카루스는 여기 연구소에서 우리 손으로 만든 아이인데, 그 아이가 우리 속을 상당히 썩이고 있단 말이야." 셰리코프는 갑자기 자리에서 벌떡 일어났다. "연구소로 내려가서 직접 만나보지."

셰리코프가 앞장서 길을 안내하며, 두 사람은 아래층으로 내려갔다. 콜은 연구소 문 앞에서 걸음을 멈췄다.

"꽤나 대단한 광경이지." 셰리코프도 동의했다. "안전 문제 때문에 여기 최하층에 보관해두는 거라네. 경비가 삼엄하지. 얼른 들어오게. 해야 할 일이 있지 않나."

연구소 가운데에 이카루스가 우뚝 솟아 있었다. 이 회색의 납작한 원통이 언젠가는 광속의 수천 배의 속도로 우주를 가로질러 날아갈 터였다. 4광년 넘게 떨어진 곳에 있는 프록시마 켄타우리의 중심부로. 제복을 입은 사람들이 원통 주변 여기저기에 모여서 남은 작업을 끝내기 위해 열심히 일하고 있었다.

"이쪽이네. 저게 터릿이야." 셰리코프는 콜을 이끌고 방 한쪽으로 향했다. "경비가 있다네. 켄타우리 제국의 스파이들이 테라 곳곳에 들끓고 있거든. 모든 것을 살펴보지. 하지만 우리도 마찬가지야. 그렇게 해서 SRB 기계에 입력할 정보를 얻는 거라네. 양쪽 행성계에 스파이들이 잔뜩 있지."

반투명한 구체 형태의 제어 터릿은 금속 지지대 가운데에 얹혀 있었다. 양옆에는 무장 경비병이 서 있었다. 그들은 셰리코프가 다가오자 총구를 내렸다.

"이 물건에 나쁜 일이 벌어지면 곤란하거든." 셰리코프가 말했다. "모든 일이 저것에 달려 있으니 말이야." 그는 구체 위로 손을 가져갔다. 손은 반쯤 움직였을 때 허공의 투명한 막에 부딪혀 멈췄다.

셰리코프는 웃음을 터뜨렸다. "벽이 있군. 꺼주게. 아직도 쳐져 있군."

경비병 한 명이 손목에 달린 버튼을 눌렀다. 구체 주변의 공기가 일렁이더니 곧 다시 잠잠해졌다.

"자, 그러면." 셰리코프의 손이 구체를 감쌌다. 그는 조심스레 구체를 들어 올려 콜이 볼 수 있도록 앞으로 가져왔다. "이게 여기 커다란 친구를 위한 제어 터릿일세. 켄타우리 안에 들어가서 속도를 줄이도록 해주는 물건이지. 속도를 줄여서 다시 우리 우주로 돌아오는 걸세. 별의 중심부에서 말이야. 그러면―켄타우리는 사라지는 거지." 셰리코프는 활짝 웃었다. "아르문도 사라지는 거고."

하지만 콜은 그의 말을 듣고 있지 않았다. 그저 구체에 얼굴을 가까이 들이댄 채 계속 그 표면을 어루만지며 구체를 돌려보고 있었다. 그는 홀린 듯한 표정으로 구체 내부를 들여다봤다.

"배선이 보이지 않을 걸세. 렌즈를 써야지." 셰리코프는 신호를 보내 마이크로 렌즈 한 벌을 가져오게 했다. 그는 렌즈를 콜의 코에 걸고 귀 뒤로 돌려 고정해줬다. "그럼 이제 해보게. 배율은 자네가 조정할 수 있어. 지금은 1,000배에 맞춰져 있다네. 자네 마음대로 올리거나 낮출 수 있지."

콜은 숨을 삼키며 몸을 앞뒤로 흔들었다. 셰리코프가 그의 몸을 잡아줬다. 콜은 머리를 조금씩 움직여 초점을 맞추며 구체 속을 들여다봤다.

"연습이 필요할 걸세. 하지만 이게 있으면 많은 일을 할 수 있지. 미세 회로 작업도 가능하다네. 물론 함께 사용할 수 있는 도구도 있고." 셰리코프는 입술을 핥으며 잠시 말을 멈췄다. "우리는 제대로 할 수가 없었네. 마이크로 렌즈와 미세 도구를 사용할 수 있는 사람은 그리 많지 않아. 로봇도 사용해봤지만, 결정을 내려야 할 일이 너무 많았다네. 로봇은 결정을 내리지 못하거든. 그저 반응할 뿐이지."

콜은 아무 말도 하지 않았다. 입술을 꾹 다물고 뻣뻣하게 굳은 몸으로 계속해서 구체 내부를 들여다볼 뿐이었다. 셰리코프는 묘하게도 불안한 기분이 들기 시작했다.

"자네 꼭 옛날의 점쟁이들처럼 보이는구먼." 셰리코프는 가볍게 농담을 했지만, 서늘한 기운이 등골을 타고 내려가는 것은 어쩔 수 없었다. "이리 돌려주는 편이 좋겠네." 그는 손을 내밀었다.

콜은 천천히 구체를 셰리코프의 손에 돌려줬다. 그는 잠시 후에 마이크로 렌즈를 벗었지만 여전히 깊은 생각에 잠겨 있는 채였다.

"어떤가?" 셰리코프가 물었다. "내가 무엇을 원하는지 알겠지. 자네가 이 망할 물건의 회로를 연결해줬으면 좋겠어." 셰리코프는 커다란 얼굴에 굳은 표정을 띠고 콜에게 가까이 다가갔다. "내 생각에는 자네라면 할 수 있을 것 같네. 자네가 이 물건을 들고 있는 모습을 보니 확신이 생겼어. 물론 애들 장난감에다 한 일도 있고. 자네라면 닷새 만에 회로를 완성할 수 있을걸. 다른 누구도 할 수 없는 일이야. 회로를 완성하지 못하면 켄타우리인들이 계속해서 은하계를 다스릴 거고, 테라는 여기 태양계에 갇혀 힘겹게 살아가야 한다네. 은하계 전체가 펼쳐져 있는데 이 작고 평범한 별 하나, 조그만 먼지 구덩이에 있어야 한다는 말이야."

콜은 대답하지 않았다.

셰리코프는 초조해졌다. "그래서? 대답은?"

"내가 이 제어기의 회로를 연결하지 않으면 무슨 일이 벌어지나요? 그러니까, 나한테 무슨 일이 벌어지는 거죠?"

"그러면 나는 자네를 라인하트에게 넘길 걸세. 라인하트는 자네를 즉시 죽일 테고. 그자는 앨버틴 산맥이 파괴되었을 때 자네가 죽었다고 생각하고 있다네. 만약 내가 자네를 구했다는 것을 알기만 한다면—"

"알겠어요."

"나는 한 가지 이유 때문에 자네를 이리 데려온 걸세. 회로를 연결해주면 자네를 원래 시간대로 돌려보내 주겠네. 만약 그러지 않는다면—"

콜은 침울하고 고뇌하는 표정으로 생각에 잠겼다.

"잃을 게 뭐가 있나? 우리가 자네를 그 구릉지에서 빼내주지 않았으면 자넨 이미 죽은 목숨이야."

"정말 저를 원래 시간대로 돌려보내 줄 수 있는 건가요?"

"당연하지!"

"라인하트가 방해하지 않을까요?"

셰리코프는 웃음을 터뜨렸다. "그자가 뭘 할 수 있는데? 나를 어떻게 막을 건가? 내게도 부하들이 있다네. 자네도 봤겠지. 자네 주변 사방에 착지했으니까. 자네는 돌아가게 될 거야."

"그래요, 당신 부하들을 봤죠."

"그럼 받아들이는 건가?"

"받아들이죠." 토머스 콜이 말했다. "당신들을 위해 회로를 만들겠습니다. 앞으로 닷새 안에 제어 터릿을 완성하죠."

IV

사흘 후, 조지프 딕슨은 폐쇄 회로 메시지 판을 자기 상관 책상 위에 올려놓았다.

"이걸 보시죠. 관심을 가지실 만한 내용입니다."

라인하트는 천천히 금속판을 집어 들었다. "이게 뭔가? 이걸 보여주려고 여기까지 직접 온 건가?"

"그렇습니다."

"영상 화면으로 보고하면 되는 일 아닌가?"

딕슨은 기분 나쁜 웃음을 지었다. "내용을 해독해보시면 이해가 되실 겁니다. 프록시마 켄타우리에서 들어온 내용입니다."

"켄타우리라고!"

"우리 측 방첩부의 보고입니다. 제게 직접 보내오더군요. 여기, 제가 해독해드리죠. 힘들이실 필요는 없습니다."

딕슨은 라인하트의 책상 쪽으로 돌아 들어와 국장의 어깨 너머로 굽어보며, 판을 손에 들고 엄지손톱으로 봉인을 깨뜨렸다.

"잠깐 기다리시죠." 딕슨이 말했다. "꽤나 충격적인 사실일 겁니다. 아르문의 우리 요원들이 보고한 바에 따르면, 켄타우리 최고 의회는 코앞으로 닥친 테라의 공격에 대처하기 위해 긴급회의를 소집했다고 합니다. 켄타우리 재생 전령들이 최고 의회에 테라의 폭탄 이카루스가 거의 완성되었다고 보고했습니다. 우랄 산맥의 지하 연구소에서 테라인 물리학자 피터 셰리코프의 지휘하에 폭탄이 서둘러 제작되어 최종 단계에 접어들었다는 내용입니다."

"그 사실은 나도 셰리코프 본인으로부터 직접 보고를 받았네. 켄타우리 놈들이 폭탄에 대해 알고 있다는 사실에 놀란 건가? 놈들의 스파이들이 테라 전역에 깔려 있네. 새로운 소식도 아니지 않나."

"그게 다가 아닙니다." 딕슨은 심각한 표정으로 떨리는 손가락을 들어 메시지 판을 더듬었다. "켄타우리 재생 전령이 보고한 바에 따르면, 피터 셰리코프는 터릿의 회로를 완성하기 위해 과거 시간대에서 숙련 기술자를 데려왔다는 겁니다!"

라인하트는 크게 휘청거리며 책상 모서리를 단단히 붙들었다. 그는 눈을 감고 숨을 헐떡였다.

"변수 인간이 아직 살아 있는 겁니다." 딕슨이 중얼거렸다. "어떻게 살아남았는지, 왜 살아 있는지는 모르겠습니다. 앨버틴 산맥은 초토화가 되었는데요. 게다가 대체 무슨 수로 지구 반대편으로 건너간 겁니까?"

라인하트는 일그러진 얼굴로 천천히 눈을 떴다. "셰리코프다! 놈이 공격을 개시하기 전에 미리 그자를 빼낸 거야. 내가 놈에게 정확한 공격 개시 시각을 알려줬어. 놈은 그자, 변수 인간의 도움을 받을 수밖에 없었던 거지. 그러지 않으면 약속한 기한을 맞출 수 없었을 테니까."

라인하트는 자리에서 일어나 방 안을 오락가락하기 시작했다. "SRB 기계에는 변수 인간이 제거되었다고 입력해놓았어. 기계는 이제 원래대로 우리 쪽이 7대 6으로 유리하다는 결과를 보이고 있지. 하지만 그 확률은 잘못된 정보에 기초한 결론이야."

"그렇다면 거짓 정보를 회수하고 원래 상황을 복구하면 되는 것 아닙니까."

"안 돼." 라인하트는 고개를 저었다. "그럴 수는 없어. 기계는 계속 작동해야만 해. 이제 와서 결과가 나오지 않게 되면 곤란해. 너무 위험하다고. 더프가 이 사실을 알게 되면—"

"그러면 어떻게 하실 겁니까?" 딕슨은 메시지 판을 집었다. "기계에 거짓 정보를 입력해놓을 수는 없지 않습니까. 그건 반역죄예요."

"정보를 회수할 수는 없어! 대체 가능한 정보가 그 자리를 대신하지 않는 이상은." 라인하트는 성난 걸음으로 방 안을 오갔다. "젠장, 놈이 죽었다고 확신했는데. 이건 말도 안 되는 상황이야. 무슨 수를 써서라도 놈을 제거해야만 해."

라인하트는 문득 걸음을 멈췄다. "터릿 말인데. 아마 지금쯤은 완성되었겠지. 그렇지 않나?"

딕슨은 천천히 고개를 끄덕여 동의를 표했다. "변수 인간의 도움을 받았으니, 셰리코프는 아마 일정보다 훨씬 전에 작업을 끝냈을 겁니다."

라인하트의 회색 눈이 번득였다. "그렇다면 그자는 이제 아무 쓸모도 없는 셈이지. 심지어는 셰리코프에게도. 기회가 있을지도 몰라…… 만약 본격적으로 저항한다 하더라도……"

"무슨 말씀이십니까?" 딕슨이 물었다. "무슨 생각을 하시는 겁니까?"

"지금 당장 행동에 나설 수 있는 차량이 얼마나 되나? 들키지 않고 움직일 수 있는 병력이 몇이나 되지?"

"전쟁 때문에 우리는 24시간 내내 완전 편제 병력을 운용하고 있습니다. 70개 공중 병기와 200여 개의 육전 병기를 움직일 수 있죠. 보안 병력의 다수는 전선으로 이동해 군 지휘권에 들어가 있습니다."

"병력은?"

"전투 준비를 끝낸 5,000명의 병력이 아직 테라에 남아 있습니다. 대부분은 군용 수송선에 탑승 대기 중입니다. 언제라도 동원할 수 있습니다."

"미사일은?"

"다행히도 발사관 분해가 아직 끝나지 않았습니다. 아직 테라에 남아 있습니다. 며칠 후면 식민지의 전투를 위해 이송될 예정입니다."

"그러면 당장 사용할 수 있다는 소리지?"

"그렇습니다."

"좋아." 라인하트는 양손을 맞잡고 결단을 내리며 손마디를 꺾었다. "그거면 딱 되겠군. 내가 완전히 잘못 짚은 게 아니라면, 셰리코프에게는 대여섯 대의 공중 병기가 있을 뿐이고 육상 병기는 전혀 없어. 병력도 200명 정도뿐이지. 물론 방어용 실드는 있겠지만—"

"무슨 계획을 세우시는 겁니까?"

라인하트의 얼굴은 바위처럼 잿빛으로 굳어 있었다. "투입 가능한 모든 보안 병력을 긁어모아 자네의 지휘하에 두게. 오늘 오후 4시까지 이동 준비를 완료하도록. 들를 곳이 있으니까." 라인하트는 냉혹한 표정으로 선언했다. "피터 셰리코프를 놀라게 해줘야겠어."

"여기서 정지." 라인하트가 명령을 내렸다.

지상 차량이 속도를 줄이다 곧 멈췄다. 라인하트는 조심스레 밖을 내다보며 정면의 지평선을 살펴봤다.

사방으로 덤불과 모래만이 가득한 사막이 뻗어 있었다. 움직이는 것은 아무것도 보이지 않았다. 오른쪽으로 초원과 사막이 솟아올라 찌를 듯한 봉우리를 이루며, 끝없이 펼쳐진 산악 지대로 이어져 시야 저 멀리로 사라졌다. 우랄 산맥이었다.

"저쪽이네." 라인하트가 한쪽을 가리키며 딕슨에게 말했다. "보이나?"

"아니요."

"자세히 보게. 위치를 알고 있는 게 아니면 쉽사리 눈에 띄지 않아. 수직으로 박힌 파이프가 보일 걸세. 일종의 환풍구겠지. 잠망경이거나."

마침내 딕슨도 발견했다. "차를 몰고 지나가도 눈치채지 못했을 것 같군요."

"잘 숨겨져 있지. 주 연구소는 약 지하 2킬로미터 깊이에 있다네. 산맥 바로 아래쪽이지. 난공불락이라 불러도 과언이 아니라네. 셰리코프가 수년 전에 그 어떤 공격도 막아낼 수 있도록 만든 곳이라네. 공중 공격, 지상 차량 공격, 폭탄, 미사일—"

"그 아래에 있으면 정말 안전한 기분이 들겠군요."

"두말할 필요 없지." 라인하트는 하늘을 올려다봤다. 희미한 검은 점 몇 개가 느린 속도로 널찍하게 선회하는 모습이 보였다. "저게 우리 쪽 비행선은 아니겠지? 내가 명령을 내렸으니—"

"네, 우리 비행선은 아닙니다. 우리 쪽 병기는 모두 시야 밖에 숨어 있습니다. 저건 셰리코프의 병기입니다. 그의 순찰선이겠죠."

라인하트는 긴장을 풀었다. "좋아." 그는 손을 뻗어 계기판 위에 있는 영상 화면의 전원을 켰다. "이 장치에는 보호 장비가 달려 있겠지? 역탐지가 되는 건 아니겠지?"

"역탐지 방식으로 우리 쪽 위치를 확인할 수는 없을 겁니다. 비방향성 통신이니까요."

화면이 밝아졌다. 라인하트는 인식번호를 입력한 다음 의자에 몸을 묻고 기다렸다.

잠시 후 화면에 영상이 맺혔다. 숱 많은 눈썹과 커다란 눈을 가진 험상궂은 얼굴이었다.

피터 셰리코프는 놀란 듯 호기심을 보이며 라인하트를 바라봤다. "국장! 어디서 연락하는 거요? 지금 무슨—"

"작업 진행 상황은 어떤가?" 라인하트가 차갑게 말을 잘랐다. "이카루스는 거의 완성된 건가?"

셰리코프는 거리낌 없이 자부심을 내보이며 활짝 웃었다. "완벽하게 완성되었소, 국장. 예상 기일보다 이틀이나 앞서서 말이오. 이카루스를 우주로 쏘아 보낼 준비는 다 끝난 상태요. 그쪽 집무실에 연락을 취하려 했는데, 그쪽 사람들 말로는—"

"지금 집무실에 있는 게 아니라서." 라인하트는 화면으로 몸을 기울이며 말했다. "지표에 있는 출입용 터널 문을 열게. 곧 손님을 받게 될 테니."

셰리코프는 눈을 껌뻑였다. "손님이라고?"

"지금 자네를 만나러 가는 중이거든. 이카루스 관련 일이야. 즉시 터널 문을 열게."

"정확히 어디에 있는 거요, 국장?"

"지상에 있지."

셰리코프는 눈을 깜빡였다. "흠? 하지만—"

"문을 열라고!" 라인하트는 쏘아붙였다. 그는 손목시계를 슬쩍 봤다. "5분 후에 입구에 가 있겠네. 나를 맞이할 준비가 끝나 있기를 기대하지."

"물론이오." 셰리코프는 당황해서 눈을 깜빡였다. "당신과 만나는 것은 언제나 즐거운 일이니까, 국장. 하지만—"

"그럼 5분 후에 보지." 라인하트는 회선을 끊었다. 화면이 사라졌다. 그는 재빨리 딕슨을 돌아봤다. "계획대로 자네는 지표에 있게. 나는 경찰 병력 1개 중대를 이끌고 내려가겠네. 정확한 타이밍이 중요하다는 사실은 잘 알고 있겠지?"

"실수하진 않을 겁니다. 준비는 모두 끝났고, 모든 부대가 지정된 자리에 배치되어 있습니다."

"좋아." 라인하트는 딕슨이 내릴 수 있도록 출입구를 밀어 열었다. "자네는 가서 휘하 장교들과 접촉하게. 나는 입구 터널 쪽으로 가보겠네."

"행운을 빕니다." 딕슨은 지상용 차량에서 모래투성이 땅으로 뛰어내렸다. 메마른 바람 한 줄기가 차 안으로 흘러들어와 라인하트를 감싸 돌았다. "나중에 뵙죠."

라인하트는 문을 쾅 닫았다. 그는 총기를 단단히 쥔 채 차량 뒤편에 웅크리고 앉아 있는 경찰 병력을 돌아봤다. "그럼 시작해볼까." 라인하트가 중얼거렸다. "조금 더 대기하도록."

자동차는 모래땅을 달려 셰리코프의 지하 요새로 통하는 출입구 터널로 향했다.

셰리코프는 터널 맨 아래에서 라인하트를 맞이했다. 터널이 연구소의 주요 시설이 있는 층과 만나는 지점이었다.

덩치 큰 폴란드인은 자부심과 만족감으로 활짝 웃으며 다가와서 손을 내밀었다. "다시 보게 되어 반갑소, 국장."

라인하트는 무장을 한 보안경찰 한 무리와 함께 차에서 내렸다. "축하할 만한 일 아니겠나?"

"그거 좋은 생각이로군! 우리는 이틀이나 앞당겨 폭탄을 완성해냈소, 국장. SRB 기계도 이 일에 흥미를 가질 거요. 이 소식을 들으면 확률이 꽤나 급격하게 변화하겠지."

"연구실로 내려가지. 내 눈으로 제어 터릿을 확인하고 싶네."

셰리코프의 얼굴에 한 조각 그림자가 드리웠다. "지금은 작업 인원을 괴롭히고 싶지가 않아서 말이오, 국장. 그 친구들은 터릿을 제시간에 완성하기 위해 상당히 무리를 했소. 아마 지금은 몇 가지 최종 작업을 하는 중일 거요."

"영상 화면으로 보면 되지 않겠나. 그들이 작업하는 모습을 보고 싶다네. 그렇게 작은 단자를 연결하는 일은 분명 쉽지 않을 테지."

셰리코프는 고개를 저었다. "미안하오, 국장. 그쪽을 비추는 영상 화면은 없소. 내가 허락하지 않을 거요. 너무 중요한 일이니까. 우리의 미래 전체가 그것에 달려 있지 않소."

라인하트는 손가락을 퉁겨 자기 휘하의 경찰 중대에 신호를 보냈다. "이자를 즉시 체포해라."

셰리코프는 얼굴이 하얗게 질렸다. 그의 입이 떡 벌어졌다. 경찰들은 재빨리 그를 둘러싸고는 총구를 들어 그의 몸을 찔렀다. 즉시 빠르고 효율적인 몸수색이 이어졌다. 총집이 달린 허리띠와 숨겨놓은 에너지 차폐막이 빠르게 회수되었다.

"무슨 일이 벌어진 거요?" 얼굴에 핏기가 돌아오기 시작한 셰리코프가 물었다. "지금 뭘 하려는 거요?"

"자네는 전쟁 기간 동안 구속되어 있을 거야. 여기서 자네의 모든 권한을 박탈하겠네. 지금부터는 내 부하들이 무기 개발부를 지휘할 걸세. 전쟁이 끝나고 나면 자네는 의회와 더프 의장 앞에서 재판을 받게 될 테고."

셰리코프는 정신을 차리지 못하고 고개를 저었다. "이해가 안 되는군. 이게 전부 무슨 일이오? 설명 좀 해주시오, 국장. 무슨 일이 벌어진 거요?"

라인하트는 휘하 경찰들에게 명령을 내렸다. "준비해라. 연구소로 돌입한다. 총격전을 벌여 길을 뚫어야 할 수도 있다. 변수 인간은 폭탄 근처에서 제어 터릿을 놓고 작업하고 있을 거다."

순간 셰리코프의 얼굴이 경직되었다. 그의 검은 눈동자가 경계와 적개심을 띠고 번득였다.

라인하트는 거칠게 웃어젖혔다. "켄타우리 쪽의 방첩 담당자에게서 보고가 들어왔다네. 자네한테 꽤나 놀랐어, 셰리코프. 켄타우리인들이 사방에서 전송용 장치를 들고 대기하고 있다는 사실을 알고 있지 않나. 자네도 이럴 줄 알았어야—"

셰리코프가 움직였다. 빠르게. 그는 순식간에 경찰들을 뿌리치며 육중한 몸으로 그들에게 부딪쳐 들어갔다. 경찰들은 사방으로 흩어지며 넘어졌다. 셰리코프는 그대로 벽을 향해 돌진했다. 경찰 병력은 마구잡이로 총을 쏘아댔다. 라인하트는 서둘러 자기 총에 손을 가져가 허둥거리며 뽑아들었다.

벽에 도달한 셰리코프는 사방으로 에너지 광선이 난무하는 가운데 머리를 숙이고 벽으로 뛰어들었다. 그는 벽과 충돌하는 동시에 사라져 버렸다.

"젠장!" 라인하트가 소리치며 바닥에 엎드렸다. 주변의 경찰 병력 모두가 바닥에 엎드렸다. 라인하트는 격렬하게 욕설을 내뱉으며 문을 향해 기어가기 시작했다. 지금 당장 여기를 나가야 했다. 셰리코프는 도망쳤다. 그의 몸무게에 반응하도록 지정되어 있는 가짜 벽, 에너지 방호벽이 있었던 것이다. 그리고 그가 안전한 곳으로 도망갔으니 이제—

사방에서 폭염이 밀려들었다. 죽음의 불꽃이 이글대며 그들 위를, 사방을, 모든 면을 뒤덮었다. 파괴의 불길이 벽에서 벽으로 튕기며 방 안 모든 공간을 불태웠다. 그들은 네 벽면에서 최고 화력으로 밀려드는 열기 속에 사로잡혔다. 함정, 죽음의 함정이었다.

라인하트는 복도에 도착해 숨을 헐떡였다. 보안경찰 몇 명이 그를 따라오고 있었다. 뒤편의 불타는 방에서 남은 중대원들이 치솟는 불길 속에 비명을 지르고 몸부림을 치며 타 들어가는 모습이 보였다.

라인하트는 남은 부하들을 한데 모았다. 셰리코프의 경비병들이 이미 모여들고 있었다. 복도 한쪽 끝에 커다란 총구가 달린 로봇 병기가 자리 잡는 중이었다. 사이렌 소리가 들렸다. 사방에서 경비병들이 전투 위치로 달려갔다.

로봇 병기가 발포를 시작했다. 복도의 일부가 폭발하며 산산조각 났다. 숨 막히는 잔해와 입자의 구름이 그들을 휩쓸었다. 라인하트와 경찰 병력은 몸을 숙이고 복도를 따라 움직였다.

그들은 갈림길에 도착했다. 두 번째 로봇 병기가 굉음을 울리며 그들을 사정거리에 넣기 위해 서둘러 움직이고 있었다. 라인하트는 정밀한 구조를 가진 제어부를 노리고 신중하게 총을 쏘았다. 로봇 병기는 발작하듯 그 자리에서 회전하기 시작했고, 그대로 벽으로 돌진해 꿈쩍도 하지 않는 금속 벽에 부딪쳐 알아서 박살 났다. 그대로 무너져버린 병기의 잔해 안에서 아직도 신음소리를 내며 돌아가는 톱니바퀴들이 보였다.

"가자." 라인하트는 즉시 몸을 숙이고 그 자세 그대로 달려갔다. 손목시계를 확인해보니 시간이 거의 다 되었다. 몇 분 정도 남아 있었다. 눈앞에 연구소 경비 병력이 나타났다. 라인하트는 총을 쏘았고, 그의 뒤를 따르는 경찰들 역시 발포를 시작했다. 보라색 에너지 줄기가 복도로 막 들어오는 경비병 한 무리에 명중했다. 경비병들은 몸을 뒤틀며 사방으로 쓰러졌다. 몸의 일부가 먼지가 되어 복도를 따라 흘러내렸다. 라인하트는 상체를 숙인 채 잔해와 시체를 뛰어넘으며 연구소로 향했다. 부하들이 그의 뒤를 따르고 있었다. "계속 간다. 멈추지 마!"

갑자기 사방에서 셰리코프의 목소리가 울려 퍼지기 시작했다. 복도의 벽을 따라 설치된 스피커에서 나오는 모양이었다. 라인하트는 걸음을 멈추고 사방을 둘러봤다.

"라인하트! 당신은 여기서 끝장이오. 두 번 다시는 지상으로 돌아가지 못하게 될 거요. 무기를 내려놓고 항복하시오. 당신은 완전히 포위됐소. 지금 당신이 지하 2킬로미터 깊이에 있다는 점을 잊지 마시오."

라인하트는 바로 다시 움직이며 복도를 따라 흘러오는 잔해의 구름을 헤치고 앞으로 나가기 시작했다. "확신할 수 있나, 셰리코프?" 그가 신음하듯 내뱉었다.

셰리코프가 웃음을 터뜨렸다. 거칠고 쩌렁쩌렁 울리는 반향음이 사방에서 라인하트의 고막으로 파고들었다. "나는 당신을 죽이고 싶은 생각이 없소, 국장. 당신은 전쟁에 필수적인 존재니까. 당신이 변수 인간에 대해 알아내다니 참으로 유감이오. 우리가 켄타우리의 첩보 능력이라는 요소를 간과했음을 인정하리다. 하지만 이제 당신이 그에 대해 알게 된 이상―"

갑자기 셰리코프의 목소리가 멎었다. 육중한 굉음이 바닥을 뒤흔들었다. 복도 전체가 연달아 진동하고 있었다.

라인하트는 안도를 느끼며 긴장을 풀었다. 그는 먼지 구름을 헤치고 손목시계의 숫자를 확인했다. 정시였다. 1초도 늦지 않았다.

지구 반대편의 의회 건물에서 발사한 첫 수소 미사일이 도착한 것이다. 공격이 시작되었다!

6시 정각, 입구 터널에서 6킬로미터 떨어진 곳의 지표에 서 있던 조지프 딕슨은 대기하고 있던 부대에 신호를 보냈다.

첫 번째 임무는 셰리코프의 방어 차폐막을 무력화하는 것이었다. 미사일이 아무런 방해 없이 차폐막을 뚫고 들어가게 만들어야 했다. 딕슨의 신호에 맞춰, 30대의 보안국 소속 비행선으로 구성된 선단이 약 15킬로미터 높이에서 급강하하며 지하 연구소 바로 위의 산맥 전체를 휩쓸었다. 5분도 되지 않아서 방어 차폐막이 파괴되었고, 방어막 투사기가 설치된 탑도 전부 사라졌다. 이제 산맥 지대를 보호하는 것은 아무것도 없었다.

"아직까지는 괜찮군." 딕슨은 자신의 비밀 위치에서 상황을 살펴보며 중얼거렸다. 임무를 마친 보안국 비행선들이 굉음을 울리며 돌아오고 있었다. 경찰의 지상 차량들이 사막을 가로질러 입구 터널을 향해 뱀처럼 꼬리를 물고 달려가는 모습이 보였다.

그러는 동안, 셰리코프의 반격 작전 역시 시작되었다.

언덕 여기저기에 배치된 병기들이 불을 뿜기 시작했다. 돌진해오는 차량들 쪽에서 거대한 불기둥이 솟아올랐다. 평원 전체가 폭발의 굉음과 타오르는 소용돌이에 휩싸이자, 차량들은 머뭇거리며 뒤로 물러서기 시작했다. 여기저기서 차량들이 입자 구름만을 남기고 흩어지는 모습이 보였다. 거대한 소용돌이 때문에 차량 한 무리가 산산이 흩어져 공중으로 날아가는 모습도 보였다.

딕슨은 화포를 침묵시키라는 명령을 내렸다. 경찰의 공중 부대가 다시 한번 머리 위를 휩쓸고 지나갔고, 아래의 대지는 제트 엔진의 굉음에 진동했다. 경찰 비행선은 숙련된 움직임으로 부대를 나눠, 언덕에 튀어나와 있는 병기들 위로 강하했다.

병기들은 지상 차량을 포기하고 총구를 위로 돌려 공중 공격에 맞섰다. 비행선은 계속해서 강하하며 거대한 폭발로 산맥을 뒤흔들었다.

병기들이 발포를 멈췄다. 폭탄이 치명적인 타격을 입히기 시작하자, 화포의 굉음은 천천히 줄어들다가 곧 머뭇거리듯 잦아들었다.

딕슨은 폭격이 끝나는 모습을 만족스럽게 바라봤다. 비행선들이 무리를 지어 상공으로 날아올랐다. 승리를 만끽하며 시체에서 솟아오르는 검은 각다귀 떼처럼 보였다. 비행선들은 비상용 로봇 대공포가 배치되어 하늘을 에너지 폭발로 가득 채우는 모습을 보고 서둘러 귀환했다.

딕슨은 손목시계를 확인했다. 이미 북미에서 미사일이 날아오는 중이었다. 이제 몇 분밖에 남지 않았다.

성공적인 폭격 덕분에 자유로워진 지상 차량들이 전면 공격을 위해 새롭게 무리를 짓기 시작했다. 차량들은 다시 한번 불타는 평야를 가로질러 전진했고, 산맥의 장벽을 따라 조심스레 방어 병기 잔해 쪽으로 움직였다. 입구 터널을 향해서.

가끔씩 힘없이 한두 번 발포하는 화기가 있기는 했지만, 차량들은 꾸준히 전진했다. 셰리코프의 병력이 응전을 위해 서둘러 언덕 공터 위로 모여드는 모습이 보였다. 첫 번째 차량이 산맥 기슭까지 도달했다……

귀가 먹을 정도의 포화가 쏟아져 내렸다. 소형 로봇 총기들이 사방에서 나타났다. 나무, 덤불, 바위, 돌멩이 뒤에 있던 바늘처럼 가는 총구들과 숨겨진 방어막이 모습을 드러냈다. 경찰 차량들은 산맥 기슭에서 엄청난 규모의 십자포화에 휩쓸렸다.

셰리코프의 경비병들이 산비탈을 내려와 전진을 멈춘 차량들을 향해 달려갔다. 달려오는 보병을 향해 차량들이 일제 사격을 가하자 열기의 구름이 피어올라 평원을 뜨겁게 달궜다. 떨어져 나온 로봇 총기가 평야를 향해 달팽이처럼 미끄러져 내려오며 계속해서 발포해대는 모습이 보였다.

딕슨은 초조하게 몸을 뒤틀었다. 조금만 더 있으면 된다. 이제 언제라도 도착할 수 있다. 그는 손으로 눈을 가리고 하늘을 올려다봤다. 아직은 소식이 없었다. 그는 라인하트가 어떻게 되었는지 궁금했다. 지하에서는 어떤 신호도 올라오지 않았다. 문제와 맞닥뜨린 모양이었다. 산맥 아래를 벌집처럼 관통하는, 복잡한 미로 같은 지하 토굴 속에서 치열한 전투가 계속되고 있는 게 분명했다. 공중에서는 셰리코프의 몇 척 안되는 방어용 비행선들이 빠른 속도로 덤벼들며 승산 없는 싸움을 계속하고 있었다.

셰리코프의 경비 병력이 들판으로 쏟아져 나왔다. 그들은 몸을 숙인 채 발이 묶인 차량들을 향해 달려들었다. 경찰 비행선들이 그들을 향해 강하하며 빗발처럼 탄환을 쏟아부었다.

딕슨은 숨을 삼켰다. 미사일이 도착하기만 하면—

첫 미사일이 명중했다. 산맥의 한쪽 부분이 증발하며 연기와 매캐한 가스만을 남겼다. 열기의 파도가 딕슨의 얼굴을 때려 몸을 돌리게 만들었다. 그는 서둘러 비행선으로 돌아가 이륙했고, 총알같이 재빨리 전장을 떠났다. 뒤를 돌아보니 두 번째와 세 번째 미사일이 도착했다. 산맥에는 거대한 구덩이가 입을 쩍 벌렸다. 부러진 이빨처럼 여기저기 이가 나간 모습이 보였다. 미사일은 이제 그 아래의 지하 연구소를 직접 타격할 수 있을 것이다.

지상에서는 차량들이 위험 지역에서 후퇴해 미사일 공격이 끝나기만을 기다리고 있었다. 차량들은 여덟 번째 미사일이 명중한 후 다시 전진을 시작했다. 미사일은 더 이상 떨어지지 않았다.

딕슨은 비행선의 방향을 바꿔 전장으로 돌아가기 시작했다. 연구소가 노출되었다. 상층부가 그대로 날아가 열려버린 것이다. 엄청난 폭발에 뚜껑이 찢겨 나간 통조림 같은 몰골이었다. 공중에서도 최상층의 모습을 볼 수 있었다. 병력과 차량들이 그 안으로 쏟아져 들어가면서 지상으로 기어 나오는 경비병들과 전투를 벌이고 있었다.

딕슨은 그 모습을 열심히 지켜봤다. 셰리코프의 부하들이 중화기를, 커다란 로봇 대포를 끌어내고 있었다. 하지만 경찰 비행선이 다시 급강하했다. 셰리코프의 방어용 순찰선들은 이미 하늘에서 사라진 후였다. 경찰 비행선들은 높은 굉음과 함께 드러난 연구소 시설 위로 원호를 그리며 강하했다. 소형 폭탄이 휘파람 소리를 내며 투하되어, 남아 있는 승강 시설을 이용해 올라오고 있던 포대를 정밀 타격했다.

갑자기 딕슨의 영상 화면이 딸각 소리를 냈다. 딕슨은 그 쪽으로 몸을 돌렸다.

라인하트의 얼굴이 화면 위에 등장했다. "공격을 중지하게." 제복은 찢어진 상태였다. 뺨에 깊게 팬 상처에서 피가 흐르고 있었다. 그는 지친 표정으로 딕슨을 향해 웃고는 헝클어진 머리카락을 뒤로 쓸어 넘겼다. "대단한 전투였군."

"셰리코프는—"

"경비병을 물렸네. 협상하기로 했어. 이제 다 끝났네. 더 이상은 필요 없어." 라인하트는 숨을 몰아쉬며 목의 검댕과 땀을 닦아냈다. "자네 비행선을 착륙시키고 즉각 이쪽으로 오게."

"변수 인간은요?"

"그건 다음 단계지." 라인하트가 총을 점검하며 냉혹하게 말했다. "그 때문에 자네가 이리 왔으면 하는 걸세. 목표를 제거할 때 자네가 있었으면 하거든."

라인하트는 영상 화면에서 고개를 돌렸다. 방 한쪽 구석에는 셰리코프가 아무 말 없이 우두커니 서 있었다. "그래서?" 라인하트가 소리쳤다. "그놈 어디 있나? 어디로 가야 찾을 수 있나?"

셰리코프는 초조하게 입술을 핥으며 라인하트를 올려다봤다. "국장, 당신 진심으로—"

"공격을 중지했네. 자네 연구소는 이제 안전해. 자네 목숨도 마찬가지고. 이제 자네 쪽에서 협상 조건을 지킬 차례일세." 라인하트는 총을 쥐고 셰리코프 쪽으로 움직였다. "그놈 어디 있냐고?"

셰리코프는 잠시 머뭇거렸다. 얼마 지나지 않아 셰리코프의 커다란 몸이 패배감에 축 늘어졌다. 그는 지친 듯 고개를 저었다. "알겠소. 그 친구가 어디 있는지 보여주리다." 그의 목소리는 잘 들리지 않는 메마른 속삭임에 지나지 않았다. "이 아래쪽이오. 따라오시오."

라인하트는 셰리코프를 따라 방을 나가서 복도로 들어섰다. 경찰과 경비 병력들이 서둘러 잔해와 파편을 치우고 사방에서 타오르는 수소

불길을 잡는 모습이 보였다. "속이면 곤란해, 셰리코프."

"속일 생각 없소." 셰리코프는 포기한 듯 고개를 끄덕였다. "토머스 콜은 홀로 있소. 주 건물의 부속 연구소에 있지."

"콜?"

"변수 인간 말이오. 그게 그 친구 이름이오." 폴란드인은 커다란 머리를 슬쩍 돌렸다. "그 친구한테도 이름이 있다오."

라인하트는 총을 흔들었다. "서두르게. 아무것도 잘못되지 않았으면 좋겠으니까. 이게 바로 내가 이곳에 온 이유지 않나."

"한 가지는 기억해주셨으면 좋겠소, 국장."

"무엇 말인가?"

셰리코프는 걸음을 멈췄다. "국장, 구체에는 절대 어떤 일도 일어나서는 안 되오. 제어 터릿 말이오. 모든 것이 거기 달려 있으니까. 전쟁도, 우리 세계 전체도—"

"나도 알고 있네. 그 망할 물건에는 아무 일도 일어나지 않을 거야. 가세."

"만약 구체가 피해를 입기라도 하면—"

"나는 구체를 쫓는 것이 아닐세. 오직 그자—토머스 콜에게 관심이 있을 뿐이야."

그들은 복도 끝에 도착해 금속 문 앞에 섰다. 셰리코프가 문을 향해 고개를 끄덕였다. "저 안에 있소."

라인하트는 뒤로 물러섰다. "문을 열게."

"직접 여시오. 나는 이 일에 조금도 도움을 주고 싶지 않소."

라인하트는 어깨를 으쓱하더니 문으로 다가갔다. 총을 든 채 안구 인식 센서 앞에서 손을 저어봤지만 아무 일도 일어나지 않았다.

그는 얼굴을 찌푸렸다. 손으로 문을 밀자 문이 그대로 열렸다. 작은 연구실이 라인하트의 눈에 들어왔다. 그는 작업대, 공구, 무더기를 이루어 쌓인 장비들, 계측용 도구, 그리고 작업대 가운데 놓인 반투명한 구체, 즉 제어 터릿을 차례로 바라봤다.

"콜?" 라인하트는 빠른 걸음으로 방 안으로 들어왔다. 그는 퍼뜩 경계심이 들어 방 안을 돌아봤다. "대체 어디……"

방 안은 텅 비어 있었다. 토머스 콜이 사라져버린 것이다.

첫 미사일이 떨어졌을 때, 콜은 작업을 멈추고 그대로 앉아 귀를 기울였다.

핑음이 멀리 떨어진 곳에서 땅을 타고 전해져 그의 발아래 바닥을 흔들었다. 작업대 위의 공구와 장비들이 위아래로 들썩였다. 펜치 한 벌이 바닥으로 떨어졌다. 나사못 상자가 넘어지며 그 안의 작은 내용물들이 바닥으로 쏟아졌다.

콜은 한동안 귀를 기울이다 이내 작업대 위에 놓인 투명한 구체를 집었다. 그는 섬세한 손길로 구체를 들어 올려 부드럽게 표면을 더듬었다. 흐릿한 푸른 눈은 생각에 잠겨 있었다. 잠시 후, 그는 구체를 작업대 위의 받침대에 돌려놓았다.

구체는 완성되었다. 변수 인간의 얼굴에 희미한 자부심이 아른거렸다. 이 구체야말로 지금까지의 작업 중 가장 훌륭한 결실이었다.

멀리서 들려오던 핑음이 잦아들었다. 그는 즉시 경계하며 작업용 의자에서 일어나 방을 가로질러 달려 문가로 향했다. 콜은 잠시 문가에 서서 귀를 기울였다. 문 너머의 소음이 들려왔다. 고함 소리, 경비병들이 달려 지나가는 소리, 중장비가 바닥에 끌리는 소리, 정신없이 작업하는 소리.

충돌 소리가 복도를 따라 울리며 문에 와서 부딪쳤다. 그는 충격 때문에 몸을 돌리며 물러났다. 다시 한번 힘의 물결이 벽과 바닥을 뒤흔들며 그를 무릎 꿇게 만들었다.

조명이 깜빡이더니 곧 꺼져버렸다.

콜은 한동안 어둠 속을 더듬거려 손전등을 찾았다. 정전인 모양이었다. 불길이 이글대는 소리가 들려왔다. 갑자기 흐릿한 누런색의 조명이 켜지더니, 곧 다시 희미해지다 사라졌다. 콜은 몸을 숙이고 손전등으로 문을 살펴봤다. 자석식 자물쇠였다. 외부에서 유도하는 전기 흐름에 반응하는 종류다. 그는 스크루드라이버를 들어 문을 따기 시작했다. 자물쇠는 한동안 버텼지만 결국 열렸다.

콜은 조심스레 복도로 걸어 나왔다. 모든 것이 엉망이었다. 사방에 화상을 입고 반쯤 눈이 먼 경비병들이 돌아다니고 있었다. 두 사람이 엉망이 된 장비 아래 깔려 신음하고 있었다. 눌어붙은 총이 보였고 금속 냄새도 났다. 전선과 플라스틱이 불타는 냄새로 공기가 매캐했다. 자욱한 연기 때문에 숨이 막혀와 상체를 수그리고 전진해야 했다.

"멈춰." 경비병 하나가 힘없이 말하며 몸을 일으키려 했다. 콜은 그를 밀치고 복도를 걸어갔다. 아직 작동하는 두 대의 소형 로봇 총이 미끄러지듯 그를 지나쳐 전장의 혼란과 소음 속으로 달려갔다. 그는 그 뒤를 따랐다.

널찍한 교차로에서는 아직 전투가 치열하게 벌어지고 있었다. 셰리코프의 경비병들이 보안경찰과 싸우는 모습이 보였다. 기둥과 장애물 뒤에 숨어 마구잡이로 처절하게 총을 쏘아댔다. 다시 한번 위쪽 어디선가 폭음이 들리며 건물 전체가 흔들렸다. 폭탄일까? 포격일까?

순간 보라색 광선이 그의 귓가를 스치고 지나가 뒤편의 벽을 분해시켰다. 콜은 그대로 바닥으로 몸을 던졌다. 눈을 크게 뜬 보안경찰 한 명이 사방으로 총을 난사하고 있었다. 셰리코프의 경비병 중 하나가 그를 명중시켰고, 총이 미끄러져 바닥으로 떨어졌다.

교차로를 지나치자 로봇 대포 한 대가 그를 향해 총구를 돌렸다. 그는 달리기 시작했다. 대포는 그를 따라 굴러오며 어설프게 조준을 했다.

콜은 몸을 숙인 채 숨을 헐떡이고 비척거리면서 계속 달려갔다. 깜빡이는 노란 불빛 속에서 한 무리의 보안경찰이 다가왔다. 숙련된 솜씨로 발포하며 전진하는 것으로 보아 셰리코프의 경비병들이 급조한 방어선을 돌파하려는 생각인 듯했다.

로봇 대포는 그들을 상대하기 위해 방향을 돌렸고, 콜은 모퉁이를 돌아 도망쳤다.

그는 연구소 본관 건물에 있었다. 거대하고 땅딸막한 원통, 이카루스 본체가 서 있는 넓은 연구실이었다.

이카루스! 경비병들이 폭탄을 둘러싸고 벽을 이루어 서 있었다. 총과 방어용 실드로 무장한 채였다. 하지만 보안경찰들은 이카루스를 건드리지 않았다. 누구도 이카루스에는 피해를 입히고 싶지 않았던 것이다. 콜은 그를 따라오는 경비병 한 명을 따돌리고 연구실의 반대편에 도달했다.

역장 생성기를 찾는 데는 몇 초밖에 걸리지 않았다. 스위치가 보이지 않아 잠시 어쩔 줄을 몰랐지만 곧 기억이 떠올랐다. 경비병이 손목에 찬 장치로 조작했었다.

이제 와서 그런 문제로 머리를 싸매고 있을 수는 없었다. 그는 스크루드라이버를 사용해 역장 생성기를 덮은 금속판을 들어낸 다음 내부의 전선을 한 줌 뜯어냈다. 그러고는 헐거워진 생성기를 잡고 벽에서 힘껏 뜯어냈다. 다행히도 차폐막은 꺼져 있었다. 그는 간신히 생성기를 들고 옆쪽의 작은 통로로 들어섰다.

자리에 주저앉은 콜은 그대로 생성기 위로 몸을 기울이고 날아갈 듯 손가락을 움직였다. 그는 배선을 당겨 바닥에 내려놓고는 서둘러 회로를 짚어보기 시작했다.

개조 작업은 그가 생각한 것보다 쉬웠다. 차폐막은 배선에서 직각으로 1.8미터 거리에 생성되는 구조였다. 각각의 단자는 한쪽으로 힘을 뿜어냈다. 각 방어막은 바깥으로 뻗어 나가며 가운데 부분에 원뿔형의 빈 공간을 만들었다. 그는 전선을 벨트와 바지자락, 셔츠 아래로 손목과 발목에 닿는 부분까지 밀어 넣었다.

무거운 역장 생성기를 집어 든 순간 보안경찰 두 명이 등장했다. 그들은 그대로 블래스터를 겨누고 지근거리 사격을 해댔다.

콜은 차폐막의 전원을 넣었다. 진동이 그의 몸을 휘돌고 지나가자 입이 다물리고 몸이 격렬하게 흔들렸다. 그는 자신에게서 뿜어져 나간 힘에 반쯤 정신이 나간 채 뒤로 물러섰다. 보라색 광선은 역장에 맞아 아무 피해 없이 튕겨나간 모양이었다.

그는 안전했다.

콜은 망가진 대포와 블래스터를 손에 쥐고 쓰러진 시체들을 지나쳐, 서둘러 복도를 따라 달려갔다. 주변 사방에 방사능 입자의 구름이 일어나고 있었다. 그는 조심스레 구름 하나를 돌아서 지나갔다. 사방에 경비병들이 쓰러져 있었다. 죽어가거나 죽은 사람들, 몸의 일부가 날아간 사람들, 대기 중의 뜨거운 금속 염류에 몸이 삭아들고 녹아버린 사람들이 보였다. 여기서 떠나야 했다. 가능하면 빠르게.

복도 끝에 도착하니 요새의 구역 하나가 통째로 부서져 있었다. 거대한 불길이 사방에서 이글거렸다. 미사일 하나가 최하층까지 관통해 들어온 모양이었다.

콜은 아직 작동하는 승강기를 하나 찾아냈다. 부상당한 경비병 한 무리가 지상으로 올라가고 있었다. 그들 중 누구도 그에게 주의를 기울이지 않았다. 승강기 주변으로 화염이 휘몰아치며 부상병들을 핥아댔다. 인부들이 필사적으로 승강기를 움직이려 하고 있었다. 콜은 승강기에 올라탔다. 잠시 후, 그는 고함과 화염을 뒤로하고 지상으로 올라가기 시작했다.

승강기가 지상으로 나오자마자 콜은 거기서 뛰어내렸다. 경비병 하나가 그를 알아보고 쫓기 시작했다. 콜은 웅크린 자세로 하얗게 달아올라 아직 열기를 뿜어내는 뒤틀린 금속 더미 속으로 몸을 피했다. 한동안 달리다 망가진 차폐막 방사탑 위에서 아래로 뛰어내렸고, 눌어붙은 땅 위를 달려 언덕을 내려갔다. 발밑의 지면은 뜨거웠다. 그는 있는 힘을 다해 헐떡이며 달렸고, 마침내 널찍한 비탈에 도착해 한쪽으로 몸을 숨겼다.

따라오던 경비병은 보이지 않았다. 지하 요새의 폐허에서 뿜어져 나온 재의 구름 속에서 그를 놓친 모양이었다.

언덕 꼭대기에 도착한 콜은 한동안 멈춰 서서 숨을 고르며 자신의 위치를 파악했다. 거의 저녁이 다 되었는지 해가 지고 있었다. 어두워지는 하늘에서 여전히 몇 개의 점이 빙글빙글 돌며 움직였고, 검은 점들이 갑자기 불꽃을 뿜다가 잦아들곤 하는 모습이 보였다.

콜은 조심스레 자리에서 일어서서 주변을 둘러봤다. 아래 사방으로 폐허가, 그가 방금 도망쳐 나온 용광로가 뻗어 있었다. 불길에 휩쓸린 금속과 잔해가 혼란스럽게 뒤엉켜 도저히 수리할 수 없을 만큼 상처 입고 파괴된 모습이었다. 수 킬로미터에 걸쳐 뒤엉킨 쓰레기와 반쯤 증발한 장비들이 널려 있었다.

그는 생각에 잠겼다. 모두가 불을 끄고 부상병을 안전한 곳으로 옮기느라 바쁘게 움직이고 있었다. 그가 사라진 것을 알아채려면 한참이 걸릴 터였다. 하지만 눈치채기만 하면 바로 쫓아올 것이다. 연구소의 대부분은 파괴되었다. 그쪽에는 아무것도 남아 있지 않았다.

폐허 너머로 거대한 우랄 산맥의 봉우리가 솟아 있었다. 끝없는 산악지대가 눈이 가닿는 끝까지 펼쳐져 있었다.

산과 녹색의 숲. 야생 지대. 저쪽으로 가면 저들은 절대 그를 찾지 못할 것이다.

콜은 역장 발생기를 옆구리에 낀 채, 천천히 조심스레 비탈을 내려가기 시작했다. 어쩌면 저 혼돈 속에서 계속 생존할 수 있게 해줄 만한 음식과 장비를 찾을 수도 있을 것이다. 새벽까지 기다렸다가 다시 폐허로 돌아가 물건을 챙길 수도 있다. 몇 가지 공구와 자신의 천부적인 기술만 있으면 괜찮게 살아갈 수 있으리라. 스크루드라이버, 망치, 못, 이런저런 잡동사니 정도면—

귓가에 우렁찬 윙윙 소리가 들리기 시작하더니 곧 먹먹한 굉음으로 바뀌었다. 깜짝 놀란 콜은 뒤를 돌아봤다. 거대한 형체가 그의 뒤편 하늘을 채웠고 계속 커져가고 있었다. 콜은 꼼짝할 수가 없었다. 형체는 그의 머리 위로 굉음을 내며 날아들었고, 그는 바보처럼 그 자리에 못 박힌 듯 서서 이를 바라보고만 있었다.

이내 콜은 머뭇거리며 무작정 달리기 시작했다. 발이 걸려 넘어져 언덕 경사면을 따라 약간을 굴러 내려갔다. 그는 필사적으로 자리에서 일어섰다. 손을 부드러운 흙 속에 박으며 일어나는 동시에 역장 발생기를 옆구리에서 떨어뜨리지 않으려 애썼다.

섬광, 그리고 눈이 멀 듯한 불꽃이 그의 주변을 가득 채웠다.

불꽃은 낙엽처럼 그를 들어 올렸다 내동댕이쳤다. 콜은 신음소리를 냈다. 뜨거운 불길이 주변에서 이글거리고 있었다. 굶주린 것처럼 콜의 차폐막을 향해 혓바닥을 날름거리는 화염이 보였다. 그는 정신을 차리지 못하고 몸을 뒤틀며 불의 구름 속으로, 어두운 구덩이 속으로, 두 언덕 사이의 깊은 계곡으로 떨어졌다. 전선 끊어지는 소리가 났다. 역장 발생기는 그의 손에서 빠져나가 떨어져버렸다. 그와 동시에 차폐막도 소멸되었다.

콜은 언덕 아래의 어둠 속에 누워 있었다. 부정한 불길이 그의 몸 위에서 춤췄고, 몸의 모든 부분이 고통스러운 비명을 질러댔다. 그는 불타오르는 숯덩이, 어둠의 세계에서 반쯤 탄 재의 덩어리가 되어버렸다. 고통 때문에 벌레처럼 몸을 뒤틀고, 꿈틀거리며 땅 속으로 파고들려 애썼다. 고함과 비명을 지르고 끔찍한 불길로부터 도망치려 발버둥을 쳤다. 저 너머 어둠의 장막에, 서늘하고 고요한 곳에, 타오르는 화염이 그를 먹어치울 수 없는 곳에 가 닿기 위해서.

그는 애원하듯 어둠 속으로 손을 뻗었다. 힘없이 손을 뻗어 그쪽으로 몸을 움직이려 했다. 불타오르던 덩어리였던 그의 몸이 천천히 사그라지기 시작했다. 뚫을 수 없는 밤의 혼돈이 내려앉았다. 그는 밤의 물결이 자신을 휩쓸어 뜨거운 불길을 잡아주기만을 바랐다.

딕슨은 훌륭한 솜씨로 착륙해 뒤집힌 방어탑 앞에 비행선을 멈췄다. 그는 비행선에서 뛰어내려 서둘러 연기 나는 땅 위를 가로질러 달려갔다.

승강기 하나에서 보안경찰들에 둘러싸인 라인하트가 등장했다. "놈이 달아났네! 도망쳤다고!"

"도망치지 못했습니다." 딕슨이 대답했다. "제가 놈을 잡았으니까요."

라인하트가 격렬하게 몸을 떨었다. "그게 무슨 뜻인가?"

"저와 함께 가시죠. 저쪽입니다." 그와 라인하트는 숨을 헐떡이며 무너져 내린 언덕을 올랐다. "착륙하려던 참이었죠. 승강기에서 내려 짐승처럼 산으로 도망가는 사람이 보이더군요. 저는 그자가 공터로 나오자 그대로 강하하며 백린탄을 투하했습니다."

"그렇다면 놈이 죽었단 말인가?"

"사람이 백린탄을 맞고 살아남을 방법이 있으리라는 생각은 안 듭니다." 그들은 언덕 꼭대기에 도착했다. 딕슨은 걸음을 멈췄다가 곧 흥분해서 언덕 너머 구덩이 안쪽을 가리켰다. "저기군요!"

그들은 조심스레 구덩이로 내려갔다. 지면은 깨끗하게 그을리고 불타 있었다. 공기 중에 연기가 자욱했다. 아직도 여기저기 불길이 타오르는 것이 보였다. 라인하트는 기침을 하며 몸을 숙이고 살펴봤다. 딕슨은 휴대용 조명탄을 꺼내어 시체 옆으로 쏘았다.

목표의 몸은 타오르는 백린에 반쯤 파괴되고 그을려 있었다. 한쪽 팔로 얼굴을 가리고 입을 떡 벌린 채, 다리를 괴상하게 벌린 자세로 꼼짝도 하지 않았다. 소각로에 던져 넣어 형체도 알아볼 수 없게 된, 버려진 헝겊 인형 같은 몰골이었다.

"놈이 살아 있습니다!" 딕슨이 중얼거렸다. 그는 호기심 어린 표정으로 주변을 더듬어봤다. "일종의 보호막 같은 것이 있었나 봅니다. 사람이 어떻게 저런 상황에서—"

"저게 그놈인가? 정말로 그놈이야?"

"인상착의는 일치합니다." 딕슨은 불탄 옷을 벗겨내며 말했다. "이자가 변수 인간입니다. 적어도 그의 남은 부분이기는 하죠."

라인하트는 안도하며 긴장을 풀었다. "그럼 마침내 놈을 잡은 셈이군. 정보는 정확한 거야. 이제 이놈은 더 이상 고려할 요소가 아니야."

딕슨은 블래스터를 꺼내 천천히 안전장치를 풀었다. "원하신다면 제가 여기서 즉시 놈을 끝장내겠습니다."

바로 그 순간, 무장한 보안경찰 두 명과 함께 셰리코프가 등장했다. 그는 검은 눈을 두리번거리며 험악한 표정으로 언덕을 내려왔다. "콜이 도망을—" 그는 말을 멈췄다. "이런 세상에."

"딕슨이 백린탄으로 놈을 잡았네." 라인하트가 간결하게 설명했다. "놈은 지상에 도달해서 산 속으로 도망치려 했어."

셰리코프는 지친 표정으로 몸을 돌렸다. "그 친구는 놀라운 사람이었소. 공격이 벌어지는 동안 방문의 자물쇠를 따고 도망친 모양이더군. 경비병들이 발포를 했으나 아무 일도 일어나지 않았소. 일종의 역장을 몸 주변에 두른 모양이오. 자기가 개조한 물건을 사용해서 말이오."

"어쨌든, 이젠 다 끝난 일일세." 라인하트가 대답했다. "이자에 대한 SRB용 금속판을 만들어뒀나?"

셰리코프는 천천히 외투 속으로 손을 넣더니 서류 봉투를 하나 꺼냈다. "이게 그 친구에 대한 정보요. 그 친구가 나와 함께 있던 동안에 모아들인 거지."

"완벽한 정보인가? 이전에 모아들인 정보는 죄다 파편뿐이었는데."

"내 한계 내에서는 완벽하다고 할 수 있소. 구체 내부의 사진과 도면도 포함되어 있지. 그가 나를 위해 만들어준 터릿의 배선 말이오. 나는 아직 그걸 살펴볼 시간도 없었소." 셰리코프는 봉투를 만지작거렸다. "콜에게 뭘 할 생각이오?"

"수송선에 태워 도시로 돌아가야겠지. 안락사 부서에서 공식적으로 잠재울 걸세."

"합법적 살인 말이오?" 셰리코프의 입술이 뒤틀렸다. "그냥 간단하게 여기서 쏴서 끝내버리지 그러시오?"

라인하트는 서류 봉투를 잡아채 자기 오른쪽 주머니에 욱여넣었다. "이건 그대로 기계에 입력하겠네." 그는 딕슨을 향해 손짓했다. "이제 가세. 이제야 함대에 켄타우리 공격 준비가 완료되었다고 보고할 수 있겠군." 그는 슬쩍 셰리코프를 돌아봤다. "이카루스는 언제 발사할 수 있나?"

"1시간 안에 발사할 수 있을 거요. 지금 제어 터릿을 제자리에 연결하는 중이오. 터릿이 제대로 작동한다고 가정하면, 현재 필요한 일은 그것뿐이오."

"좋아. 더프에게 함대로 신호를 보내라고 알리도록 하겠네." 라인하트는 경찰들에게 고갯짓을 해서 셰리코프를 대기 중인 보안국 비행선으로 옮기게 했다. 셰리코프는 지쳐 잿빛이 된 얼굴로 순순히 움직였다. 움직임을 멈춘 콜의 몸은 회수되어 화물용 짐차 위로 던져졌다. 짐차가 보안국 비행선에 수납되고 그 뒤로 격납고 자물쇠가 닫혔다.

"이 추가 정보에 기계들이 어떻게 반응할지 참 흥미롭겠군요." 딕슨이 말했다.

"확률이 꽤나 많이 상승하겠지." 라인하트가 동의했다. 그는 외투 안 주머니에서 튀어나와 있는 봉투를 두드려 보였다. "이제 원래보다 이틀 앞서게 된 셈 아닌가."

마거릿 더프는 천천히 집무실 책상에서 일어났다. 의자가 자동으로 뒤로 물러났다. "내가 제대로 들은 건지 확인해보죠. 폭탄 제작이 끝났 다는 겁니까? 발사 준비가 되었다고요?"

라인하트는 조급하게 고개를 끄덕였다. "바로 그렇소. 기술자들이 터 릿이 제대로 장착되었는지 고정 장치를 확인하고 있으니, 30분 후면 발 사가 가능할 거요."

"30분이라고요! 그러면—"

"그러면 즉시 공격을 시작할 수 있는 거지. 함대는 전투 준비를 끝낸 상태이지 않던가?"

"물론입니다. 지난 며칠 동안 준비를 마친 상태였습니다. 하지만 폭탄 이 이렇게 빨리 준비되다니 믿을 수가 없군요." 더프는 멍하니 집무실 문 쪽으로 움직였다. "오늘은 중요한 날입니다, 국장. 옛 시대는 지나갔 어요. 내일 이맘때쯤 켄타우리 제국은 사라져 있을 겁니다. 그리고 식민 지는 우리 차지가 되겠죠."

"힘든 과정이었소." 라인하트가 중얼거렸다.

"한 가지만 확인하죠. 셰리코프에 대한 고발 말입니다. 그 정도의 직 위에 있는 사람이 그런 일을 저지른다는 것이—"

"그 이야기는 나중에 하죠." 라인하트는 차갑게 말을 끊었다. 그는 외 투 속에서 서류 봉투를 꺼냈다. "아직 이 추가 자료를 SRB 기계에 넣을 시간이 없었소. 실례합니다만 이제 그 일을 하러 가야겠군요."

마거릿 더프는 한동안 문가에 서 있었다. 둘은 서로를 마주하고 아무

말이 없었고, 라인하트의 입가에는 희미한 웃음이, 여인의 푸른 눈에는
적의가 떠올랐다.

"라인하트, 가끔은 당신이 너무 멀리 가려는 게 아닌가 하는 생각이
들어요. 그리고 가끔은, 당신이 이미 너무 멀리 가버렸다는 생각도 해
요……"

"확률에 어떤 식으로든 변동이 생기면 연락하죠." 라인하트는 그녀를
지나쳐서 집무실을 나가 복도를 걸어 내려갔다. 그는 그대로 SRB실로
향했다. 격렬한 홍분이 머릿속을 가득 메웠다.

잠시 후, 그는 SRB실로 들어서서 기계에 다가갔다. 관측 화면에는 7
대 6이라는 확률이 떠올라 있었다. 라인하트는 슬쩍 웃었다. 7대 6이라.
잘못된 정보에 기초한 거짓 확률이었다. 이제 저 확률은 없어질 때가
되었다.

캐플런이 서둘러 다가왔다. 라인하트는 그에게 봉투를 넘겨주고는
창문가로 가서 아래의 광경을 내려다봤다. 사방에서 사람과 차량들이
바쁘게 움직였다. 공무원들이 개미처럼 서둘러 사방으로 오가는 모습
이 보였다.

전쟁이 시작된 것이다. 프록시마 켄타우리 근처에서 한참을 기다리
던 함대에 마침내 신호가 전달되었다. 라인하트의 마음속으로 승리감
이 밀려왔다. 그는 승리했다. 과거에서 온 인간을 파괴하고 피터 셰리코
프를 꺾었다. 전쟁은 그가 계획한 대로 시작되었고, 테라는 뻗어나가고
있었다. 라인하트는 슬쩍 웃음을 머금었다. 완벽하게 성공한 것이다!

"국장님."

라인하트가 천천히 고개를 돌렸다. "그래."

캐플런은 기계 앞에 서서 출력된 결과를 내려다보고 있었다. "국장
님—"

라인하트는 갑자기 움찔하며 긴장했다. 캐플런의 목소리가 심상치

않았다. 그는 서둘러 캐플런에게 다가갔다. "왜 그러는 건가?"

캐플런은 창백한 얼굴에 공포가 가득 담긴 눈길로 그를 올려다봤다. 입이 열렸다 닫혔지만 아무런 소리도 흘러나오지 않았다.

"왜 그러냐니까?" 라인하트는 오한이 밀려오는 것을 느끼며 물었다. 그는 기계 위로 몸을 숙이고 결과를 확인했다.

그러고는 공포에 질렸다.

100대 1로 테라가 불리했다!

그는 숫자에서 눈을 뗄 수가 없었다. 믿을 수 없는 상황 때문에 충격으로 멍해진 상태였다. 100대 1이라니. 무슨 일이 벌어진 걸까? 무엇이 잘못된 걸까? 터릿은 완성되었고, 이카루스는 준비가 끝났고, 함대에도 신호가 갔는데—

건물 바깥에서 낮은 경보음이 들렸다. 아래쪽에서는 사람들의 함성이 들려왔다. 라인하트는 천천히 창문 쪽으로 고개를 돌렸다. 심장은 공포로 얼어붙은 채였다.

궤적 하나가 저녁 하늘을 가로지르며 매 순간 상승하고 있었다. 희미한 흰색 궤적이었다. 지상의 사람들은 모두 그 궤적을 눈으로 쫓으며, 경외심으로 가득 찬 얼굴로 하늘을 올려다봤다.

발사체는 계속해서 가속했다. 빠르게, 더 빠르게. 그리고 곧 사라졌다. 이카루스는 목표를 향해 출발했다. 공격이 시작됐다. 이제 멈추기에는 너무 늦어버렸다.

그리고 기계에는 100대 1이라는 확률이 출력됐다. 실패를 향한 확률이었다.

2136년 5월 15일 저녁 8시 정각, 이카루스는 켄타우리의 항성을 향해 발사되었다. 다음 날, 테라인 모두가 기다리는 가운데 이카루스가 광속의 1,000배에 달하는 속도로 항성 속으로 들어갔다.

아무 일도 일어나지 않았다. 이카루스는 항성 속으로 사라져버렸다.

폭발은 일어나지 않았다. 격발에 실패한 것이다.

동시에 테라의 함대는 켄타우리의 외부 함대와 전투에 들어가 집중 공격을 퍼부었다. 20척의 대형 전함이 나포되었다. 켄타우리 함대 중 상당수가 파괴되었다. 많은 수의 식민 행성이 제국의 통치를 끝낼 수 있으리라는 기대를 품고 반란을 일으켰다.

두 시간 후, 아르문에서 출발한 켄타우리 대함대가 갑자기 나타나 전투에 합류했다. 대규모 회전에 켄타우리 항성계의 절반이 환하게 타올랐다. 전함들이 하나씩 번쩍이며 타오른 후 곧 재가 되어 사라졌다. 두 함대는 수백만 킬로미터의 우주 공간에 걸쳐 하루 종일 격전을 벌였다. 양쪽 모두 셀 수 없이 많은 병사들을 잃었다.

마침내 박살 난 테라 함대의 잔존 병력이 기수를 돌려 비틀거리며 아르문으로 향했다. 패배한 것이다. 한때 웅장했던 무적함대는 거의 남아 있지 않았다. 포로가 되기 위해 비틀대며 움직이는, 검게 그을린 선체들이 남아 있을 뿐이었다.

이카루스는 작동하지 않았다. 켄타우리는 폭발하지 않았다. 공격은 실패했다.

전쟁은 끝났다.

"우리는 패배했습니다." 마거릿 더프가 영문을 모른 채 압도당한 듯 작은 목소리로 말했다. "끝났습니다. 모든 것이."

의회 의원들은 회의장 탁자를 둘러싸고 아무 말 없이 앉아 있었다. 회색 머리의 노인들 중 누구도 입을 열거나 움직이지 않았다. 다들 회의장 벽면 두 곳에 걸쳐 붙어 있는 거대한 성간 지도를 바라보고 있을 뿐이었다.

"이미 휴전 협상을 시작할 전권 대사를 파견했습니다." 더프가 중얼거렸다. "제섭 부사령관에게 전투를 포기하라는 명령이 전달되었습니다. 이제 희망이 없습니다. 함대 사령관 칼턴은 몇 분 전에 기함을 자침

시키며 자신도 함께 목숨을 끊었습니다. 켄타우리 최고 의회도 전투 종결에 동의했습니다. 그들의 제국은 뿌리까지 썩어 있습니다. 자신의 무게를 견디지 못하고 뒤집히기 직전이죠."

라인하트는 손에 머리를 묻고 테이블에 기대어 있었다. "이해가 안 되는군…… 왜지? 왜 폭탄이 폭발하지 않은 거야?" 그는 떨리는 손으로 이마를 훔쳤다. 침착한 태도는 완전히 사라져 있었다. 그는 마음이 부서져서는 부들부들 떨었다. "뭐가 잘못된 거지?"

얼굴이 잿빛이 된 딕슨이 중얼거리듯 대답했다. "변수 인간이 터릿을 사보타주한 게 분명합니다. SRB 기계는 알고 있었던 겁니다…… 자료를 분석했으니까요. 알았던 겁니다! 하지만 이미 너무 늦었던 거겠죠."

살짝 고개를 드는 라인하트의 눈은 절망이 드리워 흐릿해 보였다. "놈이 우리를 파멸시킬 줄 알았어. 우린 끝장이야. 한 세기 동안의 노동과 계획이—" 그의 몸이 격렬한 고뇌 때문에 발작하듯 움찔거렸다. "이게 전부 셰리코프 때문이야!"

마거릿 더프가 차가운 눈으로 그를 쏘아봤다. "왜 셰리코프 때문이라는 겁니까?"

"그자가 콜을 살려뒀으니까! 애초부터 놈을 죽이고 싶었어." 라인하트는 갑자기 자리에서 벌떡 일어났다. 그의 손이 움찔거리며 허리춤의 총으로 향했다. "그런데 그 놈은 아직 살아 있단 말이지! 패배하기는 했지만 콜의 가슴에 광선을 날리는 기쁨 정도는 맛봐야겠어!"

"자리에 앉아요!" 더프가 명령을 내렸다.

라인하트는 반쯤 문을 나서고 있었다. "놈은 아직 안락사 부서에 있겠지. 정식 명령을 기다리면서—"

"아니, 그는 거기 없습니다." 마거릿 더프가 말했다.

라인하트는 얼어붙었다. 그는 마치 자신의 감각을 믿지 못하겠다는 듯 천천히 몸을 돌렸다. "뭐라고?"

"콜은 안락사 부서에 있지 않습니다. 내가 명령을 내려 그를 이송하고 당신의 지시를 취소시켰습니다."

"어디—놈이 어디 있는 거야?"

대답하는 더프의 목소리에는 평소와 다른 단호함이 깃들어 있었다.

"피터 셰리코프와 함께 우랄의 연구소에 있습니다. 나는 셰리코프의 모든 권한을 복구한 뒤 콜을 그쪽으로 이송해 셰리코프의 보호하에 들어가도록 했죠. 콜이 회복해서, 우리가 그에게 한 약속을 지킬 수 있도록 확실히 하고 싶었습니다. 그를 원래 시간대로 돌려보내 주겠다는 약속 말입니다."

라인하트의 입이 벌어졌다 닫혔다. 얼굴에서 핏기가 완전히 사라졌다. 볼의 근육이 경련하듯 움찔거렸다. 마침내 그는 간신히 몇 마디를 더듬거렸다. "당신 미친 거 아닌가! 지구의 가장 끔찍한 패배에 책임이 있는 배신자를—"

"우리는 전쟁에서 패배했습니다." 마거릿 더프는 침착하게 대답했다. "하지만 오늘은 패배의 날이 아닙니다. 승리의 날이죠. 지금까지 테라가 거뒀던 것들 중 가장 큰 승리입니다."

라인하트와 딕슨은 어안이 벙벙했다. "그게 무슨—" 라인하트가 숨을 헐떡였다. "당신 그게 대체—" 회의실 전체가 소란스러워졌다. 의원들이 전부 자리에서 일어나고 있었다. 라인하트의 말은 소란 속에 묻혀버렸다.

"셰리코프가 직접 여기 도착해서 설명할 겁니다." 더프가 차분한 목소리로 말했다. "그 사실을 발견한 사람이 바로 그였으니까요." 그녀는 당황하고 놀란 의회 사람들을 둘러봤다. "모두 자리에 앉으세요. 여러분은 모두 셰리코프가 도착할 때까지 여기 머물러야 합니다. 그의 말을 듣는 일이 중요하니까요. 그의 소식이 전체 상황을 완전히 바꿨습니다."

피터 셰리코프는 무장한 기술자에게서 서류가 가득한 가방을 넘겨받았다. "고맙네." 그는 의자를 뒤로 빼고 뭔가 생각하는 눈으로 의원들을 둘러봤다. "다들 내 말을 들을 준비가 된 거요?"

"준비됐습니다." 마거릿 더프가 대답했다. 의원들은 잔뜩 긴장해 탁자를 둘러싸고 앉아 있었다. 탁자 반대편에 앉아 있는 라인하르트와 딕슨은 덩치 큰 폴란드인이 서류 가방을 열고 안의 서류를 꼼꼼히 검토하는 모습을 초조하게 바라보고만 있었다.

"우선 여러분에게 초광속 폭탄의 기반이 된 연구가 무엇인지 상기시켜드려야 할 것 같소. 재미슨 헤지는 물체를 초광속까지 가속하는 일에 성공한 첫 인간이었소. 여러분도 아시겠지만, 광속에 근접해가는 물체는 길이가 감소하고 질량이 증가하는 법이오. 그리고 광속에 도달하면 사라져버리지. 우리의 관점에서 보면 존재가 소멸되는 셈이오. 길이가 없으면 공간을 차지할 수 없기 때문이지. 다른 존재론적 형태를 취하게 되는 것이오.

헤지가 그 물체를 다시 가져오려 했더니 폭발이 일어났소. 헤지는 사망했고 그의 장비는 모두 파괴되었지. 그 폭발의 위력은 계산 이상이었소. 헤지의 관측선은 수백만 킬로미터 떨어진 곳에 있었지만, 그걸로도 충분하지 못했던 거요. 애초에 그는 이 동력으로 시간 여행을 할 수 있을 것이라 생각했었소. 하지만 그의 죽음 이후 이 이론은 사장되고 말았소.

이카루스가 등장하기 전까지는 말이오. 나는 그의 이론에서 폭탄의 가능성을, 켄타우리와 제국의 병력을 말살할 수 있는 막강한 폭탄의 가능성을 봤소. 이카루스가 다시 나타나기만 하면 그들의 항성계가 파괴되는 거요. 헤지가 보여줬듯이, 어떤 물체가 이미 다른 물질이 존재하는 공간으로 재진입한 경우 믿을 수 없는 위력의 대재앙이 펼쳐지기 때문이오."

"하지만 이카루스는 돌아오지 않았을 텐데." 라인하트가 소리쳤다. "콜이 배선을 바꿔서 폭탄이 계속 날아가게 만든 거야. 아마 아직도 날아가고 있을걸."

"그렇지 않소." 셰리코프가 우렁차게 선언했다. "폭탄은 다시 나타났소. 다만 폭발하지 않았을 뿐이오."

라인하트가 격렬하게 반응했다. "자네 말은—"

"폭탄은 바로 다시 나타났소. 프록시마 항성에 도착하자마자 초광속 이하로 감속해 모습을 나타냈단 말이오. 하지만 폭발하지 않았소. 대재앙은 벌어지지 않았지. 다시 나타나자마자 항성에 흡수되어 즉각 가스로 변해버렸을 뿐이오."

"왜 폭발하지 않은 거요?" 딕슨이 물었다.

"토머스 콜이 헤지의 문제를 해결했기 때문이오. 그는 초광속의 물체를 충돌 없이 우리 우주로 다시 가져오는 방법을 발견한 거요. 폭발 없이. 변수 인간이 헤지가 쫓고 있던 목표를 달성해버린 거요⋯⋯"

의회 전체가 자리에서 벌떡 일어났다. 갈수록 커지는 웅성거림이 방 안을 가득 채웠다. 사방에서 혼란이 커져갔다.

"믿을 수 없어!" 라인하트가 숨을 몰아쉬며 말했다. "불가능한 일이야. 만약 콜이 헤지의 문제를 해결했다면 그 말은 곧—" 그는 휘청거리며 말을 잇지 못했다.

"이제 초광속 동력을 우주 항해에 쓸 수 있는 거요." 셰리코프는 손을 흔들어 소란을 저지하며 말을 이었다. "헤지가 생각한 대로 말이지. 내 부하들은 제어 터릿의 사진을 연구했소. 그들은 아직 장치가 어떻게, 무슨 이유로 작동하는 것인지 알지 못하오. 하지만 우리는 터릿의 완벽한 기록을 가지고 있지. 연구소의 수리가 끝나는 즉시 배선을 복제해낼 수 있을 거요."

사람들이 천천히 상황을 이해하기 시작했다. "초광속 우주선을 제작할 수 있다는 말이죠." 마거릿 더프가 멍하니 중얼거렸다. "그리고 그게 가능하다면―"

"콜은 제어 터릿을 보여주자마자 그 장치의 목적을 이해한 거요. 내 목적이 아니라, 헤지가 연구하던 최초의 목적을 말이오. 콜은 이카루스가 실제로는 폭탄이 아니라 미완성 상태의 우주선이라는 사실을 깨달은 거지. 그는 헤지가 본 바로 그 모습, 초광속 동력을 본 거요. 그리고 이카루스가 작동할 수 있도록 작업을 시작한 거지."

"켄타우리를 넘어갈 수 있겠군요." 딕슨이 중얼거렸다. 그의 입술이 뒤틀렸다. "그렇다면 전쟁 따위는 사소한 일이죠. 제국을 완전히 뛰어넘어 갈 수도 있어요. 은하계 너머까지 갈 수 있단 말입니다."

"전 우주가 우리 앞에 열려 있는 거요." 셰리코프가 동의했다. "낡아빠진 제국을 빼앗는 대신 우리는 우주 전체를, 신의 피조물 전체를 측량하고 탐험할 수 있게 된 거요."

마거릿 더프는 자리에서 일어나 회의실 건너편에서 그들을 굽어보고 있는 거대한 성간 지도로 천천히 다가갔다. 그녀는 한동안 그곳에 서서 수많은 항성들을, 끊임없는 항성계를, 자신이 보고 있는 모습에 경외심을 느끼며 올려다봤다.

"그가 이 모든 것을 깨달았으리라 생각하십니까?" 그녀가 갑자기 물었다. "우리가 여기서, 이 지도에서 보고 있는 모든 것들을?"

"토머스 콜은 묘한 친구요." 셰리코프가 반쯤 혼잣말을 하듯 말했다. "아무래도 기계에 대해서 일종의 직관을, 그 물건이 어떤 식으로 작동해야 하는지 알아채는 능력을 가지고 있는 것 같소. 머리보다는 손에서 나오는 직관이겠지. 화가나 피아니스트와 같은 천부적인 재능일 게요. 과학자가 아니지. 그는 사물에 대한 언어로 된 지식도, 의미론적인 정보도 가지고 있지 않소. 존재하는 사물 그 자체를 다룰 뿐이지. 직접적으로."

나는 토머스 콜이 그로 인한 결과를 이해하고 있을 것이라고는 생각하지 않소. 그는 구체를, 제어 터릿을 봤을 뿐이오. 완성하지 못한 배선과 단자를 봤겠지. 아직 마무리되지 않은 작업을 봤을 뿐이오. 불완전한 기계를."

　"고쳐야 할 물건을 말이죠." 마거릿 더프가 끼어들었다.

　"고쳐야 할 물건을. 그는 예술가처럼 자신의 작품의 최종 형태를 가늠할 수 있소. 그가 관심을 가지는 일은 단 하나뿐이오. 자신의 기술을 사용해서 최선의 결과물을 내놓는 것. 그 기술은 우리가 우주 전체를, 끝없는 은하와 항성계를 탐험할 수 있도록 만들어줬소. 끝없는 세계를. 누구의 손길도 닿지 않은 무한한 우주를."

　라인하트는 비척이며 자리에서 일어났다. "일을 시작해야겠군. 건설팀을 조직하고 탐사대원을 모아들여야지. 전쟁 물자 생산 설비들은 우주선 설계로 돌려야겠어. 채굴과 조사 작업을 위한 과학 장비 생산도 시작해야 할 테고."

　"맞는 말입니다." 마거릿 더프가 말했다. 그녀는 물끄러미 그의 얼굴을 바라보며 말을 이었다. "하지만 당신은 그런 업무와 아무런 관련도 없을 것 같군요."

　라인하트는 그녀 얼굴에 떠오른 표정을 알아챘고, 총으로 손을 뻗으며 재빠르게 문을 등지고 물러섰다. 딕슨도 자리에서 일어나 그와 합류했다. "다가오지 마!" 라인하트가 소리쳤다.

　마거릿 더프가 신호를 보내자 정부 직속군 1개 분대가 두 남자를 향해 다가갔다. 험악한 얼굴의 유능한 병사들은 이미 자기력 족쇄를 준비하고 있었다.

　라인하트의 블래스터가 흔들렸다. 충격을 받은 채 자리에 앉아 있는 의원들을 향해, 마거릿 더프를 향해. 그녀의 푸른 눈을 바라보면서. 라인하트의 얼굴은 극도의 공포로 일그러졌다. "다가오지 마! 가까이 오는 놈이 있으면 저년을 제일 먼저 쏴버리겠어!"

피터 셰리코프는 탁자에서 일어나 단숨에 커다란 몸을 이끌고 라인하트 앞으로 움직였다. 검은 털이 부숭부숭한 거대한 주먹이 원호를 그리며 움직였다. 라인하트는 벽으로 날아가서 쿵 소리와 함께 부딪치고는, 그대로 천천히 바닥으로 미끄러졌다.

정부 직속 병력이 재빨리 그를 포박해서 일으켜 세웠다. 그의 몸은 딱딱하게 얼어붙어 있었다. 입에서 피가 뚝뚝 떨어졌다. 그는 흐릿한 눈으로 부러진 이빨 조각을 내뱉었다. 딕슨은 팔다리에 족쇄가 채워지는 와중에도 상황을 이해하지 못하고 멍하니 입을 벌린 채 서 있기만 했다.

라인하트가 문으로 끌려 나갔다. 그의 총은 바닥에 떨어져 미끄러졌다. 나이 든 의원 한 명이 그 총을 집어 들어 호기심 어린 눈으로 살펴보고서는 조심스레 탁자 위에 내려놓았다. "장전이 되어 있구먼." 그가 중얼거렸다. "발포할 채비가 끝난 상태였어."

라인하트의 얻어터진 얼굴에는 증오가 가득했다. "네놈들을 전부 죽여버렸어야 했어. 네놈들 전부!" 터진 입술 위를 흉악한 비웃음이 가로질렀다. "내 손이 자유롭기만 해도—"

"그럴 일은 없을 겁니다." 마거릿 더프가 말했다. "그리고 그런 생각을 하느라 애쓸 필요도 없게 될 겁니다." 그녀는 병사들에게 신호를 보냈고, 그들은 라인하트와 딕슨을 거칠게 방 밖으로 끌고 나갔다. 증오로 가득 차서 이빨을 갈고 있는, 아직도 어안이 벙벙한 두 남자를.

한동안 방 안은 조용했다. 잠시 후 의원들은 자리에서 불편하게 몸을 뒤척이며 다시 숨을 몰아쉬기 시작했다.

셰리코프가 마거릿 더프의 곁으로 다가와 큼지막한 손을 그녀의 어깨에 올려놓았다. "괜찮소, 마거릿?"

그녀는 희미하게 웃어 보였다. "괜찮아요. 고마워요……"

셰리코프는 그녀의 부드러운 머리카락을 잠시 어루만졌다. 그러다 몸을 빼어 서둘러 서류 가방을 챙기기 시작했다. "가봐야겠소. 나중에 또 연락하리다."

"어디로 가는 건가요?" 그녀는 머뭇거리며 물었다. "조금 더 여기 있으면서—"

"우랄로 돌아가야 하오." 셰리코프는 무성한 검은 수염 안에서 웃어 보이며 방 밖으로 걸음을 옮겼다. "매우 중요한 할 일이 기다리고 있거든."

셰리코프가 방에 들어왔을 때 토머스 콜은 침대 위에 일어나 앉아 있었다. 그의 구부정하고 굼뜬 몸 대부분은 투명한 기밀성 플라스틱으로 싸여 있었다. 두 대의 로봇이 옆에 서서 그의 몸에 단자를 댄 채 끊임없이 윙윙대며 맥박, 혈압, 호흡, 체온을 확인하고 있었다.

커다란 폴란드인이 서류 가방을 내려놓으며 창틀에 기대어 앉자 콜은 그쪽으로 고개를 살짝 돌렸다.

"기분은 좀 어떤가?" 셰리코프가 물었다.

"조금 나아졌어요."

"우리 치료 기술이 꽤나 진보했다는 사실은 알겠지. 자네 화상은 몇 달 안에 전부 치료될 걸세."

"전쟁은 어떻게 됐나요?"

"전쟁은 끝났네."

콜의 입술이 움직였다. "이카루스는—"

"이카루스는 기대한 대로 작동했네. 자네가 기대한 대로 말이야." 셰리코프는 침대 쪽으로 몸을 숙였다. "콜, 내가 자네에게 약속을 했으니 그 약속을 지킬 생각일세. 자네 몸이 낫는 대로 말이야."

"내 시간대로 돌려보내준다는 건가요?"

"바로 그걸세. 라인하트가 실각한 이상 이제 비교적 간단한 일이 되었어. 자네는 다시 자네 집으로, 자네의 시간대로, 자네 세계로 돌아가게 될 걸세. 사업 자금으로 쓰도록 백금 원반이나 그런 물건들을 제공해줄 수도 있네. '뭐든 고쳐요' 수레도 새로 만들어야 하지 않겠나. 공구도. 옷도. 수천 달러 정도면 충분히 해결될 테지."

콜은 아무 말도 하지 않았다.

"이미 역사 연구 센터에 연락을 했네." 셰리코프가 말을 이었다. "자네 준비가 끝나는 대로 시간 거품도 준비가 될 거야. 자네도 깨닫고 있겠지만, 우리 모두는 자네에게 꽤나 신세를 졌다네. 자네는 우리의 가장 위대한 꿈을 실현할 수 있게 해줬어. 행성 전체가 흥분으로 들끓고 있다네. 우리는 전시 경제 체제를 전환하는 중이고—"

"그런 일이 벌어져서 사람들이 화를 내지는 않나요? 폭탄이 제대로 작동하지 않아서 꽤 많은 사람들이 무척 기분이 나빴을 텐데요."

"처음에는 그랬지. 하지만 그 감정은 곧 가라앉았네. 눈앞에 무엇이 펼쳐져 있는지 알게 된 후에는 말이야. 자네가 그 모습을 보지 못하리라는 사실이 유감이네, 콜. 세계 전체가 사방으로 뻗어나가는 모습, 우주로 흩어져나가는 모습을. 사람들은 이번 주말까지 초광속 우주선을 완성하라고 요구하고 있다네! 이미 수천 명의 자원자가 등록했어. 최초의 우주선에 탑승하고 싶은 남자와 여자들이 말일세."

콜은 살짝 웃음을 지어 보였다. "군악대는 없겠죠. 환영 행사나 퍼레이드가 준비되어 있지도 않을 테고요."

"아마 그렇겠지. 첫 우주선은 아마도 모래와 말라붙은 소금밖에 없는 죽은 행성에 도착하게 될 테니. 하지만 모두가 가고 싶어 한다네. 마치 축제 같아. 사람들은 거리를 달리며 고함을 지르고 물건을 던져대고 있어.

유감이지만 나는 연구실로 가봐야겠네. 건설 작업이 잔뜩 시작되고 있거든." 셰리코프는 자신의 두툼한 서류 가방으로 손을 넣었다. "그건 그렇고…… 작은 부탁이 하나 있네. 여기서 건강을 회복하는 동안 이걸 잠깐 봐줄 수 있겠나." 그는 침대 위에 설계도 한 다발을 던지며 말했다.

콜은 천천히 그것들을 집어 들었다. "이게 뭔가요?"

"그저 내가 설계한 간단한 도구들일 뿐일세." 셰리코프는 몸을 일으켜 문을 향해 걸어갔다. "우리는 라인하트와 같은 일이 다시는 벌어지지 않게 하기 위해 정치 구조를 개편할 생각일세. 이걸 사용하면 더 이상 개인이 권력을 독점하는 일은 벌어지지 않겠지." 그는 두툼한 손가락으로 설계도를 가리켰다. "이 물건은 권력을 우리 모두에게 나눠주는 역할을 할 걸세. 라인하트가 장악해버린 의회처럼 한 개인이 장악할 수 있는 소수의 사람들이 아니라 말이야.

이 도구는 시민들이 쟁점을 직접 언급하고 결정을 내릴 수 있게 해줄 걸세. 의회에서 방침을 마련할 때까지 기다릴 필요가 없겠지. 모든 시민이 자신의 의견을 서로 교환하고, 자신의 요구 사항을 자동으로 반응하는 중앙 제어 시스템에 등록하는 걸세. 충분히 많은 시민들이 특정 행동을 취하기를 원하면, 이 작은 기구들이 즉시 다른 모든 이들과 연결되는 역장을 생성하는 거지. 정규 의회를 통하지 않고도 문제를 해결할 수 있는 거네. 시민들은 흰머리가 성성한 노인들을 통하지 않고서도 자신의 의견을 표출할 수 있게 되는 거야."

셰리코프는 얼굴을 찌푸리며 말을 멈췄다가 천천히 다시 입을 열었다. "물론, 작은 문제 한 가지가 있는데……"

"그게 뭐죠?"

"제대로 작동하는 시제품을 만들지를 못했네. 몇 가지 오류가 있거든…… 이런 복잡한 작업은 나한테는 영 쥐약이라서." 그는 문가에 잠시 멈춰 섰다. "글쎄, 어쨌든 자네가 떠나기 전에 다시 만나게 되지 않겠나. 나중에 기분이 좀 나아지면 마지막으로 한 번 더 이야기를 나눠 보세나. 저녁 식사를 같이 해도 좋겠지. 어떤가?"

하지만 토머스 콜은 듣고 있지 않았다. 그는 지친 얼굴을 잔뜩 찌푸린 채 설계도 위로 몸을 수그리고 있었다. 긴 손가락이 쉴 새 없이 설계도 위를 움직이며 배선과 단자를 훑어 내렸다. 뭔가를 계산하는 듯 입술이 움직였다.

셰리코프는 잠시 기다렸다가 복도로 나오며 조심스레 문을 닫았다.

그리고 즐겁게 휘파람을 불며 복도를 따라 걸어 내려갔다.

통근자
The Commuter

PHILIP K. DICK

1952년 11월 19일 에이전시에 도착해 다음 해인 1953년 8월 《어메이징 스토리즈》에 처음 수록되었다. 허구 또는 거짓의 세계가 현실을 침식하는 모티브는 PKD의 소설에서 흔히 찾아볼 수 있지만, 여기서는 '거의 존재할 뻔했던' 세계가 별도의 현실을 가지면서 그 경계면에 서 있는 존재들 모두 나름의 피해자가 된다. 평소에 봐오던 익숙한 풍경과 기시감의 현실성을 의심하게 되면서 불안감은 절정에 도달한다. 주변의 모든 사소한 기억을 믿을 수 없다면, 어떻게 자신의 정체성을 유지할 수 있을 것인가?

키작은 남자는 지쳐 있었다. 그는 느린 걸음으로 기차역에 가득 들어찬 사람들의 물결을 헤치고 나와 마침내 매표소에 도착했다. 초조한 표정으로 자기 차례가 오기를 기다리는 그의 처진 어깨와 늘어진 갈색 외투에서 피로가 묻어나고 있었다.

"다음 손님." 매표 직원인 에드 제이컵슨이 중얼거리듯 말했다.

작은 남자는 계산대로 5달러 지폐를 한 장 던지며 말했다. "새 통근용 정기권 하나 주시오. 쓰던 게 다 돼서." 그는 제이컵슨 뒤쪽 벽에 걸린 시계로 눈길을 주며 중얼거렸다. "세상에, 어쩌다 이렇게 늦었지?"

제이컵슨은 5달러를 받아들었다. "알겠습니다, 손님. 정기권 하나요. 어디로 끊어드릴까요?"

"메이컨하이츠." 키 작은 남자가 말했다.

"메이컨하이츠라." 제이컵슨은 안내판을 훑어봤다. "메이컨하이츠. 그런 곳은 여기 없는데요."

순간 남자의 얼굴이 의혹으로 굳어졌다. "지금 농담하려는 거요?"

"손님, 메이컨하이츠라는 곳은 존재하지 않아요. 존재하지 않는 곳으로 가는 기차표를 팔 수는 없는 일 아닙니까."

"그게 무슨 소리요? 내가 거기 사는데!"

"제 알 바 아닙니다. 저는 6년 동안 기차표를 팔아왔는데, 그런 곳은 존재하지 않아요."

작은 남자는 놀라 눈이 튀어나올 지경이 되었다. "하지만 거기 내 집이 있단 말이오. 매일 저녁 거기로 가는데. 나는—"

"자, 여기 있습니다." 제이컵슨은 남자 쪽으로 안내판을 밀어놓으며 말했다. "직접 찾아보시죠."

작은 남자는 안내판을 한쪽으로 끌어당겨 초조하게 내용을 살펴봤다. 마을 목록을 훑어 내리는 그의 손가락이 떨리고 있었다.

"찾았습니까?" 제이컵슨이 계산대 위에 양팔을 올린 채 물었다. "어때요, 거기 없죠?"

남자는 정신이 나간 듯 고개를 저었다. "이해가 안 되는군. 말도 안 되는 소리요. 뭔가 잘못된 거요. 분명 여기 있어야만—"

순간 남자의 모습이 사라졌다. 안내판이 시멘트 바닥 위로 떨어졌다. 작은 남자는 이미 거기 없었다—순식간에 모습을 감춘 것이다.

"이게 무슨 일이야." 제이컵슨은 이렇게 중얼거리고는, 할 말을 찾지 못하고 입을 달싹거렸다. 시멘트 바닥 위에는 안내판이 떨어져 있을 뿐이었다.

작은 남자의 존재 자체가 사라져버렸다.

"그러고는 어떻게 했나?" 밥 페인이 물었다.

"매표소에서 나가서 안내판을 주워들었죠."

"그 남자가 정말로 사라진 건가?"

"확실하게 사라져버렸습니다." 제이컵슨은 이마를 훔치며 말을 이었다. "그 자리에 계셨다면 좋았을 텐데요. 마치 전등이 꺼지듯 사라졌습니다. 완벽하게요. 소리도 움직임도 없이."

페인은 담배에 불을 붙이고 의자에 몸을 기댔다. "이전에 본 적 있는 손님이었나?"

"아니요."

"그게 하루 중에서 언제쯤이었지?"

"딱 이맘때였습니다. 다섯 시쯤요." 제이컵슨은 매표소 창구로 향했다. "마침 손님들이 한 무리 오는군요."

"메이컨하이츠라." 페인은 국내 도시 편람을 뒤적이며 말했다. "어떤 책에도 그런 이름의 마을은 없는데. 만약 그 사람이 다시 나타나면 내가 직접 이야기해보겠네. 사무실로 데려오도록 하게."

"물론이죠. 그 사람과는 어떻게든 연관되고 싶지 않으니까요. 부자연스러운 일 아닙니까." 제이컵슨은 창구 쪽을 보며 말했다. "네, 숙녀분."

"루이스버그까지 왕복으로 두 장 주세요."

페인은 꽁초를 눌러 끄고 두 번째 담배에 불을 붙였다. "어디선가 들어본 적 있는 이름 같단 말이야." 그는 자리에서 일어나 벽에 걸린 지도 쪽으로 향했다. "그런데 등재되어 있지는 않고."

"그런 장소가 없으니까 존재하지 않는 거겠죠." 제이컵슨이 말했다. "하루 종일 여기 서서 기차표를 파는 게 제 직업인데, 설마 제가 모를 것 같습니까?" 그는 다시 창구로 시선을 돌렸다. "네, 손님."

"메이컨하이츠로 가는 정기권 주시오." 작은 남자가 초조한 눈으로 벽의 시계를 곁눈질하며 말했다. "빨리 좀 해주시오."

제이컵슨은 눈을 감고 정신을 가다듬었다. 하지만 남자는 다시 눈을 떴을 때에도 여전히 그 자리에 있었다. 작고 주름진 얼굴, 벗겨지고 있는 머리, 안경, 피곤이 묻어나는 구겨진 외투까지.

그는 몸을 돌리고 사무실을 가로질러 페인에게 다가갔다. "그 손님이 돌아왔어요." 제이컵슨이 창백한 얼굴로 웅얼거렸다. "다시 찾아왔어요."

페인의 눈빛이 흔들렸다. "당장 이리 들여보내게."

제이컵슨은 고개를 끄덕이고 창구로 돌아갔다. "손님, 실례지만 잠시 안으로 들어올 수 있으십니까?" 그는 문을 가리키며 말했다. "부사장님께서 손님을 뵙고 싶어 하십니다."

작은 남자의 얼굴이 어두워졌다. "무슨 일이오? 기차가 곧 떠날 텐데." 그는 계속 투덜거리며 문을 열고 사무실로 들어섰다. "이제껏 이런 일은 없었는데. 아무래도 정기권을 사는 일이 갈수록 힘들어지는 모양이군. 만약 기차를 놓치면 나는 당신네 회사에 책임을—"

"앉으시죠." 페인이 자기 책상 건너편의 의자를 가리키며 말했다. "메이컨하이츠로 가는 통근용 정기권을 구입하려는 신사분 맞으십니까?"

"그게 뭐 이상한 일이기라도 한 거요? 대체 다들 왜 그러는 거요? 왜 늘 하던 대로 정기권을 팔 수 없다는 거요?"

"우리가—늘 하던 대로 말입니까?"

작은 남자는 자제력을 발휘해 감정을 억누르고 있었다. "나는 작년 12월에 아내와 함께 메이컨하이츠로 이사했소. 그 이후로 일주일에 열 번, 하루에 두 번, 여섯 달 동안이나 당신네 기차를 타 왔단 말이오. 매달 새 정기권을 구입했소."

페인은 그를 향해 몸을 숙이며 말했다. "저희 차량 중 정확히 어느 것을 타셨다는 겁니까, 미스터—"

"크리켓이오. 어니스트 크리켓. B노선 열차였소. 자기네 기차 시간표도 모르는 거요?"

"B노선 열차요?" 페인은 연필을 손에 들고 B노선 열차의 시간표를 훑어 내렸다. 메이컨하이츠라는 이름은 눈에 띄지 않았다. "탑승 시간이 어느 정도입니까? 얼마나 오래 타고 오시죠?"

"정확하게 49분이오." 크리켓은 벽시계를 올려다보며 말했다. "탈 수나 있다면 말이지만."

페인은 속으로 계산을 했다. 49분이라면 도시에서 약 50킬로미터 정도 거리다. 그는 자리에서 일어나 벽에 걸린 커다란 지도 앞으로 걸어갔다.

"뭐가 문제요?" 크리켓이 의심하는 기색을 숨기지도 않고 말했다.

페인은 지도 위에 50킬로미터 거리의 원을 그렸다. 원은 여러 마을을 지나쳤지만 그중에 메이컨하이츠라는 이름은 없었다. 또한 B노선과 겹치는 곳에는 기차역이 없었다.

"메이컨하이츠가 어떤 곳입니까?" 페인이 물었다. "인구가 얼마나 된다고 생각하십니까?"

"나도 모르겠소. 아마 5천 명 정도겠지. 나는 대부분의 시간을 여기 도시에서 보내오. 브래드쇼 보험 회사에서 회계 담당자로 일하고 있지."

"메이컨하이츠가 제법 새로운 마을인 모양입니다?"

"꽤나 현대적인 곳이오. 한두 해 전에 지어진 침실 두 개짜리 집을 가지고 있소." 크리켓은 초조한 듯 몸을 뒤척였다. "그래서 정기권은 어떻게 된 거요?"

페인은 느릿하게 입을 열었다. "유감스럽지만, 정기권을 팔 수는 없을 것 같습니다."

"뭐요? 대체 왜?"

"메이컨하이츠로 가는 차편을 운영하지 않고 있기 때문입니다."

크리켓이 자리에서 벌떡 일어났다. "그게 대체 무슨 소리요?"

"그런 장소는 존재하지 않습니다. 직접 지도를 확인해보시죠."

크리켓은 얼굴을 일그러뜨리며 숨을 헐떡였다. 그는 성난 표정으로 벽의 지도 앞으로 가서는, 뚫어져라 지도를 노려보기 시작했다.

"참으로 묘한 일이 아닐 수 없습니다, 크리켓 씨." 페인이 중얼거렸다. "지도에도 실려 있지 않고, 국내 도시 편람에도 등재되어 있지 않은 마을이라니 말입니다. 저희 시간표에 그 마을은 수록되어 있지 않습니다. 그 장소로 가는 정기권을 제작한 적도 없고요. 저희 측에서는—"

그는 말을 멈췄다. 크리켓이 사라진 것이다. 방금 전까지도 그 자리에서 벽의 지도를 살펴보고 있었는데, 다음 순간 흔적도 없이 자취를 감춰버렸다. 사라졌다. 하늘로 꺼지듯이.

"제이컵슨!" 페인이 소리쳤다. "이자가 사라졌어!"

제이컵슨의 눈이 휘둥그레졌다. 땀방울이 이마를 타고 흘러내렸다. "그런 모양이군요." 그가 중얼거렸다.

페인은 깊은 생각에 잠겨 어니스트 크리켓이 차지하고 있던 빈 공간을 바라보고 있었다. "분명 뭔가 벌어지고 있군." 그가 중얼거렸다. "빌어먹게 이상한 일이 말이야." 다음 순간, 그는 외투를 집어 들고 문을 향해 걸어갔다.

"저를 혼자 놔두고 가지 마세요!" 제이컵슨이 애원했다.

"내가 필요하면 로라의 아파트로 연락하게. 내 책상 위 어딘가에 전화번호가 있을 거야."

"여자와 놀아날 때가 아니지 않습니까."

페인은 문을 열고 대합실로 걸어 나갔다. "놀아날 만한 일이 아니라는 점은 분명하지."

페인은 로라 니콜스의 아파트로 통하는 계단을 한 번에 두 단씩 뛰어올랐다. 그는 문이 열릴 때까지 초인종에 몸을 기대고 서 있었다.

"밥!" 로라가 놀라서 눈을 깜빡였다. "내가 뭘 잘못했기에 또 이렇게 들이닥친—"

페인은 그녀를 지나쳐 아파트 안으로 들어갔다. "내가 뭔가 방해한 게 아니었으면 좋겠는데."

"그건 아니지만—"

"큰일이 생겼어. 도움이 필요할 것 같아. 당신을 믿어도 되겠지?"

"내 도움이 필요하다고?" 로라는 문을 닫고 그를 따라 들어왔다. 우아하게 꾸민 그녀의 아파트는 어둠 속에 반쯤 묻혀 있었다. 짙은 녹색 소파 끝에 탁상용 램프 하나가 켜져 있었다. 두꺼운 커튼이 창문을 가렸고, 한쪽 구석에 나동그라진 축음기가 눈에 들어왔다.

"어쩌면 내 정신이 나가고 있는지도 모르지." 페인은 화려한 녹색 소파 위로 몸을 던졌다. "그걸 알고 싶은 것뿐이야."

"내가 어떻게 도와야 하는데?" 로라는 담배 한 대를 입에 물고 팔짱을 낀 채 나른한 자세로 그의 앞에 와서 섰다. 그녀는 긴 머리채를 흔들어 뒤로 쓸어 넘겼다. "대체 무슨 생각을 하는 거야?"

페인은 흡족한 듯 여자를 보며 웃음 지었다. "들으면 놀랄 거야. 내일 아침 일찍 다운타운으로 나가줬으면 하는데—"

"내일 아침! 기억하는지 모르겠는데, 나도 직업이 있거든? 거기다 이번 주에 사무실로 새 보고서 뭉치가 들어왔단 말이야."

"그건 내 알 바 아냐. 오전에 휴가를 내라고. 다운타운에 있는 중앙 도서관으로 가. 거기서 정보를 찾을 수 없으면 카운티 법정으로 가서 과거 세무 기록을 좀 뒤져보고. 찾을 때까지 계속해서 뒤져봐."

"뭐를? 뭘 찾으란 말이야?"

페인은 천천히 담배에 불을 붙였다. "메이컨하이츠라는 장소를 언급한 내용이면 뭐든. 분명 예전에 들어본 이름이거든. 몇 년 전에 말이야. 대충 알겠지? 옛날 지도도 훑어보고, 열람실에 있는 예전 신문도 뒤져보라고. 잡지, 보고서, 시 의회 청원서, 국가 승인이 떨어지기 전의 제안서, 전부 다."

로라는 천천히 소파 팔걸이에 앉으며 말했다. "농담하는 거지?"

"아냐."

"얼마나 오래된 것까지 찾아봐야 해?"

"아마 10년 정도. 가능하다면."

"세상에! 그러면 오전 정도가 아니라—"

"찾을 때까지 하라고." 페인은 곧장 자리에서 일어났다. "나중에 또 보지."

"그러고 그냥 가네. 같이 저녁 식사하러 나갈 생각은 없는 거야?"

"미안." 페인은 문으로 향하며 말했다. "바쁠 예정이거든. 정말로 바쁠 거야."

"뭘 하느라고?"

"메이컨하이츠를 방문할 거야."

차창 밖으로 끝없는 들판이 펼쳐졌다. 때로 농장 건물만이 보일 뿐이었다. 흰색의 전신주가 저녁 하늘을 배경으로 높이 솟아 있었다.

페인은 손목시계를 바라봤다. 이제 얼마 남지 않았다. 기차는 작은 마을을 지나고 있었다. 주유소 한둘, 길가의 잡화점, 텔레비전 상점. 브레이크가 끼익 소리를 냈고, 기차는 역에 들어서서 멎었다. 루이스버그였다. 외투를 걸치고 석간을 든 통근자 몇 명이 차에서 내렸다. 문이 닫히고 기차가 다시 출발했다.

페인은 자리에 몸을 기댄 채 생각에 잠겨 있었다. 크리켓은 벽의 지도를 보는 동안 사라져버렸다. 처음 사라졌을 때는 제이컵슨이 건네준 안내판을 보던 중이었다…… 메이컨하이츠라는 장소가 존재하지 않는다는 사실을 안 순간이었다는 말이다. 혹시 여기에 실마리가 있지는 않을까? 이 모든 일이 비현실적이고 꿈만 같았다.

페인은 창밖을 내다봤다. 이제 그곳에 거의 다 온 셈이었다. 실제로 존재한다면 말이지만. 기차 창문 밖으로 갈색 들판이 끝없이 펼쳐져 있었다. 낮은 언덕과 넓은 평야. 전신주. 고속도로를 따라 달려가는 자동차들이 황혼을 향해 질주하는 검은 점들처럼 보였다.

그러나 메이컨하이츠는 보이지 않았다.

기차가 경적을 울렸다. 손목시계를 보니 51분이 지났다. 하지만 아무것도 보이지 않았다. 끝없는 들판뿐이었다.

그는 차량 앞쪽으로 걸어가 차장 옆에 자리를 잡고 앉았다. 차장은 백발의 나이 든 신사였다. "메이컨하이츠라는 곳을 들어본 적 있습니까?" 페인이 물었다.

"아뇨, 없습니다."

페인이 자기 신분증을 보여주며 물었다. "그런 이름을 가진 장소를 들어본 적도 없다는 게 확실합니까?"

"확실합니다, 페인 부사장님."

"이 노선에 얼마나 오래 근무했습니까?"

"11년입니다, 부사장님."

페인은 다음 역인 잭슨빌에 도착할 때까지 기차에 머무르다가 다시 도시로 돌아가는 B노선 열차에 올랐다. 해는 이미 진 후였다. 하늘은 거의 검은색으로 물들어 있었다. 어스름이 깔려 창밖의 풍경은 간신히 알아볼 수 있을 정도였다.

그는 긴장한 채 숨을 멈추고 기다렸다. 1분만 더 있으면 된다. 40초. 뭔가 있나? 들판뿐이다. 흰색의 전신주들하고. 도시와 도시 사이의 황량한 풍경이 펼쳐질 뿐이다.

도시 사이라고? 기차는 계속해서 어스름 속을 달려 나갔다. 페인은 못 박힌 듯 창밖을 바라봤다. 저 밖에 뭔가 있나? 들판 말고 다른 무엇이 존재하는 건가?

들판 위에 하늘을 향해 뻗어 올라가는 연기가 늘어서 있는 모습이 보였다. 기차에서 1.6킬로미터쯤 되는 거리에 균질하게 퍼져 있었다. 저게 대체 뭘까? 엔진에서 나오는 연기인가? 하지만 기차에는 디젤 엔진을 사용한다. 고속도로를 달려가는 트럭인가? 들불이 난 건가? 하지만 들판 어디에도 불이 타오르는 모습은 보이지 않았다.

갑자기 기차가 속도를 줄이기 시작했다. 페인은 즉각 경계심을 품었다. 기차는 멈추려 하고 있었다. 브레이크가 끼익 소리를 냈고, 객차가 양쪽으로 흔들렸다. 그리고 정적이 찾아왔다.

통로 건너편에서 밝은색 외투를 걸친 키 큰 남자가 자리에서 일어나 모자를 쓰고는 서둘러 문을 향해 걸어 나갔다. 남자는 기차에서 땅바닥으로 뛰어내렸다. 페인은 놀라서 그를 쳐다봤다. 남자는 서둘러 기차를 떠나 어두운 들판으로 걸어 나갔다. 분명 명확한 목적지를 가지고, 바로 그 회색 아지랑이 기둥들을 향해 움직이고 있었다.

남자의 몸이 올라왔다. 그는 땅에서 30센티미터 위의 허공을 걷고 있었다. 오른쪽으로 발걸음을 돌리자 그의 몸이 또 한 번 허공으로 올랐다. 이제는 1미터 위의 허공이었다. 남자는 한동안 그렇게 지면과 평행을 이룬 채 기차에서 멀어져갔다. 그리고 다음 순간, 그의 모습이 아지랑이 속으로 사라졌다. 없어진 것이다.

페인은 서둘러 통로로 나갔다. 하지만 기차는 이미 속도를 올리는 중이었다. 창밖의 땅이 빠르게 지나갔다. 페인은 객차의 벽에 몸을 기대고 있는 차장을 찾아냈다. 둥그런 얼굴의 젊은이였다.

"이봐." 페인이 서둘러 말했다. "방금 멈춘 곳이 어디였나!"

"뭐라고 하셨죠, 손님?"

"방금 멈춘 곳 말이야! 우리가 어디 멈췄던 건가?"

"항상 멈추는 역이죠." 차장은 천천히 외투 속으로 손을 넣어 일정표 한 뭉치를 꺼냈다. 그는 그 안을 뒤적이더니 종이 한 장을 끄집어내 페인에게 건넸다. "B노선은 항상 메이컨하이츠에서 정차합니다. 모르고 계셨나요?"

"말도 안 돼!"

"일정표 보세요." 젊은이는 다시 펄프 잡지를 집어 들며 말했다. "항상 거기 섭니다. 항상 그랬고, 앞으로도 그럴 거고요."

페인은 서둘러 일정표를 펼쳤다. 사실이었다. 잭슨빌과 루이스버그 사이에 메이컨하이츠가 있었다. 도시에서 정확히 50킬로미터 떨어진 곳이었다.

그리고 회색 아지랑이처럼 보이던 구름. 거대한 구름이 빠르게 형상을 얻어가고 있었다. 마치 새로운 존재가 생겨나는 듯한 모습이었다. 아니, 실제로 뭔가가 그 자리에 생겨나고 있었다.

메이컨하이츠가!

그는 다음 날 아침 로라의 아파트로 찾아갔다. 그녀는 엷은 분홍색 스웨터와 검은 슬랙스를 입고 커피 탁자 앞에 앉아 있었다. 한 뭉치의 메모지, 연필과 지우개, 몰트 우유* 한 잔이 탁자에 놓여 있었다.

"뭐 알아낸 거 있나?" 그가 물었다.

"그래. 당신이 원하는 정보를 찾았어."

"무슨 일이 있었던 거지?"

"꽤나 자료가 많더라고." 그녀는 메모지 무더기를 두드리며 말했다. "당신을 위해 중요한 부분만 간단하게 요약해놨어."

"요약을 듣기로 하지."

"7년 전 이번 달, 그러니까 8월에 카운티 관리국에서 도시 외곽에 새로운 교외 주택 지구를 조성하는 사안을 놓고 투표를 했어. 메이컨하이츠가 그 후보지 중 하나였고. 꽤나 논쟁을 벌인 모양이야. 도시 상인들 대부분은 새로운 도시를 반대했어. 소매업 고객들이 죄다 도시에서 빠져나갈 거라고 생각한 거지."

"계속해봐."

"긴 다툼이 이어졌어. 마침내 후보지 중 두 군데는 허가를 받았지. 워터빌과 시더그루브. 하지만 메이컨하이츠는 그러지 못했어."

"그렇군." 페인은 생각에 잠겨 중얼거렸다.

"메이컨하이츠는 패배한 거야. 합의가 이루어졌고, 세 곳의 후보지 중 두 곳만 허가를 받았어. 두 후보지는 즉각 건설에 들어갔어. 당신도 알 거야. 언젠가 오후에 워터빌을 지나왔던 적 있잖아. 작고 예쁜 마을이었지."

"하지만 메이컨하이츠는 없다는 거지."

---

* 엿기름(보리에 물을 부어 싹이 트게 한 다음에 말린 것)에 분유나 우유를 넣은 음료.

"그래. 메이컨하이츠 계획은 백지화됐어."

페인은 턱을 쓰다듬었다. "그렇게 된 일이로군, 그러면."

"그렇게 된 거야. 내가 이 일 때문에 반나절어치 봉급을 못 받았다는 건 알아? 오늘 밤은 나를 데리고 나가는 게 좋을 거야. 다른 남자 친구를 찾는 편이 나을지도 모르겠네. 아무래도 당신이 별로 괜찮은 패가 아니었다는 생각이 들어."

페인은 멍하니 고개를 끄덕였다. "7년 전이라." 순간 한 가지 생각이 그의 머릿속을 스치고 지나갔다. "투표! 메이컨하이츠를 놓고 벌인 투표 결과가 얼마나 치열했지?"

로라는 메모장을 살펴봤다. "한 표 차이로 탈락한 모양이야."

"한 표 차이라. 7년 전에." 페인은 복도로 걸어 나갔다. "고마워, 자기. 어떻게 된 일인지 알 것 같군. 꽤나 잘 알 것 같아!"

그는 아파트 문 앞에서 택시를 잡았다. 택시는 도시를 가로질러 기차역을 향해 나아갔다. 창밖으로 간판과 거리가 스쳐 지나갔다. 사람들과 가게와 자동차들.

페인의 생각이 옳았다. 전에 메이컨하이츠란 이름을 들은 적이 있었던 것이다. 7년 전 교외 지구 예정지를 놓고 카운티 의회에서 열띤 설전이 벌어졌었다. 예정지 두 곳은 통과되었지만, 남은 한 곳은 탈락하여 잊혔다.

그런데 이제 그 잊힌 마을이 다시 모습을 드러내고 있었다—7년이나 지난 다음에. 도시, 그리고 그 도시와 함께 사라졌던 결정되지 않은 현실의 한 단면이. 대체 왜? 뭔가가 과거를 바꾼 걸까? 과거의 연속성에 변동이 일어난 걸까?

아무래도 그런 모양이었다. 투표 결과는 박빙이었다. 메이컨하이츠는 거의 승인될 뻔했다. 어쩌면 과거의 특정 부분은 불안정한지도 모른다. 7년 전의 바로 그 시기가 중요한 때였는지도 모른다. 어쩌면 과거가 실제로 완벽하게 '굳혀진' 것은 아닐지도 모른다. 묘한 상상이었다. 이미 벌어진 일인 과거가 바뀔 수 있다니.

갑자기 페인의 눈길이 한 곳에 머물렀다. 그는 즉시 상체를 일으켰다. 거리 건너편 구역 중간쯤에 간판이 하나 보였다. 작고 별로 특별해 보이지 않는 건물이었다. 택시가 계속 나아가는 동안 페인은 그 간판을 뚫어져라 바라봤다.

브래드쇼 보험
[OR]
노터리 퍼블릭

그는 생각에 잠겼다. 크리켓이 근무한다는 곳이었다. 저 장소 역시 나타났다 사라졌다 하는 걸까? 언제나 저 곳에 있었을까? 그는 불안을 느끼기 시작했다.

"서둘러주게." 페인은 운전기사에게 지시했다. "어서 가자고."

기차가 천천히 메이컨하이츠에 도착하자, 페인은 재빨리 자리에서 일어나 통로를 따라 문으로 나갔다. 바퀴가 레일을 긁으며 멈췄고, 그는 선로 옆의 달아오른 자갈 위로 뛰어내려 주변을 둘러봤다.

오후의 따가운 햇살 속에서 메이컨하이츠가 눈부시게 반짝이고 있었다. 일렬로 늘어선 주택가가 사방으로 이어졌다. 마을 가운데에는 극장의 입구가 높이 솟아 있었다.

심지어 극장까지 있는 모양이군. 페인은 철도를 건너 마을로 향했다. 기차역 뒤에는 주차장이 있었다. 그는 주차장을 가로지르고 주유소를 지나 인도를 따라 걸었다.

마을의 중심가로 나오니 상점가가 두 줄로 이어지는 모습이 눈에 들어왔다. 공구 가게 하나. 드러그스토어 두 개. 10센트 잡화점 하나. 현대적인 백화점 하나.

페인은 주머니에 손을 넣은 채 거리를 따라 걸으며 주변에 펼쳐진 메이컨하이츠의 풍경을 둘러봤다. 크고 우람한 아파트 하나가 솟아올라 있었다. 수위 한 명이 현관 계단을 물로 쓸어내리는 모습도 보였다. 모든 것이 새롭고 현대적이었다. 집들, 상점들, 포석과 보도. 주차장의 미터기. 운전사에게 벌금을 끊고 있는 갈색 제복을 입은 경찰관. 일정한 거리를 두고 자라나는 깔끔하게 다듬어진 가로수들.

그는 커다란 슈퍼마켓을 지나쳤다. 가게 앞에는 과일 가판대가 나와 있었다. 오렌지와 포도가 보였다. 그는 포도 한 알을 집어 들고 깨물어 봤다.

포도는 실체가 분명했다. 검고 알이 굵은, 잘 익어 달콤한 콩코드 포도였다. 하지만 24시간 전만 해도 이곳에는 황량한 벌판 말고는 아무것도 존재하지 않았었다.

페인은 잡화점 한 곳의 문을 열고 들어갔다. 그는 잡지를 조금 뒤적이다가 카운터 앞에 자리를 잡고 앉았다. 그러고는 붉은 뺨의 작은 웨이트리스에게 커피를 한 잔 주문했다.

"멋진 마을이군요." 페인은 커피를 가져오는 웨이트리스에게 이렇게 말했다.

"그래요, 정말 그렇죠?"

페인은 머뭇거렸다. "그게―여기서 얼마나 오래 일했습니까?"

"석 달 됐어요."

"석 달요?" 페인은 통통한 금발 아가씨를 훑어보며 말을 이었다. "여기 메이컨하이츠에 삽니까?"

"아, 그럼요."

"얼마나 살았죠?"

"아마 1~2년 됐을 거예요." 그녀는 카운터 반대편에 자리를 잡은 젊은 군인의 주문을 받기 위해 자리를 떴다.

페인은 자리에 앉아서 커피를 마시고 담배를 피우면서, 바깥을 지나가는 사람들의 모습을 하릴없이 바라보고만 있었다. 평범한 사람들이었다. 남자와 여자, 대부분 여자. 장바구니나 작은 철제 카트를 끌고 있는 사람들도 있었다. 자동차들이 천천히 오갔다. 작고 나른한 교외의 마을이었다. 현대적인 데다 중상류층 주민이 사는 물 좋은 마을. 빈민가 따위는 없었다. 작고 예쁜 집들이 늘어서 있고, 상점들 앞에는 경사진 잔디밭이 깔렸으며, 네온사인도 붙어 있었다.

고등학생 한 무리가 서로 웃고 몸을 부딪치며 잡화점 안으로 쏟아져 들어왔다. 밝은색 스웨터를 입은 소녀 두 명이 페인 옆자리에 앉아 라임 주스를 시켰다. 소녀들이 즐겁게 재잘대는 소리 일부가 페인의 귓가에까지 흘러 들어왔다.

페인은 음울한 생각에 잠겨 그들을 바라봤다. 그들은 분명 실존하는 존재였다. 립스틱과 붉은 손톱, 스웨터와 팔 한가득 안은 교과서까지. 잡화점 안으로 쏟아져 들어오는 수많은 고등학생들은 모두 현실의 존재였다.

페인은 지친 기색으로 이마를 문질렀다. 가능한 일로 여겨지지 않았다. 어쩌면 그가 정신이 나간 것일지도 모른다. 이 마을은 실제였다. 완벽하게 실존하는 마을이었다. 언제나 존재해온 게 분명했다. 마을 하나가 통째로 허공에서, 회색 아지랑이 구름 속에서 나타날 수는 없는 일이다. 5,000명의 사람들과 집과 거리와 상점, 그 모든 것이.

상점. 브래드쇼 보험.

순간 하나의 깨달음이 찾아왔다. 모든 게 이해가 되었다. 변화는 퍼져 나가고 있었다. 메이컨하이츠를 넘어서 도시 속으로. 도시 역시 변하고 있었다. 브래드쇼 보험. 크리켓의 직장.

메이컨하이츠는 도시 자체를 변화시키지 않고는 존재할 수가 없다.

서로 밀접하게 엮여 있기 때문이다. 5,000명의 사람들은 바로 그 도시에서 이주해 왔다. 그들의 직업, 삶, 그 모두에 도시가 연관되어 있었다.

하지만 대체 얼마나? 도시가 얼마나 변하고 있는 것일까?

페인은 카운터 위에 25센트 동전 하나를 던지고 서둘러 잡화점을 빠져나와 기차역으로 향했다. 어서 도시로 돌아가야 했다. 로라, 변화. 그녀가 아직 그곳에 있을까? 자신의 삶은 안전할까?

공포가 그를 사로잡았다. 로라, 그가 가진 모든 것, 계획이자 희망이자 꿈. 메이컨하이츠는 갑자기 전혀 중요하지 않아졌다. 자신의 세계가 위기에 처했으니 지금 중요한 문제는 단 하나뿐이었다. 자신의 삶이 아직 존재하는지, 메이컨하이츠에서 뻗어나가고 있는 변화의 영역에 사로잡히지는 않았는지 확인해야 했다.

"어디로 갈까요, 손님?" 서둘러 기차역에서 달려 나온 페인을 보고 택시 기사가 물었다.

페인은 아파트 주소를 읊었다. 택시는 차량의 물결 속으로 진입했다. 그는 초조하게 좌석에 몸을 기댔다. 차창 밖으로 거리와 사무실 건물들이 빠르게 지나갔다. 화이트컬러 노동자들이 이미 퇴근을 시작해 보도 위를 가득 메우고 길모퉁이마다 잔뜩 뭉쳐 서 있었다.

얼마나 많은 것들이 변했을까? 그는 건물들에 주의를 기울였다. 커다란 백화점. 저게 예전부터 저곳에 있었나? 그 옆에 있는 검은색 간판의 가게는 어떤가. 그는 저 가게를 본 적이 없었다.

노리스 홈 인테리어.

저 가게는 기억이 나지 않았다. 하지만 확신할 수 있을까? 그는 혼란을 느꼈다. 어떻게 없었다고 명확하게 말할 수 있겠는가?

택시는 아파트 건물 앞에서 멈췄다. 페인은 잠시 그 자리에 서서 주변을 둘러봤다. 구역 한쪽 끝에서 이탈리아 식품점 주인이 가게 차양을 올리는 모습이 보였다. 저곳에 식품점이 있다는 사실을 눈치챈 적이 있던가?

그는 기억해낼 수가 없었다.

거리 건너편에 있던 커다란 정육점은 어떻게 된 거지? 지금은 작고 예쁜 주택들밖에는 보이지 않았다. 개중 오래된 주택들은 꽤나 예전부터 있던 것처럼 보였다. 저곳에 정육점이 있기나 했던가? 지금 있는 집들은 그곳에 너무도 잘 어울리는 모습이었다.

옆 구역에 이발소의 줄무늬 기둥이 반짝이는 것이 보였다. 저곳에 예전부터 이발소가 있었던가?

어쩌면 예전부터 있었을지도 모른다. 그럴 수도 있고, 아닐 수도 있다. 모든 것이 변하고 있었다. 새로운 것들이 모습을 드러내고, 다른 것들이 사라진다. 과거가 변하고 있었다. 기억은 과거에 얽매여 있는데 그가 어떻게 자신의 기억을 믿을 수 있겠는가? 어떻게 확신할 수 있겠는가?

공포가 그를 사로잡았다. 로라. 그의 세계……

페인은 계단을 달려 올라가 아파트 정문을 활짝 열어젖혔다. 그는 양탄자 깔린 계단을 뛰어올라 2층에 도착했다. 문은 잠겨 있지 않았다. 그는 문을 밀치고 안으로 들어갔다. 심장이 입으로 튀어나올 것만 같았다. 그는 속으로 계속 기도를 올리고 있었다.

거실은 어둡고 고요했다. 차양이 반쯤 내려와 있었다. 그는 미칠 듯한 기분으로 주변을 둘러봤다. 밝은 파란색 소파, 팔걸이에 놓여 있는 잡지들. 연한 갈색의 낮은 오크 탁자. 텔레비전 세트. 하지만 방은 텅 비어 있었다.

"로라!" 그는 헐떡였다.

로라가 다급하게 부엌에서 나왔다. 눈에는 놀란 기색이 서려 있었다. "밥! 집에서 뭘 하고 있는 거예요? 뭔가 문제라도 있어요?"

긴장이 풀리면서 안도감 때문에 몸에서 힘이 빠져나갔다. "안녕, 자기.” 페인은 로라를 꼭 끌어안고 입을 맞췄다. 따뜻한 그녀의 존재가 느껴졌다. 온전한 현실이었다. “아니, 잘못된 건 없어. 전부 다 괜찮아.”

“정말이죠?”

“그럼.” 페인은 떨리는 손으로 외투를 벗어 소파 등받이 위에 떨구었다. 그는 방 안을 돌아다니며 물건들을 하나하나 살펴봤고, 그러면서 조금씩 자신감을 되찾았다. 팔걸이에 담배 눌은 자국이 있는, 눈에 익은 푸른색 소파. 낡아빠진 발 받침대. 밤마다 작업을 하는 책상. 낚싯대도 책꽂이 뒤의 벽에 얌전히 기대어 있었다.

지난달에 겨우 구입한 커다란 텔레비전 세트 역시 무사했다. 아무 피해도 없었다.

모든 것, 그가 가진 모든 것은 변하지 않았다. 안전했다. 무사했다.

“저녁 준비를 끝내려면 반 시간은 걸릴 텐데.” 로라가 불안한 듯 중얼거리며 앞치마를 풀었다. “당신이 이렇게 일찍 올 거라고는 상상도 못했어요. 하루 종일 게으름만 피웠거든요. 스토브 청소는 했어요. 방문판매원이 새로 나온 스토브 세제 샘플을 주고 갔거든요.”

“그런 건 괜찮아.” 그는 벽에 걸린 자신이 가장 좋아하는 르누아르 그림 포스터를 살펴봤다. “천천히 하라고. 그냥 이런 것들을 전부 다시 보게 되니 좋아서. 나는—”

침실에서 울음소리가 들려왔다. 로라는 재빨리 고개를 돌렸다. “우리가 지미를 깨운 모양이네요.”

“지미?”

로라가 웃었다. “여보, 설마 자기 아들을 잊어버린 거예요?”

“물론 아니지.” 페인은 묘한 기분을 느끼며 중얼거렸다. 그는 조심스레 로라를 따라 침실로 들어갔다. “그냥 아주 잠깐 동안 모든 게 이상해 보였을 뿐이야.” 그는 얼굴을 찌푸리며 이마를 훔쳤다. “이상하고 낯설어 보였어. 초점이 맞지 않는 것처럼.”

두 사람은 아기 침대 옆에 나란히 서서 아기를 내려다봤다. 지미도 엄마와 아빠를 마주 올려다봤다.

"햇살 때문일 거예요." 로라가 말했다. "밖이 정말 끔찍하게 덥잖아요."

"분명 그렇겠지. 이제는 괜찮아." 페인은 손을 뻗어 아기를 만져보고는 아내의 허리에 팔을 둘러 자기 쪽으로 끌어당겨 안았다. "햇살 때문이겠지." 그는 이렇게 말하고 로라의 눈동자를 들여다보며 웃음 지었다.

요정의 왕
The King of the Elves

PHILIP K. DICK

「페이첵」을 비롯해 세 편의 단편소설이 도착하고 나서 일주일 후, 「샤드락 존스와 요정들」이라는 제목의 판타지 단편이 에이전시에 도착했다. 작가의 말에서도 알 수 있듯이 이후 제목과 내용 양쪽에 수정이 가해진 것으로 보인다.

작가의 몇 안 되는 순수 판타지 소설로, 생전에는 그다지 알려지지 않았으나 사후 여러 단편집에 반복해 수록되면서 작가의 인기와 더불어 독자들에게 사랑받았다. 덕분에 「마이너리티 리포트」와 「사칭자」 등과 같은 시기에 영화화 판권이 팔렸으나 해당 영화사의 잇따른 실적 부진으로 계획이 표류했다. 이후 디즈니로 판권이 넘어갔고, 현재 크리스 윌리엄스 감독이 2016년 개봉을 목표로 삼아 애니메이션으로 제작하고 있다.

비 내리는 하늘 아래로 땅거미가 깔리고 있었다. 주유소 가장자리에 늘어선 급유기 위로 바람에 휩쓸린 물보라가 몰아쳤다. 고속도로를 따라 늘어선 가로수들이 일제히 바람에 휘어졌다.

샤드락 존스는 작은 주유소 건물의 문턱에서 휘발유가 든 드럼통에 기대서서 밖을 내다보고 있었다. 문이 열려 있어서 나뭇바닥 위로 비바람이 몰아쳤다. 늦은 시각이었다. 해는 졌고, 공기는 싸늘해지고 있었다. 샤드락은 외투 품으로 손을 넣어 시가를 한 대 꺼냈다. 그는 시가의 끝을 물어뜯은 다음 문에서 몸을 돌리고 조심스럽게 불을 붙였다. 어스름 속에서 담배 불빛이 따뜻하게 타올랐다. 샤드락은 연기를 한 모금 깊이 들이마시고 외투의 단추를 단단히 채운 다음 보도로 걸어 나갔다.

"젠장." 그가 말했다. "정말 대단한 밤이로군!" 빗방울이 샤드락의 몸을 때렸고 바람이 몰아쳤다. 그는 눈을 찌푸리며 고속도로 양쪽을 살펴봤다. 차는 보이지 않았다. 그는 고개를 젓고는 가솔린펌프에 자물쇠를 채웠다.

그는 건물 안으로 돌아가 문을 닫아걸었다. 그러고는 현금 계산기를 열어 그날 하루 벌어들인 수입을 헤아려봤다. 얼마 되지 않았다.

그래도 늙은이 한 명에게는 충분한 돈이었다. 담배와 땔감과 잡지를 사들이며, 때때로 지나가는 차들을 편안한 마음으로 기다리기에는 충분했다. 요즘은 이쪽 고속도로로 지나가는 차들이 별로 없었다. 도로는 갈수록 수리가 늦어졌다. 메마르고 거친 노면에는 금이 가기 시작했고, 대부분의 차들은 언덕 너머로 지나는 널찍한 국도를 사용하는 편을 택했다. 테리빌에 딱히 운전자들의 관심을 끌거나 방향을 돌리게 할 만한 게 있는 것도 아니었다. 테리빌은 작은 마을이었다. 큰 기업을 유치하기에도, 누구에게든 중요한 곳이 되기에도 너무 작았다. 때로는 차 한 대 지나가지 않고 몇 시간이 지나가기도—

샤드락은 긴장했다. 그의 손가락이 돈뭉치를 거머쥐었다. 바깥에서 소리가 들린 것이다. 보도 위에 쳐놓은 방범용 전선이 부드럽게 울리는 소리였다.

딩!

샤드락은 계산대 안에 돈을 집어넣고 서랍을 밀어 닫았다. 그는 천천히 자리에서 일어서 귀를 기울이며 문가로 다가갔다. 문가에 이른 그는 조명을 끈 다음 바깥의 어둠 속을 바라보며 기다렸다.

차는 보이지 않았다. 쏟아지는 비가 바람에 휘말려 도로를 따라 물보라를 일으키고 있었다. 뭔가가 주유기 사이에 서 있는 것이 보였다.

그는 문을 열고 밖으로 나섰다. 처음에는 아무것도 알아볼 수가 없었다. 하지만 다음 순간, 노인은 초조하게 침을 꿀꺽 삼켰다.

작은 형체 둘이 빗속에 서 있었다. 단상 비슷한 물체를 함께 들고 있는 모습이었다. 한때는 화려한 색의 옷으로 훌륭하게 차려입고 있었던 모양이지만, 지금은 비 때문에 질척하게 젖어 있었다. 그들은 낙담한 표정으로 샤드락을 올려다봤다. 조그만 얼굴에 커다란 물방울이 맺혀 줄줄 흘러내렸다. 바람이 불 때마다 로브 자락이 휘날리며 소용돌이쳤다.

단상 위에서 뭔가 뒤척였다. 작은 머리가 지친 듯 샤드락 쪽을 향했다. 희미한 불빛 속에서 빗물이 흘러내리는 투구가 흐릿하게 반짝였다.

"당신들 누구요?" 샤드락이 말했다.

단상 위의 인물이 몸을 일으키며 말했다. "짐은 요정들의 왕이고, 지금 흠뻑 젖어 있도다."

샤드락은 놀라서 그를 바라봤다.

"그 말대로입니다." 단상을 받치고 있던 꼬마 하나가 말했다. "우리 모두 젖어 있어요."

한 무리의 요정들이 여기저기서 기어 나와 왕 주변으로 뭉쳐 섰다. 그들은 아무 말 없이 비참한 모습으로 뭉쳐 있었다.

"요정의 왕이라고." 샤드락이 그 말을 되풀이했다. "이런, 젠장맞을."

그 말이 진실일까? 그래, 일단 다들 매우 작았고, 빗물이 뚝뚝 흘러내리는 옷은 죄다 괴상하고 묘한 색이기는 했다.

하지만 요정이라니?

"원 이런 젠장맞을 일이 있나. 어쨌든, 요정이든 뭐든 간에, 이런 날 밤에 밖을 쏘다니면 안 되네."

"당연한 소리." 왕이 중얼거렸다. "우리들의 잘못이 아니오. 우리들의……" 그의 목소리는 격렬한 기침으로 변하며 잦아들었다. 요정 병사들은 초조하게 단상 위를 바라봤다.

"아무래도 저 친구를 안으로 들이는 게 좋을 것 같군." 샤드락이 말했다. "이 길을 따라가면 우리 집이 있네. 저 친구는 비를 맞으며 밖에 있어서는 안 돼."

"우리라고 좋아서 이런 날씨에 밖에 나와 있는 줄 아십니까?" 단상을 든 작은 형체 하나가 중얼거렸다. "어느 쪽이죠? 길 좀 가르쳐주시죠."

샤드락은 길 한쪽을 가리켰다. "저쪽이라네. 그냥 날 따라오게. 가서 불을 지펴놓겠네."

그는 더듬거리며 길을 따라 걸어가 그와 피니어스 주드가 작년 여름에 깔아놓은 계단 포석 위로 올라갔다. 계단 끝에 이르러 뒤를 돌아보니, 단상은 양옆으로 조금씩 흔들리며 천천히 계단을 올라오고 있었다. 그 뒤에서 요정 병사들이 단상을 따라오는 모습이 보였다. 흠뻑 젖어서 춥고 불쾌해하는 작고 조용한 형체들이 기둥처럼 늘어서 있었다.

"얼른 불을 피우지." 샤드락은 이렇게 말하고는 서둘러 그들을 집 안으로 맞아들였다.

탈진한 요정의 왕은 베개에 몸을 기대며 누웠다. 따뜻한 코코아를 홀짝이고 나니 긴장이 풀린 모양인지, 그의 힘겨운 숨소리는 묘하게도 코고는 소리와 비슷하게 들리기 시작했다.

샤드락은 불쾌한 듯 몸을 뒤척였다.

"미안하오." 요정 왕은 갑자기 이렇게 말하며 눈을 떴다. 그는 이마를 문지르며 중얼거렸다. "졸아버린 모양이군. 내가 어디까지 말했더라?"

"이만 침소에 드셔야 할 것 같습니다, 폐하." 병사 한 명이 잠에 겨운 소리로 말했다. "시간도 늦었고 고난을 겪고 계신 중이니까요."

"과연 그 말이 옳도다." 요정 왕은 고개를 끄덕이며 말했다. "참으로 옳도다." 그는 맥주 한 잔을 들고 불가에 서 있는 거대한 샤드락을 올려다봤다. "필멸자여, 우리는 그대의 호의에 감사를 표한다. 평소라면 우리는 인간들에게 이런 무리한 부탁을 하지 않는 법이거늘."

"그 트롤 놈들 때문이죠." 소파 쿠션 위에 몸을 웅크리고 있던 다른 병사가 말했다.

"맞아요." 다른 병사가 동의했다. 그는 자리에 일어나 앉아 검을 움켜쥐었다. "그 끔찍한 트롤 놈들, 고약한 냄새에 땅을 파헤치며 꾸르륵거리는 놈들이—"

"그래서 그대도 알다시피," 요정 왕은 말을 이었다. "우리 일행은 성으로 향하는 위대한 낮은 층계를 건너고 있었도다. 성은 '장대한 산맥' 가운데의 분지에 위치해 있는데—"

"슈거 리지 말이겠지." 샤드락이 친절하게 그를 거들었다.

"'장대한 산맥'이다. 우리는 천천히 길을 가고 있었도다. 그런데 갑자기 비바람이 몰아쳐 와 혼란에 빠지게 되었도다. 게다가 트롤 한 무리가 갑자기 덤불숲을 헤치고 나와 우리를 습격했다. 우리는 숲을 떠나

'끝없는 길'로 나와 안전을 찾을 수밖에 없었고—"

"고속도로 말이로군. 20번 국도."

"그래서 우리가 이곳으로 오게 된 것이로다." 요정 왕은 잠시 말을 멈췄다. "비는 갈수록 심하게 쏟아지기 시작했고, 사방에서 차고 매서운 바람이 불어닥쳐 오니, 우리는 측량할 수도 없는 시간 동안 고통을 겪었도다. 우리가 어디로 가고 있는지, 어떤 운명을 겪게 될지도 알 도리가 없었도다."

요정 왕은 샤드락을 올려다봤다. "우리가 아는 것은 이것뿐이로다. 트롤들이 숲을 헤치며 우리 뒤를 쫓아오고 있었다는 것. 빗속에서 길을 가로막는 모든 것들을 해치우면서."

그는 손으로 입을 가린 다음, 몸을 앞으로 숙이며 기침을 했다. 모든 요정들은 초조하게 왕의 기침이 끝나기를 기다렸다. 곧 왕이 다시 허리를 폈다.

"우리를 들여보내준 그대는 참으로 친절한 사람이로다. 그리 오래 폐를 끼치지는 않을 것이니. 요정의 관습에 따르면—"

그는 다시 손에 얼굴을 묻고 기침을 했다. 요정들은 걱정하는 기색으로 그에게 다가갔다. 마침내 왕이 몸을 뒤척였다. 그는 한숨을 쉬었다.

"왜 그러는 겐가?" 샤드락이 물었다. 그는 요정 왕에게 다가가 가녀린 손에서 코코아 잔을 받아들었다. 요정 왕은 눈을 감고는 자리에 누웠다.

"폐하는 휴식을 취하셔야 합니다." 병사 한 명이 말했다. "방은 어디 있죠? 잠을 자는 방 말입니다."

"2층일세." 샤드락이 말했다. "내가 안내해주지."

밤늦은 시간, 샤드락은 홀로 텅 빈 거실의 어둠 속에 앉아 깊은 생각에 잠겨 있었다. 요정들은 2층 침실에서 잠이 들었다. 요정 왕은 침대 위에, 다른 이들은 깔개 위에 한데 몸을 붙인 채.

집 안은 조용했다. 밖에서는 비바람이 끝없이 쏟아지며 집을 때려대고 있었다. 나뭇가지가 바람을 받아 찰싹거리는 소리가 샤드락에게도 들렸다. 그는 손을 마주잡았다 풀기를 반복했다. 참으로 이상한 일이었다. 한 무리의 요정들, 늙고 병든 요정의 왕, 쩍쩍대는 목소리들. 초조한 데다 짜증만 실컷 내는 자들이었다!

하지만 불쌍하기도 했다. 저렇게 작고 홀딱 젖어선, 물이 뚝뚝 흘러내리고 화려한 로브는 흠뻑 젖어 축 늘어진 모습이라니.

트롤이라—그게 어떤 놈들이려나? 불쾌하고 별로 깨끗하지 못한 놈들. 땅을 파고, 물건을 부수고, 숲을 뚫고 나올 줄 아는 놈들이라······

순간 샤드락은 당황해서 크게 웃었다. 이런 소리를 전부 믿다니, 대체 어떻게 된 건가? 그는 귀가 빨갛게 달아올라 화난 듯 시가를 눌러 껐다. 대체 무슨 일이 벌어지는 거지? 누가 그를 골리려는 건가?

요정이라니? 샤드락은 불쾌한 신음 소리를 냈다. 데리빌에 요정이 나타나? 콜로라도 한복판에? 유럽이라면 요정이 있을지도 모른다. 아일랜드 같은 곳이라면. 그런 이야기는 들어본 적이 있었다. 하지만 이곳에? 그의 집 2층에, 그의 침대에서 지금 요정이 자고 있다고?

"이런 헛소리는 이제 지겹군." 그가 말했다. "이래 봬도 내가 머저리는 아니라고."

그는 어둠 속을 더듬어 난간을 찾아 계단을 오르기 시작했다.

위쪽에서 갑자기 불이 켜졌다. 문이 열렸다.

요정 두 명이 천천히 층계참으로 나오더니 그를 내려다봤다. 샤드락은 계단을 반쯤 올라가다 걸음을 멈췄다. 그들의 얼굴에 떠오른 표정이 그를 멈추게 만들었다.

"무슨 일인가?" 그는 머뭇거리다 물었다.

그들은 대답하지 않았다. 집 안은 차갑게 식어갔다. 밖에서 내리는 차가운 빗방울과 집 안에서 느껴지는 알 수 없는 한기 때문에 춥고 어둠

게 변해가고 있었다.

"왜 그러나?" 그가 다시 말했다. "무슨 일인가?"

"폐하께서 돌아가셨습니다." 요정 하나가 말했다. "방금 전 세상을 뜨셨습니다."

샤드락은 눈을 크게 뜨고 위를 올려다봤다. "죽었다고? 하지만—"

"추운 곳에 오래 계신 데다 탈진해 계셨습니다." 요정은 몸을 돌려 천천히 방 안으로 돌아가서는, 조용히 문을 닫았다.

샤드락은 난간을 잡고 한동안 서 있었다. 튼튼하고 늘씬한, 강인하지만 수척한 손가락이었다.

그는 멍하게 고개를 끄덕였다.

"알겠네." 그는 닫힌 문 쪽을 보며 말했다. "그 친구가 죽었다고."

요정 병사들은 엄숙하게 샤드락을 둘러싸고 있었다. 거실에는 햇살이 가득했다. 이른 아침의 희고 차가운 햇빛이었다.

"잠깐 좀 있어보게." 샤드락이 말했다. 그는 넥타이를 초조하게 잡아당기며 말했다. "지금 주유소로 나가봐야 한단 말이네. 내가 돌아오면 그때 이야기할 수 없겠나?"

요정 병사들의 얼굴은 근심과 걱정으로 가득했다.

"제발 우리 말을 좀 들어주세요." 그들 중 하나가 말했다. "우리에겐 매우 중요한 일이란 말입니다."

샤드락은 그들 뒤편을 바라봤다. 창문 너머로 햇볕을 받아 김을 뿜어올리는 고속도로가 보였다. 고속도로를 따라 조금 내려간 곳에서 그의 주유소가 햇볕에 반짝였다. 그가 보고 있는 동안에도 차 한 대가 주유소로 다가와 조급하게 경적을 울려댔다. 아무도 나오지 않자, 차는 길을 따라 달려 내려가버렸다.

"제발 부탁입니다." 병사 하나가 말했다.

샤드락은 그를 에워싸고 있는 자들을 둘러봤다. 우려와 불안으로 가득한, 초조해 보이는 얼굴들이었다. 묘하게도 그는 지금껏 요정들이란 마음 가는 대로 살아가는 놈들인 줄로만 알았다. 근심이나 걱정 없이 여기저기로 날아다니며—

"그럼 말해보게." 샤드락이 말했다. "어디 한번 들어보지." 그는 안락의자로 가서 자리에 앉았다. 요정들이 그 주변으로 몰려들었다. 그들은 한동안 자기네끼리 속삭이며 이야기를 하더니 일제히 샤드락을 바라봤다.

노인은 팔짱을 낀 채 기다렸다.

"우리는 왕이 없으면 안 됩니다." 병사 중 하나가 말했다. "살아남을 수가 없어요. 요즘 같은 때에는 말입니다."

"트롤 때문이에요." 다른 요정이 덧붙였다. "놈들은 매우 빠르게 증식합니다. 정말 끔찍한 짐승이에요. 무겁고 거대하고, 거칠고, 고약한 냄새가 나고—"

"냄새가 정말로 끔찍해요. 어둡고 축축한 땅속, 태양에서 멀리 떨어진 지표 아래 깊숙한 곳, 눈먼 식물들이 소리도 내지 않고 더듬거리며 양분을 빨아올리는 곳에서 기어 나오는 놈들이에요."

"글쎄, 그러면 선거로 왕을 뽑으면 되는 일 아닌가." 샤드락이 제안했다. "별 문제는 없을 것 같은데."

"요정의 왕은 선거로 뽑는 것이 아닙니다." 병사 하나가 말했다. "전대의 왕이 다음 왕을 지목하는 거죠."

"아." 샤드락이 대답했다. "뭐, 그렇게 해도 나쁠 것은 없겠지."

"전대의 폐하께서 임종을 맞이하실 때, 그분의 입술에서 몇 마디 말이 흘러나왔습니다." 병사 하나가 말했다. "우리는 겁에 질린 채 불안해하며 몸을 숙이고 귀를 기울였습니다."

"그래, 중요한 일이겠지." 샤드락이 동의했다. "그런 말을 놓칠 수는 없을 테니."

"작고하신 폐하께서는 우리를 이끌어줄 분의 이름을 말씀하셨습니다."

"잘됐군. 그럼 자네들도 이름을 들었다는 말 아닌가. 그래, 그럼 문제가 뭔가?"

"그분께서 입에 올리신 이름은—바로 당신이었습니다."

샤드락은 물끄러미 그들을 바라봤다. "나?"

"임종을 맞이하며 폐하께서는 이렇게 말씀하셨습니다. '그자를, 거대한 필멸자를 왕으로 삼도록 하라. 트롤과의 전투에서 그가 요정들을 이끌게 되면 많은 일이 일어날 것이로다. 요정 제국이 다시 한번 일어서는 것이 보이는구나. 과거에 그랬던 것처럼, 이 모든 일이 일어나기 이전에—'"

"내가!" 샤드락은 자리에서 벌떡 일어났다. "내가? 요정의 왕이라고?"

샤드락은 주머니에 손을 찔러 넣은 채 방 안을 거닐었다. "내가, 샤드락 존스가, 요정의 왕이라고." 그는 슬쩍 웃음을 지었다. "전에는 생각도 못 해본 일이로군."

그는 벽난로 위의 거울에 자기 얼굴을 비춰봤다. 숱이 적어지고 허옇게 세어가는 머리카락, 밝은색의 눈동자, 그을린 피부, 커다란 목젖이 보였다.

"요정의 왕이라." 그가 말했다. "요정의 왕. 피니어스 주드가 이걸 들으면 뭐라고 할지. 어디 한번 보자고!"

피니어스 주드는 분명 매우 놀랄 것이다!

주유소 위의 청명한 푸른 하늘에서 태양이 높이 떠 빛나고 있었다.

피니어스 주드는 낡은 포드 트럭의 엑셀을 놀리며 앉아 있었다. 모터가 신음하다 잦아드는 소리가 들렸다. 피니어스는 손을 뻗어 열쇠를 돌려 시동을 끄고는 창문을 끝까지 쭉 내렸다.

"방금 뭐라고 했나?" 그가 물었다. 피니어스는 안경을 벗어 닦기 시작했다. 수년간 같은 동작을 되풀이해 재빠르게 움직이는 호리호리한 손가락 사이에서 금속 테가 움직였다. 그는 안경을 다시 코 위에 걸치고 얼마 안 되는 남은 머리카락을 뒤로 쓸어 넘겼다.

"대체 무슨 일이야, 샤드락?" 그가 말했다. "다시 말해보게나."

"내가 요정의 왕이라고." 샤드락이 되풀이해 말했다. 그는 자세를 바꿔 자동차 발판 위에 반대쪽 발을 올렸다. "누가 생각이나 했겠나? 나, 샤드락 존스가, 요정의 왕이 되다니."

피니어스는 그를 물끄러미 바라봤다. "얼마나 오래 된 건가?―그러니까, 샤드락 자네가 요정의 왕이 된 지 말이야."

"어젯밤이 다 지나가기 전에 그렇게 됐지."

"알겠네. 어젯밤이라." 피니어스가 고개를 끄덕였다. "잘 알겠네. 그러면 보자, 어젯밤에 무슨 일이 일어났는지 좀 물어봐도 되겠나?"

"요정들이 우리 집으로 왔다네. 그 전의 왕이 죽으면서 그들에게 말하기를―"

트럭 한 대가 주유소로 들어오며 운전사가 뛰어내렸다. "물 좀 주게!" 그가 말했다. "망할 호스는 어디 있는 거야?"

샤드락이 머뭇거리며 그쪽을 바라봤다. "가져다주겠네." 그는 피니어스를 돌아보며 덧붙였다. "자네가 오늘 밤에 마을에서 돌아오면 그때 이야기해줄 수 있을지도 모르겠군. 나머지도 들려주고 싶거든. 꽤나 흥미로운 이야기야."

"물론이지." 피니어스가 작은 트럭에 시동을 걸며 말했다. "물론이지, 샤드락. 정말로 듣고 싶군그래."

트럭은 길을 따라 달려 내려갔다.

그날 오후가 되어 댄 그린이 낡은 자동차를 끌고 주유소로 들어왔다.

"어이, 샤드락." 그가 소리쳤다. "이리 좀 와보게! 물어보고 싶은 게 하나 있는데."

샤드락은 걸레를 손에 들고 집에서 나왔다.

"왜 그러나?"

"이리 좀 와봐." 댄은 창문으로 몸을 내밀고 말했다. 귀에서 귀까지 웃음이 걸려 있는 얼굴이었다. "한 가지 물어볼 게 있는데, 괜찮겠나?"

"물론이지."

"그게 사실인가? 자네가 정말로 요정의 왕이 된 거야?"

샤드락은 얼굴을 약간 붉혔다. "아무래도 그런 모양일세." 그는 딴 데를 보며 인정했다. "그래, 그 말대로일세."

댄의 얼굴에서 웃음기가 가셨다. "이봐, 날 놀리는 거지? 대체 무슨 수작이야?"

샤드락은 화가 치밀어 올랐다. "무슨 뜻인가? 내가 요정의 왕이라고. 그리고 내가 왕이 아니라고 말하는 놈들은—"

"알았네, 샤드락." 댄은 서둘러 고물 차의 시동을 걸며 말했다. "화내지 말라고. 그냥 궁금했을 뿐이야."

샤드락은 상당히 묘한 표정을 짓고 있었다.

"잘 알았네." 댄이 말했다. "딱히 말싸움을 하고 싶은 건 아니라네, 알겠지?"

그날이 저물 무렵이 되자 이웃의 모든 사람들이 샤드락에 대해, 그리고 그가 어떻게 해서 갑작스레 요정의 왕이 되었는지를 알게 되었다. 데리빌에서 럭키 스토어를 운영하는 팝 리치는 샤드락이 주유소에 사람들이 더 많이 찾아오게 하려고 수작을 부리는 거라고 주장했다.

"그 노인 양반은 꽤나 영리하니 말입니다." 팝이 말했다. "이제는 그 주변을 지나다니는 차들이 별로 많지 않잖아요. 분명 목적이 있는 행동일 겁니다."

"난 잘 모르겠네." 댄 그린은 동의하지 않았다. "그 친구 말을 직접 들어봤어야 해. 내 생각에는 진지하게 믿고 있는 것 같네."

"자기가 요정의 왕이라고요?" 모두가 웃기 시작했다. "다음에는 뭐라고 말할지 궁금하군요."

피니어스 주드는 생각에 잠겼다. "나는 샤드락과 오랫동안 알아온 사이일세. 무슨 일인지 짐작도 할 수 없군." 그는 얼굴을 찌푸렸다. 주름살이 가득한 얼굴에 불만의 기색이 어렸다. "마음에 안 들어."

댄은 피니어스를 쳐다봤다. "그러면 그 친구가 진심이라고 생각하나?"

"물론이지." 피니어스가 말했다. "내가 틀렸을 수도 있지만, 분명 진심이라고 생각한다네."

"하지만 어떻게 진심으로 그런 생각을 할 수가 있죠?" 팝이 물었다. "그 양반은 바보가 아니에요. 오랫동안 주유소 일을 해왔잖아요. 내가보기에는 분명 뭔가 이득이 있어서 하는 행동일 겁니다. 그리고 글쎄요, 애초에 주유소 때문이 아니라면 다른 이유가 뭐가 있겠어요?"

"뭐긴, 자네는 전혀 짐작도 안 가는 건가?" 댄이 웃음을 지으며 말했다. 그의 금니가 반짝였다.

"뭔데요?" 팝이 물었다.

"왕국 하나를 통째로 가지게 된 셈 아닌가. 바로 그거지. 자기가 마음대로 할 수 있는 왕국을 말이야. 자네라면 그걸 원하지 않겠나, 팝? 자네라면 이 낡은 가게를 집어치우고 요정의 왕이 되고 싶지 않겠나?"

"내 가게에는 아무 문제도 없어요." 팝이 말했다. "이런 가게라고 부끄러울 일도 없고요. 적어도 의류 세일즈맨보다는 낫지 않나요."

댄이 얼굴을 붉혔다. "세일즈맨도 아무 문제없다고." 그는 피니어스를 바라봤다. "그렇지 않나? 옷을 파는 일에 뭐 잘못된 게 있다고 생각하나, 피니어스?"

피니어스는 바닥을 내려다보고 있었다. 그가 고개를 들었다. "뭐라고? 방금 뭐라고 했나?"

"무슨 생각을 하는 겁니까?" 팝이 물었다. "걱정이 가득한 것 같은데요."

"샤드락 때문에 걱정이야." 피니어스가 말했다. "그 친구도 늙어가고 있잖나. 혼자서 하루 종일 거기 앉아 있으니 말이지. 추운 날에도, 바닥까지 빗물이 가득 들어차는 와중에도—겨울이면 고속도로 주변에는 비바람이 끔찍하게 몰아치지 않나—"

"그러면 자네는 그 친구가 진심이라고 생각하는 거지?" 댄이 끈질기게 물었다. "뭔가 이득을 보려고 일부러 그러는 게 아니라고 생각하는 거지?"

피니어스는 생각에 잠겨 고개를 저을 뿐, 대답하지 않았다.

웃음이 잦아들었다. 그들은 모두 서로를 마주봤다.

그날 밤 샤드락이 주유소의 문을 잠그고 있을 때, 작은 사람이 하나 어둠 속에서 걸어 나왔다.

"어이!" 샤드락이 외쳤다. "거기 누군가?"

요정 병사 한 명이 눈을 깜빡이며 불빛 속으로 들어왔다. 병사는 작은 회색 로브를 입고 허리에 은제 허리띠를 두르고 있었다. 발에는 작은 가죽 장화를 신고 있었다. 한쪽 허리춤에 짤막한 검이 매달려 있었다.

"폐하께 드릴 중요한 전갈이 있습니다." 요정이 말했다. "잠깐만요, 내가 그걸 어디다 뒀더라?"

샤드락은 병사가 로브 자락을 뒤지는 동안 그곳에 서서 기다렸다. 요정은 작은 두루마리를 꺼내 숙련된 솜씨로 밀랍 봉인을 뜯은 후 펼쳤다. 그는 두루마리를 샤드락에게 건넸다.

"뭐라고 적혀 있는 겐가?" 샤드락이 물었다. 그는 고개를 숙여 송아지 피지에 눈을 가져다 댔다. "안경을 안 가져왔는데. 이런 작은 글자는 읽을 수가 없어."

"트롤들이 움직이고 있습니다. 전대 폐하께서 돌아가셨다는 소식을 들었는지, 주변의 모든 언덕과 계곡에서 모습을 보이고 있습니다. 놈들은 요정 왕국을 산산조각 내고, 요정들을 흩어놓으려 할 것이며—"

"알겠네." 샤드락이 말했다. "새로운 왕이 일을 시작하기 전에 말이지."

"그렇습니다." 요정 병사가 고개를 끄덕였다. "우리 요정들에게는 중요한 국면입니다. 몇 세기 동안 왕국의 존재 자체가 위태로웠습니다. 트롤은 워낙 수가 많은데, 요정들은 연약한데다 쉽사리 병에 걸리고—"

"그래, 내가 어찌해야겠나? 뭔가 제안할 것은 없나?"

"오늘 밤 거대한 떡갈나무 아래에서 저희들과 합류하셔야 합니다. 저희가 폐하를 요정 왕국으로 모셔갈 것입니다. 폐하께서는 신하들과 함께 왕국의 방어 계획을 짜고 그 위치를 확인하셔야 합니다."

"뭐라고?" 샤드락은 불안한 기색이 되었다. "하지만 아직 저녁도 안 먹었는데. 게다가 내 주유소는—내일은 토요일이고, 차가 많이 올 텐데—"

"하지만 폐하께서는 요정의 왕이십니다." 병사가 말했다.

샤드락은 턱에 손을 대고 천천히 쓰다듬었다.

"그 말이 맞네." 그가 대답했다. "내가 왕이란 말이지."

요정 병사는 깊이 허리를 숙여 절했다.

"이런 일이 일어날 거라고 미리 알았다면 좋았으련만." 샤드락이 말했다. "요정의 왕이 이런 일을 해야 할 거라고는—"

그는 상대방이 뭔가 덧붙여 말할 거라고 생각하며 말꼬리를 흐렸다. 하지만 요정 병사는 무표정한 얼굴로 차분하게 그를 바라볼 뿐이었다.

"어쩌면 다른 사람을 왕으로 추대하는 편이 좋을지도 모르겠네." 샤드락이 말했다. "나는 전쟁이나 뭐 그런 것은 아무것도 모르거든. 싸움에 관계된 것은 아무것도 말일세." 그는 어깨를 으쓱하며 말을 멈췄다. "애초에 전쟁에 끼어본 적도 없고, 여기 콜로라도에는 전쟁이 없거든. 그러니까, 인간들 사이의 전쟁은 없다는 소리지."

요정 병사는 여전히 아무 말도 하지 않았다.

"나를 선택한 이유가 뭔가?" 샤드락은 손가락을 꼬면서 무력하게 물었다. "나는 아무것도 모른단 말이네. 그 친구가 왜 나를 선택한 건가? 다른 사람을 고르지 않고?"

"그분께서는 폐하를 신뢰하신 겁니다." 요정이 말했다. "폐하께서는 그분을 빗속에서 구제해 폐하의 저택으로 인도하셨습니다. 그분께서는 폐하가 아무런 대가도 바라지 않는다는 사실을, 아무것도 원하지 않는다는 사실을 아셨습니다. 선행을 베풀고 그 대가를 기대하지 않는 분은 매우 드문 법이죠."

"아." 샤드락은 다시 생각에 잠겼다. 그는 마침내 고개를 들며 말했다. "하지만 내 주유소는 어쩌고? 내 집은? 그 친구들은 뭐라고 하겠나? 가게의 핍과 댄 그린은—"

요정 병사는 조명이 비추는 곳에서 물러나며 말했다. "저는 이만 가봐야 합니다. 시간이 늦어지고 있고, 밤이 되면 트롤이 나오니까요. 다른 이들과 멀리 떨어져 있고 싶지는 않습니다."

"물론이네." 샤드락이 말했다.

"전대 폐하가 돌아가셨으니, 이제 트롤들은 두려워할 것이 없습니다. 놈들은 사방을 들쑤시고 다닙니다. 그 누구도 안전할 수 없습니다."

"어디서 만나자고 했지? 언제?"

"거대한 떡갈나무 아래입니다. 오늘 밤 달이 하늘에서 모습을 감출 때입니다."

"그래, 어쨌든 거기서 보기로 하지." 샤드락이 말했다. "자네 말이 맞는 것 같아. 요정의 왕이라면 왕국이 그를 가장 필요로 할 때에 백성들을 저버릴 수 없는 법이지."

그는 주변을 둘러봤지만 요정 병사는 이미 사라진 뒤였다.

샤드락은 의심과 의문을 계속해서 곱씹으며 고속도로를 따라 걸어갔다. 계단의 포석 위에 발을 올려놓았을 때, 그는 한 가지 생각을 떠올리고 발을 멈췄다.

"그 늙은 떡갈나무는 피니어스의 농장 안에 있잖아! 피니어스가 뭐라고 하려나?"

그러나 그는 요정 왕이었고 트롤들이 언덕을 차지하고 있었다. 샤드락은 그 자리에 멈춰 서서 도로 너머, 멀리 떨어진 언덕 비탈을 따라 늘어선 나무들을 스치고 지나가는 바람 소리를 들었다.

트롤? 정말로 저곳에 트롤이 있는 걸까? 그 무엇도, 그 누구도 두려워하지 않는 트롤들이 밤의 어둠 속에서 대담하게 몸을 일으키고 있는 것일까?

그리고 요정 왕으로서의 책무는……

샤드락은 입을 굳게 다문 채 계단을 올랐다. 돌계단의 마지막 단을 올랐을 때에는 이미 마지막 햇빛이 사라진 후였다. 밤이 된 것이다.

피니어스 주드는 창밖을 내다봤다. 그는 욕설을 내뱉으며 고개를 젓고 바로 현관으로 달려 나갔다. 차가운 달빛 속에서 천천히 아래쪽 들판을 가로지르는 희미한 형체 하나가 보였다. 소들이 다니는 길을 따라 집으로 다가오고 있었다.

"샤드락!" 피니어스가 소리쳤다. "무슨 일인가? 대체 이런 한밤중에 뭘 하고 있는 거야?"

샤드락은 발걸음을 멈추고 완고한 자세로 허리에 주먹을 가져다 댔다.

"집으로 돌아가게." 피니어스가 말했다. "대체 무슨 생각을 하는 거야?"

"미안하네, 피니어스." 샤드락이 대답했다. "자네 땅을 지나가 미안하게 됐네. 하지만 저기 늙은 떡갈나무 아래에서 누군가를 만나기로 했거든."

"이런 한밤중에 말인가?"

샤드락이 고개를 끄덕였다.

"자네 어떻게 된 건가, 샤드락? 대체 이런 한밤중에 내 농장에서 누굴 만나기로 한 거야?"

"요정들과 만나야 한다네. 트롤과 전쟁을 벌일 계획을 짜야 하거든."

"이런 빌어먹을." 피니어스 주드가 말했다. 그는 집으로 돌아가서 쾅 하고 문을 닫아버렸다. 그는 한동안 그대로 서 있다가 다시 한번 현관으로 나왔다. "지금 뭘 하고 있다고 했지? 물론 굳이 대답할 필요는 없지만, 난 그저—"

"늙은 떡갈나무에서 요정들과 만나야 한다네. 트롤과의 전쟁을 위해 회의를 열어야 하거든."

"아, 그래. 트롤이라. 항상 주의해야겠지."

"트롤은 사방에 있다네." 샤드락이 고개를 끄덕이며 자신 있게 말했다. "예전에는 전혀 알지 못했는데 말이야. 놈들은 잊어버리거나 무시할 수 있는 존재가 아니라네. 놈들은 결코 상대방을 잊지 않거든. 항상 계략을 꾸미며 지켜보고 있지—"

피니어스는 할 말을 찾지 못하고 입을 떡 벌렸다.

"아, 그런데 말일세." 샤드락이 말했다. "나는 잠시 자리를 비우게 될지도 모른다네. 이 일이 얼마나 오래 걸릴지에 따라 달라지겠지만 말이야. 트롤과 싸워본 경험이 별로 없으니 확신할 수가 없거든. 하지만 자네가 들러서 주유소를 좀 건사해줄 수 있었으면 좋겠는데. 하루에 두 번 정도씩, 아침저녁으로 말이야. 뭐 망가진 것은 없나 그 정도로만."

"어딜 가는 건가?" 피니어스는 서둘러 계단을 내려왔다. "대체 그 트롤 문제라는 게 뭐야? 왜 자네가 가는 건가?"

샤드락은 참을성 있게 방금 한 이야기를 되풀이했다.

"하지만 무엇 때문에?"

"내가 요정의 왕이기 때문이지. 요정들을 이끌어야 하거든."

침묵이 흘렀다. "알겠네." 마침내 피니어스가 입을 열었다. "그랬지, 저번에도 말한 적이 있었던 것 같군. 하지만 샤드락, 잠깐 집 안으로 들어오는 건 어떤가? 트롤들에 대해 이야기도 좀 해주고, 커피도 좀 마시면서—"

"커피?" 샤드락은 하늘의 허연 달을, 달과 음울한 하늘을 바라봤다. 세상은 고요하고 적막했고, 밤은 매우 추웠으며, 달은 아직 한동안은 저물지 않을 듯했다.

샤드락이 몸을 떨었다.

"추운 밤 아닌가." 피니어스가 재촉했다. "밖에 있기에는 너무 춥다고. 일단 들어오게."

"아직 시간이 조금 있을 것 같군." 샤드락이 인정했다. "커피 한잔 한다고 잘못될 일은 없겠지. 하지만 너무 오래는 있을 수 없어……"

샤드락은 다리를 뻗으며 한숨을 쉬었다. "이 커피 정말로 맛있군, 피니어스."

피니어스는 커피를 조금 홀짝이고는 컵을 내려놓았다. 거실은 조용하고 따뜻했다. 아주 깔끔한 작은 거실이었다. 벽에는 자기네 일에만 신경 쓰는 회색의 재미없고 엄숙한 그림들이 걸려 있었다. 한쪽 구석에는 리드 오르간이 놓였고, 그 위에 악보들이 깔끔하게 정리되어 있었다.

샤드락은 문득 오르간을 보고 웃음을 지었다. "요즘도 연주를 하나, 피니어스?"

"요즘은 별로 안 하지. 바람통이 제대로 작동하질 않아. 제대로 부풀지 않는 놈이 하나 있거든."

"나중에 내가 고쳐주도록 함세. 그러니까, 내가 이 근처에 있으면 말이야."

"그거 좋겠군." 피니어스가 말했다. "안 그래도 자네한테 부탁할 생각이었어."

"자네가 〈빌리아〉를 연주하고, 댄 그린이 여름 동안 팝네 가게에서 일하던 숙녀분을 꼬셔 왔던 때의 일이 기억나나? 도예 가게를 열고 싶어 했던 여자 말이야."

"물론 기억하지." 피니어스가 말했다.

샤드락은 곧 커피 컵을 내려놓고 의자에서 몸을 뒤척였다.

"커피 더 들겠나?" 피니어스가 재빨리 물었다. 그는 자리에서 일어났다. "조금 더 어떤가?"

"조금만 더 하지. 하지만 곧 나가봐야 한다네."

"밖에서 보내기에는 별로 좋지 못한 밤인데."

샤드락은 창밖을 내다봤다. 조금 더 어두워져 있었다. 달이 거의 저문 모양이었다. 들판은 황량해 보였다. "자네 말에 동의하지 않을 수가 없구먼." 그가 말했다.

피니어스는 그 말에 곧바로 돌아보며 간절히 말했다. "이보게, 샤드락. 아직 온기가 남아 있을 때 집으로 돌아가는 게 어떤가. 트롤과 싸우는 일은 다른 날 밤에 나와서 해도 되지 않겠나. 트롤은 언제나 있을 테니까. 자네가 직접 그리 말하지 않았나. 나중에, 날씨가 더 좋을 때 해도 충분할 거야. 이렇게 춥지 않은 날에 말이네."

샤드락은 지친 듯 이마를 문질렀다. "있잖나, 사실 모든 것이 미쳐 돌아가는 꿈처럼 느껴지기도 한다네. 내가 언제부터 요정이나 트롤 얘기를 하기 시작했지? 언제 시작된 거야?" 그의 목소리가 희미해져갔다. "커피 잘 마셨네." 그는 천천히 자리에서 일어났다. "몸이 꽤 따뜻해졌어. 대화도 즐거웠네. 여기 앉아서 이렇게 이야기를 하고 있자니 옛날로 돌아간 것 같았어."

"가는 건가?" 피니어스는 머뭇거렸다. "집으로?"

"그게 나을 것 같네. 시간도 늦었고."

피니어스는 재빨리 자리에서 일어났다. 그는 샤드락의 어깨에 팔을 두르고 그를 문가로 인도했다.

"알았네, 샤드락. 집으로 돌아가게나. 침대에 들어가기 전에 뜨끈하게 목욕도 좀 하고. 그러면 기분이 나아질 걸세. 브랜디 한 잔 걸치면 몸속이 좀 달아오를 거야."

피니어스가 문을 열었고, 둘은 함께 천천히 현관 계단을 내려가 차갑고 어두운 땅 위에 발을 디뎠다.

"그래, 그럼 가봐야겠네." 샤드락이 말했다. "좋은 밤 되게─"

"집으로 가라고." 피니어스가 그의 팔을 두드리며 말했다. "바로 집으로 가서 뜨끈하게 목욕을 하는 거야. 그리고 곧장 침대로 들어가라고."

"좋은 생각일세. 고맙네, 피니어스. 자네의 친절에 감사해야겠군." 샤드락은 자신의 팔에 얹힌 피니어스의 손을 내려다봤다. 피니어스와 이렇게 가깝게 접촉하는 것은 몇 년 만에 처음 있는 일이었다.

샤드락은 그의 손을 살펴보다 영문을 알 수 없어 눈살을 찌푸렸다.

피니어스의 손은 크고 거칠었다. 팔은 짧고 손가락은 뭉툭했다. 손톱은 깨지고 갈라져 있었다. 거의 검은색이었다. 적어도 달빛 아래에서는 그렇게 보였다.

샤드락은 피니어스를 바라봤다. "묘하구만." 그가 중얼거렸다.

"뭐가 묘하단 말인가, 샤드락?"

달빛 속에서 보니, 피니어스의 얼굴은 묘하게도 둔탁하고 험악해 보였다. 샤드락은 지금껏 그의 턱이 저렇게 불거져 있다는 사실을 알지 못했었다. 얼마나 끔찍하게 앞으로 튀어나왔는지! 피부는 양피지처럼 누렇고 거칠었다. 안경 너머로 보이는 두 눈은 마치 조약돌처럼 차갑고 생기가 없었다. 귀는 거대했고, 머리카락은 길게 늘어져선 떡이 져 있었다.

이런 사실을 예전에는 알아차리지 못했다니 묘한 일이었다. 하지만 그는 달빛 아래서 피니어스의 모습을 본 적이 없었다.

샤드락은 오랜 친구를 살펴보며 한두 발짝 물러났다. 몇 발짝 떨어진 곳에서 보니 피니어스 주드는 괴상하게 작았고 쭈그린 듯 보였다. 다리가 살짝 안으로 굽어 있었다. 발은 거대했다. 그리고 다른 것도 있었다—

"왜 그러나?" 피니어스는 뭔가 이상하다는 것을 눈치챈 듯 물었다. "뭔가 잘못된 거라도 있나?"

뭔가가 완벽하게 잘못되어 있었다. 그리고 지금까지 친구로 지낸 오랜 세월 동안, 샤드락은 그 사실을 전혀 눈치채지 못했었다. 피니어스의 주변에 희미한 악취가 떠돌고 있었다. 부패의 냄새, 썩어가는 살점의 냄새, 축축한 곰팡내였다.

샤드락은 천천히 그를 훑어봤다. "뭔가 잘못됐냐고?" 그가 질문을 되풀이했다. "아니, 그런 건 아닐세."

집 한쪽에 반쯤 부서진 빗물받이 통이 보였다. 샤드락은 그쪽으로 걸어갔다.

"아니, 피니어스. 잘못된 게 있다고는 하지 않겠네."

"자네 지금 뭘 하는 건가?"

"나?" 샤드락은 빗물통의 널 하나를 잡고는 잡아당겨 빼냈다. 그는 널판 하나를 손에 단단히 잡고 피니어스를 향해 걸음을 옮겼다. "나는 요정의 왕이다. 네놈은 대체 누구, 아니 뭐냐?"

피니어스는 함성을 지르더니 삽 같은 거대한 손을 휘두르며 공격해 들어왔다.

샤드락은 널판으로 그의 머리를 후려갈겼다. 피니어스는 분노와 고통으로 가득한 고함을 질렀다.

그 소리에 반응한 것인지, 집 아래에서 쩔그렁 소리가 들리며 격노한 수많은 생물의 무리가 껑충거리며 달려 나왔다. 구부정한 자세에 검은 피부, 묵직하고 땅딸막한 몸, 거대한 발과 머리를 가진 존재들이었다. 샤드락은 피니어스의 지하실에서 쏟아져 나오는 거무튀튀한 생물들을 바라봤다. 그는 놈들이 무엇인지 알고 있었다.

"트롤이다!" 샤드락이 소리쳤다. "트롤이다! 도와줘!"

트롤들이 사방을 둘러싸고 있었다. 그를 잡고 끌어당기고, 몸을 타고 올라와 얼굴과 몸을 때려댔다.

샤드락은 넘어진 다음에도 계속해서 손에 든 널판을 휘두르고 발길질을 해대며 놈들을 후려갈겼다. 수백 마리는 되는 듯했다. 피니어스의 집 안에서 놈들이 계속 쏟아져 나왔다. 땅딸막한 검은 생물의 물결은 멈추지 않았다. 달빛에 커다란 눈과 이빨이 빛났다.

"도와줘!" 샤드락은 다시 소리쳤다. 이번에는 보다 약한 목소리였다. 그는 지쳐가고 있었다. 심장이 고통스럽게 쿵쿵 뛰었다. 트롤 한 마리가 그의 팔에 들러붙어 손목을 깨물었다. 샤드락은 놈을 떨쳐내고 바지 자락을 붙들고 늘어지는 떼거리를 떨쳐내면서, 계속해서 널판을 위아래로 휘둘렀다.

트롤 한 놈이 널판을 잡아챘다. 그러자 한 무리가 통째로 덤벼들어 샤드락의 손에서 널판을 빼내려 안간힘을 쓰기 시작했다. 샤드락은 절망에 사로잡혀 널판을 붙들었다. 트롤들이 그를 짓누르고 있었다. 어깨에 올라타고, 외투를 붙들고 늘어지고, 팔과 다리에 걸터앉아 머리카락을 잡아당기고—

멀리서 높은 음색의 나팔 소리가 들려왔다. 금빛 트럼펫 소리가 언덕 전체에 울려 퍼졌다.

순간 트롤들은 공격을 멈췄다. 한 놈이 샤드락의 목에서 뛰어내렸다. 다른 하나가 그의 팔을 놓아줬다.

다시 한번 나팔 소리가 들렸다. 이번에는 좀 더 크게 울렸다.

"요정이다!" 트롤 한 놈이 귀에 거슬리는 소리로 중얼거렸다. 놈은 몸을 돌려 소리가 들리는 쪽을 바라봤고, 분노에 가득 차 이빨을 갈면서 침을 뱉었다.

"요정이다!"

트롤 무리가 앞으로 달려 나갔다. 이빨과 손톱을 부득부득 갈며 요정들을 향해 짓쳐 들어가는 모습이 보였다. 요정들은 대열을 풀고 높고 쩍쩍대는 목소리로 전투의 함성을 올리면서 싸움을 시작했다. 트롤의 물결이 그들을 향해 밀려들었다. 트롤 대 요정, 두툼한 손톱 대 금빛 검, 날카로운 이빨 대 단검의 싸움이었다.

"요정을 죽여라!"

"트롤에게 죽음을!"

"밀어붙여!"

"전진!"

샤드락은 여전히 자신에게 들러붙어 있는 트롤들과 힘겨운 싸움을 벌이고 있었다. 그는 이미 지칠 대로 지쳐서 숨을 헐떡였고, 그저 널판을 휘두르고 발길질을 하고 뛰어오르며, 들러붙은 트롤들을 허공과 땅 위로 내동댕이치면서 계속 싸웠다.

전투가 얼마나 계속되었는지 샤드락으로서는 짐작도 할 수 없었다. 그는 거무스레하고 둥글고 사악한 냄새가 나는 몸뚱이들, 그에게 들러

붙어서 물고 뜯고 코와 머리와 손가락을 꼬집어대는 놈들 속에 파묻혀 있었다. 그는 아무 말 없이 잔인하게 싸웠다.

주변 사방에서 요정 군단이 트롤 무리와 싸우고 있었다. 작은 부대로 나뉘어 고전하는 전사들이 사방에 가득했다.

문득 샤드락은 전투를 중지했다. 그는 고개를 들고 미심쩍은 얼굴로 주변을 둘러봤다. 움직이는 것은 아무것도 없었다. 사방이 고요했다. 싸움이 끝난 것이다.

트롤 몇 마리가 여전히 그의 팔다리에 붙어 있었다. 샤드락은 널판으로 그중 한 놈을 후려갈겼다. 놈은 울부짖으며 땅으로 떨어졌다. 샤드락은 끈질기게 자기 팔에 달라붙어 있는 마지막 트롤을 떼어내려 애쓰며 비틀비틀 뒤로 물러났다.

"이제 네놈 차례다!" 샤드락이 헐떡이며 말했다. 그는 트롤을 떼어내서 허공으로 던졌다. 놈은 땅바닥으로 떨어지더니 비틀대며 어둠 속으로 사라졌다.

이제 남은 놈은 없었다. 움직이는 트롤은 보이지 않았다. 달빛 가득한 황량한 들판은 고요했다.

샤드락은 돌 위에 주저앉았다. 가슴이 고통스럽게 오르내렸다. 눈앞에 붉은 점들이 춤췄다. 그는 힘겹게 손수건을 꺼내들어 목과 얼굴을 훔쳤다. 그는 눈을 감고는 천천히 고개를 저었다.

다시 눈을 떴을 때, 요정들은 대열을 재정비해 그에게 모여들고 있었다. 요정들 역시 옷이 엉망이 되고 상처를 입은 상태였다. 금빛 갑옷은 갈라지고 뜯겨 나가 있었다. 투구는 우그러지거나 벗겨져 있었다. 붉은 깃털 장식도 대부분 사라졌고, 남아 있는 것들도 축 처지고 망가져 있었다.

그러나 전투는 끝났다. 전쟁에서 승리한 것이다. 트롤 무리는 도망쳤다.

샤드락은 천천히 자리에서 일어섰다. 요정 전사들은 그를 둘러싸고 서서 존경이 담긴 조용한 눈길로 그를 올려다봤다. 주머니에 손수건을 넣는 동안 요정 하나가 그의 몸을 받쳤다.

"고맙네." 샤드락이 중얼거렸다. "정말 고맙네."

"트롤들을 물리쳤어요." 요정 하나가 여전히 경외감에 사로잡힌 채 말했다.

샤드락은 주변의 요정들을 살펴봤다. 예전에 본 것보다 훨씬 많았다. 전투를 위해 모든 요정들이 나온 모양이었다. 이 순간의 상황 때문인지 굳은 얼굴이었고, 끔찍한 전투 때문에 지쳐 보였다.

"그래, 전부 가버렸지, 좋아." 샤드락이 말했다. 슬슬 가쁜 숨이 가라앉고 있었다. "정말 아슬아슬했네. 자네들이 바로 그 순간에 와줘서 다행이었어. 놈들을 혼자서 전부 상대하다가 끝장나기 직전이었거든."

"요정의 왕께서 홀로 트롤 군대 전체를 막아내셨어." 요정 하나가 새된 목소리로 소리쳤다.

"어?" 샤드락은 놀라서 중얼거리고는 곧 웃음을 지었다. "그 말대로지. 한동안 혼자서 놈들과 싸웠어. 혼자서 모든 트롤들을 막아냈지. 빌어먹을 트롤 군대 전체를 말이야."

"그뿐이 아니에요." 요정 하나가 말했다.

샤드락은 눈을 깜빡였다. "그러면?"

"저길 보세요, 위대하신 폐하. 모든 요정들 중 가장 위대한 분이여. 저쪽에요. 오른쪽으로."

요정들은 샤드락을 이끌어 한쪽으로 데려갔다.

"뭐기에 그러지?" 샤드락이 중얼거렸다. 처음에는 아무것도 눈에 띄지 않았다. 그는 어둠 속을 지그시 내려다봤다. "이리로 횃불 좀 가져올 수 있나?"

요정 몇 명이 작은 솔방울 횃불을 들고 왔다.

얼어붙은 땅 위에 피니어스 주드가 누워 있었다. 공허한 눈이 허공을 바라봤고, 입은 반쯤 열린 상태였다. 그는 움직이지 않았다. 몸은 차갑고 경직되어 있었다.

"죽었습니다." 요정 하나가 엄숙하게 선언했다.

샤드락은 순간 경악하며 침을 꿀꺽 삼켰다. 식은땀이 이마를 타고 흘러내렸다. "이런 세상에! 내 오랜 친구가! 내가 무슨 짓을 한 거지?"

"폐하께서는 트롤 대왕을 쓰러뜨리신 겁니다."

샤드락은 말을 멈췄다.

"내가 뭘 했다고?"

"폐하께서는 모든 트롤의 지도자인 트롤 대왕을 쓰러뜨리신 겁니다."

"지금까지 없었던 일입니다." 다른 요정이 흥분해 소리쳤다. "이 트롤 대왕은 수 세기 동안 살아왔어요. 누구도 이놈을 죽일 수 있을 거라 생각하지 못했습니다. 이건 우리 역사에서 가장 위대한 순간이에요."

모든 요정들이 외경심이 담긴 눈으로 움직이지 않는 시체를 내려다 봤다. 약간 이상의 공포가 섞여 있는 외경심이었다.

"아, 그만해!" 샤드락이 말했다. "이 친구는 피니어스 주드일 뿐이라고."

그러나 이렇게 말하는 와중에도 서늘한 기운이 등골을 따라 흘러내렸다. 얼마 전 목격했던 모습, 저물어가는 달빛 속에서 피니어스의 곁에 섰을 때 그의 얼굴에 떠오르던 끔찍한 형상이 기억났기 때문이다.

"이걸 보세요." 요정 하나가 몸을 굽혀 피니어스의 푸른색 능직 조끼 단추를 풀었다. 그는 외투와 조끼를 옆으로 밀어서 젖혔다. "보이시죠?"

샤드락은 몸을 숙여 시체를 살펴봤다.

그는 헉 하고 숨을 삼켰다.

푸른색 능직 조끼 아래로 갑옷이 보였다. 낡아서 녹슬어가는 쇳덩어리들이 땅딸막한 몸 주변으로 단단하게 조여져 있었다. 갑옷에는 검은

색에 낡아빠진, 흙과 녹이 잔뜩 끼어 있는 문장이 새겨져 있었다. 썩어서 반쯤 사라졌지만 버섯에 올빼미 다리가 걸쳐 있는 모습이었다.

트롤 대왕의 문양이었다.

"원 참." 샤드락이 말했다. "그리고 내가 이놈을 죽인 거로군."

그는 한참 동안 아무 말 없이 시체를 내려다봤다. 천천히 한 가지 깨달음이 샤드락의 마음속에 자리 잡았다. 그는 웃음을 띠고 천천히 몸을 일으켰다.

"왜 그러십니까, 위대하신 폐하?" 요정 하나가 짹짹거렸다.

"한 가지 생각이 났네." 샤드락이 말했다. "방금 깨달은 건데, 트롤 대왕이 죽어버리고 트롤 군대가 도망쳤으니ㅡ"

그는 말을 멈췄다. 모든 요정들이 기다리고 있었다.

"아무래도 나는ㅡ그러니까, 만약 자네들이 더 이상 나를 필요로 하지 않는다면ㅡ"

요정들은 귀를 기울이고 있었다. "왜 그러십니까, 강대하신 폐하? 계속 말씀하시죠."

"아무래도 이제 왕은 그만두고 주유소로 돌아가야 할 것 같네." 샤드락은 주변에 모여든 이들을 기대하는 눈빛으로 바라봤다. "그렇게 생각하지 않나? 전쟁도 다 끝났고 말이야. 저놈이 죽었으니까. 자네들 생각은 어떤가?"

요정들은 한동안 말이 없었다. 우울한 얼굴로 땅바닥만 내려다볼 뿐이었다. 아무도 입을 열지 않았다. 마침내 그들이 군기를 주워들며 천천히 물러나기 시작했다.

"네, 그러셔도 됩니다." 요정 하나가 조용히 말했다. "전쟁은 끝났으니까요. 트롤은 패배했습니다. 원하신다면 주유소로 돌아가셔도 됩니다."

안도의 감정이 샤드락의 마음속을 가득 채웠다. 그는 몸을 곧추세우고 활짝 웃었다. "고맙네! 그래도 괜찮아. 정말로 괜찮네. 내 평생 이보다 더 좋은 소식을 들어본 적이 없군."

그는 손을 마주 비비고 입김을 불면서 요정들에게서 물러나기 시작했다.

"정말 끔찍하게 고맙네." 그는 아무 말 없는 요정들을 둘러보며 말했다. "자, 그럼 나는 좀 서둘러야겠네. 시간이 늦었지 않나. 거기다 춥기까지 하구먼. 힘겨운 밤이었어. 그럼—그럼 나중에 또 보세."

요정들은 아무 말 없이 고개를 끄덕였다.

"좋아. 그럼 좋은 밤 되게나." 샤드락은 몸을 돌려 길을 따라 걷기 시작했다. 그는 잠시 멈춰 서서 요정들을 향해 손을 흔들었다. "꽤나 엄청난 전투였지, 그렇지 않나? 정말로 놈들을 밟아버렸어." 그는 길을 따라 서둘러 걸음을 옮기다, 다시 걸음을 멈추고 뒤를 돌아보며 손을 흔들었다. "내가 도울 수 있어서 정말 기뻤네. 자, 그럼 잘 자게!"

요정 한둘이 마주 손을 흔들었지만, 다들 아무 말도 하지 않았다.

샤드락 존스는 천천히 집을 향해 걸음을 옮겼다. 여기 언덕 위에서는 모든 것이 보였다. 차가 거의 오가지 않는 고속도로, 무너져가는 주유소, 그 자신만큼 오래 버틸지 알 수 없는 집, 수리하거나 더 나은 집을 사기에는 돈이 부족한 상황.

그는 발길을 돌려 돌아가기 시작했다.

요정들은 여전히 밤의 적막 속에 모여 서 있었다. 아직 가버리진 않았다.

"아직 가지 않았기를 빌고 있었네." 샤드락이 안도하며 말했다.

"우리는 폐하께서 떠나지 않으시기를 빌고 있었습니다." 병사 하나가 말했다.

샤드락은 돌멩이 하나를 걸어찼다. 돌은 침묵 속을 헤치고 굴러가 멈췄다. 요정들은 여전히 그를 바라보고 있었다.

"떠나다니?" 샤드락이 말했다. "요정의 왕이 떠나면 어쩌겠나?"

"그러면 계속 우리 왕이 되어주실 건가요?" 요정 하나가 소리쳤다.

"나 정도 나이가 되면 쉽게 바뀌기가 힘든 법이야. 휘발유 파는 일을 멈추고 갑자기 왕이 되다니. 그 때문에 한동안 겁에 질려 있었다네. 하지만 더 이상은 아니야."

"왕이 되실 건가요? 정말로요?"

"물론이지." 샤드락 존스가 말했다.

요정 횃불의 원이 기쁘게 가운데로 모여들었다. 샤드락은 그 불빛 속에서 전대 요정의 왕이 타고 있던 것과 비슷한 단상을 볼 수 있었다. 하지만 이번 단상은 훨씬 컸다. 사람이 탈 수 있을 정도의 크기였고, 수십 명의 병사들이 단상 받침대 아래에서 당당하게 어깨를 펴고 기다리고 있었다.

병사 하나가 즐겁게 허리를 굽히며 절을 했다. "폐하를 위한 것입니다."

샤드락은 단상에 올랐다. 걷는 것보다 불편했지만, 새로운 왕을 이런 식으로 요정의 왕국으로 데려가는 것이 그의 백성들이 원하는 바였으니까.

단기 체류자의 행성
Planet For Transients

PHILIP K. DICK

원제는 「떠돌이들The Itinerants」로, 본인도 인정했듯이 제목 짓는 감각이 부족했던 PKD이 에이전시의 도움을 받아 고친 제목으로 발표했다. PKD의 화두 중 하나인 '인간의 정의'를 평소와는 다른 시점에서 탐구한다는 점이 독특한데, 여기서 그는 내면이 아닌 외부 환경과의 상호작용에서 인간의 본질을 찾으려 시도한다. 결국 자신들이 더 이상 지구인이 아님을 인정하고, 손님의 신분으로 지구를 떠나는 인류의 모습에서 애수가 느껴진다.

훗날 로저 젤라즈니와 함께 작업한 장편 『분노의 신Deus Irae(1976)』에서 이 단편의 요소가 일부 사용되었다.

하늘에서 이글대는 거대한 구체, 늦은 오후의 태양이 뜨겁고 눈부시게 내리쬐고 있었다. 트렌트는 잠시 걸음을 멈추고 호흡을 가다듬었다. 납판을 댄 헬멧 안의 얼굴에서 땀이 줄줄 흘러내렸다. 끈적끈적한 습기가 헬멧의 전면을 뿌예지게 하고 목구멍을 틀어막았다.

그는 비상용 장비를 반대쪽으로 둘러메고 허리띠를 추켜올린 후, 산소 탱크에서 효력이 다한 산소 발생기 몇 개를 뽑아내 수풀 속으로 던졌다. 둥근 통이 적록색의 나뭇잎과 덩굴이 얽힌 곳으로 굴러들어 가 모습을 감췄다.

트렌트는 계수기의 눈금이 충분히 낮은 상태임을 확인한 뒤 헬멧을 벗고 이 소중한 순간을 즐겼다.

신선한 공기가 코와 입 안으로 밀려들었다. 그는 허파 가득히 공기를 들이마셨다. 좋은 냄새가 났다. 진하고, 축축하고, 자라나는 식물의 냄새가 가득한 공기였다. 그는 숨을 내쉰 다음 다시 크게 들이마셨다.

오른쪽에서 거대한 오렌지색 덩굴장미 줄기가 무너져 내리는 콘크리트 기둥을 휘감아 오르고 있었다. 주변의 전원에는 풀과 나무가 가득 펼쳐져 있었다. 저 멀리에 마치 벽처럼 보이는 식물의 군생지가 보였다. 덩굴식물과 곤충과 꽃과 덤불로 가득한 정글일 터였다. 계속해서 전진하려면 폭파해버려야 할 것 같았다.

두 마리의 거대한 나비가 춤추며 그를 스치고 지나갔다. 오색의 거대하고 가냘픈 형상이 그 주변을 기묘하게 한 바퀴 돌더니 곧 날아갔다. 사방에 생명이 있었다. 벌레와 식물, 잡목 덤불 안에서 부스럭대는 작은 짐승들까지, 살아 있는 정글이 사방에 펼쳐져 있었다. 트렌트는 한숨을 쉬고 다시 헬멧을 뒤집어쓴 후 이음매를 조였다. 그가 감당할 수 있는 것은 두 번의 심호흡 정도가 고작이었다.

그는 산소 탱크의 방출량을 늘린 다음, 통신기를 들어 입가로 가져가 딸각 하고 스위치를 올렸다. "트렌트다. 탄광 제어소에 확인을 요청한다. 내 말 들리나?"

한동안 정적과 잡음이 이어진 후 마침내 희미하고 떨리는 목소리가 들려왔다. "확인했다, 트렌트. 지금 위치가 어딘가?"

"아직 북쪽으로 가는 중이다. 앞에 폐허가 있다. 우회해야 할 것 같은데. 꽤나 울창해 보인다."

"폐허라고?"

"아마 뉴욕인 것 같은데. 지도를 확인해보겠다."

목소리에 생기가 돌아왔다. "아무것도 찾지 못했나?"

"아무것도. 적어도 지금까지는 없다. 주변을 둘러보고 한 시간 안에 다시 보고하겠다." 트렌트는 손목시계를 내려다보고 말을 이었다. "3시 반이군. 저녁이 되기 전에 알려주겠다."

목소리가 조급해졌다. "행운을 빈다. 제발 뭘 좀 발견했으면 좋겠는데. 자네 산소는 얼마나 갈 것 같나?"

"아직 괜찮다."

"식량은?"

"꽤 많이 남았다. 게다가 식용식물을 찾을 수 있을지도 모르지."

"그런 시도는 함부로 하지 말라고!"

"걱정 마." 트렌트는 통신기 스위치를 내리고 다시 허리띠에 매달았다. 그는 블래스터를 손에 들고 짐을 둘러멘 뒤 전진하기 시작했다. 납판이 들어간 묵직한 부츠가 발밑의 낙엽과 부엽토 속으로 깊이 박혔다.

트렌트는 4시가 조금 지났을 때쯤 주변의 정글에서 걸어 나오는 그들과 조우했다. 두 명, 둘 다 젊은 남성이었다. 크고 비쩍 마르고 물푸레나무처럼 울퉁불퉁하고 청회색이었다. 한 명이 인사의 표시로 손을 들어 올렸다. 예닐곱 개의 손가락에, 손가락 마디가 하나씩 더 있었다. "좋은 날입니다." 바람 새는 목소리였다.

트렌트는 곧바로 걸음을 멈췄다. 심장이 쿵쿵대는 소리가 들렸다. "좋은 날이군."

두 젊은이는 천천히 트렌트 가까이 다가왔다. 한 명은 나뭇잎 도끼를 들었고, 다른 쪽은 바지와 누더기가 된 캔버스 셔츠만 걸치고 있었다. 둘 다 키가 거의 2.5미터에 가까웠다. 피부는 보이지 않았다. 뼈와 단단한 각질, 그리고 두꺼운 막에 덮인 크고 호기심 어린 눈이 보였다. 신체 내부의 변화 덕분에 극단적으로 다른 신진대사와 세포 구조를 가지게 되었고, 방사성 염류를 활용할 수 있는 새로운 소화기관을 사용하는 자들이었다. 둘은 흥미를 가지고 트렌트를 바라보고 있었다. 그 흥미는 점차 커지는 듯했다.

"설마, 당신 인간인 건가요." 한쪽이 말했다.

"바로 그렇다네."

"내 이름은 잭슨입니다." 젊은이가 비쩍 마르고 우둘투둘한 푸른색 손을 내밀었다. 트렌트는 어색한 자세로 악수를 했다. 납판이 들어간 장갑으로 잡으니 그 손도 연약하게 느껴졌다. 손의 주인이 덧붙였다. "이쪽 친구는 얼 포터라고 합니다."

트렌트는 포터와도 악수를 나눴다. "환영합니다." 포터가 말했다. 그의 거친 입술이 움찔거렸다. "당신 물건을 좀 봐도 됩니까?"

"내 물건?" 트렌트가 대꾸했다.

"당신 총과 장비들 말입니다. 허리에 차고 있는 그건 뭡니까? 저 용기는요?"

"통신기와 산소 탱크일세." 트렌트는 통신기를 보여줬다. "배터리로 작동하지. 160킬로미터 거리까지 통한다네."

"피난처에서 온 겁니까?" 잭슨이 재빨리 물었다.

"그래. 펜실베이니아 지하에 있지."

"몇 명이나 있나요?"

트렌트는 어깨를 으쓱했다. "스무 명 정도 될까."

푸른 피부의 거인들은 그 사실에 놀란 듯했다. "어떻게 살아남은 겁니까? 펜은 꽤 심하게 당하지 않았던가요? 사방이 크레이터투성이일 텐데요."

"탄광이지." 트렌트가 설명했다. "우리 조상들은 전쟁이 시작되었을 때 탄광의 갱도 깊은 곳으로 피신했다네. 적어도 기록에 남은 바로는 그렇지. 꽤나 훌륭하게 준비를 갖춘 상태였어. 배양기 안에서 식량을 재배했다네. 기계에 펌프에 압축기에 발전기도 여럿 있었고. 선반 같은 손으로 돌리는 연장에다 직물 가공기도 몇 있었지."

그는 발전기는 이제 손으로 돌려야 할 지경이며, 제대로 작동하는 배양기는 절반 정도밖에 되지 않는다고 덧붙이지는 않았다. 당연한 말이지만, 300년이 지난 지금은 금속이나 플라스틱도 제대로 버텨내지 못했다. 계속 수리하고 땜질을 했는데도 말이다. 모든 것이 마모되어 부서져 내리고 있었다.

"이거, 데이브 헌터가 어안이 벙벙해지겠는데." 포터가 말했다.

"데이브 헌터?"

"데이브는 진짜 인간이 더 이상 남아 있지 않다고 말하거든요." 잭슨이 설명했다. 그는 트렌트의 헬멧을 건드려봤다. "우리와 함께 가는 건 어떻습니까? 이 근처에 우리 마을이 있어요. 트랙터를 타면 한 시간 거리밖에 안 됩니다. 사냥용 트랙터요. 얼하고 나는 펄럭토끼를 사냥하러 나왔거든요."

"펄럭토끼?"

"날아다니는 토끼입니다. 맛이 좋은데 떨어뜨리기가 힘들어요. 몸무게가 13킬로그램 정도 되죠."

"뭘로 잡는 건가? 도끼를 쓰는 건 아니겠지."

포터와 잭슨은 크게 웃었다. "여기 이걸 보세요." 포터는 바지춤에서 긴 황동 막대를 끄집어냈다. 그의 가느다란 다리를 따라 바지에 딱 맞게 들어가 있었다.

트렌트는 막대를 살펴봤다. 손으로 제작한 듯 보였다. 부드러운 황동에 조심스레 구멍을 뚫어서 길게 늘인 것 같았다. 한쪽 끝은 분사구 형태로 되어 있었다. 그는 안쪽을 들여다봤다. 투명한 물질의 덩어리 가운데에 작은 금속 핀이 박혀 있었다. "어떻게 작동하는 건가?"

"손으로 발사하죠. 바람총처럼요. 하지만 공중으로 쏘아 올리면 영원히 목표를 따라가요. 처음의 추진력은 제공해줘야 하지만요." 포터가 웃었다. "제가 그걸 제공하죠. 바람을 훅 불어서."

"흥미롭군." 트렌트는 막대를 돌려줬다. 그는 별다른 내색을 하지 않으려 애쓰며 두 청회색 얼굴을 보고 물었다. "내가 자네들이 본 첫 인간인가?"

"그래요." 잭슨이 말했다. "장로님은 당신을 맞이하면 무척 기뻐하실 거예요." 바람 빠지는 듯한 그의 목소리에 열망이 깃들어 있었다. "어쩌실래요? 우리가 잘 돌봐드릴게요. 음식도 드리고, 차가운 식물과 동물도 가져다드릴게요. 일주일 정도 어떠세요?"

"미안하군." 트렌트가 말했다. "다른 일이 있어서. 만약 돌아가다 다시 이곳을 들르게 된다면……"

우둘투둘한 얼굴들에 실망한 기색이 서렸다. "아주 잠시라도 안 되나요? 하룻밤이라도? 차가운 음식을 아주 많이 가져다드릴게요. 장로님이 수리해서 꽤 괜찮은 냉장고가 하나 있어요."

트렌트는 산소 탱크를 두들겼다. "산소가 부족하거든. 압축 펌프는 가지고 있지 않겠지?"

"네. 우리한테는 필요가 없거든요. 하지만 혹시 장로님이라면—"

"미안하게 됐네." 트렌트는 걸음을 옮기기 시작했다. "멈출 수가 없거든. 이 지역에 인간이 없다는 건 분명하겠지?"

"애초에 인간은 어디에도 남아 있지 않을 거라고 생각했었어요. 가끔가다 소문이 들려오긴 했죠. 하지만 직접 본 건 이번이 처음이에요." 포터는 서쪽을 가리켰다. "저쪽에는 쥐며느리들의 부족이 하나 있어요." 그러고는 다시 대충 남쪽 방향을 가리켰다. "저쪽에는 벌레 부족이 한둘 있고요."

"뜀토끼들도 있죠."

"직접 본 적 있나?"

"그쪽에서 왔는걸요."

"그리고 북쪽에는 지하 종족들이 있어요—눈이 멀었고 땅굴을 파는 놈들요." 포터는 얼굴을 찡그려 보였다. "땅굴이니 구멍이니 하는 것들은 이해가 안 돼요. 하지만 뭔 상관이에요." 그가 웃음을 지었다. "각자 나름의 방법이 있는 거니까요."

"그리고 동쪽으로 가면," 잭슨이 덧붙였다. "바다가 시작되는 쪽에 돌고래 종족이 엄청나게 많아요. 해저에 사는 종족들요. 수중의 커다란 공기 돔과 공기 탱크를 이용해서 헤엄쳐 다니다가 밤이 되면 가끔 밖으로 기어 나오죠. 밤에는 수많은 종족들이 나와요. 우리는 아직 낮을 선호하지만요." 그는 자신의 우둘투둘한 청회색 피부를 만지며 덧붙였다. "이게 방사선을 막아주거든요."

"나도 알고 있네." 트렌트가 말했다. "그럼 잘 가게나."

"행운을 빌어요." 그들은 그가 떠나는 모습을 지켜봤다. 두꺼운 덮개가 덮인 눈은 여전히 놀라서 둥그레져 있었다. 인간은 천천히 푸른 정글 속을 헤치고 들어갔다. 금속과 플라스틱으로 만든 방호복이 오후의 햇살을 받아 희미하게 반짝였다.

지구는 살아 있고, 생물의 움직임으로 부산했다. 식물과 동물과 곤충들이 끝없는 혼돈 속에 번성했다. 야행성 형태, 주행성 형태, 육지와 수상 형태, 지금까지 목록이 작성된 적도 없고 아마 앞으로도 없을 다양한 종들이 번성하고 있었다.

전쟁이 막바지에 이르자 지표는 방사능에 남김없이 오염되었다. 행성 전체에 강렬한 방사능 폭격이 계속되었기 때문이다. 모든 생물은 베타선과 감마선의 영향을 받았다. 대부분의 생명이 사멸했다. 하지만 전부는 아니었다. 강렬한 방사선은 돌연변이를 촉진했다. 곤충과 식물에서 동물에 이르기까지 모든 준위에서 정상적인 돌연변이와 자연선택 과정이 가속되어, 수백만 년 단위의 진화가 몇 초 안에 일어나기에 이르렀다.

이렇게 변이를 일으킨 후손들이 지구를 가득 메웠다. 방사능으로 가득한 존재들이 무리를 지어 지구상을 휩쓸었다. 이 세계에서는 방사능으로 가득한 토양을 사용할 수 있고 입자로 가득한 공기로 숨 쉴 수 있는 존재들만이 살아남을 수 있었다. 이런 지표에서 살아남을 수 있는 곤충과 짐승과 사람들은 밤이 되면 빛을 발할 정도였다.

트렌트는 음울하게 이런 생각을 하며, 블래스터로 능숙하게 덩굴식물들을 태워 없애면서 무더운 정글을 뚫고 나아갔다. 바다의 대부분이 증발했지만 여전히 비는 내렸고, 뜨거운 수증기의 격류를 이루며 대지를 적셨다. 이 정글은 축축하게 젖어 있었다. 습기 차고 무덥고 생명으로 가득했다. 사방에서 생명이 움찔거리고 부스럭대는 소리가 들려왔다. 그는 블래스터를 단단히 움켜쥐고 계속 전진했다.

해가 지고 있었다. 밤이 찾아올 모양이었다. 보라색 노을을 배경으로 멀리 날카롭게 솟은 언덕의 윤곽이 보였다. 노을은 아름다울 것이다. 수많은 입자가 대기 중에 머물고 있으니까. 수 세기 전의 폭발 당시에 대기 중으로 퍼져나가 지금까지도 떠돌고 있는 입자들 말이다.

그는 잠시 걸음을 멈추고 그 풍경을 바라보기로 했다. 오늘은 제법 많이 걸었다. 지쳤고, 또한 낙담한 상태였다.

우둘투둘한 푸른 피부의 거인들은 일반적인 돌연변이 부족 중 하나였다. 두꺼비라는 이름이 붙었는데, 이는 피부가 마치 사막 뿔개구리처럼 생겼기 때문이다. 극단적으로 변한 내장 기관은 뜨거운 식물과 공기를 사용하도록 맞춰졌다. 따라서 트렌트가 납판을 댄 방호복, 극성을 띤 관찰창, 산소 탱크, 탄광의 지하에서 길러낸 차가운 특수 식량 알갱이가 있어야만 생존할 수 있는 바깥 세계에서도, 그들은 쉽게 살아갈 수 있었다.

탄광이라—다시 연락을 할 시간이었다. 트렌트는 통신기를 들어 올렸다. "트렌트다. 다시 확인 요청." 그는 이렇게 중얼거리며 마른 입술을 핥았다. 배가 고프고 목도 말랐다. 어쩌면 방사능이 없는 비교적 서늘한 장소를 찾을 수 있을지도 모른다. 15분 정도 방호복을 벗고 몸을 닦을 수 있을지도 모른다. 땀과 찌든 때를 씻어낼 수 있을지도 모른다.

잠수용 장비 같은 뜨겁고 찐득한 납 방호복에 갇힌 채 걷기 시작한 지도 2주가 지났다. 그의 주변에서는 셀 수도 없는 수많은 생명이 치명적인 방사능 웅덩이 따위에는 요만큼도 신경 쓰지 않으면서 꿈틀대고 뛰어다녔는데 말이다.

"탄광이다." 작고 희미한 목소리가 응답했다.

"오늘 할 일은 다 한 것 같다. 멈춰서 휴식을 취하고 식사를 할 생각이다. 내일까지는 보고하지 않겠다."

"찾지 못했나?" 무거운 실망이 느껴지는 목소리였다.

"없었다."

침묵. 그리고 "뭐, 내일은 찾을지도 모르지."

"그럴 수도 있지. 두꺼비 부족을 만났다. 친절한 젊은 수컷들이더군.

키가 2.5미터고." 트렌트의 목소리는 씁쓸하게 들렸다. "셔츠와 바지만 입고 돌아다니던데. 맨발로."

탄광의 관리자는 별 관심이 없는 모양이었다. "나도 안다. 운 좋은 놈들이지. 자, 그러면 수면을 취하고 내일 오전에 다시 출발하도록. 로렌스에게서 보고가 들어왔다."

"그 친구는 어디 있나?"

"서쪽으로 가고 있지. 오하이오 근방이다. 문제없이 전진하고 있다."

"결과는 없었나?"

"쥐며느리 부족, 벌레, 그리고 밤에 기어 나오는 땅굴을 파는 종류— 그 눈멀고 허연 놈들 뭐라고 부르더라."

"지렁이."

"그래, 지렁이 부족. 그게 전부다. 언제 또 보고할 건가?"

"내일." 트렌트가 대답했다. 그는 스위치를 내리고 통신기를 다시 단띠로 내렸다.

내일이라. 그는 멀리 구릉지 위 하늘을 뒤덮기 시작하는 어둠을 바라봤다. 5년이 흘렀다. 하지만 언제나 내일을 기약할 뿐이다. 그는 계속해서 외부로 탐사를 나온 수많은 남자들 중 마지막이었다. 소중한 산소탱크와 식량 알갱이와 블래스터를 짊어진 채, 마지막 비축품을 쓸모없는 정글 여행에 낭비하면서.

내일? 언젠가 그리 멀지 않은 내일, 산소 탱크와 식량 알갱이가 고갈될 것이다. 산소 발생기와 펌프가 완전히 멈출 테니까. 그것들이 제대로 망가져버리면 탄광은 죽음으로 가득한 고요한 장소가 될 것이다. 그들이 빠른 시간 내에 다른 이들과 접촉하지 못하는 한.

그는 쭈그려 앉아 지표에다 계수기를 대고 훑으면서 방호복을 벗을 수 있을 만큼 서늘한 장소를 찾기 시작했다. 다음 순간, 그는 의식을 잃었다.

"저놈 좀 봐." 멀리서 희미한 목소리가 들렸다.

순식간에 의식이 돌아왔다. 트렌트는 서둘러 몸을 일으키며 블래스터를 찾아 주변을 더듬었다. 아침이었다. 회색 햇빛이 나무 사이로 쏟아져 들어오고 있었다. 사방에서 형체들이 움직이고 있었다.

블래스터는…… 보이지 않았다!

트렌트는 완전히 정신을 차리고 일어나 앉았다. 형체들은 대충 인간 형태이기는 했지만, 인간과 그리 비슷한 생김새는 아니었다. 벌레들이었다.

"내 총은 어디 있지?" 트렌트가 물었다.

"진정하라고." 다른 이들을 뒤로하고 벌레 하나가 앞으로 나왔다. 서늘했다. 트렌트는 몸을 떨었다. 벌레들이 자신을 둥그렇게 둘러싸는 것을 보며, 그는 비척대면서 자리에서 일어났다. "알아서 돌려줄 테니까."

"지금 돌려주는 건 어떨까." 몸이 뻐근하고 한기가 느껴졌다. 그는 헬멧을 다시 쓰고 탄띠를 조였다. 추위 때문에 온몸이 떨렸다. 나뭇잎과 덩굴에 끈적끈적한 물방울이 맺혀 있었다. 발아래 느껴지는 대지는 부드러웠다.

벌레들은 자기네끼리 숙덕거렸다. 열에서 열둘 정도가 보였다. 인간보다는 곤충에 가까운 기괴한 생물들로, 두껍고 반짝이는 키틴질 껍질과 복안을 지녔다. 방사능을 감지하기 위해 끊임없이 초조하게 진동하는 더듬이도 보였다.

그들의 보호는 완벽하지 않았다. 강한 방사능을 뒤집어쓰면 그대로 목숨을 잃을 터였다. 그들은 감지와 회피 능력, 그리고 부분적인 방어 능력을 이용해 살아가고 있었다. 식량은 간접적인 방법으로 흡수했다. 먼저 작은 항온동물에게 소화를 시킨 다음, 방사능 입자가 제거된 배설물을 섭취하는 것이었다.

"넌 인간이로군." 벌레 한 마리가 말했다. 새되고 금속성인 목소리였다. 벌레들은 성별이 없었다. 적어도 지금 여기 있는 놈들은 그랬다. 두 가지 부류가 더 있었다. 수컷 일꾼과 여왕. 여기 있는 놈들은 무성인 전사들로, 권총과 나뭇잎 도끼로 무장하고 있었다.

"그렇다." 트렌트가 말했다.

"여기서 뭘 하고 있나? 너희 종족이 더 있나?"

"제법 많지."

벌레들은 다시 격렬하게 더듬이를 흔들며 숙덕거리기 시작했다. 트렌트는 기다렸다. 정글의 생명들이 다시 일어나고 있었다. 그는 젤리 비슷한 덩어리가 나무 옆면을 타고 가지 위로 기어 올라가는 모습을 바라봤다. 몸뚱이 안에 반쯤 소화된 포유류가 보였다. 칙칙한 색의 주행성 나방이 펄럭이며 옆을 지나갔다. 지하의 생물들이 기분 나쁜 햇빛을 피해 땅 속으로 파고 들어가며 낙엽이 바스락거리는 것도 보였다.

"우리와 함께 가자." 벌레 하나가 말했다. 놈은 트렌트에게 앞으로 걸어가라는 손짓을 했다. "출발한다."

트렌트는 마지못해 대열에 합류했다. 그들은 좁은 길을 따라 한 줄로 행군했다. 최근에 도끼로 베어 만든 길인 모양이었다. 정글의 두꺼운 덩굴손은 이미 그 공간으로 되돌아오고 있었다. "지금 어딜 가는 거지?" 트렌트가 물었다.

"언덕으로 간다."

"그건 왜?"

"신경 쓸 것 없다."

반짝이는 벌레들이 행군하는 것을 보고 있자니 트렌트는 그들이, 적어도 그들의 조상이 한때는 인간이었다는 사실을 도저히 믿을 수가 없었다. 생리적으로는 엄청난 변화가 일어났음에도 벌레들은 거의 그와 비슷할 정도의 정신적 능력을 보유하고 있었다. 그들의 부족 체제는 인간의 유기적 정치 체제에 근접했다. 공산주의나 파시즘 따위의.

"하나 물어봐도 되겠나?" 트렌트가 말했다.

"뭔가?"

"내가 당신들이 본 첫 인간인가? 주변에 다른 인간들은 없나?"

"더는 없다."

"근방에 다른 인간의 정착지가 있다는 보고는 못 들어봤고?"

"왜 묻나?"

"그냥 궁금해서." 트렌트가 방어적으로 대답했다.

"네가 유일한 인간이다." 벌레는 기쁜 모양이었다. "너를 사로잡았으니 보너스를 받을 거다. 보상금이 정해져 있거든. 지금까지 그걸 받은 자는 없었지."

여기서도 인간을 원하는 모양이었다. 인간을 데려가면 소중한 영지를 얻을 수 있었다. 돌연변이들은 그들의 불안한 사회 구조를 보강하기 위해 이런저런 전통의 흔적을 필요로 했다. 돌연변이들의 문화는 아직도 불안정했고, 그들은 과거와 접촉할 필요가 있었다. 인간은 가르치고 훈련을 시켜줄 수 있는 무당이나 현자의 역할을 맡았다. 인간은 돌연변이들에게 과거의 삶이 어땠는지, 그들의 조상이 어떻게 생겼고 어떻게 살았으며 어떻게 행동했는지를 알려줄 수 있는 존재였다.

모든 부족에서 인간을 귀중한 소유물로 여겼다. 특히 주변 지역에 다른 인간이 존재하지 않는다면.

트렌트는 거칠게 욕설을 내뱉었다. 없나? 다른 이들은 없는 건가? 어딘가 다른 인간이 존재해야만 했다. 북쪽이 아니라면 동쪽에. 유럽, 아시아, 오스트레일리아, 어디든. 지구상 어딘가, 어떤 장소에든. 도구와 기계와 장비를 가진 인간들이 있어야 했다. 그의 탄광이 유일한 거처, 진정한 인류의 마지막 파편일 리는 없었다. 그들은 귀중한 사치품이었다—산소 발생기가 타버리고 식량 탱크가 말라버리면 최후를 맞이하게 될.

빠른 시일 내에 행운을 만나지 못한다면……

벌레들이 자리에 멈춰서 귀를 기울였다. 더듬이가 기묘하게 움찔거렸다.

"무슨 일이지?" 트렌트가 물었다.

"아무것도 아니다." 그들은 다시 걸음을 옮겼다. "잠깐 뭔가—"

섬광이 일었다. 앞서 걸어가던 벌레들이 한순간에 사라졌다. 둔탁한 빛의 물결이 그들을 덮쳤다.

트렌트는 그대로 나자빠졌다. 그는 덩굴과 끈적이는 풀에 걸려 허우적댔다. 사방에서 벌레들이 몸을 뒤틀며 격렬하게 싸우고 있었다. 작은 털북숭이들이 그 주변을 둘러싸고 소형 화기를 빠르고 효율적으로 난사하다가, 접근전에 들어가면 거대한 뒷다리로 상대를 후려쳤다.

뜀토끼들이었다.

벌레들이 열세에 처해 있었다. 그들은 길을 따라 퇴각하다가 정글 속으로 뿔뿔이 흩어졌다. 뜀토끼들은 힘센 뒷다리로 캥거루처럼 깡충깡충 그들을 추적해 뛰어갔다. 마지막 벌레가 모습을 감췄다. 천천히 소리가 잦아들었다.

"이제 됐다." 뜀토끼 하나가 명령을 내렸다. 헐떡이면서 상체를 곧추세우고 있었다. "그 인간은 어디 있지?"

트렌트는 천천히 자리에서 일어났다. "여기요."

뜀토끼들이 그가 일어나는 것을 도와줬다. 1.2미터가 넘지 않는 작은 종족이었다. 통통하고 둥글둥글한 몸은 두꺼운 가죽으로 덮여 있었다. 작고 선량한 얼굴들이 염려하는 듯한 표정으로 그를 올려다봤다. 동그란 눈, 콩콩대는 코, 그리고 커다란 캥거루 다리.

"당신 괜찮은가?" 한 놈이 물었다. 그는 트렌트에게 자신의 수통을 건넸다.

"괜찮소." 트렌트는 수통을 밀어내며 말했다. "놈들이 내 블래스터를 가져갔소."

뜀토끼들은 주변을 수색했다. 블래스터는 어디에도 보이지 않았다.

"그냥 포기하지." 트렌트는 무겁게 고개를 저으며 정신을 차리려 했다. "무슨 일이 일어난 거요? 그 빛은 뭐지?"

"수류탄일세." 뜀토끼 하나가 자부심으로 콧김을 뿜으며 대답했다. "오솔길에 철사를 설치하고, 그 끝을 수류탄 안전핀에 연결해놨지."

"이 주변 대부분은 벌레들의 영역이야." 다른 놈이 말했다. "싸워서 길을 뚫고 나가야 하지." 그의 목에는 쌍안경이 걸려 있었다. 뜀토끼들은 공기총과 단도로 무장하고 있었다.

"자네 진짜로 인간인가?" 뜀토끼 하나가 물었다. "근원 종족이야?"

"그 말이 맞소." 트렌트는 불안한 목소리로 대답했다.

뜀토끼들은 감탄한 모양이었다. 둥그런 눈이 더 커졌다. 그들은 그의 금속 방호복과 관찰창을 만져봤다. 산소 탱크와 배낭도. 하나는 쭈그리고 앉아 그의 통신기 회로를 세심하게 훑어보기도 했다.

"자네는 어디서 왔나?" 무리의 우두머리가 가르랑대는 목소리로 물었다. "요 몇 달 동안 진짜 인간을 본 것은 자네가 처음인데."

트렌트는 숨을 멈추고 그를 돌아봤다. "몇 달? 그 말은……"

"이 주변에는 없지. 우리는 캐나다에서 왔네. 몬트리올 부근 말일세. 그쪽에는 인간의 정착지가 하나 있거든."

트렌트는 숨을 헐떡이기 시작했다. "걸어갈 수 있는 거린가?"

"글쎄, 하루 이틀 정도 걸려서 왔는데. 하지만 우리는 꽤 빨리 움직이니까." 뜀토끼는 트렌트의 금속에 둘러싸인 다리를 미심쩍은 눈으로 바라봤다. "모르겠군. 자네라면 더 오래 걸릴 수도 있겠어."

인간. 인간의 정착지. "수가 얼마나 되나? 큰 정착지인가? 문명 수준은?"

"기억이 잘 안 나는군. 딱 한 번 봤을 뿐이라. 지하에 있었어. 통로며,

방이며. 차가운 식물과 염류를 교환했지. 꽤나 오래전의 일이야."

"제대로 돌아가고 있나? 도구나, 기계나, 산소 발생기도 있고? 식량 배양기는 아직 작동하나?"

뜀토끼는 초조한 듯 몸을 꼬았다. "솔직히 말하자면 이제 그곳에는 없을지도 모르겠네."

트렌트는 얼어붙었다. 공포가 단도처럼 그를 베고 지나갔다. "없다니? 무슨 말인가?"

"떠났을 수도 있다는 거지."

"어디로 떠나?" 트렌트는 절망이 섞인 목소리로 물었다. "무슨 일이 일어난 건가?"

"나도 모르지." 뜀토끼가 대답했다. "그들에게 무슨 일이 일어났는지는 모른다네. 아무도 모르지."

트렌트는 계속해서 서둘러 북쪽으로 전진했다. 정글이 끝나고 얼어붙을 듯 추운 양치식물의 숲이 등장했다. 사방을 크고 조용한 나무들이 감싸고 있었다. 공기는 희박하고 차가웠다.

그는 탈진 직전이었다. 게다가 산소 탱크에는 용기가 하나밖에 남아 있지 않았다. 이걸 다 쓰고 나면 헬멧을 벗을 수밖에 없었다. 얼마나 버틸 수 있을까? 다음번에 비구름이 찾아오면 치명적인 입자가 그의 폐 속으로 쓸려 들어갈 것이다. 바다에서 강한 바람이 불어와도 마찬가지일 테고.

그는 걸음을 멈추고 숨을 골랐다. 어느새 긴 언덕 사면의 꼭대기에 도달해 있었다. 아래에는 나무로 덮인, 거의 갈색에 가까운 짙은 녹색 평원이 펼쳐져 있었다. 여기저기 하얀색 점이 반짝였다. 유적들일 것이다. 3세기 전 이곳에는 인간의 도시가 있었던 모양이었다.

움직이는 것은 보이지 않았다. 생명의 흔적 또한 어디에도 없었다.

트렌트는 비탈을 따라 내려가기 시작했다. 주변의 숲은 고요했다. 모든 것에 불길한 정적이 깃들어 있었다. 심지어 작은 동물들의 바스락대는 소리조차 들리지 않았다. 동물, 곤충, 인류—모두가 사라졌다. 대부분의 뜀토끼들은 남쪽으로 이주했다. 작은 동물들은 아마 죽어버렸으리라. 그러면 인간은?

그는 폐허로 들어섰다. 한때 이곳은 거대한 도시였을 것이다. 아마도 인간들은 방공호나 갱도나 지하철 통로 등으로 숨어든 뒤 점차 지하의 공간을 늘렸으리라. 3세기 동안, 인간—진정한 인간들은 지하에서 목숨을 부지해왔다. 밖으로 나갈 때는 납을 댄 방호복을 입고, 배양기에서 식량을 재배하며, 물을 걸러 마시고, 입자가 없는 공기를 생성하면서. 밝게 타오르는 태양의 빛에서 눈을 가리며.

그리고 이제—아무것도 남지 않았다.

그는 통신기를 들어 올렸다. "탄광 나와라. 여긴 트렌트다."

통신기가 힘겹게 지직거렸다. 답신이 돌아오기까지는 한참이 걸렸다. 멀리서 들리는 듯 희미한 목소리였다. 잡음 때문에 알아듣기 힘들 지경이었다. "그래서? 그들을 찾아냈나?"

"가버린 모양이다."

"하지만……"

"없어. 아무도 없다. 완전히 버려졌어." 트렌트는 부서진 콘크리트 조각 위에 앉았다. 몸에 힘이 들어가지 않았다. 생기가 다 빠져나간 느낌이었다. "최근까지 여기 있었던 모양이다. 폐허가 그대로 드러나 있어. 떠난 지 몇 주 정도밖에 되지 않은 것 같다."

"말이 안 되는데. 메이슨과 더글러스가 그리로 가고 있다. 더글러스는 트랙터를 몰고 있어. 하루 이틀이면 거기 도착할 거다. 자네 산소는 얼마나 남았지?"

"24시간 분량."

"시간 맞춰 가라고 말해 두겠다."

"더 이상 보고할 내용이 없어 유감이다. 더 나은 내용이나." 트렌트의 목소리에 씁쓸함이 묻어났다. "그렇게 오래 찾아다녔는데. 그동안 계속 여기 있었는데도, 하필이면 마침내 우리가 이곳에 도착했을 때에……"

"단서는 없나? 그들이 어떤 운명을 맞았는지 확인할 수는 없겠나?"

"한번 둘러보지." 트렌트는 무거운 몸을 일으키며 대답했다. "뭔가 찾아내면 보고하겠다."

"행운을 빈다." 희미한 목소리가 잡음 속으로 묻혔다. "기다리고 있을 테니까."

트렌트는 통신기를 허리춤에 다시 매달고는 잿빛 하늘을 올려다봤다. 저녁—거의 밤이었다. 숲은 음침하고 불길해 보였다. 갈색의 식물들 위로 소리 없이 눈이 내려와 사방을 얇게 덮으면서 모든 것을 하얀색 덮개 아래에 숨겼다. 방사능 입자가 섞인 눈. 목숨을 위협하는 분진은 300년이 지난 지금까지도 떨어지고 있었다.

트렌트는 헬멧의 라이트를 켰다. 하얀 광선이 나무들과 부서진 콘크리트 기둥 사이를 훑고 지나갔다. 때로 녹슨 금속 무더기도 보였다. 그는 폐허로 들어갔다.

폐허 가운데에 건물과 설비가 있었다. 그물망 발판이 달린 커다란 기둥들은 아직 녹슬지 않았다. 지하에서 올라오는 터널 여럿이 검은 웅덩이처럼 입을 벌리고 있었다. 고요하고 버림받은 터널들. 그는 터널 하나를 내려다보면서 헬멧의 라이트 불빛으로 그 안을 비췄다. 터널은 지구의 중심을 향해 수직으로 뻗어 있었다. 하지만 그 안은 텅 비어 있었다.

이들은 어디로 갔을까? 무슨 일이 일어난 걸까? 트렌트는 멍하니 주변을 배회했다. 인간이 이곳에 살았고, 이곳에서 일했고, 생존해냈다. 이들은 지표로 올라왔다. 눈이 쌓여 잿빛으로 변한 건물들 사이로 전면에 굴삭기가 달린 자동차들이 보였다. 그들은 이곳으로 올라왔고 사라졌다.

하지만 어디로?

트렌트는 가운데가 무너진 방공호 안에 들어가 전열기를 켰다. 방호
복이 따뜻해졌다. 천천히 달아오르는 붉은 열선을 보니 기분이 좀 나아
졌다. 그는 계수기를 살펴봤다. 방사능 수치가 높았다. 식사를 하고 물
을 마시려면 다른 곳으로 가야 했다.

움직이기에는 너무도 지쳤다. 그는 폐허 속에서 구부정하게 앉은 채
휴식을 취했다. 헬멧의 라이트가 앞쪽의 회색 눈 위에 둥그런 빛의 원
을 그리고 있었다. 머리 위로 눈이 소리 없이 내려앉았다. 얼마 지나지
않아 그는 눈에 뒤덮였고, 무너진 콘크리트 위에 앉아 있는 회색 덩어
리가 되었다. 주변의 건물과 발판들만큼이나 고요하고 움직이지 않는
존재가 되어버렸다.

잠시 존 모양이었다. 전열기에서 부드럽게 웅웅대는 소리가 들렸다.
주변에서 바람이 일어나 눈을 쓸어 올려 그에게 부딪쳤다. 그는 금속과
플라스틱으로 만든 헬멧이 콘크리트 바닥에 닿을 때까지 천천히 앞으
로 몸을 기울였다.

잠에서 깬 것은 자정 즈음이 되어서였다. 그는 갑자기 신경을 곤두세
우고 몸을 일으켰다. 뭔가가 있었다. 소리가 들렸다. 그는 귀를 기울였
다.

멀리 어디선가 둔탁한 굉음이 들려왔다.

더글러스가 차를 몰고 왔나? 아니, 아직은 아니다. 앞으로 이틀은 더
걸릴 테니까. 자리에서 일어나니 눈이 우수수 흘러내렸다. 굉음은 점점
더 커지고 있었다. 심장이 쿵쿵대기 시작했다. 그는 라이트로 눈 덮인
밤의 대지를 비추며 사방을 둘러봤다.

땅이 흔들렸다. 그의 몸속까지 진동이 울려 퍼졌다. 거의 텅 비어버린
산소 탱크가 절그렁댔다. 그는 문득 하늘을 바라보고는―숨을 멈췄다.

빛의 길이 하늘을 가르며 새벽의 어둠을 환히 밝히고 있었다. 새벽하늘이 짙은 붉은색으로 매 순간 달아올랐다. 그는 입을 떡 벌린 채 그 광경을 바라봤다.

뭔가 내려오고 있었다. 착륙하고 있었다.

로켓이었다.

아침 햇살을 받아 긴 금속 선체가 번쩍였다. 사람들이 바쁘게 보급품과 장비를 나르고 있었다. 터널용 자동차들이 오르내리며 지하층에서 화물을 가져다 대기하고 있는 우주선에 실었다. 사람들은 조심하면서도 능률적으로 일했다. 모두 금속과 플라스틱으로 만든 방호복을 입고, 세심하게 봉한 납을 댄 보호판을 착용하고 있었다.

"자네 광산에 몇 명이 남아 있소?" 노리스가 조용히 물었다.

"서른쯤 됩니다." 트렌트는 우주선을 바라보고 있었다. "밖에 있는 사람들까지 합하면 모두 해서 서른셋입니다."

"밖에?"

"탐사 중이죠. 저처럼요. 두어 명이 이리로 오고 있습니다. 곧 도착할 겁니다. 오늘이나 아니면 내일쯤에요."

노리스는 기록지에 뭔가를 적어 내렸다. "이번 우주선으로 열다섯 명 정도를 수용할 수 있을 거요. 나머지는 다음번에 수송하지. 일주일 더 버틸 수 있겠소?"

"가능합니다."

노리스는 묘한 눈으로 그를 바라봤다. "우리를 어떻게 찾은 거요? 펜실베이니아에서는 아주 먼 거린데. 우리는 마지막으로 이곳에 들른 참이었소. 며칠만 더 늦게 왔더라도……"

"뜀토끼들이 방향을 알려줬습니다. 당신들이 어딘지 모를 곳으로 가 버렸다고 하더군요."

노리스는 웃었다. "우리도 몰랐으니까."

"이 모든 물건을 가지고 가는 곳이 있을 것 아닙니까. 저 우주선은 꽤 낡은 물건 아닙니까? 수리해서 사용하는 것 같은데요."

"원래는 일종의 폭탄이었던 모양이오. 발견해서 시간이 날 때마다 수리했지. 정확하게 뭘 하고 싶었는지는 모르겠소. 하지만 떠나야 한다는 것은 알고 있었으니까."

"떠나요? 지구를 떠난단 말입니까?"

"물론이오." 노리스가 우주선을 향해 손짓했다. 그들은 계단을 올라 승강구 중 하나로 들어갔다. 노리스는 아래를 가리켰다. "저 아래를 보시오. 화물을 나르는 모습을."

작업이 거의 끝난 듯했다. 마지막으로 올라오는 차들은 거의 텅 비어 있었다. 지하에서 마지막 남은 유산을 가져오는 모양이었다. 책, 레코드, 그림, 공예품―문명의 유산이었다. 인간의 문화를 대표하는 다양한 물건들을 그러모아 우주선에 싣고 지구를 떠나는 거였다.

"어디로 가는 겁니까?" 트렌트가 물었다.

"일단 지금은 화성이오. 하지만 거기서 머물 생각은 없소. 아마도 외행성계로 나가서 목성이나 토성의 위성에 정착해야겠지. 가니메데가 괜찮을 수도 있을 거요. 그곳이 안 되면 다른 곳을 찾아봐야지. 최악에 최악의 사태가 일어나도 화성에 머물 수 있을 거요. 꽤나 마르고 척박한 곳이지만 방사능은 없으니까."

"이곳에 살 가능성―방사능으로 뒤덮인 지구를 수복할 가능성은 없습니까? 지구의 방사능을 제거하고, 방사능 구름을 중화시키면―"

"그런 일을 벌이면, 그들은 전부 죽어버릴 거요." 노리스가 말했다.

"그들요?"

"쥐며느리, 뜀토끼, 지렁이, 두꺼비, 벌레, 나머지 모두. 셀 수 없이 다양한 모든 생물들이. 수많은 생물이 바로 이 지구에 적응했소. 방사능에 오염된 이 지구에. 이곳의 새로운 생명은 방사능 금속 염류를 기반으로 존재하고 있소. 우리에게는 완벽하게 치명적인 염류를 말이오."

"그렇다고 하더라도―"

"그렇다고 하더라도, 이곳은 우리의 세계가 아니오."

"우리가 진짜 인간 아닙니까." 트렌트가 말했다.

"더 이상은 아니오. 지구는 살아 있소. 생명으로 붐비는 곳이지. 사방으로 격렬하게 자라나는 생명들로. 우리는 그중 하나의 종, 과거의 종일 뿐이오. 우리가 이곳에 살려면 과거의 상태, 과거의 요소, 350년 전의 균형을 복원하는 수밖에 없소. 엄청난 일이지. 그리고 만약 우리가 성공해서 지구의 방사능을 제거한다고 해도, 저 모든 것들은 남아 있지 못할 거요."

노리스는 무성한 갈색 삼림을 가리켰다. 그 너머 남쪽으로 마젤란 해협에 이르기까지 계속되는 찌는 듯한 정글도.

"어떻게 보면 이는 우리가 자초한 바요. 우리가 전쟁을 일으켰고 지구를 변화시켰소. 파괴한 것이 아니라 변화시킨 거요. 너무도 달라서 스스로도 살아갈 수 없을 만큼."

노리스는 헬멧을 쓴 사람들의 줄을 가리켜 보였다. 납으로 몸을 감싸고, 두꺼운 방호복을 입고, 몇 겹의 금속과 전선, 계수기, 산소 탱크, 방호막, 식량 알갱이, 여과한 물을 몸에 두르고 있는 사람들을. 사람들은 무거운 방호복 안에서 땀을 뻘뻘 흘리며 일하고 있었다. "저 모습이 보이시오? 무엇을 닮은 것 같소?"

일꾼 하나가 숨을 헐떡이며 올라와 아주 잠깐 관찰창을 열고 서둘러 숨을 한 모금 들이마셨다. 그러고는 창을 내려닫고 초조하게 고정쇠를 돌렸다. "준비 다 됐습니다, 선장님. 화물 적재가 끝났습니다."

"계획이 바뀌었다." 노리스가 말했다. "이 사람의 동료들이 여기 도착할 때까지 기다린다. 정착지가 와해되고 있는 모양이다. 하루 더 기다린다고 해도 별로 달라질 일은 없겠지."

"알겠습니다, 선장님." 일꾼은 다시 승강구에서 지표로 내려갔다. 납판을 댄 방호복에 툭 튀어나온 헬멧을 쓰고 복잡한 기기를 갖춘 기괴한 모습이었다.

"우리는 방문자요." 노리스가 말했다.

트렌트는 움찔했다. "뭐라고요?"

"이상한 행성에 찾아온 방문자란 말이오. 우리를 보시오. 방호복에 헬멧. 이건 탐사를 위한 우주복이오. 우리는 로켓을 타고 우리가 생존할 수 없는 외계 행성에 들른 것이란 말이오. 화물을 적재하기 위해 잠깐 들렀다가 다시 이륙할 뿐인 게지."

"헬멧을 뒤집어쓴 채로." 트렌트가 목이 멘 소리로 말했다.

"헬멧을 뒤집어쓰고 납판을 몸에 두른 채, 계수기와 특수 식량과 식수를 필요로 하지. 저기를 보시오."

뜀토끼 한 무리가 한데 모여 서서 경탄에 찬 눈으로 반짝이는 거대한 우주선을 바라보고 있었다. 오른쪽 숲 사이로 뜀토끼 마을이 하나 보였다. 알록달록한 농장과 축사와 판자 건물도 보였다.

"이곳의 원주민이오." 노리스가 말했다. "이 행성의 주민이지. 저들은 이 공기로 숨쉬고, 이곳의 물을 마시고, 이곳의 식물을 섭취할 수 있소. 우리는 그럴 수 없지. 이곳은 저들의 행성이지 우리의 행성이 아니오. 저들은 이곳에 살면서 사회를 구성할 수 있소."

"돌아올 수 있었으면 좋겠군요."

"돌아온다?"

"방문하러 말입니다. 언젠가는."

노리스는 슬픔을 띤 미소를 지었다. "나도 그러고 싶소. 하지만 그러려면 먼저 원주민들에게 허가를 얻어야 할 거요. 착륙 허가를." 그의 눈이 즐거움 때문에, 그리고 한순간이지만 고통 때문에 반짝였다. 다른 모든 것을 뒤덮어버리는 순간적인 격통이었다. "먼저 착륙해도 괜찮은지 물어봐야 할 거요. 안 된다는 대답을 들을 수도 있겠지. 저들이 우리를 원하지 않을지도 모르니까."

자가 광고
Sales Pitch

PHILIP K. DICK

소비 중심의 물질문명을 비판하는 데에는 수많은 방법이 있을 것이다. 하지만 PKD은 구태여 사생활의 궁극적인 부분까지 침범해 들어오는 전능한 로봇 화신을 만들어낸 다음 이에 저항하며 피해망상과 현실도피의 극단까지 나아가는 주인공을 그리고, 기어이 그에게 궁극적인 파멸을 가져다주기까지 한다. PKD 본인은 나름 후회하는 듯 회상하고 있기는 하지만 과연 그가 다른 방식을 선택할 수 있었을까? 설령 그랬다고 하더라도 이처럼 효율적인 작품이 나오기는 힘들지 않았을까?

통근용 우주선의 엔진 소리가 사방에서 울렸다. 에드 모리스는 회사에서 길고 힘든 하루를 마친 후 지친 몸을 이끌고 집으로 돌아가는 중이었다. 가니메데-테라 노선은 피로와 우울에 찌든 회사원들로 가득했다. 목성이 지구와 반대편에 위치하는 때라 통근에만 족히 두 시간이 걸렸다. 수백만 킬로미터마다 거대한 우주선의 물결이 속도를 늦추다가 마침내 꿈틀거리며 멎어버리는 모습이 보였다. 화성과 토성에서 들어오는 우주선들이 교통의 주 동맥으로 합류하면서 끊임없이 방향 지시등을 깜빡여댔다.

"세상에." 모리스가 말했다. "사람이 대체 얼마나 지칠 수 있는 거지?" 그는 자동 운전 시스템을 가동한 뒤, 잠시 계기판에서 고개를 돌려 이 순간 정말로 필요한 담배에 불을 붙였다. 손이 떨리고 머리가 어지러웠다. 이미 6시가 지났다. 샐리는 엄청나게 화가 났을 테고, 저녁 시간은 엉망이 되겠지. 항상 똑같은 일이 벌어진다. 신경이 끊어질 것 같은 귀가길, 그의 작은 우주선을 지나치며 경적을 울리는 화가 잔뜩 난 운전자들, 격렬한 몸짓, 고함, 욕설까지……

그리고 광고. 정말로 한계선을 넘게 만드는 것은 바로 광고였다. 다른 모든 것들은 그래도 견딜 수 있었다. 가니메데에서 지구에 이르는 그 긴 여정을 뒤덮고 있는 광고들이 문제였다. 테라는 끝없이 몰려드는 방문 판매 로봇들로 복작댔다. 너무 끔찍했다. 게다가 광고는 모든 곳에 있었다.

그는 50중 연쇄 우주선 추돌 사고 현장을 피해가려 속도를 늦췄다.

수리 우주선들이 도로에서 잔해를 치우려 바쁘게 움직이고 있었다. 경찰 로켓들이 빠르게 날아가는 바람에 오디오 스피커에서 치직거리는 소리가 들렸다. 모리스는 솜씨 좋게 선수를 들어 두 줄로 천천히 움직이는 화물차 차선 사이로 끼어들었다. 그러고선 곧바로 방향을 틀어 차량이 없는 왼쪽 차선으로 들어가 사고 잔해를 뒤로하고 속도를 높였다. 사람들이 격렬하게 경적을 울려댔지만 무시했다.

"태양계 횡단 판매 센터가 여러분을 환영합니다!" 귓가에서 커다란 소리가 울려 퍼졌다. 모리스는 신음 소리를 내며 좌석에서 몸을 쭈그렸다. 테라에 가까워지자 폭격이 심해지는 듯했다. "직장의 일상 업무 때문에 긴장 지수가 안전치를 초과하지는 않으셨나요? 그렇다면 이드-페르소나 기구가 필요하실 겁니다. 초소형이라 귀 뒤쪽 전두엽에 가까운 위치에 부착할 수 있으며—"

신이여 감사합니다, 광고를 지나친 모양이었다. 빠르게 움직이는 우주선 뒤로 광고가 희미해지더니 곧 사라졌다. 하지만 바로 다음 광고가 정면으로 다가오고 있었다.

"운전사 제군! 행성 간 운전에서 매년 수천 명의 목숨이 불필요한 최후를 맞고 있다. 전문가 협회에서 인증한 최면 운전 유도 시스템이 여러분의 안전을 보증할 것이다. 지금 여기서 우리에게 항복하여 자신의 생명을 구하라!" 목소리는 더 크게 소리치기 시작했다. "업계 전문가들의 말에 의하면—"

양쪽 모두 가장 무시하기 쉬운 청각 광고였다. 하지만 이제 시각 광고가 모습을 드러내고 있었다. 그는 눈을 찌푸리다가 아예 감아버렸지만 아무 소용이 없었다.

"남자들이여!" 기름기 흐르는 목소리가 그의 사방에서 울려 퍼졌다. "신체 내부의 문제로 발생하는 악취를 영원히 제거하십시오. 현대적이며 고통 없는 소화기관 제거와 기관 대체 수술을 받으시면 사회적 고립을 유발하는 가장 치명적인 원인을 영원히 해결할 수 있습니다." 영상이 눈앞에 고정되었다. 거대한 여성의 누드 영상이었다. 헝클어진 금발, 반쯤 감긴 푸른색 눈, 슬며시 벌어진 입술, 잠에 취해 고개를 슬쩍 기울인 모습이었다. 순간 여성의 얼굴에 떠오른 음탕한 표정이 사라졌다. 혐오와 역겨움이 그녀의 얼굴 위를 휩쓸더니 영상이 사라졌다.

"이런 일이 일어나지는 않으십니까?" 목소리가 울려 퍼졌다. "에로틱한 섹스 놀이 와중에 소화 작용 때문에 일어나는 악취로 파트너의 기분을 언짢게 한 적이 있으시다면—"

목소리가 사라졌다. 고통이 끝났다. 제정신으로 돌아온 모리스는 힘껏 추진 레버를 밟으며 작은 우주선으로 속도를 내기 시작했다. 대뇌의 시청각 영역에 직접 작용하는 압력이 인내력의 임계점을 넘어섰다. 그는 신음하며 고개를 흔들어 정신을 차리려 했다. 주변에서는 희미한 형상의 광고들이 끝없이 반짝이며 재잘대고 있었다. 마치 멀리 떨어진 영상 화면에서 투명한 형체들이 날아오는 것처럼 보였다. 광고가 사방에서 그를 포위하고 있었다. 그는 동물적인 절망 때문에 생겨난 민첩함으로 광고들을 피하며 조심스레 우주선을 몰았다. 그러나 모든 광고를 피할 수는 없었다. 절망이 그를 사로잡았다. 새로운 시청각 광고의 윤곽이 이미 그 형상을 드러내고 있었다.

"이봐요, 거기 월급쟁이 선생!" 광고가 천 명의 지친 통근자들의 눈과 귀와 코와 목구멍에 대고 소리쳤다. "매일 똑같은 업무를 수행하는 일에 지쳤습니까? 원더 서킷 주식회사에서 놀라운 성능의 장거리 사고파 판독기를 개발했습니다. 다른 사람들이 무슨 생각을 하고 무슨 말을 하는지 알아보세요. 동료 직원들보다 유리한 고지를 점하세요. 당신 상사의 개인적인 삶에 대한 여러 가지 사실을 파악해보세요. 불확정성을 제거하세요!"

모리스의 절망이 격렬하게 요동쳤다. 그는 추진기 출력을 최대로 올렸다. 소형 우주선이 덜컹대면서 차선을 벗어나 그 너머의 데드 존으로 달려 들어갔다. 범퍼가 보호벽을 뚫고 나가며 끔찍한 소리가 울려 퍼졌다. 뒤편으로 광고 소리가 잦아들었다.

그는 지치고 비참한 기분으로 속도를 줄였다. 저 앞에 지구가 보였다. 곧 집에 도착할 것이다. 어쩌면 오늘 밤은 푹 잘 수 있을지도 모른다. 그는 떨리는 손으로 선수를 낮추며 시카고 통근자 필드의 유도 광선에 접속할 준비를 했다.

"시장에 나와 있는 것들 중에서 가장 훌륭한 신진대사 조절 장치입니다." 판매 로봇이 새된 소리로 말했다. "완벽한 내분비계 균형을 유지해 줍니다. 그렇지 않으면 전액 환불도 가능하고요."

잔뜩 지친 모리스는 판매 로봇을 밀치고 그의 생활 유닛이 있는 거주 구역으로 통하는 보도를 올라갔다. 로봇은 몇 발짝 그를 따라오다가 곧 포기하고 서둘러 다른 우울한 얼굴의 통근자를 따라가기 시작했다.

"뉴스가 아직 뉴스일 때 확인하는 방법." 금속성 목소리가 그에게 다가왔다. "덜 사용하는 쪽의 안구에 망막 영상 화면을 장착하세요. 이미 과거의 소식이 되어버린 시간별 요약 뉴스를 기다릴 필요는 없지 않나요."

"저리 꺼져." 모리스가 중얼거렸다. 로봇은 한쪽으로 물러섰고, 그는 한 무리의 허리가 굽은 남녀와 함께 길을 건넜다.

로봇 판매원은 모든 곳에 있었다. 손짓하고, 애원하고, 새된 목소리로 조잘대면서. 그중 하나가 쫓아오는 모습이 보이자 모리스는 발걸음을 빨리했다. 로봇은 광고 문구를 읊어대 그의 주의를 끌려고 안간힘을 쓰면서 계속 따라왔다. 놈은 모리스가 몸을 굽혀 자물쇠를 따고 문을 여는 순간까지도 포기하지 않았다. 그는 집 안으로 들어가 쾅 하고 문을 닫아걸었다. 로봇은 잠시 머뭇거리다 곧 몸을 돌려 양손 가득 짐을 들고 힘겹게 언덕을 오르는 여성을 따라가기 시작했다. 그녀는 어떻게든 로봇을 피하려 애썼지만 소용없는 일이었다.

"여보!" 샐리가 소리쳤다. 그녀는 비닐 반바지에 손을 닦으며 서둘러 부엌에서 달려 나왔다. 흥분한 눈이 활짝 웃고 있었다. "어머나, 불쌍하기도 해라! 정말 지쳐 보여요!"

모리스는 힘겹게 모자와 외투를 벗으며 아내의 드러난 어깨에 가볍게 입을 맞췄다. "저녁 메뉴는 뭐지?"

샐리는 남편의 모자와 외투를 옷장에 걸면서 대답했다. "천왕성 꿩 요리에요. 당신이 제일 좋아하는 거."

모리스의 입안에 침이 고였다. 탈진한 육신으로 작은 활기 한 조각이 다시 흘러 들어왔다. "농담 아니지? 오늘 무슨 날이라도 돼?"

아내의 갈색 눈이 동정으로 젖어들었다. "여보, 당신 생일이잖아요. 당신 오늘 서른일곱이 되는 거라고요. 잊어버린 거예요?"

"그래." 모리스는 약간이나마 미소를 지어 보였다. "잊고 있던 모양이야." 그는 부엌으로 걸어 들어갔다. 식탁이 차려져 있었다. 커피가 담긴 컵에서 뜨거운 김이 올라왔고 버터와 흰 빵, 으깬 감자와 완두콩도 보였다. "이런 세상에. 정말 엄청난 만찬인데."

샐리는 스토브 조작 버튼을 눌렀다. 김이 오르는 꿩 구이 용기가 탁자 위로 미끄러져 나와 깔끔하게 잘렸다. "손만 씻고 오면 준비가 다 끝난 거예요. 어서요, 식기 전에."

모리스는 싱크대에 손을 가져다 댄 후 기쁜 마음으로 식탁에 앉았다. 샐리가 부드럽고 향긋한 꿩고기를 덜어줬고, 두 사람은 식사를 시작했다.

"샐리." 모리스가 자기 접시를 비운 다음 의자에 기대 천천히 커피를 홀짝이며 입을 열었다. "이대로 살아갈 수는 없어. 뭔가를 해야만 해."

"출퇴근 때문에 그러는 거예요? 밥 영처럼 화성에 자리를 얻을 수 있으면 좋겠는데요. 어쩌면 노동 위원회에 가서 당신이 얼마나 압박을 받는지를 설명하면—"

"출퇴근 거리 때문만이 아니야. 놈들이 나를 노리고 있다고. 어디서나 나를 기다리고 있어. 하루 종일, 밤낮으로."

"누가 말이에요, 여보?"

"물건을 파는 로봇들 말이야. 우주선에서 내리기만 하면 따라와. 로봇과 시청각 광고 놈들. 사람의 뇌 속으로 직접 파고든다고. 죽을 때까지 사람들을 따라다니잖아."

"나도 알아요." 샐리는 공감을 표하며 그의 손을 토닥였다. "쇼핑을 가면 무리를 지어 따라다니거든요. 다함께 온갖 소리를 질러대죠. 정말 난장판이에요. 무슨 말을 하는지 절반도 이해할 수가 없다니까요."

"여기서 벗어나야 해."

"벗어나요?" 샐리가 머뭇거렸다. "당신 무슨 뜻이에요?"

"놈들에게서 달아나야 한다고. 놈들이 우리를 파괴하고 있어."

모리스는 주머니를 뒤적여 조심스레 작은 은박지 조각을 꺼냈다. 그는 힘들여 조각을 펴서는 식탁 위에 펼쳤다. "이것 좀 봐. 사무실의 남자들이 돌려보던 건데, 나한테 왔을 때 간직해뒀어."

"이게 무슨 뜻인가요?" 샐리는 글자를 읽어보려 눈살을 찌푸렸다. "여보, 이게 전부는 아닐 것 같아요. 여기에다 적지 않은 내용이 있을 거라고요."

"신세계라고." 모리스가 부드러운 목소리로 말했다. "놈들이 아직 도달하지 못한 땅이야. 아주 먼 곳. 우리 태양계 바깥이지. 별이 빛나는 우주라고."

"프록시마요?"

"스무 개의 행성이 있어. 그 절반에 사람이 살 수 있고. 지금은 인구가 수천 명밖에 안 된대. 가족, 인부, 과학자, 사업체의 탐사대 정도야. 말만

하면 공짜로 땅을 나눠준다고."

"하지만 이건 너무—" 샐리는 얼굴을 찌푸렸다. "여보, 여긴 미개발 구역 아니에요? 사람들 말로는 20세기처럼 살아간다고 하던데요. 물을 내리는 변기에, 욕조에, 가솔린 차량에—"

"바로 그거야." 모리스는 구겨진 금속 조각을 다시 말았다. 진지하고 단호한 얼굴이었다. "수백 년은 뒤쳐져 있는 곳이지. 저런 것들은 아무 것도 없어." 그는 스토브와 거실의 가구들을 가리키며 말했다. "저런 것들 없이 살아가야 할 거야. 보다 간소한 삶에 익숙해져야겠지. 우리 조상들이 살았던 대로 말이야." 그는 웃음을 지으려 했지만 얼굴 근육이 따라주지 않았다. "당신 마음에 들 것 같지 않아? 광고도 없고, 판매 로봇도 없고, 시속 10,000킬로미터가 아니라 100킬로미터로 움직이는 차들이 있는 곳이라고. 항성 간 운송 차량을 타고 이주할 수 있어. 내 통근용 로켓을 팔기만 하면……"

미심쩍은, 머뭇거리는 침묵이 이어졌다.

"에드." 샐리가 입을 열었다. "조금 더 생각해봐야 할 것 같아요. 당신 직업은 어쩌고요? 거기 가서 뭘 할 건데요?"

"뭔가 일거리가 있겠지."

"그 일거리가 뭔데요? 그 부분은 생각해보기나 했어요?" 그녀의 목소리에 새된 짜증이 깃들었다. "내 생각에는 이곳의 모든 것을 던져버리고 그냥…… 그렇게 이주하기 전에, 그런 문제를 좀 더 생각해봐야 할 것 같아요."

"그곳으로 가지 않으면." 모리스는 침착한 목소리를 유지하려 노력하며 천천히 말했다. "놈들이 우리를 해치울 거야. 시간이 얼마 남지 않았어. 얼마나 더 오래 놈들을 막아낼 수 있을지 모르겠어."

"정말, 에드! 왜 그렇게 감정적으로 구는 거예요. 그렇게 기분이 나쁘면 그냥 병가를 내고 완전 억제 검진을 받는 건 어때요? 영상 프로그램을 봤더니 당신보다 훨씬 나쁜 심신증에 걸린 사람도 치료해주더라고요. 훨씬 나이 많은 사람이었는데."

그녀는 자리에서 일어났다. "오늘은 밖으로 나가서 축하를 해요. 알았죠?" 그녀는 가느다란 손가락으로 자기 반바지 지퍼를 만지작거렸다. "새로 산 비닐 로브를 입을 테니까. 지금까지는 용기가 없어서 못 입었던 건데."

서둘러 침실로 뛰어 들어가는 그녀의 눈이 흥분으로 반짝였다. "내가 뭘 말하는 건지 알아요? 가까이 오면 투명하게 보이지만 멀어지면 점차 희뿌옇게 변하다가 마침내—"

"나도 알아." 모리스가 지친 목소리로 말했다. "직장에서 돌아오는 길에 광고로 봤거든." 그는 천천히 자리에서 일어나 거실로 걸어 나갔다. 그러더니 침실 문 앞에서 걸음을 멈췄다. "샐리—"

"왜요?"

모리스는 입을 열었다. 그는 다시 한번 그녀에게 부탁할 생각이었다. 직장에서 조심스레 접어 집으로 가져온 은박지 조각에 대해 말하려 했다. 변경의 개척지에 대해, 프록시마 켄타우리에 대해, 이주해 가서 다시는 돌아오지 않는 일에 대해서 말할 참이었다. 하지만 기회를 놓치고 말았다.

초인종이 울린 것이다.

"누가 왔나 봐요!" 샐리가 흥분된 목소리로 외쳤다. "어서 가서 누군지 확인해봐요!"

저녁의 어둠 속에 움직이지 않는 로봇 한 대가 조용히 서 있었다. 차가운 바람이 로봇과 집 주변을 휘감아 돌았다. 모리스는 몸을 떨면서 문간에서 물러났다. "뭘 원하는 거냐?" 그가 물었다. 기묘한 공포가 그를 사로잡았다. "왜 온 거지?"

로봇은 그가 지금까지 본 어떤 로봇보다 컸다. 크고 널찍했으며 튼튼한 금속 집게와 길게 뻗은 영상 입력 렌즈가 달려 있었다. 동체의 상부는 일반적인 원통형이 아니라 정방형이었고, 다른 보통 로봇들과는 달리 두 다리가 아니라 네 다리로 서 있었다. 거의 2미터도 넘는 키로 모리스를 굽어보고 있었다. 우람하고 견고해 보였다.

"좋은 저녁입니다." 로봇이 침착하게 말했다. 그 목소리는 밤바람을 타고 사방으로 휘몰아쳤다. 저녁의 음울한 여러 소리들, 차량과 교통 신호의 소리가 함께 섞여들었다. 어둠 속을 빠르게 돌아다니는 희미한 형체들이 보였다. 어둡고 적대적인 세계였다.

"좋은 저녁." 모리스는 자동적으로 대답했다. 순간 자신이 떨고 있다는 사실이 느껴졌다. "뭘 팔러 온 거지?"

"저는 고객님께 파스라드를 시연해 보이고 싶습니다." 로봇이 말했다.

모리스는 정신이 멍한 상태였다. 제대로 반응할 수가 없었다. 파스라드가 대체 뭐지? 뭔가 꿈인지 악몽인지 모를 일이 벌어지고 있었다. 그는 정신과 육체를 가다듬으려 안간힘을 썼다. "뭘 보여준다고?" 그가 간신히 목소리를 짜냈다.

"파스라드입니다." 로봇은 더 이상은 설명하려 하지도 않았다. 그런 설명을 할 필요성도 느끼지 못한다는 듯 아무런 감정 없는 눈으로 그를 바라봤다. "잠시만 시간을 내주시면 됩니다."

"나는—" 모리스가 입을 열었다. 그는 바람을 피해 뒷걸음질을 쳤다. 로봇은 표정을 전혀 바꾸지 않은 채 그를 지나쳐 집 안으로 들어왔다.

"감사합니다." 로봇은 이렇게 말하고는 거실 가운데에 멈춰 섰다. "부디 아내분을 불러주시겠습니까? 그분께도 파스라드를 보여드리고 싶습니다."

"샐리." 모리스가 무기력하게 중얼거렸다. "이리 좀 와봐."

샐리는 서둘러 거실로 들어왔다. 그녀의 가슴이 흥분으로 떨리고 있었다. "왜 그래요? 어머!" 그녀는 로봇을 보고는 머뭇거리며 걸음을 멈췄다. "에드, 혹시 뭔가 주문했어요? 뭔가를 사는 건가요?"

"좋은 저녁입니다." 로봇이 그녀에게 말했다. "저는 여러분께 파스라드를 시연해 보일 생각입니다. 부디 자리에 앉아주십시오. 가능하다면 저쪽 소파에. 함께 앉아주십시오."

샐리는 잔뜩 기대하는 표정으로 자리에 앉았다. 흥분과 기대 때문에 얼굴이 빨개지고 눈이 반짝였다. 에드는 무기력하게 그녀 옆자리에 앉았다. "이봐." 그가 목쉰 소리로 중얼거렸다. "대체 파스라드라는 게 뭐야? 지금 뭘 하려는 거지? 나는 아무것도 사고 싶지 않다고!"

"선생님 성함이 어떻게 되십니까?" 로봇이 물었다.

"모리스." 그는 거의 목이 멜 지경이었다. "에드 모리스."

로봇은 샐리를 바라보며 가볍게 목례를 했다. "반갑습니다, 모리스 부인. 여러분을 만나게 되어 기쁩니다, 모리스 씨, 모리스 부인. 여러분은 이 근방에서 처음으로 파스라드를 접하게 되셨습니다. 이 구역에서는 최초로 시연하는 거니까요." 로봇은 차가운 눈으로 방 안을 훑어봤다. "모리스 씨, 제가 보기에는 직업이 있으신 듯하군요. 어디에 고용되어 계십니까?"

"이 사람은 가니메데에서 일해요." 샐리가 꼬마 여학생처럼 충직하게 대답했다. "테란 금속개발회사에 다니죠."

로봇은 그 정보를 숙고하는 듯했다. "파스라드가 도움이 되실 듯하군요." 그런 뒤 샐리 쪽으로 향했다. "부인은 무엇을 하십니까?"

"저는 역사 연구 센터에서 테이프 기록을 하죠."

"부인의 직업에는 파스라드가 큰 도움이 되지 않겠지만, 가사에는 도움이 될 수 있을 겁니다." 로봇은 튼튼한 금속 집게로 탁자 하나를 집어 들었다. "예를 들어, 서투른 손님 하나가 매력적인 가구에 손상을 입히는 일이 발생할 수 있습니다." 로봇은 그대로 탁자를 박살 냈다. 목재와 플라스틱 조각이 집게에서 흘러내렸다. "이럴 때 파스라드가 필요합니다."

모리스는 어쩔 줄 몰라 하며 자리에서 일어났다. 그는 눈앞에서 벌어지는 일을 막을 수 없었다. 로봇이 탁자 조각을 던져버리고 묵직한 스탠드를 집어 드는 것을 보면서도 짓눌린 듯 움직일 수가 없었다.

"어머 세상에." 샐리가 숨을 들이켰다. "내가 제일 좋아하는 램프인데."

"파스라드만 가지고 계시면 두려워할 일이 없습니다." 로봇은 램프를 붙들고 기괴한 모양으로 휘었다. 전등갓을 찢어내고, 전구를 박살 내고, 나머지 잔해를 던져버렸다. "수소폭탄과 같이 격렬한 폭발이 발생하면 이런 상황이 발생할 수 있습니다."

"대체 이게 무슨." 모리스가 중얼거렸다. "우리는—"

"물론 수소폭탄이 폭발하는 상황은 일어나지 않을지도 모르죠." 로봇은 말을 이었다. "하지만 만에 하나 그런 일이 일어날 경우에는, 파스라드가 꼭 필요한 존재가 될 것입니다." 로봇은 무릎을 꿇더니 허리에서 여러 줄의 튜브가 복잡하게 얽힌 도구를 꺼냈다. 그러고는 튜브를 바닥으로 겨냥해 원자 분해로 1.5미터 직경의 구덩이를 팠다. 로봇은 구덩이에서 물러서며 말을 이었다. "굴을 그다지 깊게 파지는 않았지만, 그런 공격이 발생하면 파스라드가 여러분의 생명을 구할 수 있다는 점은 이해가 되실 겁니다."

공격이라는 단어가 로봇의 금속 뇌 안에서 새로운 일련의 연상을 하게 만든 모양이었다.

"어쩌면 한밤중에 강도나 도둑이 공격해 올지도 모릅니다." 로봇은 말을 이었다. 놈은 아무런 경고 없이 그대로 몸을 돌리며 벽에 주먹을 박아 넣었다. 한쪽 벽이 자욱한 먼지와 잔해를 남기며 무너져 내렸다. "이걸로 강도를 퇴치할 수 있죠." 로봇은 몸을 곧추세우고는 방 안을 둘러봤다. "가끔은 저녁에 너무 지쳐서 스토브 버튼을 누르기도 귀찮을 때가 있을 겁니다." 놈은 부엌으로 들어가서 스토브 버튼을 누르기 시작했다. 엄청난 양의 음식이 사방으로 쏟아져 나왔다.

"그만해!" 샐리가 울부짖었다. "내 스토브에서 떨어져!"

"목욕물을 받기에도 너무 지쳐 있을 수 있습니다." 로봇이 욕조 계기판을 조작하자 물이 쏟아져 나왔다. "아니면 바로 침실로 가고 싶을 수도 있죠." 놈은 수납 공간에서 침대를 끄집어내 쿵 하고 펼쳐놓았다. 샐리는 로봇이 자신을 향해 다가오는 것을 보며 겁에 질려 뒤로 물러섰다. "때로는 하루 종일 힘들게 일하고는 너무 지쳐 옷을 벗기조차 힘들 때가 있습니다. 그런 경우에는—"

"당장 여기서 꺼져!" 모리스는 로봇에게 소리쳤다. "샐리, 어서 가서 경찰 좀 불러. 이놈은 맛이 갔어. 서둘러."

"파스라드는 현대적인 가정의 필수품입니다." 로봇은 말을 이었다. "예를 들어, 가전 기구가 망가질 수 있습니다. 파스라드는 즉시 수리가 가능합니다." 로봇은 자동 습도 조절기를 잡아채 내부 배선을 뜯어내고는 다시 벽에 붙여놓았다. "때로는 직장에 가고 싶지 않을 때가 있겠죠. 파스라드는 열흘 연속까지 대리 근무가 법적으로 허용되어 있습니다. 만약 그 기한을 넘기게 되면—"

"이런 세상에." 마침내 이해한 모리스가 중얼거렸다. "네가 바로 파스라드인 거로군."

"바로 그렇습니다." 로봇이 대답했다. "완전 자동 자가 제어 안드로이드 가정용Fully Automatic Self-Regulating Android Domestic입니다. 또한 파스라C(건설), 파스라M(경영), 파스라S(군인), 파스라B(관료)도 있습니다. 저는 가정용으로 제작된 제품입니다."

"네가—" 샐리가 숨죽여 말했다. "네가 상품인 거야. 스스로를 판매하는 거였어."

"제 자신을 시연해 보이는 겁니다." 로봇, 파스라드가 대답했다. 놈은 무심한 금속 눈을 모리스에게 고정한 채 말을 이었다. "모리스 씨, 당신이 저를 소유하고 싶을 것이라 확신할 수 있습니다. 가격도 적절하고 보증도 완벽합니다. 조작법을 수록한 책자도 첨부되어 있습니다. 저는 아니오라는 답변을 받아들일 이유를 모르겠습니다."

자정에서 30분이 지난 시간까지, 에드는 여전히 침대에 앉아 있었다. 신발 한쪽은 신고 다른 쪽은 손에 들고 있었다. 그는 멍하니 허공을 바라봤다. 아무런 말도 나오지 않았다.

샐리가 불평을 해댔다. "제발 부탁인데, 신발 끈 빨리 풀고 침대로 들어와요. 당신 5시 반이면 일어나야 하잖아요."

모리스는 멍하니 신발 끈을 만지작거렸다. 잠시 후 그는 신발을 내려놓고 반대쪽 끈을 당기기 시작했다. 집 안은 춥고 조용했다. 밖에서 끔찍한 밤바람이 사방을 휩쓸며 건물 한쪽에 자라난 전나무들을 휘갈기고 있었다. 샐리는 조명용 렌즈 아래에 몸을 움츠리고 누워 있었다. 입술 사이에는 담배를 물고, 반쯤 졸며 온기를 즐기는 모양이었다.

그리고 거실에는 파스라드가 서 있었다. 놈은 떠나지 않았다. 여전히 저곳에 서서 모리스가 자신을 사주기만을 기다리고 있었다.

"어서요!" 샐리가 날카롭게 말했다. "당신 뭐가 문제예요? 자기가 망가뜨린 것은 전부 고쳤잖아요. 그냥 시연을 하고 있었을 뿐이라고요." 그녀는 졸음이 섞인 한숨을 쉬었다. "물론 나도 놀라기는 했어요. 뭔가 잘못된 줄 알았거든요. 회사에서 분명 뭔가 영감을 받았나봐요. 자기 자신을 팔라고 사람들에게 로봇을 보내다니."

모리스는 아무 말도 하지 않았다.

샐리는 몸을 굴려 엎드려서는 노곤한 몸짓으로 담배를 눌러 껐다. "그리 큰 금액은 아니잖아요? 10,000골드 유닛이고, 친구들에게 사게 하면 5퍼센트 할인도 제공하고. 그냥 저걸 보여주기만 하면 되는 일 아네요. 우리가 직접 팔 필요도 없잖아요. 자기가 알아서 파니까." 그녀는 깔깔 웃었다. "항상 저절로 자기가 알아서 팔리는 상품을 원하더니, 이제야 나온 셈이네요."

모리스는 신발 끈의 매듭을 풀더니 신발을 다시 신고 끈을 단단히 조였다.

"당신 뭘 하는 거예요?" 샐리가 화가 나서 물었다. "당장 침대로 들어와요!" 모리스가 방을 떠나 거실로 나가는 모습을 보며 그녀는 자리에 일어나 앉았다. "어딜 가는 거예요?"

거실로 나온 모리스는 전등을 켠 다음 파스라드를 마주하고 앉았다. "내 말 들리나?" 그가 말했다.

"물론입니다." 파스라드가 대답했다. "저는 절대 작동을 멈추지 않습니다. 때로는 한밤중에 위급 상황이 발생할 수도 있죠. 아이가 아프거나 사고가 날 수도 있습니다. 물론 여러분은 아직 아이가 없으시지만, 그런 사건이 발생할 경우에는—"

"닥쳐." 모리스가 말했다. "네놈 말을 듣고 싶은 게 아니다."

"질문을 하신 쪽은 선생님이십니다. 자가 제어 안드로이드는 중앙 정보 교환 장치에 접속되어 있습니다. 때로는 즉각적으로 정보를 원하는 분도 계십니다. 파스라드는 언제나 모든 이론적, 실제적인 질문에 답변할 준비가 되어 있습니다. 형이상학적인 질문만 아니면 뭐든 가능합니다."

모리스는 안내 책자를 집어 들고 책장을 넘겼다. 파스라드는 수많은 일을 할 수 있었다. 절대 지치지도, 당황하지도 않았다. 실수를 할 리가 없었다. 그는 책을 던져버렸다. "나는 널 사지 않을 거다." 그가 로봇에게 말했다. "절대로. 백만 년이 지난다 해도."

"아, 선생님은 저를 구매하실 겁니다." 파스라드가 그의 말을 수정해

420

줬다. "이건 놓칠 수 없는 기회니까요." 그 목소리 안에는 차분하고 금속성인 자부심이 깃들어 있었다. "모리스 씨, 당신은 제 제안을 거부할 수 없습니다. 파스라드는 현대적인 가정에서 빼놓을 수 없는 필수품입니다."

"당장 여기서 나가." 모리스가 단호하게 말했다. "내 집에서 나가서 두 번 다시 돌아오지 마."

"저는 선생님 소유의 파스라드가 아니므로 명령을 받지 않습니다. 선생님이 저를 명시된 가격에 구입하시기 전까지는 말이죠. 저는 오직 자가 제어 안드로이드 주식회사의 명령만 받습니다. 그들의 지시는 정반대였습니다. 저는 선생님이 저를 구매하실 때까지 여기 있을 겁니다."

"내가 절대 너를 사지 않는다면?" 모리스가 물었다. 그러나 이렇게 묻는 동안에도 그의 마음속에는 차가운 얼음 결정이 생겨나고 있었다. 이미 닥쳐올 답변의 차가운 공포를 느끼고 있었던 것이다. 다른 답이 나올 리가 없었다.

"계속 선생님과 함께 머무를 겁니다." 파스라드가 말했다. "결국 선생님은 저를 사게 되실 겁니다." 로봇은 벽난로 위의 꽃병에서 시든 장미를 끄집어내 폐기물 투척구로 버렸다. "선생님은 계속해서 파스라드가 빼놓을 수 없는 소중한 존재라는 점을 확인하시게 될 겁니다. 결국에는 어떻게 파스라드 없이 살아왔는지 의문이 들 정도가 되겠죠."

"네놈이 못하는 일은 없나?"

"아, 있죠. 제가 할 수 없는 일은 아주 많습니다. 하지만 선생님이 하실 수 있는 일은 모두 할 수 있습니다. 그것도 상당히 더 훌륭하게요."

모리스는 천천히 숨을 내쉬었다. "정신이 나가지 않는 한 네놈을 사지는 않을 거다."

"저를 사야만 할 겁니다." 무심한 목소리가 대답했다. 파스라드는 텅 빈 파이프를 꺼내 양탄자를 청소하기 시작했다. "저는 모든 상황에서 유용합니다. 이 양탄자가 얼마나 푹신하고 먼지가 없게 되었는지 보십시오." 로봇은 파이프를 동체 안으로 집어넣고 다른 파이프를 꺼냈다. 모리스는 기침을 하며 서둘러 뒤로 물러섰다. 흰색 입자의 구름이 뿜어져 나와 방 안 구석구석을 채웠다.

"나방 퇴치제를 분사하는 중입니다." 파스라드가 설명했다.

흰 구름이 지저분한 짙은 푸른색으로 변했다. 방 안에 어둠이 내려앉았다. 방 가운데에서 파스라드의 희미한 형체가 우뚝 버티고 서서 능률적으로 움직이고 있었다. 곧 구름이 사라지고 방 안의 모습이 다시 드러났다.

"유해한 박테리아 퇴치제를 분사했습니다." 파스라드가 말했다.

로봇은 한쪽 벽면을 새로 칠하고는 그에 어울리는 새로운 가구를 조립해냈다. 욕실 천장을 강화했다. 보일러에서 들어오는 배관의 숫자를 늘렸다. 새로 전기 배선을 설치했다. 부엌의 모든 붙박이 가구를 제거하고 최신식 설비로 교체했다. 모리스의 금융 계좌를 싹 다 확인하고 내년의 소득세를 계산했다. 연필을 전부 뾰족하게 깎았다. 그의 손목을 잡고 심신증 때문에 고혈압 증상을 보인다고 진단했다.

"이런 모든 의무를 제게 넘기시면 훨씬 기분이 나아지실 겁니다." 로봇이 설명했다. 그러고는 샐리가 아껴놓았던 오래된 국물을 버렸다. "보툴리누스 중독의 위험성이 있습니다." 놈은 이렇게 말했다. "선생님의 아내분은 성적으로는 매력적이지만, 고등한 차원의 지적 활동은 불가능하신 것으로 보입니다."

모리스는 옷장으로 가서 외투를 꺼냈다.

"어딜 가십니까?" 파스라드가 물었다.

"사무실로."

"이런 밤중에 말입니까?"

모리스는 침실을 흘깃 쳐다봤다. 샐리는 은은한 조명 렌즈의 불빛 아래 깊이 잠들어 있었다. 그녀의 날씬한 육체는 장밋빛이고 건강했다. 아무런 걱정의 흔적도 없는 얼굴이었다. 그는 현관문을 닫고 어둠 속의 계단을 바쁜 걸음으로 달려 내려갔다. 주차장으로 다가가는 동안 차가운 밤바람이 그를 후려쳤다. 그의 작은 통근용 우주선은 수백 대의 다른 차량과 함께 주차되어 있었다. 충직하게 그를 따라오는 관리 로봇에게 25센트를 건넸다.

10분 후, 그는 가니메데로 향하는 도로에 올라 있었다.

그가 재급유를 위해 화성에 주차했을 때 파스라드가 우주선에 올라탔다.

"선생님은 이해를 못 하시는 모양입니다." 파스라드가 말했다. "제가 받은 지시는 선생님이 만족하실 때까지 시연을 해 보이라는 것이었습니다. 선생님은 아직 만족하지 못하신 것으로 보이니, 계속해서 시연할 필요가 있을 듯합니다." 로봇은 우주선의 계기판 위로 복잡한 전선의 그물을 뻗어 모든 제어기와 계량기를 조절했다. "지금보다 자주 정비를 받으셔야 할 것 같습니다."

로봇은 후방으로 움직여 추진 제트기관을 검사하기 시작했다. 모리스는 멍하니 관리 로봇에게 신호를 보냈다. 우주선이 연료 펌프에서 떨어져 나왔다. 그는 속도를 올렸고, 작은 모래투성이 행성은 뒤로 멀어져 갔다. 눈앞으로 목성의 모습이 점차 커져오고 있었다.

"제트기관이 제대로 수리되지 않은 모양입니다." 파스라드가 후미에서 모습을 드러내며 말했다. "주 제동 분사기의 소리도 마음에 들지 않습니다. 착륙하시면 바로 대규모 수리 작업을 시작하겠습니다."

"회사 측에서는 네가 이렇게 온갖 것들을 해줘도 신경을 안 쓰나 보지?" 모리스는 빈정대는 기색이 역력한 말투로 물었다.

"회사에서는 이미 저를 선생님의 파스라드로 간주하고 있습니다. 월

말이면 청구서가 배달될 겁니다." 로봇은 순식간에 펜과 계약서 양식을 꺼내 들었다. "네 가지 손쉬운 지불 방법을 설명하겠습니다. 현금으로 10,000골드 유닛을 지불하시면 3퍼센트 할인 혜택이 있습니다. 추가로 지금 소유하신 가구 중 일부를 교환 조건으로 해서 납입할 수도 있습니다. 선생님께는 더 이상 쓸모가 없는 가전 기구들 말이죠. 만약 네 번에 걸쳐 분할 납부를 한다면 첫 금액은 즉시 지불하셔야 하고, 최종 납부일은 90일 후가 됩니다."

"나는 항상 현금으로만 거래하지." 모리스가 중얼거렸다. 그는 침착하게 계기판을 조작하며 경로를 재설정하고 있었다.

"4회 분할 납부를 하신다면 할증금은 없습니다. 6개월 분납 방식을 택하신다면 6퍼센트의 연이율이 적용되는데, 이 경우 금액은─" 로봇이 말을 멈췄다. "경로가 변경되었군요."

"그 말대로야."

"정식 교통로를 벗어났습니다." 파스라드는 펜과 계약서를 집어넣고 서둘러 계기판으로 달려갔다. "뭘 하시는 겁니까? 이런 행동에는 2유닛의 벌금이 부과됩니다."

모리스는 놈의 말을 무시했다. 그는 조종간을 꽉 쥐고 영상 화면에서 눈을 떼지 않았다. 우주선은 계속 속도를 올리고 있었다. 스쳐 지나가는 그의 우주선을 보며 경고 부표들이 화난 듯 울려댔다. 그는 그 너머 우주의 황막한 어둠 속으로 달려갔다. 몇 초도 지나지 않아 모든 교통신호가 사라졌다. 그의 우주선은 홀로 목성을 지나 외우주 속으로 나아가고 있었다.

파스라드는 궤도를 계산하기 시작했다. "우리는 태양계를 벗어나고 있습니다. 켄타우로스자리로 향하는 중입니다."

"제대로 추측했어."

"아내분께 연락하는 편이 좋지 않겠습니까?"

모리스는 끙 하고 신음하며 추진 제어 레버를 위로 밀어 올렸다. 우주선은 몇 번 덜컹거리더니 곧 다시 안정되었다. 제트 분사기가 눈에 띄게 신음하기 시작했다. 계기판에 주 터빈이 과열되고 있다는 경고가 떠올랐다. 그는 경고를 무시하고 비상 연료 공급기의 스위치를 올렸다.

"모리스 부인께 연락할 수 있습니다." 파스라드가 제안했다. "우리는 곧 통신기 범위를 벗어나게 될 겁니다."

"신경 쓰지 마."

"걱정하실 텐데요." 파스라드는 서둘러 우주선 후미로 가서 다시 제트 엔진을 점검했다. 놈은 경고음을 울리며 서둘러 조종실로 돌아왔다. "모리스 씨, 이 우주선은 항성계 간 여행에 적합한 장비를 갖추고 있지 못합니다. 내수용 제한이 걸린 D급 사륜구동 가정용 모델이니까요. 이런 속도를 견딜 수 있도록 설계되지 않았습니다."

"프록시마에 가 닿으려면 이 정도 속도가 필요해." 모리스가 대답했다.

파스라드는 자신의 전력 케이블을 계기판에 연결했다. "배선 시스템에 가해지는 압박을 일부 완화시킬 수는 있습니다. 그렇지만 일반 속도로 돌리지 않는 이상 제트 엔진의 상태 악화를 막는 일은 불가능합니다."

"제트 엔진 따위는 엿이나 먹으라지."

파스라드는 아무 말도 하지 않았다. 아래쪽에서 갈수록 커져가는 삐걱대는 소리에 귀를 기울이고 있을 뿐이었다. 우주선 전체가 격렬하게 흔들리기 시작했다. 페인트 조각이 떨어져 내렸다. 축이 삐걱대며 선실 바닥이 뜨거워졌다. 모리스는 여전히 추진 레버에서 발을 떼지 않았다. 태양이 뒤로 멀어져갔고, 우주선은 계속 속도를 올렸다. 그들은 이미 지도 범위 밖에 있었다. 태양이 빠르게 작아졌다.

"이제는 아내분과 영상 통화를 하기에는 너무 늦었습니다." 파스라드가 말했다. "고물에 비상 로켓이 세 개 있습니다. 선생님이 원하신다면 로켓 분사를 시작해 지나가는 군용 선박의 주의를 끌어보도록 하겠습니다."

"왜?"

"우리를 받아들여 태양계로 돌려보낼 수 있으니까요. 600골드 유닛의 벌금이 부과되겠지만 현재 상황에서는 가장 나은 방책으로 보입니다."

모리스는 파스라드에게서 등을 돌리고, 몸무게를 실어 온 힘을 다해 추진 레버를 밟았다. 삐걱대는 소리가 격렬한 소음으로 커지기 시작했다. 사방의 물체들이 부서지고 금이 가는 소리가 들렸다. 계기판 여기저기서 퓨즈 터지는 소리가 들렸다. 조명이 희미해지고 깜빡이다 다시 원래 밝기로 돌아왔다.

"모리스 씨." 파스라드가 말했다. "죽음을 맞이하실 준비를 하셔야 합니다. 터빈 폭발의 가능성이 70대 30입니다. 제가 할 수 있는 일은 전부 해보겠습니다만, 위험 한계점은 예전에 넘어섰습니다."

모리스는 다시 영상 화면을 바라봤다. 한동안 그는 점차 커져오는 두 개의 점, 켄타우리 쌍성계를 바라봤다. "괜찮아 보이지 않나? 중요한 쪽은 프록시마야. 행성이 스무 개나 있지." 그는 심하게 요동치는 계기판을 점검했다. "제트 엔진 쪽은 얼마나 견딜 수 있지? 여기서는 볼 수가 없는데. 대부분 타버린 것 같아."

파스라드는 머뭇거렸다. 놈은 말을 시작하려다가 곧 마음을 바꾼 듯했다. "후미로 가서 점검해보겠습니다." 로봇은 그렇게 말하고 우주선 후미로 움직여 가, 격렬하게 진동하며 소음을 내는 엔진실 출입구 안쪽으로 모습을 감췄다.

모리스는 상체를 숙여 담배의 불을 껐다. 그는 잠깐 기다린 다음 손을 뻗어 추진력을 최대치로 올렸다. 계기판에서 가능한 최종 수치에 도달할 때까지.

폭발이 일어나 우주선이 반으로 쪼개졌다. 조각난 선체가 그의 주변을 스쳐 지나갔다. 그는 무중력 속으로 튕겨나가 계기판에 부딪혔다. 사방으로 금속과 플라스틱이 쏟아져 내렸다. 수많은 불꽃들이 반짝이고 깜빡이다가 마침내 정적 속으로 사라졌다. 차가운 재 말고는 아무것도 남지 않았다.

비상용 공기 펌프의 둔탁한 슉슉 소리에 의식이 돌아왔다. 모리스는 계기판 잔해에 깔려 있었다. 한쪽 팔은 골절되어 몸 아래 깔린 듯했다. 다리를 움직이려 해봤지만 허리 아래로는 아무런 감각도 느껴지지 않았다.

그의 우주선이었던 산산조각 난 잔해들은 아직도 켄타우리 쌍성계를 향해 날아가고 있었다. 선체 밀폐 장치가 뻥 뚫린 구멍을 힘겹게 메우고 있는 모양이었다. 기온과 중력 자동 조절 장치가 예비용 배터리의 전력으로 주기적인 작동음을 내고 있었다. 영상 화면에서는 거대한 화염 덩어리의 두 항성이 멈추지 않고 타오르고 있었다.

그는 행복했다. 망가진 우주선의 정적 속에서 잔해 아래에 깔려 있으면서도, 기꺼운 마음으로 점차 커져가는 불타는 구체를 바라보고 있었다. 아름다운 광경이었다. 그는 오랫동안 저 모습을 보고 싶었다. 그리고 이제 두 별이 매 순간 그에게 다가왔다. 하루 이틀 후면 우주선은 불타는 구체 속으로 끌려 들어가 전부 타버리겠지만, 그때까지의 시간을 즐길 수는 있을 터였다. 그의 행복을 방해할 수 있는 것은 존재하지 않았다……

문득 조명 렌즈 아래 깊이 잠들어 있던 샐리의 모습이 떠올랐다. 샐리가 프록시마를 마음에 들어 했을까? 아마 그렇지 않았을 것이다. 도착하는 즉시 고향으로 돌아가고 싶어 했겠지. 이 광경은 오로지 모리스 혼자서 즐겨야 했다. 오직 그만을 위한 것이었다. 그의 마음에 평화가 깃들었다. 그는 이곳에 조용히 누워서 아무런 저항도 하지 않고 아름다운 화염 덩어리가 다가오는 모습을 지켜볼 것이다……

소리가 들렸다. 엉망이 된 파편 더미 속에서 뭔가가 몸을 일으키고 있었다. 깜빡이는 영상 화면에 뒤틀리고 찌그러진 형체 하나가 비쳐 보였다. 모리스는 힘겹게 고개를 돌렸다.

파스라드가 비틀대며 일어섰다. 동체의 대부분은 깨지고 부서져 사라졌다. 놈은 비틀대더니 얼굴을 바닥에 질질 끌면서 전진했다. 놈은 힘겹게 한 걸음씩 그에게 다가와, 1미터쯤 떨어진 곳에서 비참한 모습으로 멈춰 섰다. 톱니바퀴가 끽끽거리며 돌아가는 소리가 들렸다. 계전기가 계속해서 열리고 닫혔다. 목적을 잃은 유사 생명이 망가진 육신을 움직이고 있었다.

"좋은 저녁입니다." 새된 금속성의 목소리가 끽끽대며 울려 퍼졌다.

모리스는 비명을 질렀다. 몸을 움직이려 했지만 무너져 내린 골조가 그의 몸을 단단하게 옭아매고 있었다. 비명을 지르고, 고함을 치고, 놈의 반대편으로 기어가려 해봤다. 침을 뱉고 울부짖고 흐느꼈다.

"선생님께 파스라드를 시연해 보이려 합니다." 금속성의 목소리는 말을 이었다. "부디 아내분을 불러주시겠습니까? 그분께도 파스라드의 성능을 보이고 싶습니다."

"저리 꺼져!" 모리스가 울부짖었다. "나한테서 떨어지라고!"

"좋은 저녁입니다." 파스라드는 망가진 테이프처럼 말을 이어갔다. "좋은 저녁입니다. 부디 앉아주시죠. 만나게 되어 반갑습니다. 성함이 어떻게 되십니까? 감사합니다. 여러분은 이 근방에서 처음으로 파스라드를 보게 되신 분입니다. 직업이 어떻게 되십니까?"

죽어버린 시각 렌즈가 공허한 시선으로 그를 바라봤다.

"부디 앉아주시죠." 놈은 다시 말했다. "아주 잠깐이면 됩니다. 잠깐이면 됩니다. 이번 시연은 아주 잠깐이면 됩니─"

황금 사나이
The Golden Man

PHILIP K. DICK

1953년 1월, 「달리는 신」이라는 제목이 붙은 단편이 에이전시에 도착했다. 이 단편은 다음 해 4월 「황금 사나이」라는 제목으로 《이프》지에 실린다. PKD 본인도 마음에 들어 했고 다른 SF 작가들에게도 꽤나 인기가 있었다.

딕은 이 작품에서 1950년대 SF의 유행 중 하나였던 '초인'이나 '인간의 다음 단계'에 도달한 돌연변이가 영웅과 정면으로 대비되는 주인공을 등장시킨다. 주인공은 선의를 가진 인류의 영도자도, 후대에 유행을 탄 다크히어로나 안티히어로도 아니다. 그저 인간과 경쟁 관계인 다른 종의 생물, 그것도 본능에 따르는 짐승일 뿐이다.

이 작품은 PKD 생전에 마지막으로 출간된 단편집 「황금 사나이」(1980)의 표제작으로 사용되었다. 편집자 마크 허스트는 이 단편집에 PKD 스스로 해설을 덧붙일 기회를 주었는데, 현재 우리가 찾아볼 수 있는 PKD 본인의 논평 중 많은 수가 이를 통해 남았다. PKD는 이 작품에 대해서 특별히 많은 지면을 할애해 자신의 심경을 서술하고 있다.

"**항**상 이렇게 덥습니까?" 방문 판매원이 물었다. 그는 점심 식사 카운터에 앉은 사람들 모두, 그리고 벽에 붙은 칸막이 안의 사람들까지 돌아보며 물었다. 사람 좋은 미소를 띤 뚱뚱한 중년 남자였다. 구겨진 회색 양복, 땀에 전 흰 셔츠, 느슨한 나비넥타이, 파나마 모자가 눈에 띄었다.

"여름에만 그렇죠." 여종업원이 대답했다.

다른 사람들은 그에게 전혀 신경 쓰지 않았다. 칸막이 안쪽 자리에는 십대 소년과 소녀 한 쌍이 서로에게서 눈을 떼지 않고 앉아 있었다. 소매를 걷어 올려 햇볕에 타고 털이 부숭부숭한 팔뚝을 드러낸 인부 두 명은 콩 수프와 롤빵을 먹고 있었다. 홀쭉하고 지친 모습의 농부도 한 명 보였다. 푸른색 능직 양복과 조끼를 입고 회중시계를 들고 있는 나이 든 사업가도 있었다. 검고 교활한 얼굴의 택시 운전사 한 명은 커피를 마시고 있었다. 잠시 짐을 내려놓고 다리를 쉬기 위해 들어온 지친 여자도 한 명 있었다.

판매원이 담뱃갑 하나를 꺼냈다. 그는 카운터 위에 팔을 올려놓은 채 환한 얼굴로 낡은 카페를 흥미롭게 둘러보더니 옆에 앉은 남자에게 물었다. "이 마을 이름이 뭐죠?"

남자는 꿍얼거리며 대답했다. "월넛 크릭이오."

판매원은 담배 한 개비를 희고 투실한 손가락 사이에 끼우고 한동안 코카콜라를 홀짝였다. 곧 그는 외투 속으로 손을 넣어 가죽 지갑을 꺼냈다. 그러고는 한참을 그 안의 명함과 종이쪽, 메모와 차표 조각 따위의 잡동사니를 뒤적이더니 마침내 사진 한 장을 끄집어냈다.

그는 사진을 보고 미소를 띠더니 곧이어 소리 내어 웃기 시작했다. 낮고 끈적한 웃음이었다. "이것 좀 봐요." 그가 옆에 앉은 남자에게 말했다.

남자는 계속해서 신문을 읽어 내려가기만 했다.

"이봐요, 좀 보시라니까." 판매원이 팔꿈치로 남자를 건드리며 사진을 그쪽으로 밀었다. "이거 감상이 어떻소?"

남자는 짜증이 나서 힐긋 사진을 바라봤다. 사진에는 여성의 상반신 나체 사진이 찍혀 있었다. 35세 정도 되어 보였다. 얼굴은 돌린 채였고, 몸은 하얗고 통통했다. 그리고 젖가슴이 여덟 개 있었다.

"이런 걸 본 적 있습니까?" 판매원이 키득거리며 웃었다. 작은 붉은색 눈이 이리저리 흔들렸다. 그는 저속한 미소를 띠고 다시 옆의 남자를 툭툭 건드렸다.

"예전에 본 적 있소." 남자는 혐오하는 표정을 숨기지 않으며 다시 신문을 읽기 시작했다.

판매원은 수척하고 늙은 농부가 사진을 쳐다보고 있다는 걸 알아챘다. 그는 친절하게도 농부에게 사진을 건네줬다. "할아버지 감상은 어떤가요? 꽤 괜찮아 보이지 않습니까?"

농부는 진지하게 사진을 관찰했다. 그는 사진을 뒤집어 접힌 자국을 관찰하고, 다시 한번 앞면을 본 다음, 도로 판매원 쪽으로 던졌다. 사진은 카운터를 따라 미끄러져 내려가며 두어 번 뒤집히다가, 마침내 앞면을 위로 한 채 바닥으로 떨어졌다.

판매원은 사진을 집어 먼지를 털었다. 그는 조심스레, 거의 애정 어린 동작으로 사진을 다시 지갑에 집어넣었다. 사진을 힐끔 바라본 여종업원의 눈빛이 반짝였다.

"빌어먹게 끝내주지." 판매원이 윙크를 하며 말했다. "아가씨도 그렇게 생각하지 않소?"

여종업원은 무심하게 어깨를 으쓱했다. "난 모르겠네요. 덴버 근방에서는 많이 봤지만요. 거주지 하나를 통째로요."

"이게 거기서 찍은 거요. 덴버 DCA 수용소에서."

"아직 살아 있는 놈이 있나?" 농부가 물었다.

판매원이 거칠게 웃었다. "농담하십니까?" 그는 짧고 날카로운 손동작을 해 보이며 말했다. "더 이상은 없죠."

모두가 귀를 기울이고 있었다. 심지어는 칸막이 자리에 있는 고등학생들도 맞잡은 손을 풀고 똑바로 앉아 호기심에 눈을 크게 뜨고 그를 바라보고 있었다.

"샌디에이고 근처에서 웃기는 종류를 봤던 적이 있지." 농부가 말했다. "작년 언제쯤이더라. 박쥐 같은 날개가 있었어. 깃털이 아니라 피막으로 된 날개 말이야. 가죽과 뼈로 만들어진 날개였지."

교활한 눈의 택시 운전사가 끼어들었다. "그건 별것도 아니죠. 디트로이트에는 머리가 두 개인 놈이 있었다고요. 전시회에서 봤죠."

"살아 있었어요?" 여종업원이 물었다.

"아니. 이미 안락사시킨 후였지."

고등학생 남자아이가 입을 열었다. "사회학 시간에 테이프에서 잔뜩 봤어요. 남부에서 온 날개 달린 놈들, 독일에서 발견된 머리가 커다란 놈들, 곤충처럼 우둘투둘한 끔찍하게 생긴 놈들, 그리고—"

나이 든 사업가가 끼어들었다. "가장 끔찍한 건 영국 놈들이지. 탄광에 숨어 지냈다더군. 작년까지 발각되지 않았다는 거야." 그는 고개를 저었다. "40년 동안이나 탄광에 숨어서 번식하고 발전해가고 있었다는 거지. 거의 100마리나 있었다더군. 전쟁 동안 지하로 숨어 들어간 놈들의 생존자라던데."

"스웨덴에서 신종이 발견되었다고 하던데요." 여종업원이 말했다. "신문에서 읽었어요. 원거리에서 마음을 조종하는 능력이 있다고 하더라고요. 두어 마리 정도지만요. DCA에서 꽤나 빨리 그곳에 도착한 모양이에요."

"그건 뉴질랜드 형태의 변종이야." 사업가가 말했다. "그런 소리를 들을 때마다 DCA가 존재한다는 사실에 감사하는 마음이 들더군."

"전쟁 직후에 발견한 변종도 있었지." 농부가 말했다. "시베리아에서. 물건을 조종하는 능력이 있었어. 염동력 말이야. 소비에트 DCA가 즉시 처리했지. 이제 아무도 그놈들을 기억하지 않아."

"나는 기억하네." 사업가가 말했다. "그때는 아직 아이였지만 말이야. 내가 처음 들어본 돌연변이라서 기억하고 있는 거겠지. 아버지가 나를 거실로 부르셔서 형제자매들을 모아놓고 이야기를 하셨다네. 아직 집을 짓는 중이었지. DCA에서 모든 사람을 검사하고 표식을 찍어주던 때였어." 그는 깡마른 손목을 들어 보였다. "60년 전에 여기 표식을 받았다네."

"요즘은 그냥 산아 검사를 하죠." 여종업원이 말했다. 그녀는 몸을 떨었다. "이번 달에 샌프란시스코에서 하나 발견됐대요. 올해 처음이었다던데. 그 지역에서는 다 끝났다고 생각했는데 말이에요."

"줄어들고는 있어." 택시 운전사가 말했다. "샌프란시스코는 그리 심하게 당한 편은 아니라고. 다른 지역하고 비교하면 말이야. 디트로이트라던가."

"디트로이트에서는 아직도 매년 열 마리에서 열다섯 마리 정도씩 나온대요." 고등학생 소년이 말했다. "그 주변에는 방사능 웅덩이가 아직 많이 남아 있어서요. 사람들이 로봇 경고문을 보고도 들어간대요."

"이번에는 무슨 종류랍니까?" 판매원이 물었다. "샌프란시스코에서 발견된 종류 말입니다."

여종업원이 손짓을 해 보였다. "평범한 종류죠. 발가락 없는 놈들요.

몸이 구부정하고, 눈이 크고."

"야행성 변종이군." 판매원이 말했다.

"어머니가 숨긴 모양이에요. 세 살이었다죠. DCA 증명서를 위조해줄 의사가 있었다던데요. 가족의 오랜 친구였대요."

판매원은 콜라를 비웠다. 그는 담배를 가지고 나른하게 손장난을 치면서, 자신이 이끌어낸 일련의 대화에 귀를 기울이고 있었다. 고등학생 소년은 흥분한 채 건너편에 앉은 소녀를 향해 몸을 기울여 자신의 방대한 지식으로 그녀를 감동시키려 하고 있었다. 홀쭉한 농부와 사업가는 함께 어울려 옛적 좋았던 시절을, 전쟁의 막바지를, 첫 10개년 재건 계획이 발족하기 전 시대를 회상하고 있었다. 택시 운전사와 인부 두 명은 제각기 자신의 경험담을 풀어놓고 있었다.

판매원은 여종업원이 이 화제에 관심을 기울이고 있다는 걸 깨달았다. "내 생각에는." 그는 천천히 말을 꺼냈다. "샌프란시스코에서 발견된 놈 때문에 여기서도 꽤 소동이 일어났을 것 같은데요. 그렇게 가까운 곳에서 일이 생기다니 말입니다."

"그렇죠." 여종업원이 중얼거렸다.

"샌프란시스코 만 이쪽은 별로 타격이 없었죠." 판매원이 말을 이었다. "이 부근에서는 그런 변종들이 전혀 나타나지 않잖아요."

"맞아요." 여종업원은 갑작스레 자리를 피했다. "이쪽에는 전혀 없죠. 절대로요." 그녀는 카운터 위의 더러운 접시들을 모아서 뒤편으로 향했다.

"절대로?" 판매원은 놀란 목소리로 물었다. "만 이쪽에는 돌연변이가 전혀 나타나지 않았다는 말입니까?"

"그래요. 전혀요." 그녀는 카운터 뒤편, 흰 에이프런을 두르고 손목에 문신을 한 조리사가 불가에 서 있는 곳으로 들어가 사라졌다. 그녀의 목소리는 좀 컸고, 공격적이고 경직되어 있었다. 그 때문에 농부는 문득 말을 멈추고 시선을 위로 돌렸다.

침묵이 커튼처럼 드리웠다. 모든 소리가 일시에 사라졌다. 모두가 음식 접시에서 고개를 들고 불길한 기운을 풍기며 경계하고 있었다.

"이 주변에는 한 놈도 없어." 택시 운전사가 크고 명확한 목소리로, 딱히 누구를 향해서도 아니게 소리쳤다. "절대 없지."

"물론 그렇겠죠." 판매원은 쾌활하게 긍정했다. "저는 그저 단지—"

"똑똑히 잘 알아두라고." 인부 한 명이 대꾸했다.

판매원은 눈을 깜빡였다. "물론이죠, 신사분. 당연한 소립니다." 그는 주머니 속의 뭔가를 신경질적으로 만지작거렸다. 25센트와 10센트 동전이 하나씩 바닥으로 떨어졌고, 그는 서둘러 동전을 주워들었다. "기분을 상하게 하려던 건 아니었습니다."

한동안 침묵이 계속되었다. 그러다 문득, 이제야 다른 모두가 아무 말도 하지 않고 있다는 사실을 깨달은 고등학생 소년이 입을 열었다. "한 가지 들은 게 있는데." 그는 아주 중요한 이야기를 한다는 듯 목소리를 높였다. "누군가 그러는데, 존슨 농장에서 그런 돌연변이처럼 보이는 놈을 하나 본 적이 있다고—"

"닥쳐." 사업가가 고개도 돌리지 않고 말했다.

소년은 얼굴이 벌겋게 달아올라선 자리에 주저앉았다. 목소리가 목구멍으로 기어 들어가다 곧 멎었다. 그는 초조하게 자기 손을 내려다보고는 불안하게 침을 꿀꺽 삼켰다.

판매원은 여종업원에게 콜라 값을 치렀다. "샌프란시스코로 가는 가장 빠른 도로가 어느 쪽입니까?" 그는 이렇게 말문을 열었지만, 여종업원은 이미 등을 돌리고 있었다.

카운터의 사람들은 모두 식사에 열중했다. 누구 하나 시선을 들지 않고 얼어붙은 침묵 속에서 음식을 먹고 있었다. 적대적이고 불친절한 얼굴들이 제각기 자신의 음식만 바라보고 있었다.

판매원은 옆구리가 불룩한 서류 가방을 집어 들고 스크린 도어를 열어 따가운 햇살 속으로 걸음을 옮겼다. 그는 몇 미터 떨어진 도로에 주차해놓은 낡아빠진 1978년형 뷰익으로 다가갔다. 푸른 셔츠를 입은 교통경찰이 차양의 그늘 안에 서서, 딱 달라붙는 노란색 실크 드레스를 걸친 날씬한 몸매의 젊은 여성과 나른하게 대화를 나누는 모습이 눈에 들어왔다.

판매원은 자동차에 오르기 전에 잠시 걸음을 멈췄다. 그는 손을 흔들며 경찰의 주의를 끌었다. "저기, 이 동네를 잘 아시죠?"

경찰은 판매원의 구겨진 회색 양복, 나비넥타이, 땀에 젖은 셔츠를 주시했다. 다른 주에서 온 번호판도. "뭘 원하는 거요?"

"존슨 농장을 찾고 있습니다." 판매원이 말했다. "소송 문제 때문에 만나봐야 하거든요." 그는 손가락 사이에 작은 흰색 명함 하나를 끼우고 경찰관에게 접근했다. "저는 그분의 담당 변호사입니다. 뉴욕 변호사 협회에서 왔죠. 농장으로 가는 길을 알려줄 수 있으십니까? 요 근래 한두 해 동안 이 근처에 와본 적이 없어서 말입니다."

냇 존슨은 한낮의 태양을 지그시 올려다보고는 만족스러운 표정을 지었다. 그는 누런 이빨 사이에 파이프를 문 채 현관 계단 맨 아랫단에 다리를 쭉 뻗고 앉아 있었다. 홀쭉한 근육질 몸매에 붉은 체크무늬 셔츠와 캔버스 천 바지를 걸쳤고, 강인한 손이 인상적이었다. 65년 동안의 활동적인 삶에도 여전히 숱이 무성한 회색 머리카락이 눈에 띄었다.

그는 아이들이 노는 모습을 지켜보고 있었다. 진이 웃으며 그의 앞을 뛰어갔다. 운동복 상의 아래에서 가슴이 흔들렸다. 검은 머리카락이 물결치듯 뒤로 휘날리는 모습이 보였다. 열여섯 살이 된 진은 푸른 눈과 곧고 강인한 다리를 지니고 있었다. 젊고 나긋나긋한 몸은 말편자 두 개의 무게 때문에 살짝 앞으로 굽혀져 있었다. 진의 뒤를 따라 열네 살인 데이브가 달려갔다. 흰 치아에 검은 머리를 가진 잘생긴 소년으로, 냇이 자랑스럽게 여기는 아들이었다. 데이브는 누나를 따라잡더니 곧 그녀를 지나쳐 가장 먼 말뚝에 도달했다. 그는 자신의 편자 두 개를 가볍게 들고는, 허리에 손을 올린 채 다리를 떡 벌리고 서서 누나를 기다리고 있었다. 진은 헐떡이며 동생을 향해 달려갔다.

"어서 던져봐!" 데이브가 소리쳤다. "일단 먼저 던지라고. 기다려줄 테니까."

"너 내가 던지면 쳐내려고 그러는 거지?"

"쳐서 더 가깝게 만들어줄게."

진은 말편자 하나를 땅에 내려놓고는, 다른 편자를 양손으로 잡은 채 멀리 떨어진 말뚝을 겨눴다. 그녀의 유연한 몸이 굽으며 한쪽 다리가 뒤로 미끄러졌다. 등이 활처럼 휘었다. 그녀는 집중해서 조준을 하고는 한쪽 눈을 감고 솜씨 좋게 편자를 던졌다. 말편자가 뎅그렁 소리를 내며 멀리 떨어진 말뚝을 맞췄다. 편자는 잠시 말뚝을 중심으로 돌더니 곧 다른 쪽으로 튕겨나가 한쪽으로 굴러내려 갔다. 먼지가 구름처럼 일어났다.

"나쁘지 않구나." 냇 존슨이 계단에 걸터앉은 채로 평했다. "너무 세게 던지기는 했지만 말이다. 힘을 빼고 던져 보거라." 딸아이의 반짝이는 몸이 말편자를 조준하고 던지는 모습을 보며 그의 가슴은 자부심으로 부풀어 올랐다. 두 명의 강인하고 잘생긴 아이들, 이제 거의 여물어 성인이 다 되어가는 아이들이었다. 두 아이는 뙤약볕 속에서 함께 뛰어놀고 있었다.

그리고 크리스가 있었다.

크리스는 현관 옆에서 팔짱을 끼고 서 있었다. 그는 놀고 있지 않았다. 지켜보고 있을 뿐이었다. 데이브와 진이 놀이를 시작했을 때부터 계속 그렇게 서 있었다. 그의 조각상 같은 얼굴에는 언제나와 마찬가지로 반쯤 관심을 보이고 반쯤 딴생각을 하는 표정이 떠올라 있었다. 동생들 너머의 다른 뭔가를 보고 있는 것처럼 보였다. 들판 너머, 농장 너머, 강둑 너머, 삼나무 숲 너머의 뭔가를 바라보고 있는 것만 같았다.

"어서, 크리스!" 진은 데이브와 함께 들판을 가로질러 말편자를 가지러 가면서 소리쳤다. "같이 놀고 싶지 않아?"

크리스가 같이 놀고 싶어 할 리가 없었다. 애초에 함께 어울려 노는 일이 없었다. 그는 자신만의 세계, 다른 누구도 함께 들어갈 수 없는 세계에 외따로 떨어져 있었다. 놀이에도, 집 안일에도, 가족 행사에도 절대 참여하지 않고 언제나 홀로 있었다. 고고한 모습으로 혼자. 모든 사람과 모든 사물을 지나쳐 먼 곳을 바라보면서. 그러다 갑자기, 순간적으로 뭔가 맞아떨어진 듯 아주 잠깐 동안 다른 이들의 세계로 들어오곤 했다.

냇 존슨은 손을 뻗어 파이프의 재를 계단에 떨었다. 그는 장남에게서 눈을 떼지 않은 채 가죽 주머니에서 담배를 꺼내 파이프를 다시 채웠다. 크리스가 움직이기 시작했다. 팔짱을 낀 채 느릿하고 차분한 걸음걸이로, 자신의 세계에서 다른 이들의 세계로 강림하는 중이었다. 진은 그의 모습을 보지 못했다. 등을 돌린 채 편자를 던지려는 중이었기 때문이다.

"누나." 데이브가 깜짝 놀라 말했다. "크리스 형이 왔어."

크리스는 여동생에게 다가가 걸음을 멈추고는 손을 내밀었다. 그는 차분하고 무심한, 위엄 있는 존재였다. 진은 불안한 표정으로 그에게 말편자 하나를 내밀었다. "이거 달라는 거야? 같이 놀고 싶어?"

크리스는 아무 말도 하지 않았다. 그는 슬쩍 몸을 굽혀 놀랍도록 우아한 몸을 부드럽게 휘고는, 순간 엄청난 속도로 팔을 움직였다. 말편자는 그대로 날아가 가장 먼 말뚝을 맞추고 말뚝을 중심으로 뱅글뱅글 돌았다. 완벽한 명중이었다.

데이브의 입꼬리가 시무룩하게 내려갔다. "젠장, 이건 말도 안 돼."

"크리스." 진이 책망하듯 말했다. "규칙대로 해야 할 거 아냐."

크리스는 규칙을 따르지 않았다. 그는 30분 동안 지켜보고만 있다가 앞으로 걸어 나와 단 한 번 편자를 던졌다. 단 한 번의 완벽한 투척, 그리고 완벽한 명중.

"형은 절대 실수를 하지 않아." 데이브가 불평했다.

크리스는 여전히 무심한 얼굴로 서 있었다. 한낮의 태양 아래 빛나는 금빛 동상 같은 모습이었다. 금빛 머리카락, 피부, 드러나 있는 팔과 다리에서 바람에 나부끼는 금색의 갈기―

갑자기 그의 몸이 뻣뻣하게 굳었다. 냇은 놀라서 몸을 일으켰다. "왜 그러는 게냐?" 그가 소리쳤다.

크리스는 아름다운 신체를 꼿꼿이 긴장시킨 채 제자리에서 빠르게 몸을 돌렸다. "크리스!" 진이 소리쳤다. "대체 왜―"

크리스가 그대로 한쪽으로 달려 나갔다. 마치 쏘아 올린 에너지 광선처럼 들판을 가로질러 울타리를 타넘은 다음, 농장 건물로 들어가서 반대쪽으로 뛰쳐나갔다. 메마른 들판 위를 날아가는 듯한 그의 모습은 곧 마른 강둑으로 내려가 삼나무 숲 사이로 사라졌다. 금빛이 순간 번쩍이더니 그대로 떠나 사라져버렸다. 소리도 들리지 않았고 움직임도 보이지 않았다. 고스란히 풍경 속으로 녹아들었다.

"이번에는 또 무슨 일이람?" 진이 지친 목소리로 물었다. 그녀는 아버지에게 다가와 그늘 속에 털썩 주저앉았다. 매끈한 목덜미와 윗입술에 땀방울이 맺혀 반짝였다. 운동복에는 땀이 흐른 자국이 축축했다. "뭘 봤기에 저런대요?"

"뭔가 쫓아간 모양이지." 데이브가 그들에게 다가오며 말했다.

냇은 투덜거렸다. "그럴지도 모르지. 알 방도가 없지 않느냐."

"엄마한테 가서 크리스 식사를 준비하지 말라고 말씀드려야겠네요." 진이 말했다. "아마 돌아오지 않을 테니까요."

분노와 무력함이 냇 존슨의 어깨를 무겁게 짓눌렀다. 사실이었다. 돌아오지 않을 것이다. 저녁 시간에도, 그리고 아마 내일까지. 어쩌면 모레까지도. 그가 언제 돌아올지는 오직 신만이 아는 일이었다. 어디로 갔는지, 왜 갔는지는 물론이고. 어딘가 먼 곳에서 홀로 시간을 보내고 있겠지. "조금이라도 쓸모가 있을 거라는 생각이 들었다면, 크리스를 찾으러 너희 둘을 보냈을 게다." 냇이 입을 열었다. "하지만 그래 봤자—"

그는 말을 멈췄다. 자동차 한 대가 진흙길을 따라 농장 건물로 다가오고 있었다. 먼지투성이에 낡아빠진 구형 뷰익이었다. 운전대 뒤에 회색 양복을 걸친 붉은 얼굴의 땅딸막한 남자가 앉아 있었다. 남자는 차를 멈추고 시동을 끄면서, 그들을 보고 기운차게 손을 흔들었다.

"좋은 오후입니다." 남자가 목례를 하며 차에서 기어 나왔다. 그는 모자에 손을 올리며 흥겹게 인사했다. 중년에 친절해 보이는 인상의 사람으로, 땀을 뻘뻘 흘리며 마른 땅을 건너 현관으로 다가오고 있었다. "여러분이 좀 도와주셨으면 좋겠는데요."

"원하는 게 뭐요?" 냇 존슨이 거친 목소리로 물었다. 그는 말라버린 강둑을 곁눈질로 바라보며 공포에 휩싸여 조용히 기도를 올렸다. 신이시여, 제발 그 아이가 돌아오지 않게 해주십시오. 빠르고 날카롭게 이어지는 진의 숨소리가 들렸다. 겁에 질린 모양이었다. 데이브는 무표정한 모습이었지만 얼굴은 핏기가 전부 빠져나가 하얗게 질려 있었다. "댁은 누구요?" 냇이 물었다.

"이름은 베인즈입니다. 조지 베인즈죠." 남자가 악수를 청했지만 존슨은 그 손을 무시했다. "제 이름을 들어보셨을지 모르겠군요. 저는 파시피카 개발회사를 소유하고 있습니다. 교외 지역에 방공 시설을 갖춘 주택을 짓는 사업을 하죠. 라파예트에서 오는 고속도로에서 마주치는 작고 동그란 집들 말입니다."

"원하는 게 뭐요?" 존슨은 손을 떨지 않으려 안간힘을 썼다. 남자의 이름은 들어본 적 없었지만 그가 말하는 주택 단지는 본 적이 있었다. 애초에 보지 못할 수가 없었다. 추한 성냥갑을 쌓아 만든 거대한 개미 둑이 고속도로를 에워싸고 있었으니까. 베인즈는 그런 주택 단지를 소유할 만한 사람으로 보였다. 하지만 여기서 대체 뭘 원하는 걸까?

"제가 이 근방의 땅을 좀 샀습니다." 베인즈는 설명을 이어갔다. 그는 얇은 종이 한 묶음을 흔들어 보였다. "이게 계약 증서입니다만, 어떤 빌어먹을 짓을 해도 도저히 이곳을 찾아낼 수가 없군요." 그는 호의가 넘치는 웃음을 지어 보였다. "고속국도 이쪽 편, 이 근방 어딘가라는 정도는 알고 있습니다. 카운티 문서기록소의 직원 말로는 저기 보이는 언덕의 이쪽 측면 어딘가라고 하더군요. 그런데 제가 지도를 읽는 데에 영 서툴러서 말입니다."

"이 근방은 아닐 거예요." 데이브가 끼어들었다. "이 부근에는 농장밖에 없거든요. 파는 땅은 전혀 없어요."

"내가 산 것도 농장이란다, 얘야." 베인즈가 친절하게 설명했다. "나와 내 애인을 위해 산 땅이지. 여기 정착하려고 말이다." 그는 들창코에 주름을 잡으며 말했다. "하지만 오해는 하지 말거라. 이 부근에 주택 단지를 지으려는 건 아니니까. 그저 나 자신을 위한 땅이 필요한 거란다. 낡은 농장 건물, 80제곱미터의 땅, 펌프 하나와 떡갈나무 몇 그루—"

"그 서류 좀 보여주시오." 존슨이 서류 뭉치를 움켜쥐었다. 베인즈가 놀라서 눈을 깜빡이는 동안 그는 빠르게 서류를 훑었다. 존슨이 얼굴을 굳히며 서류를 돌려줬다. "대체 무슨 생각을 하는 거요? 이건 여기서 80킬로미터는 떨어진 곳에 있는 땅뙈기 아니오."

"80킬로미터라니!" 베인즈는 어안이 벙벙해졌다. "농담이시죠? 하지만 그 직원 말로는—"

존슨이 자리에서 일어섰다. 뚱뚱한 남자를 내려다볼 정도로 큰 키였다. 그는 강건한 육체의 소유자였으며, 덤으로 이 낯선 남자를 수상쩍게 여기는 중이었다. "직원은 얼어 죽을. 당장 당신 차로 돌아가 여기서 썩 꺼지시오. 뭘 쫓고 있는지, 아니 왜 여기에 왔는지는 모르겠지만 당장 내 땅에서 나가줬으면 좋겠소."

존슨의 거대한 주먹 안에서 뭔가 번쩍였다. 한낮의 햇빛 속에서 금속 튜브가 불길하게 빛나고 있었다. 베인즈는 그걸 보고 마른침을 꿀꺽 삼켰다. "기분을 상하게 하려던 게 아닙니다, 선생님." 그는 초조하게 뒷걸음질을 쳤다. "정말 예민한 분들이군요. 조금 긴장을 푸시면 안 되겠습니까?"

존슨은 아무 말도 하지 않았다. 그는 공격용 튜브를 단단히 움켜쥔 채 뚱뚱한 남자가 떠나기만을 기다렸다.

그러나 베인즈는 미적거렸다. "저기, 선생님. 그 빌어먹을 땅을 찾으려고 이 용광로 속을 다섯 시간이나 달려왔단 말입니다. 선생님네—그러니까, 위생 시설을 사용하는 일에 혹시 반대할 생각이십니까?"

존슨은 의심을 담은 눈길로 그를 바라봤다. 의심은 천천히 혐오감으로 바뀌었다. 그는 어깨를 으쓱했다. "데이브, 이 작자에게 화장실이 어딘지 안내해주거라."

"고맙습니다." 베인즈는 감사를 담은 웃음을 흘렸다. "그리고 부디 너무 폐가 되지 않는다면 물 한 잔 청해도 되겠습니까. 기꺼이 돈은 지불하겠습니다." 그러면서 다 안다는 듯 쿡쿡 웃어대며 덧붙였다. "도시 놈들에게는 절대 아무것도 공짜로 넘기지 말아라, 였던가요?"

"원 세상에." 존슨은 뚱뚱한 남자가 아들을 따라 집 안으로 쿵쿵대며 사라지는 모습을 혐오에 가득 찬 눈길로 바라봤다.

"아빠." 진이 속삭였다. 그녀는 베인즈가 집 안으로 들어가자마자 두려움이 가득 담긴 눈으로 현관 계단을 뛰어 올라왔다. "아빠, 혹시 저 사람이—"

존슨은 딸아이의 어깨에 팔을 둘렀다. "그냥 얌전히 있으렴. 금방 가버릴 게다."

소녀의 어두운 눈 속에서 공포가 조용히 반짝였다. "수도 회사 사람이나 세금 징수원, 떠돌이, 애들, 누구든 우리 집에 들를 때마다 이 부근이 찌르는 것처럼 아파요." 그녀는 마치 심장을 움켜쥐는 듯 가슴에 손을 가져갔다. "이런 식으로 13년이 지났어요. 얼마나 더 계속할 수 있을까요? 얼마나 더 오래?"

베인즈라는 이름의 남자는 행복한 표정으로 화장실에서 나왔다. 데이브 존슨은 화장실 문 앞에서 잔뜩 긴장한 채 아직 어린 티가 남은 얼굴을 딱딱하게 굳히고 서 있었다.

"고맙다, 얘야." 베인즈가 한숨을 쉬었다. "그럼 차가운 물 한 잔은 어디서 마시면 될까?" 그는 잔뜩 기대한 표정으로 입맛을 다셨다. "죽어라 차를 몰다가 더워서 얼굴이 시뻘게진 부동산 업자가 끈질기게 들러붙는 사태를 막으려면 말이야—"

데이브는 부엌으로 향했다. "엄마, 이 사람이 물 한 잔 마시고 싶대요. 아빠가 물 줘도 된댔어요."

데이브는 그에게서 등을 돌리고 있었다. 베인즈의 눈에 아이 어머니의 모습이 보였다. 회색 머리에 작은 체구의 여성이 유리컵을 들고 싱크대로 움직이고 있었다. 주름이 진 경직된 얼굴에는 아무런 표정도 떠올라 있지 않았다.

베인즈는 즉시 방에서 나와 복도를 따라 내려갔다. 침실을 지나 문을 열자 옷장이 있었다. 그는 그대로 되돌아 달려가서 거실을 통과해 식당으로, 그리고 다른 침실로 들어갔다. 아주 짧은 시간에 집 전체를 훑어본 셈이었다.

그는 창밖을 내다봤다. 뒤뜰이 있었다. 녹슬어 주저앉은 트럭이 보였다. 지하 방공호 입구와 양철 깡통도 보였다. 닭 여러 마리가 주변 땅을 발톱으로 파헤쳤다. 개 한 마리가 차양 아래 드러누워 잠들어 있었다. 낡은 자동차 타이어도 몇 개 있었다.

밖으로 통하는 문이 보였다. 그는 조용히 문을 뜯어내고 밖으로 걸음을 옮겼다. 주변에는 아무도 보이지 않았다. 기울어져 쓰러져가는 낡은 외양간 건물이 있었고, 그 너머로 삼나무 숲과 강둑 비슷한 것이 보였다. 한때 헛간이었던 건물도 있었다.

베인즈는 조심스레 집 측면을 따라 움직였다. 대충 30초 정도밖에 시간이 없었다. 그는 화장실의 문을 닫아둔 채 나왔다. 아마도 소년은 그가 다시 화장실에 들어갔으리라 생각할 것이다. 베인즈는 창문을 통해 집 안을 살펴봤다. 낡은 옷으로 가득한 커다란 옷장, 상자와 잡지 뭉치들이 보였다.

그는 몸을 돌려 돌아가기 시작했다. 집 모퉁이에 이르러 발걸음을 돌렸다.

냇 존슨의 홀쭉한 몸이 갑자기 나타나며 그의 앞을 막았다. "좋아, 베인즈. 네놈이 자초한 일이다."

분홍색 섬광이 피어올랐다. 눈이 멀어버릴 듯한 폭발이 한 번 일어나며 햇빛을 가렸다. 베인즈는 뒤로 물러나며 거친 손길로 외투 주머니를 더듬었다. 섬광의 끄트머리가 그에게 명중했고, 그는 충격에 비틀대며 반쯤 넘어졌다. 방어용 양복이 에너지를 흡수해 방출해주긴 했지만, 잠시 동안은 충격 때문에 몸이 끈에 매달린 꼭두각시 인형처럼 뒤틀렸다. 주변의 섬광이 잦아들었다. 방어복의 섬유가 하얗게 빛나며 에너지를 흡수해 제어하려는 게 느껴졌다.

그리고 이쪽의 튜브가 주머니 밖으로 나왔다. 존슨에게는 방어복이 없었다. "당신은 체포되었다." 베인즈가 낮은 소리로 중얼거렸다. "튜브를 집어넣고 손을 들어. 당신 가족을 불러라." 그는 튜브를 까닥거리며 말했다. "자, 어서, 존슨. 빨리 하라고."

공격용 튜브가 흔들리더니 존슨의 손가락에서 떨어져 나왔다. "당신 아직 살아 있군." 그의 얼굴에 공포가 드리우기 시작했다. "그렇다면 당신은 분명—"

데이브와 진이 나타났다. "아빠!"

"이리 오거라." 베인즈가 명령했다. "너희 어머니는 어디 있지?"

데이브가 어색하게 고갯짓을 하며 말했다. "집 안에요."

"가서 이쪽으로 모셔오너라."

"당신 DCA 사람이군." 냇 존슨이 작은 소리로 중얼거렸다.

베인즈는 대답하지 않았다. 그는 자기 목의 투실한 살집을 잡아당기며 뭔가를 하고 있었다. 전선이 반짝였다. 그가 이중 턱 속에 숨겨져 있던 초소형 마이크를 꺼내 주머니로 옮겼다. 흙길을 따라 엔진 소리가 들려왔다. 매끈한 웅웅 소리가 빠른 속도로 커졌다. 눈물 모양으로 생긴 검은 자동차 두 대가 미끄러지듯 달려와 건물 옆에 섰다. 짙은 회녹색의 정부 치안경찰 제복을 입은 사람들이 차에서 쏟아져 나왔다. 하늘에서 검은 점들이 하강하는 모습이 보였다. 파리 떼 같은 비행 물체들이 태양을 가리며 사람과 장비를 쏟아내고 있었다. 경찰들은 천천히 땅으로 내려왔다.

"여기는 없다." 베인즈는 자신에게 가장 먼저 다가온 사람을 향해 이렇게 말했다. "도망친 모양이다. 연구실의 위즈덤 국장님께 보고하도록."

"이 구역은 완전히 봉쇄했습니다."

베인즈는 상황을 이해하지 못하고 혼란 속에서 침묵을 지키고 서 있는 냇 존슨을 돌아봤다. 그 옆에는 냇의 아들과 딸이 나란히 서 있었다. "우리가 온다는 사실을 어떻게 알았지?" 베인즈가 물었다.

"나도 모르오." 존슨이 중얼거렸다. "그 아이는 그저—알고 있었을 뿐이오."

"정신 감응자인가?"

"나도 모르오."

베인즈는 어깨를 으쓱했다. "곧 알게 되겠지. 이 부근 전체에 봉쇄 작전을 펼쳤다. 뭘 할 수 있든, 이제 놈은 도망칠 수 없어. 놈이 스스로 물질 상태를 벗어날 수 있지 않은 한은."

"오빠를 잡게 되면—오빠한테 뭘 할 거예요?" 진이 목멘 소리로 물었다.

"연구해야지."

"그리고 죽일 건가요?"

"그건 연구실의 결정에 달렸다. 제대로 된 정보를 주면 보다 정확히 예측할 수 있을 텐데."

"우리도 알려줄 수 있는 게 없어요. 더 아는 것이 없으니까요." 소녀의 목소리는 절망감이 섞여 점차 높아지고 있었다. "오빠는 말을 안 하거든요."

베인즈는 깜짝 놀랐다. "뭐라고?"

"말을 안 해요. 우리와 이야기를 한 적이 없어요. 단 한 번도."

"오빠 나이가 몇 살이지?"

"열여덟요."

"의미론적인 소통을 하지 않는다는 건가." 베인즈는 진땀을 흘리고 있었다. "18년 동안 너희 사이에 의미를 전달할 수단이 전혀 없었다는 게냐? 아무런 수단도 없었어? 손짓이나 부호라도?"

"오빠는—우리를 무시해요. 같이 식사를 하고 우리와 지내죠. 가끔은 우리가 놀 때 어울리기도 해요. 함께 앉아 있기도 하고요. 그러다가 며칠 동안 자리를 비워요. 우리는 오빠가 뭘 하는지, 어디로 가는지도 알아내지 못했어요. 밤에는 외양간에서 혼자 잠을 자요."

"그 아이의 몸이 정말로 금색인가?"

"맞아요. 피부, 눈, 머리카락, 손톱까지, 전부 다요."

"그리고 덩치가 크다고? 몸이 훌륭하고?"

소녀가 대답하기까지 시간이 조금 걸렸다. 그녀의 고통스러운 표정 속에서 미묘한 감정이 순간 반짝이며 빛났다. "오빠는 믿을 수 없이 아름다워요. 하늘에서 지상으로 내려온 신이에요." 그녀의 입술에 웃음기가 어렸다. "당신들은 절대 오빠를 찾지 못할 거예요. 오빠는 여러 일을 할 수 있거든요. 당신네가 생각지도 못한 일들을요. 당신들의 한정된 능력으로는 감당도 못 할—"

"우리가 놈을 잡지 못할 거라고 생각하나?" 베인즈는 눈살을 찌푸렸다. "계속해서 더 많은 병력이 강하하는 중인데. 우리 조직에서 봉쇄 작전을 펴는 모습을 본 적이 없겠지. 60년에 걸쳐 모든 오류를 바로잡은 작전이란다. 놈이 도망칠 수 있다면, 그게 아마 첫 사례가—"

베인즈는 문득 말을 멈췄다. 세 명의 남자가 현관으로 빠르게 다가오고 있었다. 둘은 녹색 제복의 치안경찰이었다. 세 번째 사람이 그들 사이에 서 있었다. 다른 두 사람보다 훌쩍 큰 남자가 아무 말 없이 우아하게, 희미한 빛의 잔상을 남기며 걸어오고 있었다.

"크리스!" 진이 소리쳤다.

"목표를 확보했습니다." 경찰 한 명이 말했다.

베인즈는 초조하게 공격용 튜브를 만지작거렸다. "어디서? 어떻게?"

"자수했습니다." 경찰은 경외심으로 가득한 목소리로 말했다. "이자는 자발적으로 우리에게 걸어왔습니다. 이자를 좀 보십시오. 금속 상像 같지 않습니까. 말하자면 마치—신처럼 보입니다."

금빛 사나이는 진 옆에서 잠시 걸음을 멈췄다. 그러더니 차분하게 몸을 돌려 베인즈를 바라봤다.

"크리스!" 진이 울부짖었다. "대체 왜 돌아온 거야?"

같은 생각이 베인즈를 괴롭히고 있었다. 그는 잠시 그 생각을 밀어두기로 결심했다. "제트기는 준비되어 있나?" 그는 즉시 질문을 던졌다.

"언제라도 이륙할 수 있습니다." 치안경찰 한 명이 대답했다.

"좋아." 베인즈는 그들을 지나쳐 계단을 내려가 흙바닥에 섰다. "그럼 출발하지. 그대로 연구실로 데려가야겠군." 그는 두 명의 치안경찰 사이에 서 있는 덩치 큰 남자를 잠시 살펴봤다. 그 옆에 서 있는 경찰들은 몸이 오그라들어 가볍고 하찮은 존재가 된 것 같았다. 마치 난쟁이처럼…… 진이 뭐라고 했더라? 하늘에서 내려온 신이라. 베인즈는 화가 나서 시선을 돌렸다. "그럼 가지." 그는 거칠게 중얼거렸다. "이놈은 꽤 나 힘들겠어. 이런 놈하고 마주쳐본 적은 없으니까. 대체 무슨 능력을 가지고 있는지도 알 수가 없고."

가운데 앉아 있는 인물 한 명을 제외하면 방 안은 텅 비어 있었다. 사방에는 아무것도 없는 벽과 천장과 바닥뿐이었다. 백색 조명이 방의 모든 귀퉁이에서 계속해서 새어 나오고 있었다. 반대쪽의 벽 꼭대기 근처에 가는 홈이 보였다. 방 안을 둘러볼 수 있게 만든 관찰용 창문이었다.

방 안의 인물은 조용히 앉아 있었다. 그는 방의 자물쇠가 완벽하게 잠긴 뒤로 조금도 움직이지 않았다. 무거운 빗장이 외벽에서 떨어져 내려 자리를 찾아 들어가고, 기술자들이 관찰용 창문 앞에 자리를 잡고 앉은 이후로 말이다. 그는 몸을 앞으로 굽힌 채 양손을 맞잡고 차분한, 거의 감정이 없는 얼굴로 바닥을 내려다보며 가만히 앉아 있기만 했다. 네 시간 동안 근육 하나도 움직이지 않았다.

"그래서?" 베인즈가 물었다. "뭘 알아내셨습니까?"

위즈덤은 마뜩잖은 신음소리를 냈다. "알아낸 게 별로 없네. 48시간 안에 분석에 실패하면 그대로 안락사를 시켜야겠지. 위험을 무릅쓸 수는 없으니까."

"튀니스 변종 생각을 하시는 게로군요." 베인즈가 말했다. 베인즈 역시 그 생각을 하고 있었다. 북아프리카의 버려진 마을에 살고 있던 10마리 정도의 개체였다. 생존 방식은 단순했다. 다른 생명체를 죽이고 흡수한 다음, 희생자를 모방하여 그 자리를 차지하는 것이다. 놈들에게는 카멜레온이라는 이름이 붙었다. 최후의 개체가 사살되기까지 60명의 요원이 목숨을 잃었다. 고도의 훈련을 받은 최고 수준의 DCA 요원이 말이다.

"단서는 없습니까?" 베인즈가 물었다.

"이놈은 완전히 다른 종류야. 꽤나 힘든 일이 되겠어." 위즈덤은 테이프가 쌓인 무더기 쪽을 가리켰다. "저게 보고서 전체일세. 우리가 존슨 가족에게서 얻어낸 자료 전부지. 그들은 정신 조작으로 기억을 제거한 다음 집으로 돌려보냈어. 18년이나 함께 지냈는데 서로 의사소통이 없었다니. 그런데 겉보기로는 완벽한 성인이지 않은가. 13세면 성숙하는 모양이야. 우리보다 더 짧고 빠른 생식 주기를 가지는 셈이지. 하지만 저 갈기는 뭐지? 왜 금빛으로 번쩍이는 건가? 금박을 입힌 로마 시대 동상 같지 않은가."

"분석실의 보고서는 들어왔나요? 물론 뇌파는 찍어 보셨을 테죠."

"뇌파 검사는 완벽히 끝났다네. 하지만 결과를 분석하려면 시간이 좀 걸리니까. 놈은 저기에 꼼짝도 않고 앉아 있는데, 우리는 죄다 정신 나간 놈들처럼 뛰어다니고 있단 말이지!" 위즈덤은 투실투실한 손가락으로 창문 쪽을 가리켜 보였다. "제법 쉽게 포획했지 않은가. 분명 별로 대단한 능력은 없겠지. 그렇지 않나? 그래도 그 능력이 뭔지는 알고 싶거든. 안락사를 시키기 전에 말이야."

"발견할 때까지 살려두는 방법도 있죠."

"48시간 후에 안락사를 시킬 걸세." 위즈덤이 완고하게 말했다. "알게

되든 아니든 말이야. 저놈은 마음에 안 들어. 볼 때마다 왠지 오싹해진
단 말일세."

위즈덤은 초조하게 궐련을 씹으며 서 있었다. 붉은 머리에 살찐 얼굴,
두툼한 가슴팍에 육중하고 우람한 체구, 엄격한 얼굴 깊숙이 박힌 차갑
고 교활한 눈을 가진 사내였다. DCA의 북미 지부 국장이라는 지위에도
지금은 초조해 보였다. 작은 눈동자가 이리저리 쉴 새 없이 움직이면서
험악한 얼굴 위에 회색 잔상을 남겼다.

"설마 국장님." 베인즈가 천천히 물었다. "이놈이 바로 그거라고 생각
하시는 겁니까?"

"나는 항상 그렇게 간주하지." 위즈덤이 쏘아붙였다. "그래야만 하니
까."

"제 말은—"

"무슨 말인지는 알고 있네." 위즈덤은 책상과 실험 장비에 달라붙어
있는 기술자들, 웅웅 소리를 내는 컴퓨터 사이를 걸어 다니며 말했다.
테이프 슬롯과 연구 장비 단자들이 지직거리고 있었다. "이놈은 자기
가족과 함께 18년을 살았는데, 그 가족도 이놈을 이해하지 못했단 말이
지. 그들도 놈이 무슨 능력을 가지고 있는지 몰라. 뭘 할 수 있는지는 알
고 있지만, 그 방법은 알지 못한다고."

"뭘 할 수 있는데요?"

"이런저런 것들을 알고 있다더군."

"어떤 것을요?"

위즈덤은 허리춤에서 공격용 튜브를 꺼내 탁자 위로 던졌다. "자, 여
기."

"네?"

"저걸 들어서," 위즈덤이 신호를 보내자 관찰용 창문이 몇 센티미터
넓어졌다. "놈을 쏴보게."

베인스는 눈을 깜빡였다. "48시간 후라고 하지 않으셨습니까."

위즈덤은 욕설을 내뱉으며 튜브를 잡아채더니 앉아 있는 사람의 등을 조준해 방아쇠를 당겼다.

눈부신 분홍색 섬광이 일었다. 에너지의 구름이 방 가운데에서 피어올랐다. 구름은 반짝이다가 곧 검은색의 재가 되어 떨어져 내렸다.

"이런 세상에!" 베인즈가 숨을 삼켰다. "국장님, 지금 대체—"

다음 순간, 그는 말을 멈췄다. 놈은 더 이상 앉아 있지 않았다. 위즈덤이 발포한 순간 엄청난 속도로 폭발을 피해 방 한쪽 구석으로 이동한 것이었다. 그러고는 다시 천천히 자리로 돌아왔다. 여전히 아무런 표정도 없는, 깊은 생각에 빠진 얼굴이었다.

"다섯 번째일세." 위즈덤은 튜브를 내려놓으며 말했다. "저번에는 재미슨과 내가 함께 쐈지. 그런데 빗나갔어. 놈은 광선이 정확히 언제 발사될지 알고 있었던 거야. 어디를 맞출지도."

베인즈와 위즈덤은 서로를 마주봤다. 둘 다 같은 생각을 하고 있었다. "하지만 마음을 읽는다고 해도 광선이 어디를 맞출지는 알 수 없을 텐데요." 베인즈가 말했다. "언제 맞을지는 알 수 있을지 몰라도 어디를 맞출지까지 알기는 무리죠. 특정 부위를 겨냥하고 쏘신 겁니까?"

"적어도 나는 안 그랬네." 위즈덤이 확고하게 대답했다. "거의 무작위에 가까울 만큼 빠르게 쏘았거든." 그는 얼굴을 찌푸렸다. "무작위라. 이걸 시험해볼 필요가 있을 것 같군." 그는 한 무리의 기술자를 불러 모았다. "건설 팀 하나를 이쪽으로 올려 보내. 인원은 두 배로 하지." 그러고는 종이와 펜을 잡고 설계도를 그리기 시작했다.

설비를 제작하는 동안 베인즈는 연구실 바깥 로비, 거대한 DCA 건물의 중앙 라운지에서 약혼녀를 만났다.

"어떻게 되어가고 있어?" 그녀가 물었다. 아니타 페리스는 큰 키에 금발과 푸른 눈, 세심하게 가꾼 성숙한 몸매를 지닌 매력적이고 유능해 보이는 20대 후반 여성이었다. 은박으로 만든 드레스와 케이프를 걸쳤고, 소맷자락에는 붉은색과 검은색 줄무늬가 보였다. A등급 요원의 문양이었다. 아니타는 소통국 국장을 맡고 있는 최고급 정부 관리자였다.

"뭔가 흥미로운 내용은 없어?"

"아주 많지." 베인즈는 그녀를 이끌고 로비를 떠나 외따로 떨어진 어두운 바로 안내했다. 부드러운 음악이 울려 퍼져 수학적인 패턴을 이루더니 계속해서 변화하고 있었다. 희미한 그림자들이 어둠 속에서 탁자 사이를 익숙하게 움직였다. 조용하고 능률적인 로봇 웨이터들이었다.

아니타가 톰 콜린스 칵테일을 홀짝이는 동안, 베인즈는 자신들이 발견한 내용을 요약해 설명했다.

"만약 그렇다면," 아니타가 천천히 입을 열었다. "일종의 굴절 방어막을 형성했을 가능성은? 정신력을 직접 작용해서 외부 환경을 왜곡하는 종류가 있었잖아. 아무런 도구도 없이 정신을 직접 실체화하는 놈들 말이야."

"염동력 말이지?" 베인즈는 초조하게 손가락으로 탁자를 두드렸다. "그럴 것 같지는 않은데. 이 놈은 제어가 아니라 예측하는 힘을 가지고 있어. 광선을 막을 수는 없지만 그 궤적에서 확실하게 벗어날 수는 있는 거지."

"분자 사이를 움직이는 능력이라도 가지고 있으려나?"

베인즈는 별로 즐거운 표정이 아니었다. "이건 심각한 문제라고. 우리는 60년 동안이나 놈들을 처리해왔어. 당신과 내 나이를 합친 것보다 더 많은 시간이지. 지금까지 87종의 변종이 출현했어. 단순한 돌연변이가 아니라 번식이 가능한 변종들만 말이야. 놈은 88번째야. 지금까지 우리는 놈들을 모두 처리하는 데 성공했어. 하지만 이번에는—"

"이번 변종에는 왜 그렇게 신경을 쓰는 거야?"

"일단, 이번 놈은 열여덟 살이야. 그 자체만으로도 놀라운 일이지. 가족이 그렇게 오랫동안 놈을 숨겨줄 수 있었던 거니까."

"덴버 근방의 여자는 그보다 더 나이가 많았잖아. 당신의 그—"

"그건 정부의 수용소였어. 어떤 높으신 분이 놈들을 번식시키려는 생각으로 장난을 친 거지. 뭔가 산업적인 효용이 있을까 해서. 우리는 몇 년 동안 안락사를 미뤘고. 덴버의 놈들은 지속적인 검사 하에 있었다고."

"어쩌면 무해한 놈일지도 모르잖아. 당신은 항상 돌연변이가 위협이라고 생각하지. 심지어는 유용할 수도 있을 거야. 그 여자들의 경우에도 방법이 있을 거라고 생각했었잖아. 어쩌면 그 놈도 우리 종족을 발전시킬 수 있는 뭔가를 가지고 있을지도 몰라."

"어떤 종족? 인간 종족은 아니겠지. 고전적인 '수술에는 성공했지만 환자는 사망했습니다' 패턴이라고. 만약 돌연변이를 도입해서 우리 종족을 존속시켜 나가려 한다면, 결국 지구를 물려받는 건 우리가 아니라 돌연변이들이 될 거야. 돌연변이들이 스스로 살아남는 방법을 찾게 되는 거지. 놈들에게 족쇄를 채워서 우리를 위해 일하게 만들 수 있으리라 생각해서는 절대 안 돼. 만약 놈들이 정말로 호모 사피엔스보다 우월한 존재라면 놈들은 모든 경쟁에서 우리를 이길 수 있을 테니까. 우리는 생존하기 위해 처음부터 놈들의 카드를 모두 빼앗아야 해."

"다른 말로 하자면, 보다 우월한 인류가 나타나면 보는 즉시 알 수 있다는 거네. 우리가 안락사를 시킬 수 없는 존재일 테니까."

"그런 셈이지." 베인즈가 대답했다. "우월한 인류가 존재한다고 가정한다면 말이지. 어쩌면 그냥 괴상한 인류일지도 모르는 일이야. 보다 발전된 특성을 지닌 인류일 뿐일지도."

"어쩌면 네안데르탈인도 크로마뇽인을 그저 발전된 특성을 가진 인류라고 생각했을지도 몰라. 기호를 만들어 내거나 부싯돌을 다듬는 기술이 조금 더 뛰어난 자들이라고. 하지만 당신의 묘사를 들어보면, 이건 단순한 발전보다는 훨씬 극단적인 경우로 보이는데."

"그놈은," 베인즈는 천천히 말을 내뱉었다. "예지 능력을 가지고 있어. 적어도 지금까지는 생존할 수 있었다고. 놈은 당신이나 나보다 훨씬 더 능숙하게 상황에 적응할 수 있어. 우리가 에너지 광선이 사방에서 쏟아져 내려오는 방 안에 있다면 얼마나 버틸 수 있을 것 같아? 어떻게 보자면 놈은 궁극의 생존 능력을 지닌 셈이야. 만약 그 예지가 항상 완벽히 정확하다면—"

벽의 스피커에서 목소리가 울렸다. "베인즈, 연구실에서 찾고 있네. 당장 바에서 나와서 위층으로 올라와."

베인즈는 의자를 밀고 자리에서 일어섰다. "같이 가지. 당신도 위즈덤 국장이 고안해낸 장치를 보면 흥미가 생길지도 모르니까."

회색 머리카락을 가진 중년의 DCA 최고위 직원들이 원을 그리고 서 있었다. 그들은 흰 셔츠를 입고 소매를 말아 올린 비쩍 마른 젊은이의 설명에 귀를 기울였다. 젊은이는 관찰 구역 가운데를 채우고 있는 다양한 금속과 플라스틱으로 만들어진 정육면체에 대해 말하고 있었다. 정육면체에는 튜브 발사구가 보기 흉하게 잔뜩 튀어나와 있었는데, 제각기 복잡하게 얽힌 배선의 미로 속으로 사라졌다.

"이번이 첫 실전 가동입니다." 젊은이는 기운찬 목소리로 말했다. "무작위로 광선을 발사하죠. 적어도 우리가 만들 수 있는 가장 무작위적인 장치입니다. 무게추가 공기 분사를 타고 위로 상승해 자유낙하하면서 연결 고리를 자릅니다. 거의 모든 패턴으로 낙하할 수 있죠. 이 기구는 그 낙하 패턴에 맞춰 광선을 발사합니다. 무게추가 떨어질 때마다 새로운 시간과 위치에서요. 전부 10개의 총신이 계속해서 움직일 겁니다."

"그리고 그 발사 방식은 아무도 모른다는 거죠?" 아니타가 물었다.

"아무도 모르오." 위즈덤은 두툼한 손을 마주 비비며 대답했다. "생각을 읽는다고 해도 전혀 도움이 안 될 테고. 적어도 이 기계를 상대로는."

아니타는 정육면체가 작동 위치로 이동하는 동안 관측 창으로 가서 안을 들여다봤다. 그녀는 순간 헉 하는 신음을 뱉었다. "저게 그자예요?"

"뭐가 문제야?" 베인즈가 물었다.

아니타는 뺨을 붉히고 있었다. "아니, 나는 그저—짐승이 있을 거라고 생각했거든. 세상에. 저 아이 정말 아름답잖아! 금을 입힌 동상 같아. 마치 신이 내려온 것 같잖아!"

베인즈는 웃음을 터뜨렸다. "저놈은 열여덟 살이라고, 아니타. 당신에게는 너무 어려."

그녀는 여전히 관측 창을 내다보고 있었다. "저걸 좀 봐. 열여덟이라고? 믿을 수가 없어."

크리스 존슨은 방의 가운데 바닥에 앉아 있었다. 명상을 하는 듯 고개를 숙이고 팔짱을 낀 채 책상다리를 하고 있었다. 머리 위에 달린 강렬한 조명 덕분에 그의 강건한 육체가 부드럽게 물결치며 금빛으로 빛나는 모습이 보였다.

"예쁜 놈이지 않나?" 위즈덤이 중얼거렸다. "좋아. 그럼 작동을 시작하지."

"저 아이를 죽일 생각인가요?" 아니타가 물었다.

"시도는 해볼 거요."

"하지만 저 아이는—" 그녀는 머뭇거리며 말을 멈췄다. "저 아이는 괴물이 아니에요. 다른 놈들, 머리가 두 개 달린 그 끔찍한 놈들이나 곤충들과는 다르다고요. 튀니스에서 발견된 그 잔인한 짐승들과도."

"그럼 저놈은 뭔데?" 베인즈가 물었다.

"나도 몰라. 하지만 저 아이를 이렇게 죽일 수는 없어. 너무 끔찍한 일이잖아!"

정육면체가 움직이기 시작했다. 총구가 움직이며 소리 없이 위치를 바꿨다. 총구 세 개가 정육면체 안으로 접혀 들어가 모습을 감췄다. 그러고는 다른 총구들이 나왔다. 총구들은 제각기 빠르고 효율적으로 움직이더니 아무런 경고 없이 일제히 사격을 개시했다.

엄청난 양의 에너지가 방 안을 뒤덮었다. 복잡한 패턴이 매 순간 각도와 속도를 바꾸며 펼쳐져 나갔다. 진동하는 에너지의 빛줄기가 창문에서 아래 방으로 계속해서 쏟아졌다.

금빛 형체가 움직였다. 그는 앞뒤로 몸을 피하며 사방에서 그를 노리고 쏟아지는 에너지의 폭발을 능숙하게 피했다. 잿더미가 일어 그의 모습을 휘감았다. 금빛 형체는 곧 화염과 잿더미 속에서 모습을 감췄다.

"그만둬요!" 아니타가 소리쳤다. "제발, 이러다가 저 아이가 죽겠어요!"

방 안은 격렬한 에너지의 폭발로 가득했다. 금빛 형체는 이제 전혀 보이지 않았다. 위즈덤은 잠시 기다린 후 정육면체를 조작하는 기술자들에게 고개를 끄덕여 신호를 보냈다. 기술자들이 조작 버튼을 만지자 총구의 움직임이 곧 느려지다가 멈췄다. 일부는 정육면체 안으로 다시 들어갔다. 모든 것이 고요해졌다. 모터 돌아가는 소리가 멈췄다.

크리스 존슨은 여전히 살아 있었다. 검댕이 묻고 그을리기는 했지만 상처 하나 입지 않은 채 바닥에 내려앉기 시작한 잿더미 속에서 모습을 드러냈다. 모든 광선을 피한 것이다. 분홍색 불꽃의 칼끝을 피하는 무희처럼, 몸을 놀려 광선의 사이로 움직여 살아남았다.

"아니야." 위즈덤이 충격을 받은 얼굴로 중얼거렸다. "절대 정신 감응자는 아니야. 무작위적인 공격이었어. 패턴이 지정된 공격이 아니었다고."

세 사람은 어안이 벙벙해서는 겁에 질려 서로를 마주봤다. 아니타는 몸을 떨고 있었다. 얼굴은 창백해졌고 푸른 눈은 크게 뜨여 있었다. "그럼 뭐죠?" 그녀가 속삭였다. "대체 뭔가요? 무슨 능력을 가지고 있는 거죠?"

"감이 좋은 것 아닐까." 위즈덤이 입을 열었다.

"추측하는 게 아닙니다." 베인즈가 대답했다. "진실을 외면하지 마시죠. 추측한 게 아니라는 점이 중요한 겁니다."

"그래, 추측하는 게 아니야." 위즈덤은 천천히 고개를 끄덕였다. "알고 있던 거지. 매 공격을 예측한 거야. 궁금하군…… 예측에 오류가 존재할까? 실수를 저지르기도 하려나?"

"우리가 놈을 포획하지 않았습니까." 베인즈가 지적했다.

"자네 말로는 놈이 제 발로 걸어왔다고 하지 않았나." 위즈덤의 얼굴에 묘한 표정이 떠올랐다. "봉쇄가 끝난 다음에 돌아온 건가?"

베인즈는 흠칫했다. "네, 봉쇄 후에 왔죠."

"봉쇄망을 뚫을 수는 없었던 게야. 그래서 돌아온 거지." 위즈덤은 알 것 같다는 웃음을 지었다. "봉쇄가 완벽했던 거겠지. 애초에 그게 당연한 일이고."

"만약 구멍이 하나라도 있었다면," 베인즈는 중얼거렸다. "그걸 미리 알았겠죠. 그리고 도망쳤을 테고."

위즈덤은 무장 경비병 한 부대를 올려 보내라고 지시했다. "놈을 여기서 끌어내. 안락사 집행실로 보낸다."

아니타가 비명을 질렀다. "위즈덤 국장, 그럴 수는—"

"저놈은 우리보다 너무 많이 앞서 있소. 우리는 놈과 경쟁할 수 없단 말이오." 위즈덤의 눈은 냉혹했다. "우리는 앞으로 일어날 일을 추측할 수 있을 뿐이오. 놈은 알고 있지. 그에게 있어 미래는 확고히 정해져 있단 말이오. 그렇다고 해서 안락사를 피할 수 있을 것 같지는 않지만. 방 전체가 같은 순간에 가스로 차오를 테니까 말이오. 모든 곳에서 한번에 가스를 분사하지." 그는 초조하게 경비병들에게 손짓했다. "얼른 시작해. 당장 끌고 가라고. 시간 낭비하지 마."

"그럴 수 있겠습니까?" 베인즈는 생각에 잠긴 채 중얼거렸다.

경비병들은 격리 장치 앞에 자리를 잡고 섰다. 제어실에서 조심스레 잠금장치를 해제했다. 맨 앞의 경비병 두 명이 공격용 튜브를 준비하고 경계하며 방에 들어갔다.

크리스는 방 가운데에 서 있었다. 다가오는 경비병들에게 등을 돌린 채였다. 아주 잠시 동안 그는 꼼짝도 하지 않고 조용히 서 있었다. 더 많은 경비병들이 방으로 들어오며 부채꼴로 그를 둘러쌌다. 그리고―

아니타가 비명을 질렀다. 위즈덤이 욕설을 내뱉었다. 금빛 형체가 몸을 돌리더니 섬광처럼 놀라운 속도로 달려 나간 것이다. 경비병들로 이루어진 세 겹의 포위망을 뚫고 격리 장치를 지나 복도로 튀어나갔다.

"놈을 잡아!" 베인즈가 소리쳤다.

사방에서 경비병이 몰려들었다. 금빛 형체가 복도를 따라 달려 내려가는 모습을 따라 에너지의 섬광이 복도를 가득 채웠다.

"소용없어." 위즈덤이 차분하게 말했다. "놈을 맞출 수가 없으니까." 그는 버튼 두 개를 연속으로 눌렀다. "하지만 이건 도움이 될 수도 있겠지."

"대체 뭘―" 베인즈가 입을 열었다. 하지만 금빛 형체가 자신을 향해 질주하는 바람에 황급히 한쪽으로 몸을 던져야 했다. 형체는 무표정한 얼굴로 베인즈를 지나쳤다. 전혀 힘든 기색 없이 주변으로 날아드는 열광선을 피하고 뛰어넘으며 달려갔다.

한순간 금빛 얼굴이 베인즈의 눈앞으로 다가오더니 그대로 그를 지나쳐 옆의 복도로 들어갔다. 경비병들이 그를 쫓아 달려가 무릎을 꿇고 사격하면서 흥분한 목소리로 명령을 해댔다. 건물 깊숙한 곳에서 중화기를 준비하는 소리가 들렸다. 잠금장치가 작동하며 모든 비상구가 폐쇄되기 시작했다.

"원 세상에." 베인즈는 헐떡이며 자리에서 일어났다. "저 놈은 달리는 것밖에 못 하는 겁니까?"

"건물을 봉쇄하라는 명령을 내렸네." 위즈덤이 말했다. "이제 나갈 방도가 없어. 누구도 들어오거나 나가지 못한다네. 이 건물 안에서야 마음대로 날뛸 수 있겠지만 나갈 수는 없을 걸세."

"놓친 비상구가 하나만 있어도 바로 알아챌 거예요." 아니타가 떨리는 목소리로 지적했다.

"어떤 출구도 놓치지 않을 거요. 한 번 포획했으니 이번에도 포획하게 될 테고."

전령 로봇이 방으로 들어왔다. 로봇은 위즈덤에게 정중한 태도로 메시지를 전달했다. "분석실에서 보낸 메시지입니다, 국장님."

위즈덤은 테이프를 뜯어 열었다. "그럼 이제 놈이 무슨 생각을 하는지 알 수 있겠군." 손이 떨리고 있었다. "어쩌면 놈의 맹점을 파악할 수 있을지도 몰라. 우리보다 앞서 생각할 수 있다고는 해도 그게 놈이 무적이라는 뜻은 아니니까. 놈은 미래를 예지할 뿐 바꿀 능력은 없어. 눈앞에 죽음만이 존재한다면 놈의 능력으로는……"

위즈덤의 목소리가 잦아들었다. 그는 잠시 후에 베인즈에게 테이프를 넘겼다.

"바에 내려가서 독한 걸로 한잔 하고 있겠네." 위즈덤이 말했다. 얼굴이 납빛으로 변해 있었다. "이 빌어먹을 놈이 미래를 지배할 종족이 아니기를 바랄 뿐이란 말밖에는 할 수가 없군."

"분석 결과가 어떻게 나왔는데요?" 아니타가 초조하게 물으며 베인즈의 어깨 너머를 기웃거렸다. "저 아이가 어떤 생각을 하는 거죠?"

"생각 따위 안 해." 베인즈는 상관에게 테이프를 되돌려주며 말했다. "아예 생각을 안 한다고. 놈의 머리에는 전두엽이 존재하지 않아. 놈은

인간이 아니야. 기호를 사용할 줄 모른다고. 그냥 한 마리 짐승일 뿐이
야."

"짐승이지." 위즈덤이 말했다. "한 가지 고도로 발달된 능력을 갖춘 짐
승일세. 우월한 인간이 아니라고. 인간이라 부를 수조차 없는 놈이야."

DCA 건물의 복도를 따라 경비병과 장비가 절그렁거리며 움직이는
소리가 들렸다. 엄청난 수의 치안경찰이 건물 안으로 쏟아져 들어와 경
비병과 함께 자리를 잡았다. 복도와 방이 하나씩 수색을 거쳐 봉쇄되었
다. 이대로만 가면 얼마 지나지 않아 크리스 존슨의 금빛 형체가 발견
되어 궁지에 몰릴 터였다.

"우리는 언제나 보다 뛰어난 지적 능력을 가진 돌연변이가 나타날 것
이라 두려워하고 있었는데." 베인즈가 회상하듯 중얼거렸다. "우리를 현
재의 대형 유인원의 자리로 밀어낼 그런 돌연변이 말이야. 거대한 대뇌
에 정신감응 능력, 완벽한 의사소통 능력, 궁극적인 기호화와 계산 능력
을 가진 존재를. 우리와 같은 선상에서 보다 발전한 존재를 말이야. 보
다 나은 인류를."

"그 아이는 반사적으로 움직여." 아니타는 묘한 표정으로 중얼거렸다.
그녀는 분석 결과를 손에 들고 책상 앞에 앉아서는 뚫어져라 내용을 바
라보고 있었다. "반사적으로—마치 사자처럼. 금빛 사자 말이야." 그녀
는 테이프를 옆으로 밀어놓았다. 얼굴에 묘한 표정이 떠올라 있었다.
"사자의 모습을 한 신처럼."

"짐승일세." 위즈덤이 즉각 그녀의 표현을 고쳐줬다. "금빛 짐승일 뿐
이라고."

"빨리 달릴 줄은 알죠." 베인즈가 말했다. "그게 전부지만요. 도구를
사용할 줄도 모릅니다. 자신 이외의 다른 뭔가를 만들거나 이용할 줄도
모르고요. 그저 가만히 서서 기회가 오기만을 기다리고 있다가 죽어라

달릴 뿐이죠."

"이건 우리가 예상한 그 어떤 것보다도 나쁜 상황일세." 위즈덤이 말했다. 그의 살집 좋은 얼굴은 여전히 납빛이었다. 그는 어찌할 바를 모르는 듯 투실한 손을 떨면서 노인처럼 자리에 주저앉아 있었다. "짐승에게 자리를 빼앗기다니! 달리고 숨는 일밖에 모르는 놈에게. 언어도 없는 짐승에게 말이야!" 그는 격렬하게 내뱉었다. "바로 그 때문에 가족들도 놈과 대화를 하지 못했던 거야. 우리는 놈이 어떤 종류의 의사소통 수단을 가지고 있을지 궁금했는데, 놈에게는 그런 능력이 아예 없었어. 한 마리 개…… 딱 그 정도의 말하거나 생각하는 능력을 가지고 있다는 말이지."

"결국 지성이 실패했다는 말이군요." 베인즈가 목쉰 소리로 말을 이었다. "우리는 우리 진화 방향의 최종 산물인 겁니다. 공룡처럼요. 지성을 극한까지 추구한 겁니다. 어쩌면 너무 멀리까지 추구한 걸지도 모르죠. 우리는 이미 너무 많은 것을 인지하는 단계까지 왔습니다. 너무 많이 생각해서 행동을 할 수가 없는 겁니다."

"생각하는 인간이지, 행동하는 인간이 아닌 거야." 아니타가 말했다. "덕분에 행동이 마비되기 시작한 거지. 하지만 그 아이는—"

"이 짐승의 능력은 우리의 능력보다 훨씬 효율적으로 작동하네. 우리는 과거의 경험을 돌이켜 생각하고, 기억 속에 간직하고, 그로부터 교훈을 얻지. 최적의 상황이라고 해도 미래에 대해서는 과거에 일어났던 일들을 떠올려본 다음 통찰력 있는 추측을 할 수 있을 뿐이야. 확신은 할 수 없지. 가능성을 입에 담아야만 해. 흑백의 문제가 아니라 회색의 영역이야. 우리는 그저 추측할 뿐이야." 위즈덤이 말했다.

"크리스 존슨은 추측을 하지 않죠." 아니타가 덧붙였다.

"그놈은 미래를 볼 수 있어. 무슨 일이 일어날지 아는 거지. 말하자면—선행先行사고가 가능한 거야. 그렇게 부르기로 하지. 어쩌면 미래를 미래로 받아들이지 않을 수도 있어."

"맞아." 아니타가 생각에 잠겨 말했다. "그에게는 현재처럼 느껴지겠지. 현재의 한계가 더 넓은 것뿐이야. 다만 그의 현재는 뒤편이 아니라 앞으로 뻗어 있겠지. 우리의 현재는 과거와 연관되어 있으니 확실한 것이 과거뿐이지만, 그에게는 미래가 확실한 거야. 그는 어쩌면 과거를 기억하지 못할 수도 있어. 동물이 예전에 일어난 일을 기억하지 못하는 것처럼 말이야."

"놈의 능력이 발전할수록," 베인즈가 말했다. "그의 종족이 진화할수록 선행사고 능력이 더 확장될지도 몰라. 10분 대신에 30분, 1시간, 하루, 1년. 결국 그들은 자신의 일생 전체를 미리 볼 수 있게 될 거야. 모두가 견고하고 변화 없는 세계에 살게 되는 거지. 변수도 없고 불확정성도 없어. 움직임도 없을 테고! 두려워할 것이 아무것도 없으니 그들의 세계는 완벽하게 정적인 곳, 견고한 고체 덩어리 같은 세계가 될 거야."

"그리고 죽음이 찾아오면," 아니타가 말했다. "죽음을 받아들이겠지. 아무런 저항 없이 말이야. 그들에게는 이미 일어났던 일이니까."

"이미 일어났던 일이니까." 베인즈는 그녀의 말을 되풀이했다. "크리스에게는 우리의 광선총이 이미 발사된 상태였다는 소리군." 그는 격하게 웃어젖혔다. "우월한 생존성을 가지고 있다고 해서 우월한 인간이 되는 건 아니야. 만약 전 지구적 규모의 홍수가 다시 일어난다면 물고기밖에는 살아남지 못할 거야. 빙하기가 또 찾아온다면 아마 북극곰만 살아남을 수 있을 테고. 우리가 자물쇠를 열었을 때 놈은 이미 사람들을 보고 그들이 정확히 어디에 서 있는지와 무슨 행동을 할지를 알고 있었어. 훌륭한 능력이지. 하지만 발달된 정신에서 유래하는 능력은 아니야. 순수하게 물리적인 감각일 뿐이야."

"하지만 모든 출입구를 막기만 한다면," 위즈덤이 반복해 말했다. "놈은 자신이 빠져나갈 수 없다는 사실을 알게 될 걸세. 예전에도 이미 포기한 적이 있잖나. 이번에도 포기하게 될 거네." 그는 고개를 저었다. "짐승이라니. 언어도 없고 도구도 없는 짐승."

"그 새로운 감각만 있으면 다른 것은 아무것도 필요하지 않을 겁니다." 베인즈가 말했다. 그는 자신의 시계를 살펴봤다. "2시가 넘었군요. 건물은 완전히 봉쇄된 겁니까?"

"자네는 떠날 수 없네." 위즈덤이 선언했다. "자네는 여기 밤새, 아니면 그 빌어먹을 짐승이 사로잡힐 때까지 있어야만 해."

"이쪽 여성분 이야기였습니다." 베인즈가 아니타를 가리키며 말했다. "아니타는 아침 7시까지 소통국으로 돌아가야 하거든요."

위즈덤은 어깨를 으쓱했다. "내게는 그분을 통제할 권한이 없네. 원한다면 언제든 퇴실해도 좋소."

"여기 있을래요." 아니타가 말했다. "그 아이가—그 아이가 목숨을 잃을 때 이곳에 있고 싶어요. 여기서 자겠어요." 그녀는 머뭇거렸다. "위즈덤, 다른 방법이 없을까요? 만약 그 아이가 짐승일 뿐이라면, 우리도 그저—"

"동물원 말이오?" 위즈덤의 목소리가 히스테릭하게 높아졌다. "놈을 동물원 우리에 가둬놓자고? 말도 안 되는 소리! 놈은 죽여야만 해!"

반짝이는 우아한 형체가 오랫동안 어둠 속에 몸을 웅크리고 있었다. 그는 지금 상자와 꾸러미가 사방에 차곡차곡 쌓인 창고에 있었다. 모든 것이 깔끔하게 번호가 매겨져 정돈되어 있었다. 조용했고 인적이라고는 찾아볼 수 없었다.

하지만 잠시 후면 사람들이 문을 박차고 들어와 방 안을 수색할 것이다. 그는 그 모습을 볼 수 있었다. 방 안 모든 곳에 서 있는 사람들의 모습이 명확하게 보였다. 공격용 튜브를 들고 험악한 얼굴을 한, 눈에 살의를 담고 있는 사람들의 모습이.

이런 광경은 그가 보는 수많은 모습 중 하나일 뿐이었다. 자신의 모습과 접촉하고 있는, 명확하게 새겨진 무수히 많은 광경 중 하나. 그리고 그 각각마다 관련된 다른 수많은 장면이 연결되다가, 마침내 흐릿해지면서 시야에서 사라졌다. 전향적 모호함이었다. 장면은 매 단계마다 갈수록 흐릿해지고 있었다.

그러나 바로 옆의 장면, 그에게서 가장 가까이 놓인 장면은 명확하게 보였다. 그는 쉽사리 무장한 사람들의 모습을 알아볼 수 있었다. 따라서 그들이 나타나기 전에 이 방을 떠나야 했다.

금빛 형체는 차분히 자리에서 일어나 문으로 향했다. 복도는 비어 있었다. 그는 이미 자신이 밖으로 나가 텅 비어 소리가 울리는 금속 복도의 어두운 조명 아래 홀로 서 있는 모습을 확인할 수 있었다. 그는 대담하게 문을 밀어 열고 밖으로 나섰다.

복도 건너편에서 승강기 불빛이 반짝였다. 그는 승강기로 걸어가 올라탔다. 5분 후면 경비병 한 무리가 복도를 따라 달려와 승강기에 뛰어오를 테지만, 그때쯤이면 그는 이미 거기서 내린 다음 승강기를 다시 아래층으로 내려보낸 상태일 것이다. 그는 버튼을 누르고 다음 층으로 올라갔다.

그는 텅 빈 복도로 걸음을 옮겼다. 시야에는 누구도 보이지 않았다. 놀랄 일은 아니었다. 그는 놀랄 수가 없었다. 놀람이라는 요소는 그에게 아예 존재하지 않았다. 곧바로 일어날 미래의 사물의 위치나 모든 물질의 공간적 관계는 그에게 있어 자신의 육체만큼이나 명확했다. 그가 알지 못하는 것은 이미 지나가버린 존재들뿐이었다. 막연하고 흐릿한 방식이기는 해도, 그는 종종 그가 지나친 후의 사물들이 어디로 가는지를 궁금해하곤 했다.

그는 작은 물품 수납장에 도착했다. 경비병들이 방금 수색한 곳이었다. 누군가 다시 그곳을 열 때까지는 30분은 걸릴 것이다. 그가 아는 것은 그 정도였다. 그 정도 멀리까지는 볼 수 있었다. 그러고 나면—

그러고 나면 다른 지역, 보다 멀리 떨어진 곳이 보일 것이다. 그는 계속해서 움직이며 자신이 본 적 없는 새로운 지역으로 이동하고 있었다. 수많은 새로운 광경과 장면, 얼어붙은 풍경이 앞에 펼쳐졌다. 모든 사물은 고정되어 있었다. 그가 팔짱을 끼고 차분한 표정으로 거대한 체스판 위를 걸어 나가는 동안, 그 옆으로 스쳐 지나가는 고정된 체스 말과 같은 존재일 뿐이다. 그는 자신의 앞에 놓인 물체들을 발밑에 있는 것들만큼이나 명확히 볼 수 있는 무관심한 관찰자일 뿐이었다.

작은 물품 수납장 안에 웅크리고 있는 그의 눈앞에, 비정상적으로 다양한 이후 30분 동안의 장면이 펼쳐졌다. 수많은 일이 벌어질 예정이었다. 이후 30분은 세밀한 각각의 요소가 모여 놀라울 만큼 복잡한 패턴을 이루고 있었다. 가장 중요한 지역에 도착한 것이다. 이제 고도로 복잡한 세계 속을 헤치고 나아갈 차례였다.

그는 10분 후의 광경에 주의를 집중했다. 3차원 사진처럼 복도 한쪽 끝에서 중화기가 나타나더니 복도 끝에 도달할 때까지 연속적으로 이어졌다. 사람들은 문에서 문으로 조심스레 옮겨 다니며 지금까지 했던 것처럼 각각의 방을 다시 수색했다. 30분이 끝날 무렵이 되자 그들은 물품 수납장에 도달했다. 그들이 그 안을 들여다보는 광경이 보였다. 물론 그가 이곳을 떠난 후였다. 그는 그 장면 속에 존재하지 않았다. 다른 장면으로 옮겨갔기 때문이다.

다음 장면에는 출구가 보였다. 경비병들이 견고하게 도열해 있었다. 나갈 길은 없었다. 자신도 그 장면 안에 있었다. 한쪽 옆, 문 바로 안쪽의 공간에 숨어 있었다. 바깥 거리가 보였다. 별, 불빛, 지나가는 차와 사람들의 윤곽이 보였다.

다음 장면에서 그는 문에서 떨어져 돌아왔다. 나갈 길이 없었다. 다음 장면에서는 다른 출구 근처에 있는 모습이 보였다. 한 무리의 금빛 형체가 새로운 지역을 탐색할 때마다 무수히 수가 불어나는 모습이 보였다. 하지만 모든 출입구는 막혀 있었다.

흐릿한 광경 중 하나에서는 자신이 불타 죽은 모습이 보였다. 봉쇄망을 지나 출구로 나가려 시도했던 것이다.

그러나 그 장면은 흐릿했다. 아직 희미하게 흔들리는 여러 장면 중 하나일 뿐이었다. 그가 움직이는, 변하지 않는 길은 그쪽으로 향하지 않을 것이다. 그 방향으로 선회하지 않을 것이다. 그 장면 속의 금빛 형체, 방 안에 있는 작은 인형은 그와는 아주 조금밖에 연관되지 않았다. 그 자신임은 분명했지만 멀리 떨어진 자신이었다. 그가 결코 만나게 되지 않을 자신. 그는 그 장면을 잊어버리고 다른 장면을 살펴보기 시작했다.

그를 둘러싸고 있는 무수한 장면의 석판들은 마치 화려한 미로 같았다. 조금씩 살펴봐야 하는 거미줄들. 그는 무한한 방을 가진 인형의 집을 들여다보고 있는 것이나 마찬가지였다. 번호도 없고 제각기 가구와 움직이지 않는 인형들이 든 방이 여럿 있었다. 그중 많은 수에서는 동일한 가구와 인형들이 반복해 나타났다. 그 자신도 자주 등장했다. 받침대에 있던 두 남자도 그랬다. 여자도 그랬다. 계속해서 같은 조합이 여러 번 등장했다. 종종 연극은 처음으로 돌아가 재개되었다. 동일한 배우와 소품이 등장해 가능한 한 모든 방법으로 움직였다.

크리스 존슨은 물품 수납장을 떠나기 전 자신이 지금 들어 있는 장면에 인접한 모든 공간을 살펴봤다. 그는 모두를 자세히 확인하고 그 안의 내용물을 세심하게 고려했다.

그는 문을 열고 차분히 복도로 나섰다. 금빛 형체는 자신이 어디로 가고 있는지 정확히 알고 있었다. 무엇을 해야 하는지도. 그는 비좁은 수납장 안에 웅크린 채 숙련된 솜씨로 수많은 자신의 인형을 살펴봤고, 바꿀 수 없는 길에 명확하게 새겨진 구성물을 확인했다. 인형의 집 안에 있는 하나의 방, 단 하나의 구역. 지금 그의 목적지인 곳이었다.

아니타는 은박 드레스를 벗어 옷걸이에 건 다음, 신발을 벗어 침대 아래로 던져 넣었다. 막 브래지어 끈의 클립을 벗겼을 때 문이 열렸다.

그녀는 숨을 죽였다. 거대한 금빛 인물이 차분하게 문을 닫더니 빗장을 지르고 있었다.

아니타는 화장대에서 공격용 튜브를 낚아챘다. 손이 떨렸다. 몸 전체가 떨리고 있었다. "원하는 게 뭐야?" 그녀가 물었다. 손가락이 사력을 다해 튜브를 움켜쥐었다. "널 죽일 거야."

금빛 사나이는 아무 말 없이 팔짱을 끼고 그녀를 바라봤다. 크리스 존슨을 이토록 가까이에서 마주한 것은 이번이 처음이었다. 아름답고 위엄 있는, 잘생겼지만 무심한 얼굴. 널찍한 어깨, 금빛으로 나부끼는 머리카락, 금빛 피부, 반짝이며 일렁이는 털가죽—

"대체 왜?" 그녀는 숨도 쉬지 못하고 물었다. 심장이 격렬하게 쿵쿵대고 있었다. "뭘 원하는 거야?"

아니타는 손쉽게 그를 죽일 수 있었다. 그런데도 공격용 튜브는 흔들리고 있었다. 크리스 존슨은 두려움 없이 서 있었다. 전혀 겁을 먹지 않은 것이다. 왜 그럴까? 이 물건이 무엇인지 이해하지 못한 걸까? 이 작은 금속관이 뭘 할 수 있는지를?

"물론 아니야." 그녀는 문득 간신히 새어 나오는 작은 목소리로 말했다. "너는 앞날을 볼 수 있으니까 내가 너를 죽일 거라는 사실도 알고 있어. 그렇지 않았더라면 이리 오지 않았을 테니까."

아니타는 겁에 질려 얼굴을 붉혔다. 그녀는 당황하고 있었다. 그는 아니타가 무엇을 할지 정확히 알았다. 그는 그녀를 방의 벽, 깔끔하게 정돈되어 있는 붙박이 침대, 옷장에 걸려 있는 옷, 화장대 위의 지갑과 잡동사니들만큼이나 명확하게 볼 수 있었던 것이다.

"좋아." 아니타는 뒤로 물러서다가 갑자기 튜브를 화장대 위에 올려놓았다. "널 죽이지는 않겠어. 내가 왜 그러겠어?" 그녀는 지갑을 뒤적여 담배를 꺼내고는 떨리는 손으로 불을 붙였다. 맥박 뛰는 소리가 느껴졌다. 그녀는 겁에 질려 있었다. 그리고 묘하게도 매혹된 기분이었다. "여기 머물 생각인 거야? 별 소용없을 텐데. 이 방에도 이미 두 번이나 들어왔었어. 곧 다시 돌아올 거야."

저 아이가 그녀의 말을 이해할 수 있는 걸까? 그의 얼굴에는 공허한 위엄 말고는 아무것도 보이지 않았다. 세상에, 정말로 거대했다. 이 아이가 겨우 열여덟 살짜리 소년일 뿐이라니 믿을 수 없었다. 그보다는 지상으로 내려온 위대한 금빛 신처럼 보였다.

그녀는 격렬하게 그 생각을 뿌리쳤다. 이 아이는 신이 아니라 그저 짐승이었다. 인간의 자리를 차지하려고, 인간을 지구상에서 몰아내려고 온 금빛 짐승.

아니타는 공격용 튜브를 다시 손에 쥐었다. "여기서 당장 나가! 너는 동물이야. 덩치 크고 멍청한 짐승이라고! 내가 하는 말을 알아듣지도 못하잖아. 말을 할 줄조차 모르고. 너는 인간이 아니야."

크리스 존슨은 아무 말도 하지 않았다. 마치 뭔가를 기다리는 듯한 모습이었다. 뭘 기다리는 걸까? 그는 공포나 초조함의 기색을 보이지 않았다. 바깥 복도에서 군인들이 수색하는 소리, 금속과 금속이 부딪치는 소리, 총과 에너지 튜브를 끌고 다니는 소리, 수색과 봉쇄 작업의 고함과 희미한 굉음이 계속해서 들리는데도 말이다.

"저들이 너를 잡을 거야." 아니타가 말했다. "너는 여기 갇힌 거라고. 저들은 당장이라도 이쪽 구역을 수색하기 시작할 거야." 그녀는 난폭하게 담배를 눌러 껐다. "이런 세상에, 대체 내가 뭘 해주길 원하는 거야?"

크리스가 그녀 쪽으로 다가왔다. 아니타는 움찔하며 뒤로 물러섰다. 그의 강력한 손이 그녀를 잡았다. 그녀는 갑작스런 공포에 숨을 멈췄다. 잠시 동안 그녀는 절망적으로 몸부림쳤다.

"이거 놔!" 그녀는 몸을 빼어 그에게서 물러났다. 크리스의 얼굴에는 아무런 감정도 나타나 있지 않았다. 그는 차분하게 그녀에게 다가왔다. 그녀를 취하기 위해 전진하는 감정 없는 신과 같은 모습이었다. "저리 가!" 그녀는 공격용 튜브를 찾아 손으로 바닥을 더듬으며 몸을 일으키려 했지만, 튜브는 손가락 사이로 빠져나가 굴러갔다.

크리스가 몸을 숙여 튜브를 집어 든 뒤 자신의 손 위에 올려놓고 그녀에게 내밀었다.

"이런 세상에." 아니타가 중얼거렸다. 그녀는 떨리는 손으로 튜브를 받아 머뭇거리며 다시 화장대 위에 놓았다.

반쯤 들어온 조명 아래에서, 거대한 금빛 형체는 어둠에 대비되어 반짝이며 빛났다. 신. 아니, 신이 아니다. 짐승이지. 거대한 금빛 짐승, 영혼이 없는 짐승. 그녀는 혼란에 빠졌다. 그의 정체는 어느 쪽일까. 혹시 양쪽 모두인 것은 아닐까? 아니타는 영문을 알 수 없게 되어 고개를 저었다. 늦은 시간이었다. 거의 새벽 4시가 다 되었다. 그녀는 지치고 혼란스러운 상태였다.

크리스가 그녀의 팔을 잡았다. 그는 부드럽고 친절하게 그녀의 얼굴을 들어 올려 키스했다. 강인한 손이 그녀를 꼭 끌어안았다. 아니타는 숨을 쉴 수가 없었다. 빛나는 금빛 물결이 어둠과 뒤섞여 주변을 휘감았다. 물결은 계속해서 소용돌이치며 감각을 앗아갔다. 그녀는 기꺼이 그 가운데로 몸을 던졌다. 어둠이 그녀를 뒤덮었고, 그녀는 매 순간 더욱 격렬해지는 순수한 힘의 소용돌이 안에서 녹아내렸다. 마침내 그 격류의 굉음이 그녀를 뒤덮어 모든 것을 휩쓸어버릴 때까지.

아니타는 눈을 깜빡였다. 그녀는 몸을 일으켜 앉으며 반사적으로 머리카락을 정돈했다. 크리스는 옷장 옆에 서 있었다. 몸을 뻗어 뭔가를 아래로 내리는 중이었다.

그는 그녀를 돌아보며 뭔가를 침대 위로 던졌다. 두꺼운 금속제 여행용 케이프였다.

그녀는 이해가 안 간다는 표정으로 케이프를 바라봤다. "뭘 원하는 거야?"

크리스는 침대 옆에 서서 기다리고 있었다.

아니타는 불안한 표정으로 케이프를 집어 들었다. 차가운 공포가 그녀를 좀먹어 들어왔다. "내가 너를 여기서 꺼내주길 원하는구나." 그녀가 부드럽게 말했다. "경비병들과 치안경찰들을 통과해서 말이야."

크리스는 아무 말도 하지 않았다.

"저들이 즉시 너를 사살할 거야." 그녀는 비틀거리며 자리에서 일어섰다. "저들을 앞지를 수는 없어. 세상에, 정말로 달리는 것밖에 할 줄 모르는 거야? 더 나은 방법이 있을 거야. 어쩌면 위즈덤에게 항변할 수 있을지도 몰라. 나는 A등급이거든. 관리자 등급이야. 직접 위원회에 제소할 수도 있어. 저들이 오지 못하게 하고 안락사를 무한히 미룰 수 있을지도 몰라. 우리가 여기를 뚫고 지나간다면 살아남을 확률은 10억분의 1도 안 될 테고—"

아니타는 말을 멈췄다.

"하지만 너는 도박을 하지 않지." 그녀가 천천히 말을 이었다. "운에 맡기는 법이 없어. 무슨 일이 일어날지 알고 있으니까. 이미 카드 패를 확인했으니까." 그녀는 찬찬히 그의 얼굴을 뜯어봤다. "허세를 부릴 리도 없어. 네게는 불가능한 일이니까."

한동안 그녀는 깊이 생각에 잠겨 있었다. 그러다 갑자기, 빠르고 확신에 찬 움직임으로 망토를 집어 들어 맨어깨에 둘렀다. 무거운 허리띠를 차고 몸을 굽혀 신발을 꺼낸 뒤, 지갑을 들고 서둘러 문을 향해 다가갔다.

"가자." 그녀가 말했다. 볼이 발갛게 상기되었고 호흡이 거칠었다. "어서 가자. 아직 고를 수 있는 비상구가 남아 있는 동안에 말이야. 내 차는 바깥에, 건물 측면 주차장에 주차되어 있어. 한 시간이면 우리 집에 갈 수 있을 거야. 아르헨티나에 겨울 별장이 있으니 최악의 사태가 벌어지면 함께 그리 날아가면 될 거야. 도시에서 멀리 떨어진 시골구석에 있거든. 정글에 늪지대에, 다른 모든 것들에게서 멀리 떨어진 곳이야." 그녀는 힘차게 문을 열기 시작했다.

크리스는 손을 뻗어 그녀를 제지하며, 부드럽고 끈기 있게 그녀의 앞으로 나와 섰다.

그는 몸을 굳히고 오랫동안 기다렸다. 그러다 마침내 문고리를 돌리고 대담하게 복도로 걸음을 옮겼다.

복도는 텅 비어 있었다. 아무도 보이지 않았다. 아니타는 희미한 기척을 알아챘다. 서둘러 자리를 뜨는 경비병의 뒷모습이었다. 그들이 1초만 더 일찍 나왔더라면—

크리스가 복도를 따라 걷기 시작했다. 그녀는 그의 뒤를 따라 달렸다. 힘들이지 않고도 빠르게 움직여서 따라가는 게 쉽지 않았다. 마치 어디로 가야 할지 알고 있는 것 같았다. 오른쪽으로 방향을 틀어 측면의 홀로 내려간 다음 자재 통로로 들어간다. 화물용 승강기를 타고 올라간다. 그들은 계속 올라가다 갑자기 멈췄다.

크리스는 다시 기다린 뒤 곧 문을 밀어 열고 승강기에서 내렸다. 아니타는 불안한 기색으로 뒤를 따랐다. 온갖 소리가 들렸다. 총과 사람의 소리. 매우 가까운 곳이었다.

그들은 출구 가까이에 있었다. 경비병들이 바로 앞에 두 줄로 도열했다. 스무 명의 사람이 만든 단단한 벽이었다. 가운데에는 거대한 로봇 중화기가 자리했다. 남자들은 긴장으로 경직된 얼굴로 신경을 곤추세우고 눈을 부릅뜬 채 총을 단단히 쥐고 있었다. 치안경찰 장교 한 명이 지휘를 맡고 있었다.

"우린 저길 통과하지 못할 거야." 아니타가 허덕이며 속삭였다. "3미터도 가지 못할 거라고." 그녀는 뒤로 물러섰다. "저들이―"

크리스는 그녀의 팔을 잡고 침착하게 전진하기 시작했다. 눈먼 공포가 아니타의 마음속을 헤집었다. 그녀는 도망치기 위해 안간힘을 썼지만, 그의 손가락은 강철 같아서 도저히 떼어낼 수가 없었다. 위대한 금빛 짐승은 저항할 수 없는 힘으로 그녀를 옆에 끌고서는 두 줄로 늘어선 경비병들을 향해 다가갔다.

"저기 있다!" 총구가 일제히 치솟았다. 남자들이 즉각 행동을 개시했다. 로봇 중화기의 총신이 회전하기 시작했다. "저놈을 잡아!"

움직일 수가 없었다. 그녀는 자기 옆의 강인한 몸에 기댄 채 그의 움직이지 않는 손아귀에서 빠져나가려 애썼지만 무력했다. 경비병들이 총의 벽을 만들며 점차 가까이 다가왔다. 아니타는 공포를 억제하려 안간힘을 썼다. 발이 걸려 반쯤 넘어질 뻔했지만 크리스가 가볍게 그녀의 몸을 받쳤다. 그녀는 안간힘을 써서 그를 할퀴고 발버둥을 치며 벗어나려고 애쓰다가―

"쏘지 마!" 소리쳤다.

총구들이 어쩌할 바를 모르고 흔들렸다. "저 여자 누구야?" 경비병들은 이리저리 움직이며 그녀를 함께 쏘지 않고 크리스만 겨누려고 애쓰고 있었다. "저기 누굴 잡고 있는 거야?"

경비병 중 한 명이 그녀의 소매 장식을 눈치챘다. 붉은색과 검은색. 관리자 등급. 최고 등급이었다.

"A등급이잖아." 충격을 받은 경비병들이 뒤로 물러섰다. "여사님, 거기서 비켜요!"

아니타는 간신히 목청을 돋우었다. "쏘지 말라고. 이 남자는―내 보호 하에 있다. 이해가 되나? 내가 이 남자를 데리고 나가는 거다."

경비병으로 이루어진 벽이 머뭇거리며 뒤로 물러섰다. "아무도 여길 지나갈 수 없습니다. 위즈덤 국장님의 명령에 따르면―"

"나는 위즈덤의 권한 밖에 있다." 그녀는 간신히 날선 목소리를 내는 데 성공했다. "당장 비켜. 소통국으로 이자를 데려가겠다."

잠시 동안 아무런 일도 일어나지 않았다. 전혀 반응이 없었다. 그러다 경비병 한 명이 미심쩍은 투로 천천히 옆으로 물러섰다.

크리스가 움직였다. 번개 같은 속도로 아니타의 곁을 떠나 혼란에 빠진 경비병 사이를 지나쳤고, 봉쇄선을 돌파하더니 출구를 통해 거리로 뛰쳐나갔다. 그의 뒤를 따라 에너지 광선이 마구 번쩍였다. 경비병들이 소리 지르며 뛰쳐나갔다. 아니타는 잊힌 채 홀로 남았다. 새벽의 어둠 속으로 경비병과 중화기가 쏟아져 나왔다. 사이렌 소리가 들렸다. 순찰차에 시동이 걸리는 굉음도 들렸다.

아니타는 혼란에 빠져 정신을 차리지 못한 채, 벽에 기대어 숨을 고르려 노력했다.

그가 가버렸다. 그녀를 떠난 것이다. 이런 세상에—자신은 대체 무슨 짓을 한 걸까? 그녀는 손에 얼굴을 파묻고 격렬히 고개를 저었다. 최면에 걸렸다. 의지를, 상식을 잃어버렸다. 이성조차도! 그 동물이, 거대한 금빛 짐승이 자신을 속였다. 그녀를 이용했다. 그러고선 밤의 거리 속으로 사라져버렸다.

비참한 고통의 눈물이 꾹 쥔 주먹 사이로 흘러내렸다. 눈물을 문질러 닦으려는 헛된 시도를 했지만, 눈물방울은 멈추지 않았다.

"놈이 가버렸습니다." 베인즈가 말했다. "이제 결코 놈을 잡지 못할 겁니다. 지금쯤 수백만 킬로미터 떨어진 곳에 있겠죠."

아니타는 구석에서 벽을 보고 앉아 있었다. 부서지고 망가진 껍데기만 남은 채 구부정하게 앉은 모습이었다.

위즈덤은 계속해서 왔다 갔다 하며 걸음을 옮겼다. "하지만 어디로 간단 말인가? 어디에 숨을 수 있지? 아무도 놈을 숨겨주지 않을 거야!

모두가 돌연변이에 대한 법을 알고 있잖나!"

"놈은 이제까지 삶의 대부분을 숲속에서 보냈습니다. 사냥을 하겠죠. 항상 그래왔을 테니까요. 놈이 혼자서 어디로 가는지는 가족들도 알지 못했습니다. 사냥감을 잡고 나무 밑에서 잠을 청하던 겁니다." 베인즈는 큰 소리로 날카롭게 웃었다. "그리고 놈을 만나는 첫 번째 여자가 기꺼이 놈을 숨겨줄 겁니다. 저 여자가 그랬던 것처럼 말입니다." 그는 엄지손가락을 뒤로 젖히며 아니타를 가리켜 보였다.

"그 모든 금빛에, 갈기에, 신과 같은 자세가 전부 쓸모가 있었던 셈이로군. 단순한 장식이 아니었어." 위즈덤의 두툼한 입술이 뒤틀렸다. "하나의 능력만 지닌 게 아니었어. 두 가지 능력이지. 하나는 새로운 능력이자 최신식 생존 수단이지만, 다른 하나는 생명의 역사만큼이나 오래된 능력이야." 그는 걸음을 멈추고 구석에 웅크린 사람을 노려봤다. "구애용 깃털. 수탉이나 백조나 다른 새들의 밝은색 깃털이나 벼슬. 물고기의 화려한 비늘. 짐승들의 빛나는 털가죽과 갈기. 짐승이라고 해서 흉측하리란 법은 없지. 사자는 흉측하지 않으니까. 호랑이도 마찬가지고. 다른 모든 큰고양이류 동물들도 그렇지. 놈들은 절대 흉측하지 않아."

"놈은 아무 걱정도 할 필요가 없겠군요." 베인즈가 말했다. "무사히 숨을 수 있을 테니까요. 놈을 돌봐줄 인간 여성이 존재하는 한은요. 그리고 미래를 볼 수 있기 때문에, 이미 자신이 인간 여성에게 성적으로 거부할 수 없는 존재라는 사실을 알고 있을 겁니다."

"놈을 잡아야 해." 위즈덤이 중얼거렸다. "정부에 비상사태를 선포하라고 전달했네. 군대와 치안경찰이 놈을 추적할 거야. 행성 전체의 전문가들이 최신식 기계와 장비를 이용해 놈을 쫓을 걸세. 결국 늦든 빠르든 놈을 제거할 수 있을 거야."

"그때쯤이면 그래 봤자 별 소용도 없을 겁니다." 베인즈가 말했다. 그는 아니타의 어깨에 손을 올리며 비꼬는 투로 토닥였다. "당신 동료들이 생길 거야, 내 사랑. 당신만이 아닐 테니까. 당신은 앞으로 끝없이 이어질 피해자 행렬의 첫 번째일 뿐이지.”

“고마워.” 아니타가 이를 악물고 말했다.

“가장 오래된 생존 방식과 가장 새로운 생존 방식. 두 가지가 합쳐져 완벽하게 적응한 동물을 만들어낸 거야. 대체 놈을 어떻게 저지해야 할까? 당신을 불임 탱크에 넣어버리는 일은 그리 어렵지 않아. 하지만 모든 사람들을, 놈이 지나가며 만나는 모든 여자들을 잡아들일 방도는 없잖아. 하나라도 놓치면 우리는 끝장이라고.”

“계속 시도는 해야지.” 위즈덤이 말했다. “최대한 많은 숫자를 잡아들이는 걸세. 놈이 새끼를 까기 전에.” 그의 지치고 늘어진 얼굴에 희미한 희망의 빛이 반짝였다. “어쩌면 놈의 형질이 열성일지도 몰라. 우리 유전자가 놈의 유전자를 덮어쓸지도 모른다고.”

“저라면 그쪽에 돈을 걸지는 않겠습니다.” 베인즈가 말했다. “이미 어느 쪽 유전자가 우성인지 알게 된 것 같으니까요.” 그는 빈정대며 웃음을 지었다. “그러니까 저야 추측하는 것뿐입니다만, 절대 우리 쪽은 아닐 겁니다.”

제임스 P. 크로우
James P. Crow

PHILIP K. DICK

짧지만 강렬하고 직설적인 단편이다. 주인공의 이름인 '제임스 P. 크로우'는 1965년까지 미국 남부 여러 주에서 시행되던 공공장소 인종 분리 법안, 소위 '짐 크로우 법'에서 따온 것인데, 작품 속의 인간들은 짐 크로우 법의 옹호자들이 흔히 주장하던 '격리하지만 평등하게'라는 상황에 그대로 처해 있다. 펜실베이니아 대학의 영문학 교수이자 비평가인 토머스 클레어슨은 이 작품이 "1960~1970년대에 SF 장르에서 찾아볼 수 있는 사회 부조리 비판 작품의 전조라는 점에서 중요하다"고 지적한 바 있다.

"**이** 쪼끄맣고 못된―인간 자식이." 새로 만들어진 Z형식 로봇이 짜증 섞인 소리를 빽 질렀다.

도니는 얼굴을 붉히며 천천히 물러섰다. 사실이었다. 그는 인간, 사람의 아이였다. 과학으로도 해결할 수 없는 문제였다. 그는 영원히 인간이었다. 로봇의 세계 속에 살고 있는 인간.

차라리 죽어버리고 싶었다. 잔디 아래에 누워 벌레들이 자기를 먹어 치우고 몸속을 기어 다니며 불쌍하고 비참한 인간의 뇌를 우적우적 씹어버렸으면 했다. 그러면 로봇 친구 Z-236r는 혼자서 놀아야 할 테고, 그제야 후회하겠지.

"어딜 가는 거야?" Z-236r가 물었다.

"집에."

"계집애 같은 놈."

도니는 대답하지 않았다. 그저 4차원 체스 판을 정리해 주머니에 집어넣고는 에카르다 가로수 길을 따라 인간 구역을 향해 걸음을 옮겼다. Z-236r가 늦은 오후의 햇살을 받으며 금속과 플라스틱으로 만들어진 하얀 탑처럼 그의 등 뒤에서 버티고 서 있었다.

"내가 신경이나 쓸 줄 알고." Z-236r가 토라져서 소리쳤다. "어차피 인간하고는 아무도 안 놀아주잖아? 집으로 가버려. 너―너 이상한 냄새 난다구."

도니는 아무 말도 하지 않았다. 하지만 그의 등은 조금 더 움츠러들었다. 턱은 가슴에 더욱 가까이 가 붙었다.

"그래, 마침내 일이 생긴 모양이더군." 에드거 파크스가 식탁 건너편의 아내를 보며 우울하게 말했다.

그레이스는 화들짝 놀라 고개를 들었다. "일요?"

"도니가 오늘 자기 위치를 배운 모양이야. 옷을 갈아입고 있는데 나한테 와서 그러더라고. 함께 놀던 새 로봇 중 하나가 그 애를 인간이라고 놀렸대. 불쌍한 녀석. 그놈들은 대체 왜 그런 식으로 아픈 데를 쑤셔대는 거지? 그냥 좀 가만 놔두면 안 되나?"

"그래서 오늘 저녁을 먹고 싶지 않다고 한 거였군요. 지금은 자기 방에 있어요. 무슨 일이 있는 것 같더라니." 그레이스는 남편의 손을 만지며 말했다. "이겨낼 거예요. 우리 모두 힘든 방식으로 배우기 마련이잖아요. 그 아이는 강하니까 곧 기운을 차릴 거예요."

에드는 식탁에서 일어나 거실로 나갔다. 그의 집은 평범한 방 다섯 개짜리 거주 시설로, 인간을 위해 따로 마련한 구역에 있었다. 그 역시 별로 식사 생각이 없었다. "로봇들이란." 아무런 소용도 없는 일이었지만, 그는 주먹을 꾹 쥐어봤다. "언젠가 한 놈 걸리기만 해봐. 딱 한 번만이라도. 이 주먹으로 배때기를 쑤셔줄 테니까. 전선과 부속을 한 줌 뜯어내 버리겠어. 내가 죽기 전에 단 한 번만이라도."

"어쩌면 그럴 기회가 올지도 모르죠."

"아니, 아니. 그런 일은 절대 없을 거야. 어쨌든 인간은 로봇이 없으면 아무것도 꾸려나갈 수 없으니까. 그게 현실이라고, 여보. 인간에게는 사회를 유지할 응집력이 없어. 그 사실이 명단을 통해 1년에 두 번씩 증명되잖아. 현실을 인정하자고. 인간은 로봇보다 열등해. 하지만 그걸 군이 우리에게 그렇게 들이댈 필요는 없잖아! 오늘 도니가 겪은 일처럼 말이야. 우리 면전에다. 나는 로봇의 몸종 노릇을 한다고 해도 별 신경 쓰지 않아. 괜찮은 직업이지. 봉급도 괜찮고, 일도 어렵지 않고. 하지만 내 자식이 인간이라는 말을 듣는 꼴을 보고 있으면—"

에드는 말을 멈췄다. 도니가 천천히 자기 방에서 나와 거실로 들어오고 있었기 때문이다. "안녕, 아빠."

"안녕, 꼬맹아." 에드는 아들의 등을 부드럽게 토닥였다. "이제 좀 괜찮니? 오늘 밤 쇼에 데려가줄까?"

인간은 매일 밤마다 영상 화면에서 유희를 제공했다. 인간들은 오락을 제공하는 측면에서는 훌륭했다. 인간이 로봇보다 더 뛰어난 유일한 분야였다. 인간은 그림을 그리고 글을 쓰고 춤을 추고 노래를 부르고 연기를 했다. 로봇들의 오락을 위하여. 요리 실력 역시 인간이 더 뛰어났지만, 어차피 로봇은 음식을 먹지 않았다. 인간들에게는 그들만의 지위가 있었다. 그들은 이해를 받고 필요성이 인정되는 존재였다. 몸종으로서, 연예인으로서, 사무원으로서, 건설 노동자로서, 수리공으로서, 심부름꾼과 공장 노동자로서.

하지만 공공 행정 전문가나 이 행성에 있는 열두 개의 수력 시스템에 에너지를 공급하는 우손 테이프의 공급 관리자 같은 역할로 넘어가면—

"아빠." 도니가 말했다. "한 가지 물어봐도 돼요?"

"물론이지." 에드는 한숨을 쉬며 소파에 앉아 등받이에 몸을 기대고 다리를 꼬았다. "무슨 질문이니?"

도니는 조용히 아빠의 옆에 앉았다. 둥근 얼굴에 진지한 표정이 떠올랐다. "명단에 대해 묻고 싶어요."

"아, 그래." 에드는 턱을 문질렀다. "그래, 그렇지. 몇 주 후면 명단 시험이 있지. 네 시험을 위해 공부를 시작해야겠구나. 모의고사 문제집을 가져다줄 테니 그걸 훑어보렴. 우리 둘이 힘을 합치면 널 20등급으로 올라가게 할 수 있을지도 모르지."

"있잖아요, 아빠." 도니가 아버지 쪽으로 몸을 기울이며 낮은 목소리로 심각하게 물었다. "지금까지 명단 시험을 통과한 인간이 몇 명이나 돼요?"

에드는 자리에서 일어나 방 안을 걸으면서 파이프에 담배를 채우고 얼굴을 찌푸렸다. "글쎄, 얘야. 그건 꽤나 어려운 질문이로구나. 인간은 등급 정보은행에 접속할 수가 없거든. 그래서 확인할 수가 없어. 법률에 따르면 상위 40퍼센트 안에 드는 인간은 이후의 발전 경과에 따라 단계적으로 승급이 가능한 등급에 들어갈 수 있단다. 얼마나 많은 인간이 통과했는지는 알 수 없지만—"

"명단 시험을 통과한 인간이 있기는 한 건가요?"

에드는 초조하게 마른침을 삼켰다. "세상에, 얘야. 나도 모르겠구나. 그러니까 내 말은, 그런 식으로 물으면 실제로 통과한 사람이 떠오르지는 않는다는 말이다. 없을 수도 있겠지. 명단 시험을 시작한 지 300년 밖에 지나지 않았잖니. 그 전의 반동적인 정부는 인간이 로봇과 경쟁하는 것 자체를 금지했으니까. 하지만 지금의 우리는 진보적인 정부를 가졌고, 명단 시험을 통해 경쟁할 수도 있고, 충분히 높은 점수를 얻으면……" 그의 목소리가 흔들리다 천천히 잦아들었다. "아니다, 얘야." 그는 비참하게 중얼거렸다. "명단 시험을 통과한 인간은 없어. 우리는 그저 충분히 똑똑하지 못한 거란다."

방 안이 조용해졌다. 도니는 무표정한 얼굴로 보일락 말락 하게 고개를 끄덕였다. 에드는 아들을 바라볼 수가 없어서 떨리는 손으로 파이프에만 집중했다.

"그렇게 나쁜 일은 아니야." 에드가 목쉰 소리로 말했다. "내 직업도 나쁘진 않단다. 나는 빼어나게 훌륭한 N형식 로봇의 몸종이지. 성탄절과 부활절에는 보너스도 듬뿍 받고, 내가 아플 때는 병가를 얻을 수도 있단다." 그는 짐짓 소리 내어 목청을 가다듬었다. "그리 나쁘지 않다고."

그레이스가 문가에 서 있었다. 눈을 밝게 빛내며 방 안으로 들어오고 있었다. "그래요, 나쁘지 않죠. 전혀 나쁘지 않아요. 당신은 로봇을 위해 문을 열어주고, 도구를 가져다주고, 전화를 대신 걸어주고, 심부름을 해 주고, 기름을 치고, 수리하고, 노래를 부르고, 대화 상대가 되고, 테이프 를 스캔해주고—"

"좀 닥쳐." 에드가 짜증을 내며 중얼거렸다. "그럼 내가 뭘 해야 할까? 사표를 낼까? 존 홀리스터나 피트 클레인처럼 잔디나 깎으라는 거야? 적어도 내가 모시는 로봇은 내 이름을 불러. 생명으로 존중해준단 말이 야. 에드라고 불러준다고."

"인간 중에서 명단 시험을 통과한 사람이 있어요?" 도니가 말했다.

"물론이지." 그레이스가 날카롭게 대꾸했다.

에드는 고개를 끄덕였다. "물론이다, 애야. 당연하지. 언젠가 인간과 로봇이 평등하게 함께 어울려 사는 날이 올지도 모르지. 로봇들 중에 평등당을 꾸리는 자들도 있단다. 의회에서 10석을 차지하고 있지. 그들 은 명단 시험 없이 인간을 받아들여야 한다고 생각한단다. 사실 당연 히—"그는 순간 말을 멈췄다. "내 말은, 아직까지는 인간이 한 명도 시 험을 통과하지 못했으니까—"

"도니." 그레이스가 아들을 굽어다보며 격렬한 어조로 말했다. "내 말 잘 들어. 절대 이걸 잊으면 안 돼. 아무도 모르는 일이 하나 있단다. 로 봇들은 이 이야기를 꺼내지 않고, 인간들은 모르고 있거든. 하지만 분명 한 사실이란다."

"뭐가요?"

"나는 등급을 받은 인간을 한 사람 알고 있단다. 명단 시험을 통과했 지. 10년 전 일이야. 그리고 거기서 더 승급해서 2등급까지 올라갔단다. 그 사람은 언젠가 1등급까지 올라갈 거야. 잘 들었니? 인간이 말이야. 게다가 더 올라갔다고."

도니는 미심쩍은 얼굴이 되었다. "정말이에요?" 의심이 한 가닥 희망으로 바뀌었다. "2등급요? 농담 아니죠?"

"그저 뜬소문일 뿐이야." 에드가 투덜댔다. "평생 동안 그런 소문만 들었다고."

"정말이라고요! 엔진실 중 하나를 청소하다가 로봇 두 대가 그 이야기를 하는 걸 들었어요. 내가 듣는 걸 알아채자마자 말을 멈추더라니까요."

"그 사람 이름이 뭐예요?" 도니가 눈을 크게 뜨고 물었다.

"제임스 P. 크로우란다." 그레이스가 자랑스럽게 말했다.

"괴상한 이름이로군." 에드가 중얼거렸다.

"그게 그 사람 이름이에요. 나는 알고 있다고요. 이건 그저 그런 이야기가 아니에요. 정말이라고요! 훗날 언젠가는 그 사람이 최고 등급으로 올라갈지도 몰라요. 최고 평의회에 들어갈지도 모른다고요."

밥 매킨타이어는 목소리를 낮췄다. "그래, 전부 사실이야. 그 사람 이름이 제임스 P. 크로우라는 것도."

"전설이 아니라는 건가?" 에드가 흥분해서 물었다.

"실제로 그런 인간이 존재한다니까. 2등급이 맞아. 거기까지 계속 승급했지. 계속해서 명단 시험을 통과했다는 말이야." 매킨타이어는 손가락을 퉁겨 보였다. "로봇들은 쉬쉬하고 있지만 사실이라고. 게다가 그 소식은 점차 퍼져나가고 있어. 더 많은 인간들이 알게 되었다고."

두 남자는 웅장한 구조 연구 센터 건물의 종업원용 출입구 앞에 멈춰섰다. 로봇 공무원들은 건물 앞의 정문으로 바쁘게 드나들었다. 로봇 기획자들은 테라의 사회를 솜씨 좋게 능률적으로 이끌었다.

로봇이 지구를 경영했다. 항상 그래온 것처럼. 역사 테이프에서 그렇게 말하고 있었다. 인간은 열한 번째 천년기에 일어난 총력전 당시에 발명된 존재였다. 당시에는 모든 종류의 무기를 시험하고 사용해봤는데, 인간 역시 그런 수많은 무기들 중 하나였다. 전쟁은 사회를 완전히 뒤엎었다. 이후 수십 년 동안은 무정부 상태와 폐허밖에 남아 있지 않았다. 사회는 로봇들의 지속적인 인도하에 간신히 제 모습을 되찾을 수 있었다. 인간은 재건에 유용한 존재였다. 하지만 그들이 어떻게 처음 제작되었는지, 어떤 용도로 사용되었는지, 전쟁에서 무슨 역할을 수행했는지—이런 모든 지식은 수소폭탄의 폭발과 함께 사라져버렸다. 역사가들은 추측으로 남은 자리를 메울 수밖에 없었다.

"왜 그렇게 이름이 괴상한 거지?" 에드가 물었다.

매킨타이어는 어깨를 으쓱해 보였다. "내가 아는 것이라고는 그 친구가 북방 보안 의회의 부고문이라는 것뿐이야. 1등급이 되면 의회에 들어가기로 예정되어 있고."

"로봇들은 어떻게 생각할까?"

"좋아하지야 않겠지. 하지만 별 도리가 없는 일이잖아. 법에 따르면 자격을 갖춘 인간에게는 자리를 줘야 한다고 되어 있으니까. 물론 인간이 자격을 갖출 수 있을 거라고는 상상도 하지 못했겠지. 하지만 이 크로우라는 양반은 명단 시험을 통과한 거야."

"정말 묘하군. 인간이 로봇보다 똑똑하다니. 어떻게 된 일인지 궁금한데."

"평범한 수리공이었다던데. 기계를 수리하고 회로를 설계하는 정비공 말이야. 물론 등급은 없었지. 그런데 어느 날 갑자기 목록 시험을 통과한 거야. 20등급이 됐지. 다음 분기 시험에서는 19등급이 됐고. 지위를 마련해줄 수밖에 없었지." 매킨타이어는 큭큭 웃었다. "정말 끔찍한 일 아니겠나? 놈들이 인간과 나란히 앉아야 한다니 말이야."

"반응이 어땠어?"

"사표를 낸 놈들도 있었지. 인간과 나란히 앉느니 자기가 나가는 쪽을 택한 거야. 하지만 대부분은 머물렀어. 훌륭한 로봇들도 많거든. 다들 열심히 일한다고."

"그 크로우라는 친구를 만나볼 수 있었으면 좋겠군."

매킨타이어는 얼굴을 찌푸렸다. "글쎄―"

"왜 그래?"

"내가 듣기로는 인간과 함께 있는 모습을 그리 보이고 싶지 않은 모양이던데."

"그건 또 왜?" 에드는 발끈했다. "인간이 뭐가 어때서? 높은 자리에 올라 권력을 쥐고 로봇들과 함께 앉게 되니까 이제―"

"그런 게 아니야." 매킨타이어의 눈에 묘한 빛이 떠올랐다. 뭔가를 갈망하는, 먼 곳을 바라보는 눈빛이었다. "그렇게 단순한 일이 아니야, 에드. 그 사람은 뭔가를 준비하고 있어. 중요한 일을. 입 밖에 낼 수는 없지만, 정말 큰일이야. 끝내주게 중요한 일이라고."

"그게 뭔데?"

"나는 말할 수 없어. 하지만 그 친구가 의회에 들어갈 때까지만 기다려보라고. 기다려봐." 매킨타이어의 눈에 열정이 피어오르고 있었다. "세계를 뒤흔들 만큼 큰일이라고. 별과 태양까지 흔들릴 거야."

"뭔데 그래?"

"나도 몰라. 하지만 크로우는 뭔가 중요한 패를 감추고 있어. 뭔가 엄청나게 큰 걸. 우리 모두가 그걸 기다리고 있다고. 그때가 찾아오기를……"

제임스 P. 크로우는 번쩍이는 마호가니 책상에 앉아 생각에 잠겨 있었다. 물론 이건 그의 진짜 이름이 아니었다. 첫 실험을 마친 후 남몰래 미소 지으며 만든 이름이었다. 누구도 이 이름의 뜻을 알지 못할 것이다. 혼자만의 농담, 개인적이고 아무도 모르는 장난으로 남겠지. 하지만 나쁘지 않은 농담이었다. 풍자적인 데다 이 상황에 적합하기도 하고.

그는 아일랜드계와 독일계의 피가 섞인 키 작은 남자였다. 밝은색 피부와 늘씬한 몸매에 푸른 눈을 지녔고, 금발 머리카락이 얼굴로 자꾸 흘러내려 자주 빗어 넘겨야 했다. 다림질을 하지 않은 헐렁한 바지를 입었고 소매는 말아 올렸다. 긴장감에 항상 초조해 보이는 모습이었다. 하루 종일 담배를 피우고 블랙커피를 마셨으며, 밤에는 보통 제대로 잠을 이루지 못했다. 하지만 속으로는 온갖 생각을 하고 있었다.

정말로 많은 것들을. 크로우는 문득 자리에서 일어나 영상 통화기 쪽으로 걸어갔다. "식민지 집행위원을 들여보내게." 그가 명령했다.

집행위원의 금속과 플라스틱 동체가 문을 밀고 집무실로 들어왔다. 침착하고 능률적인 R형식 로봇이었다. "저를 보고 싶다고—" 로봇은 인간을 보자 순간 말을 멈췄다. 아주 잠시 동안 옅은 색의 시각 렌즈에 의심하는 빛이 서렸다. 식별 형태 위로 희미한 거부감이 어리는 것이 보였다. "저를 보고 싶다고 하셨습니까?"

크로우는 예전에도 이런 표정을 본 적이 있었다. 셀 수 없을 만큼 많이. 이미 익숙해진, 아니, 거의 익숙해진 일이었다. 처음의 경악과 그 뒤를 따르는 거만한 퇴각, 차갑고 절제된 형식적 태도. 그는 '크로우 씨'였다. 짐이 아니었다. 법률에 따르면 저들은 그를 동등한 존재로 취급해야 했다. 어떤 이들은 다른 이들보다 더 많이 상처를 입었다. 어떤 이들은 절제하지 않고 그런 감정을 표출하기도 했다. 이 로봇은 자신의 감정을 사소한 것으로 여기며 억누르고 있었다. 크로우가 공적으로는 그의 상관이었기 때문이다.

"그래, 보자고 했소." 크로우가 차분하게 말했다. "보고서를 보고 싶은데. 왜 아직도 제출하지 않은 거요?"

로봇은 여전히 거만하고 절제된 태도로 평계를 댔다. "그런 보고서를 작성하는 일에는 시간이 걸립니다. 우리도 최선을 다하고 있습니다."

"2주 안에 제출하도록 하시오. 더 이상 시간을 주지는 않겠소."

로봇의 내면에서 투쟁이 벌어지고 있는 듯했다. 평생 동안 계속되어 온 편견과 정부 규율에 대한 복종 사이의 투쟁이었다. "알겠습니다, 고문님. 2주 안에 보고서를 준비하도록 하겠습니다." 로봇은 집무실 밖으로 나갔다. 그의 뒤로 문의 형상이 다시 만들어졌다.

크로우는 크게 숨을 몰아쉬었다. 최선을 다하고 있다고? 그럴 리가 있나. 인간을 만족시키기 위해 최선을 다할 리가 없지. 그가 2등급의 고문 지위에 올라도 변하는 건 없었다. 모두가 그의 발목을 잡으려 했다. 조직 전체가 여기저기서 계속 문제를 일으키고 있었다.

문의 형상이 녹아내리며 로봇 한 대가 빠르게 집무실 안으로 굴러 들어왔다. "여기 있었군, 크로우. 시간 좀 있나?"

"물론이지." 크로우가 웃음 지었다. "이리 와서 앉게나. 자네와 대화를 나누는 일은 항상 즐겁다니까."

로봇은 크로우의 책상 위에 한 묶음의 문서를 내려놓았다. "테이프와 뭐 그런 것들이야. 사소한 사업상 문제지." 로봇은 크로우를 물끄러미 바라봤다. "기분이 안 좋아 보이는데. 무슨 일 있었나?"

"보고서를 기다리고 있는데 기한이 지났어. 누군가가 시간을 끄는 모양이야."

L-87t가 투덜댔다. "항상 똑같은 일이지. 그런데…… 오늘 밤에 집회가 열리거든. 와서 연설 좀 해줄 생각 있나? 좋은 계기가 될 수도 있어."

"집회?"

"당 집회 말이야. 평등당." L-87t는 오른쪽 집게로 허공에 반원 모양의 표식을 그렸다. 평등의 심벌이었다. "자네가 와주면 정말 기쁘겠는데, 짐. 올 생각 있나?"

"아니, 가고는 싶지만 업무가 있어서."

"아." 로봇은 문 쪽으로 움직여갔다. "알겠네. 어쨌든 고마워." 그는 잠시 문가에 머물렀다. "자네는 우리에게 예방접종을 해준 셈이야. 인간이 로봇과 동등하며 그런 대우를 받을 가치가 있는 존재라는 점을 보여주는 살아 있는 증거지."

크로우는 희미하게 웃음 지었다. "하지만 인간은 로봇과 동등하지 않아."

L-87t는 화난 듯 몸을 돌리며 지껄였다. "무슨 소리를 하는 건가? 자네가 살아 있는 증거 아닌가? 자네 명단 시험 점수를 봐. 완벽하잖아. 실수 하나 없었어. 게다가 한두 주 후면 1등급이 될 거라고. 최고 등급에 오를 거란 말이야."

크로우는 고개를 저었다. "미안하군. 인간은 스토브와 동등하지 않은 것과 마찬가지로 로봇과도 동등하지 않아. 아니면 디젤 엔진이나, 아니면 제설기나. 인간이 할 수 없는 일은 아주 많다고. 사실은 인정해야지."

L-87t는 할 말을 잃었다. "하지만—"

"진심으로 하는 소릴세. 자네는 현실을 무시하고 있어. 인간과 로봇은 완전히 다른 존재야. 우리 인간은 노래하고, 연기하고, 희곡과 소설과 오페라를 쓰고, 그림을 그리고, 무용하고, 꽃밭을 도안하고 가꾸고, 맛있는 음식을 조리하고, 사랑을 하고, 소네트를 끼적댈 수 있지. 로봇은 못하는 일이야. 하지만 로봇은 아름다운 도시를 건설하고, 완벽하게 작동하는 기계를 만들고, 쉬지 않고 며칠 동안이나 작업하고, 감정의 개입 없이 사고하고, 시간을 지연하는 일 없이 복잡한 정보를 가공해낼 수 있어.

어떤 분야에서는 인간이 뛰어나고, 어떤 분야에서는 로봇이 뛰어난 것뿐이야. 인간은 고도로 발달된 감정과 정서를 지니고 있지. 심미적 관점 역시 뛰어나고, 우리는 색과 소리와 질감과 와인을 곁들인 부드러운 음악에 민감해. 모든 훌륭한 것들에 말이야. 가치 있는 것들이지. 로봇은 도저히 도달할 수 없는 영역이야. 로봇은 순수하게 지적이니까. 물론 그것도 훌륭한 일이야. 양쪽 세계 모두 훌륭해. 예술과 음악과 드라마에 감수성이 뛰어난 감정적인 인간. 사고하고 계획하며 기계를 도안하는 로봇. 하지만 그렇다고 해서 우리가 동일하다는 이야기는 아니야."

L-87t는 슬프게 고개를 저었다. "자네를 이해할 수가 없군, 짐. 자네 종족을 돕고 싶지 않은 건가?"

"물론 돕고 싶지. 하지만 현실적인 자세를 취할 뿐이라네. 현실을 무시하고 인간과 로봇의 자리를 서로 바꿔 끼울 수 있다는 거짓 가정을 하고 싶지 않을 뿐이야. 동일한 요소가 아니니까."

L-87t의 시각 렌즈에 묘한 빛이 스치고 지나갔다. "그럼 자네의 해결책은 대체 뭔가?"

크로우는 입을 꾹 닫았다. "몇 주만 더 기다리면 자네도 알게 될지 모르겠네."

크로우는 테라 안보 건물을 나와 거리를 따라 걸었다. 주변에서 로봇들이 북적이고 있었다. 금속과 플라스틱과 d/n 유체로 만든 반짝이는 동체들이 끝없이 움직였다. 몸종을 제외하면 이 구역으로 들어오는 인간은 존재하지 않았다. 이 지역은 도시 관리 구역, 계획과 구성이 이뤄지는 도시의 핵심부였다. 여기서 도시의 모든 삶을 제어하고 있었다. 사방에 로봇이 가득했다. 지상 차량에도, 이동 보도에도, 발코니에도. 건물에 들어가고 나오면서 로마의 원로원 의원들처럼 여기저기에 모여서서 사업 이야기를 하고 있는 반짝이는 동체들이 보였다.

일부는 보일락 말락 하게 또는 정중하게 금속 머리를 숙이며 인사를 하기도 했다. 그러고는 바로 등을 돌렸다. 대부분의 로봇들은 그를 무시하거나 접촉을 피하기 위해 자리를 뜨곤 했다. 가끔은 크로우가 지나갈 때마다 갑자기 말을 멈추고 침묵을 지키는 로봇 무리도 있었다. 진지하고 반쯤 경탄하는 눈빛의 시각 렌즈들이 그를 바라보고 있었다. 팔의

휘장을 알아본 것이다. 2등급. 경악과 분노. 그가 지나가고 나면 분노와 적의가 끓어오르는 웅웅 소리가 들리곤 했다. 인간 구역으로 걸어가는 그를 뒤돌아보는 로봇들도 있었다.

두어 명의 인간들이 내무부 건물 앞에 서 있었다. 전지가위와 갈퀴를 들고 있는 모습이 보였다. 대형 공공건물 정원에서 잡초를 뽑고 물을 주는 정원사들이었다. 그들은 흥분된 눈으로 크로우가 지나가는 모습을 바라봤다. 한 사람은 희망과 열정을 드러내 보이며 그를 향해 어색하게 손을 흔들었다. 일용 노동직의 인간이 등급제 안으로 편입해 들어간 유일한 인간에게 손을 흔드는 모습이었다.

크로우는 가볍게 손을 흔들어 응답했다.

경외감에 두 사람의 눈이 휘둥그레졌다. 둘은 크로우가 주 도로의 교차로에 이르러 방향을 틀어, 전초 행성 마트에서 쇼핑하고 나오는 사람들 사이로 사라질 때까지 계속 그의 뒷모습을 바라봤다.

금성과 목성과 가니메데의 부유한 식민지에서 생산된 상품들이 옥외 마트를 가득 채우고 있었다. 로봇들은 무리 지어 몰려다니며 물건을 살펴보고 가격을 매기고 토의하고 수다를 떨었다. 인간도 몇몇 보였지만 대부분 로봇 가정의 정비 일이나 재고 관리를 담당하는 하인들이었다. 크로우는 인파를 헤치고 마트 구역을 벗어났다. 도시의 인간 구역에 가까워지고 있었다. 벌써 냄새가 났다. 살짝 자극적인 인간의 체취가.

로봇은 물론 냄새가 나지 않았다. 냄새 없는 기계의 세계에서 인간의 냄새를 맡으면 기묘한 안도감이 들었다. 인간 구역은 한때 도시의 중심가였지만, 인간들이 이주해 들어오기 시작하자마자 가격이 바닥을 쳤다. 로봇들은 하나둘씩 이 지역을 떠났고, 이제 인간들만이 이곳에 살고 있었다. 크로우는 자신의 지위에도 인간 구역에 살아야 했다. 그의 집, 다른 이들과 똑같은 방 다섯 개짜리 주택은 뒤쪽 구역이었다. 수많은 비슷한 집들 중 하나.

크로우가 정문에 손을 대자 문이 녹아내렸다가, 그가 들어간 후 재빨리 다시 생겨났다. 그는 손목시계를 확인했다. 아직 시간은 많았다. 다시 자리로 돌아갈 때까지 한 시간 남았다.

그는 손을 마주 비볐다. 그만의 공간으로 돌아오는 일은 항상 흥분되는 경험이었다. 어린 시절을 보낸 곳, 그것을 만나 순식간에 상위 등급으로 솟아오르기 전까지 평범한 무등급 인간으로서 살아온 곳이었으니까.

크로우는 작고 고요한 집 안을 가로질러 뒤편에 있는 작업장으로 향했다. 빗장을 풀고 육중한 문을 옆으로 밀었다. 작업장 안은 덥고 건조했다. 그는 경보기의 전원을 내렸다. 복잡하게 얽혀 있는 종과 회로들은 사실 그다지 필요하지 않았다. 로봇들은 인간 구역에 절대 들어오지 않았고, 인간끼리 물건을 훔치는 일은 별로 없었으니까.

크로우는 작업장에 들어와 문을 닫은 후 방 가운데에 조립되어 놓여 있는 복잡한 기계 더미 앞에 앉았다. 전원을 올리자 기계가 윙윙대기 시작했다. 다이얼과 계기판이 움직이며 빛이 번쩍였다.

눈앞에서 네모난 회색 화면이 옅은 분홍색으로 바뀌더니 살짝 흔들렸다. 그의 창문이었다. 크로우의 맥박이 고통스러울 만큼 강하게 뛰기 시작했다. 스위치 하나를 올리자 창문이 흐릿해지더니 장면 하나를 비췄다. 그는 창문 앞에 테이프 스캐너를 가져다 대고는 기계를 작동시켰다. 스캐너가 딸각 소리를 내며 창문에 형상이 나타났다. 희미한 형상들이 나타나 흔들거리고 머뭇대며 움직이기 시작했다. 그는 영상을 조절했다.

두 대의 로봇이 탁자 앞에 서 있었다. 그들은 단속적으로 빠르게 움직였다. 크로우는 속도를 늦췄다. 두 로봇은 뭔가를 분배하고 있었다. 크로우가 영상의 해상도를 높이자 물체의 모습이 화면 가득 떠올랐다.

그 내용이 스캐너의 렌즈를 통해 테이프에 저장되었다.

로봇들은 명단을 정리하고 있었다. 1등급 명단 시험. 문제와 답안이 들어 있는 수백 개의 꾸러미를 채집해 분류하는 중이었다. 탁자 앞에서 초조한 군중이 기다리고 있었다. 자신들의 점수를 듣고 싶어 안달이 난 로봇들이었다. 크로우는 영상의 속도를 올렸다. 두 로봇의 행동이 빨라졌다. 둘은 잔상이 일어날 만큼 격렬하게 명단 시험지를 나누고 정리했다. 그리고 1등급 명단 시험의 모범 답안지를 들어 올리는 순간―

크로우는 명단의 모습이 보이는 순간 그 내용을 창문으로 잡아 속도를 0으로 떨어뜨렸다. 답안지는 슬라이드에 끼인 시료처럼 허공에 고정되어 있었다. 테이프 스캐너가 웅웅대며 문제와 답안을 기록했다.

크로우는 죄책감을 느끼지 않았다. 시간 창문을 이용해 미래의 시험 결과를 보는 일에는 양심의 가책이 전혀 느껴지지 않았다. 그는 이 일을 10년 동안이나 해왔다. 무등급에서 1등급까지, 밑바닥에서부터 이런 식으로 올라왔다. 그는 현실을 잘 알고 있었다. 미리 답안을 보지 않았다면 절대로 시험을 통과할 수 없었으리라. 여전히 무등급자로, 다른 수많은 무등급 인간 무리와 마찬가지로 최하층 계급에 속해 있었을 것이다.

명단 시험은 로봇의 정신에 맞춰져 있었다. 로봇이 만들었으니 로봇 문화와 맞아떨어질 수밖에 없었다. 인간은 힘겹게 적응해야만 하는 이질적인 문화였다. 로봇만이 명단을 통과하는 것도 당연했다.

크로우는 창문에 떠오른 장면을 사라지게 하고는 스캐너를 옆으로 치웠다. 그는 창문을 훨씬 전의 세계로, 수 세기 전의 과거로 돌리기 시작했다. 인간 사회와 인간의 모든 전통이 총력전 때문에 파괴되기 전, 옛 시대의 영상은 아무리 봐도 싫증이 나지 않았다. 인간이 로봇 없이 살았던 시절의 모습.

그는 다이얼을 만지작거려서 한 장면을 화면에 잡았다. 로봇들이 전후의 사회를 건설하는 모습이 담겨 있었다. 로봇들이 파괴된 행성 위를 몰려다니며 거대한 도시와 건물을 건설하고 잔해를 치우는 모습이 보였다. 인간을 노예로 이용해서. 2등 시민으로, 하인으로 여기면서.

크로우는 총력전의 모습을, 하늘에서 내리는 죽음의 비를 봤다. 파괴의 하얀 버섯구름이 솟아오르는 모습도. 인간의 사회가 소멸되어 방사능 입자들로 녹아버리는 모습도 지켜봤다. 혼돈 속에서 인간의 모든 지식과 문화가 사라졌다.

그리고 다시 한번, 가장 좋아하는 장면을 돌려봤다. 그가 여러 번 재생하며 확인하고 막대한 만족감을 느꼈던 독특한 장면이었다. 전쟁 초기 지하의 연구실에 틀어박힌 인간들이 화면에 잡혔다. 그들은 첫 로봇, A형식 로봇을 만들고 있었다. 4세기 전의 일이었다.

에드거 파크스는 아들의 손을 잡고 천천히 집으로 걸어왔다. 도니는 땅바닥을 내려다보고 있었다. 아무 말도 하지 않았다. 눈은 붉게 충혈되어 통통 부어 있었다. 비참한 기분에 얼굴이 창백했다.

"죄송해요, 아빠." 그가 중얼거렸다.

에드는 아들의 손을 꾹 쥐었다. "괜찮다, 애야. 너는 최선을 다했어. 걱정하지 말거라. 다음에는 잘될지도 모르지. 다음에는 좀 더 일찍 준비를 시작하자꾸나." 그는 들릴락 말락 하게 욕설을 내뱉었다. "그 망할 금속 항아리 놈들. 영혼도 없는 깡통 무더기 같으니!"

저녁때였다. 해가 지고 있었다. 둘은 천천히 현관 계단을 올라 집으로 들어섰다. 그레이스가 문가에서 그들을 맞이했다. "별로였어요?" 그녀는 남편과 아들의 얼굴을 살펴봤다. "그런 모양이네요. 항상 그랬듯이."

"항상 그랬던 대로지." 에드가 씁쓸한 목소리로 말했다. "가능성도 없었어. 가망이 없다고."

식당 쪽에서 웅성거리는 소리가 들려왔다. 남자와 여자의 목소리였다.

"거기 누구요?" 에드는 짜증 섞인 소리로 물었다. "꼭 오늘 손님을 맞아야 해? 세상에, 하고많은 날 중 하필이면 오늘—"

"이리 와요." 그레이스가 그를 부엌으로 이끌었다. "새 소식이 있어요. 어쩌면 당신도 기분이 나아질지 모르겠네요. 너도 오거라, 도니. 분명 흥미가 생길 이야기일 거야."

에드와 도니는 부엌으로 들어갔다. 안은 사람들로 가득했다. 밥 매킨타이어와 그의 아내 팻. 존 홀리스터와 그 아내 조앤과 그들의 두 딸. 피트 클레인과 로즈 클레인 부부. 다른 이웃들, 냇 존슨과 팀 데이비스와 바버라 스탠리. 열기를 띤 말소리가 방 안을 가득 메웠다. 모두가 들뜨고 초조한 모습으로 식탁 주변에 모여들어 있었다. 샌드위치와 맥주병이 가득했다. 모든 사람이 흥분한 눈을 반짝이며 즐겁게 웃고 떠들었다.

"무슨 일이야?" 에드가 투덜댔다. "왜 갑자기 파티를 열고 그래?"

밥 매킨타이어가 그의 어깨를 탁 쳤다. "잘 왔구먼, 에드. 새 소식이 하나 있다고." 그는 공공 뉴스 테이프 하나를 꺼냈다. "준비하라고. 마음 단단히 먹어."

"저 친구에게도 읽어주게." 피트 클레인이 상기된 목소리로 소리쳤다.

"어서! 읽어버려!" 그들은 모두 매킨타이어 주변으로 모여들었다. "한 번 더 듣자고!"

매킨타이어의 격앙된 얼굴이 번득였다. "자, 에드, 성공이야. 그 친구가 해냈어. 거기로 들어갔다고."

"누가? 누가 뭘 해냈다는 거야?"

"크로우 말이야. 짐 크로우. 그 친구가 1등급이 됐어." 매킨타이어의 손 안에서 테이프 꾸러미가 흔들렸다. "그 친구가 최고 평의회 의원으로 임명됐다고. 이해가 돼? 그 안으로 들어간 거야. 인간 주제에. 이 행성을 다스리는 최고 기관의 일원이 된 거라고."

"세상에." 도니가 감동해서 중얼거렸다.

"이제 어떻게 되는 거지?" 에드가 물었다. "뭘 할 생각인 거야?"

매킨타이어는 불안한 듯 웃음을 지어 보였다. "곧 알게 될 거야. 뭔가 계획이 있는 게 분명해. 느낄 수 있다고. 실제로 눈앞에 펼쳐질 거야. 이제 곧, 언제라도."

크로우는 겨드랑이 아래에 서류 가방을 낀 채 힘차게 평의회 회의장으로 걸어 들어갔다. 훌륭한 새 정장을 걸치고, 머리도 깔끔하게 빗어 넘겼다. 구두도 반짝였다. "좋은 아침입니다." 그는 정중하게 인사했다.

다섯 로봇은 묘한 감정을 느끼며 그를 마주했다. 모두들 100년도 전에 만들어진 오래된 로봇들이었다. 처음 만들어졌을 때부터 사회 환경을 제어하는 업무를 맡아온 강력한 N형식 로봇들. 거의 300년 전에 만들어진, 놀랍도록 낡은 D형식 로봇도 하나 있었다. 크로우가 자기 자리로 다가가자 다섯 로봇은 한 발짝씩 물러나며 그가 지나가도록 길을 틔웠다.

"자네." N형식 로봇 중 한 대가 말했다. "자네가 새 평의회 의원인가?"

"그렇습니다." 크로우가 자기 자리에 앉으며 말했다. "제 자격 증명을 확인해보고 싶으십니까?"

"부디."

크로우는 명단 위원회에서 그에게 준 카드 플레이트를 건넸다. 로봇들은 그 내용을 꼼꼼히 검토했다. 마침내 그들이 카드를 되돌려줬다.

"전부 적합한 것으로 보이는군." D형식 로봇이 마지못해 인정했다.

"물론입니다." 크로우는 서류 가방의 지퍼를 열었다. "즉시 일을 시작하고 싶군요. 꽤나 많은 내용을 검토해야 하니 말입니다. 여러분이 흥미를 가지실 만한 보고서와 테이프를 조금 가지고 왔습니다만."

로봇들은 여전히 크로우에게서 시선을 떼지 않으며 천천히 자기 자리로 돌아갔다. "믿을 수 없는 일이로군." D형식이 말했다. "진심인가?

자네 정말로 우리와 같은 자리에 앉고 싶은 건가?"

"물론이죠." 크로우가 날카롭게 대답했다. "그쪽 이야기는 그만두고 일을 시작합시다."

거대한 덩치에 오만해 보이는 N형식 로봇 한 대가 그를 향해 몸을 기울였다. 군데군데 녹청이 낀 동체가 흐릿하게 번득였다. "크로우 씨." 그는 차갑게 말했다. "이런 일이 완벽하게 불가능하다는 사실을 이해해줘야겠소. 법률이 어떻든, 그리고 당신이 이 자리에 앉을 수 있는 권리가 어떻든 간에—"

크로우는 침착하게 마주 웃어 보였다. "제 명단 시험 점수를 확인해 보셨으면 좋겠습니다. 제가 스무 번의 명단 시험에서 단 한 번의 실수도 저지르지 않았다는 사실을 발견할 수 있으실 겁니다. 만점이죠. 제가 아는 바로는 여러분 중 그 누구도 만점을 받은 적은 없을 겁니다. 그러므로 명단 위원회의 칙령에 포함된 정부 행정 규약에 따르면, 제가 여러분의 상급자가 됩니다."

이 말은 마치 폭탄처럼 방 안을 휩쓸었다. 다섯 로봇은 충격에 휩싸여 자기 자리에 털썩 주저앉았다. 시각 렌즈가 불안하게 번득였다. 걱정 섞인 웅웅 소리가 크게 일어나 회의장 안을 가득 채웠다.

"어디 확인해보지." N형식 한 대가 중얼거리며 집게를 뻗었다. 크로우는 명단 확인지를 그쪽으로 던졌고, 다섯 로봇은 빠르게 그 내용을 스캔해 내렸다.

"사실이로군." D형식이 말했다. "믿을 수가 없어. 로봇 중에도 지금까지 만점을 받은 자가 없는데. 이 인간은 우리의 법률에 따라 우리보다 높은 단계에 올라섰네."

"그럼 이제, 일을 시작하죠." 크로우가 말했다. 그는 가져온 테이프와 보고서들을 펼쳤다. "시간 낭비를 하고 싶지는 않습니다. 제안을 하나 하려고 하거든요. 이 사회의 가장 치명적인 문제와 관련된 중요한 제안입니다."

"그 문제란 것이 뭐요?" X형식* 하나가 이미 알고 있다는 듯 물었다.

크로우는 긴장하고 있었다. "인간 문제입니다. 인간은 로봇 세계에서 열등한 지위를 차지하고 있습니다. 이질적인 문화 속에서 천한 일을 하며 로봇의 하인으로 살고 있죠."

침묵이 흘렀다.

다섯 로봇은 꿈쩍도 하지 않고 앉아 있었다. 마침내 그 일이 일어난 것이다. 그들이 걱정하던 일이. 크로우는 자기 의자에 몸을 기대고 앉아 담배에 불을 붙였다. 로봇들은 그의 모든 움직임을, 그의 손을, 담배를, 연기를, 구두 뒷굽으로 밟아버리는 성냥개비를 바라보고 있었다. 드디어 이 순간이 찾아왔다.

"무슨 제안을 하고 싶은 건가?" 마침내 D형식이 입을 열었다. 금속성의 장중함이 담긴 목소리였다. "자네가 하고 싶다는 제안이라는 게 뭔가?"

"여러분 로봇들이 즉각 지구를 비우기를 제안하고 싶습니다. 짐을 꾸려서 떠나라는 겁니다. 식민 행성으로 이주하십시오. 가니메데, 화성, 금성. 지구는 인간들에게 남겨두시고."

로봇들이 즉시 자리에서 벌떡 일어났다. "믿을 수 없군! 우리가 이 세계를 세웠다. 여기는 우리의 세계야! 지구는 우리 것이다. 언제나 우리 것이었어."

"그랬던가요?" 크로우가 냉정하게 말했다.

로봇들은 불길한 오싹함을 느끼고 있었다. 그들은 이유를 알 수 없는 불안감에 휩싸여 대답하지 못하고 머뭇거렸다. "당연한 소리를." D형식이 중얼거렸다.

---

* 작품 속 평의회에는 X형식 로봇이 없다. N형식의 오타가 명백해 보이지만 원문 존중의 원칙에 따라 그대로 두었다.

크로우는 자신이 가져온 테이프와 보고서 더미로 손을 뻗었다. 로봇들은 공포에 사로잡혀 그의 움직임을 쳐다봤다. "그게 뭔가?" N형식 하나가 초조하게 물었다. "뭘 가져온 건가?"

"테이프들이죠." 크로우가 말했다.

"어떤 종류의 테이프인데?"

"역사 테이프입니다." 크로우가 신호를 보내자 회색 옷을 입은 인간 하인이 서둘러 테이프 스캐너를 방 안으로 가지고 들어왔다. "고맙네." 크로우가 말했다. 인간은 밖으로 걸음을 옮겼다. "기다리게. 자네도 잠시 여기서 이걸 보고 가면 좋겠는데, 친구."

하인의 눈이 휘둥그레졌다. 그는 방 뒤편에 자리를 잡고 서서 몸을 부들부들 떨며 그를 바라봤다.

"규정을 어기는 일이네." D형식이 항변했다. "지금 뭘 하려는 건가? 이게 무슨 일인가?"

"보기나 하시죠." 크로우는 스캐너의 전원을 켜고 첫 번째 테이프를 넣었다. 평의회 탁자의 가운데 허공에 3차원 영상이 나타나기 시작했다. "눈 크게 뜨고 보십시오. 앞으로 이 순간을 오랫동안 기억하게 될 테니까."

영상의 초점이 잡혔다. 그들은 시간 창문을 들여다보고 있었다. 총력전 시대의 한 장면이 펼쳐졌다. 남자들, 인간 기술자들이 지하의 연구실에서 열심히 작업하고 있었다. 뭔가를 조립하는 중이었다. 그들이 만들고 있는 것은—

인간 하인이 격렬하게 소리쳤다. "A잖아요! A형식 로봇이군요! 사람들이 만들고 있어요!"

평의회의 다섯 로봇은 경악해서 험악하게 웅웅거렸다. "저 하인을 당장 내보내!" D형식이 명령했다.

영상이 바뀌었다. 최초의 로봇, 처음 만들어진 A형식 로봇이 전쟁을 수행하기 위해 지면으로 솟아오르는 모습이 보였다. 다른 초기형 로봇들도 모습을 드러내 폐허와 잿더미를 헤치면서 조심스럽게 접근하고 있었다. 로봇들이 전투를 시작했다. 하얀 불꽃이 튀었다. 입자 구름이 솟아올랐다.

"최초의 로봇은 병사의 역할을 수행하기 위해 만들어졌습니다." 크로우가 설명했다. "그 후에 기술자나 실험실 요원, 기계공 역할을 맡을 보다 발전된 형식의 로봇들이 만들어졌죠."

다음 장면은 지하 공장을 비췄다. 로봇들이 일렬로 늘어서서 압축기와 압연기를 다루고 있었다. 로봇들은 빠르고 능률적으로 작업하고 있었다. 인간 현장감독의 지휘를 받으면서.

"저 테이프는 가짜다!" N형식 하나가 화난 목소리로 소리쳤다. "우리가 저걸 믿을 거라고 생각하는 건가?"

새로운 장면이 펼쳐졌다. 한층 발전된, 더욱 복잡하고 정교한 형식의 로봇들이었다. 전쟁 때문에 인간의 수가 줄어듦에 따라 보다 다양한 경제와 산업 분야의 작업을 넘겨받고 있었다.

"최초의 로봇은 단순했습니다." 크로우가 설명했다. "단순한 필요를 충족시킬 뿐이었죠. 하지만 전쟁이 진행되면서 한결 발전된 형식이 만들어졌습니다. 마침내 인간들은 D와 E형식 로봇들을 제작했습니다. 인간과 동등하며, 개념 능력에서 인간보다 우월한 로봇이었죠."

"이건 말도 안 되는 소리다!" N형식 하나가 소리쳤다. "로봇은 진화해 나왔다. 초기형이 단순한 이유는 그들이 로봇의 시초이며, 보다 복잡한 형태가 등장하게 해준 원형이기 때문이야. 이런 과정은 진화의 법칙으로도 충분히 설명해낼 수 있어."

새로운 장면이 뒤를 이었다. 전쟁의 최종 국면이었다. 로봇들이 인간과 싸우고, 결국에는 승리를 쟁취했다. 그 뒤로는 완벽한 혼란이 이어졌다. 잿더미와 방사능 입자만 가득했다. 지평선 끝까지 폐허가 펼쳐져 있었다.

"문화의 모든 기록이 파괴되었습니다." 크로우가 말했다. "로봇은 자신들이 주인이 된 이유나 과정을 알지 못했습니다. 자신들이 존재하게 된 방식조차 알지 못했죠. 이제 여러분은 진실을 목격하셨습니다. 로봇은 인간의 도구로 창조되었습니다. 전쟁 동안 인간의 제어를 벗어나게 된 거고요."

그는 테이프 스캐너의 전원을 내렸다. 영상이 흐릿해지다 사라졌다. 다섯 로봇은 충격 속에서 조용히 앉아 있었다.

크로우는 팔짱을 꼈다. "자, 어떻게 생각하십니까?" 그는 방 뒤편 구석에서 놀라 정신을 차리지 못하고 서 있는 인간 하인을 엄지로 가리켰다. "이제 여러분도 알고, 저 친구도 압니다. 저 친구가 무슨 생각을 하고 있을까요? 제가 맞춰볼까요. 저 친구는 이제—"

"어떻게 이 테이프를 손에 넣은 건가?" D형식이 물었다. "이게 진실일 리가 없어. 위조한 게 분명해."

"우리 고고학자들은 이런 사실을 발견 못 하지 않았나?" N형식 하나가 날카롭게 소리쳤다.

"제가 직접 촬영했습니다." 크로우가 말했다.

"자네가 찍었다고? 그게 무슨 소린가?"

"시간 창문을 통해 찍었죠." 크로우는 탁자 위에 두툼한 서류철을 올려놓았다. "여기 설계도가 있습니다. 원하신다면 직접 시간 창문을 만들어보셔도 됩니다."

"타임머신이로군." D형식이 서류철을 잡아채 내용물을 훑어봤다. "과거를 들여다본 거야." 그의 오래된 표면에 한 가지 깨달음이 찾아왔다. "그렇다면—"

"앞일도 본 거겠지!" N형식 하나가 험악하게 소리쳤다. "미래를 본 거야! 그렇다면 완벽한 명단 점수도 이해가 되는군. 미리 그 내용을 살펴본 거였어."

크로우는 짜증 섞인 태도로 자신의 서류를 흔들었다. "제안은 들으셨죠. 테이프 내용도 보셨습니다. 만약 제 제안을 거부한다면 이 테이프들을 대중에게 공개하도록 하겠습니다. 이 설계도도요. 이 행성에 사는 모든 인간들이 자신의 기원, 그리고 여러분의 기원에 대한 진실을 알게 될 겁니다."

"그래서?" N형식 하나가 불안한 목소리로 물었다. "우리는 인간들을 다룰 수 있어. 소요 사태가 발생하면 진압하면 그만이라고."

"그런가요?" 크로우는 성난 얼굴로 자리에서 벌떡 일어섰다. "잘 생각해보시죠. 행성 전역에서 전쟁이 일어날 겁니다. 한쪽에는 수 세기 동안 증오를 쌓아온 인간들이 있죠. 반대쪽에는 갑자기 자신들의 창조 설화를 잃어버린 로봇들이 있습니다. 자신들이 처음에는 도구에 지나지 않았음을 깨닫게 된 로봇들요. 이번에도 승자로 남을 수 있을 것 같습니까? 확신할 수 있어요?"

로봇들은 침묵을 지켰다.

"지구를 떠난다면 테이프의 내용을 공표하지 않겠습니다. 우리 두 종족은 각자의 문화와 사회를 유지하며 살아갈 수 있을 겁니다. 인간은 지구에 살고, 로봇은 식민 행성에 사는 겁니다. 어느 쪽도 주인이나 노예일 필요가 없습니다."

다섯 로봇은 분하고 억울한 마음에 머뭇거렸다. "하지만 수 세기를 들여 이 행성을 건설한 건 우릴세! 우리가 떠나야 하다니 말도 안 되는 일이야. 무슨 말을 해야 하나? 무슨 이유를 댈 수 있겠나?"

크로우는 냉혹한 웃음을 지으며 말했다. "지구가 위대한 주인 종족에게는 적합하지 않은 행성이라고 말할 수 있겠죠."

침묵이 흘렀다. 네 대의 N형식 로봇이 불안하게 서로를 바라보며 머리를 한데 맞대고 소곤댔다. 거대한 D형식은 말없이 앉아 낡아빠진 황동 눈으로 크로우에게 시선을 고정한 채 그를 쏘아보고 있었다. 당황한 그의 얼굴에 패배한 자의 표정이 떠올라 있었다.

짐 크로우는 차분히 앉아 기다렸다.

"악수해줄 수 있나?"L-87t가 소심하게 물었다. "곧 떠나거든. 첫 수송선에 들어갈 예정이라."

크로우는 곧바로 손을 내밀었고, L-87t는 살짝 당황해선 그 손을 마주잡았다.

"일이 잘되길 바라네." L-87t가 인사의 말을 건넸다. "가끔가다 한번씩 영상 전화나 해주게. 일이 어떻게 되어가는지 알려줘."

스피커에서 흘러나오는 목소리가 저녁나절의 어스름을 가르고 평의회 건물 밖의 거리에 울려 퍼졌다. 도시 곳곳에 설치된 스피커가 평의회 칙령 공고의 내용을 읊조렸다.

"이 방송은 최고 평의회의 칙령을 선포하기 위한 것이다. 평의회에서는 금성, 화성, 가니메데와 같은 비옥한 식민 행성들을 로봇 전용으로 유용하기로 결정했다. 인간들에게는 지구를 제외한 행성의 출입이 제한된다. 식민 행성들의 우월한 자원과 거주 환경을 운용하기 위해, 지구의 모든 로봇들은 자신이 원하는 식민 행성으로 이주하라.

최고 평의회에서는 지구가 로봇에게 적합한 장소가 아니라는 결정을 내렸다. 자원이 고갈되었고 일부는 여전히 파괴된 채인 이 행성은 로봇 종족에게 걸맞은 곳이 아니다. 모든 로봇들은 적절한 교통수단을 마련하는 즉시 식민 행성의 새로운 거주 구역으로 이주해야 한다.

어떤 일이 있어도 인간은 식민 행성으로 들어올 수 없다. 식민 행성은 오로지 로봇들만을 위한 장소이다. 인간이 지구에 머무는 것은 용인된다.

이 방송은 최고 평의회의 칙령을 선포하기 위한 것이다. 평의회에서는 금성, 화성, 가니메데와 같은 비옥한 식민 행성들을—"

크로우는 만족한 얼굴로 창가에서 물러섰다.

그는 책상으로 돌아가 서류와 보고서를 훑어보면서 그것들을 분류해 정리하기 시작했다.

"자네 인간들이 잘 지냈으면 좋겠어." L-87t가 다시 한번 말했다. 크로우는 계속해서 최고 기밀 보고서 뭉치를 검토하며 필기 막대로 표식을 남기고 있었다. 일에 푹 빠져 모든 주의를 기울여 빠른 속도로 작업하느라 로봇 친구가 문가에서 어정거리는 모습도 거의 알아차리지 못했다. "어떤 정부를 만들 생각인지 혹시 알려줄 수 있겠나?"

크로우는 짜증 섞인 태도로 고개를 들었다. "뭐라고?"

"자네가 원하는 정부 형태 말이네. 우리 모두가 지구를 떠나게 만든 다음, 자네 종족의 사회를 어떻게 다스릴 셈인가? 우리의 최고 평의회와 의회 대신 어떤 종류의 정부를 구성할 생각인가?"

크로우는 대답하지 않았다. 그는 이미 일거리로 주의를 돌리고 있었다. 그의 얼굴에 L-87t가 지금까지 본 적 없는 묘하게 완고한 표정이 떠올랐다.

"누가 모든 것을 경영하게 되는 건가?" L-87t가 물었다. "우리가 가버린 다음에는 누가 정부를 구성하나? 인간들은 복잡한 현대 사회를 경영할 능력을 보여주지 못했다고 말한 건 바로 자네 아닌가. 모든 톱니바퀴를 제대로 돌아가게 만들 인간을 하나라도 찾을 수 있겠나? 인류를 이끌 능력이 있는 인간이 하나라도 존재하기는 하겠나?"

크로우는 희미한 미소를 지으며 계속 작업에 매진했다.

사칭자
Imposter

PHILIP K. DICK

아주 단순한 꼬투리 하나만으로도 주변 사람 모두가 공포와 불신에 사로잡히고, 사랑하는 사람마저 믿고 의지하지 못하게 된다. 형체는 물론 사고까지 흡수하고 복제하는 외계의 존재가 공포를 유발하는 이유는 이러한 고립 때문이리라. 하지만 그 사실을 복제자 자신마저 인지하지 못한다면? 이 작품에서 마지막까지 자신에 대한 확신을 잃지 않던 주인공은 결국 움직일 수 없는 증거와 마주하고, 그가 스스로에 대한 불신을 품는 순간 세계는 파국을 맞는다. 이 작품의 설정은 당시 미국에서 절정에 이르렀던 매카시즘의 횡포를 떠오르게 하기도 한다. 2001년 개리 플레더 감독에 의해 영화화되었는데, 본래는 세 편의 SF를 엮은 앤솔로지 형식으로 구상했으나 프로젝트가 무산되면서 이 작품만 별도의 영화로 상영관에 올랐다. 그 때문인지 전개가 지루하고 지나치게 감정적이라는 평가를 받았으며 흥행에도 실패했다.

"**요**즘 슬슬 휴가를 내볼까 하는 생각이 들어." 스펜스 올햄이 첫 식사 자리에서 말했다. 그는 고개를 돌려 아내를 쳐다봤다. "쉬어도 될 만큼 일했잖아. 10년은 꽤나 긴 시간이라고."

"그럼 프로젝트는요?"

"내가 없어도 전쟁은 이길 거야. 우리 쪽의 진흙 구체는 사실 그리 큰 위험에 처해 있는 게 아니라고." 올햄은 식탁에 앉아 담배에 불을 붙였다. "뉴스 기계들이 기사 내용을 조작해서 외우주인들이 우리 머리 꼭대기에 앉아 있는 것처럼 보이게 하는 거지. 당신, 내가 왜 휴가를 내려고 하는지 알아? 도시 외곽에 있는 산악 지대로 캠프 여행을 떠나고 싶어서 그래. 예전에 같이 갔던 곳 있잖아. 기억이 나려나? 나는 옻나무에 손을 댔고, 당신은 구렁이를 밟을 뻔했지."

"서턴 숲 말이죠?" 메리는 식기를 치우기 시작했다. "그 숲은 몇 주 전에 불타버렸어요. 당신도 알고 있는 줄 알았는데요. 갑자기 산불이 난 모양이에요."

올햄의 어깨가 처졌다. "원인을 찾으려는 생각도 하지 않은 건가?" 그의 입술이 뒤틀렸다. "이제는 아무도 다른 일에 신경을 쓰지 않아. 다들 전쟁 생각만 하니까." 그는 입을 굳게 다물고 그 모든 것을 마음속으로 떠올렸다. 외우주인들, 전쟁, 바늘 모양의 우주선들.

"어떻게 다른 생각을 할 수 있겠어요?"

올햄은 고개를 끄덕였다. 물론 그녀의 말이 옳았다. 알파 켄타우리에서 출발한 검고 작은 우주선들은 쓸모없는 거북이 같은 지구 측 순양함을 쉽사리 지나쳐 올 수 있었다. 테라 본토에서 수세에 몰리기까지, 전쟁은 일방적으로 진행되었다.

웨스팅하우스 연구소에서 보호막 기술을 시연해 보이기 전까지는 말이다. 지구의 주요 도시에 보호막이 설치되었고 마침내 행성 전체를 감쌌다. 이 보호막은 인간들이 처음으로 선보인 방어 수단이었다. 뉴스 기계가 '외우주인'이라 부르는 존재들에게 처음으로 제대로 된 대응을 할 수 있게 된 것이다.

하지만 전쟁에서 승리하는 것은 다른 문제였다. 모든 연구소와 사업체가 밤낮으로 끝없이 일하며 그 이상을, 공격을 위한 무기를 연구하고 있었다. 자신이 참여 중인 계획도 마찬가지였다. 하루 종일, 매년 계속되는 연구.

올햄은 자리에서 일어나며 담배를 눌러 껐다. "다모클레스의 검* 같은 거야. 항상 우리 머리 위에 매달려 있지. 나는 슬슬 지쳐가고 있다고. 그저 장기 휴가나 한번 갔으면 좋겠는데. 어차피 다들 똑같은 생각을 하고 있겠지."

그는 옷장에서 재킷을 꺼내들고 정문 현관으로 나갔다. 프로젝트 현장으로 그를 데려다줄 작고 빠른 로켓 차량이 곧 도착할 터였다.

"넬슨이 늦지 않았으면 좋겠는데." 그는 시계를 들여다보며 말했다. "거의 7시가 다 됐잖아."

"저기 차가 오네요." 일렬로 늘어선 주택가를 내려다보며 메리가 말했다. 지붕 뒤편으로 떠오른 태양빛이 두꺼운 납판에 반사되어 반짝였다. 주택가는 조용했고, 움직이는 사람은 얼마 되지 않았다. "그러면 저녁때 봐요. 지정된 업무 시간을 넘겨서 일하지 않으려고 노력하는 것

---

* 언제 재난이나 위협이 닥칠지 모르는 상황을 가리킨다. 기원전 4세기 시라쿠사의 디오니시우스 왕이 신하 다모클레스를 왕좌에 앉힌 뒤, 머리 위에 말총 하나로 칼을 매달아 권력에 따르는 위험을 보여준 고사에서 유래됐다.

잊지 말고요, 스펜스."

올햄은 차 문을 열고 안으로 몸을 던진 뒤 한숨을 쉬며 좌석에 몸을 기댔다. 넬슨 말고도 나이 든 사람이 한 명 더 있었다.

"그래." 차가 총알처럼 달려 나가기 시작하자 올햄이 물었다. "뭐 흥미로운 소식은 없나?"

"늘 똑같지." 넬슨이 말했다. "외우주의 함선들이 또 공격을 했고, 전략적 이유 때문에 소행성 하나를 더 포기했다는 정도."

"우리 프로젝트가 최종 단계에 오르기만 하면 다 잘될 거야. 어쩌면 그냥 뉴스 기계들의 선전 전략일 뿐인지는 모르겠지만, 지난달에는 모든 일이 그저 지겨워졌어. 모든 것이 전부 우울하고 심각하기만 하지 않나. 무채색의 삶이라고."

"이 전쟁은 가망이 없다고 생각하나?" 나이 든 사람이 갑자기 말했다. "자네 역시 이 전쟁의 빼놓을 수 없는 일부이지 않나."

"이쪽은 피터스 소령님일세." 넬슨이 말했다. 올햄과 피터스는 악수를 나눴다. 올햄이 나이 든 남자를 주의 깊게 살펴봤다.

"이렇게 이른 시각에 무슨 일이십니까?" 그가 물었다. "예전에 프로젝트 쪽에 오신 적은 없는 것 같은데요."

"그렇지. 나는 프로젝트 소속이 아닐세." 피터스가 말했다. "하지만 자네가 하고 있는 일에 대해서는 어느 정도 알고 있지. 내 임무는 완전히 다른 쪽이라네."

그와 넬슨이 눈빛을 교환했다. 올햄은 그 사실을 알아채고 눈살을 찌푸렸다. 로켓 차량은 점점 더 속도를 올려 프로젝트 건물 언저리를 둘러싼 황량한 황무지를 쏜살같이 가로질렀다.

"무슨 일로 오신 겁니까?" 올햄이 물었다. "혹시 업무 내용을 발설하는 일이 금지된 그런 부류의 일인 겁니까?"

"나는 정부에서 일한다네." 피터스가 말했다. "안보를 담당하는 FSA

소속이지."

"그래요?" 올햄은 눈썹을 치켜 올렸다. "설마 이 지역에 적이 잠입해 온 겁니까?"

"사실은 자네를 만나러 온 거라네, 올햄."

올햄은 영문을 알 수 없었다. 피터스의 말을 곱씹어봐도 의미를 파악할 수가 없었다. "저를 보려요? 왜입니까?"

"자네를 외우주의 스파이로 체포하기 위해서야. 그래서 이렇게 일찍 나온 거지. 저자를 잡게, 넬슨—"

올햄의 갈빗대에 총구가 느껴졌다. 마침내 감정을 보일 수 있게 된 넬슨이 창백한 얼굴로 손을 떨고 있었다. 그는 깊이 숨을 들이쉬고 다시 내뱉었다.

"지금 죽여야 할까요?" 넬슨이 피터스에게 속삭였다. "지금 당장 사살하는 게 좋을 것 같은데요. 기다릴 수가 없어요."

올햄은 멍하니 친구의 얼굴을 쳐다봤다. 그는 뭔가 말을 하려 입을 열었지만 아무런 말도 꺼낼 수 없었다. 두 남자는 공포에 굳은 어두운 얼굴로 계속 그를 바라보기만 했다. 올햄은 어지러움을 느꼈다. 머리가 지끈거리고 세상이 빙빙 돌기 시작했다.

"이해가 안 돼." 그가 중얼거렸다.

그 순간 로켓 차량은 땅을 떠나 위로, 우주로 올라가기 시작했다. 아래쪽에서 프로젝트 건물이 점점 작아지다가 마침내 사라졌다. 올햄은 입을 다물었다.

"조금 기다려도 될 걸세." 피터스가 말했다. "먼저 이자에게 몇 가지 질문을 하고 싶거든."

올햄은 우주를 향해 날아가는 차 속에서 멍하니 앞만 바라보고 있었다.

"체포는 성공했습니다." 피터스가 영상 화면을 보고 말했다. 화면에 안보국 국장의 얼굴이 떠올라 있었다. "이제 다들 한시름 덜 수 있겠군요."

"문제는 없었나?"

"전혀 없었습니다. 아무런 의심도 하지 않고 차량에 올라타더군요. 제가 그곳에 있다는 사실을 별로 이상하게 여기지 않은 모양입니다."

"지금 어디에 있나?"

"밖으로 나가는 중입니다. 보호막 바로 안쪽이에요. 최고 속도를 내고 있으니 가장 위급한 순간은 지나갔다고 여기셔도 됩니다. 차량의 이륙용 제트 엔진이 괜찮은 상태라 다행이었습니다. 만약 거기에 문제가 있었다면—"

"어디 그자를 좀 보여주게." 안보국 국장이 말했다. 그는 자리에 앉아 있는 올햄을 정면으로 쳐다봤다. 올햄은 무릎 위에 손을 올리고 정면을 바라보고만 있었다.

"저게 그 친구인가." 그는 한동안 올햄을 응시했다. 올햄은 아무 말도 하지 않았다. 마침내 국장이 피터스 쪽을 돌아보며 고개를 끄덕였다. "좋아, 이 정도면 됐네." 역겨워하는 표정이 그의 얼굴 위를 슬쩍 스치고 지나갔다. "원하는 것은 전부 확인했네. 자네들은 오랫동안 기억에 남을 일을 해낸 셈이군. 둘 다 표창을 받을 거라 기대해도 좋네."

"그럴 필요는 없습니다." 피터스가 말했다.

"이제 위험이 얼마나 남았나? 아직도 확률이 있는 건가."

"가능성은 있지만, 그리 높지는 않습니다. 제가 알고 있는 바에 따르면 구두로 시동어를 입력해야 작동한다고 합니다. 어쨌든 그 정도 위험은 감수해야 하겠죠."

"달 기지에 연락해서 자네가 그리 간다는 사실을 알리겠네."

"아뇨." 피터스가 고개를 저었다. "기지 너머 외곽에 착륙하겠습니다. 기지를 위험에 빠뜨릴 수는 없으니까요."

"자네가 원하는 대로 하게나." 다시 올햄을 바라보는 국장의 눈빛이 흔들렸다. 그의 모습은 곧 사라져 화면에는 아무것도 남지 않았다.

올햄은 창문 쪽으로 시선을 돌렸다. 차는 이미 보호막을 통과했으며, 그럼에도 계속 속도를 올리고 있었다. 피터스가 서두르고 있다는 점은 분명했다. 그의 발밑, 차량의 밑판 아래에서 제트 엔진이 최대의 출력을 내고 있었다. 그들은 바로 올햄 때문에 두려워하며 필사적으로 서두르고 있었다.

피터스의 옆자리에서 넬슨이 불안한 듯 몸을 뒤척였다. "제 생각에는 지금 해야 할 것 같습니다. 지금 끝장낼 수만 있다면 뭐든 하겠어요."

"진정 좀 하게." 피터스가 말했다. "잠깐만 이 차를 조종해주게나. 내가 이자와 대화를 할 수 있게 말이야."

그는 올햄 옆으로 자리를 옮겨오며 올햄의 얼굴을 들여다보더니 손을 뻗어 조심스레 올햄을 만졌다. 처음에는 팔, 다음에는 뺨.

올햄은 아무 말도 하지 않았다. 메리에게 알릴 수만 있다면, 하고 생각할 뿐이었다. 어떻게든 메리에게 알릴 수만 있다면. 그는 차 안을 둘러봤다. 하지만 어떻게? 영상통화로? 넬슨이 총을 든 채 계기판 앞에 앉아 있었다. 올햄이 할 수 있는 일은 아무것도 없었다. 그는 꼼짝도 못 하고 사로잡혔다.

하지만 대체 왜?

"잘 듣게." 피터스가 말했다. "몇 가지 질문을 할 걸세. 우리가 어디로 가는지는 알고 있겠지. 달이네. 우리는 한 시간 안에 달의 뒷면, 황무지 쪽에 착륙할 걸세. 착륙하면 그쪽에서 기다리고 있는 기술진이 즉각 자네를 인계받아 몸을 해체할 거야. 이해가 되나?" 그는 시계를 봤다. "자네의 부속품이 두 시간도 안 되어 달 표면 위에 흩뿌려질 거라는 말일세. 자네의 존재는 조금도 남지 않을 거야."

올햄은 온 힘을 다해 무기력한 상태에서 벗어났다. "설명을 좀 해주실 수 없겠—"

"물론 설명해주지." 피터스가 고개를 끄덕였다. "이틀 전, 우리는 외우주의 우주선이 보호막을 통과했다는 보고를 받았네. 그 우주선에서는 인간형 로봇 모양의 스파이가 나왔어. 그 로봇은 특정 인간을 제거한 다음 그 자리를 차지할 목적을 가지고 있었지."

피터스는 차분하게 올햄을 바라봤다.

"그 로봇 안에는 U-폭탄이 있다네. 우리 요원은 그 폭탄을 터뜨리는 방법을 정확히 알아내지는 못했지만, 아마도 특정한 문장을 구두로 말해야 할 거라 추측했지. 그 로봇은 자신이 살해한 사람의 인생을 살면서 평소의 행동, 직업, 사회 활동을 그대로 이어나갈 예정이었네. 애초에 그 사람과 닮은 모습으로 구축되었지. 누구도 그 차이를 알아보지 못할 정도로."

올햄의 얼굴은 창백하게 질려갔다.

"로봇이 흉내 낼 대상은 바로 연구 프로젝트의 고위급 관리자 중 하나인 스펜스 올햄이었어. 그 프로젝트가 중요한 단계에 접어들고 있었기 때문에 프로젝트의 중심부로 움직이는 폭탄이 들어간다는 사실 자체가—"

올햄은 자신의 손을 내려다봤다. "하지만 저는 올햄입니다!"

"로봇이 일단 올햄을 찾아내 죽인다면 그의 자리를 차지하는 건 간단한 일이네. 로봇은 아마도 8일 전에 우주선에서 방출되었을 거야. 대체 작업은 아마도 지난 주말에 이뤄졌겠지. 올햄이 언덕으로 가벼운 산책을 나갔을 때 말이야."

"하지만 나는 올햄이에요." 그는 조종석에 앉아 있는 넬슨을 돌아봤다. "알아보지 못하겠나? 자네는 나를 안 지 20년이나 되지 않았나. 함께 대학을 다녔을 때가 기억나지 않아?" 올햄은 자리에서 일어났다. "같은 대학이었잖아. 우리는 룸메이트였다고." 그는 넬슨을 향해 다가갔다.

"가까이 오지 마!" 넬슨이 쏘아붙였다.

"좀 들어보라고. 2학년 때 기억 안 나? 그 아가씨, 그 여자 이름이 뭐였더라—" 올햄이 이마를 문질렀다. "검은 머리 여자 말이야. 우리가 테드네 가게에서 만났던 여자."

"그만둬!" 넬슨은 정신이 나간 듯 총을 휘두르며 말했다. "더 이상 듣고 싶지 않아. 네놈이 그 친구를 죽였다고! 네놈…… 기계 주제에."

올햄은 넬슨을 바라봤다. "자네가 잘못 생각하는 거야. 무슨 일이 일어난 건지는 모르겠지만, 그 로봇은 나와 접촉하지 못했어. 뭔가 잘못된 거라고. 어쩌면 우주선이 추락했을 수도 있고." 그는 피터스를 돌아봤다. "전 올햄입니다. 제가 알고 있어요. 교체 따위는 일어나지 않았습니다. 저는 항상 그랬듯이 똑같은 사람이에요."

그는 자신을 만지고 몸을 쓸어내려 보았다. "뭔가 증명할 방법이 있을 겁니다. 지구로 돌려보내 주세요. 엑스레이로 찍어보든, 뇌신경학 검사를 해보든, 확인이 가능한 일은 뭐든 해봐도 좋습니다. 아니면 추락한 우주선을 찾아봐도 되지 않습니까."

피터스도 넬슨도 입을 열지 않았다.

"제가 올햄이란 말입니다." 그가 다시 말했다. "전 제가 저라는 걸 압니다. 하지만 증명할 방법이 없다고요."

"그 로봇은," 피터스가 말했다. "자신이 진짜 스펜스 올햄이 아니라는 사실을 깨닫지 못할 걸세. 육체뿐 아니라 정신적으로도 올햄이 될 거야. 인공적인 기억 시스템, 거짓 추억을 주입받았기 때문이네. 그와 똑같이 생겼고, 그의 기억과 생각과 흥미를 가지고 있으며, 그의 직업을 수행할 거야.

하지만 한 가지 차이점이 있다네. 그 로봇 안에는 U-폭탄이 있고, 구두로 시동어를 듣기만 하면 즉시 폭발할 거라는 사실이지." 피터스는 뒤쪽으로 조금 물러났다. "바로 그게 차이점이야. 그래서 자네를 달로 데려가는 거지. 그들은 자네를 해체해서 폭탄을 제거할 거라네. 어쩌면 그러다 폭발할지도 모르지만, 그곳에서라면 아무 문제도 없겠지."

올햄은 천천히 자리에 앉았다.

"곧 도착할 겁니다." 넬슨이 말했다.

차량이 감속하는 동안 그는 정신없이 머리를 굴리며 자리에 몸을 묻었다. 발밑으로 구멍투성이인 월면, 끝없는 황무지가 내려다보였다. 무엇을 할 수 있을까? 어떻게 해야 목숨을 구할 수 있을까?

"준비하게." 피터스가 말했다.

잠시 후면 그는 목숨을 잃게 될 것이다. 아래쪽으로 일종의 건물인 듯한 작은 점 하나가 보였다. 그 안에 폭파 부대가 올햄을 산산조각 내기 위해 기다리고 있을 터였다. 그들은 올햄의 몸을 열어젖히고 팔과 다리를 뽑아내 박살을 낼 것이다. 폭탄이 없다는 사실을 알게 되면 깜짝 놀라겠지만, 때는 이미 늦었겠지.

올햄은 작은 객실 안을 둘러봤다. 넬슨은 여전히 총을 들고 있었다. 저쪽은 가망이 없었다. 의사를 불러서 검사를 받을 수만 있다면—그게 유일한 희망이었다. 메리가 도움을 줄 수 있을 터였다. 그는 계속해서 온갖 방향으로 머리를 굴렸다. 이제는 고작해야 몇 분, 아주 약간의 시간밖에 남지 않았다. 어떻게든 그녀에게 연락을 해서 말을 남길 수만 있다면.

"침착하게." 피터스가 말했다. 차량이 천천히 내려가 덜컹대며 거친 월면 위에 착륙했다. 침묵이 이어졌다.

"제 말 좀 들어보세요." 올햄이 목멘 소리로 말했다. "제가 스펜스 올햄이라는 사실을 증명할 수 있습니다. 의사를 불러주세요. 이리 데려오기만 하면—"

"저기 부대가 있군요." 넬슨이 손가락으로 어딘가를 가리키며 말했다. "이리 오고 있어요." 그는 초조한 듯 올햄을 돌아봤다. "아무 일도 없으면 좋겠는데."

"우리는 저들이 작업을 시작하기 전에 떠날 걸세." 피터스가 말했다. "금방 여길 빠져나가게 될 거야." 피터스가 압력복을 입더니 넬슨에게서 총을 받아들었다. "잠시 내가 감시하고 있겠네."

넬슨은 어색하게 서두르며 자기 압력복을 입었다. "저놈은 어떻게 하죠?" 그가 올햄을 가리켰다. "압력복이 필요할까요?"

"아니." 피터스는 고개를 저었다. "아마 로봇은 산소를 필요로 하지 않을 걸세."

사람들이 차량 근처까지 와 있었다. 그들은 발걸음을 멈추고 기다렸다. 피터스가 그들에게 신호를 보냈다.

"이리 오게!" 피터스가 손을 흔들었고, 부풀어 오른 압력복을 입은 기괴한 형상들이 불안한 기색으로 접근해왔다.

"이 문을 열면 나는 죽을 겁니다. 이건 살인이에요." 올햄이 말했다.

"문을 열죠." 넬슨이 말했다. 그는 손을 뻗어 손잡이를 잡았다.

올햄은 넬슨을 지켜보고 있었다. 금속 손잡이를 쥔 손에 힘이 들어가는 모습이 보였다. 이제 곧 문이 뒤로 열리면서 차량 안의 공기가 빠져나갈 것이다. 올햄은 목숨을 잃을 테고, 그들은 바로 그 순간 자신들의 실수를 알아차리겠지. 다른 시대, 전쟁이 없는 시대였다면 사람들이 이런 식으로 자신들의 공포 때문에 서둘러 타인의 목숨을 앗아가려 하지는 않았을지도 모른다. 모두가 겁에 질려 있었다. 집단적 두려움 때문에 개인의 목숨을 기꺼이 희생하려는 거였다.

올햄은 저들이 그의 죄상을 확신할 때까지 기다리지 못해서 살해당하는 것이다. 시간이 별로 없었다.

그는 넬슨을 바라봤다. 넬슨은 오랫동안 사귄 친구였다. 함께 학교에 다녔고, 심지어 올햄이 결혼할 때 넬슨이 신랑 들러리를 서주기도 했다. 그런데도 넬슨은 지금 그를 죽이려 하고 있었다. 하지만 넬슨이 나쁜 건 아니었다. 그의 잘못이 아니라 시대가 문제였다. 어쩌면 흑사병이 창궐했을 때도 이랬을지 모른다. 반점이 나타난 사람은 아무런 망설임 없이 즉시 처형당했을 것이다. 아무런 증거 없이, 오로지 의심만으로. 위험이 목전에 닥쳐 있을 때는 다른 방법이 없다.

올햄은 그들을 매도할 수 없었다. 그래도 목숨은 건져야 했다. 이렇게 희생당하기에는 자신의 목숨이 너무 소중했다. 올햄은 재빨리 머리를 굴렸다. 무엇을 할 수 있을까? 방법이 없을까? 그는 주변을 둘러봤다.

"엽니다." 넬슨이 말했다.

"당신들 말이 맞다." 올햄이 말했다. 자기 목소리에 스스로 놀랄 지경이었다. 그 안에는 절망에서 나온 힘이 깃들어 있었다. "내게는 공기가 필요치 않다. 문을 열어라."

넬슨과 피터스가 움직임을 멈췄다. 그들은 불안한 호기심을 드러내며 올햄을 돌아봤다.

"계속해라. 문을 열어. 별로 달라질 것도 없으니까." 올햄의 손이 재킷 안으로 사라졌다. "너희들이 얼마나 멀리까지 뛰어갈 수 있을지 모르겠군."

"뛰어?"

"너희들의 목숨은 15초 남았다." 그는 재킷 안쪽에서 손가락을 꼬았다. 순간 팔의 움직임이 딱딱하게 굳었다. 그러고는 긴장을 푼 듯 살짝 웃음을 지었다. "시동어 쪽은 잘못 추측한 거다. 그쪽 문제에 있어서는 실수를 했다고 봐야겠군. 이제 14초 남았다."

충격을 받은 두 사람의 얼굴이 압력복 안에서 올햄을 바라봤다. 둘은 달려가 문에 붙더니 온 힘을 다해 문을 열어젖혔다. 즉시 공기가 빨려나가기 시작했다. 피터스와 넬슨은 총알같이 밖으로 달려 나갔다. 올햄은 그들 뒤를 쫓아가 문을 잡고는 당겨서 닫았다. 자동 기압 조절기가 격렬하게 윙윙대며 공기를 복구하기 시작했다. 올햄은 몸을 떨며 숨을 내뱉었다.

1초만 더 있으면—

창문 밖으로 두 남자가 부대와 합류하는 모습이 보였다. 그들은 그대로 흩어져 사방으로 달아나기 시작했다. 한 명씩 자리에 멈춰 땅 위에 납작히 엎드리는 모습도 보였다. 올햄은 조종석에 자리를 잡고 앉아 계기판을 조절했다. 차가 공중으로 떠오르자 아래의 남자들이 비틀대며 일어나더니 입을 떡 벌린 채 허공을 올려다보기 시작했다.

"미안하군." 올햄이 중얼거렸다. "하지만 나는 지구로 돌아가야겠어."

그는 차량을 몰아 출발점으로 돌아가기 시작했다.

밤이었다. 차량 주변에 서늘한 밤의 적막을 깨는 귀뚜라미 소리가 울리고 있었다. 올햄은 영상 화면 위로 몸을 기울였다. 영상이 천천히 떠올랐다. 별 문제 없이 연결된 모양이었다. 그는 안도의 한숨을 쉬었다.

"메리." 올햄이 말했다. 여자는 그를 멍하니 바라보다 헉 하고 숨을 들이켰다.

"스펜스! 지금 어디에요? 무슨 일이 벌어진 거예요?"

"그건 말할 수 없어. 잘 들어. 빨리 얘기해야 하니까. 저들은 언제든 이 통화를 끊어버릴 수 있거든. 프로젝트 건물로 가서 체임벌린 박사를 데려와. 거기 없으면 다른 어느 의사라도 상관없으니까. 집으로 데려와서 머물러달라고 해줘. 장비도 챙겨 오라고 하고. 엑스레이도 형광 투시경도, 전부 다."

"하지만—"

"내 말대로 해. 서둘러. 한 시간 안에 집으로 데려오라고." 올햄은 화면 위로 몸을 기울였다. "전부 괜찮은 거지? 혼자 있는 거지?"

"혼자요?"

"혹시 당신과 함께 있는 사람이 있어? 혹시…… 넬슨이나 다른 사람이 연락하지는 않았고?"

"아뇨. 스펜스, 당신이 무슨 말을 하는지 모르겠어요."

"좋아. 한 시간 후에 집에서 봐. 다른 사람들에게는 아무 말도 하지 말고. 다른 핑계를 대고 체임벌린을 데려와. 당신이 많이 아프다고 말하던가."

올햄은 연결을 끊고 시계를 확인한 뒤 차에서 내려 어둠 속으로 발을 옮겼다. 약 1킬로미터는 이동해야 했다.

그는 걷기 시작했다.

창문으로 불빛 하나가 보였다. 서재 쪽이었다. 그는 울타리에 대고 무릎을 꿇은 채 그 빛을 관찰했다. 아무 소리도 들리지 않았고, 움직임도 보이지 않았다. 그는 시계를 쳐들고 별빛에 의지해 시간을 읽었다. 거의 한 시간이 지나 있었다.

도로를 따라 고속 차량 한 대가 다가오다가 그대로 지나쳐갔다.

올햄은 집 쪽을 쳐다봤다. 의사는 이미 와 있을 것이다. 집 안에서 메리와 함께 기다리고 있어야 했다. 문득 한 가지 생각이 떠올랐다. 그녀는 집을 떠날 수 있었을까? 어쩌면 그들이 메리를 제지했을지도 모른다. 그는 함정으로 들어가는 중일지도 모른다.

하지만 다른 방도가 있겠는가?

의사의 기록, 사진과 진단서가 있으면 증명을 할 가능성이 있었다. 검진을 받을 수만 있다면, 의사가 그를 검사할 수 있을 만큼 오래 살아 있기만 한다면—

그러면 증명이 가능했다. 아마도 단 하나의 방법일 터였다. 올햄의 유일한 희망이 집 안에 있었다. 체임벌린 박사는 명망 높은 사람이고 프로젝트의 선임 의사였다. 박사라면 알 수 있을 테고, 그의 의견은 영향력을 행사할 것이다. 사실을 가지고 올햄을 죽이려는 자들의 히스테리와 광기를 잠재울 수 있으리라.

광기—이 상황은 광기 그 자체였다. 만약 그들이 조금만 기다려 천천히 행동한다면, 여유를 가지기만 한다면…… 하지만 그들은 기다릴 수가 없었다. 올햄은 아무런 증거 없이, 재판이나 검사도 없이 즉각 제거되어야 했다. 아주 간단한 시험만으로도 확인할 수 있겠지만, 그런 간단한 시험조차 할 시간이 없었다. 그들은 오로지 위험 요소만을 염두에 두고 있었다. 위험 외에는 아무것도 안중에 없었다.

올햄은 자리에서 일어나 집을 향해 다가가기 시작했다. 현관에 도착해 문 앞에서 잠시 멈춰 귀를 기울였다. 아직 아무 소리도 들리지 않았다. 집 안은 완전히 고요했다.

너무 고요했다.

올햄은 꼼짝도 않고 현관 앞에 서 있었다. 집 안의 사람들이 소리를 내지 않으려 하는 것이다. 대체 왜? 작은 집이었다. 고작해야 1미터 안, 바로 문 안쪽에 메리와 체임벌린 박사가 서 있을 터였다. 그런데도 사람들의 목소리든 뭐든 아무 소리도 들리지 않았다. 그는 문을 살펴봤다. 매일 아침과 밤마다 천 번이 넘도록 자기 손으로 여닫았던 문이었다.

그는 문고리에 손을 올렸다. 그러고는 다음 순간 갑자기 손을 뻗어 초인종을 눌렀다. 집 안쪽 어딘가에서 초인종 소리가 응답하듯 울렸다. 올햄은 미소를 지었다. 인기척이 들렸던 것이다.

메리가 문을 열었다. 그녀의 얼굴을 본 순간 올햄은 모든 것을 알아챘다.

그는 몸을 날려 수풀 속으로 달려 들어갔다. 안보국 요원이 메리를 밀치며 쏜살같이 달려 나왔다. 수풀이 통째로 날아갔다. 올햄은 자세를 낮추고 집의 측면 쪽으로 기어가서는, 곧바로 뛰어나가 온 힘을 다해 어둠 속으로 달려가기 시작했다. 서치라이트 불빛이 켜져 둥근 빛기둥이 그의 옆쪽을 훑고 지나갔다.

올햄은 도로를 건너 울타리를 타고 오른 다음, 그대로 뛰어내려 뒤편 정원을 달렸다. 안보국 요원들이 서로 고함을 지르며 그를 쫓아왔다. 올햄은 숨을 헐떡였다. 가슴이 힘겹게 오르락내리락하고 있었다.

그는 메리의 표정을 보자마자 곧바로 상황을 알아차렸다. 굳게 다문 입술, 두려움에 질린 데다 혐오감이 떠오른 눈. 그대로 문을 밀어 열고 안으로 들어갔다면 어떻게 되었겠는가! 그들은 통화를 도청한 다음 메리가 통화를 끝내자마자 즉시 집으로 들이닥쳤을 것이다. 어쩌면 그녀도 그들의 주장을 믿는 걸지도 모른다. 메리 역시 그가 로봇이라고 생각하는 게 분명했다.

올햄은 계속 달렸다. 요원들을 하나둘씩 따돌린 걸 보아 아무래도 그들은 달리기 실력이 좋지 못한 모양이었다. 그는 언덕을 올라 그 반대쪽으로 내려갔다. 조금만 있으면 차에 도착한다. 하지만 어디로 가야 할까? 그는 천천히 속도를 줄이다 발을 멈췄다. 차량이 보였다. 주차했던 곳에 밤하늘을 배경으로 얌전히 서 있었다. 거주 구역이 올햄의 뒤쪽으로 펼쳐졌다. 그는 거주 구역들 사이에 있는 자연 지역 외곽, 숲과 황무지가 시작되는 곳에 있었다. 올햄은 황무지를 가로질러 숲속으로 들어갔다.

그가 숲으로 걸음을 옮기자 차량의 문이 열렸다.

차 안에서 피터스가 빛을 등진 채 걸어 나왔다. 그의 팔에 묵직한 보리스 총이 들려 있었다. 올햄은 순간 그 자리에 굳어버렸다. 피터스는 자기 주변의 어둠 속을 둘러봤다. "거기 있는 것 안다, 이 부근 어딘가에." 그가 말했다. "당장 이리 나와, 올햄. 네놈은 지금 요원들에게 포위당했다."

올햄은 움직이지 않았다.

"내 말 잘 들어. 너 정도는 순식간에 잡아낼 거다. 보아하니 아직 자기가 로봇이라는 사실이 믿어지지 않는 모양인데, 그 여자한테 전화했다는 사실이 네가 아직 인공 기억이 만들어낸 환상에 의존하고 있다는 점을 증명해주는 거라고.

하지만 네가 바로 그 로봇이야. 너는 로봇이고, 네 안에는 폭탄이 장착되어 있지. 너, 아니면 다른 사람이 언제든 예의 시동어를 읊을 수 있어. 그런 일이 벌어지면 폭탄이 주변 몇 킬로미터 안의 모든 것을 파괴할 거다. 프로젝트, 네 여자, 우리 모두가 목숨을 잃을 거라고. 이해가 되나?"

올햄은 아무 말도 하지 않은 채 그저 듣고만 있었다. 사람들이 숲을 헤치고 점차 가까워졌다.

"당장 나오지 않으면 우리가 직접 붙잡겠다. 시간문제일 뿐이야. 우리는 더 이상 너를 달 기지로 이송할 생각이 없어. 보이는 대로 사살할 거고, 폭탄이 기폭할지도 모른다는 위험 정도는 기꺼이 감수할 생각이다. 안보국에서 손이 비는 모든 요원을 불러다 이 지역에 투입했다. 지역 전체를 마지막 몇 센티미터까지 훑고 있는 중이야. 너는 어디에도 갈 수 없다. 숲 너머에는 이미 무장 봉쇄선을 쳤고, 마지막 수색이 끝날 때까지 여섯 시간 남았다."

올햄은 그 자리를 떴지만, 피터스는 계속 말하고 있었다. 사람을 알아보기에는 너무 어두워 그를 전혀 보지 못한 것 같았다. 하지만 피터스의 말이 맞았다. 올햄은 어디로도 갈 수 없었다. 지금 있는 곳은 숲이 시작되는 외곽 지역이었다. 잠시는 숨을 수 있을지 몰라도, 결국은 그들에게 잡히고 말 터였다.

시간문제일 뿐이었다.

올햄은 조용히 숲속을 걸었다. 그들이 지역의 모든 구석을 킬로미터 단위로 측정하고, 파헤치고, 수색하고, 검사하고, 확인할 터였다. 봉쇄선은 점차 다가오며 그를 점점 좁은 공간 안으로 몰아넣었다.

이제 뭐가 남았지? 유일한 도망 수단인 차량도 잃어버렸다. 집에도 그들이 기다리고 있었다. 아내 역시 그들과 함께 있으면서 진짜 올햄은 이미 목숨을 잃었다고 철석같이 믿고 있다. 그는 주먹을 꾹 쥐었다. 이 근처 어딘가에 추락한 외우주의 바늘 우주선이 있다. 그 안에 로봇의 잔해가 뒹굴고 있지 않을까?

희미한 희망이 그의 마음속에 타올랐다. 만약 그 잔해를 찾을 수 있다면? 저들에게 추락 현장과 우주선의 잔해, 그리고 로봇을 보여줄 수만 있다면—

하지만 대체 어디에서 찾아야 할까?

올햄은 생각에 잠긴 채 걸음을 옮겼다. 분명 이 근처, 멀리 떨어지지 않은 곳이다. 우주선은 프로젝트 근처를 목표로 삼았으리라. 로봇은 남은 거리를 도보로 주파할 요량이었을 테니까. 그는 언덕 사면에 올라 주변을 둘러봤다. 추락해서 불타버린 잔해. 어딘가 실마리가, 힌트가 존재하지는 않을까? 뭔가 읽거나 들었던 것은 없나? 어딘가 가까운 곳, 걸어갈 수 있는 거리. 사람이 없고 오직 자연뿐인 외따로 떨어진 지역.

다음 순간 올햄의 얼굴에 웃음이 떠올랐다. 추락해서 불타버렸다라—

서턴 숲.

그의 발걸음이 점차 빨라졌다.

아침이었다. 부러진 나무 사이로 햇빛이 새어 들어와 공터 가장자리에 웅크린 남자를 비췄다. 올햄은 귀를 기울이며 때때로 고개를 들어 주변을 둘러봤다. 그들은 그리 멀지 않은 곳에 있었다. 고작해야 몇 분 거리일 터였다. 그는 웃음을 지었다.

그의 위치에서 아래쪽, 한때 서턴 숲이었던 불타버린 나무등치와 공터 사이에서 추락한 잔해 덩어리가 검은빛으로 반짝이고 있었다. 우주선을 찾는 일은 별로 어렵지 않았다. 서턴 숲은 그가 잘 아는 장소였다.

어린 시절에는 이 주변에서 나무를 타고 돌아다니기도 했다. 어딜 가면 잔해가 있을지는 오기 전부터 알고 있었다. 아무런 전조 없이 툭 튀어 나와 있는 봉우리가 하나 있었다.

숲을 잘 모르는 우주선이 착륙하려 한다면 그곳에 걸릴 수밖에 없었다. 그래서 그는 이제 우주선을, 아니 우주선의 잔해를 내려다보며 웅크리고 있었다.

올햄은 자리에서 일어섰다. 얼마 떨어지지 않은 곳에서 사람들이 낮게 대화하며 다가오는 소리가 들렸다. 그는 잔뜩 긴장했다. 맨 처음 그를 발견하는 사람이 누군지가 중요했다. 만약 넬슨이라면 기회가 없을 터였다. 즉시 쏴버릴 테니까. 그들이 우주선을 보기도 전에 죽은 목숨이 될 것이다. 하지만 소리쳐 부르고, 잠시 기다려달라고 말할 수만 있다면—그에게 필요한 것은 잠깐의 시간뿐이었다. 그들이 우주선만 본다면 자신은 안전해질 테니까.

하지만 그 전에 발포한다면—

불탄 나뭇가지가 밟혀 부서지는 소리가 들렸다. 사람 하나가 머뭇거리며 접근해오고 있었다. 올햄은 심호흡을 했다. 몇 초밖에 남아 있지 않았다. 어쩌면 삶의 마지막 몇 초일 수도 있었다. 그 사람은 팔을 든 채 주변을 노려보고 있었다.

피터스였다.

"피터스!" 올햄은 손을 흔들었다. 피터스는 총을 들어 그를 겨눴다. "쏘지 말아요!" 목소리가 떨렸다. "잠깐만 기다려요. 내 뒤쪽을 봐요. 공터 쪽에."

"놈을 발견했다." 피터스가 소리쳤다. 요원들이 불타버린 숲을 뚫고 나와 그의 주변을 둘러쌌다.

"쏘지 말라고요. 내 뒤쪽을 봐요. 우주선, 바늘 우주선이 있어요. 외우주인들의 우주선이요. 보라고요!"

피터스는 머뭇거렸다. 총구가 흔들리는 것이 보였다.

"저 아래 있어요." 올햄이 빠르게 말했다. "여기 오면 있을 줄 알았어요. 불타버린 숲. 이제 내 말을 믿겠죠. 우주선 안에 로봇의 잔해가 있을 거란 말입니다."

"저 아래 뭔가 있긴 한데요." 남자 한 명이 초조하게 중얼거렸다.

"쏘라고!" 누군가 소리쳤다. 넬슨이었다.

"기다리게." 피터스가 돌아보며 날카롭게 말했다. "여기 책임자는 나일세. 아무도 발포하지 말도록. 어쩌면 저 친구 말이 사실일지도 몰라."

"쏘란 말입니다." 넬슨이 말했다. "놈이 올햄을 죽였어요. 바로 지금 우리 모두를 죽일지도 모릅니다. 폭탄이 폭발하기만 하면—"

"닥쳐." 피터스가 경사면을 향해 접근하며 말했다. 그는 아래를 내려다봤다. "저것 좀 보게." 그는 요원 두 명을 자기 쪽으로 손짓해 불렀다. "저기 내려가서 정체를 확인해보도록."

요원들은 경사면을 달려 내려가 공터로 접근해, 몸을 숙이고 우주선의 잔해를 찔러봤다.

"어떤가?" 피터스가 물었다.

올햄은 숨을 멈췄다. 그는 슬쩍 웃었다. 분명 거기에 있을 것이다. 직접 확인해보지는 않았지만 저기 있을 수밖에 없었다. 갑자기 그의 마음속으로 의혹이 밀려 들어왔다. 만약 그 로봇이 이곳을 떠날 수 있을 만큼 오래 살아남기라도 했다면? 로봇의 동체가 완벽하게 파괴되었거나 불에 타서 재밖에 남지 않았다면?

그는 입술을 핥았다. 이마에 땀방울이 맺히기 시작했다. 넬슨은 여전히 격노한 얼굴로 그를 노려보고 있었다. 가슴이 오르락내리락했다.

"죽여." 넬슨이 말했다. "놈이 우리를 죽이기 전에."

두 요원이 몸을 일으켰다.

"뭔가 찾았나?" 피터스가 말했다. 그는 여전히 총을 들고 있었다. "아래 뭔가 있나?"

"뭔가 있는 것 같습니다. 바늘 우주선이라는 건 분명합니다. 그 옆에 다른 게 있어요."

"내가 확인해보지." 피터스가 올햄을 지나쳐 걸어갔다. 올햄은 그가 언덕을 내려가 요원들과 합류하는 모습을 쳐다봤다. 다른 이들도 그를 따라 내려가 기웃거리기 시작했다.

"무슨 시체같이 보이는데." 피터스가 말했다. "저것 좀 보게!"

올햄도 그들을 따라 내려갔다. 요원들은 원을 그리고 서서 뭔가를 내려다보고 있었다.

땅바닥에는 기묘하게 뒤틀리고 구부러진 그로테스크한 형체가 하나 누워 있었다. 인간으로도 볼 수 있는 모습이었다. 다만 너무도 괴상하게 뒤틀린 데다 사지가 사방을 향해 뻗어 있었다. 입은 열려 있었고, 탁한 흰색의 눈이 위를 보고 있었다.

"작동을 멈춘 기계 같은 꼴이군." 피터스가 중얼거렸다. 올햄은 희미하게 미소를 지었다. "어떻습니까?" 그가 말했다.

피터스가 그를 바라보며 말했다. "믿을 수가 없군. 지금까지의 자네 말이 전부 진실이었어."

"로봇은 저와 접촉하지 못한 겁니다." 올햄이 말했다. 그는 담배를 한 대 꺼내 물고 불을 붙였다. "우주선이 추락했을 때 파괴된 거죠. 당신들은 모두 전쟁 때문에 너무 바빠서 외따로 떨어진 숲이 갑자기 불타버린 이유 따위는 생각해보지도 못한 겁니다. 이제 아시겠죠."

올햄은 담배를 빨며 요원들을 바라봤다. 그들은 우주선에서 기괴한 유해를 끌어내는 중이었다. 동체는 뻣뻣했고 사지는 굳어 있었다.

"이제 폭탄을 찾을 수 있겠군요." 올햄이 말했다. 요원들이 유해를 바닥에 내려놓았다. 피터스는 바닥의 유해를 굽어봤다.

"저기 한쪽 모서리가 보이는 것 같군." 그가 손을 뻗어 유해를 만지며 말했다.

유해의 가슴팍 안쪽이 드러나 있었다. 찢어진 상처 안쪽에서 뭔가 금속성 물체가 반짝이는 게 보였다. 사람들은 아무 말 않고 그 금속을 바라봤다.

"저게 살았더라면 우리 모두 목숨을 잃었겠지." 피터스가 말했다. "저 안의 금속 상자 때문에 말이야."

침묵이 이어졌다.

"자네에게 빚을 진 것 같군." 피터스가 올햄에게 말했다. "자네에게는 분명 끔찍한 악몽이었겠지. 자네가 도망치지 않았더라면 우리는—" 그는 말을 잇지 못했다.

올햄이 담배를 끄며 말했다. "저야 물론 로봇이 저를 만나지 못했다는 사실을 알고 있었죠. 하지만 증명할 방법이 없었습니다. 때로는 당장 증명할 수 없는 일도 있기 마련입니다. 바로 그게 문제였죠. 제가 저 자신이라는 사실을 보여줄 방법이 없었으니까요."

"휴가를 좀 받는 게 어떤가?" 피터스가 말했다. "자네에게 1개월 휴가를 주선해줄 수 있을 듯하군. 긴장을 풀고 마음을 다스릴 시간이 필요할 것 같네."

"지금 당장은 그저 집에 가고 싶을 뿐입니다." 올햄이 말했다.

"잘 알겠네. 자네 말대로 하지." 피터스가 답했다.

넬슨은 땅에 놓인 시체 옆에 쭈그려 앉아 있었다. 그는 가슴 안쪽에서 반짝이는 금속 쪽으로 손을 뻗었다.

"그거 만지지 말게." 올햄이 말했다. "아직 폭발할 수도 있으니까. 나중에 폭발물 제거 부서에서 처리하게 하는 편이 나을 거야."

넬슨은 대답하지 않았다. 그는 갑자기 유해의 가슴팍으로 손을 뻗어 금속을 잡고 그대로 뽑아냈다.

"지금 뭘 하는 거야?" 올햄이 소리쳤다.

넬슨은 자리에서 일어섰다. 손에 금속 물체가 들려 있었다. 얼굴에는 공포 때문에 공허한 표정이 떠올랐다. 금속 단검이었다. 피로 뒤덮인, 외우주인의 바늘형 단검이었다.

"이게 올햄을 죽인 무기야." 넬슨이 중얼거렸다. "내 친구는 이걸로 살해당했다고." 그는 올햄을 쳐다봤다. "네가 이걸로 이 친구를 죽이고 우주선 옆에 버려둔 채 떠난 거라고."

올햄은 몸을 떨고 있었다. 이빨 부딪치는 소리가 들렸다. 그는 단검과 시체를 번갈아 봤다. "저게 올햄일 리가 없어." 그가 말했다. 어지럼증이 찾아왔다. 모든 것이 빙빙 돌고 있었다. "내가 틀렸던 건가?"

그는 숨을 헐떡이며 중얼거렸다.

"하지만 저게 올햄이라면, 나는 분명—"·

첫 구절로도 충분했기 때문에, 그는 문장을 완성할 수 없었다. 이어진 폭발은 알파 켄타우리에서도 관측할 수 있을 정도였다.

음울한 대지에 고하노니

Upon The Dull Earth

PHILIP K. DICK

SF의 요소는 거의 보이지 않는 판타지 단편으로, 아마도 PKD의 초기 단편 중 '호러' 장르라고 칭할 수 있는 유일한 작품일 것이다. 교령과 초혼 의식, 영지靈知주의적인 구조의 우주라는 소재가 PKD스러운 결말로 이어지는 모습이 인상적이다.

이 작품에 등장하는 신성한 존재들은 잔혹하고 무지하며, 자신의 능력에 어울리는 인지를 갖추고 있지 못한 '눈먼 존재'들이다. 실비아라는 매개체를 통해 전해진 그들의 권능에 의해 세계는 불완전하고 흠결투성이인 곳으로 변해버리고 만다. 영지주의 신앙의 '눈먼 신' 사마엘의 권능을 떠올리게 하는 대목이다. PKD의 후기 장편소설이 어떤 과정을 통해 탄생했는지, 그리고 작가 본인이 품고 있던 갈등은 무엇인지 이해하는 데 도움이 될 만한 작품이다.

제목은 윌리엄 셰익스피어의 희곡 「베로나의 두 신사」 중 4막 2장, 프로테우스의 송가에서 따왔다고 한다.

실비아는 웃으며 밝은 밤의 정원으로 달려 나갔다. 자갈길을 따라, 정원에서 쓸어낸 잡초 더미를 뛰어넘어, 장미와 코스모스와 샤스타데이지 사이로. 사방 모든 곳에서 물웅덩이 안에 사로잡힌 별들이 빛났고, 그녀는 그 사이를 지나 벽돌담 너머의 비탈로 나갔다. 하늘을 이고 선 삼나무는 자기 옆을 비집고 나가는 날씬한 형체를 무시했다. 갈색 머리카락이 바람에 흩날렸고 눈은 반짝였다.

"좀 기다려줘." 릭은 투덜대며 그녀를 따라 익숙하지 않은 길로 걸음을 옮겼다. 실비아는 멈추지 않고 계속 춤추며 달려갔다. "천천히 가라고!" 그는 화가 나서 소리쳤다.

"안 돼─늦었단 말이야." 실비아가 갑자기 아무런 기척 없이 릭의 앞으로 뛰쳐나오며 길을 막았다. "주머니 비워봐." 그녀는 숨을 헐떡이고 회색 눈을 반짝이며 그에게 말했다. "금속은 전부 버려야 돼. 그들이 금속을 견디지 못한다는 걸 알잖아."

릭은 주머니를 뒤적였다. 외투 안에 10센트 동전 두 개와 50센트 동전 하나가 있었다. "이것도 안 되나?"

"그럼!" 실비아는 동전을 낚아채서 거무스레한 칼라 꽃 덤불 안으로 던져버렸다. 동전은 둔탁한 소리를 내며 축축한 어둠 속으로 사라졌다. "더 없어?" 그녀는 초조하게 그의 팔짱을 꼈다. "벌써 이리 오고 있다고. 더 없어, 릭?"

"손목시계뿐이야." 릭은 손목을 빼내며 사납게 시계로 달려드는 실비아의 손가락을 뿌리쳤다. "이건 덤불 속으로 던지지 않을 거야."

"그러면 해시계 위에 올려놔. 아니면 담장 위, 아니면 나무둥치 안에 넣던가." 실비아는 다시 달려가기 시작했다. 기쁨에 달뜬 흥분한 목소리가 춤추듯 그에게 날아왔다. "담뱃갑도 던져버려. 열쇠도, 벨트 버클도—금속은 전부. 그들이 얼마나 금속을 싫어하는지 알잖아. 서둘러, 우리 늦었다고!"

릭은 뚱한 얼굴로 그녀를 따라갔다. "알았어, 마녀 아가씨."

실비아는 어둠 속에서 그를 향해 분노를 터뜨리며 쏘아붙였다. "그런 말 하지 마! 그건 사실이 아니라고. 너는 우리 동생들과 어머니와 다른 사람들이 하는 말만 듣고—"

그녀의 말은 저 멀리서 들려오는 날갯짓 소리에 파묻혀 버렸다. 마치 낙엽 무더기가 겨울의 폭풍에 휘말려 올라가는 듯한 소리였다. 밤하늘이 격렬한 날갯짓 소리로 가득했다. 이번에는 매우 빠르게 오는 모양이었다. 그들은 너무 탐욕스러웠다. 조금도 기다리지 못했다. 공포의 손길이 남자를 건드렸고, 그는 실비아를 따라잡으려 달리기 시작했다.

실비아의 녹색 스커트와 블라우스가 수많은 날갯짓 가운데 버티고 선 모습이 보였다. 그녀는 한 손으로 그들을 헤치며 반대쪽 손으로 물이 나오는 꼭지를 열려고 애쓰고 있었다. 날개와 몸이 격렬하게 휘감기며 갈대처럼 흔들렸다. 순간 그녀의 모습이 시야에서 사라졌다.

"릭!" 그녀의 목소리가 희미하게 들렸다. "이리 와서 좀 도와줘!" 그녀는 그들을 뚫고 몸을 일으키려 애썼다. "이러다 숨 막혀 죽겠어!"

릭은 반짝이는 하얀 장벽을 뚫고 빗물받이 쪽으로 다가갔다. 그들은 나무 꼭지에서 쏟아져 나온 피를 게걸스럽게 마시고 있었다. 그는 실비아를 자기 쪽으로 끌어당겼다. 그녀는 겁에 질려 몸을 떨었다. 그는 주변의 폭력과 광기가 가라앉을 때까지 그녀를 꼭 끌어안고 있었다.

"배가 고픈 거야." 실비아가 작은 소리로 헐떡였다.

"그렇게 먼저 나가다니 바보 아냐? 놈들이 너를 재만 남게 태워버릴 수도 있다고!"

"나도 알아. 그들은 뭐든지 할 수 있으니까." 그녀는 흥분과 공포 때문에 몸을 떨었다. "저들을 봐." 실비아가 속삭였다. 그녀의 목소리는 경외감 때문에 낮고 거칠었다. "저 크기를 봐. 날개를 펴면 얼마나 거대한지. 게다가 하얀색이야, 릭. 얼룩 하나 없어. 완벽해. 우리 세계에는 저렇게 반점 하나 없는 존재는 없어. 크고 깨끗하고 아름다워."

"새끼 양의 피를 원하고 있다는 점은 분명하군."

사방에서 바람이 불어왔다. 실비아의 부드러운 머리카락이 릭의 얼굴을 스치며 나부꼈다. 이제 그들은 하늘 위로 높이 날아올라 떠나고 있었다. 사실 올라가는 것은 아니다. 그저 멀어져가는 것뿐. 처음에 피 냄새를 맡았을 때 있던 그들의 세계로 돌아가는 것이다. 하지만 피 때문만은 아니었다. 그들은 실비아 때문에 왔다. 그녀가 그들을 유혹했다.

실비아의 회색 눈이 커졌다. 그녀는 허공으로 올라가는 하얀 생명들을 향해 손을 뻗었다. 그들 중 하나가 가까이 날아왔다. 순간 풀과 꽃이 눈부신 백색 섬광을 뿜으며 타올랐다. 릭은 몸을 숙였다. 불타는 존재는 잠시 실비아 위에 머물더니 곧 희미한 팟 소리를 내며 사라졌다. 흰 날개의 거대한 생물들은 모두 없어졌다. 공기와 대지가 천천히 어둠과 침묵 속으로 식어갔다.

"미안해." 실비아가 중얼거렸다.

"다시는 그런 짓 하지 마." 릭은 간신히 입을 열었다. 아직도 충격 때문에 머리가 먹먹했다. "안전하지 않다고."

"가끔씩 잊어버려. 미안해, 릭. 그렇게 가까이까지 끌어올 생각은 아니었어." 그녀는 웃으려 애썼다. "이렇게 조심하지 않은 건 몇 달 만에 처음이야. 그러니까 저번에, 너를 이리 데려왔을 때 이후로 말이야." 탐욕스러운 갈망의 표정이 그녀의 얼굴을 스쳤다. "그거 봤어? 힘과 불꽃! 우리와 닿지도 않았는데 말이야. 그냥—우리를 보기만 했을 뿐인데. 그게 전부였는데. 그런데 주변의 모든 게 불타올랐어."

릭은 그녀를 꽉 잡고 말했다. "잘 들어." 그는 이를 악물었다. "두 번
다시 놈들을 불러서는 안 돼. 이건 잘못된 일이야. 여긴 저들의 세계가
아니라고."

"잘못된 일이 아니야. 아름답잖아."

"위험하다니까!" 릭의 손가락이 실비아의 팔을 파고들었다. 그녀는
헉하고 소리를 냈다. "놈들을 이리로 불러내지 말라고!"

실비아는 발작을 일으키듯 웃었다. 그녀는 릭을 밀치고는 하얀 날개
의 천사들이 둘을 남기고 하늘로 올라간 불탄 자리로 걸어 나갔다. "나
도 어쩔 수가 없어." 그녀는 울부짖었다. "나는 저들에게 속한 존재인걸.
그들이 내 가족, 내 종족이야. 내 이전 수많은 세대의 존재들이라고."

"무슨 소리야?"

"그들이 내 조상이야. 언젠가는 나도 그들과 함께하게 될 거야."

"이 꼬마 마녀가!" 릭은 격렬하게 소리쳤다.

"아냐." 실비아가 대답했다. "마녀가 아니야, 릭. 모르겠어? 나는 성자
라고."

부엌은 밝고 따뜻했다. 실비아는 커피포트의 전원을 꽂고 싱크대 위
의 선반에서 큼직한 붉은색 커피 깡통을 꺼냈다. "저 사람들 말을 들으
면 안 돼." 그녀는 접시와 컵을 준비하고 냉장고에서 크림을 꺼내오며
말했다. "저 사람들은 이해를 못 한다니까. 저기 저러고 있는 모습 좀
봐."

실비아의 어머니와 동생들, 베티 루와 진은 거실 한구석에 모여 서서
겁에 잔뜩 질린 채 부엌의 젊은 연인을 바라보고 있었다. 월터 에버렛
은 벽난로 옆에서 무표정한 얼굴로 서 있었다.

"얘기 좀 하자." 릭이 말했다. "너는 그들을 끌어들이는 힘을 가지고

있잖아. 그러니까 네 말은—월터 씨가 네 진짜 아버지가 아니라는 거야?"

"아니, 설마. 당연히 진짜 아버지지. 나는 완벽하게 인간이야. 인간처럼 보이지 않아?"

"하지만 그런 힘을 가진 사람은 너뿐이잖아."

"육체적인 차이가 아닌걸." 실비아는 침착하게 설명했다. "나는 그저 보는 능력을 가지고 있을 뿐이야. 내 이전에도 그런 힘을 가진 사람들이 있었어. 성자들이나, 순교자들이나. 어릴 적에 어머니가 성녀 베르나데트의 이야기를 읽어주신 적이 있어. 그녀의 동굴이 어디였는지 기억해? 병원 근처였잖아. 그곳에서 그들이 허공을 날아다니는 모습을 본 거야."

"하지만 피라니! 끔찍하잖아. 그런 내용은 이야기 속에 없었어."

"아, 그렇지. 피가 그들을 끌어들이는 거야. 특히 어린 양의 피가. 그들은 전장의 하늘을 날아다녀. 죽은 이들을 발할라로 데려가는 발키리인 거지. 그래서 성자나 순교자들이 자해를 하는 거야. 내가 어쩌다 이런 생각을 하게 됐는지 알아?"

그녀는 허리에 작은 앞치마를 두르고 커피포트 안에 커피를 채웠다. "내가 아홉 살이었을 때 호머의 작품에서 읽었어. 오디세이에서. 율리시즈는 땅에 구덩이를 파고 그 안에 피를 가득 채워 영혼들을 불러 모았잖아. 지하 세계에서 올라온 그림자들을 말이야."

"그렇지." 릭은 마지못해 인정했다. "그건 기억나."

"죽은 사람들의 유령이야. 그들은 한때 살아 있는 존재였어. 모두가 여기에 살았다가 죽은 다음에 그리로 가게 된 거야." 그녀의 얼굴이 환해졌다. "우리 모두가 날개를 가지게 될 거라고! 모두가 날 수 있게 될 거야. 모두가 화염과 힘을 가지게 될 거야. 더 이상 버러지로 남지 않을 거라고."

"버러지라니! 넌 항상 나를 그렇게 부르잖아."

"당연히 너는 벌레지. 우리 모두가 벌레야. 지구의 표면에서 흙과 먼지를 헤치고 기어 다니는 땅벌레들일 뿐이지."

"놈들은 왜 피에 모이는 거지?"

"피는 생명이고, 그들은 생명에 이끌리니까. 피는 우식 베하_{uisge-}beatha*야. 생명의 물이라고."

"피는 죽음이야! 피를 흘려 여물통에 가득 채우면……"

"죽음이 아니야. 애벌레가 고치 속으로 기어 들어가는 것을 보면서 그게 죽는 거라고 생각해?"

월터 에버렛이 문가에 서 있었다. 그는 음울한 얼굴로 딸아이의 말에 귀를 기울였다. "언젠가는," 그가 쉰 목소리로 말했다. "놈들이 저 아이를 잡아채서 끌고 가버릴 게다. 저 아이는 함께 가고 싶어 할 거야. 그날을 기다리고 있거든."

"봤지?" 실비아는 릭에게 말했다. "아버지도 이해를 못 하신다니까." 그녀는 커피포트를 닫고 커피를 따랐다. "아빠도 커피 드려요?" 그녀는 아버지에게 물었다.

"됐다." 에버렛이 말했다.

"실비아." 릭은 마치 어린아이를 달래듯 말했다. "그들을 따라가면 우리에게 돌아오지 못하게 된다는 사실은 알고 있을 거 아냐."

"결국 언젠가는 그리로 가게 되잖아. 우리 삶의 일부일 뿐이라고."

"하지만 너는 열아홉밖에 되지 않았잖아." 릭은 애원했다. "너는 젊고 건강하고 아름답다고. 그리고 우리 결혼은—우리 결혼은 어떻게 해?" 그는 식탁에서 반쯤 몸을 일으키며 말했다. "실비아, 이런 짓은 이제 그만둬야 해!"

---

* 고대 켈트족의 언어인 게일어로 생명의 물이라는 뜻이다.

"멈출 수가 없는걸. 처음으로 그들을 봤을 때는 일곱 살이었어." 실비아는 싱크대 앞에 서서 아득한 곳을 바라보며 커피포트를 손에 잡았다. "기억나요, 아빠? 그때 우리는 시카고에 살고 있었죠. 겨울이었어요. 나는 학교에서 걸어오다가 넘어졌고요." 그녀는 날씬한 팔을 들어 보였다. "여기 흉터 보여? 나는 진흙투성이 자갈밭에 넘어져서 팔을 베였어. 울면서 집으로 돌아오는데—진눈깨비가 내리고 사방에서 바람이 울부짖는 날이었지—팔에서 피가 흘러서 장갑이 피에 젖었어. 그러다 문득 하늘을 올려다보니 그들이 있었던 거야."

침묵이 흘렀다.

"그들은 너를 원하는 거다." 에버렛이 비참하게 말했다. "놈들은 파리야. 너를 노리면서 하늘을 날아다니는 쉬파리란 말이다. 네가 자기네를 따라오게 만들려는 거야."

"안될 건 뭐예요?" 실비아의 회색 눈이 반짝였다. 즐거움과 기대로 볼이 발갛게 달아올랐다. "아빠도 그들을 봤잖아요. 무슨 뜻인지 알고 있잖아요. 변용變容, 변신…… 진흙에서 신이 되는 거예요!"

릭은 부엌을 떠났다. 두 여동생은 거실에서 한데 붙어 있었다. 에버렛 부인은 화강암처럼 완고한 얼굴로 철제 안경테 안에 차가운 눈빛을 띠고 홀로 서 있었다. 릭이 그들을 지나가자 그녀는 고개를 돌렸다.

"밖에서 무슨 일이 있었던 거야?" 베티 루가 긴장한 목소리로 속삭였다. 그녀는 열다섯 살이었고, 여위고 평범한 외모에 뺨이 홀쭉했으며, 모래처럼 옅은 갈색 머리카락을 지니고 있었다. "실비아 언니는 우리가 따라오지 못하게 한단 말이야."

"아무 일도 없었어." 릭이 대답했다.

소녀의 빈약한 얼굴에 분노가 스쳤다. "거짓말. 너희 둘 다 깜깜한데 정원에 나가 있었잖아. 그리고—"

"저 사람이랑 말하지 말거라!" 에버렛 부인이 쏘아붙였다. 그녀는 두 소녀를 끌어당기며 릭에게 증오와 비참함이 담긴 눈빛을 쏘아 보냈다. 그러고는 서둘러 그에게서 몸을 돌렸다.

릭은 지하실 문을 열고 불을 켰다. 그는 콘크리트와 흙으로 만든 춥고 축축한 방으로 천천히 내려갔다. 머리 위에서 먼지로 뒤덮인 전선에 백열전구 하나가 매달려 노란 빛을 내뿜고 있었다.

지하실 한쪽 구석에 거대한 열기 파이프가 달린 커다란 난방용 화로가 있었다. 그 옆에 보일러와 폐휴지 뭉치, 책 상자와 신문과 낡은 가구가 거미줄에 뒤덮여 먼지가 두껍게 앉은 모습이 보였다.

지하실 반대쪽 끝에 세탁기와 탈수기가 보였다. 실비아의 펌프와 냉장 시스템도.

릭은 공구함에서 망치와 두 개의 묵직한 파이프용 렌치를 꺼내들었다. 그가 복잡한 탱크와 파이프를 향해 다가가고 있을 때 층계 위에 실비아의 모습이 나타났다. 한 손에는 커피 컵을 든 채였다.

그녀는 서둘러 그를 향해 내려왔다. "여기서 뭘 하고 있는 거야?" 그녀는 날카로운 눈으로 그를 살펴보며 말했다. "그 망치하고 렌치 두 개로 뭘 하려는 거야?"

릭은 공구들을 다시 공구함에 돌려놓았다. "어쩌면 문제를 이 자리에서 해결할 수 있지 않을까 해서."

실비아는 그와 탱크 사이에 끼어들었다. "너는 이해해준다고 생각했어. 그들은 언제나 내 삶의 일부였다고. 처음 너를 데려왔을 때는 알고 있는 줄로만 알았는데—"

"나는 너를 잃고 싶지 않아." 릭은 거친 목소리로 말했다. "누구에게든, 무엇에게든—이 세계에서든, 아니면 다른 세계에서든. 나는 절대 너를 포기하지 않을 거야!"

"나를 포기하는 게 아냐!" 그녀의 눈이 가늘어졌다. "모든 것을 부수고 파괴하려고 이리 내려온 거구나. 내가 보지 않을 때 이걸 전부 박살 내려고. 그렇지?"

"맞아."

실비아의 얼굴에서 분노가 사라지며 공포가 그 자리를 대체했다. "내가 여기 속박되어 있기를 원하는 거야? 나는 계속 나아가야 해—여행의 이 부분을 끝냈단 말이야. 여기 충분히 오래 머물렀어."

"기다릴 수는 없는 거야?" 릭이 격렬하게 물었다. 목소리에서 날카로운 절망의 기색을 도저히 감출 수가 없었다. "어차피 금방 찾아오게 되는 거 아니었어?"

실비아는 어깨를 으쓱하고 몸을 돌렸다. 팔짱을 끼고 붉은 입술을 꾹 다문 채였다. "너는 항상 벌레가 되고 싶어 하지. 작고 꿈틀거리는 털투성이 애벌레 말이야."

"난 너를 원해."

"너는 날 가질 수 없어!" 그녀는 분노에 가득 차 휙 몸을 돌렸다. "이딴 일에 낭비하고 있을 시간 없어."

"더 높은 차원의 일들을 생각해야 한단 말이겠지." 릭이 사납게 내뱉었다.

"당연하지." 그녀의 목소리가 조금 부드러워졌다. "미안해, 릭. 이카루스 기억나? 너도 날고 싶어 하잖아. 나는 알고 있어."

"때가 되면."

"지금이라고 안 될 것 있어? 왜 기다리는 거야? 겁내는 것뿐이잖아." 그녀는 붉은 입술을 교활하게 일그러뜨리며 부드러운 동작으로 그에게서 떨어졌다. "릭, 한 가지 보여주고 싶은 게 있어. 먼저 약속해줘. 아무에게도 말하지 않겠다고."

"뭔데 그래?"

"약속해?" 그녀는 그의 입에 손을 가져다 대며 말했다. "조심해야 하

거든. 돈이 꽤 많이 들었어. 아무도 알지 못해. 중국에서 흔히 하는 일이
거든—모두 이걸 위한 준비인 거야."

"궁금한데." 릭이 말했다. 불안감이 그를 감싸오기 시작했다. "나한테
보여줘."

실비아는 흥분으로 몸을 떨면서 커다란 냉장 장치 뒤편으로, 서리처
럼 차가운 냉각 코일이 거미줄처럼 얽혀 있는 어둠 속으로 사라졌다.
릭은 그녀가 뭔가를 잡고 끌고 나오는 소리를 들을 수 있었다. 바닥에
긁히는 소리가 나며 뭔가 커다란 게 밖으로 끌려나왔다.

"봤지?" 실비아가 말했다. "나 좀 도와줘, 릭. 이거 무겁다고. 단단한
목재와 황동으로 만들고 안에 금속을 덧댄 거야. 처음부터 끝까지 수제
로 만든 거라고. 게다가—이 부조 좀 봐! 정말 아름답지 않아?"

"이게 뭔데?" 릭이 목쉰 소리로 물었다.

"내 고치야." 실비아가 가볍게 말했다. 그녀는 만족한 듯 지하실 바닥
에 앉아 반짝이는 떡갈나무 관 위에 행복하게 머리를 기댔다.

릭은 그녀의 팔을 잡고 끌어 일으켰다. "지하실에서 그렇게 관 따위
나 끌어안고 앉아 있게 내가 놔둘 줄—" 그가 말을 멈췄다. "왜 그래?"

실비아의 얼굴이 고통으로 뒤틀렸다. 그녀는 릭에게서 물러나 재빨
리 입에 손가락을 집어넣었다. "네가 날 일으킬 때 베였어. 못이나 뭐 그
런 거에." 피 한 줄기가 손가락을 타고 흘러내렸다. 그녀는 주머니를 뒤
져 손수건을 꺼냈다.

"좀 봐봐." 릭이 다가갔지만 실비아가 그를 피했다. "많이 다쳤어?" 그
가 물었다.

"가까이 오지 마." 실비아가 속삭였다.

"대체 왜 그래? 좀 보여줘!"

"릭." 실비아가 낮고 격한 목소리로 말했다. "물하고 반창고 좀 가져다
줘. 될 수 있으면 빨리!" 그녀는 끓어오르는 공포를 억누르려 애쓰고 있

었다. "출혈을 멈춰야 해."

"위로 가서?" 그는 머뭇거리며 물러났다. "그렇게 심한 상처 같지는 않은데. 내가 보기에는 그냥……"

"서둘러." 그녀의 목소리에 갑자기 공포가 배어나오기 시작했다. "릭, 서둘러!"

릭은 당황해서 몇 발짝을 옮겼다.

실비아의 공포가 그에게 폭포수처럼 쏟아졌다. "아니, 이미 늦었어." 그녀는 가는 목소리로 중얼거렸다. "돌아오지 마. 나한테서 떨어져. 다 내 잘못이야. 내가 그들이 오도록 훈련시켰으니까. 저리 가! 미안해, 릭. 아—" 그녀의 목소리는 지하실 벽이 터져 나가며 무너지는 소리에 파묻혔다. 반짝이는 흰색 구름이 지하실 안으로 불타며 밀려 들어왔다.

그들은 실비아를 쫓고 있었다. 그녀는 릭을 향해 머뭇거리며 몇 발짝 내딛더니 어찌할 바를 모르고 자리에 멈춰 섰다. 다음 순간 흰 몸체와 날개들이 그녀를 뒤덮었다. 비명 소리가 한 번 들렸다. 강렬한 폭발이 일어나 지하실은 이글거리는 용광로의 열기로 뒤덮였다.

그는 땅바닥에 내동댕이쳐졌다. 시멘트는 뜨겁고 메말라 있었다. 지하실 전체가 열기로 이글댔다. 펄럭이는 하얀 형체들이 밀려 나가며 창문이 깨졌다. 연기와 불꽃이 벽을 휘감았다. 천장이 기울어지며 석고 파편이 쏟아져 내렸다.

릭은 비틀대며 자리에서 일어섰다. 격렬한 움직임이 이제 잦아들고 있었다. 지하실은 난장판이었다. 사방이 검게 그을려 연기를 뿜는 잿더미로 뒤덮였다. 산산조각 난 나무와 찢어진 옷감, 부서진 콘크리트 파편이 사방에 널려 있었다. 복잡한 펌프와 냉장 시스템은 이제 반짝이는 고철 무더기일 뿐이었다. 한쪽 벽이 통째로 비틀려 무너졌다. 석고 파편이 다른 모든 것들 위를 뒤덮고 있었다.

실비아는 사지가 기괴한 모양으로 구부러진 채 뒤틀린 시체가 되어

있었다. 메마르고 탄화된 불탄 재가 되어 거의 형체를 알아보기 힘들
지경이었다. 남은 것이라곤 타고 남은 검은 조각과 부서지기 쉬운 껍데
기뿐이었다.

춥고 거친 날씨의 어두운 밤이었다. 하늘에서 별 몇 개가 얼음처럼
반짝였다. 가는 바람이 젖은 칼라 꽃 사이를 스치고 지나가더니, 검은
장미 사이 오솔길을 따라 차가운 안개가 되어 자갈 위를 내리덮었다.

릭은 한동안 쭈그리고 앉아 귀를 기울이며 사방을 살폈다. 삼나무 너
머로 커다란 집이 하늘을 배경으로 솟아올라 있었다. 비탈 아래쪽에 고
속도로를 따라 구불구불 지나가는 차 몇 대가 보였다. 그 외에는 아무
런 소리도 들리지 않았다. 그의 앞에 지하실의 냉장 장치에서 피를 가
져오던 파이프와 자기로 만든 빗물 통이 있었다. 물통은 낙엽이 몇 장
떨어져 있을 뿐, 텅 비고 말라 있었다.

릭은 차가운 밤공기를 깊이 들이마시고 그것을 잡았다. 비척이며 몸
을 일으켜 하늘을 올려다봤지만 어떤 움직임도 보이지 않았다. 하지만
그들은 거기서 바라보며 기다리고 있었다. 전설 속의 과거를 되새기는
흐릿한 그림자들, 신과 같은 존재들의 일족이.

릭은 묵직한 드럼통을 들어 올려 빗물 통으로 끌고 가서는 뉴저지 도
살장에서 받아온 피를 부었다. 싸구려 황소에서 나온 부산물로, 걸쭉하
게 엉겨 있었다. 피가 옷으로 튀었다. 그는 불안하게 뒤로 물러섰다. 그
러나 허공에서는 아무것도 움직이지 않았다. 밤안개와 어둠에 푹 젖은
정원은 고요하기만 했다.

릭은 빗물 통 옆에 서서 그들이 올지 의심하며 기다렸다. 그들은 그
저 피를 원해서 온 게 아니라 실비아를 향해서 왔다. 그녀가 없으면 그
저 날음식만 준비되어 있는 상황이나 마찬가지였다. 그는 텅 빈 금속
드럼통을 풀숲으로 가져가 비탈 아래로 굴렸다. 주머니를 뒤져 금속이

없다는 걸 다시 한번 확인했다.

몇 년 동안 실비아는 그들이 이곳으로 찾아오게끔 만들었다. 하지만 이제 그녀는 건너편에 있었다. 그래서 그들이 오지 않는 것일까? 축축하게 젖은 풀숲 안에서 뭔가 바스락 소리를 냈다. 짐승이나 새인가?

빗물 통 안에서 피가 반짝였다. 묵직하게 끈적이는 모습이 마치 원유 같았다. 이제 그들이 올 때가 되었다. 하지만 머리 위의 커다란 나무들 사이에서는 아무것도 움직이지 않았다. 그는 검은 장미 봉오리가 일렬로 늘어서 고개를 끄덕이는 모습을, 그와 실비아가 함께 달려 내려갔던 자갈길을 알아볼 수 있었다―그는 아직까지도 생생한 그녀의 반짝이는 눈과 붉은 입술의 기억을 애써 밀어냈다. 비탈 아래의 고속도로, 아무도 없는 텅 빈 정원, 그녀의 가족이 숨을 죽이고 기다리고 있는 조용한 집. 잠시 후 나지막하게 훅훅거리는 소리가 들리기 시작했다. 그는 긴장했지만, 그저 디젤 트럭 한 대가 전조등을 이글거리며 고속도로를 달려 내려가는 소리일 뿐이었다.

그는 비참하게 서 있었다. 발을 벌리고 구두 뒷굽을 부드러운 검은 땅에 박은 채. 그는 떠나지 않을 것이다. 그들이 올 때까지 기다릴 것이다. 실비아를 돌려받아야 했다. 어떤 대가를 치르더라도.

머리 위에서는 거미줄처럼 안개가 피어올라 달을 덮어가고 있었다. 하늘은 생명이나 온기라고는 전혀 없는, 끝없이 펼쳐진 황무지로만 보였다. 태양이나 생명으로부터 멀리 떨어진 외우주의 죽음 같은 냉기였다. 그는 목이 아파올 때까지 하늘을 올려다봤다. 차가운 별들이 뒤엉킨 안개의 장막 사이로 모습을 감췄다 나타나기를 반복했다. 다른 것은 보이지 않나? 오고 싶지 않은 것일까, 아니면 그에게는 흥미가 없는 것일까? 그들의 흥미를 불러일으킨 것은 실비아였고, 그들은 이제 그녀를 손에 넣었다.

한쪽에서 소리 없는 움직임이 느껴졌다. 릭은 이를 느끼고 몸을 돌리려 했으나, 사방에서 나무와 덤불이 갑자기 흔들리기 시작했다. 마분지를 잘라내 세운 배경처럼 모든 것이 흔들리며 한데 모여들더니 밤의 그림자 속으로 흐릿하게 뒤섞였다. 그 사이로 뭔가 빠르고 조용하게 움직이더니 곧 모습을 감췄다.

그들이 왔다. 느낄 수 있었다. 그들은 자신의 힘과 화염을 닫아놓았다. 차갑고 무심한 형상들이 나무 사이에서 솟아올랐다. 삼나무조차도 작아 보였다. 릭과 릭의 세계와는 이질적인 존재들이 호기심과 가벼운 습관에 이끌려 등장한 것이다.

"실비아." 그는 목청을 가다듬고 말했다. "어느 게 너야?"

반응은 없었다. 어쩌면 그들 사이에 없는지도 모른다. 그는 바보가 된 기분이 들었다. 하얀 형체가 빗물 통 위를 지나치더니 잠시 허공을 돌고는 그대로 멈추지 않고 날아가버렸다. 다른 거대한 형체가 그 위를 살피고 지나가자 공기가 떨리다가 다시 그대로 잦아들었다.

혼란이 릭의 마음속으로 비집고 들어왔다. 그들이 다시 떠나고 있다. 자신들의 세계로 돌아가고 있다. 공물은 받아들여지지 않았다. 흥미를 느끼지 못한 것이다.

"기다려." 그는 목쉰 소리로 중얼거렸다.

하얀 형체 일부가 남아 있었다. 그는 펄럭이는 거대한 모습에 두려움을 느끼며 천천히 그들에게 다가갔다. 만약 그들 중 하나가 릭을 만진다면 그는 즉시 타올라 검게 그을린 잿더미가 되어버릴 것이다. 그는 몇 발짝 앞에서 걸음을 멈췄다.

"내가 뭘 원하는지 알잖아." 그가 말했다. "실비아를 돌려줘. 그녀는 아직 그쪽으로 갈 운명이 아니었어."

침묵이 흘렀다.

"너희가 너무 욕심을 낸 거야." 그가 말했다. "잘못된 일을 했다고. 어차피 그녀는 언젠가는 너희에게 갈 운명이었어. 모든 준비를 마친 상태였다고."

어둠 속의 안개가 흔들렸다. 나무 사이로 형체들이 펄럭이고 깜빡이며 그의 목소리에 반응했다. "사실이다." 무감정하고 냉담한 소리가 들려왔다. 소리는 그의 주변을 떠돌며 명확한 위치나 방향도 없이 나무에서 나무 사이로 날아다녔다. 가끔씩 밤바람에 휩쓸려 희미한 메아리로 잦아들기도 했다.

안도가 그를 찾아왔다. 그들이 돌아가는 일을 멈췄다. 릭의 존재를 알아채고 그의 말에 귀를 기울이고 있었다.

"내 말이 맞는다고 생각하는 거지?" 릭이 물었다. "그녀는 이곳에서 오래 살아갈 예정이었어. 우리는 결혼하고 자식도 낳을 거였다고."

대답은 없었지만, 그는 갈수록 커지는 긴장감을 온몸으로 느끼고 있었다. 열심히 귀를 기울였지만 아무런 소리도 알아들을 수 없었다. 릭은 그들 사이에 다툼이 있음을, 갈등이 일어나고 있음을 깨달았다. 긴장감은 더욱 명확하게 타올랐다. 구름과 얼음 같은 별들은 그 주변에서 일렁이는 거대한 형체들 때문에 가려져버렸다.

"릭!" 가까이에서 목소리가 들렸다. 소리는 일렁이면서 비에 젖은 나무와 풀 사이로 날아가 흐릿해졌다. 거의 들을 수 없을 정도였고, 말하자마자 곧 사라졌다. "릭, 내가 돌아가도록 도와줘."

"어디 있는 거야?" 그는 실비아가 어디 있는지 알 수가 없었다. "내가 어떻게 하면 돼?"

"나도 몰라." 그녀의 목소리에는 격렬한 경악과 고통이 실려 있었다. "나도 모르겠어. 뭔가 잘못됐어. 그들은 내가…… 당장 가고 싶어 한다고 생각한 거야. 그게 아니었는데!"

"나도 알아." 릭이 말했다. "사고였잖아."

"그들은 기다리고 있었어. 고치, 빗물 통—하지만 너무 갑작스러웠어." 그녀의 공포가 다른 우주에서부터 먼 거리를 뚫고 그에게 전해져왔다. "릭, 난 생각이 바뀌었어. 돌아가고 싶어."

"그렇게 간단한 일이 아냐."

"나도 알아. 릭, 이쪽에서는 시간이 다르게 흘러가. 나는 여기 너무 오래 있었어…… 네 세계는 기어가는 것처럼 보여. 몇 년쯤 지난 거지?"

"일주일 지났어." 릭이 말했다.

"그들의 잘못이야. 내 탓이라고 생각하는 건 아니지? 그들도 자기네가 잘못했다는 건 알고 있어. 그 일을 벌인 이들은 벌을 받았지만, 나한테는 아무 소용없는걸." 비참함과 공포가 그녀의 목소리를 뒤틀어 무슨 말을 하는지 거의 알아들을 수가 없었다. "어떻게 하면 돌아갈 수 있을까?"

"그들은 알지 못한대?"

"방도가 없다고 말하고 있어." 그녀의 목소리가 떨렸다. "그들이 진흙 부분을 파괴했다는 거야. 소각해버렸대. 돌아갈 장소가 없어."

릭은 심호흡을 했다. "다른 방법을 찾게 해봐. 그들에게 달린 일이잖아. 힘을 가진 것 아니었어? 너무 일찍 데려갔잖아. 돌려보내 줘야 해. 그게 그들의 의무라고."

하얀 형체들이 불안하게 흔들렸다. 갈등이 치솟아 오르는 것이 느껴졌다. 의견을 모으지 못하는 모양이었다. 릭은 불안하게 몇 발짝 뒤로 물러섰다.

"위험한 일이라고 말하고 있어." 실비아의 목소리는 어느 특정한 곳에서 울려 퍼지는 것이 아니었다. "한번 시도해본 적이 있다고 해." 그녀는 자기 목소리를 제어하려 노력하고 있었다. "이 세계와 당신 세계의 연결은 불안정해. 엄청난 양의 자유롭게 흘러 다니는 에너지가 있어. 우리가 이쪽에서 가지고 있는 힘은 사실 우리들의 것이 아니야. 우주의 에너지를 끌어들여 다스리는 것뿐이야."

"왜 그들이 그런 일을……"

"여기는 보다 높은 차원의 연속체야. 에너지의 자연스러운 흐름은 저 차원에서 고차원으로 흘러가도록 되어 있어. 하지만 그 반대 방향의 흐름은 위험해. 피는 일종의 이정표 역할을 하는 거야. 밝게 빛나는 표식."

"백열등 주위에 몰려드는 나방처럼 말이지." 릭이 쓰게 내뱉었다.

"만약 그들이 나를 돌려보냈는데 뭔가 잘못된다면—" 그녀는 말꼬리를 흐렸다 곧 다시 말하기 시작했다. "만약 실수하면 나는 두 세계 사이에서 길을 잃을 수도 있어. 자유 에너지에 흡수될 수도 있고. 마치 반쯤 살아 있는 것만 같아. 이해가 불가능한 힘이야. 프로메테우스와 불처럼……"

"알겠어." 릭은 최대한 침착하게 대답했다.

"내 사랑, 그들이 나를 돌려보내려 한다면 들어갈 수 있는 형체를 찾아야 할 거야. 너도 보다시피 내게는 이제 형체가 없거든. 이쪽에는 실체를 가진 물질이 존재하지 않아. 당신이 보는 날개와 하얀 빛은 실제로 존재하는 게 아니야. 만약 내가 당신 쪽으로 돌아가는 여행에 성공하려면……"

"뭔가 형체를 빚어내야겠지." 릭이 말했다.

"그곳의 뭔가를 손에 넣어야 할 거야. 진흙으로 된 뭔가를. 그 안에 들어가서 형체를 바꿔야 해. 그분께서 오래전, 당신의 세계에 최초의 형체를 만들었을 때처럼."

"한 번 했으면 다시 할 수도 있을 거야."

"그 일을 했던 분은 사라져버렸어. 더 높은 곳으로 올라가셨지." 그녀의 목소리에는 불만족스러운 기색이 서려 있었다. "이 너머의 세상도 있어. 사다리는 여기서 끝나지 않아. 어디서 끝나는지 아는 이는 아무도 없어. 그저 계속 올라가는 것처럼 보일 뿐이야. 세계에서 다음 세계로."

"너에 대한 일은 누가 결정하는 거야?" 릭이 물었다.

"나한테 달려 있어." 그녀가 작은 소리로 대답했다. "그들이 말하기를,

내가 시도해보고 싶다면 한번 해보겠대."

"어떻게 할 생각이야?" 그가 물었다.

"겁이 나. 뭔가 잘못되면 어쩌지? 당신은 이 사이의 공간을 본 적이 없잖아. 거기엔 무수한 가능성이 있어. 그 때문에 겁이 나. 그럴 만한 용기를 가진 자는 오직 그분뿐이었어. 다른 모두는 겁을 먹었지."

"그들의 잘못이야. 그들이 책임져야 해."

"그들도 알고 있어." 실비아는 어쩔 줄 모르고 망설였다. "릭, 내 사랑, 제발 어떻게 해야 할지 알려줘."

"돌아와!"

침묵이 흘렀다. 가늘고 비참한 목소리가 들렸다. "알았어, 릭. 그게 옳은 일이라고 생각한다면."

"옳은 일이야." 릭은 단호하게 말했다. 그는 아무것도 떠올리지 않으려, 아무것도 상상하지 않으려 안간힘을 썼다. 그는 그녀를 되찾아야만 했다. "지금 당장 시작하라고 해. 어서 지금―"

릭의 눈앞에서 열기가 번쩍이며 굉음을 냈다. 그는 허공으로 날아가 순수한 에너지가 타오르는 한복판에 내동댕이쳐졌다. 그들이 떠나고 있었다. 순수한 힘이 강렬한 열기를 내뿜으며 사방으로 몰아닥쳤다. 그는 아주 잠시 실비아를 봤다고, 그녀의 손이 그를 향해 다가오는 모습을 봤다고 생각했다.

열기가 가라앉았다. 릭은 눈앞이 먹먹한 채 밤의 습기에 젖은 어둠 속에 누워 있었다. 정적 속에. 혼자서.

월터 에버렛이 그를 일으켰다. "이 빌어먹을 바보 녀석!" 그는 계속해서 반복해 말하고 있었다. "놈들을 다시 데려와서는 안 되는 거였네. 이미 충분히 많은 것을 가져가지 않았나."

이제 그는 크고 따뜻한 거실에 있었다. 에버렛 부인은 아무 말 없이 무표정하고 굳은 얼굴로 릭의 앞에 서 있었다. 두 딸은 초조하게 릭의 주변을 돌아다니면서 병적인 호기심으로 눈을 크게 뜨고 그를 바라보고 있었다.

"괜찮을 겁니다." 릭이 중얼거렸다. 옷이 불타고 그을려 있었다. 그는 얼굴에 묻은 검댕을 문질렀다. 머리카락에는 마른 풀 조각이 붙어 있었다. 그들은 승천하면서 릭을 둘러싸고 원을 그리며 근처의 것들을 불태웠다. 그는 소파에 기대어 눈을 감았다. 다시 눈을 떠보니 베티 루 에버렛이 릭의 손에 물 한 잔을 쥐어 주고 있었다.

"고맙다." 그가 중얼거렸다.

"자네는 그곳에 가면 안 되는 거였네." 월터 에버렛이 반복해 말했다. "왜? 왜 그런 일을 한 건가? 그 아이가 어떻게 되었는지 알고 있지 않은가. 자네에게도 똑같은 일이 벌어지는 꼴을 보고 싶은 건가?"

"그녀를 다시 찾고 싶어요." 릭이 작은 소리로 말했다.

"자네 미쳤나? 그 아이를 돌려받을 수는 없어. 죽었으니까." 월터의 입술이 경련하듯 뒤틀렸다. "자네 그 아이를 본 거로군."

베티 루는 릭을 뚫어져라 쳐다봤다. "밖에서 무슨 일이 있었던 거예요?" 그녀가 물었다. "언니를 본 거죠."

릭은 힘겹게 몸을 일으켜 거실을 떠났다. 그는 부엌에서 싱크대에 컵의 물을 버리고 술을 따랐다. 지친 몸을 기대고 있는데 베티 루가 문가에 나타났다.

"뭘 원하는 거냐?" 릭이 물었다.

소녀의 얼굴에는 좋지 못한 붉은 기운이 떠올라 있었다. "밖에서 뭔가 일이 있었다는 걸 알아요. 오빠는 놈들에게 먹이를 주고 있었던 거죠?" 그녀가 릭을 향해 다가왔다. "언니를 되찾으려고 하던 거 아니에요?"

"그 말대로야." 릭이 말했다.

베티 루는 초조하게 깔깔 웃었다. "하지만 안 될걸요. 언니는 죽었어요. 시체가 바싹 타버렸잖아요. 내가 직접 봤는걸요." 그녀의 얼굴에 흥분한 기색이 떠올랐다. "아빠는 언제나 언니한테 뭔가 나쁜 일이 일어날 거라고 했죠. 그런데 정말로 일어났네요." 그녀는 릭에게 몸을 가까이 들이댔다. "언니는 마녀였어요! 그런 꼴을 당해도 쌌다고요!"

"실비아는 돌아올 거야." 릭이 말했다.

"아니에요!" 소녀의 평범한 얼굴에 공포가 스쳐 지나갔다. "언니는 돌아오지 못해요. 죽었다고요. 항상 말했듯이, 벌레가 나비가 된 거예요. 언니는 이제 나비예요!"

"안으로 들어가라." 릭이 말했다.

"멋대로 명령할 생각 하지 말아요." 베티 루가 대답했다. 그녀의 목소리가 히스테릭하게 높아져갔다. "여긴 내 집이에요. 더 이상 이 근처에 올 생각도 하지 말아요. 아빠가 직접 말할 거예요. 아빠는 오빠를 싫어하고 나도 오빠를 싫어하고 어머니와 동생도……"

변화는 아무 전조 없이 갑작스레 일어났다. 베티 루는 멈춰버린 영화 필름처럼 그대로 얼어붙었다. 입을 반쯤 벌리고 한 팔을 든 채, 혀 위에 말이 얼어붙었다. 마치 바닥에서 솟아난 무생물처럼, 유리의 두 면 사이에 갇힌 듯한 모습으로 멈춰버렸다. 말도 못 하고 소리도 내지 못하는 텅 빈 공허한 곤충의 허물 같은 모습이었다. 죽은 것은 아니었지만 태초의 동작이 없는 상태로 돌아간 것만 같았다.

사로잡힌 껍질 안에서 새로운 힘이 피어오르기 시작했다. 무지갯빛 생명이 뜨거운 액체처럼 그녀를 뒤덮으며 자리를 찾아 모든 부분으로 스며들었다. 소녀는 비틀거리며 신음 소리를 냈다. 몸이 격렬하게 뒤틀리면서 벽에 부딪쳤다. 머리 위 찬장에서 도자기 찻잔이 바닥으로 떨어져 깨졌다. 소녀는 한쪽 손을 입에 가져다 대고는, 고통과 충격으로 눈을 크게 뜨고 멍하니 뒤로 물러섰다.

"아!" 그녀는 숨을 헐떡였다. "손을 베었어." 그녀는 고개를 젓고는 멍하니 애원하듯 그를 올려다봤다. "못이나 뭐 그런 거에."

"실비아!" 릭은 그녀의 팔을 잡아서 벽에서 떼어 일으켰다. 그가 잡은 것은 실비아의 팔이었다. 따뜻하고 풍만하고 성숙한. 충격을 받은 회색 눈동자, 갈색 머리카락, 떨리는 가슴―실비아는 지하실의 마지막 순간에 봤던 그대로의 모습이었다.

"어디 좀 봐." 그가 말했다. 릭이 그녀의 입에서 손가락을 빼내 떨리는 손으로 부여잡고 살펴봤다. 베인 상처는 없었다. 옅은 하얀 선이 빠르게 사라지고 있을 뿐이었다. "이제 괜찮아, 내 사랑. 이제 괜찮아. 당신한테는 아무 문제도 없어!"

"릭, 나는 그 너머에 있었어." 실비아의 목소리는 가늘고 거칠었다. "그들이 와서는 나를 그 너머로 끌고 가버렸어." 그녀는 격렬하게 몸을 떨었다. "릭, 나 진짜 돌아온 거 맞아?"

그는 그녀를 으스러져라 꼭 끌어안았다. "완벽하게 돌아왔어."

"정말 긴 시간이었어. 한 세기도 넘게 있었으니까. 무한한 시간 동안. 나는―" 갑자기 그녀가 몸을 뺐다. "릭……"

"왜 그래?"

실비아의 얼굴에 격렬한 공포가 서려 있었다. "뭔가 잘못됐어."

"아무것도 잘못되지 않았어. 오직 당신이 돌아왔다는 사실만이 중요한 거야."

실비아는 그에게서 물러났다. "하지만 그들은 살아 있는 생명을 가져다 사용한 거지? 버려진 진흙이 아니라 말이야. 그들에게는 그런 힘이 없어, 릭. 진흙 대신에 그분의 피조물을 가져다 사용한 거야." 그녀의 목소리에 공포가 섞여들어 점차 높아졌다. "실수한 거야. 균형을 깨뜨릴 생각을 하지 말았어야 했어. 불안정한 데다 그들 중 누구도 균형을 다스리지 못하는데……"

릭이 문가를 막고 섰다. "그런 소리 하지 마!" 그가 격렬하게 말했다.

"그럴 가치가 있는 일이야. 뭘 희생해도 그럴 가치가 있었다고. 균형을 흐트러뜨린 것도 그놈들의 잘못일 뿐이야."

"이젠 돌려놓을 수 없어!" 그녀의 목소리가 금속 현이 팽팽해지듯 높고 격렬하게 솟구쳤다. "우리가 움직여버린 거야. 파도가 밀어닥치게 만들었어. 그분께서 세워놓은 균형이 뒤바뀌고 말았어."

"이리 와, 내 사랑." 릭이 말했다. "가서 당신 가족과 함께 거실에 앉아 있자고. 기분이 나아질 거야. 회복되려면 시간이 필요해."

그들은 자리에 앉아 있는 세 사람에게 다가갔다. 둘은 소파에, 하나는 벽난로 옆의 등받이 의자에 앉아 있었다. 세 사람은 생기 없는 공허한 얼굴에 몸을 힘없이 늘어뜨린 채, 두 사람이 거실로 들어오는 것에도 반응하지 않고 그대로 앉아 있었다.

릭은 상황을 이해하지 못하고 걸음을 멈췄다. 월터 에버렛은 한 손에 신문을 들고 슬리퍼를 신은 채 앞으로 몸을 기울이고 있었다. 의자 팔걸이에 놓인 재떨이 위에서 파이프가 여전히 연기를 내뿜고 있었다. 에버렛 부인은 음울하고 굳은 얼굴로 뜨개질 거리를 한 아름 안고 앉아 있었는데, 그 얼굴은 묘하게도 형상이 분명치 않았다. 질료가 녹아내려 흐르고 있는 듯한 느낌이었다. 진은 무릎을 끌어안은 채, 뚜렷한 모습 없이 뭉쳐놓은 찰흙 덩어리처럼 쭈그리고 앉아 매 순간 형체를 잃어가고 있었다.

순간 진이 무너져 내렸다. 팔이 힘없이 옆으로 떨어졌다. 머리가 축 늘어졌다. 몸과 팔과 다리에 뭔가 차오르기 시작했다. 모습이 빠르게 변하고 있었다. 옷도 바뀌었다. 머리카락, 눈, 피부로 색이 차올랐다. 밀랍 같은 피부색은 사라졌다.

손가락을 입술에 대면서, 그녀는 조용히 릭을 올려다봤다. 눈을 깜빡이더니 곧 초점이 맞았다. "아." 그녀는 헐떡였다. 입술이 묘하게 움직였다. 저질 배경음악처럼 희미하고 고르지 못한 목소리가 새어나왔다. 그녀는 비틀대며 몸을 일으키더니 뻣뻣하고 부자연스러운 동작으로 그를 향해 다가오기 시작했다. 한 번에 한 걸음씩, 마치 꼭두각시 인형 같은 모습으로.

"릭, 나 손을 베였어." 그녀가 말했다. "못이나 뭐 그런 거에."

에버렛 부인이었던 존재가 움직거렸다. 형체를 잃은 존재가 나지막한 소리를 내며 기괴하게 출렁이기 시작했다. 형체가 천천히 굳어지며 모습을 바꿨다. "내 손가락." 희미한 목소리가 헐떡였다. 어둠 속으로 흩어지는 반향음처럼, 세 번째 사람이 의자에서 일어나며 중얼거렸다. 곧 그 모두가 똑같은 말을 반복하기 시작했다. 네 개의 손가락, 동시에 똑같은 모양으로 입술을 움직이며.

"내 손가락. 나 손을 베였어, 릭."

앵무새 같은 환영들이 같은 말과 움직임을 되풀이하고 있었다. 이제 모습을 되찾아가는 형체들은 모든 면에서 눈에 익었다. 계속해서, 릭의 주변에서 되풀이하며, 소파에서 둘, 안락의자에서 하나, 그의 옆에서 하나—너무 가까워 그녀의 숨결이 들리고 떨리는 입술이 보일 정도였다.

"왜 그래?" 그의 옆에 선 실비아가 물었다.

소파에서는 실비아 하나가 뜨개질을 다시 시작했다. 자기 일감에 푹 빠져 기계적으로 손을 놀리고 있었다. 안락의자에서는 다른 실비아가 신문을 펴들고는 파이프를 물고 계속 읽기 시작했다. 또 다른 실비아는 초조하고 겁에 질려 무릎을 감싸 안고 있었다. 그의 옆에 있는 실비아는 문가로 물러나는 그를 따라왔다. 그녀는 불안감에 휩싸여 회색 눈을 크게 뜨고 코를 벌름거렸다.

"릭⋯⋯"

그는 문을 열고 어두운 현관으로 뛰쳐나갔다. 마치 기계처럼 더듬거리며 계단을 내려가 사방에 깔린 어둠의 웅덩이를 헤치고 진입로로 나섰다. 뒤에 보이는 네모난 노란 불빛 속에 불행한 얼굴로 그를 바라보는 실비아의 윤곽이 보였다. 그녀 뒤에서는 완벽히 동일한 모습의 다른 사람들이 제각기 자신의 일에 열중하고 있었다.

그는 자기 차에 올라타 도로로 달려 나갔다.

어둠 속에서 나무와 집들이 빠르게 지나갔다. 그는 이 일이 얼마나 멀리까지 번져나갈지 생각해봤다. 계속해서 물결처럼 번져가며 균형을 무너뜨리고, 원을 그리며 퍼져나가는 모습이 머릿속에 떠올랐다.

그는 고속도로에 진입해 들어갔다. 주변에 차들이 많아졌다. 차 안을 살펴보려 했지만 다들 너무 빠르게 지나가고 있었다. 앞에 보이는 차는 붉은색 플리머스였다. 푸른색 정장을 입은 땅딸막한 남자가 운전대를 잡고 옆에 앉아 있는 여자와 유쾌하게 대화를 나누고 있었다. 그는 자기 차를 플리머스 뒤에 바싹 붙이고 따라갔다. 남자가 금니를 반짝이며 웃고는 투실한 손을 흔들었다. 여자는 검은 머리에 예쁘장한 모습이었다. 그녀는 남자를 보고 웃은 뒤 하얀 장갑을 고쳐 끼고 머리를 매만지더니 자기 쪽 창문을 내렸다.

그리고 플리머스의 모습이 사라졌다. 육중한 디젤 트럭 한 대가 그들 사이로 끼어든 것이다. 릭은 좌절해서는 트럭을 빙 돌아 빠르게 움직이는 붉은색 세단 앞으로 끼어들었다. 차를 지나치는 순간 두 명의 승객 모습이 확실하게 보였다. 여자는 실비아와 닮아 있었다. 작고 섬세한 턱선, 미소 지을 때면 슬쩍 벌어지는 도톰한 입술, 늘씬한 팔과 손. 실비아였다. 플리머스를 따돌리고 나자 그 앞에 다른 차는 전혀 보이지 않았다.

릭은 깊은 밤의 어둠을 뚫고 몇 시간 동안 차를 몰았다. 남은 연료를 나타내는 계기판의 눈금이 갈수록 내려가기만 했다. 그의 앞에는 황량한 전원 풍경이 펼쳐져 있었다. 도시와 도시 사이의 텅 빈 평원, 차가운 하늘 위에 깜빡이지도 않고 붙박인 별들. 앞에서 붉은색과 노란색 불빛이 반짝였다. 교차로가 나온 것이다. 주유소의 커다란 네온사인이 보였다. 그는 간판을 지나 차를 몰았다.

릭은 단벌 주유기가 보이자 고속도로를 벗어나 기름에 젖은 자갈 위로 차를 몰았다. 그는 차에서 나와 발밑의 자갈을 밟으면서 주유기 호스를 쥐고 연료통 덮개를 돌려 열었다. 연료통이 거의 가득 찼을 때 낡아빠진 주유소 건물 문이 열렸다. 흰색 멜빵 작업복과 남색 셔츠를 입은, 갈색 곱슬머리에 모자가 파묻힌 날씬한 여성이 밖으로 걸어 나왔다. "좋은 저녁이네, 릭." 그녀가 조용히 말했다.

그는 연료 호스를 자리에 돌려놓고 차를 몰아 고속도로로 달려 나왔다. 연료통 뚜껑을 씌우기는 했던가? 기억도 나지 않았다. 그는 속도를 올렸다. 속도는 이미 160킬로미터를 넘고 있었다. 이제 거의 주 경계선이었다.

따뜻한 노란색 불빛이 길가의 작은 식당에서 새벽의 싸늘한 어둠 속으로 쏟아져 나왔다. 그는 속도를 늦추고는 텅 빈 주차장의 고속도로 쪽 구석에 차를 멈췄다. 초점이 흐릿한 눈으로 문을 열고 안으로 들어갔다.

따뜻하고 진한 햄 굽는 냄새와 블랙커피 냄새가 그를 감쌌다. 사람들이 식사를 하는 편안한 광경이 눈에 들어왔다. 구석에서는 주크박스가 시끄럽게 음악 소리를 울리고 있었다. 그는 앉은뱅이 의자 위에 털썩 주저앉아서는 카운터 위에 몸을 수그리고 손에 머리를 파묻었다. 그의 옆에 앉은 깡마른 농부 하나가 호기심 어린 표정으로 그를 바라보더니 다시 신문을 읽기 시작했다. 그의 맞은편에 앉아 있던 굳은 얼굴의 여성 두 명이 잠시 힐긋 그를 쳐다봤다. 데님 재킷과 청바지를 입은 잘생긴 젊은이가 팥과 쌀 요리를 입에 넣고서는 커다란 머그잔에 담긴 뜨거운 커피의 힘을 빌려 음식을 목으로 넘기고 있었다.

"뭘로 할래요?" 건방진 금발 종업원이 물었다. 귀 뒤에 연필을 꽂고 머리카락은 동그랗게 단단히 말아 올린 모습이었다. "숙취가 좀 있으신 것처럼 보이네요, 손님."

그는 커피와 야채수프를 주문해서는 곧 기계적으로 손을 움직이며 음식을 넘기기 시작했다. 문득 그는 자신이 햄 치즈 샌드위치를 먹고 있다는 사실을 깨달았다. 이런 음식을 주문했던가? 주크박스가 계속 울려대는 가운데 사람들이 들어오고 나갔다. 길옆에는 완만한 구릉지 너머로 작은 도시가 보였다. 아침이 찾아오자 차갑고 삭막한 회색 햇빛이 식당 안을 비췄다. 그는 뜨거운 애플파이를 먹은 다음 멍하니 냅킨으로 입가를 닦았다.

식당 안은 고요했다. 밖에서는 아무것도 움직이지 않았다. 모든 것이 불안한 정적에 감싸여 있었다. 주크박스의 음악도 멎었다. 카운터의 사람들 누구도 움직이거나 입을 열지 않았다. 때로 트럭이 땅을 울리는 굉음을 내면서 창문을 단단히 올린 채 지나가는 모습이 보였다.

다시 고개를 들었을 때, 실비아가 릭의 앞에 서 있었다. 팔짱을 낀 채 릭 너머 어딘가 먼 곳을 보고 있었다. 밝은 노란색 연필이 귀 뒤에 꽂혀 있었다. 갈색 머리카락은 동그란 모양으로 말아 올린 채였다. 구석에는 다른 사람들이, 다른 실비아들이 앉아 있었다. 제각기 자기 앞에 음식 접시를 놓은 채 반쯤 졸거나 식사를 하기도 하고, 일부는 신문을 읽고 있었다. 복장을 제외하면 모두가 옆의 사람과 똑같은 모습이었다.

그는 주차되어 있는 차로 다가갔다. 30분이면 주 경계선을 넘을 것이다. 속도를 올려 낯선 소도시를 지나가는 동안, 차갑고 밝은 햇빛이 이슬에 젖은 지붕과 보도 위에서 반짝였다.

반짝이는 아침의 길거리를 따라 실비아들이 움직이는 모습이 보였다. 일찍 일어나서 직장으로 향하는 그녀들. 버스 정류장에서 무리를 지어 한데 모여 선 그녀들. 집 안에는 자리에서 일어나는, 아침을 먹는, 목욕을 하는, 옷을 입는 더 많은 그녀들이 있었다. 수백 명의 그녀들, 셀 수도 없이 많은 그녀들. 실비아들의 도시가 그날 하루를 준비하고 있었다. 원은 계속 커지며 확장되고 있었고, 그녀들은 평소와 같은 일상을 재개하고 있었다.

그는 도시를 뒤로했다. 발이 페달에서 떨어지며 차가 속력을 줄였다. 그녀 두 명이 들판을 함께 걸어서 건너가고 있었다. 손에는 책이 들려 있었다. 학교로 향하는 아이들인 듯했다. 계속해서 똑같은 모양의, 변화 없이 동일한 모습들. 개 한 마리가 똑같이 아무 생각 없이 즐거워하며 그들을 따라가고 있었다.

릭은 계속 차를 몰았다. 앞쪽으로 도시의 모습이 아른거렸다. 육중한 사무 건물들이 하늘을 찌를 듯 우뚝 서 있었다. 사무 구역으로 들어서니 소음과 움직임으로 북적이는 거리가 보였다. 도시 중심부 어딘가에 이르자 계속해서 넓어지는 영향력의 반경을 뚫고 나온 모양이었다. 끝없는 실비아의 모습 대신 다양한 형상들이 시야를 뒤덮었다. 회색 눈동자와 갈색 머리 대신 수없이 다양한 남자와 여자, 아이와 어른, 모든 연령대와 외모의 사람들이 나타났다. 그는 더욱 속도를 올려 도시 반대편으로 달려 나왔고, 널찍한 4차선 고속도로에 들어섰다.

마침내 그는 속도를 줄였다. 거의 탈진 상태였다. 너무 오랫동안 운전을 해서 피로로 몸이 떨렸다.

앞에서 당근색 머리의 젊은이 하나가 즐거운 얼굴로 엄지손가락을 들고 히치하이킹을 하고 있었다. 갈색 슬랙스와 밝은색 낙타털 스웨터를 입은 키다리 친구였다. 릭은 그 앞에서 차를 멈추고 앞문을 열었다. "타지 그래." 그가 말했다.

"고마워, 친구." 젊은이는 서둘러 다가와서 릭이 속도를 올리는 동안 얼른 올라탔다. 그는 문을 쾅 닫고 편안하게 자리에 기대어 앉았다. "거기 서 있자니 점점 더워지더라고."

"어디까지 가나?" 릭이 물었다.

"시카고까지." 젊은이는 어색하게 웃어 보였다. "물론 그렇게 멀리까지 태워다줄 필요는 없어. 어디까지든 데려다만 주면 고맙지." 그는 호기심 어린 눈으로 릭을 곁눈질했다. "댁은 어디로 가는데?"

"아무데나." 릭이 말했다. "시카고까지 태워다주지."

"320킬로미터나 되는데!"

"괜찮아." 릭이 말했다. 그는 왼쪽 차선으로 들어가 속도를 올렸다. "뉴욕까지 가고 싶다면 거기까지도 태워다줄 수 있어."

"당신 괜찮은 거야?" 젊은이는 불안하게 몸을 빼며 물었다. "물론 태워준다면야 고맙기는 하지만……" 그는 망설였다. "그러니까, 댁의 갈길에서 벗어날 필요는 없거든."

릭은 운전대를 단단히 잡은 채 눈앞의 도로에만 집중하고 있었다. "빠르게 달릴 거야. 속도를 늦추거나 멈출 생각은 없어."

"조심하는 게 좋을 것 같은데." 젊은이는 불편한 목소리로 경고했다. "사고에 휘말리고 싶지는 않다고."

"걱정은 내가 알아서 할게."

"하지만 위험하잖아. 무슨 일이 일어나면 어떻게 해? 너무 위험 부담이 크다고."

"그건 틀린 생각이야." 릭은 도로에서 눈을 떼지 않은 채 험악하게 중얼거렸다. "위험을 감수할 가치가 있다고."

"하지만 뭔가 잘못되어버리면—" 목소리는 머뭇거리며 말끝을 흐렸다가 곧 다시 이어졌다. "내가 사라질지도 몰라. 아주 간단하게. 너무 불안정하거든." 목소리는 걱정과 두려움으로 떨리고 있었다. "릭, 제발……"

릭은 고개를 휙 돌렸다. "어떻게 내 이름을 아는 거지?"

젊은이는 문에 기댄 채 무너져 있었다. 녹아내린 듯한 부드러운 얼굴은 형상을 잃어버리고 형체 없는 덩어리로 변했다. "나는 돌아가고 싶어." 그의 안쪽에서 목소리가 울렸다. "하지만 두려워. 당신은 보지 못했어—그 사이의 세계를 말이야. 그곳에는 에너지밖에 없어, 릭. 그분은 오래전에 그 에너지를 끌어다 사용했지만, 이제는 누구도 그 방법을 몰라.”

목소리가 밝아지며 보다 명확하고 높아졌다. 머리카락이 부드러운 갈색으로 변했다. 겁에 질린 회색 눈동자가 릭을 향해 깜빡였다. 릭은 손이 얼어붙은 채 운전대 위로 몸을 숙이고 움직이지 않으려 애썼다. 그는 천천히 속도를 줄이며 오른쪽 차선으로 차를 가져다 댔다.

“멈추는 거야?” 옆의 형체가 물었다. 이제 실비아의 목소리가 들렸다. 방금 고치에서 나와 햇볕 속에서 몸을 말리는 곤충처럼, 형체가 굳어지며 명확한 현실의 모습이 되었다. 실비아는 좌석에서 몸을 뒤틀며 밖을 내다봤다. “여기 어디야? 마을 사이인 모양이네.”

그는 브레이크를 꽉 밟은 다음, 그녀 옆으로 손을 뻗어 문을 활짝 열었다. “당장 내려!”

실비아는 이해할 수 없다는 표정으로 그를 바라봤다. “무슨 뜻이야?” 그녀가 더듬거렸다. “릭, 왜 그래? 뭐가 문제야?”

“내리라니까!”

“릭, 왜 그러는지 모르겠어.” 그녀는 밖으로 조금 몸을 뻗었다. 발끝이 보도에 가 닿았다. “차에 문제가 있는 거야? 전부 괜찮다고 생각했는데.”

릭은 부드럽게 실비아를 밀어내고는 문을 쾅 닫았다. 차는 그대로 앞으로 달려 나가 오전 도로의 교통 한가운데로 사라졌다. 뒤쪽에 작고 당황한 형체 하나가 놀라고 상처 입은 얼굴로 몸을 일으키는 모습이 보였다. 그는 억지로 백미러에서 눈을 떼고는 몸무게를 실어 페달을 꽉 밟았다.

라디오를 켜자 지직거리는 잡음이 들렸다. 한동안 다이얼을 돌리니 대형 방송국의 방송이 잡혔다. 희미하고 당황한 여성의 목소리였다. 한동안은 무슨 말인지 알아들을 수 없었지만, 다음 순간 목소리를 알아채고는 당황해서 바로 라디오를 껐다.

실비아의 목소리였다. 애처롭게 중얼거리고 있었다. 방송국이 어디에 있던가? 시카고였지. 영향력의 원은 이미 그곳까지 퍼져나갔다.

그는 속도를 줄였다. 서둘러봤자 아무 의미도 없었다. 이미 변화가 그를 지나쳐 더 멀리까지 뻗어나간 것이다. 캔자스의 농장에서도, 미시시피의 오래된 소도시의 낡은 상점에서도, 뉴잉글랜드 공업도시의 황량한 길거리에서도, 갈색 머리에 회색 눈의 여인들이 서둘러 움직이고 있을 터였다.

그녀들은 바다도 건널 수 있을 터였다. 곧 전 세계에 이 영향이 퍼질 것이다. 아프리카에서는 모두 똑같이 생긴 흰 피부의 젊은 여인들이 촌락에 둘러앉아 원시적인 수렵과 채집을 하고, 곡물을 으깨고, 동물 가죽을 벗기는 괴상한 풍경이 펼쳐질 것이다. 불을 피우고 옷감을 짜고 조심스럽게 단검의 날을 갈겠지.

중국에서는…… 그는 공허하게 웃음 지었다. 그곳에서도 그녀는 이상하게 보일 것이다. 옷깃을 높이 세운 금욕적인 제복, 젊은 공산주의자의 수도복을 걸친 모습이라니. 베이징의 거리를 행진하는 그녀들의 모습. 늘씬한 다리와 봉긋한 가슴을 가진 여성들이 묵직한 러시아제 소총을 들고 열을 맞춰 끝없이 지나가는 모습. 손에 가래와 곡괭이와 삽을 들고 천으로 만든 신발을 신은 채 소중한 연장을 들고 빠르게 움직이는 일꾼들. 날씬한 한쪽 팔을 들고 부드럽고 예쁘장한 얼굴을 무표정하게 굳힌 채, 화려한 단상 위에 서서 거리를 바라보는 모두와 똑같이 생긴 여인 한 명.

그는 고속도로를 벗어나 샛길로 들어섰다. 잠시 후에는 천천히 차를 몰아 왔던 길로 돌아가고 있었다.

교차로에서 교통경찰 한 명이 차들을 뚫고 그에게 다가왔다. 그는 운전대에 손을 올리고선 딱딱하게 굳은 채 멍하니 앉아 있었다.

"릭." 실비아가 창문으로 손을 뻗으며 애원하듯 속삭였다. "모든 게 잘된 것 아냐?"

"물론이지." 그는 무심히 대답했다.

그녀는 열려 있는 창문으로 손을 뻗어 그의 팔을 부드럽게 만졌다. 익숙한 손가락, 붉은 손톱, 그가 너무도 잘 알고 있는 손이었다. "정말로 당신과 함께하고 싶어. 우리 이제 함께하게 된 거 아냐? 나 돌아온 게 아닌 거야?"

"물론이지."

그녀는 비참하게 고개를 저었다. "이해가 안 돼." 그녀는 같은 말을 되풀이했다. "모든 게 다시 괜찮아진 줄 알았는데."

릭은 과격하게 속도를 올리며 앞으로 달려 나갔다. 교차로가 뒤로 멀어졌다.

이제 오후가 되었다. 그는 피로에 절어 아무 생각 없이 자신의 마을로 차를 몰았다. 거리의 모든 곳에, 사방에 그녀가 바삐 움직이고 있었다. 실비아는 모든 곳에 있었다. 그는 자기 아파트로 돌아와 차를 댔다.

텅 빈 복도에서 수위가 그를 맞이했다. 한쪽 손에 꽉 쥐고 있는 기름때 묻은 헝겊과 커다란 대걸레, 톱밥으로 가득한 양동이 덕분에 식별이 가능했다. "제발." 그녀가 애원했다. "왜 그러는지 말해줘, 릭. 제발 말해줘."

릭은 그녀를 밀치고 지나쳤지만, 실비아는 절망에 사로잡혀 그를 붙들었다. "릭, 나 돌아왔어. 어떻게 된 건지 모르겠어? 그들이 나를 너무 빨리 데려갔기 때문에 다시 돌려놨어. 실수였어. 두 번 다시 그들을 부르지 않을게. 전부 지나간 일이야." 그녀는 릭을 따라 복도에서 층계로 올라왔다. "다시는 그들을 부르지 않을게."

그는 계단을 올랐다. 실비아는 머뭇거리더니 비참하고 불행한 모습으로 층계 아래에 주저앉았다. 두툼한 인부의 작업복과 커다란 안전 부츠에 파묻힌 작은 여인의 모습이었다.

그는 아파트 문을 열고 안으로 들어섰다.

창문 너머로 짙은 푸른색의 늦은 오후 하늘이 보였다. 가까운 아파트 건물의 지붕이 햇빛 속에서 흰색으로 반짝였다.

몸이 쑤셨다. 릭은 비틀대며 욕실로 들어갔다. 욕실은 눈에 익지 않은 이질적인 공간처럼 파악하기 힘든 곳으로 보였다. 그는 세면기에 뜨거운 물을 채우고 소매를 걷어 올린 다음, 휘몰아치는 뜨거운 물에 손과 얼굴을 씻었다. 그러다 문득 고개를 들었다.

세면기 위의 거울에 겁에 질린 얼굴이 비쳤다. 눈물에 젖고 당황한 얼굴이었다. 누구의 얼굴인지 알아보기가 힘들었다─흔들리며 계속 모습이 바뀌는 것만 같았다. 두려움에 타오르는 회색 눈동자, 떨리는 붉은색 입술, 발작적으로 움찔대는 목덜미, 부드러운 갈색 머리카락. 비참한 표정이 그를 바라봤다. 세면기 앞에 서 있는 여인은 물기를 닦으려 고개를 숙였다.

실비아는 몸을 돌려 지친 발걸음으로 욕실에서 나왔다.

그녀는 혼란에 빠져 잠시 머뭇거리다, 곧 의자에 털썩 앉아 눈을 감았다. 비탄과 피로 때문에 머리가 어지러웠다.

"릭." 그녀는 애원하듯 중얼거렸다. "제발 나 좀 도와줘. 나 돌아온 거지, 그렇지 않아?" 그녀는 당황해서 고개를 저었다. "제발, 릭, 이젠 모든 게 괜찮아진 줄로만 알았는데."

조정 팀
Adjustment Team

PHILIP K. DICK

"1950년대의 단편들은 내 삶이 훨씬 단순하고 말이 되던 시기에 쓴 것이었다. 현실과 내 작품 속의 세계를 구별할 수 있었으니까."

PKD은 1976년에 이렇게 말했지만, 그 시기에조차 자신을 둘러싼 세계를 거짓으로 만들길 즐겼다. 이 단편에서 1950년대의 전형적인 교외 통근자는 자신에게 익숙한 세계가 절대자의 의도에 따라 언제든 개변될 수 있다는 사실을 발견하고, 그 개변의 일부가 되는 것을 격렬하게 거부한다. 하지만 막상 자기 힘으로 지켜낸 현실은 만족스럽지 못했고, 결국 그는 지키고자 했던 현실과 함께 허구로 전락하는 것까지도 받아들이게 된다.

작품 자체는 《갤럭시》와 《이프》의 편집자 프레더릭 폴의 영향을 받은 것으로 보인다. 실존과 현실에 대한 본질적 공포와 불신, 궁극적 소통의 불가능성, 정신적 교감이라는 명제의 허구성에 이르기까지 훗날 PKD이 작품에서 보여준 극단적 세계의 씨앗이 조악한 형태로나마 보이는 작품이다.

햇살이 밝은 아침이었다. 젖어 있는 잔디밭과 인도 위로 내리쬐는 햇볕이 자동차 위에서도 반짝이며 빛나고 있었다. 사무원은 손에 든 지령서를 훑어보며 빠르게 걸음을 옮겼다. 종이를 넘기는 그의 얼굴이 잔뜩 찌푸려졌다. 그는 녹색으로 칠한 작은 집 앞에 잠시 걸음을 멈췄다가, 그대로 발길을 돌려 뒤뜰로 들어갔다.

개집 안에 개 한 마리가 세상에 등을 돌린 채 자고 있었다. 보이는 것은 털이 무성한 꼬리뿐이었다.

"원 세상에." 사무원이 허리에 손을 올리고 소리쳤다. 그는 샤프로 클립보드를 때려서 딱딱 소리를 내며 말했다. "거기 안쪽 분, 슬슬 일어나시지."

개가 몸을 꿈틀댔다. 놈은 천천히 머리를 내밀고는 개집에서 기어 나와 아침 햇살에 눈을 껌뻑이며 하품을 했다. "아, 자네로군. 벌써 시간이 됐나?" 그는 다시 하품했다.

"중요한 일이라고." 사무원은 숙련된 손가락으로 교통 통제 시간표를 훑어 내렸다. "오늘 오전에는 T137 구역을 조정할 예정이라던데. 정확하게 9시에 시작할 거라고 했어." 그는 회중시계를 확인하며 말했다. "세 시간 동안 조정할 거야. 정오면 끝날 테고."

"T137? 여기서 별로 멀지도 않잖아."

사무원의 얇은 입술이 경멸로 일그러졌다. "물론 그렇지. 자네의 통찰력은 참으로 인상적이군, 검은 털의 친구여. 어쩌면 내가 이곳에 온 이유도 알아낼 수 있을지 모르겠어."

"우리 구역이 T137과 겹치니까."

"바로 그거야. 이 구역의 요소들이 그쪽과 연관되어 있거든. 조정이 시작될 때 그들이 전부 적합한 장소에 가 있도록 만들어야 한다고." 사무원은 녹색 벽의 작은 집을 바라봤다. "자네에게 주어진 임무는 저 안에 사는 남자와 관련된 거야. 저 친구는 T137 구역에 있는 사업체에 고용되어 있거든. 저 친구가 9시 전에 그곳에 가 있게 해야 한다고."

개는 물끄러미 그 집을 쳐다봤다. 이미 블라인드가 올라가 있었고, 부엌의 불도 켜져 있었다. 레이스 달린 커튼 안쪽으로 희미한 형체들이 보였다. 식탁 주변에서 움직이는 남자 하나와 여자 하나. 둘은 커피를 마시고 있었다.

"저기 있군." 개가 중얼거렸다. "남자 쪽이라고 했지? 저 친구가 혹시 해를 입는 건 아니겠지?"

"물론 아니지. 하지만 오늘은 일찍 출근해야만 해. 평소에는 9시가 넘기 전까지 집을 떠나지 않거든. 오늘은 8시 30분에 나가게 만들어야 해. 작업이 시작될 때 T137 구역에 있어야 하니까. 그렇지 않으면 조정 결과와 일치하도록 바꿔지가 않을 거라고."

개는 한숨을 쉬었다. "내가 소환 작업을 해야 한다는 소리군."

"바로 그거야." 사무원은 지령서를 확인했다. "정확하게 8시 15분에 소환하면 돼. 알겠지? 8시 15분이야. 늦으면 안 돼."

"8시 15분에 소환을 하면 뭐가 나오는데?"

사무원은 지령서를 뒤적이며 소환 코드표를 살펴봤다.

"자동차를 가진 직장 동료를 소환할 거야. 일터에 빠르게 도착할 수 있도록 말이지." 그는 책을 덮고 팔짱을 낀 뒤 기다릴 준비를 했다. "이렇게 하면 평소보다 한 시간은 일찍 사무실에 도착할 수 있어. 반드시 필요한 일이야."

"반드시 필요하다 이거군." 개가 중얼거렸다. 그는 개집 안으로 몸을 반쯤 들여놓은 채 자리에 누웠다. 눈이 감겨왔다. "반드시 필요하다라."

"좀 일어나! 정시에 작업에 들어가야 한다고. 너무 이르거나 늦은 시간에 소환한다면—"

개는 잠에 겨운 채 고개를 끄덕였다. "알아. 제대로 할 테니까. 나는 실수하는 법이 없다고."

에드 플레처는 커피에 크림을 조금 더 부었다. 그는 한숨을 쉬며 의자에 등을 기댔다. 뒤편에서 오븐이 부드럽게 치직거리는 소리를 내며 부엌을 따뜻한 김으로 가득 채우고 있었다. 머리 위에서 노란 불빛이 내리비췄다.

"롤 하나 더 먹을래?" 루스가 물었다.

"배가 부른데." 에드는 커피를 홀짝였다. "당신이나 더 들지."

"가야 해." 루스는 가운 앞섶을 풀면서 자리에서 일어났다. "이제 출근해야지."

"벌써?"

"당연하지. 이 운 좋은 양반 같으니! 나도 당신처럼 여기 앉아서 게으름 피울 수 있으면 좋겠네." 루스는 길고 검은 머리를 손가락으로 쓸어 내리며 욕실로 향했다. "정부를 위해 일하게 되면 일찍 출근해야 한다고."

"하지만 당신은 일찍 퇴근하잖아." 에드가 지적했다. 그는 《크로니클》지를 펼치고는 녹색으로 인쇄된 스포츠 면을 훑어 내렸다. "뭐, 어쨌든 좋은 하루 보내라고. 오타 내지 말고, 모호한 문장 만들지 말고."

루스는 가운을 벗고 몸단장을 시작하며 욕실 문을 닫았다.

에드는 하품을 하고 싱크대 위의 시계를 바라봤다. 시간은 충분했다. 아직 8시도 되지 않았다. 그는 커피를 조금 더 홀짝인 다음 수염 때문에 까끌까끌한 턱을 쓰다듬었다. 면도를 해야 할 것 같았다. 그는 게으르게 어깨를 으쓱했다. 10분은 더 이러고 있어도 되겠지.

루스가 나일론 슬립을 걸치고 문을 열고 나와 서둘러 침실로 들어갔다. "지각이야." 그녀는 서둘러 사방을 돌아다니며 블라우스와 스커트, 스타킹, 작은 흰색 신발을 바쁘게 걸쳤다. 마지막으로 몸을 숙이고 남편에게 키스했다. "그럼 나중에 봐요, 내 사랑. 오늘 장은 내가 봐 올 테니까."

"잘 가." 에드는 신문을 내리고 아내의 날씬한 허리를 끌어당겨 사랑이 담긴 포옹을 했다. "좋은 향기가 나는데. 상관하고 노닥거리지 말라고."

루스는 현관문을 나가 계단을 달음박질해 내려갔다. 인도를 따라 구두가 달각거리는 소리가 멀어져갔다.

그녀는 가버렸다. 집 안은 고요했다. 그는 혼자 남았다.

에드는 의자를 뒤로 빼고 자리에서 일어났다. 그는 여유 있게 욕실로 들어가 면도칼을 꺼내들었다. 8시 10분이었다. 그는 세수를 하고 면도크림을 턱에 바른 다음 면도를 시작했다. 여유 있는 움직임이었다. 시간은 충분했으니까.

사무원은 둥그런 회중시계를 꺼내든 채 초조하게 입술을 핥고 있었다. 이마에 땀이 송골송골 맺혔다. 초침이 계속 움직였다. 8시 14분이었다. 시간이 거의 다 되었다.

"준비해!" 사무원이 말했다. 그는 작은 몸을 긴장으로 꼿꼿이 세우고 있었다. "10초 남았어!"

"지금이야!" 사무원이 소리쳤다.

아무 일도 일어나지 않았다.

사무원은 공포로 눈을 크게 뜨고 고개를 돌렸다. 작은 개집 안에는 털이 무성한 검은색 꼬리만 보였다. 개가 다시 잠들어버린 것이다.

"시간이 됐다고!" 사무원이 울부짖었다. 그는 털로 뒤덮인 엉덩이를 힘껏 걷어찼다. "대체 지금 이게 무슨—"

개가 몸을 뒤척였다. 놈은 사방에 부딪치며 서둘러 일어나서는 개집에서 기어 나왔다. "이런 세상에." 그는 당황해서 서둘러 울타리로 다가가, 뒷다리로 일어나서 입을 크게 벌렸다. "왕!" 소환이 끝났다. 그는 미안해하는 눈으로 사무원을 바라봤다. "이거 정말 미안하네. 대체 어떻게 이런 일이 벌어진 건지—"

사무원은 뚫어져라 시계를 내려다보고 있었다. 차가운 공포가 그의 뱃속에 맺혔다. 시곗바늘은 8시 16분을 가리키고 있었다. "실패했어." 그가 이를 악물고 말했다. "네놈이 실패했다고! 이 빌어먹을 벼룩투성이 똥자루 늙은 개자식아! 네놈이 실패했다고!"

개는 다시 네 발로 서서는 불안하게 개집으로 돌아왔다. "그러니까, 내가 실수를 했다고? 그 말은 소환 시간이—?"

"너무 늦게 소환했어." 사무원은 좌절이 가득한 얼굴로 시계를 천천히 주머니에 집어넣었다. "네놈이 너무 늦게 소환했다고. 차를 가진 친구가 등장하지 않을 거야. 그 대신 뭐가 올지는 여기 적혀 있지 않다고. 8시 16분에 소환을 하면 뭐가 나타날지 걱정이 되는데."

"제시간에 T137 구역에 도착하게 되면 좋을 텐데."

"그러지 못할걸." 사무원이 울부짖었다. "그곳에 가 있지 못할 거야. 우리가 실수를 했어. 우리가 모든 것이 잘못되게 만들었어!"

집 뒤뜰 멀찍이에서 개 짖는 소리가 들려올 무렵, 에드는 얼굴에서 면도 크림을 씻어내고 있었다.

"젠장할." 그가 중얼거렸다. "동네 사람들이 죄다 깨겠군." 그는 얼굴의 물기를 닦아내며 귀를 기울였다. 혹시 누가 오고 있는 건가?

발소리가 울렸다. 그리고—

초인종이 울렸다.

에드는 욕실에서 나왔다. 대체 누굴까? 루스가 뭔가를 놓고 가기라도 했나? 그는 흰 셔츠를 걸치고 현관문을 열었다.

열의로 가득한 얼굴의 온화한 젊은이가 활짝 웃으며 에드를 바라봤다. "좋은 아침입니다, 선생님." 젊은이가 모자를 살짝 기울이며 인사했다. "이렇게 이른 시간부터 실례하게 되어 죄송합니다만—"

"뭘 원하는 거요?"

"저는 연방 생명보험 회사에서 나왔습니다. 제가 선생님을 뵙고 싶어 한 이유는—"

에드는 문을 밀어 닫으려 했다. "아무것도 원하지 않습니다. 지금 바빠요. 출근해야 한단 말입니다."

"사모님께서 선생님을 만나뵈려면 지금밖에 시간이 없다고 하셔서요." 젊은이는 서류 가방을 집어 들었고, 문은 다시 살짝 열렸다. "사모님께서 이른 시간에 방문해달라고 부탁하셨습니다. 저희도 보통 이런 시간부터 일을 시작하지는 않지만, 사모님께서 부탁하셨기 때문에 따로 시간을 낸 거거든요."

"알겠소." 에드는 지친 듯 한숨을 쉬며 젊은이를 집 안으로 들어오게 했다. "내가 옷을 입는 동안 설명해보든지."

젊은이는 소파 위에 서류 가방을 펼쳐 열어놓고는, 전단지와 삽화가 그려진 서류철을 한 무더기 펼쳐놓았다. "부디 이쪽의 내용을 확인해주시길 바랍니다. 선생님과 선생님의 가족에게 있어 아주 중요한 일인데—"

정신을 차려보니 에드는 소파에 앉아 전단지를 확인하고 있었다. 그는 자신의 생명보험으로 10,000달러 플랜의 보험을 선택했고, 젊은이는 만족해서 집을 나섰다. 그는 시계를 봤다. 벌써 9시 30분이 되어 있지 않은가!

"젠장." 지각이었다. 그는 서둘러 넥타이를 매고 외투를 집어든 후, 오븐과 조명의 전원을 내리고 싱크대에 접시들을 던져 넣은 다음 집을 나섰다.

서둘러 버스 정거장으로 향하며 그는 마음속으로 욕설을 내뱉었다. 생명보험 판매원이라니. 거의 10시가 될 때까지 직장에 도착하지 못할 것이다. 묘한 예감이 느껴졌다. 뭔가에 휘말려들었다는 직감이 들었다. 안 좋은 일이 분명했다. 오늘만큼은 지각하면 안 될 것만 같았다.

그 보험 판매원이 오지만 않았더라면.

에드는 사무실에서 한 블록 떨어진 정거장에서 내려 바삐 걸음을 옮기기 시작했다. 스테인 보석상 앞에 걸린 커다란 시계를 보니 거의 10시가 다 되어 있었다.

그는 낙담했다. 더글러스 씨는 분명 그를 끔찍하게 꾸짖을 터였다. 지금 이 순간에도 그 광경을 떠올릴 수 있었다. 더글러스가 시뻘게진 얼굴로 담배 연기를 뿜으며 두툼한 손가락으로 그를 삿대질하고 온갖 욕설을 내뱉는 모습을. 에번스 양은 타자기 앞에서 웃음 짓겠지. 사무실 심부름꾼인 재키는 미소를 머금고 키득거릴 테고. 얼 헨드릭스, 조와 톰, 풍만한 가슴과 긴 속눈썹을 가진 메리도. 모두가 오늘 하루 종일 그를 놀려댈 것이다.

그는 교차로에 도착해 신호등이 바뀌기를 기다렸다. 거리 맞은편에는 크고 하얀 콘크리트 건물이 서 있었다. 강철과 시멘트, 대들보와 유리 창문으로 구성된 육중한 기둥. 사무실 건물이었다. 에드는 몸을 움츠렸다. 어쩌면 엘리베이터가 멈춰버렸다고 변명할 수 있을지도 모른다. 2층과 3층 사이 어딘가에서.

신호등이 바뀌었다. 길을 건너는 사람은 아무도 없었다. 에드는 혼자 길을 건넜다. 그는 반대쪽의 보도 위로 뛰어올라서는—

그대로 걸음을 멈췄다. 긴장으로 몸이 뻣뻣해졌다.

태양이 사라졌다. 방금 전까지만 해도 환히 내리쬐고 있었는데, 다음 순간 사라져버렸다. 에드는 황급히 주변을 둘러봤다. 머리 위에서 회색 구름이 휘돌았다. 거대하고 형체 없는 구름이었다. 그 외에는 아무것도 보이지 않았다. 불길하고 짙은 안개 때문에 모든 형체가 흐릿하게 흔들려 보였다. 기분 나쁜 냉기가 몸속으로 스며들었다. 이게 무슨 일이지?

그는 조심스레 안개 속으로 발걸음을 옮겼다. 모든 것이 고요했다. 아무런 소리도 들리지 않았다. 심지어 차량의 소리조차. 에드는 계속해서 주변을 둘러보며 사방에 깔린 안개를 꿰뚫어보려 했다. 사람도 없었다. 자동차도 없었다. 태양도 없었다. 아무것도 보이지 않았다.

눈앞에 사무실 건물이 유령처럼 모습을 드러냈다. 흐릿한 회색이었다. 그는 불안하게 손을 뻗어봤다.

건물 한 부분이 부서졌다. 사방으로 파편을 쏟아내며 그대로 무너져 내렸다. 마치 모래처럼. 에드는 멍하니 서서 입을 달싹였다. 그의 발치에 회색 잔해가 널려 있었다. 그가 건물을 만진 곳에는 들쭉날쭉한 공간이 남아 있었다. 콘크리트 가운데 뚫린 보기 흉한 구멍이었다.

그는 혼란에 빠져 정문 계단으로 향했다. 발을 올려놓자 계단이 발밑에서 무너져 내렸다. 발이 움푹 안으로 빠졌다. 유사 속으로 발을 옮기는 것만 같았다. 모든 것이 약하고 부패하여 그의 무게를 견디지 못하고 무너지는 것만 같았다.

에드는 로비로 들어섰다. 로비도 흐릿하고 어두침침한 모습이었다. 머리 위의 조명이 어스름 속에서 희미하게 반짝였다. 모든 것이 죽음처럼 창백한 색을 띠고 있었다.

그는 담배 판매대 쪽을 기웃거렸다. 점원이 아무 말 없이 판매대에 기댄 채 앉아 있었다. 이 사이에 이쑤시개를 끼운 채 멍한 얼굴이었다. 그리고 회색이었다. 몸 전체가 회색이었다.

"어이." 에드가 목쉰 소리로 말했다. "이게 뭔 일이야?"

점원은 대답하지 않았다. 에드는 그쪽으로 팔을 뻗었다. 손이 점원의 회색 팔에 닿고는—그대로 통과해버렸다.

"이런 세상에." 에드가 말했다.

점원의 팔이 툭 떨어져 나오더니 그대로 로비 바닥에 떨어져 회색 섬유 부스러기들로 산산조각 났다. 마치 먼지처럼. 에드는 현기증을 느꼈다.

"도와줘요!" 그는 간신히 목소리를 내어 소리쳤다.

아무런 대답도 들려오지 않았다. 그는 주변을 둘러봤다. 여기저기 사람들이 서 있었다. 신문을 읽고 있는 남자 하나, 엘리베이터를 기다리고 있는 여자 둘.

에드는 남자 쪽으로 다가가서 손을 뻗어 남자를 건드렸다.

남자는 그대로 천천히 무너지더니 마침내 회색 잿더미로 가라앉았다. 먼지, 분진만을 남긴 채. 그의 손길에 두 여자도 그대로 녹아내렸다. 조용하게. 부서져 내리면서도 아무런 소리도 내지 않았다.

그는 계단을 찾아내 난간을 잡고 위로 올라가기 시작했다. 발밑에서 계단이 무너져 내렸다. 그는 서둘러 걸음을 옮겼다. 뒤에는 망가진 길이 남아 있었다. 콘크리트 위에 깊게 찍힌 발자국이 뚜렷하게 보였다. 2층에 이르자 에드 주변에는 회색 재가 자욱했다.

고요한 복도를 내려다봤다. 앞쪽에는 재의 구름이 더 짙어 보였다. 아무 소리도 들리지 않았다. 어둠뿐이었다. 사방에 굽이치는 어둠.

에드는 힘겹게 3층까지 올라왔다. 한번은 신발이 계단을 완전히 꿰뚫어버리기도 했다. 그는 순간 그 자리에 멈춰 쩍 벌린 구멍 안으로 바닥 없는 공허를 내려다봤다.

그리고 계속 걸음을 옮겨 마침내 자신의 사무실에 도착했다. 더글러스 앤 블레이크, 부동산 전문.

복도는 자욱한 재의 구름 때문에 흐릿하고 어두웠다. 머리 위의 조명은 발작하듯 깜빡이고 있었다. 그는 문손잡이로 손을 뻗었다. 손잡이는 그의 손길에 그대로 떨어져 나왔다. 그는 손잡이를 떨어뜨리고 문에다 손톱을 박아 넣었다. 유리판이 그대로 부서져 나가며 산산조각으로 무너졌다. 그는 뜯어낸 문을 밟으며 사무실로 들어갔다.

에번스 양은 타자기 앞에 앉아 있었다. 손가락을 조용히 자판 위에 올린 채였다. 미동도 하지 않았다. 머리카락도, 피부도, 옷도 모두 회색이었다. 아무런 색깔도 없었다. 에드는 그녀를 만져봤다. 손가락이 그대로 그녀의 어깨를 통과했다. 메마른 듯 버석거리는 느낌만이 들었다.

에드는 구역질이 나는 것을 느끼며 뒤로 물러섰다. 에번스 양은 꿈쩍도 하지 않았다.

그는 계속 나아갔다. 책상에 몸을 기대봤다. 책상은 퍼석한 잔해로 무너져 내렸다. 얼 헨드릭스는 컵을 손에 들고 정수기 옆에 서 있었다. 움직이지 않는 회색 석상이었다. 아무것도 움직이지 않았다. 소리도 없었다. 생명도 없었다. 사무실 전체가 회색 먼지일 뿐이었다. 생명도 움직임도 존재하지 않는.

에드는 다시 복도로 나왔다. 그는 혼란 속에서 고개를 흔들었다. 이게 무슨 뜻이지? 자신이 지금 미쳐가고 있는 중인 걸까? 혹시 그가—?

소리가 들렸다.

에드는 몸을 돌려 회색 안개 속을 바라봤다. 뭔가가 서두르며 이쪽으로 오고 있었다. 남자—흰 가운을 입은 남자였다. 그 뒤로 다른 이들도 오고 있었다. 흰옷을 입고 장비를 갖춘 사람들이었다. 등에는 복잡한 기계를 메고 있었다.

"저기—"에드가 떨리는 목소리로 입을 열었다.

남자들이 멈췄다. 입을 떡 벌리고 눈을 휘둥그레 뜨고 있었다.

"저기 좀 봐!"

"문제가 발생했다!"

"아직 충전 상태인 사람이 있다."

"비활성기 이리 가져와."

"저쪽이 해결되기 전까지는 진행할 수가―"

사람들은 포위하려는 듯 에드 쪽으로 움직였다. 한 사람은 분출구가 달린 긴 호스를 메고 있었다. 그 뒤로 휴대용 손수레가 굴러왔다. 사방에서 명령을 내리는 소리가 들렸다.

에드는 문득 정신을 차렸다. 두려움이 그를 뒤덮었다. 영문을 알 수 없는 공포였다. 뭔가 끔찍한 일이 벌어지고 있었다. 도망쳐야 했다. 사람들에게 알려야 했다. 여기서 빠져나가야 했다.

그는 몸을 돌려 계단을 달려 내려가기 시작했다. 발밑에서 계단이 무너져 내렸다. 반쯤 내려가다 넘어지는 바람에 그대로 메마른 잿더미 속으로 굴러 떨어졌다. 그는 다시 몸을 일으켜 계속 달려 내려갔다. 1층에 이를 때까지.

로비는 회색 잿더미로 뒤덮여 아무것도 보이지 않았다. 그래도 그는 손으로 더듬으며 문 쪽을 향해 나아갔다. 뒤쪽에서 흰옷을 입은 사람들이 장비를 끌고 서로에게 소리치며 서둘러 그를 따라오고 있었다.

에드는 인도로 나섰다. 뒤편에서 사무실 건물이 흔들리며 무너져 내렸다. 건물이 한쪽으로 기울었고, 재의 구름이 휘몰아치며 사방으로 쏟아졌다. 그는 바로 뒤까지 자신을 추격해 온 사람들을 보면서 교차로를 향해 달려갔다. 사방에 회색 구름이 휘몰아쳤다. 그는 손을 앞으로 뻗은 채 도로를 건넜다. 그러고는 맞은편 포석 위로 올라서자마자―

태양이 나타났다. 따뜻한 노란색 햇살이 그의 몸에 내리쬐었다. 차들이 경적을 울려대는 소리가 들렸다. 신호가 바뀌었다. 사방에서 화려한 봄옷을 입은 남녀들이 서둘러 걸어가고 있었다. 쇼핑객, 푸른색 모자를 쓴 경찰, 서류 가방을 든 세일즈맨. 가게, 창문, 간판…… 거리를 오가고 있는 시끄러운 자동차들……

그리고 머리 위에 밝은 태양과 눈에 익은 푸른 하늘이 보였다.

에드는 걸음을 멈추고 숨을 헐떡였다. 그는 몸을 돌려 자기가 온 방향을 바라봤다. 거리 맞은편에 사무실 건물이 서 있었다—언제나 그랬던 것처럼 견고하고 확실하게. 콘크리트와 유리와 강철로 만들어진 건물이.

그는 뒤로 물러서다가 서둘러 걸음을 옮기던 사람과 부딪쳤다. "어이." 남자가 투덜댔다. "좀 보고 다니라고."

"죄송합니다." 에드는 머리를 흔들며 정신을 차리려 애썼다. 지금 서 있는 곳에서 보면, 사무실 건물은 언제나와 마찬가지로 크고 장중하고 실제처럼 보였다. 거리 반대편에 우뚝 솟아 있는 위압감 있는 건물이었다.

하지만 방금 전까지만 해도—

어쩌면 그가 정신이 나가 있던 것일지도 모른다. 분명 건물이 잿더미로 무너져 내리는 모습을 봤으니까. 건물, 그리고 사람들. 모두가 회색 잿더미로 부서져 내렸다. 거기다 그를 쫓아오던 흰옷을 입은 사람들도 있었다. 흰색 옷을 입고 소리쳐 명령을 내리면서 복잡한 장비를 끌고 다니던 사람들.

제정신이 아니었던 게 분명했다. 그렇지 않다면 설명할 도리가 없었다. 에드는 현기증을 느끼며 몸을 돌려 보도를 따라 걸어갔다. 아무런 목적도 없이, 혼란과 공포에 사로잡힌 채 계속 걸어가기만 했다.

사무원은 최고위층 관리실로 안내되어 그곳에서 기다리라는 말을 들었다.

그는 초조하게 주변을 오락가락 걸어 다녔다. 손을 마주 잡다가 손가락을 꼬다가 하며 상황을 파악하려 안간힘을 쓰고 있었다. 떨리는 손으로 안경을 벗어 닦았다.

세상에. 이 모든 문제와 고통이라니. 애초에 자기 잘못도 아니었다. 하지만 뒤처리는 그의 몫이었다. 소환사들을 몰아대고 지령에 따르게 하는 것이 사무원의 업무였다. 잠이 든 것은 그 끔찍한 벼룩투성이 소환사였지만, 대가는 자신의 몫이었다.

문이 열렸다. "좋아." 다른 생각에 빠진 듯 중얼거리는 목소리가 들렸다. 지치고 신경이 다 닳아버린 목소리였다. 사무원은 몸을 떨며 천천히 안으로 들어갔다. 땀방울이 그의 목을 타고 셀룰로이드 옷깃 속으로 떨어지고 있었다.

노인은 자기 책을 옆으로 밀어놓으며 그를 바라봤다. 그는 조용히 사무원을 관찰했다. 흐릿한 푸른 눈 속에 보이는 부드러운 기색, 깊고 오래된 부드러움 때문에 사무원은 더욱 몸을 떨기 시작했다. 그는 손수건을 꺼내어 이마를 훔쳤다.

"실수가 있었다는 사실은 알고 있네." 노인이 중얼거렸다. "T137 구역과의 연결 문제였지. 연관이 있는 다른 구역의 구성 요소에 문제가 있었던 게지."

"그 말씀대로입니다." 사무원은 목이 메어 기어드는 목소리로 대답했다. "참으로 불운한 일입니다."

"정확히 무슨 일이 일어난 건가?"

"오늘 아침에 지령서를 가지고 떠났습니다. 당연히 T137 구역을 최우선 목표로 지정하고 있는 지령서였습니다. 저는 제 구역의 소환사에게 8시 15분 소환이 필요하다고 지시했습니다."

"그 소환사는 상황의 중요성을 이해하고 있었나?"

"그렇습니다." 사무원이 머뭇거렸다. "하지만—"

"하지만 뭔가?"

사무원은 비참하게 몸을 뒤틀었다. "소환사는 제가 등을 돌리고 있는 동안 자기 개집으로 돌아가 잠이 들었습니다. 저는 시계로 정확한 시간을 측정하느라 바빴고요. 정확히 그 순간 명령을 내렸는데—그에 대한 반응이 없었습니다."

"자네는 정확히 8시 15분에 명령한 건가?"

"네, 물론입니다! 정확히 8시 15분이었습니다. 하지만 소환사가 잠들어 있었어요. 그를 간신히 깨우고 나니 이미 8시 16분이 되어 있었습니다. 소환을 하긴 했지만, 차를 가진 친구 대신에—생명보험 외판원이 등장했습니다." 사무원의 얼굴은 역겨움에 일그러졌다. "그 외판원은 거의 9시 30분이 될 때까지 해당 구성 요소를 그곳에 붙들어놓았습니다. 덕분에 일터에 일찍 도착하는 대신 지각하게 되었죠."

한동안 노인은 아무 말이 없었다. "그렇다면 조정 작업이 시작되었을 때 그 구성 요소가 T137 구역 안에 없었다는 말이로군."

"그렇습니다. 10시경이 되어서야 도착했습니다."

"조정이 일어나는 도중에 말이지." 노인은 자리에서 일어나 뒷짐을 지고는 심각한 얼굴로 오락가락했다. 긴 로브 자락이 뒤쪽으로 끌렸다. "심각한 일이로군. 구역 조정을 할 때에는 관계있는 다른 구역의 요소들도 모두 포함해야만 하네. 그러지 않으면 그들은 이전의 상태를 기억하고 있을 테니까 말이야. 이 구성 요소가 T137 구역에 들어갔을 때에는 이미 조정이 50분 동안이나 진행된 상태였네. 따라서 에너지 상태가 가장 완벽하게 제거되어 있을 때 그 구역을 마주한 셈이지. 조정 팀 중 하나가 그와 마주칠 때까지 그곳을 돌아다녔다고 하네."

"그를 잡았습니까?"

"애석하게도, 그러지 못했다네. 그대로 구역 밖으로 도망쳤어. 완벽하게 에너지가 충전된 옆의 구역으로 말이야."

"그래서—그래서 어떻게 됐습니까?"

노인은 걸음을 멈췄다. 홀쭉한 얼굴에는 어두운 기색이 서려 있었다. 그는 큼직한 손으로 길고 허연 머리카락을 쓸어 넘겼다. "우리도 모른다네. 그와의 접촉이 끝났거든. 물론 곧 접촉을 재개할 생각이네. 하지만 지금 이 순간, 그는 우리의 제어 밖에 있다네."

"어떻게 하실 생각이십니까?"

"접촉해서 억류해야겠지. 이 위로 데려와야 할 거야. 다른 방도가 없어."

"이 위로요!"

"비활성화를 하기에는 너무 늦었다네. 다시 접촉했을 때에는 그가 이미 다른 이들에게 말을 한 상태일 거야. 그의 정신을 깨끗이 지워봤자 문제가 더욱 복잡해질 뿐일세. 일반적인 방법으로는 해결할 수 없어. 내가 직접 해결하겠네."

"빨리 찾을 수 있었으면 좋겠군요." 사무원이 말했다.

"금방 발견될 걸세. 모든 주시자들에게 경보를 보냈으니까. 모든 주시자와 모든 소환사에게 말이네." 노인은 눈을 반짝였다. "심지어는 사무원들에게도 말일세. 우리로서는 사무원들을 믿을 수 있을지 걱정이 되기는 하지만 말일세."

사무원은 얼굴을 붉혔다. "이 일이 빨리 끝났으면 좋겠습니다." 그가 중얼거렸다.

루스는 경쾌한 걸음걸이로 계단을 내려와 건물 밖으로, 뜨거운 한낮의 햇볕 속으로 나섰다. 그녀는 담배에 불을 붙이고 보도를 따라 서둘러 걸었다. 봄 공기를 들이마시는 그녀의 작은 가슴이 가볍게 오르내렸다.

"루스." 에드가 그녀 옆으로 나서며 말했다.

"에드!" 그녀가 깜짝 놀라 헉 하고 숨을 들이켜며 옆을 돌아봤다. "당신 지금 여기서 뭘 하고 있는—?"

"이리 와봐." 에드는 아내의 팔을 잡고 한쪽으로 끌어당겼다. "계속 움직이자고."

"대체 왜—?"

"나중에 설명해줄게." 에드의 얼굴은 창백하고 침울했다. "이야기할 수 있는 곳으로 가자. 단둘이서."

"루이스에서 점심을 먹을 참이었어. 거기서 이야기하면 되겠네." 루스는 숨을 헐떡이며 그와 보조를 맞췄다. "대체 왜 그래? 무슨 일이야? 당신 얼굴이 정말 이상해. 게다가 왜 직장에 있지 않은 거야? 당신—당신 설마 해고당한 거야?"

그들은 길을 건너 작은 레스토랑으로 들어갔다. 여기저기 남녀가 둘러앉아 점심 식사를 하고 있었다. 에드는 으슥한 구석에 떨어져 있는 탁자를 발견하고 그곳으로 향했다. "여기 앉자." 그는 서둘러 자리에 앉았다. "이 정도면 되겠지." 그녀는 반대쪽 의자에 천천히 앉았다.

에드는 커피 한 잔을 주문했다. 루스는 샐러드와 참치 범벅을 얹은 토스트, 커피와 복숭아 파이를 주문했다. 에드는 조용히 앉아서 식사하는 그녀의 모습을 바라봤다. 어둡고 우울한 얼굴이었다.

"얘기 좀 해봐." 루스가 그에게 사정했다.

"정말로 알고 싶어?"

"당연히 알고 싶지!" 루스는 불안한 기색을 비추며 그의 손 위에 자신의 작은 손을 올렸다. "나는 당신 아내잖아."

"오늘 뭔가 일이 일어났어. 오늘 아침에. 지각을 했지. 망할 보험 외판원이 와서 시간을 지체했거든. 30분 늦게 도착했지."

루스는 숨을 멈췄다. "더글러스가 당신을 해고한 거구나."

"아냐." 에드는 종이 냅킨을 천천히 잘게 찢어내고 있었다. 그는 반쯤 빈 물잔 안에 종잇조각을 밀어 넣었다. "나는 엄청나게 걱정하고 있었어. 버스에서 내려서 서둘러 거리를 걸어갔지. 그래서 사무실 건물 앞의 포석을 디뎠을 때에야 눈치채게 된 거야."

"뭘 눈치채?"

에드는 그녀에게 전부 털어놓았다. 벌어졌던 모든 일을. 하나도 빼지 않고.

그가 말을 마치자, 루스는 창백한 얼굴로 손을 떨면서 의자에 몸을 기댔다. "알았어." 그녀가 중얼거렸다. "당신이 그런 표정인 것도 무리는 아니네." 그녀는 식은 커피 한 모금을 마셨다. 커피 잔이 찻잔 받침에 부딪쳐 쨍그랑 소리를 냈다. "끔찍한 일이야."

에드는 몸을 앞으로 기울이고 아내를 바라보며 말했다. "루스, 내가 미쳐가고 있는 것 같아?"

루스의 붉은 입술이 움찔거렸다. "무슨 말을 해야 할지 모르겠네. 너무 이상한 일이라……"

"그래, 그냥 이상하다는 말로 표현이 다 될지는 모르겠어. 내 손이 그대로 사람들 속으로 푹 박혀버렸다고. 마치 진흙으로 만든, 오래되어 마른 진흙 같았어. 흙, 흙 인형처럼 말이야." 에드는 루스의 담뱃갑에서 담배 한 대를 빼서 피워 물었다. "밖으로 나오니까 모든 것이 원래대로였어. 사무실 건물도. 언제나와 같이."

"더글러스 씨가 당신에게 호통을 쳐댈지도 모른다고 겁에 질려 있었던 거지, 당신?"

"물론이지. 두려웠고 죄책감도 느꼈어." 에드의 눈빛이 흔들렸다. "당신이 무슨 생각을 하고 있는지 알 것 같아. 지각을 해서 도저히 그를 마주할 수가 없었던 거야. 그래서 스스로 일종의 자기 보호를 위한 정신적인 발작을 일으킨 거지. 현실로부터 도피하기 위해서." 그는 거친 동작으로 담배를 눌러 껐다. "루스, 나는 그 이후로 줄곧 도시 이곳저곳을 돌아다니고 있었어. 두 시간 반 동안이나. 물론 겁이 나. 정말로 돌아가고 싶지 않을 정도로."

"더글러스가 두려운 거야?"

"아니! 흰옷을 입은 사람들이." 에드는 몸을 떨었다. "세상에. 나를 쫓아왔다고. 그 망할 호스와—온갖 장비를 가지고."

루스는 침묵을 지켰다. 마침내 그녀는 검은 눈을 빛내며 자기 남편을 올려다봤다. "당신은 돌아가야만 해, 에드."

"돌아가? 왜?"

"뭔가를 증명하기 위해서."

"뭘 증명해?"

"모든 게 괜찮다는 사실." 루스는 남편의 손을 꾹 눌렀다. "당신이 해야만 하는 일이야, 에드. 돌아가서 직접 맞서야 해. 두려워할 일이라곤 아무것도 없다는 사실을 자신에게 증명해 보여야 한다고."

"얼어 죽을! 그런 일을 겪은 다음에? 잘 들어, 루스. 나는 현실의 구성 자체가 찢겨 나가는 모습을 봤어. 현실의 숨겨진 뒷면을 봤다고. 현실 아래를. 그곳에 무엇이 있는지 봤어. 나는 돌아가고 싶지 않아. 흙덩이 인간을 또 보고 싶지는 않다고. 절대로."

루스의 눈길은 그에게 고정되어 있었다. "내가 당신과 함께 갈게." 그녀가 말했다.

"세상에."

"당신을 위해서야. 당신의 정신을 위해서. 당신이 알 수 있도록." 루스는 즉시 자리에서 일어나며 외투를 걸쳤다. "자, 어서, 에드. 내가 같이 갈게. 우리 둘이 함께 가는 거야. 부동산 전문 더글러스 앤 블레이크 사무실로. 당신과 함께 더글러스 씨를 만나줄게."

에드는 아내를 날카롭게 노려보며 자리에서 일어났다. "당신은 내가 정신이 나가 있었다고 생각하는 거지. 겁이 나서 고용주를 마주할 수가 없었다고." 낮고 바짝 긴장한 목소리였다. "그런 거지?"

루스는 이미 계산대 쪽으로 걸어가고 있었다. "어서. 당신도 알게 될 거야. 전부 거기 있을 거라고. 언제나 그랬던 것처럼."

"알았어." 에드는 이렇게 말하며 천천히 그녀 뒤를 따라갔다. "돌아가보지. 그리고 누가 옳았는지 확인해보자고."

둘은 함께 길을 건넜다. 루스는 에드의 팔을 꼭 붙들고 있었다. 그들 앞에 사무실 건물이 보였다. 콘크리트와 금속과 유리로 만들어진 거대한 건물이었다.

"그대로 있네." 루스가 말했다. "그렇지?"

물론 아무 문제없이 그 자리에 있었다. 커다란 건물이 견고하게 우뚝 서서 이른 오후의 햇살 속에서 빛나고 있었다. 창문들이 환히 반짝였다.

에드와 루스는 반대쪽 보도에 발을 디뎠다. 에드는 긴장하며 몸을 움찔했다. 인도에 발이 올라가는 순간 눈을 찌푸렸지만—

아무 일도 없었다. 거리의 소음이 계속 들려왔다. 자동차, 바쁜 걸음으로 지나가는 사람들, 신문팔이 꼬마. 한낮의 도시에 어울리는 소음이 들려왔다. 머리 위로는 태양과 밝은 푸른 하늘이 보였다.

"봤지?" 루스가 말했다. "내 말이 맞잖아."

그들은 정문 계단을 올라 로비로 들어섰다. 담배 판매대 뒤에 점원이 서서 팔짱을 낀 채 야구 방송에 귀를 기울이고 있었다. "안녕하세요, 플레처 씨." 그는 만면에 호의를 담은 미소를 띠고 에드에게 인사했다. "그쪽 아가씨는 누구십니까? 아내분이 이 일을 알고 있나요?"

에드는 불안하게 웃었다. 그들은 승강기를 향해 걸어갔다. 네다섯 명의 회사원들이 기다리며 서 있었다. 잘 차려입은 한 무리의 중년 남자들로, 초조해 보였다. "어이, 플레처." 한 명이 말했다. "하루 종일 어디있던 건가? 더글러스가 목청이 나갈 것처럼 소리 지르고 있던데."

"안녕하세요, 얼." 에드는 중얼거리며 루스의 팔을 잡았다. "조금 몸이 안 좋아서."

승강기가 도착했다. 그들은 안으로 들어갔다. 승강기가 위로 올라가기 시작했다. "안녕, 에드." 승강기 운전사가 말했다. "거기 귀여운 아가씨는 누구신가? 소개 좀 해주지 그래?"

에드는 기계적으로 웃음 지었다. "우리 마누라야."

승강기가 3층에 이르렀다. 에드와 루스는 승강기에서 내려 부동산 전문 더글러스 앤 블레이크 사무소의 유리문을 향해 나아갔다.

에드는 숨을 헐떡이며 걸음을 멈췄다. "잠깐만." 그가 입술을 핥았다. "나는—"

루스는 에드가 손수건으로 이마와 목을 훔치는 모습을 차분하게 바라보며 기다렸다. "이제 괜찮아요?"

"응." 에드는 다시 걸음을 옮겼다. 그는 유리문을 당겨 열었다.

에번스 양이 타자를 치던 손길을 멈추고 그를 올려다봤다. "에드 플레처! 오늘 하루 종일 어딜 가 있던 건가요?"

"몸이 안 좋았어요. 안녕, 톰."

톰은 일거리에서 시선을 들며 대답했다. "안녕, 에드. 있잖아, 더글러스가 자네 머릿가죽을 벗겨 오라고 소리치고 있어. 대체 어디 가 있던 거야?"

"나도 알아." 에드는 지친 시선을 루스에게 돌렸다. "아무래도 들어가서 음악에 귀를 기울여야 할 것 같은데."

루스는 그의 팔을 꼭 잡아줬다. "당신은 괜찮을 거야. 나는 알아." 그녀는 안도한 얼굴로 붉은 입술과 하얀 이를 드러내며 활짝 웃었다. "알았지? 필요하면 또 전화해줘."

"물론이지." 에드는 그녀의 입술에 가볍게 키스했다. "고마워, 여보. 정말로 고마워. 대체 나한테 무슨 문제가 있었던 건지 모르겠어. 이제는 다 끝난 것 같아."

"고맙긴 무슨. 나중에 봐." 루스는 서둘러 사무실을 나가며 문을 닫았다. 그녀가 승강기를 향해 복도를 달려 내려가는 소리가 들려왔다.

"훌륭한 꼬마 아가씨군요." 재키가 감탄한 듯 말했다.

"그렇지." 에드는 넥타이를 바로 펴며 고개를 끄덕였다. 그는 마음을 굳게 먹고는 사무실 안쪽을 향해 불안한 걸음을 옮겼다. 뭐, 받아들여야 하는 일이었다. 루스의 말이 맞았다. 하지만 고용주에게 이런 내용을 설명하는 일은 정말로 끔찍할 터였다. 눈앞에 이미 더글러스의 모습이 떠오르고 있었다. 두껍게 늘어진 뻘건 목 살, 황소 같은 호통소리, 분노로 일그러진 얼굴—

에드는 사무실 안쪽에 들어가자마자 갑작스레 걸음을 멈추고 그대로 얼어붙었다. 사무실 안쪽의 모습이—달라져 있었다.

목의 솜털이 쭈뼛 솟았다. 차가운 공포가 그의 몸을, 그의 목덜미를 움켜쥐었다. 안쪽 사무실은 달라져 있었다. 그는 천천히 고개를 돌리며 주변 풍경을 살펴봤다. 책상, 의자, 고정 가구, 서류함, 그림까지.

변화. 작은 변화. 미묘한 변화. 에드는 눈을 감았다가 다시 천천히 떴다. 그는 바짝 주의를 기울이고 있었다. 숨이 가빠지고 심장이 빠르게 뛰기 시작했다. 실제로 모든 것이 변해 있었다. 의심할 여지가 없었다.

"왜 그래, 에드?" 톰이 물었다. 직원들은 일을 멈추고 묘한 얼굴로 그를 바라보고 있었다.

에드는 아무 말도 하지 않았다. 그는 천천히 사무실 안쪽으로 걸음을 옮겼다. 사무실 전체가 바뀌어 있었다. 분명했다. 사물들이 바뀌어 있었다. 다르게 정렬되어 있었다. 명확하게 눈에 띄는 것은 없었고, 딱 짚어 이상한 점을 지적할 수도 없었다. 그러나 그는 느낄 수 있었다.

조 켄트가 걱정하는 눈빛으로 그를 맞이했다. "왜 그래, 에드? 자네 꼭 들개 같은 얼굴이야. 혹시 뭔가—?"

에드는 조를 바라봤다. 그 역시 달라 보였다. 같은 모습이 아니었다. 뭐가 문제일까?

조의 얼굴. 살이 조금 더 찐 듯했다. 푸른색 줄무늬 셔츠를 입고 있었는데, 조는 절대 푸른 줄무늬 셔츠를 입지 않는 사람이었다. 에드는 조의 책상 위를 살펴봤다. 서류와 청구서들이 보였다. 바로 그 책상—책상이 오른쪽으로 너무 멀리 있는 듯 보였다. 게다가 더 커 보였다. 같은 책상이 아니었다.

벽에 걸린 그림도. 같은 그림이 아니었다. 완전히 다른 그림이었다. 게다가 서류함 위에 놓여 있는 물건들도—일부는 새것이었고, 일부는 사라져 있었다.

그는 뒤를 돌아 문밖의 광경을 살펴봤다. 이제 생각해보니 에번스 양의 머리 모양도 그가 기억하는 것과 다른 모습이었다. 게다가 더 밝은 색이었다.

다시 사무실 안으로 시선을 돌리자 창가에 서서 손톱을 다듬고 있는 메리가 보였다. 그녀 역시 더 크고 더 풍만해져 있었다. 그녀 앞의 책상 위에 놓여 있는 핸드백은—붉은색 니트 핸드백이었다.

"자네 예전부터…… 저 핸드백을 가지고 다녔나?" 에드가 물었다.

메리가 고개를 들었다. "뭐라고요?"

"저 핸드백 말이야. 전에도 저걸 썼나?"

메리는 웃었다. 그녀는 매력적인 동작으로 스커트를 늘씬한 허벅지 위로 내리덮었고, 긴 속눈썹이 달린 눈을 깜빡이며 대답했다. "왜 그래요, 플레처 씨. 그건 무슨 뜻이에요?"

에드는 고개를 돌렸다. 그는 알고 있었다. 그녀는 알지 못할지라도. 그녀는 재설계되었다—다른 모습이 되어버렸다. 핸드백, 옷, 몸매, 그녀의 모든 것들이. 그들은 모두 모르고 있었지만, 에드 자신만은 알고 있었다. 현기증이 느껴졌다. 그들 모두가 변해버렸다. 모두가 달라졌다. 모두 새로운 모습으로, 새로운 주형에 맞춰 재창조된 것이다. 미묘하게, 하지만 분명히 알아볼 수 있는 변화였다.

쓰레기통. 원래는 더 작았다. 저것과는 다른 모습이었다. 창문의 블라인드도 상아색이 아니라 흰색이었다. 벽지의 무늬도 달라졌다. 조명 기구도……

끝없는, 미묘한 변화들.

에드는 사무실 안쪽으로 걸음을 옮겼다. 그는 손을 들어 더글러스의 방문을 두드렸다.

"들어오게."

에드는 문을 밀어 열었다. 네이선 더글러스가 짜증 섞인 얼굴로 그를 올려다봤다. "더글러스 씨―" 에드는 입을 열었다. 그는 비틀대며 문 안으로 한 걸음 옮기고는―그대로 걸음을 멈췄다.

더글러스는 같은 모습이 아니었다. 완전히 달랐다. 사무실 전체가 바뀌어 있었다. 깔개도, 커튼도. 책상은 마호가니가 아니라 떡갈나무였다. 그리고 더글러스 본인은……

더글러스는 보다 젊고 호리호리한 사람이 되어 있었다. 머리카락은 갈색이었다. 피부도 예전처럼 붉은빛이 아니었다. 얼굴 피부도 더 매끈했다. 주름살이 없었고 턱의 형태도 달랐다. 눈은 검은색이 아니라 녹색이었다. 다른 사람이 되어 있었다. 하지만 여전히 더글러스였다. 달라진 더글러스, 더글러스의 다른 판본이었다!

"무슨 일인가?" 더글러스가 짜증내며 물었다. "아, 네놈이군, 플레처. 오전 내내 어디 있었던 건가?"

에드는 뒤로 물러났다. 빠르게.

그는 문을 쾅 닫고는 서둘러 안쪽 사무실을 빠져나왔다. 톰과 에번스 양이 놀라서 고개를 들었다. 에드는 그들을 지나쳐 복도로 통하는 문을 열고 나왔다.

"잠깐!" 톰이 소리쳤다. "대체 왜 그러는―?"

에드는 서둘러 복도를 달렸다. 공포가 그를 사로잡았다. 서둘러야 했다. 그는 목격하고 말았다. 시간이 얼마 없었다. 에드는 승강기 문 앞에 서서 버튼을 세게 두드려댔다.

시간이 없었다.

그는 계단으로 가서 달려 내려가기 시작했다. 2층에 도착하니 공포가 더 심해졌다. 이제는 한순간의 문제였다.

한순간!

공중전화. 에드는 공중전화 박스로 달려갔다. 들어가면서 그대로 문을 닫아걸었다. 떨리는 손으로 10센트 동전 하나를 전화에 넣고 다이얼을 돌렸다. 경찰에 알려야 했다. 그는 수화기를 귀에 가져다 댔다. 심장이 쿵쿵대는 소리가 들렸다.

경고를 해야 한다. 변화. 누군가 현실을 가지고 장난치고 있다. 변형시키고 있다. 그가 옳았다. 흰옷을 입은 사람들…… 그들의 장비…… 건물 전체를 훑는 모습.

"여보세요!" 에드가 거친 목소리로 소리쳤다. 응답이 없었다. 신호도 가지 않았다. 아무 말도 들리지 않았다.

에드는 당황해서 문밖을 내다봤다.

그러고는 좌절해 늘어져버렸다. 그는 천천히 전화 수화기를 내려놓았다.

그는 더 이상 2층에 있지 않았다. 전화박스는 그를 태운 채 2층을 떠나 점점 더 빨리 상승하고 있었다. 조용하고 신속하게 매 층을 통과하고 있었다.

전화박스는 건물 천장을 뚫고 밝은 햇살 속으로 나왔다. 속도는 갈수록 빨라졌다. 아래쪽 멀리에 지면이 보였다. 건물과 거리가 매 순간 작아졌다. 아래쪽에서는 차와 사람들이 작은 점으로 변하며 빠르게 사라지고 있었다.

구름이 흘러와 지표의 모습을 가렸다. 에드는 두려움에 현기증을 느끼며 눈을 감았다. 그는 전화박스의 문손잡이를 꽉 움켜쥐고 있었다.

전화박스는 갈수록 더 빠르게 상승했다. 아래쪽으로 지구가 빠르게 멀어지고 있었다.

에드는 당황해 위를 바라봤다. 어디로? 어디로 가고 있는 걸까? 나를 어디로 데려가는 거지?

그는 문손잡이를 움켜쥔 채 그저 기다리며 서 있을 뿐이었다.

사무원은 무뚝뚝하게 고개를 끄덕였다. "맞습니다, 저 사람입니다. 바로 그 구성 요소가 확실합니다."

에드 플레처는 주변을 둘러봤다. 그는 널찍한 방 안에 있었다. 방의 경계는 흐릿한 그림자 속으로 사라지고 있었다. 공책과 장부를 겨드랑이에 낀 남자가 그의 앞에 서서 금속 안경테 너머로 그를 주시하고 있었다. 날카로운 눈빛의 작은 남자로 초조해 보였다. 빳빳한 옷깃, 푸른색 서지 정장, 조끼, 시곗줄이 보였다. 반짝이는 검은 구두를 신고 있었다.

그리고 그 너머에는—

노인 한 명이 커다란 현대풍 의자에 아무 말 없이 앉아 있었다. 그는 부드럽고 지친 푸른 눈으로 차분하게 플레처를 바라보고 있었다. 묘한 전율이 플레처의 몸을 훑고 지나갔다. 공포와는 달랐다. 그보다는 뼛속을 뒤흔드는 떨림, 매혹에 가까운 깊은 경외감 쪽이었다.

"여기가—이곳이 대체 어딥니까?" 그가 기어 나오는 소리로 물었다. 아직도 급격한 상승 때문에 정신이 혼미한 상태였다.

"질문하지 마라!" 초조해 보이는 작은 남자가 샤프로 장부를 두드리며 성난 목소리로 말했다. "네놈은 여기 질문이 아니라 대답을 하러 온 거다."

노인이 움직였다. 그는 손을 들며 이렇게 말했다. "이 구성 요소와는 나 혼자 대화하도록 하겠다." 그가 중얼거렸다. 낮은 목소리였지만 방 안 전체에 울려 퍼지며 진동했다. 다시 한번 매혹에 가까운 경외감이

에드를 휩쓸고 지나갔다.

"혼자서 말씀이십니까?" 작은 남자는 장부와 서류를 주섬주섬 껴안고 뒤로 물러섰다. "물론이다." 남자는 적대적인 눈빛으로 에드 플레처를 바라봤다. "마침내 저자를 구속할 수 있어서 정말 기쁩니다. 저자 때문에 대체 얼마나 고생을 했는지—"

그는 문을 통해 사라졌다. 문이 소리 없이 닫혔고 이제 에드와 노인만이 남았다.

"부디 앉아주게." 노인이 말했다.

에드 옆에 의자가 보였다. 그는 초조한 동작으로 어색하게 자리에 앉았다. 담배를 꺼냈다가 다시 집어넣었다.

"뭐가 문제인가?" 노인이 물었다.

"슬슬 이해가 되는 것 같습니다."

"뭐가 이해된다는 건가?"

"제가 죽었다는 사실이요."

노인은 잠시 미소를 띠었다. "죽어? 아니, 자네는 죽은 것이 아니라네. 자네는…… 방문하는 것뿐이지. 흔히 있는 사건은 아니지만 지금 상황에서는 어쩔 수 없는 일이었다네." 그는 에드를 향해 몸을 기울였다. "플레처 선생, 자네는 아무래도 어떤 일에 연관이 되어버린 것 같구만."

"그렇습니다." 에드는 동의했다. "무슨 일인지 알 수나 있으면 좋겠습니다. 아니면 어쩌다 그런 일이 벌어진 건지라도."

"자네 잘못이 아니라네. 자네는 사무원의 실수의 희생양이 된 것뿐이야. 실수가 벌어졌다네. 자네의 실수가 아니라 자네와 관련된 실수였지."

"어떤 실수 말입니까?" 에드는 지친 기색을 보이며 이마를 문질렀다. "저—저는 뭔가의 한가운데 들어갔습니다. 그 내용을 봤어요. 제가 보지 말아야 할 것을 본 거죠."

노인은 고개를 끄덕였다. "그 말이 맞네. 자네는 보아서는 안 될 것을 봤어—대부분의 구성 요소들이 목격하는 것은 고사하고 알아채지도 못하는 것들을 말이네."

"구성 요소라고요?"

"업무 용어라네. 그건 넘어가세. 실수가 있었네만, 우리는 그 실수를 바로잡고 싶다네. 내가 원하는 바는—"

"그 사람들은." 에드가 노인의 말을 끊었다. "마른 잿더미가 되어 무너져 내렸어요. 회색이었어요. 죽은 것처럼. 문제는 모든 것들이 그랬다는 거죠. 계단이나 벽이나 바닥도. 색깔도 생명도 없었어요."

"일시적으로 그 구역의 에너지를 비활성 상태로 만들었을 뿐이라네. 조정 팀이 들어가 변화를 적용할 수 있도록 말일세."

"변화라고요." 에드가 고개를 끄덕였다. "그 말대로입니다. 제가 나중에 돌아가서 보니 모든 것이 다시 살아나 있었죠. 하지만 같은 모습이 아니었습니다. 전부 달라져 있었어요."

"조정 작업은 정오에 끝났다네. 조정 팀이 작업을 끝낸 다음 구역에 다시 에너지를 주입한 것뿐이지."

"그렇군요." 에드가 중얼거렸다.

"자네는 조정이 시작될 때 그 구역에 있었어야 했네. 하지만 실수가 일어나 그러지 못했던 게지. 자네는 늦은 시각에 그 구역에 들어갔네. 조정이 일어나는 동안에 말이야. 자네는 도망쳤고, 돌아왔을 때에는 조정이 끝나 있었던 걸세. 자네는 보지 말아야 할 것을 본 걸세. 자네는 목격자가 아니라 조정의 대상이 되었어야 해. 다른 사람들과 마찬가지로 변화를 당했어야 한다는 말이네."

에드 플레처의 이마로 땀방울이 흘러내렸다. 그는 손으로 땀을 훔쳐 냈다. 속이 울렁거렸다. 그는 힘없이 목청을 가다듬었다. "상황은 알 것 같습니다." 거의 들리지도 않는 목소리였다. 불길한 예감이 머릿속을 휘돌았다. "다른 이들과 마찬가지로 변했어야 하는 거로군요. 그런데 뭔가 잘못된 거고요."

"뭔가가 잘못됐네. 실수가 발생한 거지. 그리고 이제 심각한 문제가 남아버렸네. 자네는 그 모든 것을 봤어. 이젠 많은 것을 알고 있지. 게다가 자네는 그 새로운 조형에 맞게 조정되지 못했네."

"세상에." 에드가 중얼거렸다. "그, 아무에게도 말하지 않겠습니다." 식은땀이 비 오듯 흘러내렸다. "믿으셔도 좋습니다. 저는 변화된 것이나 다름없어요."

"자네는 이미 다른 사람에게 그 사실을 말했네." 노인은 차갑게 말했다.

"제가요?" 에드는 눈을 깜빡였다. "누구에게?"

"자네 아내 말이네."

에드는 온몸을 떨었다. 핏기가 빠져나가 창백하게 질린 얼굴이 되었다. "그 말씀대로입니다. 그랬죠."

"자네 아내는 알고 있네." 노인은 분노에 얼굴을 일그러뜨렸다. "그것도 여자가. 말을 해도 하필이면—"

"저는 몰랐습니다." 에드는 공포에 사로잡혀 뒤로 물러섰다. "하지만 이제는 알고 있어요. 절 믿으셔도 좋습니다. 변화된 것이라고 여기셔도 좋습니다."

노인의 푸른 눈이 날카롭게 에드를 쏘아봤다. 마음속 심연까지 꿰뚫는 눈빛이었다. "그리고 경찰에 알리려 했지. 자네는 당국에 이 사실을 알리려 했어."

"하지만 그 변화를 누가 일으킨 것인지 몰랐지 않습니까."

"이제는 알고 있겠지. 자연적인 진행에는 보조가 필요하다네. 이곳저곳에 조정을 가해야 하지. 수정을 해야만 한다네. 우리는 그런 수정을 할 권한을 가지고 있는 이들이야. 우리의 조정 팀은 반드시 필요한 일을 하는 거라네."

에드는 용기를 끌어올려 한 가지 질문을 했다. "이번 조정 말입니다. 더글러스와 사무실. 이유는 무엇이었습니까? 분명 뭔가 꼭 필요한 목적이 있었겠죠."

노인은 손을 저었다. 그의 뒤편 어둠 속에서 거대한 지도가 빛나며 떠올랐다. 에드는 숨을 삼켰다. 지도의 가장자리는 어둠 속으로 흐릿하게 사라지고 있었다. 지도 위에는 다양한 구역을 연결하는 무수한 거미줄이 보였다. 네모와 직선으로 이루어진 방대한 관계도였다. 모든 네모 위에 표식이 보였다. 어떤 네모는 푸른빛으로 빛나고 있었다. 빛은 계속해서 위치를 바꿨다.

"구역 기록판이라네." 노인이 말했다. 그는 지친 듯 한숨을 쉬었다. "과중한 업무지. 가끔은 이번 주기를 넘길 수 있을지 걱정이 되기도 한다네. 하지만 해야 하는 일이지. 모두를 위해서. 자네들을 위해서."

"그 변화는요. 우리—우리 구역에서 있었던."

"자네 직장은 부동산을 취급하지. 예전의 더글러스는 통찰력이 있는 친구였지만, 지금은 급격하게 무너져가고 있었네. 건강 상태가 한계에 가까워지고 있었지. 더글러스는 며칠 안에 캐나다 서부의 미개척 삼림지대를 구매하겠냐는 제안을 받을 것이었네. 그의 자산 대부분이 소모되는 일이 될 테니, 활력이 떨어진 나이 든 더글러스라면 망설였을 거야. 하지만 그가 망설이지 않는 게 중요했다네. 즉시 그 땅을 매수해 숲을 제거해버렸어야 하니까. 보다 젊은 사람, 보다 젊은 더글러스만이 이런 일을 할 수 있었을 거야.

그 땅을 정리하는 과정에서 어떤 고고학 유물이 발견될 거라네. 우리가 이미 거기 심어뒀지. 더글러스는 과학 연구를 위해 그 땅을 캐나다 정부에 임대하게 될 테고, 그곳에 존재하는 유물은 세계의 지식인들 사이에 엄청난 파장을 일으킬 거야.

그리고 일련의 사건들이 이어질 예정일세. 수많은 나라의 사람들이 캐나다로 와서 그 유물을 확인하려 할 거야. 소련, 폴란드, 체코의 과학자들도 여행을 오겠지.

이러한 일련의 사건으로 인해 과학자들이 참으로 오랜만에 처음으로 한데 묶일 걸세. 이런 범국가적인 발견이 발생하면 국가를 위한 연구는 잠시 잊게 되겠지. 소련의 일류 과학자 한 명이 벨기에 과학자와 친교를 맺을 거야. 그들은 헤어지기 전에 교신을 유지하기로 동의하겠지. 물론 그들의 정부에는 알리지 않고.

이 교류의 범위는 점차 넓어질 걸세. 양측의 다른 과학자들도 이런 교류에 끌리게 되어 협회가 발족되겠지. 점점 더 많은 지식인들이 이 국제 협회에 많은 시간을 투자하게 될 것이네. 자국 내에서만 벌어지는 연구는 가볍지만 극도로 치명적인 쇠퇴를 맞게 될 거야. 전쟁 위협도 어느 정도 사라지겠지.

이번 조정은 반드시 필요한 일이었네. 캐나다의 그 삼림 지대를 매수하고 개발하는 일에 이 모든 것이 달렸어. 예전의 더글러스는 그런 위험을 무릅쓰지 않았을 거야. 하지만 변화된 더글러스, 그리고 변화되어 보다 젊어진 직원들은 열정을 다해 이 매수 작업에 뛰어들게 될 걸세. 이를 통해 꼭 필요한 수많은 일이 연쇄적으로 일어날 거라네. 이 일로 이득을 보는 것은 자네들이야. 우리의 방법 자체는 괴상하고 간접적으로 보일 수도 있겠지. 심지어는 이해할 수 없을지도 모르네. 하지만 우리가 우리 일을 잘 알고 있다는 것만은 확실하게 말할 수 있네."

"이제는 알 것 같군요." 에드가 말했다.

"그런 모양이군. 자네는 이제 많은 것을 알고 있어. 너무 많이 알고 있지. 구성 요소는 절대로 그런 지식을 가져서는 안 된다네. 어쩌면 여기로 조정 팀을 불러들여서⋯⋯"

에드의 머릿속에 어떤 장면이 떠올랐다. 휘몰아치는 회색 재의 구름,

회색의 남자와 여자들. 그는 몸을 떨었다. "저기." 그는 목쉰 소리로 말했다. "뭐든 하겠습니다. 정말로 뭐든지요. 제발 에너지를 제거하지만 말아주십시오." 얼굴에 땀방울이 흘러내렸다. "그래도 되겠죠?"

노인은 생각에 잠겼다. "어쩌면 대안을 찾아낼 수 있을지도 모르겠군. 다른 가능성도 있긴 하겠지……"

"뭡니까?" 에드는 열정적으로 물었다. "그게 뭐죠?"

노인은 생각에 잠겨 천천히 말했다. "만약 내가 자네를 돌아가게 해준다면, 절대 이 일을 입 밖에 내지 않을 거라고 맹세할 수 있겠나? 자네가 본 것들을 아무에게도 알리지 않겠다고 맹세할 수 있냐고? 자네가 아는 것들도?"

"물론입니다!" 에드는 가쁜 숨을 몰아쉬며 대답했다. 영문 모를 안도감이 그를 휩쓸고 있었다. "맹세하죠!"

"자네 아내도 마찬가질세. 더 이상은 알면 안 되네. 그저 자네가 정신적 발작을 일으키고 있었다고, 현실을 도피하고 있었다고 여겨야만 하네."

"이미 그렇게 생각하고 있습니다."

"앞으로도 계속 그래야 하네."

에드는 입을 악물었다. "그 상황이 정신적 돌출 행동이었을 뿐이라고 믿도록 만들겠습니다. 실제로 무슨 일이 벌어졌는지는 절대 알지 못할 겁니다."

"자네가 아내에게 진실을 털어놓지 않을 것이라 확신할 수 있나?"

"물론이죠." 에드가 자신 있게 말했다. "분명 할 수 있습니다."

"알겠네." 노인은 천천히 고개를 끄덕였다. "그럼 돌려보내 주지. 하지만 절대 누구에게도 말하면 안 되네." 그의 목소리가 높아지기 시작했다. "기억해두게. 자네는 결국 이곳으로, 내게로 돌아오게 된다는 사실을. 결국 모두가 그러하니까. 자네는 운명을 피할 수 없다는 사실도."

"절대 아내에게 말하지 않겠습니다." 에드는 진땀을 흘리며 말했다. "약속합니다. 저를 믿으셔도 됩니다. 루스 정도는 쉽게 다룰 수 있어요. 절대 걱정하지 않으셔도 됩니다."

에드는 해 질 무렵이 되어서야 집에 도착했다.

그는 급격한 강하 때문에 어지러워 눈을 껌뻑였다. 한동안 보도 위에 서서 몸을 가누고 호흡을 가다듬은 뒤, 서둘러 진입로를 따라 집으로 향했다.

그는 문을 열고 작은 녹색 집으로 들어갔다.

"에드!" 루스가 눈물 자국으로 엉망이 된 얼굴로 달려 나왔다. 그녀는 그의 몸에 팔을 두르고 그를 꼭 껴안았다. "대체 어디 가 있었던 거야?"

"어디에?" 에드가 중얼거렸다. "당연히 사무실에 있었지."

루스는 순간 몸을 뗐다. "아니, 그건 아닐 텐데."

순간 에드의 머릿속에서 뭔지 모를 경고음이 울렸다. "당연히 사무실에 있었지. 그럼 어디 가 있었겠어?"

"3시쯤 더글러스에게 전화를 했어. 당신이 나가버렸다고 하던데. 내가 그곳을 떠나자마자 그대로 걸어 나갔다고. 에디—"

에드는 초조하게 그녀의 등을 토닥였다. "진정해, 여보." 그는 외투를 벗기 시작했다. "모든 일이 괜찮으니까. 알겠지? 전부 다 괜찮아졌어."

루스는 소파 팔걸이에 걸터앉아 코를 풀고 눈가를 찍었다. "내가 얼마나 걱정했는지 당신이 알고 있다면," 그녀는 손수건을 집어넣고 혼자 팔짱을 꼈다. "오늘 오후에 어디 있었는지 말해."

에드는 불안에 차 외투를 벗어 옷장에 걸고 아내에게 가서 키스했다. 입술이 얼음처럼 차가웠다. "다 털어놓을게. 하지만 그 전에 뭔가 좀 먹으면 안 될까? 배고파 죽겠어."

루스는 사나운 눈빛으로 그를 훑어보며 소파 팔걸이에서 일어났다.

"옷 갈아입고 저녁 준비할게."

그녀는 침실로 들어가 신발과 스타킹을 벗었다. 에드는 그녀를 따라 갔다. "당신을 걱정하게 하려던 것은 아니었어." 그는 조심해서 말을 골랐다. "당신이 떠나고 나니까 당신 말이 맞는다는 것을 알겠더라고."

"아, 그래?" 루스는 블라우스와 스커트를 벗어 옷걸이에 걸면서 말했다. "뭐가 맞는다는 거야?"

"나에 대해서 한 말들." 그는 간신히 억지웃음을 지으며 말했다. "오늘…… 벌어진 일에 대해서 말이야."

루스는 슬립을 옷걸이에 걸었다. 그녀는 꽉 끼는 청바지에 다리를 끼우느라 애쓰며 남편을 세심하게 관찰했다. "계속해봐."

마침내 이 순간이 왔다. 지금 아니면 끝장이었다. 에드 플레처는 마음을 단단히 먹고 조심스레 단어를 골랐다. "그 모든 일이 내 마음속에서 일어난 것이라는 사실을 깨달았어. 당신 말이 맞았어, 루스. 완벽하게 맞았어. 게다가 그 이유까지 알아냈다고."

루스는 면직 티셔츠를 뒤집어쓰고는 끝자락을 청바지 속으로 밀어 넣었다. "그 이유가 뭔데?"

"과로야."

"과로?"

"휴식이 필요했던 거야. 몇 년 동안 휴가를 한 번도 가지 못했잖아. 직업에 집중할 수가 없었어. 백일몽을 꾼 거지." 단호하게 말하기는 했지만, 심장이 입 밖으로 튀어나오기 직전이었다. "휴식이 필요했어. 등산을 하거나, 배스 낚시를 가거나, 아니면—" 그는 어쩔 줄 모르며 머릿속을 뒤졌다. "아니면—"

루스가 험악한 얼굴로 그에게 다가왔다. "에드!" 그녀가 날카롭게 말했다. "날 똑바로 보고 말해!"

"왜 그러는 거야?" 그는 당황해서 어쩔 줄을 몰랐다. "왜 그런 눈으로 보는 거야?"

"오늘 오후에 어디에 있었어?"

에드의 미소가 사라졌다. "말했잖아. 산책을 했어. 말하지 않았나? 산책했다고. 이런저런 생각을 하려고."

"나한테 거짓말할 생각은 꿈에도 하지 마, 에디 플레처! 당신 거짓말 쯤은 뻔히 보이니까!" 루스의 눈에 다시 눈물이 차올랐다. 면직 티셔츠 아래에서 흥분한 그녀의 가슴이 오르내렸다. "인정해! 당신은 산책을 갔던 게 아니야!"

에드는 들릴락 말락 한 소리로 더듬거렸다. 진땀이 쏟아져 내렸다. 그는 어찌할 바를 모르고 문에 몸을 기댔다. "무슨 말을 하는 거야?"

루스의 검은 눈에 분노가 번쩍였다. "인정하라고! 당신이 어디 갔던 건지 알고 싶단 말이야! 당장 말해! 난 알 권리가 있어. 정말로 무슨 일이 있었던 거야?"

에드는 겁에 질려 물러났다. 의지가 촛농처럼 녹아내리고 있었다. 모든 게 잘못되었다. "정말이야. 나는 산책을 하러—"

"당장 불어!" 루스의 날카로운 손톱이 그의 팔을 파고들었다. "당신이 어디 있었는지. 그리고 누구와 함께 있었는지!"

에드는 입을 떡 벌렸다. 웃음을 지으려 했지만 얼굴 근육이 말을 듣지 않았다. "무슨 소리를 하는 건지 모르겠는데."

"무슨 말인지 잘 알 텐데. 누구랑 있었어? 어딜 갔고? 말해! 어차피 다 알게 될 일이야."

도망칠 길이 없었다. 그는 끝장이었고, 본인도 그 사실을 알고 있었다. 그녀에게는 숨길 수 없을 터였다. 그는 절망에 휩싸여 발뺌하며 시간을 끌려고 했다. 주의를 돌릴 수만 있다면, 다른 것에 신경 쓰게 할 수만 있다면. 한순간이라도 그녀가 긴장을 풀기만 한다면. 뭔가 떠올릴 수 있을지도 모른다. 더 나은 거짓말을. 시간, 그에게 필요한 것은 시간이었다. "루스, 제발 부탁인데—"

갑자기 어떤 소리가 들렸다. 개 짖는 소리가 어스름에 휩싸인 집 안에 울려 퍼졌다.

루스는 걱정에 머리를 갸웃거리며 물러났다. "도비가 짖는 소린데. 누군가 오고 있는 모양이야."

초인종이 울렸다.

"당신 여기 꼼짝 말고 있어. 금방 돌아올 테니까." 루스는 방에서 달려나가 현관으로 향했다. "젠장." 그녀는 현관문을 활짝 열었다.

"좋은 저녁입니다!" 젊은이는 루스를 보고 활짝 웃으며, 재빨리 집 안으로 들어와 온갖 물건을 잔뜩 내려놓았다. "저는 스윕-라이트 진공청소기 회사에서 나왔습니다."

루스는 짜증 섞인 표정으로 얼굴을 찌푸렸다. "저기, 우리 지금 식사하려던 참이었는데요."

"아, 이건 아주 잠깐이면 됩니다." 젊은이는 금속이 쩔그렁거리는 소리를 내며 진공청소기와 그 부속을 내려놓았다. 그는 빠른 동작으로 그림이 들어간 긴 설명서를 펼쳐서 진공청소기의 모습을 보여줬다. "자, 이제 제가 청소기 전원을 꽂는 동안 이걸 들고 계시기만 하면—"

그는 즐거운 얼굴로 부산스레 움직였다. TV세트의 전원을 뽑고 청소기 전원을 꽂은 다음, 주변의 의자를 밀어놓았다.

"일단 커튼 청소기부터 보여드리죠." 그는 번쩍이는 커다란 용기에 호스와 주둥이를 연결하며 말했다. "자, 여기 잠시 앉아 계시면 간편하게 사용할 수 있는 부속물을 하나씩 보여드리겠습니다." 그의 흥겨운 목소리가 청소기의 소음 위로 울려 퍼졌다. "일단 보시기만 하면—"

에드 플레처는 침대에 걸터앉아 있었다. 그는 주머니를 뒤적거리다 마침내 담뱃갑을 꺼냈고, 안도감에 떨리는 손으로 담뱃불을 붙인 후 벽에 기대어 앉았다.

　그는 감사하는 표정으로 허공을 올려다봤다. "고맙습니다." 그는 작은 소리로 말했다. "어쨌든—어떻게든 될 것 같습니다. 정말로 고맙습니다."

아버지 괴물
The Father-Thing

PHILIP K. DICK

1950년대에 유행했던 '인간을 먹어치우고 그 자리를 대신 차지하는 괴물' 이야기이다. 같은 소재를 사용한 유명한 작품에는 이런 계열의 효시라 할 수 있는 존 W. 캠벨 주니어의 1938년 작 「거기 누구요?Who Goes There?」나 잭 피니의 1955년작 『바디 스내처The Body Snatchers』 등이 있다. 후자는 1956년에 돈 시겔 감독에 의해 〈신체 강탈자의 침입Invasion Of The body Snatchers〉이라는 제목으로 영화화되었다.

결말이 다소 PKD스럽지 못한 느낌을 주는데, 아마도 에이전시에 원고를 넘긴 후에도 출간하기 전까지 편집자들과 계속해서 서신을 교류하며 결말을 수정했기 때문이라 추측된다. 처음에는 다른 두 아이들이 찰스를 버리고 도망치는 결말이었다고 하는데, PKD은 이 부분을 고쳐 쓰면서 편집자들에게 보내는 편지에서 "아이들의 현실 감각, 우정, 조직력을 그렇게 훌륭하게 묘사해놓고는 위기가 닥치자 찰스를 두고 도망쳐버리게 만들다니. (그 결말은) 아이들에 대한 모독이었습니다!"라고 적고 있다.

"저녁 준비 다 됐다." 월튼 부인이 소리쳤다. "가서 너희 아버지 좀 모셔오고, 손 씻고 오라고도 말씀드리렴. 이건 너한테도 해당되는 이야기야, 꼬마 도련님." 그녀는 김이 모락모락 올라오는 캐서롤을 깔끔하게 준비된 식탁 위에 올려놓으며 말했다. "아마 차고에 계실 거야."

찰스는 머뭇거렸다. 아이는 겨우 여덟 살밖에 되지 않았고, 지금 그를 괴롭히는 질문은 아마 랍비 힐렐*조차도 말문이 막히게 할 만한 것이었을 테니 말이다. "엄마, 저는—" 아이가 머뭇거리며 입을 열었다.

"왜 그러니?" 준 월튼은 아들의 목소리 속에서 불안한 기색을 읽어냈다. 그녀의 어머니다운 가슴이 갑작스런 경고의 감정으로 흔들렸다. "테드가 차고에 가 있지 않은 거야? 세상에, 방금 전까지만 해도 원예용 가윗날을 갈고 있었는데. 설마 앤더슨네로 넘어간 건 아니겠지? 금방 저녁 식사가 준비될 거라고 말했는데 말이야."

"차고에 계세요." 찰스가 말했다. "하지만 아빠는—자신이랑 말하고 있는 중이에요."

"혼잣말을 한다고!" 월튼 부인은 밝은 플라스틱 앞치마를 벗어서 문고리에 걸었다. "테드가? 세상에, 혼잣말을 하는 사람이 아닌데. 가서 이리 오라고 말씀드리렴." 그녀는 뜨거운 블랙커피를 자그마한 흰색과 푸른색 자기 컵에 따르고 접시마다 콘샐러드를 덜기 시작했다. "뭐가 문

---

* 기원전 1세기 유대교의 종교 지도자. 종교 규범과 성서 해석에 큰 영향을 끼쳤다. 미슈나와 탈무드의 저술에 관여했으며, 현인으로 후대까지 추앙받았다.

제니? 가서 말씀드려!"

"둘 중 누구에게 말해야 할지 모르겠어요." 찰스는 절망에 휩싸여 내뱉었다. "둘 다 똑같이 생겼단 말이에요."

준 월튼의 손가락은 알루미늄 팬을 놓칠 뻔했다. 콘샐러드 더미가 위험하게 출렁거렸다. "너 지금—" 그녀는 화가 나서 입을 열었지만, 바로 그 순간 테드 월튼이 부엌으로 들어왔다. 숨을 들이쉬고 코를 쿵쿵대면서 손을 마주 비비고 있었다.

"아." 그는 행복한 목소리로 소리쳤다. "양고기 스튜로군."

"쇠고기인데." 준이 중얼거렸다. "테드, 밖에서 뭘 하고 있던 거예요?"

테드는 자기 자리에 털썩 주저앉아 냅킨을 펴들었다. "가윗날을 면도날처럼 날카롭게 손질하고 있었지. 기름도 치고, 날도 갈고. 함부로 만지지 않는 게 좋을걸. 손이 잘려나갈 테니까." 그는 30대 초반의 잘생긴 남자였다. 무성한 금발, 강건한 팔뚝, 재주 많은 손, 넓적한 얼굴에 빛나는 갈색 눈이 인상적이었다. "이야, 이 스튜 정말 맛있어 보이는데. 회사에서 꽤나 힘들었다고. 알겠지만 금요일이니까. 일감은 계속 쌓여만 가는데, 다섯 시까지 모든 일을 마무리해야 했거든. 알 맥킨리는 우리 부서가 점심시간을 조직화하기만 하면 20퍼센트의 일을 더 처리할 수 있을 거라고 주장하더군. 시차를 두고 식사를 하러 가서 누군가 항상 자리를 지키고 있도록 말이야." 그는 찰스를 손짓해 불렀다. "얼른 앉아서 먹자꾸나."

월튼 부인은 완두콩을 덜어줬다. "테드." 그녀는 천천히 자리에 앉으며 이렇게 물었다. "혹시 고민거리 있는 거 아니에요?"

"고민거리?" 그는 눈을 껌뻑였다. "아니, 평소와 다른 건 없는데. 그냥 늘 하는 것들뿐이지. 왜 그래?"

준 월튼은 불안한 시선을 아들 쪽으로 돌렸다. 찰스는 몸을 꼿꼿이 세우고 자기 자리에 앉아 있었다. 표정 없이 새하얗게 질린 얼굴로, 조금도 움직이지 않은 채. 냅킨도 펼치지 않았고 우유도 건드리지 않았다. 공기 중에 긴장이 흘렀다. 그녀는 그걸 느낄 수 있었다. 아이는 의자를 뒤로 빼 제 아버지에게서 최대한 떨어져서는 한쪽에 웅크리고 굳어 있었다. 입술이 달싹거렸지만 아이가 무슨 말을 하는지는 알아들을 수 없었다.

"왜 그러니?" 준이 아이 쪽으로 몸을 기울이며 물었다.

"다른 쪽이에요." 찰스가 숨을 죽이고 중얼거렸다. "다른 쪽이 들어왔어요."

"그게 무슨 소리니, 얘야?" 준 월튼은 큰 소리로 물었다. "다른 쪽이라는 게 무슨 말이야?"

테드가 몸을 움찔했다. 얼굴 위로 묘한 표정이 스쳐 지나갔다. 표정은 즉시 사라졌지만, 바로 그 잠깐 동안 테드 월튼의 얼굴에서 모든 친근한 모습이 사라졌다. 뭔가 이질적이고 차가운 것이 슬쩍 비쳐 보였다. 꿈틀거리며 뒤엉키는 덩어리가. 오래된 빛이 그 위를 덮은 듯 눈동자가 흐릿하고 희미해졌다. 평상시의 지친 중년 남편의 모습은 완전히 사라졌다.

그리고 다음 순간, 원래의 모습이 돌아왔다—거의 돌아왔다고 해야 할 것이다. 테드는 웃음을 지으며 스튜와 완두콩, 콘샐러드를 허겁지겁 먹기 시작했다. 그는 웃으며 커피를 저었고 농담을 하며 식사를 즐겼다. 하지만 뭔가가 아주 끔찍하게 잘못되어 있었다.

"다른 쪽이야." 찰스는 하얗게 질린 얼굴로 중얼거렸다. 손이 떨리기 시작했다. 그는 갑자기 자리에서 일어나 식탁에서 뒷걸음질 치기 시작했다. "저리 가!" 찰스가 소리쳤다. "여기서 나가라고!"

"찰스!" 테드가 얼굴을 찌푸리고 으르렁댔다. "대체 왜 그러는 거냐?" 그는 엄격하게 아이의 의자를 가리키며 말했다. "당장 여기 앉아서 저녁이나 먹어. 네 엄마가 애써 준비한 음식 버리지 말고."

찰스는 몸을 돌려 부엌에서 달려 나가서는 위층 자기 방으로 들어 갔다. 준 월튼은 당황해서 손을 내저으며 숨을 삼켰다. "대체 이게 무 슨—"

테드는 계속 식사를 했다. 심각한 표정에 엄격하고 근엄한 눈이었다. "애한테 뭔가를 좀 가르쳐야겠군." 그가 이를 악물고 말했다. "아무래도 우리 둘이서만 면담을 좀 해야 할 모양이야."

찰스는 바닥에 엎드린 채 귀를 기울였다.

아버지 괴물이 층계를 올라 점점 가까이 다가오고 있었다. "찰스!" 그 가 화난 목소리로 고함을 쳤다. "거기 있냐?"

찰스는 대답하지 않았다. 그는 발소리를 죽이고 자기 방으로 돌아가 문을 닫았다. 심장이 쿵쿵 뛰는 소리가 들렸다. 아버지 괴물이 층계참에 발을 올렸다. 곧 그의 방으로 들어올 게 분명했다.

아이는 서둘러 창문으로 갔다. 겁에 질려 있었다. 괴물은 이미 어두운 복도에서 문고리를 더듬어 찾고 있었다. 찰스는 창문을 들어 올리고 지 붕으로 기어 나가 끙 하는 소리와 함께 현관 옆 꽃밭으로 떨어져 내렸 다. 그런 다음 숨을 헐떡이고 비틀거리며 일어서서, 어둠 속으로 쏟아져 내리는 창문의 노란 불빛을 피해 달렸다.

찰스는 곧 차고에 도착했다. 네모난 검은 건물이 저녁 하늘을 배경으 로 우뚝 서 있었다. 아이는 숨을 몰아쉬며 주머니를 뒤져 손전등을 꺼 낸 다음 조심스레 문을 열고 안으로 들어갔다.

차고는 텅 비어 있었다. 앞쪽에는 주차된 차가, 왼쪽으로는 아버지의 작업 선반이 보였다. 나무 벽에는 망치와 톱 따위가 걸렸고, 뒤쪽에는 잔디 깎는 기계, 갈퀴, 삽, 괭이가 있었다. 등유 통도 있었다. 사방에 자 동차 번호판이 달렸다. 바닥은 콘크리트와 흙으로 되어 있었다. 가운데 에 커다란 기름 자국이 보였고, 기름투성이 검은 잡초가 여기저기서 손 전등 불빛을 반사하며 반짝였다.

606

문 바로 안쪽에는 쓰레기를 담는 커다란 드럼통이 있었다. 드럼통 맨 위에 축축하고 곰팡이가 핀 신문이나 잡지 따위가 덮여 있었다. 그 안을 뒤적이자 뭔가 부패하는 고약한 냄새가 심하게 피어올랐다. 거미들이 시멘트 바닥 위로 떨어져 사방으로 흩어졌다. 찰스는 거미들을 발로 밟아버리고는 계속 뒤지기 시작했다.

눈앞에 펼쳐진 광경에 아이는 비명을 지를 수밖에 없었다. 그는 손전등을 떨어뜨리고 황급히 뒤로 물러섰다. 순식간에 차고 전체가 어둠에 휩싸였다. 찰스는 땅바닥에 엎드려 마치 영원과도 같은 시간 동안 손전등을 찾아 주변을, 거미와 기름을 뒤집어쓴 잡초 사이를 더듬거렸다. 마침내 손전등이 손에 잡혔다. 그는 드럼통 안으로 불빛을 비쳤다. 잡지 더미를 옆으로 밀쳐 만들어낸 구멍 속으로.

아버지 괴물은 그것을 드럼통 맨 아래쪽까지 밀어놓은 모양이었다. 썩어가는 낙엽과 찢어진 골판지, 잡지와 커튼의 잔해, 어머니가 언젠가 태워버릴 생각으로 다락방에서 옮겨놓은 잡동사니들 사이에. 여전히 아버지라고 알아볼 수 있을 만큼의 모습은 남아 있었다. 자신이 찾아낸 광경 때문에 구역질이 치밀어 올랐다. 찰스는 드럼통 가장자리를 잡고 한동안 눈을 감았다가 진정이 되자 다시 눈을 떴다. 드럼통 안에는 아버지의, 진짜 아버지의 시체가 있었다. 아버지 괴물에게 쓸모없는 부분들이. 놈이 버리기로 한 부분들이.

찰스는 갈퀴를 집어 들고 시체의 잔해를 휘저어봤다. 바짝 말라 갈퀴가 닿기만 하면 금이 가고 부서졌다. 만지기만 하면 부서지는 꼴이 마치 뱀의 허물 같았다. 텅 빈 허물. 그 안의 중요한 부분은 전부 사라졌다. 여기에, 쓰레기통 바닥에 구겨져 부서지는 얇은 허물이 전부였다. 아버지 괴물이 남긴 것은 이게 다였다. 나머지는 먹어치웠다. 괴물이 안쪽을 전부 가져간 다음 찰스의 아버지 자리를 차지한 것이다.

소리가 들렸다.

찰스는 갈퀴를 떨어뜨리고 서둘러 문으로 갔다. 아버지 괴물이 길을 따라 차고로 오고 있었다. 신발이 자갈길을 밟는 소리가 들렸다. 확신 없이 걸어오는 듯했다. "찰스!" 놈이 화난 목소리로 소리쳤다. "그 안에 있냐? 잡기만 하면 네가 어떻게 될지 생각해봐라!"

집 현관의 밝은 불빛에 어머니의 풍만한 윤곽이 드러나 보였다. "테드, 제발 애를 때리지 말아요. 뭔가 이유가 있어서 놀란 모양이에요."

"때리지는 않을 거야." 아버지 괴물은 거친 목소리로 말하며 성냥을 켜기 위해 잠깐 걸음을 멈췄다. "그냥 대화를 좀 나누려고 할 뿐이지. 그 녀석도 예의가 뭔지 알아야 한다고. 그딴 식으로 식탁을 떠나 한밤중에 달아나다니. 거기다 지붕을 타고 내려가서—"

찰스는 차고에서 빠져나왔다. 성냥 불빛에 그가 움직이는 모습이 드러났다. 아버지 괴물은 크게 소리치며 앞으로 달려 나왔다.

"이리 오라고!"

찰스는 달렸다. 그는 아버지 괴물보다 이 근방을 더 잘 알고 있었다. 놈은 많은 것을 알고 있었고, 아버지의 내부를 먹어치웠을 때 많은 것을 받아들였을 것이다. 하지만 이 주변을 찰스만큼 잘 아는 사람은 아무도 없었다. 그는 울타리를 타고 올라가 앤더슨네 정원 쪽으로 뛰어내린 다음, 빨랫줄을 지나 그 집 옆쪽으로 이어지는 오솔길을 따라 달려 메이플 거리로 뛰쳐나갔다.

아이는 숨을 죽인 채 엎드려 귀를 기울였다. 아버지 괴물은 그를 따라오지 않았다. 돌아간 것이다. 아니면 인도를 따라 이리 오고 있던가.

그는 떨리는 가슴을 억누르며 숨을 몰아쉬었다. 계속 움직여야 했다. 결국에는 놈이 그를 발견할 것이다. 찰스는 왼쪽과 오른쪽을 둘러보며 놈이 지켜보고 있지는 않은지 확인하고는, 강아지처럼 빠른 걸음으로 움직이기 시작했다.

"뭘 원하는 건데?" 토니 페레티가 호전적인 말투로 물었다. 토니는 열네 살이었고, 떡갈나무 널빤지를 사방에 댄 페레티 가의 식당에 자리 잡고 앉아 있었다. 식탁 위에 책과 연필이 흐트러져 있었다. 반쯤 먹은 햄과 땅콩버터 샌드위치와 코카콜라 한 병이 보였다. "너 월튼네 애 맞지?"

토니 페레티는 방과 후에 시내에 있는 존슨의 가전제품 상점으로 가서 스토브와 냉장고의 포장을 뜯는 일을 했다. 덩치가 크고 험악한 얼굴의 소년이었다. 검은 머리, 올리브색 피부, 하얀 이. 한두 번은 찰스를 때려눕혔다. 사실 주변에 사는 모든 아이들을 때려눕힌 적이 있었다.

찰스는 몸을 꼬았다. "저기, 페레티. 부탁 하나만 들어줄 수 있어?"

"뭘 원하는 건데?" 페레티는 짜증이 나고 있었다. "한 대 맞고 싶냐?"

찰스는 주먹을 꾹 쥐고 우울한 모습으로 아래를 내려다봤다. 그는 더듬더듬 웅얼거리며 무슨 일이 일어났는지 설명했다.

소년이 말을 마치자 페레티는 낮은 소리로 휘파람을 불었다. "장난 아닌데."

"정말이야." 그는 화급하게 고개를 끄덕였다. "내가 보여줄게. 따라오면 보여줄 수 있어."

페레티는 천천히 자리에서 일어났다. "좋아, 어디 한번 보자고. 직접 보고 싶은데."

그는 방에서 비비탄 총을 꺼내왔고, 둘은 함께 어두운 거리를 따라 조용히 찰스의 집에 도착했다. 둘 다 별로 말을 하지 않았다. 페레티는 심각한 얼굴로 생각에 잠겨 있었고, 찰스는 아직도 제정신이 아니었다. 아무런 생각도 떠오르지 않았다.

그들은 앤더슨네 진입로를 따라 걸어 들어가 뒤뜰을 가로질렀고, 울타리를 타고 넘어 조심스레 찰스네 뒤뜰로 들어가 몸을 숙였다. 움직이는 것은 보이지 않았다. 정원은 고요했고 집의 앞문은 닫혀 있었다.

그들은 거실 창문으로 안을 들여다봤다. 블라인드는 내렸지만 가늘게 노란 빛이 새어나오고 있었다. 월튼 부인이 소파에 앉아 면직물 티셔츠를 꿰매는 모습이 보였다. 그녀의 투실한 얼굴에는 슬픔과 걱정하는 표정이 떠올라 있었다. 일감에는 신경도 쓰지 않고 기계적으로 작업하는 듯 보였다. 그녀 건너편에 아버지 괴물이 앉아 있었다. 아버지의 안락의자에 앉아 신발을 벗은 채 석간신문을 읽고 있었다. 구석에서 텔레비전이 저 혼자 떠들고 있었다. 안락의자 팔걸이에 맥주 캔 하나가 보였다. 아버지 괴물은 진짜 아버지와 똑같은 모습으로 앉아 있었다. 많은 것을 배운 듯했다.

"똑같아 보이는데." 페레티가 미심쩍은 투로 속삭였다. "설마 나를 놀리는 건 아니겠지?"

찰스는 그를 데리고 차고로 가서 쓰레기 드럼통 안을 보여줬다. 페레티는 햇볕에 그을린 긴 팔을 뻗어 말라서 부서지는 잔해를 조심스레 끄집어냈다. 구겨진 잔해가 펼쳐지며 찰스 아버지의 전체 모습이 드러났다. 페레티는 잔해를 바닥에 내려놓고 부러진 부분을 맞춰봤다. 유해에는 아무 색도 없었다. 거의 투명한 호박색에 종이처럼 얇았다. 바짝 말라 생명의 흔적은 조금도 보이지 않았다.

"이게 전부야." 찰스가 말했다. 눈물이 차오르는 게 느껴졌다. "아빠는 이것밖에 남지 않았어. 그놈이 안쪽을 전부 가져간 거야."

페레티는 창백하게 질렸다. 그는 떨리는 손으로 유해를 쓰레기통 안에 다시 구겨 넣었다. "이거 정말로 큰일인데." 그가 중얼거렸다. "둘이 함께 있는 모습을 봤다고 했지?"

"말하고 있었어. 둘이 똑같이 생겼고. 그래서 집으로 달려갔어." 찰스는 눈물을 훔치며 코를 훌쩍였다. 더 이상 참을 수가 없었다. "내가 집 안에 있던 동안 아빠를 먹어버렸어. 그러고 나서 집으로 온 거라고. 아빠인 척했지만 아니었어. 아빠를 죽이고 안쪽을 먹어버린 거야."

페레티는 한동안 아무 말도 하지 않았다. "한 가지 말해줄게." 그가 갑자기 입을 열었다. "이런 일을 들어본 적 있어. 아주 고약한 일이 시작된 거야. 머리를 써야 해. 절대 겁먹으면 안 되고. 너 벌써 겁먹은 건 아니겠지?"

"아냐." 찰스는 간신히 중얼거렸다.

"무엇보다 놈을 어떻게 죽일지 알아내야 해." 페레티가 자신의 비비탄 총을 흔들어 보였다. "이게 통할 것 같지는 않아. 너네 아버지를 덮친 걸로 봐선 꽤나 강할 테니까. 덩치 큰 분이었잖아." 페레티는 다시 생각에 잠겼다. "일단 여기서 나가자. 돌아올지도 모르잖아. 살인범은 꼭 돌아온다고 하더라고."

그들은 차고를 떠났다. 페레티는 엎드려서 다시 한번 창문을 들여다봤다. 월튼 부인이 자리에서 일어나 불안한 얼굴로 말하고 있었다. 소리가 띄엄띄엄 들려왔다. 아버지 괴물이 신문을 바닥으로 던졌다. 둘은 말다툼을 벌이는 중이었다.

"제발!" 아버지 괴물이 소리쳤다. "그런 어리석은 짓은 하지 말라고."

"뭔가 이상해요." 월튼 부인이 흐느꼈다. "뭔가 끔찍한 일이 벌어진 것 같아요. 제발 병원에 전화해서 확인해봐요."

"아무도 부르지 마. 녀석은 괜찮을 테니까. 아마 길거리에서 놀고 있겠지."

"이렇게 늦게까지 나가 있던 적은 없어요. 말도 항상 잘 듣고요. 끔찍하게 겁에 질려 있었다고요. 당신을 두려워하고 있었어요! 그 애 잘못이 아닌 것 같아요." 그녀의 목소리는 고통 때문에 갈라지고 있었다. "당신, 어떻게 된 거예요? 너무 이상해 보여요." 그녀는 방을 떠나 복도로 나갔다. "이웃들한테 연락 좀 할래요."

아버지 괴물은 그녀가 사라질 때까지 뒷모습을 노려봤다. 그리고 다음 순간, 끔찍한 일이 벌어졌다. 찰스는 헉 하고 숨을 몰아쉬었다. 심지어는 페레티조차 혼잣말을 중얼거렸다.

"저거 봐." 찰스가 중얼거렸다. "저게 대체—"

"세상에." 페레티는 검은 눈을 크게 뜨고 말했다.

아버지 괴물은 월튼 부인이 방에서 나가자마자 의자에 주저앉았다. 온몸에서 힘이 빠져나갔다. 입은 힘없이 벌어졌고, 눈은 멍하니 앞을 바라봤다. 마치 구석에 던져버린 누더기 인형처럼 머리가 앞으로 축 처졌다.

페레티는 창문에서 떨어졌다. "저거야." 그가 속삭였다. "바로 저거였어."

"저게 뭔데?" 찰스가 물었다. 그는 충격 때문에 어안이 벙벙했다. "누군가 전원을 꺼버린 것처럼 보였는데."

"바로 그거야." 페레티는 미처 진정도 못 하고 천천히 고개를 끄덕였다. "누가 밖에서 저걸 조종하고 있는 거라고."

찰스는 겁에 질렸다. "그러니까, 우리 세계 바깥의 누군가가 말이야?"

페레티는 역겨움을 억누르며 고개를 저었다. "집 밖에서 말이야! 정원에서. 너 물건 잘 찾아?"

"별로." 찰스는 정신을 가다듬으며 대답했다. "하지만 잘 찾는 애를 하나 알고 있어." 그는 그 이름을 기억하려 애썼다. "바비 대니얼스."

"그 흑인 꼬맹이? 그 애가 물건을 잘 찾아?"

"걔가 최고야."

"좋아." 페레티가 말했다. "가서 그 애를 데려오자고. 밖에 있는 뭔가를 찾아야 해. 저놈을 만들고 계속 움직이게 하는 그걸……"

"차고 근처야." 페레티는 그들 옆의 어둠 속에 웅크린 작은 키에 얄팍한 얼굴의 깜둥이 소년에게 말했다. "놈이 아저씨를 해치운 곳은 차고였어. 그러니까 거길 찾아봐."

"차고 안에?" 대니얼스가 물었다.

"차고 주변 말이야. 월튼이 차고 안은 이미 다 살펴봤어. 바깥을 둘러보라고. 이 근처."

차고 옆에는 작은 꽃밭이, 차고와 집 뒤편 사이에는 꽤나 빽빽한 대나무 숲이 있었다. 여기저기 잡동사니가 버려져 있었다. 그새 달이 떠올랐다. 차갑고 희뿌연 빛이 모든 것을 감싸고 있었다. "빨리 찾아내지 못하면 집으로 돌아가야 해." 대니얼스가 말했다. "일찍 잠자리에 들어야한단 말이야." 이 아이는 찰스보다 별로 나이가 많지 않았다. 아마 아홉 살 정도일 것이다.

"알았어." 페레티도 동의했다. "그럼 찾아보자고."

세 소년은 흩어져서 조심스레 땅 위를 살펴보기 시작했다. 대니얼스는 엄청난 속도로 움직였다. 마른 몸을 빠르게 움직이며 꽃밭 속을 기어 다니고, 돌을 들추고, 집 아래를 살펴보고, 식물의 줄기를 하나하나 살피고, 나뭇잎과 줄기를 살피면서 숙련된 손길로 부엽토와 잡초를 헤쳤다. 그는 단 하나도 놓치지 않았다.

페레티는 잠시 수색을 하다가 멈췄다. "나는 경비를 설게. 위험할지도 모르니까. 그 아저씨 괴물이 이리 와서 우리를 저지하려 할지도 몰라." 그는 비비탄 총을 들고 뒷문 계단에 자리를 잡았다. 찰스와 바비 대니얼스는 계속 주변을 살폈다. 찰스는 빨리 움직일 수가 없었다. 지친 데다 추웠고 몸이 저려왔다. 아버지 괴물, 그리고 그의 진짜 아버지에게 일어난 일은 생각할수록 말도 안 되는 것처럼 느껴졌다. 하지만 공포가 그를 채찍질했다. 만약 그런 일이 어머니에게, 또는 그 자신에게 벌어진다면? 아니면 다른 모든 사람들에게—온 세상이 그런 일을 당할지도 모른다.

"찾았어!" 대니얼스가 높고 가는 목소리로 소리쳤다. "다들 어서 이리좀 와봐!"

페레티는 총을 들고 조심스레 자리에서 일어났다. 찰스는 서둘러 그쪽으로 가 대니얼스가 서 있는 쪽으로 손전등의 노란색 빛을 비췄다.

깜둥이 소년은 콘크리트 포석을 하나 들어 올린 모양이었다. 축축하게 썩어가는 흙 속에서 금속성 물체가 하나 빛을 반사해 반짝였다. 개미처럼 단단한 껍질의 적갈색 벌레가 서둘러 땅을 파 들어가며 모습을 감추려 했다. 관절이 달린 수많은 다리가 주변을 헤집으며 움직였다. 몸 아래로 계속해서 구멍이 파였다. 고약하게 생긴 꼬리가 배배 꼬이며 자기가 파 내려간 구멍 속으로 꿈틀대며 들어가고 있었다.

페레티는 차고로 달려가 갈퀴를 손에 잡았다. 그는 벌레의 꼬리를 갈퀴로 찍어 눌렀다. "어서! 비비탄 총으로 쏴버려!"

대니얼스는 총을 잡고 벌레를 겨눴다. 첫 탄환은 놈의 꼬리를 날려버렸다. 벌레는 격렬하게 몸을 비틀며 뒹굴었다. 꼬리가 축 늘어지면서 다리가 몇 개 부러져 나갔다. 거대한 지네 같은 모양에 30센티미터쯤 되는 길이였다. 놈은 구멍으로 도망쳐 들어가려 안간힘을 썼다.

"다시 쏴." 페레티가 명령했다.

대니얼스가 총을 만지작거렸다. 벌레는 꿈틀대며 쓱쓱 소리를 냈다. 머리가 사방으로 흔들렸다. 놈이 몸을 돌려 자신을 짓누르고 있는 갈퀴를 물어뜯었다. 사악하게 빛나는 작은 눈들이 증오로 번득였다. 한동안 놈은 별 소득 없이 갈퀴를 공격했다. 그러다 갑자기, 아무런 경고 없이, 놈은 미친 듯이 경련하며 소년들이 모두 겁에 질려 뒤로 물러나게 만들었다.

뭔가가 찰스의 뇌 속에서 웅웅거렸다. 시끄러운 금속성의 울리는 소리, 백만 개의 금속선이 동시에 춤추며 진동하는 듯한 소리였다. 그는 그 힘에 정면으로 부딪쳤다. 금속이 부딪치는 굉음이 귓속을 가득 메워 정신을 차릴 수가 없었다. 찰스는 비틀대며 뒤로 물러섰다. 다른 아이들 역시 창백하게 질린 얼굴로 똑같은 행동을 하고 있었다.

"총으로 죽일 수 없으면," 페레티가 헐떡이며 말했다. "익사시킬 수 있을지도 몰라. 아니면 태워버리거나. 아니면 뇌에 핀을 찔러 넣거나." 그는 갈퀴를 놓치지 않고 벌레를 눌러놓기 위해 안간힘을 썼다.

"포름알데히드 병이 하나 있어." 대니얼스가 중얼거렸다. 그는 어쩔 줄 모르고 총을 만지작거렸다. "이거 어떻게 쏘는 거야? 총알을 다시 장전할 수가—"

찰스는 그에게서 총을 받아들었다. "내가 죽일게." 그는 쪼그리고 앉아 한쪽 눈을 조준기에 대고는 방아쇠에 손가락을 걸었다. 벌레는 몸을 뒤틀며 튀어나오려 안간힘을 썼다. 놈이 만든 역장이 다시 그의 귀를 가득 메웠지만 그는 총을 놓치지 않았다. 손가락에 힘을 주자……

"그만 됐다, 찰스." 아버지 괴물이 말했다. 힘센 손가락이 그를 잡아챘다. 손목이 마비될 정도였다. 의미 없는 반항을 하는 동안 총이 땅에 떨어졌다. 아버지 괴물은 페레티에게 달려들었다. 소년은 뒤로 뛰어 달아났고, 갈퀴에서 벗어난 벌레는 승리의 쾌감을 만끽하며 구멍으로 들어갔다.

"엉덩이 맞을 줄 알아라, 찰스." 아버지 괴물이 낮은 소리로 말했다. "대체 왜 이러는 거냐? 불쌍한 네 엄마는 걱정 때문에 정신이 나갈 지경이란다."

놈은 바로 그곳에서 그림자 속에 숨어 있었다. 어둠 속에 웅크린 채 그들을 바라보고 있었다. 평온하고 감정 없는 목소리, 그의 아버지를 모방하는 끔찍한 목소리가 차고 쪽으로 끌려 나가는 찰스의 귓가에 계속해서 울려 퍼졌다. 차가운 숨결이 그의 얼굴에 와 닿았다. 썩어가는 흙처럼 차갑고 달콤한 냄새가 났다. 엄청난 힘이었다. 찰스는 아무것도 할 수 없었다.

"저항하지 마." 놈이 차분하게 말했다. "얌전히 차고 안으로 따라와.

다 너를 위한 일이란다. 너를 위해서는 이게 최선이야, 찰스.”

“찰스를 찾았어요?” 어머니가 뒷문을 열면서 걱정하는 목소리로 물었다.

“그래, 찾았어.”

“뭘 하려는 거예요?”

“엉덩이를 좀 때려줘야지.” 아버지 괴물이 차고 문을 열면서 말했다. “차고에서.” 어스름 속에서 희미한 미소, 웃음기는커녕 그 어떤 감정도 담기지 않은 웃음이 그의 입가를 떠도는 게 보였다. “준, 당신은 거실에 돌아가 있어. 이 일은 내가 처리할 테니까. 내가 나설 일이지. 당신은 아이에게 벌을 주는 것 자체를 싫어하잖아.”

잠시 머뭇거리다 뒷문이 닫혔다. 페레티는 빛이 사라지자마자 몸을 숙여 비비탄 총을 집어 들었다. 아버지 괴물은 즉시 움직임을 멈췄다.

“집으로 가라, 얘들아.” 놈이 낮은 소리로 말했다.

페레티는 비비탄 총을 손에 든 채 어찌할 바를 모르고 있었다.

“당장 가라니까.” 아버지 괴물이 다시 말했다. “그 장난감은 내려놓고 여기서 꺼지라고.” 놈은 한쪽 손에 찰스를 잡은 채 천천히 페레티에게 다가가며 다른 쪽 손을 뻗었다. “꼬맹아, 마을에서는 비비탄 총을 가지고 다니면 안 된단다. 너희 아버지는 알고 계시냐? 시 의회 조례에서 결정된 사항이야. 내가 나서기 전에 그걸 넘겼으면 좋겠는데—”

페레티는 놈의 눈을 쏘았다.

아버지 괴물은 신음하며 상처 입은 눈을 감싸 쥐었다. 놈은 즉시 페레티에게 손을 휘둘렀다. 페레티는 진입로를 따라 내려가며 총을 재장전하려 시도했지만 아버지 괴물이 그를 덮쳤다. 강한 손가락이 페레티의 손에서 총을 잡아채 집의 벽에 내려쳐 부숴버렸다.

찰스는 손을 뿌리치고 나와 비틀대며 달리기 시작했다. 어디 숨어야 할까? 그와 집 사이에는 괴물이 있었다. 놈은 이미 찰스를 향해 돌아오고 있었다. 검은 형체가 주의 깊게 주변을 살펴보며 어둠 속에서 찰스를 찾아내려 애썼다. 찰스는 뒤로 물러섰다. 숨을 만한 장소가 있다면……

대나무 숲.

그는 재빨리 대나무 덤불 안으로 기어 들어갔다. 대나무 줄기는 오래되고 묵직했다. 희미한 바스락 소리와 함께 대나무 잎이 그의 모습을 숨겼다. 아버지 괴물은 주머니를 뒤졌다. 놈은 성냥 한 개비에 불을 붙였고 곧 성냥갑 전체가 환히 타올랐다. "찰스." 놈이 말했다. "여기 어딘가 있는 거 안다. 숨어봤자 소용없어. 상황을 더 나쁘게 만들 뿐이야."

찰스는 심장이 쿵쿵대는 걸 느끼며 대나무 사이를 기어갔다. 쓰레기와 잡동사니가 사방에 가득했다. 잡초, 음식물 쓰레기, 종이, 상자, 낡은 옷가지, 판지, 깡통, 빈 병 따위. 거미와 도롱뇽이 주변에서 꿈틀거리며 지나갔다. 밤바람에 대나무 숲이 흔들렸다. 곤충과 진흙이 가득했다.

그리고 다른 뭔가가 있었다.

조용하고 움직이지 않는 뭔가가 지저분한 땅바닥에서 마치 밤버섯처럼 자라나 있었다. 허연 기둥, 걸쭉한 덩어리가 달빛을 받아 축축하게 반짝였다. 주변에 거미줄이 뒤덮여 곰팡이 슨 고치처럼 보였지만 팔다리의 형체를 알아볼 수 있었다. 반쯤 만들어진 머리도 보였다. 아직 얼굴 모습은 명확하게 생성되지 않았지만 찰스는 정체를 알아볼 수 있었다.

어머니 괴물이었다. 이곳의 축축한 쓰레기 더미 속에서, 차고와 집 사이에서 자라나고 있었던 것이다. 굵직한 대나무 숲 뒤에서.

거의 준비가 끝난 모습이었다. 며칠만 더 있으면 생장이 끝날 모양이었다. 아직까지는 희고 부드럽고 걸쭉한 유충에 지나지 않았다. 하지만 햇빛을 받으면 몸이 마르고 온기가 돌면서 껍질이 굳을 테고, 색이 생기면서 튼튼해질 것이다. 고치에서 빠져나와 기다리다가, 어머니가 차고에 들르는 날이면…… 어머니 괴물 뒤에는 끈적거리는 다른 흰색 유충들이 보였다. 벌레가 낳은 지 얼마 되지 않은 모양이었다. 작았다. 막 생겨나고 있었다. 아버지 괴물이 깨고 나온 자리도 보였다. 놈이 자라난 자리. 이곳에서 성장해서는 차고로 가 그의 아버지와 마주쳤던 것이다.

찰스는 비척이며 물러나기 시작했다. 썩어가는 판자와 진흙탕과 쓰레기들로부터, 끈적이는 버섯 모양 유충들에게서. 그는 힘없는 손으로 울타리를 잡다가—놀라서 흠칫 물러섰다.

여기도 있었다. 다른 유충이었다. 처음에는 보지 못했다. 이놈은 흰색이 아니었다. 이미 어두운 색으로 여물었다. 거미줄, 끈적이는 부드러움, 습기는 모두 사라졌다. 준비가 된 것이다. 놈은 몸을 뒤척이더니 팔을 힘없이 앞으로 뻗었다.

찰스 괴물이었다.

대나무가 양옆으로 갈라지더니 아버지 괴물의 손이 아이의 손목을 단단히 움켜쥐었다. "여기 가만히 있으렴." 놈이 말했다. "여기가 바로 너를 위한 장소란다. 움직이지 말고." 놈은 반대편 손으로 찰스 괴물을 얽매고 있던 고치의 잔해를 쓸어내렸다. "나오도록 도와주마. 아직 조금 약한 상태라서."

마지막 남은 축축한 회색 조각이 쓸려나가고, 찰스 괴물이 비틀대며 걸어 나왔다. 놈은 어쩔 줄 모르고 주변을 둘러봤고, 아버지 괴물은 놈이 찰스에게로 오는 길을 정리해줬다.

"이쪽이다." 아버지 괴물이 낮은 소리로 말했다. "내가 잡아주마. 먹고 나면 기운이 날 거다."

찰스 괴물의 입이 열렸다 닫혔다. 놈은 허기진 듯 찰스를 향해 손을 뻗었다. 찰스는 격렬히 몸부림쳤지만 아버지 괴물의 거대한 손이 그를 꽉 조이고 있었다.

"그만해, 이 녀석." 아버지 괴물이 명령했다. "네가 얌전히만 있으면 훨씬 쉽게 끝날—"

다음 순간, 놈이 비명을 지르며 몸을 뒤틀었다. 놈은 찰스를 잡고 있던 손을 놓고 뒤로 물러섰다. 몸이 격렬하게 뒤틀렸고, 사방으로 팔다리를 뻗으며 차고에 부딪쳤다. 놈은 한동안 고통에 춤을 추고 주변을 뒹굴면서 기어 다녔다. 흐느끼는 소리를 내며 신음하다가 기어서 달아나려 했지만 점차 조용해졌다. 찰스 괴물은 조용히 그 자리에 주저앉았다. 대나무와 썩어가는 잡동사니 사이에 힘없이 늘어져서 공허한 얼굴로 허공을 바라보고 있었다.

마침내 아버지 괴물의 움직임이 멎었다. 대나무 숲을 스치고 지나가는 밤바람 소리만 들릴 뿐이었다.

찰스는 후들거리는 다리를 가누며 자리에서 일어났다. 그는 진입로의 시멘트 바닥 위로 걸어 나왔다. 페레티와 대니얼스가 눈을 휘둥그레 뜨고 그에게 다가왔다. "저놈 근처로 가지 마." 대니얼스가 날카롭게 명령했다. "아직 안 죽었어. 조금 더 기다려야 돼."

"뭘 한 거야?" 찰스가 중얼거렸다.

대니얼스는 안도에 끙 소리를 내며 등유 통을 내려놓았다. "차고에서 이걸 찾았어. 우리 대니얼스 집안은 버지니아에 있을 때 모기를 쫓으려고 등유를 썼었거든."

"대니얼스가 등유를 찾아서 벌레 구멍에 부어넣었어." 아직도 놀란 표정으로 페레티가 설명했다. "이 녀석 생각이었어."

대니얼스는 뒤틀린 아버지 괴물의 몸을 조심스레 걸어차봤다. "이제 죽은 모양이네. 벌레가 죽자마자 죽은 것 같은데."

"그러면 다른 놈들도 죽겠지." 페레티가 말했다. 그는 대나무 줄기를 헤치고 들어가 쓰레기 사이 여기저기서 자라고 있던 유충들을 살펴봤다. 찰스 괴물은 페레티가 나뭇가지 끝으로 가슴팍을 찔러도 전혀 움직이지 않았다. "이놈은 죽은 것 같은데."

"확실하게 하는 편이 나을 거야." 대니얼스가 단호하게 말했다. 그는 무거운 등유 드럼통을 들어 올려서 대나무 숲 가장자리로 날랐다. "그 놈이 진입로에 성냥을 몇 개비 떨어뜨렸을 거야. 가서 가져와, 페레티."

그들은 서로를 마주봤다.

"알았어." 페레티가 나지막한 목소리로 대답했다.

"물을 가져오는 게 좋겠어." 찰스가 말했다. "불이 퍼지면 곤란하잖아."

"그럼 어서 가자." 페레티가 초조하게 말했다. 그는 이미 자리를 뜨고 있었다. 찰스는 서둘러 그를 따라갔다. 둘은 어둠을 밝히는 달빛 속에서 함께 성냥을 찾기 시작했다.

포스터, 넌 죽었어!
Foster, You're Dead!

PHILIP K. DICK

이 단편은 PKD에게 상상도 하지 못한 독자들을 물어다줬다. 바로 소련 사람들이었다. 소련의 타블로이드지 《오고네크》에 이 작품이 무단으로 수록되었던 것이다. PKD 본인은 KPFA 라디오 방송에서 러시아 잡지의 표제작이라고 읽어주는 내용이 자신의 작품이라는 사실을 깨닫고 환각을 겪고 있는 것이 아닌가 하는 의심까지 했다고 한다. PKD은 해당 잡지가 150만 부나 인쇄되었다는 사실을 언급하며, 자신의 독자가 미국보다 러시아 쪽에 더 많다는 자조적인 발언을 하기도 했다.

PKD은 《오고네크》 측에 로열티를 요구했으나 답변을 받지는 못했다. 이후 1958년의 미소 문화교류에서 4천 루블의 로열티와 직접 투고 제안을 받았다고 하는데, 이 일이 실제로 어떻게 해결되었는지는 알려져 있지 않다. PKD의 작품 중에서도 가장 직설적인 반냉전 소설이 아이러니하게도 냉전 주체 양측에서 가장 널리 읽힌 셈이다.

언 제나와 마찬가지로 학교는 고통이었다. 그저 오늘은 더 심했을 뿐이다. 마이크 포스터는 방수 바구니 짜기를 끝내고 꼼짝도 않고 앉아 있었다. 주변의 다른 아이들은 아직 작업하고 있었지만 말이다. 콘크리트와 강철로 만들어진 건물 밖에서 늦은 오후의 태양이 서늘하게 빛났다. 언덕은 상쾌한 가을 공기 속에서 녹색과 갈색으로 반짝였다. 머리 위 하늘에서 NAT 몇 대가 나른하게 마을 위를 선회하고 있었다.

담임선생인 커닝스 부인의 거대하고 불길한 그림자가 소리 없이 그의 책상으로 다가왔다. "포스터, 다 끝낸 거니?"

"네, 선생님." 그는 성실하게 대답하며 바구니를 들어 올렸다. "이제 가도 되나요?"

커닝스 부인은 날카로운 눈초리로 그가 만든 바구니들을 살펴봤다. "덫 만들기는 어떻게 됐지?" 그녀가 물었다.

그는 책상 안을 뒤적여 정교하게 만든 소형 동물용 덫을 꺼냈다. "전부 끝냈어요, 커닝스 부인. 나이프도 다 만들었고요." 그는 날카롭게 날이 선 나이프를 그녀에게 보여줬다. 버려진 가솔린 드럼통에서 떼어 낸 금속이 예리하게 반짝였다. 그녀는 나이프를 집어 들고는 의심스러운 눈초리로 날 위를 솜씨 좋게 훑었다.

"강도가 부족하구나." 그녀가 말했다. "너무 날을 세웠어. 한 번만 사용하면 날이 나가버릴 거야. 무기 연구실로 가서 거기 있는 나이프를 살펴본 다음 다시 다듬어서 보다 두꺼운 날을 만들어보렴."

"커닝스 부인." 마이크 포스터가 애원했다. "내일 고치면 안 되나요?

지금 바로 집에 가면 안 되나요, 제발?"

교실의 모두가 흥미로 가득 찬 눈으로 그 광경을 바라봤다. 마이크 포스터는 얼굴을 붉혔다. 그는 홀로 눈에 띄는 일을 싫어했지만 지금은 집에 가야 했다. 학교에 단 한 순간도 더 머무를 수가 없었다.

하지만 무자비한 커닝스 부인은 큰 소리로 선언했다. "내일은 땅 파는 날이잖니. 나이프를 완성할 시간이 없을 텐데."

"꼭 할게요. 땅을 판 다음에요." 소년이 재빨리 선생에게 약속했다.

"아니, 네가 그 정도로 땅을 잘 파는 건 아니잖니." 나이 든 선생은 아이의 가느다란 팔다리를 관찰하고 있었다. "내 생각에는 오늘 나이프를 마무리하는 게 좋을 것 같구나. 내일은 하루 종일 야외에서 보내고 말이야."

"땅을 파야 하는 이유가 뭔데요?" 마이크 포스터는 절망 속에서 항변했다.

"모두가 땅을 파는 법을 알아야 하니까 그렇지." 커닝스 부인은 인내심 있게 대답했다. 사방에서 아이들이 키득거리고 있었다. 그녀는 날카로운 눈초리로 주변을 둘러보아 아이들을 조용히 시켰다. "너희 모두 땅 파는 일의 중요성을 알고 있잖니. 전쟁이 벌어지면 땅 위는 전부 잔해와 장애물로 뒤덮일 거란다. 살아남고 싶다면 땅을 파고 들어가야 하지 않겠니? 혹시 땅다람쥐가 식물의 뿌리를 돌아서 파 내려가는 모습을 본 사람 있니? 땅다람쥐는 땅속에서 뭔가 가치 있는 것을 발견할 수 있다는 사실을 알고 있는 거란다. 우리는 모두 작은 갈색 땅다람쥐가 될 거야. 잔해 아래로 파 들어가서 좋은 물건들을 손에 넣는 방법을 익혀야 하지. 가치 있는 것들은 모두 땅속에 있을 테니까."

커닝스 부인은 포스터의 책상을 떠나 걸어가기 시작했다. 마이크 포스터는 비참하게 나이프를 퉁기며 자리에 앉아 있었다. 경멸하는 듯한 비웃음을 보내는 아이들도 있었지만, 아무것도 그의 비참함의 장막을 뚫고 들어가지는 못했다. 땅 파는 일은 그에게 아무런 도움도 되지 못할 것이다. 폭탄이 떨어지면 바로 죽어버릴 테니까. 팔과 허벅지와 엉덩이에 맞은 수많은 예방주사도 아무런 쓸모가 없겠지. 용돈을 낭비한셈이었다. 마이크 포스터는 세균성 질병에 걸릴 정도로 오래 살지 못할테니까. 단 하나 가능성이 있다면—

그는 자리에서 일어나서 커닝스 부인을 따라 그녀의 책상으로 갔다. 소년은 절망과 고통에 사로잡힌 채 선생을 보고 말했다. "제발요, 전 꼭 가야 해요. 해야만 할 일이 있다고요."

커닝스 부인의 지친 입매가 분노에 뒤틀렸다. 하지만 공포에 사로잡힌 아이의 눈이 그녀를 멈칫하게 했다. "무슨 일이니?" 그녀가 물었다. "몸이 안 좋은 거야?"

아이는 그 말에 대답하지 못하고 얼어붙은 듯 서 있었다. 이 광경에 만족한 학급의 아이들은 키득거리고 웃으며 수군거렸다. 커닝스 부인이 화난 듯 필기구로 책상을 두드리자 겨우 교실이 잠잠해졌다. "조용히 해라." 그녀가 쏘아붙였다. 그녀의 목소리에 약간이나마 부드러운 기색이 어렸다. "마이클, 만약 제대로 작업 수행이 힘들다면 아래층의 정신 치료실로 가보렴. 반응 갈등이 있는 상태로는 작업을 하려고 해도 소용이 없으니 말이야. 그로브스 양이 기꺼이 너를 최적화시켜줄 거란다."

"아니에요." 포스터가 말했다.

"그럼 왜 그러니?"

아이들이 웅성거렸다. 포스터 대신 대답해주는 목소리가 들렸다. 아이 본인의 혀는 비참하고 굴욕적인 기분 때문에 얼어붙어 있었다. "쟤네 아버지는 반P주의자예요." 아이들이 설명했다. "방공호도 없고 공공방어에도 참여를 안 했어요. 게다가 NATS에 기부도 안 했대요. 아무것도 한 게 없어요."

커닝스 부인은 놀라서 아무 말 없는 소년을 바라봤다. "너희 집에는 방공호가 없는 거니?"

아이는 고개를 저었다.

기묘한 감정이 선생의 마음속을 채웠다. "하지만—" 그녀는 '하지만 그러면 땅 위에서 죽게 될 텐데'라고 말하려다 멈칫했고, 곧 "그러면 어디로 갈 거니?"라고 바꿔 말했다.

"아무데도 못 간대요." 가느다란 목소리들이 소년을 대신해 대답했다. "다들 자기 방공호에 들어가는데 걔는 땅 위에 혼자 있을 거래요. 학교 방공호에 들어갈 자격도 없는걸요."

커닝스 부인은 충격을 받았다. 그녀는 무심하고 교사다운 관성으로 학교의 모든 학생들이 건물 아래에 있는 화려한 지하 방공호에 들어갈 수 있다고만 생각하고 있었다. 하지만 당연히 그럴 리가 없었다. 부모가 공공 방어 프로그램에 참여하고 공동체의 무장에 도움을 준 아이들만 가능했다. 그리고 만약 포스터의 아버지가 반P주의자라면······

"쟤는 여기 앉아 있는 게 두려운 거예요." 목소리들이 태평하게 끼어들었다. "폭탄이 날아왔을 때 다른 모든 사람들은 방공호 안에서 안전하게 있는데 자기 혼자 여기 앉아 있게 될까 봐 무서워하는 거예요."

소년은 주머니에 손을 깊숙이 찔러 넣은 채 어둑한 보도 위의 돌멩이를 걸어차며 터벅터벅 걸었다. 해가 지고 있었다. 큼직한 주둥이를 가진 통근 로켓에서 피곤에 절은 사람들이 내렸다. 서쪽으로 160킬로미터 떨어진 공업 지대에서 기쁜 마음으로 귀가하는 사람들이었다. 멀리 떨어진 언덕에서 뭔가 번쩍였다. 저녁 어스름 속에서 레이더 감시탑이 천천히 회전하고 있었다. 공중을 선회하는 NATS의 수가 늘어났다. 해가 저물 무렵이 가장 위험했다. 육안으로 고속 저고도 미사일을 판별하기가 힘들어지기 때문이었다. 실제로 날아온다면 말이지만.

소년은 자신을 향해 흥분해서 떠들어대는 자동 뉴스 기계를 지나쳤다. 전쟁, 죽음, 조국과 적국에서 만들어낸 놀라운 신병기들. 그는 어깨를 움츠리고 계속 걸었다. 사람들이 주택으로 사용하는 완벽하게 똑같이 생긴 작은 콘크리트 껍질들이 늘어서 있었다. 마치 튼튼하게 강화한 토치카 같았다. 앞으로 내려앉는 어둠 속에서 빛나는 네온사인이 보였다. 차량과 사람들로 붐비는 상업 구역이었다.

소년은 반 블록 앞의 밝게 빛나는 네온사인 앞에서 걸음을 멈췄다. 오른쪽에 공공 방공호가 있었다. 어두운 터널 같은 입구 안쪽으로 금속 회전문이 희미하게 반짝였다. 입장료는 50센트였다. 만약 그가 거리에 나와 있고 수중에 50센트가 있다면 괜찮을 터였다. 공습 훈련을 할 때 여러 번 공공 방공호에 들어가 보기도 했다. 하지만 결코 마음속을 떠나지 않는 끔찍한 악몽의 순간에는 바로 그 50센트 동전이 수중에 없었다. 소년은 겁에 질린 채 사람들이 바삐 그를 지나쳐 방공호로 들어가는 것을 보았고, 사방에서 경보음이 울려대는 것을 들으면서도 아무 말도 못 하고 그저 서 있을 뿐이었다.

소년은 계속해서 걸음을 옮기다 마침내 가장 밝은 불빛 앞에 도착했다. 제너럴 일렉트로닉스의 거대하고 환한 전시장이었다. 두 블록 크기에 건물 가득 조명을 화려하게 켜놓은 채 빛과 색채를 사방으로 뿜어대고 있었다. 그는 멈춰 서서 지금까지 백만 번은 봤을 화려한 광경을 바라봤다. 지나칠 때마다 홀린 듯 발걸음을 멈추게 되는 모습이었다.

전시실 가운데에는 단 하나의 상품만 배치되어 있었다. 덜걱대며 움직이는 기계 덩어리 하나, 주변 지지대와 대들보, 벽과 안전 자물쇠가 있었다. 모든 조명이 그 상품을 비췄다. 거대한 간판이 그 상품의 101가지 장점을 설명하고 있었다. 의심할 여지가 없다는 듯했다.

1972년형 최신 폭격 방지용 방사능 차단 지하 방공호가 찾아왔습니다!
직접 확인하세요.

다음과 같은 훌륭한 특징이 있습니다.

* 자동 승강기—고장 방지, 자가 동력, 손쉬운 잠금장치
* 뒤틀리지 않고 5G의 압력을 견뎌낼 수 있다는 점이 입증된 3중 동체
* 자가 동력으로 작동하는 전열과 냉방 시스템, 자동 조절되는 공기 청정 네
  트워크
* 3단계 음식물 오염 제거 장치
* 소각에 앞서 네 단계로 작동하는 정화 장치
* 생물학적 위험을 완벽하게 차단
* 간편한 분할 납부 방식

소년은 오랫동안 방공호를 바라보고 있었다. 전체적으로 거대한 저
장고같이 생긴 건물이었다. 한쪽에는 하강용으로 사용하는 긴 튜브의
입구가 달려 있었고, 반대쪽에는 비상 탈출용 바닥 해치가 보였다. 완벽
하게 자립 가능한 기구였다. 스스로 조명, 난방, 공기, 물, 약품, 그리고
거의 무한한 식량을 제공해줄 수 있었다. 보급을 완전히 갖추면 영상과
음성 테이프, 오락 기기, 침대, 의자, 영상을 띄울 화면, 기타 지상의 집
을 꾸미는 모든 요소를 갖춰놓을 수 있었다. 사실상 지하의 집이나 다
름없었다. 필수품이나 오락 용품 중 부족한 것은 아무것도 없었다. 가장
심각한 수소폭탄이나 세균 분사 공격이 지속되는 와중에도 한 가족이
안전하고 심지어는 편안하게 생활할 수 있을 정도였다.

가격은 2만 달러였다.

아무 말 없이 거대한 전시장을 보고 있노라니, 판매원 한 명이 카페
로 가려던 듯 어둑한 보도 위로 걸어 나왔다. "안녕, 얘야." 그는 마이크
포스터를 지나치며 반사적으로 물었다. "나쁘지 않아 보이지?"

"안으로 들어가도 되나요?" 포스터가 재빨리 물었다. "저 안에 들어가

봐도 돼요?"

판매원은 소년을 알아보고 발걸음을 멈췄다. "너 그놈이로구나." 그는 천천히 말했다. "매일 귀찮게 구는 그 고약한 꼬맹이였어."

"저 안에 들어가보고 싶어요. 몇 분이면 돼요. 아무것도 망가뜨리지 않을게요. 약속드려요. 아예 만지지도 않을게요."

판매원은 20대 초반으로 보이는 젊고 잘생긴 금발 청년이었다. 그는 어떻게 할지 망설이며 머뭇거렸다. 이 꼬맹이는 귀찮은 존재였다. 하지만 아이에게는 가족이 있을 테고, 그렇다면 판매에 성공할 가능성이 있다. 요새는 실적이 좋지 않았다. 9월 말인데도 여전히 휴가철의 저조한 판매 상황이 호전되지 않고 있었다. 소년에게 가서 신문 테이프나 팔라고 윽박질러봤자 이득을 볼 일은 없었다. 그렇지만 또한 이런 꼬맹이들이 상품 근처에서 기웃거리면 항상 나쁜 일만 생기게 마련이었다. 시간 낭비인 데다 물건도 부수고, 아무도 보지 않으면 작은 물건들을 훔치기 때문이다.

"안 될 소리." 판매원이 말했다. "애야, 너희 아버지를 이리로 불러오면 어때. 아버지가 우리 물건을 보신 적 있니?"

"네." 마이크 포스터가 긴장해서 대답했다.

"그럼 왜 망설이시는 거지?" 판매원은 번쩍이는 훌륭한 전시실을 향해 손을 휘저어 보이며 말했다. "이제 구식이 되어 쓸 수 없는 물건이라도 가져다주면 좋은 조건에 교환할 수 있단다. 너희 집 방공호 형식이 어떻게 되니?"

"방공호 없어요." 마이크 포스터가 말했다.

판매원은 눈을 깜빡였다. "뭐라고?"

"우리 아버지는 그게 돈 낭비라고 그러세요. 사람들을 겁먹게 해서 필요하지도 않은 물건들을 사게 만드는 거라고요. 아버지 말로는―"

"너희 아버지 혹시 반P주의자냐?"

"그래요." 마이크 포스터가 우울하게 대답했다.

판매원은 한숨을 내쉬었다. "그래, 꼬맹아. 거래를 할 수 없어 유감이로구나. 네 잘못은 아니지." 그는 잠시 미적거렸다. "대체 너네 아버지는 뭐가 잘못된 거냐? NATS에 기여금은 내고 있니?"

"아뇨."

판매원은 입 속에서 욕설을 중얼거렸다. 무임 승차자였다. 공동체의 다른 일원들이 수입의 30퍼센트를 영구 방비 시스템에 쏟아붓고 있기 때문에 안전을 누릴 수 있는, 다른 이들의 노력에 기생하는 존재였다. 어느 마을에든 저런 작자들이 몇 사람씩은 있었다. "너희 어머니는 어떻게 생각하시니?" 판매원이 물었다. "어머니도 그 의견에 동의하셔?"

"어머니 말로는—" 마이크 포스터가 말을 멈췄다. "아주 잠깐만 안에 들어가보면 안 돼요? 아무것도 부수지 않을게요. 딱 한 번만요."

"애들이 그 안을 뛰어다니게 놔두면 어떻게 물건을 팔 수 있겠니? 저걸 시험용 상품으로 만들지는 않을 거다. 그렇게 해서 손해를 본 게 한두 번이 아니거든." 판매원의 호기심은 점점 커져만 갔다. "어떻게 하다 사람이 반P주의자가 될 수 있는 거지? 항상 그러신 거니, 아니면 뭔가에 쏘이기라도 하신 거니?"

"아버지 말로는, 사람들이 이제 자동차나 세탁기나 텔레비전 따위는 죄다 충분히 쓸 만큼 사버렸다고 했어요. NATS나 방공호 따위는 아무 짝에도 쓸모가 없기 때문에 결코 필요한 만큼을 가질 수는 없을 거라고요. 아버지는 공장에서 계속해서 총이나 방독면 따위를 찍어내도, 사람들이 겁에 질려 있는 한은 계속 그것들을 살 거라고 하셨어요. 그러지 않으면 죽게 된다고 생각하니까요. 사람이 매년 차를 사는 일에는 질려서 멈출지도 모르지만, 아이들을 보호하기 위한 방공호를 사는 일은 멈출 수 없을 거라고 했어요."

"너는 그 말을 믿고?" 판매원이 물었다.

"나는 우리 집에 방공호가 있었으면 좋겠어요." 마이크 포스터가 대답했다. "저런 방공호가 있으면 매일 밤 그 안에 들어가서 잘 수 있을 거예요. 필요로 할 때도 있을 테고요."

"어쩌면 전쟁이 일어나지 않을지도 모른단다." 판매원이 말했다. 그는 소년의 불안과 공포를 알아채고는, 아래를 내려다보며 선한 미소를 보냈다. "항상 걱정하고 있을 필요는 없어. 어쩌면 영상 테이프를 너무 많이 봤는지도 모르겠구나. 나가서 놀면 기분 전환이 될 거야."

"지상에서는 누구도 안전하지 못해요." 마이크 포스터가 말했다. "땅속으로 들어가야 하죠. 그런데 나는 갈 곳이 없어요."

"너희 아버지를 이리 오시게 하렴." 판매원이 초조하게 중얼거렸다. "어쩌면 설득할 수 있을지도 모르잖니. 할부 상품이 아주 많이 있단다. 와서 빌 오닐을 찾으시라고 전해드려라. 알았지?"

마이크 포스터는 어두운 밤거리를 따라 걸었다. 집에 가야 할 시간이라는 사실은 알고 있었지만 발이 잘 떨어지지 않았고, 몸은 무겁고 둔하기만 했다. 피로는 소년으로 하여금 어제 운동 시간에 체육 교사가 했던 말을 떠오르게 했다. 그들은 호흡 조절, 즉 숨을 한가득 들이쉬고 달리는 훈련을 하고 있었다. 포스터는 성적이 별로 좋지 못했다. 그가 걸음을 멈추고 숨을 내뱉은 후 헐떡이며 서 있는 동안, 다른 아이들은 여전히 뻘건 얼굴로 달려가고 있었다.

"포스터." 체육 교사는 화난 듯 말했다. "너는 죽었어. 알고 있나? 만약 이 상황이 가스 공격이었다면—" 그는 지친 듯 고개를 저었다. "저쪽으로 가서 혼자 연습해. 살아남고 싶으면 더 제대로 할 줄 알아야 할 거다."

하지만 애초에 그는 살아남을 리가 없었다.

현관으로 들어오다 보니 거실에 이미 불이 켜져 있었다. 아버지의 목소리, 그리고 보다 희미한 어머니의 목소리가 부엌에서 들려왔다. 그는 집 안으로 들어와 문을 닫고 외투를 벗었다.

"마이크 왔냐?" 아버지가 물었다. 밥 포스터는 의자에 몸을 묻은 채 무릎 위에 자신의 가구 소매점에서 가져온 테이프와 서류를 잔뜩 올려 놓고 있었다. "어디 있다 온 게냐? 반 시간 전에 저녁 준비가 끝났는데." 외투를 벗고 소매를 걷어 올린 채였다. 흰 피부에 가늘지만 근육질인 팔이었다. 얼굴은 지쳐 보였다. 크고 검은 눈, 벗겨지는 중인 머리카락. 손은 쉬지 않고 테이프를 한쪽 무더기에서 반대쪽 무더기로 옮기고 있었다.

"죄송해요." 마이크 포스터가 말했다.

소년의 아버지는 회중시계를 확인했다. 아마 회중시계를 가지고 다니는 마지막 사람일 게 분명했다. "가서 손 씻고 오거라. 뭘 하고 있었던 게냐?" 그는 아들을 지그시 바라봤다. "안색이 안 좋은데. 어디 아프니?"

"중심가에 갔었어요." 마이크 포스터가 말했다.

"뭘 하고 있던 게냐?"

"방공호를 구경하고 있었어요."

소년의 아버지는 아무 말 없이 보고서 한 묶음을 폴더 속으로 우겨넣었다. 얇은 입술이 굳게 다물렸다. 이마에는 굵은 주름이 잡혔다. 그는 테이프가 사방으로 흩어져 떨어지는 것을 보면서 성난 코웃음을 쳤고, 뻣뻣한 허리를 굽혀 그것들을 주워 모으기 시작했다. 마이크 포스터는 아버지를 도우려는 움직임을 전혀 보이지 않았다. 소년은 거실을 가로질러 옷장으로 가 옷걸이에 외투를 걸었다. 고개를 돌리자 그의 어머니가 음식을 담은 탁자를 거실로 인도해 들어오는 모습이 보였다.

그들은 아무 말 없이 식사를 했다. 음식에만 열중하며 서로를 바라보지 않았다. 마침내 아버지가 입을 열었다. "뭘 본 게냐? 아마 매일 보는 똑같은 물건이겠지."

"새로 나온 72년식이에요." 마이크 포스터가 대답했다.

"그건 71년식과 똑같은 놈이야." 소년의 아버지가 거칠게 포크를 내려놓으며 말했다. 탁자가 포크를 받아서 흡수했다. "새로운 도구 몇 개 넣고 도장을 좀 더 한 것뿐이지. 그게 다라고." 그는 갑자기 아들을 정면으로 당당하게 바라봤다. "안 그러냐?"

마이크 포스터는 못마땅한 듯 크림 치킨을 뒤적였다. "신제품은 고장 방지 하강기가 달려 있어요. 내려가다 도중에 멈추지 않아요. 안에 들어가기만 하면 나머지는 전부 알아서 해준대요."

"내년이면 들어가는 것까지 자동으로 해주는 기계가 나올 거다. 사자마자 구식이 되어버릴 거라고. 놈들이 원하는 게 그거다. 계속해서 사게 만들려는 거야. 최대한 빨리 신상품을 쏟아낼 게야. 게다가 아직 1972년도 아니잖니. 1971년이라고. 대체 왜 벌써 나온 거냐? 좀 기다릴 수는 없는 게야?"

마이크 포스터는 대답하지 않았다. 그는 이 말을 예전에도 여러 번 들은 적이 있었다. 새로운 물건이 아니라 그저 칠을 새로 하고 도구를 덧붙인 것뿐이라고. 하지만 예전 물건은 실제로 구식이 되고 있는데. 아버지의 주장은 시끄럽고 감정적이며 거의 광란에 차 있었지만 말도 안 되는 소리였다. "그럼 구형으로 하나 사요." 소년은 문득 내뱉었다. "저는 상관없어요. 아무거나 괜찮아요. 중고라도요."

"아니, 네가 원하는 건 신제품이야. 이웃을 감탄하게 만들 수 있는 반짝거리는 물건 말이다. 다이얼과 단추와 기계가 잔뜩 달린 놈으로. 그게 얼마나 한다든?"

"2만 달러요."

아버지는 한숨을 내쉬었다. "그럴 줄 알았지."

"손쉬운 할부 방식이 있대요."

"물론 그렇겠지. 남은 평생 지불하는 거란다. 이자도 붙고 할증금도 붙지. 보증 기간은 얼마나 되지?"

"3개월요."

"그게 망가지면 어떻게 해? 정화와 해독 작업이 전부 멈출 텐데 말이다. 분명 3개월이 지나기가 무섭게 부서져버릴 거야."

마이크 포스터는 고개를 저었다. "아니에요. 크고 튼튼한 물건인걸요."

소년의 아버지는 얼굴을 붉혔다. 그는 작은 사람이었다. 가볍고 날씬하며 골격이 가는 체구였다. 그는 문득 자신이 평생 싸우다 패배한 전투들을 떠올려봤다. 힘든 길을 걸어가며 목표를 향해 꾸준히 모으고 그러쥐어 오던 때를. 직업, 돈, 소매점, 서기에서 지배인으로, 그리고 마침내 소유주가 되기까지의 길을. "놈들은 기계를 계속 돌리기 위해 우리에게 겁을 주는 거라고." 그는 아내와 아들을 향해 소리쳤다. "불경기가 다시 오는 것을 원하지 않으니까."

"밥." 그의 아내가 낮은 목소리로 천천히 입을 열었다. "이제 그만둬요. 더 이상은 견딜 수 없어요."

밥 포스터는 눈을 깜빡였다. "지금 무슨 소리 하는 거요?" 그가 중얼거렸다. "난 지쳤다고. 빌어먹을 세금 때문에. 대형 상가의 체인점이 아닌 개인 상점은 살아남을 수조차 없어. 법률을 만들어야 한다고." 그의 목소리가 천천히 잦아들었다. "식사는 다 한 것 같군." 그는 의자를 뒤로 빼고 자리에서 일어섰다. "소파에 가서 잠이나 좀 자야겠소."

아내의 수척한 얼굴이 달아올랐다. "우리도 하나 사야 해요! 다른 사람들이 수군대는 소리를 견딜 수가 없어요. 이웃이나 상점 사람들이나, 아는 사람들은 전부 그런다고요. 어딜 가든 그 소리를 들어요. 사람들이 그 깃발을 올린 후로 계속. 반P주의자라고요. 이제 마을에서 방공호가 없는 건 우리밖에 없어요. 그 기계들이 마을 위를 돌고 있고, 우리 말고 다른 사람들은 전부 거기에 돈을 댄다고요."

"안 되오." 밥 포스터가 말했다. "방공호를 살 수는 없소."

"왜요?"

"왜냐하면," 그는 간명하게 대답했다. "그럴 돈이 없기 때문이오."

정적이 흘렀다.

"당신은 모든 걸 그 가게에 투자하잖아요." 루스가 마침내 입을 열었다. "어차피 망해가는 가게인데 말이에요. 당신은 벽에 난 조그만 쥐구멍에 뭐든 모아두는 생쥐 같은 사람이에요. 요즘은 아무도 목제 가구를 원하지 않는다고요. 당신은 구시대의 물건이에요. 골동품이라고요." 그녀는 탁자를 내리쳤다. 탁자는 놀란 짐승처럼 펄쩍 뛰어오르며 접시를 모아들여 서둘러 부엌으로 돌아갔다. 달려가는 동안 세척 용기 안에서 접시들이 절그렁대는 소리가 들려왔다.

밥 포스터는 지친 듯 한숨을 내쉬었다. "싸우지 맙시다. 거실에 있겠소. 한두 시간만 자게 해주구려. 나중에 다시 이야기하자고."

"항상 나중이죠." 루스가 감정을 담아 내뱉었다.

밥은 거실로 사라졌다. 작고 구부정한 체구에 회색 머리는 헝클어졌고, 어깻죽지를 부러진 날개처럼 늘어뜨린 모습이었다.

마이크는 자리에서 일어섰다. "가서 숙제할게요." 소년은 묘한 표정으로 아버지를 따라갔다.

거실은 조용했다. 영상 장치는 꺼진 상태였고 조명도 잦아들었다. 루스는 부엌에서 다음 달의 식사를 위해 스토브를 조작하고 있었다. 밥 포스터는 신발을 벗고 베개를 벤 다음 소파에 누워 있었다. 피로 때문에 얼굴이 회색이었다. 마이크는 잠시 머뭇거리다 마침내 입을 열었다. "한 가지 물어봐도 돼요?"

소년의 아버지는 신음 소리를 내며 몸을 뒤척이더니 눈을 떴다. "뭐냐?"

마이크는 그를 바라보며 자리에 앉았다. "대통령한테 조언하셨을 때의 이야기를 다시 듣고 싶어요."

아버지는 몸을 일으켜 앉았다. "대통령에게 조언을 한 건 아니야. 그냥 대화를 했을 뿐이지."

"얘기해주세요."

"백만 번은 말했지 않니. 네가 아기였을 때부터 계속해서 말이다. 너도 나와 같이 있었어." 기억을 더듬는 그의 목소리가 부드러워졌다. "너는 갓난아기였어. 데리고 갈 수밖에 없었지."

"대통령이 어떻게 생겼었어요?"

"글쎄." 아버지는 수년에 걸쳐 다듬어서 형태가 굳어버린 이야기 속으로 빠져 들어갔다. "영상 화면에서 보던 모습과 똑같더구나. 키는 조금 더 작았지만."

"왜 여기 온 거였어요?" 마이크가 열정적으로 물었다. 물론 세세한 내용까지 전부 알고 있었지만. 대통령은 그의 영웅이었다. 세계에서 가장 존경받는 사람이었다. "왜 우리 마을까지 내려오게 된 거예요?"

"방문 여행 중이었단다." 아버지의 목소리에 씁쓸한 기색이 서렸다. "어쩌다 지나가게 된 셈이지."

"무슨 방문 여행요?"

"온 나라의 도시들을 방문하는 여행이지." 목소리가 조금 더 거칠어졌다. "우리가 얼마나 잘 지내는지 보기 위해서. 우리가 공격을 물리치기에 충분한 NATS와 방공호와 전염병 예방주사와 방독면과 레이더 네트워크를 구매했는지 확인하기 위해서. 제너럴 일렉트로닉스 주식회사가 거대한 전시실을 막 짓기 시작할 때의 일이란다. 모든 것이 밝고 번쩍이고 비쌌지. 가정용 구매를 위한 1차 방어 장비라니." 그의 입술이 일그러졌다. "모두가 손쉬운 할부 방식을 이용했지. 광고에, 포스터에, 서치라이트에, 숙녀분들을 위해 공짜 치자 꽃과 접시들을 나눠주기도 했어."

마이크 포스터는 숨을 헐떡이기 시작했다. "바로 그날 우리가 준비 완료 깃발을 받았죠." 소년은 열정적으로 말했다. 대통령은 우리에게 깃발을 주려고 온 거였어요. 마을 가운데 서 있는 깃대에 그걸 걸었고, 모두가 소리치며 환호를 보냈죠."

"그게 기억이 나니?"

"그런—것 같아요. 사람들과 소리는 기억나요. 더운 날이었다는 것도요. 6월 아니었어요?"

"1965년 6월 10일이었지. 당시에는 그 커다란 녹색 깃발을 받은 마을이 많지 않았단다. 사람들은 아직도 자동차나 텔레비전을 사고 있었으니까. 그런 시절이 끝났다는 사실을 알지 못했던 거지. 텔레비전과 자동차는 뭔가 도움이 되는 물건이니까 도움이 될 만한 사람들에게밖에는 팔 수 없었던 게지."

"그리고 대통령이 아버지한테 깃발을 줬어요. 아니에요?"

"글쎄, 상인들에게는 전부 줬지. 재무국에서 주선한 일이었단다. 어느 쪽이 짧은 시간 안에 최대한 많은 것들을 사들일 수 있는지 마을 사이에 경쟁을 붙였지. 도시가 발전하면 사업도 동시에 활성화되기 마련이니까. 물론 그들의 말에 따르면, 우리가 방독면이나 방공호를 직접 사는 편이 좋다고 했단다. 그러면 좀 더 소중하게 간수할 테니까 말이지. 우리가 공중전화나 보도블록을 부수기라도 한 것처럼 말이다. 아니면 주 전체에서 돈을 내서 만든 고속도로라도. 아니면 군대나. 군대는 예전부터 항상 있던 것 아니냐? 정부는 언제나 국민들을 모아들여 군대를 만들었잖아? 아마도 방위에 돈이 너무 많이 들게 된 모양이지. 덕분에 돈을 아주 많이 절약해서 국채를 상당히 줄일 수 있었다고 하더구나."

"대통령이 무슨 말을 했는지 들려주세요." 마이크 포스터가 속삭였다.

소년의 아버지는 더듬거리며 파이프를 찾아서 떨리는 손으로 불을 붙였다. "이렇게 말하더구나. '여기 자네들 깃발이 있네, 친구들. 아주 잘

해줬어.'" 그는 시큼한 연기가 목구멍을 틀어막는 바람에 기침을 했다. "햇볕에 타서 붉은 얼굴에 당당한 모습이더구나. 땀을 뻘뻘 흘리며 웃고 있었지. 자신을 제어하는 법을 알고 있던 거야. 사람들 이름을 아주 많이 알고 있었고, 재밌는 농담도 하나 했지."

소년의 눈이 경외심에 휘둥그레졌다. "대통령이 여기까지 내려왔고, 아버지는 대통령과 말한 거네요."

"그래." 아버지가 말했다. "대통령에게 말을 했지. 모두가 소리치고 환호성을 올렸어. 깃발이 올라갔지. 녹색의 커다란 준비 완료 깃발이."

"그리고 아버지는—"

"나는 대통령에게 말했지. '가져온 건 이게 전부입니까? 녹색 천 조각 하나요?'" 밥 포스터는 파이프를 깊이 빨았다. "바로 그때 내가 반P주의자가 된 거란다. 당시에는 자각하지 못했을 뿐이지. 내가 알게 된 것이라고는 우리가 저 녹색 천 쪼가리만 빼면 완전히 우리끼리 남겨졌다는 것뿐이었어. 1억 7천만의 국민이 한데 뭉쳐 함께 나라를 지켜야 마땅한 노릇인데, 대신 수많은 작은 도시로 나뉘어 제각기 방벽을 갖춘 작은 요새를 세운 거야. 중세로 돌아가버린 거지. 성마다 나름의 군대를 키우고—"

"대통령이 다시 돌아올까요?" 마이크가 물었다.

"아마도 아니겠지. 그자는—그냥 지나가던 중이었으니까."

"만약 대통령이 돌아오면요." 마이크가 속삭였다. 감히 꿈도 꾸지 못하겠다는 표정이었다. "대통령을 만나러 갈 수 있을까요? 보기만이라도 할 수 있을까요?"

밥 포스터는 몸을 일으켜 자리에 앉았다. 드러나 있는 깡마른 팔이 창백했다. 홀쭉한 얼굴에 피로가 짙게 드리워 있었다. 체념의 표정도. "네가 본 그 망할 물건이 얼마나 한다고 했지?" 그가 목쉰 소리로 물었다. "방공호 말이다."

마이크는 심장이 멎는 기분이었다. "2만 달러요."

"오늘이 목요일이지. 다음 토요일에 너와 네 엄마와 함께 그리로 가자꾸나." 밥 포스터는 반쯤 불이 붙어 연기를 뿜는 파이프를 내려놓았다. "그 손쉬운 할부를 확인해보자고. 곧 가을 성수기가 올 테니까. 보통 이때쯤에는 벌이가 괜찮지. 크리스마스 선물로 목제 가구를 사는 사람들이 있으니까." 그는 갑자기 소파에서 일어섰다. "그거면 되겠냐?"

마이크는 대답을 할 수조차 없었다. 그저 고개를 끄덕일 뿐이었다.

"좋아." 소년의 아버지가 될 대로 되라는 식의 쾌활한 얼굴로 말했다. "그럼 이제 시내로 나가서 창문을 쳐다보고 있을 필요는 없겠구나."

200달러의 추가 금액을 지불하자, 제너럴 일렉트로닉스라는 상호를 등에 단 갈색 외투의 일꾼들이 빠르게 방공호를 설치해줬다. 그들은 뒤뜰을 재빨리 원상 복구했고, 흙과 관목을 제자리에 돌려놓은 뒤 지표를 다듬었고, 현관문 아래로 정중하게 영수증을 밀어 넣었다. 텅 빈 배달 트럭이 굉음을 내며 도로를 달려 내려가자 주변이 다시 조용해졌다.

마이크 포스터는 어머니, 그리고 감탄하는 이웃 사람들과 함께 집 뒷문 현관에 서 있었다. 칼라일 부인이 마침내 입을 열었다. "자, 이제 방공호가 생긴 모양이로군요. 그것도 최고의 제품으로."

"맞아요." 루스 포스터가 동의했다. 그녀는 주변 사람들을 의식하고 있었다. 한번에 이렇게 많은 사람들이 모여든 것은 처음이었다. 거의 적의마저 느껴지는 그녀의 깡마른 몸에 음울한 만족감이 깃들었다. "확실히 모든 것이 달라 보이네요." 그녀가 거칠게 말했다.

"그렇죠." 거리 아래쪽 집의 더글러스 씨가 동의했다. "이제 갈 곳이 생긴 셈 아닙니까." 그는 인부들이 두고 간 두툼한 사용 설명서를 들어 보였다. "여길 보면 1년 분량의 물품을 저장해둘 수 있다고 되어 있네요. 단 한 번도 위로 올라오지 않고 12개월이나 살 수 있는 겁니다." 그는 부러운 듯 고개를 저었다. "우리 방공호는 낡아빠진 69년형입니다. 겨우 6개월밖에 못 버티죠. 아무래도 우리도—"

"우리한테는 아직 충분해요." 더글러스 부인이 끼어들었지만, 그 목소리에는 갈망하는 부러움이 서려 있었다. "내려가서 좀 구경해도 돼요, 루스? 준비는 전부 끝난 것 아닌가요?"

마이크는 목멘 신음소리를 내면서 비척이며 앞으로 나섰다. 소년의 어머니는 이해한다는 듯 웃음 지어 보였다. "우리 아이가 먼저 내려가야 해요. 가장 먼저 둘러볼 권리가 있거든요. 사실 전부 이 애를 위한 것이었으니까요."

여러 사람들이 9월의 차가운 공기 속에서 팔짱을 끼고 쳐다보는 가운데, 소년은 방공호의 출입구 쪽으로 다가가 몇 발짝 앞에서 걸음을 멈췄다.

마이크는 조심스레 방공호 안으로 들어갔다. 손을 대는 것이 두려울 지경이었다. 입구는 그에게 상당히 컸다. 정상 체격의 성인이 들어갈 수 있도록 만들어졌기 때문이다. 소년은 하강기에 몸을 싣자마자 슉 소리와 함께 튜브의 암흑 속을 통과해 방공호 본체로 내려갔다. 그는 하강기가 충격 흡수 장치에 세게 부딪치는 바람에 비틀거리며 밖으로 나왔다. 하강기는 즉각 지상으로 돌아가면서 동시에 지하 방공호를 완벽하게 봉인했다. 좁은 통로를 막는 강철과 플라스틱으로 된 코르크 마개처럼.

사방에 자동으로 조명이 켜졌다. 방공호 안은 텅 비었다. 아직 보급품이 들어오지 않았기 때문이다. 광택제와 전동기 윤활유 냄새가 났다. 발밑에서 발전기가 윙윙거리며 돌아가는 것이 느껴졌다. 소년의 존재가 정화와 해독 장치를 작동하게 만든 것이다. 미터기와 다이얼이 텅 빈 콘크리트 벽 위에서 갑자기 움직이기 시작했다.

마이크는 바닥에 앉아서 무릎을 모은 뒤 눈을 크게 뜨고 경건한 표정

으로 앉아 있었다. 발전기 소리만이 들렸다. 지상의 세계와는 완벽히 차
단된 상태였다. 그는 모든 것이 자급자족되는 작은 소우주에 들어앉아
있었다. 필요한 것, 원하는 것이 모두 여기 있었다. 팔을 뻗으면 원하는
모든 것을 만질 수 있었다. 꼼짝도 하지 않고 영원히 여기에 있을 수 있
었다. 온전히, 완벽하게. 아무것도 부족하지 않고, 아무것도 두렵지 않
았다. 아래에서 윙윙대는 발전기 소리만 들으면서. 검소한 벽이 주변과
사방 모두를 둘러싼 곳, 약간 따뜻하고 완벽하게 친근하며 살아 있는
용기와도 같은 이곳에서.

소년은 갑자기 소리를 질렀다. 환희의 함성이 벽에서 벽으로 반사되
며 메아리쳤다. 반향음 때문에 귀가 먹먹했다. 그는 눈을 감고 주먹을
꾹 쥐었다. 기쁨이 마음속을 가득 채웠다. 소년은 다시 소리쳤고, 그 함
성이 자신을 뒤덮는 기분을 느꼈다. 가까운 벽들에 반사되어 강해진, 크
고 놀랍도록 강하게 들리는 자신의 목소리를 들었다.

학교의 아이들은 다음 날 아침 마이크가 나타나기도 전부터 이 소식
을 알고 있었다. 아이들은 소년을 반겨 맞았고, 활짝 웃으며 서로를 팔
꿈치로 찔러댔다. "너네 부모님이 최신형 제너럴 일렉트로닉스 S-72ft
모델을 샀다는 게 정말이야?" 얼 피터스가 물었다.

"정말이야." 마이크가 대답했다. 소년의 마음속에 지금까지 느껴보지
못한 평화로운 자신감이 차올랐다. "언제 한번 들러." 소년은 최대한 가
볍게 들리도록 노력하며 말했다. "보여줄 테니까."

그는 아이들의 부러워하는 표정을 의식하며 앞으로 나아갔다.

"그래, 마이크." 그날 일과를 마치고 교실을 떠나는 소년을 보며 커밍
스 부인이 물었다. "기분이 어떠니?"

소년은 담임선생의 책상 앞에 섰다. 수줍지만 조용한 자신감으로 가
득 찬 얼굴이었다. "아주 좋아요." 그가 대답했다.

"아버지가 NATS에도 기여하고 계시니?"

"네."

"우리 학교 방공호에 들어갈 자격도 생겼고?"

소년은 행복한 얼굴로 팔목에 두른 작은 푸른색 팔찌를 보여줬다. "도시에 있는 모든 곳에다 수표를 보냈대요. '여기까지 온 이상 다른 모든 것들도 따라가야겠지'라고 하시던데요."

"그럼 이제 너도 다른 모든 사람들이 가진 것을 가지게 된 셈이로구나." 노부인은 소년을 보며 웃음 지었다. "그렇게 되어 기쁘구나. 이제 친P주의자가 된 셈이야. 사실 그런 표현은 없지만 말이다. 그저—다른 사람들과 똑같이 된 것뿐이지."

그 다음 날 뉴스 기계가 새된 소리로 소식을 쏟아냈다. 소비에트의 신형 굴착 탄환이 발견되었다는 소식이었다.

밥 포스터는 거실 한가운데서 신문을 들고 서 있었다. 그의 홀쭉한 얼굴이 분노와 절망 때문에 시뻘겋게 달아올랐다. "빌어먹을, 전부 음모였어!" 목소리는 격노로 인해 목이 메어 높아지고 있었다. "방금 저 물건을 샀는데, 보라고!" 그는 테이프를 아내 쪽으로 들이밀었다. "이거 보라고, 이럴 거라고 했잖아!"

"나도 봤어요." 루스가 거칠게 말했다. "당신은 아무래도 세상 전부가 당신을 함정에 빠뜨리려고 기다리는 줄 아는 모양이죠. 그들은 항상 무기를 개량하고 있어요, 밥. 지난주에는 곡식을 수정시키는 분진이었죠. 이번 주에는 굴착 탄환이고요. 설마 당신이 마침내 포기하고 방공호를 샀다고 해서 진보의 톱니바퀴가 멈추리라고 생각하는 건 아니겠죠?"

밥과 루스는 서로를 마주했다. "그럼 이제 대체 어떻게 해야겠소?" 밥 포스터가 조용히 물었다.

루스는 다시 부엌으로 돌아갔다. "확장 부품을 내놓을 거라고 하던데요."

"확장 부품이라니! 그게 무슨 소리요?"

"사람들이 새 방공호를 사지 않아도 되게 말이죠. 영상 화면에서 광고를 하고 있어요. 정부에서 허가를 내주면 바로 일종의 금속 창살을 시장에 내놓을 거예요. 지상에 펼쳐놓기만 하면 굴착 탄환을 막아준대요. 탄환을 걸러내 지표에서 폭발하게 만들어서, 방공호까지 파고 들어가지 못하게 만드는 거죠."

"가격은 얼마고?"

"그건 말하지 않았어요."

마이크 포스터는 소파 위에 쭈그리고 앉아 귀를 기울였다. 소년은 학교에서 그 소식을 들었다. 야생 딸기류의 표본을 놓고 독성에서 안전한 것들을 골라내는 식별 시험을 보는 중이었다. 그런데 종이 울리며 전체 조회가 열렸다. 교장은 그들에게 굴착 탄환에 대한 소식을 읽어주고는 최근 만들어진 새로운 티푸스 변종에 대한 응급처치 방법에 대해 다시 한번 강연했다.

부모님은 여전히 말다툼 중이었다. "하나 있어야 해요." 루스 포스터가 차분하게 말했다. "그러지 않으면 방공호가 있더라도 아무 소용이 없으니까요. 굴착 탄환은 지표를 뚫고 들어가 온기를 추적하도록 만들어진 물건이에요. 러시아인들이 그걸 생산하기 시작하면—"

"하나 사겠소." 밥 포스터가 말했다. "탄환 방지 창살이든 뭐든 전부 사지. 그 작자들이 시장에 내놓는 물건은 전부 사들일 거요. 절대 멈추지 않고 사주겠어."

"그렇게 나쁜 상황은 아니라고요."

"있잖소, 이런 게임은 사람들에게 자동차나 텔레비전을 파는 일과 비교해볼 때 확실한 장점이 딱 한 가지 있소. 이런 물건은 살 수밖에 없거든. 이웃을 감탄하게 만드는 크고 화려한 사치품이, 없어도 괜찮은 물건이 아니니까. 사지 않으면 죽는 거요. 사람들에게 물건을 사게 하려면 초조하게 만들라는 말이 있었지. 불안하게 만들라, 냄새가 나거나 우스꽝스럽게 보인다고 말하라는 거요. 하지만 이건 탈취제나 머릿기름 따위와는 비교도 안 되는 일이오. 이런 상품에서는 도망칠 수가 없으니까. 사지 않으면 죽는 거요. 완벽한 판매 전략이지. 사거나 죽거나. 이게 새로운 슬로건인 거요. 반짝이는 신형 제너럴 일렉트로닉스 수소폭탄 방공호를 뒤뜰에 설치하든지, 아니면 도륙을 당하든지 하라고."

"그딴 식으로 말하지 말아요!" 루스가 쏘아붙였다.

밥 포스터는 부엌 탁자에 털썩 앉으며 말했다. "알겠소. 항복하지. 고스란히 따라주겠소."

"하나 산다는 거죠? 아마 크리스마스쯤에는 시장에 나올 것 같아요."

"아, 그래." 포스터가 말했다. "크리스마스에 나온다는 말이지." 그의 얼굴에 기묘한 표정이 어렸다. "크리스마스 선물로 그 빌어먹을 것을 사게 된다고. 그리고 다른 사람들도 모두 그렇겠지."

제너럴 일렉트로닉스의 보호용 창살 확장 부품은 엄청난 열풍을 불러일으켰다.

마이크 포스터는 사람들로 가득한 12월의 거리를 천천히 걷는 중이었다. 늦은 오후의 어스름이 깔리고 있었다. 모든 상점의 전시장마다 다양한 확장 부품이 반짝였다. 다양한 방공호에 맞는 모든 종류와 크기의 확장 부품이 있었다. 사람들의 형편에 맞게 가격도 다양했다. 사람들은 크리스마스에 걸맞게 즐거운 모습으로, 서로를 가볍게 툭툭 치며 두꺼운 외투 위로 선물을 가득 짊어지고 걸어갔다. 공기는 흩날리는 싸락눈 때문에 뽀얀 색이었다. 자동차들이 꽉 막힌 도로 위를 줄지어 나아갔다. 조명과 네온 간판, 번쩍이는 거대한 진열장이 사방에서 빛났다.

소년의 집은 어둡고 고요했다. 부모님은 아직 가게에서 돌아오지 않은 듯했다. 사업 상황이 좋지 않아 그의 어머니가 점원 한 명의 자리를 대신하고 있었다. 마이크가 코드 키 위로 손을 들어 보이자 현관문이 열렸다. 자동 난방기가 집 안을 따뜻하고 쾌적하게 유지해줬다. 소년은 외투를 벗고 교과서를 밀어놓았다.

마이크는 집 안에 오래 머무르지 않았다. 가슴이 이미 흥분으로 두근거리고 있었다. 그는 더듬거리며 뒷문을 열고는 뒤뜰로 걸어 나갔다.

소년은 문득 걸음을 멈추고 몸을 돌려 다시 집 안으로 들어갔다. 서두르지 않는 편이 좋았다. 그는 이 과정을 하나하나 준비해놓았다. 저녁 하늘을 향해 솟아오른 출입구의 긴 목을 처음으로 본 바로 그 순간부터. 아주 우아한 작업이었다. 낭비되는 동작은 단 하나도 없었다. 그는 마침내 아름다운 형태를 이룰 때까지 계속해서 동작 하나하나를 갈고 닦았다. 방공호의 주둥이 앞에 서자 압도적인 존재감이 소년의 몸을 사로잡았다. 하강기를 통해 내려가자 차가운 공기가 피가 얼어붙는 듯한 느낌을 주며 아래쪽에서 밀려 들어왔다.

그리고 마침내 장대한 방공호가 모습을 드러냈다.

소년은 매일 저녁 집에 오자마자 첫날 그랬던 것처럼 지하로 들어와 강철 같은 침묵에 숨어 보호를 받았다. 이제 방 안은 텅 비어 있지 않았다. 셀 수도 없이 많은 통조림 음식, 베개, 책, 영상 테이프, 음성 테이프, 벽에 붙은 화보, 밝은색 직물 등 온갖 촉감과 색상으로 가득했다. 심지어는 꽃병도 몇 개 있었다. 이 방공호는 소년의 장소였다. 얌전히 웅크린 채 그가 원하는 모든 것들에 둘러싸여 있을 수 있는 장소였다.

모든 것을 최대한 늦추며, 소년은 서둘러 집으로 돌아가 음성 테이프 무더기를 뒤적였다. 그는 저녁 식사 시간까지 방공호 안에 들어앉아 〈버드나무에 부는 바람〉을 듣고 있을 생각이었다. 부모님은 소년이 어디 있을지 알고 계실 것이다. 그는 항상 저 아래에 있었으니까. 혼자 방공호 안에서 보내는 두 시간은 방해 없는 행복이었다. 저녁 식사가 끝나면 서둘러 아래로 돌아가 잠자리에 들 시간이 올 때까지 그곳에 있었다. 때로는 늦은 밤 부모님이 잠자리에 든 뒤에 조용히 일어나 밖으로 나와서는 주둥이를 통해 지하로 내려가곤 했다. 그러고는 아침이 될 때까지 숨어 있었다.

소년은 음성 테이프를 찾아 들고는 서둘러 집 안을 가로질러 뒷문을 통해 뒤뜰로 나왔다. 하늘은 칙칙한 회색이었고, 우중충한 먹구름이 점점이 흘러가고 있었다. 마을의 불빛이 여기저기 켜졌다. 뒤뜰의 공기는 차갑고 적대적이었다. 소년은 불안하게 계단을 몇 발짝 내려가다가—그대로 얼어붙었다.

거대한 구멍이 있었다. 이빨도 없이 텅 빈 거대한 입이 밤하늘을 향해 입을 벌리고 있었다. 다른 무엇도 없었다. 방공호는 사라졌다.

소년은 한손에 테이프를 움켜쥐고 다른 손으로는 계단 난간을 잡고 시간도 잊은 채 그렇게 서 있었다. 밤이 찾아오고 구멍은 어둠 속으로 모습을 감췄다. 온 세상이 침묵과 잔혹한 어스름 속으로 무너져 내렸다. 희미한 별빛이 비쳤다. 이웃집에서 차갑고 약한 불빛들이 나타나기 시작했다. 소년의 눈에는 아무것도 보이지 않았다. 그는 돌처럼 굳은 채 방공호가 있던 구덩이를 마주하고 서 있었다.

어느새 아버지가 옆에 와 있었다. "여기 얼마나 오래 있었던 거냐?" 그가 말했다. "마이크, 얼마나 된 거냐? 대답해!"

마이크는 있는 힘을 다해 뒤로 물러섰다. "일찍 오셨네요." 소년이 중얼거렸다.

"일부러 일찍 가게를 나왔단다. 네가—집에 왔을 때 여기 함께 있고 싶었거든."

"없어졌어요."

"그래." 아버지의 목소리는 차갑고 감정이 실려 있지 않았다. "방공호가 없어졌지. 미안하구나, 마이크. 그쪽에 연락해서 다시 가져가라고 했단다."

"왜요?"

"돈을 낼 수가 없었으니까. 올해 크리스마스에는 사람들이 선물로 전부 그 철창을 사고 있거든. 경쟁이 안 되지." 그는 말을 멈췄다가 곧 비참한 목소리로 덧붙였다. "정말 빌어먹게 친절하더구나. 내가 투자한 돈의 절반을 되돌려주겠다고 하니 말이다." 목소리에 비꼬는 기색이 서렸다. "크리스마스 전에 거래를 하면 조건이 더 나아진다고 하더구나. 다른 사람에게 되팔 수 있으니까."

마이크는 아무 말도 하지 않았다.

"이해를 좀 하려고 해봐." 아버지가 거친 목소리로 말했다. "있는 돈이라는 돈은 전부 가게에 투자해야 한다. 가게 문을 닫을 수는 없어. 방공호나 가게 둘 중 하나를 포기해야 하는 상황이었단다. 그리고 가게를 포기하면—"

"아무것도 남지 않겠죠."

아버지가 소년의 팔을 잡았다. "그러면 결국 방공호도 포기해야 했을 거다." 아버지의 가늘고 억센 손가락이 발작을 하듯 팔을 파고들었다. "너도 나이를 먹었잖니. 이제 이해할 나이도 됐을 거다. 나중에 새것으로 사자꾸나. 가장 크고 비싼 것은 아니라도, 다른 방공호를 말이야. 실수였단다, 마이크. 그 망할 확장 부품이 나온 이상 경쟁을 할 수가 없어. 그래도 NATS 기금은 계속 내도록 하마. 네 학비도 말이다. 그건 계속할 거다. 이건 원칙의 문제가 아니니까." 그는 절망적으로 말을 끝맺었다. "나도 어쩔 도리가 없단다. 이해가 되니, 마이크? 이럴 수밖에 없었어."

마이크는 팔을 뿌리쳤다.

"어딜 가는 거니?" 아버지가 서둘러 소년을 따라갔다. "이리 돌아와!" 그는 손을 뻗어 아들을 잡으려고 했지만 어스름 속에서 비틀대다 넘어지고 말았다. 집 모퉁이에 머리를 찧은 순간 별빛이 눈앞을 가득 채웠다. 그는 뭔가 짚고 일어날 것을 찾아 고통스럽게 손을 뻗었다.

다시 시야가 돌아왔을 때 뒤뜰은 텅 비어 있었다. 아들은 가버렸다.

"마이크!" 그가 소리쳤다. "어디 있니?"

대답은 들려오지 않았다. 밤바람이 그의 주변으로 눈보라를 휘말아 올렸다. 차갑게 식은 돌풍이 그의 품을 파고들었다. 바람과 어둠, 그밖에는 아무것도 없었다.

빌 오닐은 피곤에 절어 벽시계를 바라봤다. 9시 30분이었다. 마침내 영업을 종료하고 휘황찬란한 거대한 상점에 자물쇠를 채울 수 있게 됐다. 웅성대던 사람들이 물결을 이뤄 가게 밖으로 나가 집으로 돌아가는 모습이 보였다.

"정말 감사합니다." 그는 양손에 선물을 가득 들고 있는 마지막 노부인을 위해 문을 열어주며 내뱉었다. 그는 안전 빗장을 지르고 차양을 내렸다. "엄청난 인파로군요. 이렇게 사람이 많은 건 본 적도 없어요."

"다 끝났군." 계산대 뒤에 앉은 알 코너스가 말했다. "내가 돈을 세어 보지. 자네는 매장 안을 한번 둘러보도록 해. 손님들이 전부 나갔는지 확인하라고."

오닐은 금발 머리카락을 뒤로 넘기고 넥타이를 끌렀다. 행복하게 담배 한 대를 피워 물고는, 매장 안을 돌아다니며 조명 스위치를 확인하고 거대한 전시장과 전자 기기의 전원을 내렸다. 마침내 그는 매장 가운데를 차지하고 있는 거대한 방공호에 다가갔다.

그는 주둥이에 올라서서 하강기에 발을 올렸다. 하강기는 슉 하는 소리와 함께 지하로 내려갔고, 그는 곧 동굴과 같은 방공호 내부에 발을 들였다.

한쪽 구석에 마이크 포스터가 단단하게 쪼그려 앉아 있었다. 무릎을 턱에 바싹 붙이고, 깡마른 팔로 발목을 감싸 쥐고 있었다. 고개를 숙이고 있어서 헝클어진 갈색 머리카락밖에는 보이지 않았다. 소년은 놀란 판매원이 다가오는데도 움직이지 않았다.

"세상에!" 오닐이 소리쳤다. "그 꼬맹이잖아."

마이크는 아무 말도 하지 않았다. 다리를 꼭 끌어안은 채 얼굴을 최대한 깊숙이 파묻을 뿐이었다.

"여기서 대체 뭘 하고 있는 거냐?" 오닐은 놀라고 화가 나서 소리쳤다. "너희 부모님도 이거 가지고 계실 텐데." 다음 순간 그는 기억해냈다. "아, 그래. 그 물건을 회수했었지."

알 코너스가 하강기 쪽에서 모습을 드러냈다. "왜 이렇게 시간이 걸려? 얼른 여기서 나가서—" 그는 마이크를 발견하고 말을 멈췄다. "이 애는 여기서 뭘 하고 있는 거야? 얼른 끌어내고 집으로 가자고."

"자, 꼬맹아." 오닐이 부드럽게 말했다. "집에 갈 시간이야."

마이크는 움직이지 않았다.

두 남자는 서로를 바라봤다. "아무래도 끌어내야 할 것 같은데." 코너스가 음울하게 말했다. 그는 외투를 벗어서 해독 장치 위에 올려놓았다. "자, 어서. 빨리 끝내자고."

결국 두 사람이 달라붙어야 했다. 아이는 아무 말도 하지 않고 비참하게 싸웠다. 손을 내젓고 발버둥을 치더니, 그들이 붙들자 손톱으로 할퀴고 발로 차고 손으로 때리고 물기까지 했다. 그들은 아이를 반쯤은 들고 반쯤은 끌다시피 하면서 하강기 위에 올라서서 기계가 작동할 때까지 버티고 서 있었다. 오닐이 아이와 함께 올라갔고, 코너스가 바로 뒤따라 올라왔다. 그들은 냉정하고 능률적으로 아이를 정문 밖으로 내던진 다음 문에 빗장을 질렀다.

"우와." 코너스는 숨을 헐떡이면서 한쪽 구석에 기대어 털썩 쓰러졌다. 소매는 뜯겨 나가고 뺨에는 긁힌 자국이 있었다. 안경은 한쪽 귀에만 걸려 있었고, 머리는 헝클어졌으며, 탈진한 상태였다. "경찰을 불러야 하지 않겠나? 저 꼬맹이 뭔가 잘못된 것 같은데."

오닐은 문가에 서서 숨을 헐떡이며 어둠 속을 내다보고 있었다. 소년이 보도 위에 주저앉아 있는 모습이 보였다. "아직 밖에 있어요." 그가 중얼거렸다. 사람들이 양쪽에서 소년을 밀치고 지나갔다. 마침내 그들 중 한 명이 발걸음을 멈추고 소년을 일으켰다. 소년은 손길을 뿌리치고는 어둠 속으로 사라졌다. 일으켜준 사람은 선물 꾸러미를 주워 들고 잠시 망설이더니, 곧 제 갈 길을 가기 시작했다. 오닐은 고개를 돌렸다. "이게 대체 무슨 일인지." 그는 손수건으로 얼굴을 훔쳤다. "그 녀석 제대로 싸울 줄 알더군요."

"대체 뭐가 잘못된 거야? 입을 꾹 다물고 있던데. 한마디도 하지 않고."

"크리스마스에 물건을 회수하는 일은 영 내키지가 않는군요." 오닐이 말했다. 그는 떨리는 손으로 외투를 주워들었다. "너무 안 좋아요. 저 가족이 물건을 가지고 있을 수 있었다면 좋았을 텐데."

코너스가 어깨를 으쓱해 보였다. "요금이 없으면 세탁물도 없는 법이지."

"다른 식으로 계약할 수는 없는 겁니까? 어쩌면—" 오닐은 그 단어를 꺼내려 안간힘을 썼다. "어쩌면 저런 사람들에게는 방공호를 도매가로 팔거나 할 수도 있지 않겠습니까."

코너스가 화난 얼굴로 그를 노려봤다. "도매가? 그러면 모든 사람들이 도매가를 원하게 될 거야. 형평성에 어긋나는 일이라고. 게다가 그러면 사업을 얼마나 계속할 수 있겠어? 그런 식으로 하면 제너럴 일렉트로닉스가 얼마나 버틸 수 있을 것 같나?"

"별로 오래 못 버티겠죠." 오닐은 우울한 표정으로 인정했다.

"머리를 좀 쓰게." 코너스가 날선 소리로 웃었다. "자네는 지금 독한 술 한 잔이 필요할 뿐이야. 뒤쪽 창고로 오게. 안쪽 서랍에 헤이그 앤 헤이그 한 병을 숨겨놨거든. 집에 돌아가기 전에 몸을 좀 데우는 편이 좋을 걸세. 자네는 그게 필요한 거야."

마이크 포스터는 아무런 목적 없이 어두운 거리를, 서둘러 집으로 돌아가는 쇼핑객들 사이를 거닐었다. 아무것도 보이지 않았다. 사람들이 밀치고 지나가는데도 전혀 신경 쓰이지 않았다. 불빛, 사람들의 웃음소리, 자동차의 경적 소리, 건널목 교차로의 철컹거리는 소리까지도. 소년은 텅 비었다. 마음이 텅 비어 죽어버렸다. 의식이나 감정 없이 그저 기계적으로 걸음을 옮길 뿐이었다.

가장 깊은 밤의 어둠 속에서 화려한 네온사인이 깜빡이며 빛났다. 거대하고 화려한 색깔의 밝은 간판이었다.

땅에는 평화 사람들에게는 축복
공공 방공호 입장료 50센트

독점 시장
Captive Market

PHILIP K. DICK

'위대한 힘에 반드시 위대한 인성이 따라오는 것은 아니다'라는 주제를 독특한 방식으로 변주한 작품이다. 미래를 예지하고 선택하는 능력을 지닌 무소불위의 존재가 오로지 사소한 이득만 생각하는 편협한 존재라면 어찌할 것인가? 그 사소한 이득을 위해 사로잡힌 인간이 바로 당신이라면, 그건 대체 얼마나 끔찍한 일일까?

주인공은 PKD이 예전 작품에서 흔히 다뤘던 '악의를 가진 능력자', 그리고 훗날 장편에서 묘사하는 '잔혹하고 무지한 신'을 떠오르게 한다.

이 작품은 특히 다른 편집자들에게 상당히 인기를 끌었다. 그 때문인지 아시모프와 그린버그를 비롯한 여러 SF 편집자들이 자신의 단편집에 수록하기도 했다.

토요일 아침 약 11시경, 에드나 버델슨 부인은 짧은 외출을 할 준비를 마쳤다. 매주 소중한 업무 시간 중 네 시간씩을 소모하는 일이었지만, 그녀는 자신의 발견을 독식하기 위해 항상 혼자서 이 수지맞는 외출에 나섰다.

자신의 발견이니 당연했다. 그녀의 발견은 엄청난 행운이었다. 이 일을 해온 53년 동안 이와 비슷한 것도 본 적이 없었다. 물론 아버지의 상점에서 일한 기간을 더한다면 더 길어지겠지만, 사실 그 기간까지 감안할 이유는 없었다. 경험 쪽으로 보자면 도움이 되었겠지만(그녀의 아버지는 그 사실을 분명히 했다), 봉급을 받았던 것도 아니니까. 하지만 그녀는 아버지에게 일의 기본을 배웠다. 작은 시골 잡화점을 운영하는 감각을, 연필의 먼지를 털고 포장지를 뜯고 말린 콩을 서빙하고 고양이가 즐겨 잠을 청하는 크래커 통 위에서 고양이를 쫓는 법 따위를.

이제는 가게도, 그녀 자신도 나이를 먹었다. 커다란 덩치에 검은 눈썹을 가진 그녀의 아버지는 오래전에 세상을 떠났다. 그녀의 아이와 손자들이 태어나 세상으로 퍼져나갔고, 이제는 모든 곳에 있었다. 아이들은 하나씩 나타나서는 월넛 크릭에서 햇볕에 구워지며 진땀을 흘리다, 왔을 때와 마찬가지로 하나둘씩 떠나버렸다. 그녀와 잡화점은 한 해 한 해 지나며 조금씩 기울어져 쓰러지면서, 점점 더 연약하고 완고하고 우울해져만 갔다. 조금씩 본연의 모습에 가까워졌다.

그날 새벽에 재키는 이렇게 말했다. "할머니, 어디 가세요?" 물론 아이는 할머니가 어디로 가는지 알고 있었다. 항상 그랬듯이 트럭을 몰고 떠날 것이다. 언제나 똑같은 토요일 외출이었다. 하지만 그는 질문하기를 즐겼다. 그 답변의 안정감을 좋아했기 때문이다. 그는 언제나 같은 결과를 얻는 것을 좋아했다.

그 뒤를 잇는 두 번째 질문에도 항상 같은 답변이 돌아왔지만, 이 답변은 별로 소년의 마음에 들지 않는 쪽이었다. 질문은 다음과 같았다. "나도 따라가도 돼요?"

그리고 답변은 언제나 '안 돼'였다.

에드나 버델슨은 가게 뒷문으로 힘겹게 꾸러미와 상자를 들고 나와 거기 서 있는 녹슨 픽업트럭에 짐을 실었다. 트럭 위에는 먼지가 쌓였고, 벌겋게 녹슨 양옆 금속 면은 우그러지고 부식되어 있었다. 시동은 이미 걸려 있었다. 모터가 한낮의 태양 아래서 숨을 헐떡이며 달궈졌다. 칙칙한 색의 암탉 몇 마리가 바퀴 근처에서 흙을 쪼고 있었다. 가게 정문 아래에 토실토실하고 털이 늘어진 양 한 마리가 자리를 잡고 앉아 생기 없고 게으른 무관심한 얼굴로 하루의 일상이 지나가는 모습을 지켜보고 있었다. 차와 트럭들이 마운트 디아블로 대로를 달려갔다. 라파예트 거리에는 쇼핑을 하려는 사람들 몇 명이 어정거리고 있었다. 농부와 그 아내, 싸구려 사업가, 농장 일꾼, 화려한 슬랙스와 프린트 셔츠, 샌들과 머리 두건을 착용한 도시 여자들. 가게 앞의 라디오에서 쇳소리 섞인 팝송이 울려 퍼졌다.

"질문을 했잖아요." 재키가 당당하게 물었다. "할머니 어디 가시냐고 물었잖아요."

버델슨 부인은 마지막 상자 더미를 향해 뻣뻣한 몸을 숙였다. 대부분의 물건은 어젯밤에 스웨덴 사람 어니가 실어놓았다. 그는 가게 주변의 힘쓰는 일을 도맡아 하는 허연 머리의 덩치 큰 남자였다. "뭐라고?" 그녀는 집중하려 애쓰며 주름진 잿빛 얼굴을 일그러뜨리고 중얼거렸다. "내가 어디로 가는지는 너도 잘 알고 있지 않니."

재키는 주문 기록부를 가지러 가게 안으로 다시 들어가는 그녀를 끈덕지게 따라붙었다. "나도 가도 돼요? 제발, 나도 같이 가도 돼요? 한 번도 데려가주지 않았잖아요. 아무도 못 따라가게 하잖아요."

"당연하지." 버델슨 부인이 날카롭게 대꾸했다. "그 사람들이 신경 쓸일이 아니니 말이다."

"하지만 난 가고 싶다고요." 재키가 설명했다.

작고 늙은 여인은 슬그머니 웃음 지으며 회색 머리칼이 무성한 머리를 돌려 손자를 바라봤다. 자신이 완벽하게 이해하고 있는 세계를 바라보는 늙고 지친 새의 움직임이었다. "다른 사람들도 다들 그렇게 말하지." 버델슨 부인은 입술을 뒤틀어 몰래 미소를 지으며 부드럽게 말했다. "하지만 아무도 따라올 수 없단다."

재키는 그 말이 마음에 들지 않았다. 소년은 부루퉁해서 청바지 주머니에 손을 깊숙이 찔러 넣은 채 구석으로 물러났다. 자신이 거부당할수도 있다는 사실을 받아들이지 않는, 함께하지 못하는 일도 있다는 사실을 인정하지 못하는 태도였다. 버델슨 부인은 손자를 무시했다. 그녀는 닳아빠진 푸른색 스웨터를 어깨에 걸치고 선글라스를 찾은 다음, 가게 밖으로 나가 칸막이 문을 내리고 서둘러 트럭으로 걸어갔다.

트럭의 변속기를 올리는 과정은 상당히 복잡했다. 그녀는 한동안 변속기 손잡이를 쥔 채 클러치 페달을 계속해서 밟아대면서 변속기 톱니가 맞물려 들어가기만을 초조하게 기다렸다. 마침내 톱니가 끼익 소리를 내더니 절그럭거리며 제자리로 맞아 들어갔다. 트럭은 살짝 움찔거렸고, 버델슨 부인은 시동을 넣고 수동 브레이크를 풀었다.

트럭이 덜컹거리며 도로로 나가는 순간, 재키는 집의 그림자에서 뛰쳐나와 트럭 뒤를 따라갔다. 어머니는 시야에 보이지 않았다. 졸고 있는양 한 마리와 땅을 헤집고 있는 암탉 두 마리만 보일 뿐이었다. 심지어 스웨덴 사람 어니도 보이지 않았다. 아마 차가운 콜라라도 한 병 마시러 간 모양이었다. 완벽한 시간이었다. 다시는 찾아오지 않을지도 모르는 최고의 기회. 그리고 어차피 소년이 일단 따라가기로 마음먹은 이상 언젠가는 벌어질 일이었다.

재키는 트럭의 후미 판을 잡고 몸을 끌어올려, 단단히 포장된 꾸러미와 상자가 가득한 짐칸 안으로 얼굴부터 착지했다. 몸 아래에서 트럭이 흔들리고 덜컹거리는 것이 느껴졌다. 재키는 안간힘을 써서 매달렸다. 상자에 매달려서 다리를 차 위로 끌어올리고 몸을 숙인 다음, 밖으로 퉁겨 날아가지 않으려 안간힘을 썼다. 트럭의 차체가 천천히 바로잡히며 움직임이 부드러워졌다. 그는 안도의 한숨을 내쉬고 몸을 움직여 편하게 자리를 잡았다.

올라타는 데 성공했다. 마침내 따라갈 수 있게 되었다. 매주 수수께끼의 배달을 나가는 버델슨 부인을 따라갈 수 있게 된 것이다. 엄청난 이윤을 남긴다는 소문만 가득한 기묘한 비밀 사업에 동참하게 되었다. 누구도 이 배달 여행의 정체를 몰랐지만, 재키의 어린 마음속 깊은 곳에서는 이런 모든 고생을 감수할 만한 놀랍고 신기한 여행이라는 사실이 이미 확실했다.

소년은 할머니가 차를 멈추고 화물을 확인하러 오지 않기만을 간절히 빌었다.

텔먼은 극도로 주의를 기울여 '커피' 한 잔을 준비했다. 우선 볶은 커피콩이 든 주석 컵을 들고 피난처의 사람들이 이것저것 섞는 그릇으로 사용하는 가솔린 통 위로 가져갔다. 그 안에 커피콩을 부은 다음 치커리 한 움큼과 마른 밀기울 조각 몇 개를 재빨리 넣었다. 그다음 흙투성이의 지저분한 손으로 구덩이의 쇠 격자 아래, 재와 숯 사이에서 불씨를 되살렸다. 그는 미지근한 물이 든 냄비를 불 위에 올린 다음 숟가락을 찾기 시작했다.

"지금 뭐하는 거예요?" 뒤편에서 그의 아내가 물었다.

"어." 텔먼이 중얼거렸다. 그는 초조한 얼굴로 글래디스와 자기 식사 사이를 번갈아 봤다. "그냥 장난 좀 치는 거야." 하지만 그의 목소리에는 의도와는 달리 짜증 섞인 푸념이 묻어났다. "나도 뭐 좀 먹을 권리는 있잖아? 다른 사람들과 마찬가지로 말이야."

"저쪽에서 일을 도와야 하지 않나요."

"하고 있었어. 근데 등이 좀 삐끗했다고." 비쩍 마른 중년 남자는 어쩔 줄 몰라 하며 아내에게서 떨어졌다. 지저분한 흰색 셔츠의 잔해를 어색하게 펄럭여 보이며, 그는 오두막의 문 쪽을 향해 나갔다. "젠장, 사람이 좀 쉴 수도 있는 거지 말이야."

"거기 도착한 다음에 쉬어요." 글래디스는 지친 몸짓으로 숱 많은 짙은 금발을 쓸어 넘겼다. "다른 사람들이 전부 당신 같으면 어떻게 되겠어요."

텔먼은 분노로 얼굴을 붉혔다. "우리 발사각을 계산한 사람이 누군데? 항법 계산을 혼자서 해낸 사람이 누군데 그래?"

슬쩍 빈정대는 미소가 아내의 갈라진 입술에 걸렸다. "일단 당신의 항해 계획이 제대로 진행되는지 두고 봐야겠죠." 그녀가 말했다. "그런 다음에 이야기하자고요."

텔먼은 격노해서 오두막을 뛰쳐나와 늦은 오후의 눈부신 햇빛 속으로 걸어 나갔다.

그는 태양이 싫었다. 오전 5시에 시작되어 저녁 9시까지 계속되는 메마른 흰색의 빛. 대폭발 때문에 대기 중의 수분은 전부 사라졌다. 이제 태양은 모든 이들에게 예외 없이 잔혹하게 내리쬐고 있었다. 그러나 그 사실을 걱정할 사람조차 얼마 남아 있지 않았다.

오른쪽에 피난처의 야영지를 구성하고 있는 일군의 오두막이 보였다. 나무판자, 함석판, 전선과 타르지, 길쭉한 콘크리트 블록 등 65킬로미터 밖의 샌프란시스코 폐허에서 쓸 만한 것은 죄다 가져와 만든 기묘한 합성물이었다. 문가에서 얇은 담요가 음울하게 펄럭였다. 가끔가다 피난처를 휩쓰는 엄청난 수의 곤충 무리에 대한 보호책이었다. 곤충의 천적인 새들은 이미 사라지고 없었다. 텔먼은 2년 동안 새라고는 단 한 마리도 보지 못했다. 앞으로 다시 볼 수 있다는 기대 또한 조금도 하지 않았다. 야영지 너머로는 영원한 죽음뿐인 검은 재가, 그을린 세계의 표면이 끝없이 이어져 있었다. 어떤 지형지물도, 어떤 생물도 보이지 않는 세계가.

피난처는 자연적인 분지 안에 세워져 있었다. 과거에는 낮은 산맥의 일부였던 곳이 무너진 잔해가 한쪽 면을 막아줬다. 폭발의 충격 때문에 깎아지른 절벽이 무너져 바위가 며칠 동안이나 계곡으로 굴러 내려왔다. 생존자들은 샌프란시스코가 화염 속에서 사라진 다음 바위 더미 안으로 기어들어와 태양으로부터 몸을 숨길 수 있는 곳을 찾으려 했다. 그게 가장 힘든 일이었다. 가장 고통스러운 것은 곤충도, 방사능을 품은 재의 구름도, 하얗게 번쩍이는 폭발도 아닌 엄폐물 없이 내리쬐는 태양이었다. 유독성 물질 때문에 죽은 사람보다 갈증과 탈수증, 극도의 정신착란 때문에 죽은 사람의 수가 더 많았다.

텔먼은 가슴 주머니에서 소중한 담뱃갑을 끄집어내 담배에 불을 붙였다. 비쩍 말라서 발톱처럼 보이는 손가락이 벌벌 떨렸다. 일부는 피로 때문에, 일부는 분노와 긴장 때문에. 그는 피난처가 정말로 싫었다. 아내를 포함해 이곳의 모든 사람들이 싫었다. 그들을 구할 가치가 있을까? 아무래도 의심스러웠다. 대부분은 이미 야만인이나 다름없었다. 우주선을 띄우든 말든 무슨 상관이란 말인가? 그는 그들을 구하려고 자신의 정신과 생명을 깎아먹는 중이었는데. 다들 지옥으로나 꺼지라지.

그러나 문제는 자신의 안전이 그들과 관련되어 있다는 사실이었다.

그는 뻣뻣한 다리를 움직여 반스와 마스터슨이 대화를 나누며 서 있는 곳으로 향했다. "어떻게 돼가나?" 텔먼이 퉁명스럽게 물었다.

"잘 되는 중일세." 반스가 대답했다. "이제 얼마 걸리지 않을 거야."

"화물을 한 번만 더 실으면 돼." 마스터슨이 말했다. 그의 큼지막한 몸이 불안하게 움찔거렸다. "아무 문제도 생기지 않았으면 좋겠는데. 그 여자가 곧 여기로 올 거란 말이지."

텔먼은 마스터슨의 뚱뚱한 몸에서 풍기는 땀에 젖은 짐승 냄새를 혐오했다. 이런 상황에 처해 있다고 해서 돼지처럼 지저분하게 하고 다녀도 된다는 소리는 아니었다…… 금성에 도착만 하면 상황은 달라질 것이다. 마스터슨은 지금 당장은 쓸모 있는 존재였다. 숙련된 기계공이라 우주선의 터빈과 제트 기관을 수리하는 일에 반드시 필요하기 때문이었다. 하지만 우주선이 이륙을 해서 쓸모가 없어지면……

텔먼은 만족스런 기분으로 정당한 위계질서의 재정립에 대해 생각했다. 도시가 무너지며 위계질서도 전부 사라졌지만, 곧 예전처럼 다시 강력한 질서가 돌아올 것이다. 예를 들어 플래너리를 보자. 플래너리는 입이 험하고 일자무식인 아일랜드 출신 부두 노동자일 뿐이다…… 그렇지만 지금은 현 상황에서 가장 중요한 임무인 우주선의 화물 적재를 담당하고 있었다. 지금 당장은 플래너리가 우두머리일지 모른다…… 하지만 곧 바뀔 것이다.

바뀌는 것이 당연하다. 텔먼은 기분이 좀 나아져서 반스와 마스터슨을 떠나 우주선 쪽으로 걸음을 옮기기 시작했다.

우주선은 거대했다. 앞부분에는 밀려드는 잿더미와 태양의 열기에도 아직 전부 지워지지 않은, 스텐실로 그려 넣은 인식표가 남아 있었다.

U. S. 육군 군수품
A-3 (B) 기종

이 물건은 처음에는 적들에게 무차별한 죽음을 안겨주기 위해 H-탄두를 장착한 고속 '대량 보복' 무기였다. 하지만 미사일은 결국 발사되지 못했다. 소련의 유독성 결정체가 지역 사령부 막사의 창문과 문을 통해 소리 없이 스며들었다. 마침내 무기를 발사할 날이 되었을 때에는 발사 작업을 수행할 병력이 남아 있지 않았다. 하지만 어차피 상관없는 일이었다. 적도 남아 있지 않았으니까. 로켓은 엉덩이를 땅에 붙이고는 수개월 동안 서 있었다…… 첫 조난자들이 무너진 산맥 아래의 피난처를 찾아들었을 때까지도 그곳에 그렇게 있었다.

"훌륭하죠, 안 그래요?" 패트리셔 셸비가 말했다. 그녀는 자신의 작품을 올려다보다가 텔먼을 향해 흐릿하게 웃어 보였다. 작고 예쁜 얼굴이 피로와 찌푸린 눈으로 얼룩져 있었다. "뉴욕 만국박람회*에 서 있던 삼각 첨탑같이 생겼어요."

"세상에." 텔먼이 말했다. "그걸 아직도 기억하고 있나?"

"그때는 여덟 살이었죠." 패트리셔가 대답했다. 그녀는 우주선의 그림자 속에서 우주선의 공기, 온도, 습도를 조절하는 자동 조절 장치를 확인하고 있었다. "하지만 결코 잊어버리지 않을 거예요. 어쩌면 난 예지능력이 있는지도 몰라요. 그 건물이 비쭉 솟아 있는 모습을 봤을 때, 언젠가는 그게 모든 사람들에게 큰 의미가 될 거라는 사실을 알고 있었거든요."

"우리 스무 명에게는 큰 의미겠지." 텔먼이 그녀의 말을 바로잡았다. 그는 문득 그녀에게 남은 꽁초를 건넸다. "이거나 피우게—아무래도 좀 필요할 것 같아 보이는군."

"고마워요." 패트리셔는 입술 사이에 꽁초를 물고 작업을 계속했다. "거의 끝났어요. 세상에, 이 조절 장치 중 일부는 정말로 작아요. 생각

---

* 1939년 뉴욕 플러싱에서 개최되었다. 190m 높이의 삼각 첨탑과 구체를 상징 조형물로 사용했다.

좀 해봐요." 그녀는 아주 작은 투명한 플라스틱 회로를 들어 보였다. "차가운 우주로 나가게 되면 이 작은 조각 하나가 우리의 삶과 죽음을 결정하는 거예요." 그녀의 검푸른 눈 안에 기묘한 경외의 눈빛이 스쳐 지나갔다. "인류 전체에게요."

텔먼이 크게 웃었다. "너나 플래너리나. 그 친구는 언제나 이상적인 군소리만 해대지."

한때 스탠포드 대학 역사학부 학장이었으며 현재 피난처의 명목상 지도자인 존 크롤리 교수는 플래너리, 진 돕스와 나란히 앉아 열 살 먹은 아이의 곪아터진 팔을 살펴보고 있었다. "방사능이군." 크롤리가 단호하게 말했다. "전체적인 방사능 수치가 상승하고 있어. 분진이 내려앉는 거지. 빨리 이곳을 떠나지 않으면 우리 모두 끝장이 날 걸세."

"방사능 때문이 아닙니다." 플래너리는 확고한 목소리로 정정했다. "독성 결정체 중독이죠. 언덕 위에 무릎 깊이까지 쌓여 있잖아요. 이 아이는 그 부근에서 놀았던 겁니다."

"그게 정말이니?" 진 돕스가 물었다. 아이는 차마 그녀를 바라볼 생각조차 하지 못하고 고개를 끄덕였다. "당신 말이 맞네요." 그녀가 플래너리에게 말했다.

"연고나 좀 발라주지." 플래너리가 말했다. "그리고 살아남기만을 기대해보자고. 우리가 가진 거라고는 술파다이어졸*뿐이잖아." 그는 순간 긴장하며 시계를 봤다. "그 여자가 오늘 안에 페니실린을 가져오지 않으면 말이야."

"만약 그 여자가 오늘 가져오지 않으면," 크롤리가 말했다. "영영 얻을 수 없을 걸세. 오늘 싣는 화물이 마지막이지 않나. 화물 적재가 끝나면 이륙할 테니까."

---

* 주로 폐렴과 화농성 질환에 쓰는 치료제. 거의 모든 세균성 질환 치료에 사용 가능하다.

플래너리는 손을 마주 비비며 갑자기 크게 소리를 질렀다. "그럼 돈을 꺼내야겠군!"

크롤리가 웃음 지었다. "그렇지." 그는 철제 보관함 중 하나를 뒤적거리더니 지폐 한 뭉치를 끄집어냈다. 크롤리는 지폐 뭉치를 부채꼴로 펴면서 텔먼 쪽을 향해 내밀었다. "골라 가지게. 전부 가져도 좋아."

텔먼은 초조하게 말했다. "거 조심 좀 하시죠. 그 여자는 아마 또 모든 물건의 값을 올렸을 겁니다."

"돈은 많은데 뭘." 플래너리는 지폐를 약간 끄집어내 우주선으로 향하는 손수레의 빈 공간에 찔러 넣었다. "세상 모든 곳에서 돈이 바람에 흩날리고 있다고. 재와 뼛가루와 뒤섞여서. 어차피 금성에 가면 돈 따위는 필요 없잖아. 그 여자가 전부 가지라고 하라고."

텔먼은 화를 억누르며 생각했다. 금성에 도착하면 모든 질서가 원래대로 돌아갈 테고, 플래너리는 자신에게 어울리는 하수도 파는 일이나 하게 될 거라고. "뭘 제일 많이 가져올 겁니까?" 그는 플래너리를 무시하고 크롤리와 진 돕스에게 물었다. "마지막 화물 구성이 어떻게 되죠?"

"만화책이지." 플래너리는 벗겨져가는 이마에 맺힌 땀을 훔치며 아련하게 대꾸했다. 그는 키 크고 늘씬하며 검은 머리를 가진 젊은 남자였다. "하모니카도."

크롤리는 그에게 눈을 찡긋해 보였다. "우쿨렐레 픽도 있지. 하루 종일 해먹에 누워서 〈누군가 디나와 함께 부엌에 있었나〉를 뜯을 수 있게 말이야."

"칵테일용 막대도 있죠." 플래너리가 상기시키듯 말했다. "우리 빈티지 38년산 샴페인의 거품을 좀 더 제대로 터뜨릴 수 있도록 말입니다."

텔먼이 폭발했다. "이 빌어먹을 얼간이 자식이!"

크롤리와 플래너리는 크게 웃음을 터뜨렸고, 텔먼은 이 새로운 멸시에 분을 삭이며 자리를 떴다. 대체 어떤 부류의 머저리에 미치광이란 말인가? 이런 때에 농담이나 하고 있다니…… 그는 비참하게, 거의 비난하는 눈길로 우주선을 쳐다봤다. 그들이 새로 만들 세계가 이런 부류의 곳이었단 말인가?

무정하게 내리쬐는 뜨거운 백색 태양 아래 거대한 우주선이 이글거리며 빛났다. 하늘을 향해 솟아오른 합금 덩어리와 그 주변의 보호용 섬유 그물이 끔찍한 오두막들 사이에 우뚝 서서 모습을 비췄다. 화물을 한 번만 더 실으면 이륙할 수 있다. 그들의 유일한 출처에서 트럭 하나 분의 물자가 더 도착하기만 하면. 삶과 죽음을 가를 수 있는, 얼마 안 되는 양의 오염되지 않은 물품들이 도착하기만 한다면.

잘못되는 일이 없기만을 빌며, 텔먼은 에드나 버델슨 부인과 그녀의 낡은 붉은색 픽업트럭을 기다리기 시작했다. 피해를 입지 않은 풍요로운 과거와 그들을 연결시키는 유일하고 위태로운 탯줄을.

길 양쪽으로 살구나무가 무성하게 우거져 있었다. 땅에 떨어져 썩어 가는 과일 주변으로 벌과 파리들이 나른하게 윙윙댔다. 때로 잠이 덜 깬 모습의 아이들이 앉아 있는 길가의 노점이 나타나기도 했다. 길가 진입로에는 뷰익과 올즈모빌*들이 주차되어 있었다. 시골 개들이 여기저기를 돌아다녔다. 갈림길 한 곳에는 멋들어진 술집 하나가 오전의 햇빛 속에서 희미하게 네온사인을 깜빡이며 서 있었다.

에드너 버델슨 부인은 날카롭게 술집과 그 주변에 주차되어 있는 차들을 쏘아봤다. 도시 사람들이 계곡으로 밀려들고 있었다. 그들은 늙은 떡갈나무를 베고 오래된 과수원을 밀어버린 다음, 그 자리에 자기네들 교외 주택을 세우고는 대낮부터 술집에 들러 위스키 사워를 마시고 그대로 흥겹게 차를 몰아 사라졌다. 꽁무니에 날개가 달린 크라이슬러를

---

* 1897년부터 2004년까지 존속한 미국의 자동차 제조회사 및 그 브랜드의 자동차. 쉐보레, 뷰익과 함께 1970~1980년대 미국에서 크게 유행했다.

몰고 시속 120킬로미터로 달리기도 했다. 그녀의 트럭 뒤꽁무니에 모여 있던 차들이 갑자기 앞으로 달려 나와 그녀를 지나쳐 달려갔다. 그녀는 굳은 얼굴로 그들이 지나가는 모습을 물끄러미 쳐다봤다. 저렇게 서두르는 놈들은 그런 꼴을 당해도 쌌다. 만약 그녀도 저렇게 서둘렀더라면, 이렇게 홀로 차를 몰다가 발견한 자신의 능력을 깨달을 시간조차 없었을 것이다. 그녀가 '앞날'을 내다볼 수 있다는 것도, 엄청난 가격으로 손쉽게 거래할 수 있는 시간 속 구멍도 찾아내지 못했을 것이다. 서두르고 싶은 자들은 서두르게 하자. 트럭 뒤편에 실린 묵직한 화물 더미가 리듬에 맞춰 흔들렸다. 엔진이 웅웅 소리를 냈다. 뒤편 창문에서 반쯤 죽은 파리 하나가 윙윙대고 있었다.

재키는 용기와 상자 사이에 늘어져 여행을 즐기면서 지나가는 살구나무와 차들을 멍하니 바라봤다. 뜨거운 하늘을 배경으로 푸른색과 하얀색의 차가운 바위투성이 산의 봉우리가 솟아올라 있었다. 봉우리 주변을 안개가 휘감고 있었다. 디아블로 산은 꽤나 높은 곳이었다. 그는 길을 건너려고 한쪽 옆에 나른하게 서 있는 개를 향해 얼굴을 찌푸려 보였다. 커다란 감개에서 전선을 풀어내고 있는 퍼시픽 전화 회사의 수리공을 보고 크게 손을 흔들어 보이기도 했다.

트럭이 갑자기 고속도로를 벗어나 검은색 샛길로 들어섰다. 이제 오가는 차들도 적어졌다. 트럭은 경사를 오르기 시작했…… 비옥한 과수원이 아래로 사라지고 널찍한 갈색 평원이 등장했다. 오른쪽으로 버려진 농장 건물이 하나 보였다. 흥미가 생긴 그는 얼마나 오래된 건물일지 궁금해하며 그쪽을 바라봤다. 농장 건물이 사라지자 인간이 만든 건조물은 더 이상 나타나지 않았다. 평야는 점차 황폐해졌다. 드문드문 망가지고 내려앉은 철조망이 보였다. 더 이상 읽을 수도 없는 부서진 간판들. 트럭은 디아블로 산의 기슭으로 다가가고 있었다…… 이쪽으로 오는 사람은 거의 없었다.

소년은 버델슨 부인이 이쪽으로 외출을 하는 이유를 궁금해했다. 이쪽에는 아무도 살지 않았으니까. 갑자기 평원이 사라지고 잡초와 관목 덤불만 가득한 시골 풍경, 무너져 내리는 산의 사면이 나타났다. 반쯤 망가진 도로 위로 토끼 한 마리가 날렵하게 뛰어 지나갔다. 완만한 언덕과 여기저기 나무와 바위들만 널린 널찍한 사면…… 아마도 주에서 세운 방화탑과 물 저장고 외에는 아무것도 없을 터였다. 그리고 예전에 주에서 관리했으나 이제는 잊힌 캠프장 하나 정도.

소년의 마음에 공포가 슬그머니 스며들었다. 이쪽에는 고객이랄 사람은 아무도 살지 않았다…… 그는 이 낡은 붉은색 픽업트럭이 바로 도시로 들어갈 것이라고 확신하고 있었다. 화물과 함께 샌프란시스코나 오클랜드나 버클리로 가서, 차에서 내려 흥미로운 광경을 볼 수 있을 거라고. 하지만 여기는 모두가 버리고 떠난 공허한 풍경과 불길한 침묵 외에는 아무것도 없었다. 산 그림자가 차를 뒤덮어 공기가 서늘해졌다. 소년은 몸을 떨면서 따라온 것이 잘못이었다는 생각을 하기 시작했다.

버델슨 부인은 속도를 늦추고 시끄러운 소리와 함께 변속기의 단을 낮췄다. 트럭은 굉음과 배기가스를 폭발하듯 불길하게 내뱉으며, 날카롭게 튀어나와 있는 바위 사이로 가파른 사면을 올라가기 시작했다. 어딘가 멀리 떨어진 곳에서 새 한 마리가 날카로운 울음소리를 냈다. 재키는 불길하게 메아리치는 그 소리를 들으며 어떻게 할머니의 주의를 끌어야 할지 고민하기 시작했다. 앞자리에 탈 수 있으면 정말 기분이 좋겠지. 그럴 수만 있으면—

그리고 다음 순간, 소년은 문득 깨달았다. 처음에는 믿을 수가 없었다…… 하지만 믿을 수밖에 없었다.

그의 몸 아래에서 트럭이 사라지기 시작했다.

거의 보이지 않을 정도로 천천히 사라지고 있었다. 트럭은 조금씩 흐릿해져 갔다. 녹슨 붉은 차체가 회색이 되더니 곧 색 자체가 사라져버렸다. 아래쪽으로 검은색 도로가 보이기 시작했다. 소년은 겁에 질려 상자 더미에 매달리려 했지만, 손은 상자를 통과해 지나갈 뿐이었다. 그는 희미한 형체로 가득한 바다 한가운데에 위태롭게 홀로 떠 있었다. 거의 투명해진 유령 같은 형체들 사이에.

그는 갑자기 비틀거리며 미끄러져 내렸다. 이제 그는 트럭 가운데에, 배기관 바로 위쪽에 끔찍한 상태로 걸려 있었다. 소년은 절망적으로 손을 뻗으며 자기 바로 위에 있는 상자를 잡으려 해봤다. "도와줘요!" 소년이 소리쳤다. 자신의 목소리가 사방에 메아리쳤다. 그게 들려오는 유일한 소리였…… 트럭의 굉음도 사라지고 있었기 때문이다. 소년은 잠시 동안 사라지는 트럭의 형상을 움켜쥐려 애썼다. 그러더니 천천히, 부드럽게, 트럭의 남은 형상도 사라져버렸다. 소년은 심한 충격과 함께 도로 위로 나동그라졌다.

소년은 그 순간의 충격으로 마른 잡초 위를 굴러 길 옆 도랑 너머까지 튕겨나갔다. 혼란과 고통 때문에 어안이 벙벙해선 한동안 숨을 헐떡이며 누워 있다가 힘겹게 몸을 일으키려 했다. 아무 소리도 들리지 않았다. 트럭과 버렐슨 부인은 사라져버렸다. 소년은 완전히 홀로 남겨졌다. 그는 겁에 질려 눈을 감고는 다시 몸을 뉘었다.

아마도 그리 오래는 아닌 시간이 흐른 후, 소년은 브레이크가 끌리는 소리에 눈을 떴다. 지저분한 오렌지색의 주 소속 정비 트럭이 그의 옆에 멈춰 있었다. 카키색 작업복을 입은 남자 두 명이 서둘러 트럭에서 내려 다가오고 있었다.

"어떻게 된 거냐?" 한 사람이 그를 향해 소리 질렀다. 그들은 심각한 표정으로 소년을 끌어 일으켰다. "여기서 뭘 하고 있는 거냐?"

"떨어졌어요." 소년은 중얼거렸다. "트럭에서요."

"무슨 트럭?" 그들이 물었다. "어쩌다가?"

소년은 그들에게 털어놓을 수가 없었다. 그가 알고 있는 사실은 버렐슨 부인이 떠나버렸다는 것뿐이었다. 결국 소년은 성공하지 못했다. 다시 한번, 그녀는 홀로 여행을 하게 되었다. 그는 할머니가 어디로 갔는지 결코 알지 못할 테고, 그녀의 고객이 누구인지도 알아낼 수 없을 것이다.

트럭의 운전대를 잡고 있는 버렐슨 부인은 전이가 일어났다는 사실을 알았다. 그녀도 주변의 황막한 갈색 평원이나 바위, 녹색 잡초 덤불이 사라지는 모습을 대충은 눈치채고 있었다. 그녀가 처음으로 '앞날로' 나아갔을 때 처음 맞닥뜨린 것은 끝없이 펼쳐진 검은 재의 바다였다. 그녀는 그날 자신의 발견에 너무 흥분한 나머지 구멍 반대편의 모습을 제대로 '각인하는' 일을 잊어버렸다. 그녀는 그곳에 고객이 있다는 사실은 알고 있었다…… 그리고 일등으로 그곳에 도착하기 위해 왜곡 속으로 돌진해 들어갔다. 그녀는 만족스럽게 웃었다…… 그렇게 서두를 필요는 없었는데. 그곳에는 경쟁이라고는 없었으니까. 사실 고객들은 너무도 간절히 그녀와 거래하고 싶어 해서, 그녀가 편하게 올 수 있도록 자기네가 할 수 있는 모든 일을 해놓을 정도였다.

사람들은 잿더미 속에 어설픈 도로 한 조각을 만들어 놓았다. 트럭이 지금 달리고 있는 목조 발판이었다. 그녀는 '앞날로 나아갈' 정확한 순간을 파악하고 있었다. 주립공원 안으로 0.5킬로미터쯤 들어오면 보이는 지하 배수로를 지나는 순간이었다. 이곳, '앞날'의 세계에서도 지하 배수로는 여전히 존재했지만…… 남아 있는 것은 무너져 내린 석재 약간뿐이었다. 도로 자체는 완전히 파묻혀 있었다. 트럭의 바퀴 아래에서 거친 널빤지가 내려앉으며 우지끈 소리를 냈다. 타이어에 펑크라도 나면 매우 곤란할 터였다…… 하지만 그들 중에서 수리할 수 있는 사람이 있을 것이다. 항상 일만 하는 사람들이니 이런 사소한 작업 정도야 별일도 아니겠지. 이제 사람들이 보였다. 나무 발판의 끝에 모여 서서 초조하게 그녀를 기다리고 있었다. 그들 너머로 냄새 나는 조잡한 오두막들이 있었고, 그 뒤에 우주선이 있었다.

버델슨 부인은 우주선에 상당히 신경을 쓰고 있었다. 그녀도 그게 무엇인지 알았다. 훔쳐낸 군수품이었다. 그녀는 비쩍 마른 손으로 변속기 손잡이를 꽉 잡고 중립으로 놓아 차를 멈춘 다음, 사람들이 다가오자 수동 브레이크를 채웠다.

"잘 지내셨소." 크롤리 교수가 중얼거렸다. 그는 날카로운 눈으로 트럭 짐칸을 뚫어져라 바라봤다.

버델슨 부인은 알아들을 수 없는 대답을 몇 마디 중얼거렸다. 그녀는 이들을 조금도 좋아하지 않았…… 지저분한 남자들, 땀과 공포로 범벅이 되고, 몸과 옷은 먼지에 찌들고, 오래전부터 스며들어 더 이상 분리할 수 없게 되어버린 절망을 가지고 있는 자들. 겁에 질린 비참한 아이들처럼 트럭 주변으로 몰려들어서는, 희망에 찬 눈길로 상자를 찔러 보며 이미 검은 땅 위로 물자를 내리고 있었다.

"거기 잠깐." 그녀가 날카롭게 말했다. "거기 손 떼시지."

그들은 불에 데기라도 한 것처럼 화급히 손을 뗐다. 버델슨 부인은 완고하게 트럭에서 내려서는 주문서를 손에 들고 크롤리 쪽으로 걸어 갔다.

"잠깐 기다리게." 부인이 그에게 말했다. "목록을 확인해야 하니까."

크롤리는 고개를 끄덕이고 마스터슨을 흘깃 쳐다본 다음, 메마른 입술을 핥으며 그대로 기다렸다. 그들 모두가 기다렸다. 언제나 이런 식이었다. 그들도, 그리고 그녀도, 그들이 물자를 얻을 수 있는 다른 수단이 없다는 것을 알고 있었다. 만약 물자를, 식량과 약품과 옷과 기자재와 도구와 원자재를 얻지 못한다면 그들은 우주선을 타고 떠나지 못할 것이다.

이 세계, '앞날'의 세계에는 그런 물건들이 존재하지 않았다. 적어도 사람들이 사용할 수 있는 형태로는 말이다. 그녀는 한번 훑어보기만 해도 알 수 있었다. 직접 폐허를 목격했으니까. 그들은 이 세계를 그리 제대로 보살피지 못했다. 모든 것을 낭비하고 검은 재와 폐허만을 남겼다. 뭐, 그들의 문제지 그녀의 문제는 아니었다.

부인은 그들의 세계와 자신의 세계의 관계에 대해 별로 흥미가 없었다. 그저 두 세계가 모두 존재하며, 자신이 그 사이를 오갈 수 있다는 사실만이 중요했다. 그 방법을 아는 사람은 오직 그녀뿐이었다. 이 세계의 사람들, 이 일행의 구성원들이 그녀와 함께 '예전으로' 돌아가려고 시도해보기도 했다. 하지만 언제나 실패했다. 부인이 전이해가는 동안 그들은 뒤에 남겨졌다. 오직 그녀만의 능력, 그녀만의 자산이었다. 공공재가 아니었다. 부인은 그 사실을 다행으로 여겼다. 사업을 하는 사람에게는 꽤나 귀중한 자산이었다.

"좋아, 시작해." 그녀는 또박또박 말했다. 부인은 그들을 지켜볼 수 있는 위치에 서서, 트럭에서 내려오는 상자들을 하나하나 주문서에서 지워 내려갔다. 그녀의 일처리는 명확하고 확실했다. 삶의 일부였으니까. 그녀는 오래전부터 명확하게 사업을 수행해왔다. 그녀의 아버지는 이 세계에서 살아남는 방법을 알려줬다. 그녀는 아버지의 완고한 원칙과 규율을 받아들였고, 이제는 그것을 따르고 있었다.

플래너리와 패트리셔 셸비는 함께 한쪽에 서 있었다. 플래너리는 물품 대금을 손에 들고 있었다. "자." 그는 숨죽여 말했다. "그럼 이제 가서 강물에 빠져 죽으라고 해버리면 되겠군."

"그래도 되겠어?" 팻이 불안하게 물었다.

"마지막 화물이 도착한 거잖아." 플래너리는 뻣뻣하게 웃으며 떨리는 손으로 줄어드는 검은 머리칼을 쓸어 넘겼다. "이제 시작이라고. 이 물건만 있으면 우주선은 머리끝까지 쟁여지는 거야. 여기 앉아서 저것들 중 일부를 먹을 수도 있을걸." 그는 판지가 휘어질 만큼 가득 찬 식료품 상자를 가리키며 말했다. "베이컨, 달걀, 우유, 진짜 커피. 어쩌면 냉동고 깊숙이 밀어 넣지 않아도 될지 몰라. 이륙 전 최후의 만찬을 벌여도 될지도 모른다고."

팻은 아련한 표정을 띠고 중얼거렸다. "멋지겠다. 그런 음식을 먹어본 지 한참이 지났지."

마스터슨이 그들 쪽으로 걸어왔다. "저 노친네를 죽여서 큰 솥에 넣고 삶아버리자고. 비쩍 마른 마녀 같으니—괜찮은 국물이 나올지도 몰라."

"오븐이 낫지 않나." 플래너리가 말했다. "생강 빵을 곁들여 구워서 이륙할 때 가져가지."

"그런 말은 하지 않았으면 좋겠어." 팻이 걱정되는 말투로 말했다. "저 여자는 너무—글쎄, 어쩌면 진짜 마녀일지도 모르지. 그러니까 내 말은, 어쩌면 마녀가 저런 사람이었던 걸지도 모르잖아…… 괴상한 재주를 가진 늙은 여자들. 저 여자처럼—시간을 넘나들 수 있다던가."

"우리에게는 다행스런 일이지." 마스터슨이 가볍게 말했다.

"하지만 저 여자는 이해를 하지 못하잖아. 안 그래? 자기가 뭘 하는지는 알고 있을까? 자기 능력을 공유하기만 하면 우리 모두를 구할 수 있는데. 우리 세계에 무슨 일이 생기는지 알고는 있을까?"

플래너리는 그 질문을 곱씹어봤다. "어쩌면 모를 수도 있지. 아니면 신경 쓰지 않던가. 저 노파는 사업과 이윤만 생각하잖아. 말도 안 되는 수수료를 붙여서 물건을 팔고, 엄청난 대금을 청구하고. 웃기는 건 우리에게 이 돈은 아무런 가치도 없다는 거야. 딱 보기만 해도 알 수 있을 텐데. 이 세계에서 돈 따위는 그저 종이쪽일 뿐이라고. 하지만 저 여자는 자신의 좁은 일상에 틀어박혀 있는 거야. 사업, 그리고 이윤." 그는 고개를 저었다. "뒤틀린 벼룩 크기의 정신이지…… 그런데 저런 노파에게 그런 능력이 있다니."

"하지만 직접 보면 되는 거잖아." 팻이 항변했다. "이 잿더미도, 폐허도 보일 텐데. 어떻게 모를 수가 있어?"

플래너리는 어깨를 으쓱했다. "아마 자신의 삶과 연관시킬 수가 없는 거겠지. 어쨌든 몇 년 안에 죽을 사람 아니야…… 자기 시간 속에서는 전쟁을 보지도 못할 거라고. 그저 여기가 차를 몰아 올 수 있는 어떤 지역으로만 보이겠지. 이국의 땅을 보여주는 슬라이드 쇼처럼 말이야. 저 여자는 마음대로 들락날락할 수 있지만 우리는 꼼짝도 못하지. 한 세계에서 빠져나가 다른 세계로 들어갈 수 있는 능력이라니, 정말 안심될 것 같군. 세상에, 저 여자와 함께 돌아갈 수 있다면 뭐든 내놓겠는데 말이야."

"시도는 해보지 않았나." 마스터슨이 지적했다. "그 도마뱀 대가리 텔먼이 시도했지. 그러고는 혼자서 재투성이가 되어 걸어 돌아왔다고. 트럭이 허공으로 사라져버렸다고 하지 않았나."

"물론 그랬지." 플래너리가 부드럽게 대꾸했다. "저 노파는 월넛 크릭으로 차를 몰아 돌아갔어. 1965년으로."

모든 물자가 트럭에서 내려왔다. 피난처의 사람들은 상자를 들고 힘겹게 비탈을 올라 우주선 아래의 적재 공간으로 향했다. 버델슨 부인이 크롤리 교수와 함께 플래너리 쪽으로 걸어왔다.

"이번 주문 확인서네." 그녀가 쌀쌀맞게 말했다. "몇 가지 물품은 찾을 수 없었어. 자네들도 알겠지만, 이런 물건을 모두 가게에 쟁여놓지는 않거든. 대부분은 다른 곳에 주문을 따로 해야 한다고."

"우리도 압니다." 플래너리는 냉정한 즐거움을 느끼며 대답했다. 쌍안 현미경, 터릿 선반, 냉동 항생제 팩, 고주파 송신기, 온갖 분야의 고급 과정 교과서를 갖춘 시골 잡화점은 참으로 흥미로운 꼴일 것이다.

"바로 그 때문에, 가격을 조금 더 올려 받을 수밖에 없네." 노파는 이전과 마찬가지로 꾸준히 쥐어짜는 자세를 유지하며 말을 이었다. "내가 이번에 들여온 물건들을 보자면—" 그녀는 주문 확인서를 검토했다. 저번에 들렀을 때 크롤리가 넘겨준, 타자기로 친 10페이지 분량의 목록이었다. "몇 가지는 구할 수 없었네. 그것들은 다음번 주문 목록으로 넘겼어. 동부에 있는 몇 군데의 실험실에서만 만드는 금속의 경우에는—나중이라면 될 수도 있다고 하더군." 그녀의 늙은 회색 눈 위로 교활한 기색이 스치고 지나갔다. "아마 매우 비쌀 거야."

"이젠 관계없습니다." 플래너리가 그녀에게 돈을 넘기며 말했다. "밀린 주문은 취소해버려도 됩니다."

처음에는, 그녀의 얼굴에 아무런 표정도 떠오르지 않았다. 이해할 수 없다는 기색뿐이었다.

"더 이상 배달 올 필요가 없다는 말이오." 크롤리가 설명했다. 사람들의 몸에서 긴장이 풀리는 게 느껴졌다. 처음으로 그녀를 두려워할 필요가 없어진 것이다. 과거의 관계는 끝났다. 녹슨 붉은색 트럭에 의지할 필요는 사라졌다. 물품이 도착했고 떠날 준비가 끝난 것이다.

"이륙할 거라서요." 플래너리는 차갑게 웃으며 말했다. "적재가 끝났거든요."

마침내 이해한 모양이었다. "하지만 이 물건들을 주문해놨는데." 그녀의 목소리는 작고 삭막했다. 감정은 느껴지지 않았다. "나한테 배달될 거라고. 내가 그 물건 값을 치러야 해."

"그거 참." 플래너리가 부드럽게 대꾸했다. "정말 빌어먹게 안됐네요."

크롤리가 경고하는 눈으로 그를 쏘아봤다. "미안하게 됐소." 그가 노파에게 말했다. "우리는 여기 계속 머무를 수 없소. 방사능이 점점 강해지고 있으니까. 이륙해야만 하오."

노파의 주름진 얼굴에 떠오른 낙담이 곧 분노로 바뀌어 타올랐다. "당신네가 주문한 물건 아니야! 이건 당신네가 사들여야 한다고!" 그녀의 날카로운 목소리가 격노한 비명으로 바뀌었다. "나보고 이걸로 뭘 하라는 거야!"

플래너리가 비꼬는 대답을 준비하는 것을 보고 팻 셸비가 끼어들었다. "버델슨 부인." 그녀가 조용하게 말했다. "부인은 우리를 위해 많은 것을 해주셨어요. 그 구멍을 통해 우리를 그쪽으로 데려다주지는 못했지만요. 우리 모두는 깊이 감사하고 있어요. 부인이 아니었더라면 충분한 물자를 모을 수 없었을 거예요. 하지만 이제 정말로 떠나야 해요." 그녀는 노파의 가녀린 어깨를 향해 손을 뻗었지만, 노파는 그 손길을 격렬히 뿌리쳤다. "그러니까 제 말은," 팻이 어색하게 말을 끝맺었다. "우리가 원하든 원하지 않든 이제 더 이상 여기 머무를 수 없다는 거예요. 이 검은 잿더미 보이세요? 저건 방사능 낙진이고 갈수록 더 많이 떨어져요. 독성 수준이 올라가고 있어서, 더 이상 머무르면 저 재가 우리를 죽이기 시작할 거예요."

에드나 버델슨 부인은 주문 확인서를 움켜쥔 채 서 있었다. 그녀의 얼굴에는 그들이 지금까지 보지 못한 표정이 떠올라 있었다. 격렬한 분노의 발작은 잦아들었다. 이제 그녀의 나이 든 얼굴에는 차갑고 냉정한 막이 덮여 있었다. 눈은 아무런 감정도 없는 회색 돌덩이처럼 보였다.

플래너리는 별 감흥이 없는 모양이었다. "여기 당신 돈이오." 그는 이렇게 말하며 지폐 무더기를 그녀에게 던졌다. "알 게 뭐야." 그는 크롤리를 돌아보며 말했다. "나머지도 전부 줘버리죠. 저년 목구멍에 그냥 쑤셔 넣자고요."

"좀 닥쳐." 크롤리가 쏘아붙였다.

플래너리는 화난 표정으로 물러섰다. "왜 나한테 그래요?"

"그만하라면 그만하라고." 크롤리는 걱정 때문에 긴장해서 노파에게 다시 말을 걸었다. "이거 참, 설마 우리가 여기 영원히 머무를 거라고 생각하신 건 아니겠죠?"

응답이 없었다. 노파는 갑작스레 몸을 돌려서는 아무 말 없이 트럭으로 돌아갔다.

마스터슨과 크롤리는 불안한 눈빛으로 서로를 마주봤다. "정말로 화가 난 모양인데." 마스터슨이 걱정스럽게 중얼거렸다.

텔먼이 서둘러 달려와서 트럭에 올라타는 노파를 흘깃 바라보고는, 그대로 식료품 상자 위로 몸을 숙여 물건을 뒤적이기 시작했다. 그의 마른 얼굴에 아이 같은 욕망이 번졌다. "이거 봐." 그가 헐떡이며 말했다. "커피야. 7킬로그램은 된다고. 조금 따면 안 되나? 깡통 하나만 따서 축배를 들자고."

"물론 그래도 되지." 크롤리는 트럭에 시선을 고정한 채 감흥 없는 목소리로 말했다. 트럭은 숨죽인 굉음을 울리며 널찍하게 유턴해서, 조잡한 발판을 타고 잿더미 속으로 나아갔다. 그대로 얼마 안 되는 거리를 미끄러져 나아가더니 사라졌다. 태양이 내리쬐는 황량하고 어두운 평원만이 남았다.

"커피다!" 텔먼이 즐겁게 소리쳤다. 그는 반짝이는 금속 깡통을 허공으로 높이 던져 올렸다가 아슬아슬하게 다시 받았다. "축배다! 우리의 마지막 밤이라고. 지구에서의 최후의 만찬이야!"

그 말은 사실이었다.

쉿소리를 내는 붉은색 픽업트럭을 길을 따라 천천히 몰면서, 버델슨 부인은 '앞날'을 확인하고 그들이 사실을 말하고 있다는 것을 확인했다. 그녀의 얇은 입술이 뒤틀렸다. 입안에서 쓴맛이 차올랐다. 그녀는 그들이 계속해서 구매를 할 거라고 간주하고 있었다. 경쟁도 없고 다른 공급원도 없었으니까. 하지만 그들은 떠날 생각이었다. 그들이 떠나버리면 시장도 더 이상 유지되지 않을 터였다.

그녀는 이 정도로 만족스러운 시장을 본 적이 없었다. 완벽한 시장이었고, 그 일행은 완벽한 고객이었다. 가게 뒤편, 예비용 곡물 자루 뒤에

676

숨겨져 있는 금고에는 거의 25만 달러나 되는 금액이 모여 있었다. 고작해야 몇 달 동안 우주선을 건조하려 애쓰는 고립된 피난처에서 긁어모은 금액인데도 말이다.

그리고 그 모든 것들은 그녀 덕분에 가능해졌다. 결국 그들이 떠날 수 있게 된 것도 전부 그녀 책임이었다. 그녀의 근시안적 행동 덕분에 도망치게 된 거였다. 그녀가 머리를 쓰지 않았기 때문에.

마을로 돌아오며 그녀는 차분하게 이성적으로 생각해봤다. 모두가 자신 때문에 일어난 일이었다. 그들에게 물자를 공급해줄 수 있는 능력을 가진 사람은 그녀 하나뿐이었다. 그녀가 없으면 그들은 꼼짝도 못할 터였다.

희망을 가지고, 그녀는 주변을 둘러봤다. 이쪽저쪽으로 내면의 감각을 열고 다양한 '앞날'을 살펴보기 시작했다. 물론 앞날은 하나가 아니었다. 수많은 '앞날'들이 수많은 공간으로, 그녀가 원한다면 언제든 발을 들여놓을 수 있는 복잡하게 얽힌 세계들로 구성되어 있었다. 그러나 그녀가 원하는 것이 있는 공간은 보이지 않았다.

모든 세계에는 검은 재로 뒤덮인, 인간이 살지 않는 황량한 평야만이 펼쳐져 있었다. 그녀가 원하는 것은 없었다. 어느 곳에도 고객이 존재하지 않았던 것이다.

'앞날'의 패턴은 복잡했다. 수많은 인과관계가 끈에 꿰인 구슬처럼 연결되어 있었다. 수많은 '앞날'이 연결되어 서로 엮이는 고리를 만들었다. 하나의 단계는 다음 단계로 이어진다…… 하지만 연결 자체가 바뀌지는 않는다.

그녀는 시간을 들여 조심스레 각 연결 고리를 확인하는 작업에 들어갔다. 정말 많은 수가 있었다…… 가능한 '앞날'의 수는 거의 무한에 가까웠다. 그녀의 능력은 이 중 하나를 고르는 것이었다. 그녀는 바로 그 세계, 한 무리의 조난자들이 우주선을 건조하는 세계로 들어갔다. 그곳에 들어감으로써 그 앞날을 현실로 만들었다. 앞날을 현실로 굳혀버렸다. 수많은 세계 중에서, 무한한 가능성 중에서 하나를 골라냈다.

이제 그녀는 다른 선택을 해야 했다. 이번 '앞날'은 만족스럽지 못하다는 사실이 드러났다. 시장이 소멸된 것이다.

트럭은 그녀가 원하는 것을 찾기 전에 이미 즐거운 월넛 크릭 마을로 들어서고 있었다. 밝은색의 가게와 주택과 슈퍼마켓이 지나갔다. 앞날은 너무도 많았고, 그녀의 머리도 이제 늙어 둔해졌다…… 하지만 그녀는 곧 원하는 것을 찾아냈다. 찾자마자 자신이 원하던 것임을 깨달았다. 그녀의 선천적인 사업 감각이 보증했다. 바로 그 '앞날'이 그녀의 머릿속에서 맞춰졌다.

모든 가능성 중에서 이 가능성만이 독특했다. 우주선은 튼튼했고 시험도 충실하게 끝낸 후였다. 수많은 '앞날' 속에서 우주선은 이륙에 성공했고, 자동 장치가 작동한 다음 대기권을 뚫고 그대로 샛별을 향해 날아올랐다. 몇 군데의 '앞날'에서는 일련의 실패가 발생해 우주선이 하얗게 달아오른 파편을 날리며 폭발했다. 그녀는 이런 가능성 역시 배제했다. 자신에게 이득이 될 게 없었으니까.

몇 군데의 '앞날'에서는 우주선의 이륙 자체가 실패해버렸다. 터빈이 돌아가며 매연이 뿜어져 나왔지만…… 우주선은 그대로 서 있었다. 그러나 곧 사람들이 쏟아져 나와 터빈을 고치고 문제가 있는 부품을 수리했다. 따라서 더 나아질 게 없었다. 이쪽 고리를 따라가면 결국 수리에 성공해 마침내 이륙하는 결과로 이어졌다.

하지만 모든 일이 제대로 일어나는 고리가 딱 하나 있었다. 모든 요소, 모든 인과관계가 완벽하게 일어났다. 압력 문이 닫히고 우주선의 밀폐 작업이 끝났다. 터빈이 불을 뿜었고, 우주선은 몸을 움찔거리며 검은 평원 위로 날아올랐다. 5킬로미터쯤 올라간 뒤 후방 제트 엔진이 떨어져 나갔다. 우주선은 허공에서 허우적거리더니 그대로 굉음을 내며 지구로 떨어져 내렸다. 금성에 도착할 때를 위해 붙인 비상 착륙 분사기가 계속해서 불꽃을 뿜었다. 우주선은 속도를 늦추고는 잠시 고통스레 허공에 머물다가, 그대로 예전 디아블로 산이었던 바위 덩어리 위로 떨어져 내렸다. 우주선의 잔해, 뒤틀린 금속판들이 연기를 뿜어 올리며 적막 속에 널브러졌다.

충격을 받은 사람들이 우주선에서 기어 나와 아무 말 없이 피해 상황을 살피기 시작했다. 비참하고 의미 없는 작업을 처음부터 다시 시작한다. 물자를 모으고, 로켓을 수리하고…… 노파는 지그시 미소를 지었다.

그게 바로 그녀가 원하는 것이었다. 이거면 완벽했다. 그녀가 할 일은 그저 다음 번 여행에서 이 일련의 과정을 선택하는 단순한 것뿐이었다. 다음 주 토요일에 배달 여행을 나갈 때 말이다.

크롤리는 검은 재에 반쯤 파묻힌 채 뺨에 난 깊은 상처를 힘없이 눌러봤다. 부러진 이가 욱신거렸다. 입안에서 피가 고이는 것이 느껴졌다. 뜨겁고 짠맛이 나는 체액이 손쓸 도리 없이 새어 나오고 있었다. 다리를 움직여보려 했지만 아무 감각도 느껴지지 않았다. 부러진 모양이었다. 너무 혼란스럽고 절망적이라 상황을 제대로 이해할 수도 없었다.

어스름 속 어딘가에서 플래너리가 뒤척이는 소리가 들렸다. 여성의 신음 소리도 들렸다. 부상을 입고 죽어가는 사람들이 바위와 우주선의 탑승 구역 잔해들 사이로 여기저기 흩어져 있었다. 누군가 일어서서 비틀거리며 걸어 다니는 것이 보였다. 인공 불빛이 깜빡거렸다. 텔먼이었다. 부서진 그들 세계의 잔해 위를 힘겹게 걸어가고 있었다. 그는 크롤리를 보고 멍하니 입을 벌렸다. 안경은 한쪽 귀에 걸렸고 아래턱의 일부가 사라져 있었다. 다음 순간 그는 연기를 뿜어내는 물자 위로 머리부터 넘겨졌다. 그의 비쩍 마른 몸이 아무 이유 없이 경련했다.

크롤리는 간신히 몸을 일으켜 앉았다. 마스터슨이 그를 굽어보며 계속해서 뭔가 말하고 있었다.

"나는 괜찮네." 크롤리가 간신히 중얼거렸다.

"끝장입니다. 우주선이 날아갔어요."

"나도 아네."

마스터슨의 지친 얼굴에 히스테리의 첫 번째 조짐이 번득였다. "혹시 이 일이 전부—"

"아냐." 크롤리는 중얼거렸다. "그런 일은 불가능하네."

마스터슨은 낄낄 웃기 시작했다. 뺨에 묻은 검댕을 타고 눈물이 흘러내렸다. 굵은 물방울이 목을 타고 불타버린 옷깃 속으로 흘러들었다. "그년이 한 짓이에요. 그년이 우리를 붙들어둔 겁니다. 우리가 여기 머물기를 원했던 거예요."

"아냐." 크롤리는 같은 말을 반복했다. 그는 그런 생각을 하지 않으려 애썼다. 그럴 리가 없었다. 있을 수 없는 일이었다. "우리는 도망칠 걸세." 그가 말했다. "잔해를 모아서 다시 시작하자고."

"그년이 돌아올 겁니다." 마스터슨의 몸이 떨리기 시작했다. "우리가 그년을 기다리고 있다는 사실을 알고 있을 겁니다. 고객이잖아요!"

"아냐." 크롤리가 말했다. 그는 마스터슨의 말을 믿지 않았다. 믿지 않으려 했다. "우리는 도망칠 걸세. 도망쳐야만 해!"

얀시의 허울
The Mold of Yancy

PHILIP K. DICK

「독점 시장」과 함께 1954년 10월 18일에 에이전시에 도착했다. 《이프》지의 방침에 맞춰 내용에 수정을 가했으며, 분량도 9,500단어에서 7,000단어로 줄였다고 한다.

권력과 권위에 대한 불신과 고발은 PKD의 작품에서 흔히 찾아볼 수 있는 테마지만, 여기서 주목할 부분은 그 권위가 허상이며 권위를 만들어낸 것이 결국 광고 카피라이터와 영화 제작자 등의 대중매체 관계자들이었다는 점이다. 이 작품에서 PKD은 그런 기술적 선전의 도덕적인 문제보다 무소불위에 가까운 선전의 가능성 쪽에 관심의 초점을 두었던 듯하다.

이 작품을 집필할 때 PKD이 안시의 모델로 떠올린 것은 당시의 대통령 아이젠하워였다. 하지만 후대 독자들은 어리숙했던 아이젠하워보다는 대중매체의 힘을 잘 알고 활용했던 대통령 로널드 레이건을 떠올리게 된다.

리온 시플링은 신음 소리를 내며 작업용 용지를 밀쳐놓았다. 그는 수천 명이 근무하는 이 조직에서 실적을 내지 못하는 유일한 직원이었다. 어쩌면 칼리스토의 얀시 직원 중에서 자기 일을 수행하지 못하는 단 한 사람일지도 몰랐다. 공포와 빠르고 간헐적으로 찾아오는 절망 때문에, 그는 손을 뻗어 오디오 회로를 돌려서 사무실 전체 통솔을 담당하는 밥슨을 호출했다.

"있잖아." 시플링은 목쉰 소리로 말했다. "아무래도 막힌 것 같아, 밥. 게슈탈트를 쭉 한번 틀어줄 수 있어? 내가 맡은 부분까지만. 그러면 리듬을 따라잡을 수 있을지도 모르니까……" 그는 심약하게 웃음을 머금었다. "다른 창조적인 사람들의 곡조를 말이야."

밥슨은 잠시 생각해본 후 자극 접합체를 향해 손을 뻗었다. 우람한 얼굴에는 그다지 동정하는 기색이 보이지 않았다. "자네 때문에 진척이 안 되는 모양이지, 십? 이 내용은 밤 6시까지 일간 방송에 끼워 넣어야 한다고. 저녁 식사 시청 시간까지 영상 방송에 작업 결과물을 올려야 한단 말이야."

게슈탈트의 시각 영상이 이미 벽의 화면에 맺히고 있었다. 시플링은 밥슨의 차가운 시선에서 도망칠 기회가 생긴 것에 감사하며 그쪽으로 주의를 돌렸다.

화면에 얀시의 3차원 영상이 떠올랐다. 언제나처럼 상반신을 비스듬하게 비추는 화면이었다. 존 에드워드 얀시는 닳아 해진 작업복 셔츠를 입고 햇볕에 탄 얼굴과 슬쩍 붉은 기가 도는 목을 내비치며, 얼굴에 선량한 미소를 띠었다. 태양을 바라보느라 눈을 찡그린 상태였다. 얀시 뒤로 뒤뜰, 차고, 화단, 정원, 작고 깔끔한 흰색 플라스틱 주택의 뒤편이 떠올라 있었다. 얀시는 시플링을 보며 웃음 지었다. 여름 한낮에 잠시 걸음을 멈추고 인사하는 이웃 사람처럼 보였다. 열기 속에서 정원을 손질하느라 땀을 잔뜩 흘리는, 금방이라도 날씨와 행성의 상태와 이웃 소문에 대해 가볍게 한두 마디 건넬 것처럼 보이는 모습이었다.

"여어." 시플링의 책상 위에 튀어나와 있는 오디오폰에서 얀시의 목소리가 흘러나왔다. 낮고 친근한 목소리였다. "며칠 전 아침에 우리 손자 랄프한테 젠장맞을 일이 하나 일어났다네. 자네도 우리 랄프가 어떤지 알고 있지. 항상 30분 이른 시간에 학교에 간단 말이야…… 다른 누구보다 먼저 자리에 가서 앉는 게 좋다고 하면서."

"그 공부벌레 꼬맹이." 옆자리에 앉아 있는 조 파인스가 슬쩍 험담을 했다.

화면에서는 얀시의 목소리가 계속해서 울려 퍼졌다. 자신감 있고, 붙임성 좋고, 평온한 목소리였다. "자, 그런데 랄프가 다람쥐 한 마리를 봤단 말이지. 다람쥐가 그냥 보도 옆에 앉아 있더란 말이네. 그래서 랄프는 잠시 걸음을 멈추고 그놈을 지켜봤지." 얀시의 얼굴에 떠오른 표정이 너무도 사실적이라 시플링조차 그의 말을 믿게 될 정도였다. 다람쥐와 헝클어진 고수머리를 가진 얀시 가문의 가장 어린 손자가 눈앞에 보일 것 같았다. 이 행성에서 가장 친근하고 사랑받는 사람의 친근한 아들의 친근한 아이가.

"그런데 이 다람쥐는," 얀시는 편안한 태도로 설명하기 시작했다. "도토리를 모으고 있었다네. 그런데 원 세상에, 고작해야 6월 중순밖에 되지 않은 때 아닌가. 그런데 이 조그만 다람쥐조차도—" 그는 손으로 크기를 그려 보이면서 말을 이었다. "겨울을 대비해 도토리를 모아 나르고 있었지 뭔가."

다음 순간 얀시의 얼굴에 떠올라 있던 즐겁고 가벼운 분위기가 사라지고 진지하고 심각한 표정이 그 자리를 대체했다. 의미심장한 표정이었다. 그의 푸른 눈은 어두운 색조로 변했다(훌륭한 색조 처리 작업이었다). 턱은 더욱 각지고 위엄 있는 모습이 되었다(안드로이드 작업 쪽에서 일처리를 훌륭히 한 모양이었다). 얀시는 보다 늙고 장중하고 성숙한, 보다 경외감을 일으키는 모습이 되었다. 정원의 풍경이 뒤에서 사라지고 살짝 다른 배경이 그 자리를 차지했다. 얀시는 이제 장중한 분위기의 산맥과 바람, 울창한 숲속에 두 다리를 굳건히 딛고 서 있었다.

"나는 이런 생각을 했다네." 얀시가 말했다. 방금 전보다 낮고 느린 목소리였다. "그 작은 다람쥐가 어떻게 겨울이 오는 것을 알 수 있었을까? 그렇게 땀 흘려 일하면서 겨울 준비를 하다니." 얀시의 목소리가 점차 높아졌다. "본 적도 없는 겨울을 말일세."

시플링은 긴장하며 자기 차례를 준비했다. 때가 오고 있었다. 조 파인스가 자기 책상에서 웃으며 소리쳤다. "준비하시고!"

"그 다람쥐는," 얀시가 엄숙하게 말했다. "믿음을 가지고 있었던 것이네. 겨울이 찾아오리라는 그 어떤 단서도 없었는데 말이네. 그래도 겨울이 온다는 사실을 알고 있었던 게지." 굳건한 턱이 움직이며 한쪽 손이 천천히 들려 올라왔다……

그리고 영상이 멎었다. 얀시는 아무 소리 없이 움직이지 않고 얼어붙었다. 설교가 문장 가운데에서 갑작스레 끝났다.

"이게 다야." 밥슨이 얀시 화면을 뒤로 밀어내면서 경쾌하게 말했다. "도움이 좀 되었나?"

시플링은 자신의 작업 문서를 뒤적였다. "아니." 그는 순순히 인정했다. "사실 별 도움이 안 됐어. 하지만—어떻게든 해보겠네."

"그래줬으면 좋겠군." 밥슨의 얼굴이 어두워졌다. 그의 작고 매정한 눈은 더욱 작아지는 듯 보였다. "대체 뭐가 문제인가? 가정 문제?"

"괜찮을 거야." 시플링은 진땀을 흘리며 중얼거렸다. "고맙네."

화면에는 아직 얀시의 잔상이 희미하게 남아 있었다. 여전히 '게지'에서 움직임이 멈춰 있는 상태였다. 게슈탈트의 나머지 부분은 시플링의 머릿속에 있었다. 이후로 계속되는 대사와 몸짓을 적어내린 다음 합성부로 넘겨야 했다. 시플링의 담당 부분이 부족해서 게슈탈트 전체가 작업 도중에 멈춘 것이다.

"이봐." 조 파인스가 초조하게 말을 걸었다. "오늘은 내가 기꺼이 대신 맡아주기로 하지. 자네 책상과 전체 회로의 연결을 끊으면 내가 대신 들어갈게."

"고맙네." 시플링이 중얼거렸다. "하지만 이 망할 부분을 만들 수 있는 것은 나뿐이야. 이게 가장 중요한 핵심이라고."

"자네는 좀 쉬어야 해. 너무 열심히 일한 거라고."

"그래." 시플링은 히스테리 직전의 상태에서 마침내 동의했다. "아무래도 상태가 좋지 못한 것 같아."

명백한 사실이었다. 사무실의 모든 직원들이 분명하게 알 수 있었다. 그러나 이유를 아는 사람은 시플링 본인밖에 없었다. 그리고 그는 그 이유를 소리쳐 알리고 싶은 욕구를 온 힘을 다해 억제하고 있었다.

칼리스토의 정치적 환경에 대한 기본 분석은 워싱턴 D. C.의 니플란 계산 장비가 맡는다. 하지만 최종 평가를 내리는 일은 인간 기술자들의 몫이었다. 워싱턴의 컴퓨터는 칼리스토의 정치적 구성이 전체주의를 향해 움직이고 있다는 사실을 확신할 수는 있었지만, 그것이 최종적으로 무슨 의미를 가지는지는 판단할 수 없었다. 그런 경향이 유해하다는 결정을 내리기 위해서는 인간의 힘이 필요했다.

"불가능한 일입니다." 태버너가 항의했다. "칼리스토에는 산업용 교통수단이 끊임없이 드나들고 있습니다. 외행성 상권을 틀어쥐고 있는 가니메데 협동조합 우주선을 제외하면 말입니다. 뭔가 수상쩍은 일이 일어나기 시작하면 우리도 즉시 알게 될 겁니다."

"어떻게 알 수 있단 말인가?" 경찰국장인 켈먼이 질문했다.

태버너는 니플란 경찰국의 벽을 빽빽하게 덮은 숫자와 퍼센트로 가득한 자료들, 그래프, 도표를 가리켰다. "수백 가지 방식으로 나타날 겁니다. 테러리스트의 공격, 정치범 감옥, 절멸 수용소 등으로 말입니다. 정치적 주장의 철회, 반역, 배반…… 독재를 구성하는 기본 요소들이 관찰될 겁니다."

"전체주의와 독재 정권을 헷갈리지 말게." 켈먼이 냉담한 목소리로 말했다. "전체주의 사회는 시민 삶의 모든 요소에 스며들어 모든 주제에 대한 의견을 형성하려 하지. 정부는 독재일 수도, 의회정일 수도, 대통령제일 수도, 신권주의 과두정일 수도 있어. 아무 상관없는 일이야."

"알겠습니다." 태버너는 조금 진정하며 대답했다. "제가 가죠. 조사단을 이끌고 가서 뭘 하고 있는지 확인해보겠습니다."

"칼리스토인처럼 변장할 수 있겠나?"

"칼리스토인은 뭔가 다르게 생겼습니까?"

"나도 잘은 모르네만." 켈먼은 생각에 잠긴 채 화려한 벽의 도표들을 바라봤다. "무슨 이유인지는 몰라도 그쪽 사람들은 전부 모습이 흡사해지고 있는 모양이더군."

칼리스토에 들어온 행성 간 상업용 정기선 승객들 중에는 피터 태버너와 그의 아내, 그들의 두 아이가 있었다. 걱정스런 눈길로 주변을 둘러보던 태버너는 출구 쪽을 바라보는 두 명의 지역 관리를 발견했다. 승객을 철저히 검색할 모양이었다. 우주선의 출구가 땅으로 내려가는 동안 한 무리의 관리들이 앞으로 나왔다.

태버너는 자리에서 일어나 가족들을 불러 모았다. "저자들은 무시해." 그는 루스에게 말했다. "우리 서류만 있으면 통과할 수 있을 거야."

훌륭한 솜씨로 준비한 서류에 따르면, 그는 비철류 금속을 거래하는 투기꾼으로 물건을 처리할 도매상을 알아보는 중이었다. 칼리스토는 토지나 광물 거래를 처리하기에는 최적의 장소였다. 돈에 굶주린 중개업자들이 끊임없이 몰려왔다 사라지며 미개발 위성에서는 원자재를, 내행성에서는 채굴 장비를 가져왔다.

태버너는 조심스레 팔에 걸친 외투를 매만졌다. 30대 중반에 이른 큼직한 체격의 남자인 그라면 쉽사리 성공적인 사업가인 척하고 넘어갈 수 있을 터였다. 그의 더블브레스트 양복은 비싸지만 보수적인 물건이었다. 커다란 구두도 광이 날 만큼 잘 닦여 있었다. 모든 상황을 종합해 보면 충분히 무사히 통과할 수 있을 만한 모습이었다. 가족과 함께 출구로 나가는 그들의 모습은 외행성의 사업가 계급 그 자체였다.

"방문 목적을 말씀해 주십시오." 녹색 제복을 입고 연필을 든 관리가 질문했다. 신분증명서를 확인하고 사진을 촬영한 뒤 기록이 끝났다. 뇌파 비교도 완료되었다. 통상적인 절차였다.

"비철류 금속 사업을—" 태버너가 입을 열었지만 두 번째 관료가 그대로 그의 말을 잘랐다.

"오늘 아침만 해도 세 번째 경찰이군요. 테라의 당신네들은 대체 무슨 생각을 하는 겁니까?" 관리는 태버너를 빤히 바라봤다. "오늘은 목사보다 경찰이 더 많이 왔단 말입니다."

태버너는 평정을 잃지 않으려고 노력하며 무심하게 대답했다. "휴양하러 온 겁니다. 급성 알코올 중독이죠. 공적 업무는 아닙니다."

"당신 동료들도 그렇게 말하더군요." 관리가 여유 있는 웃음을 지어 보였다. "뭐, 테라 경찰이 한 명 더 늘어난다고 해서 안 될 게 있겠습니까?" 그는 차단기를 올리고 손짓해 태버너와 가족들을 통과시켰다. "칼리스토에 잘 오셨습니다. 즐거운 시간 되시길. 태양계에서 가장 빠르게 성장하고 있는 위성입니다."

"실제로는 행성이나 다름없죠." 태버너가 비꼬듯 말꼬리를 달았다.

"이제는 그런 셈이죠." 관리는 보고서를 몇 장 넘겼다. "당신네 작은 조직에 있는 우리 친구들의 말에 따르면, 그쪽에서는 벽에 우리에 대한 그래프와 도표를 잔뜩 붙였다던데. 우리가 그만큼 중요합니까?"

"학문적 관심일 뿐입니다." 태버너가 말했다. 세 번 발각되었다면 그 말은 곧 조사단 전체가 걸려들었다는 소리였다. 지역 당국자들이 실제로 침투 작업을 막아내려 노력하고 있다…… 그 사실을 깨닫자 그는 온몸이 오싹해졌다.

하지만 그들은 태버너를 들여보내고 있었다. 그만큼 자부심이 있는 것일까?

별로 마음이 내키는 상황은 아니었다. 그는 음울한 기분으로 택시 창밖을 내다보며, 흩어져 있는 인원들을 모아 하나로 움직이는 팀을 만들 준비에 착수했다.

그날 저녁, 태버너는 도시의 상업 구역 주 대로에 있는 〈스테이 릿〉이라는 바에서 두 명의 조사단 단원들과 접촉했다. 그들은 위스키 사워 위로 몸을 숙인 채 메모한 내용을 서로 비교했다.

"저는 이곳에 거의 열두 시간 있었습니다." 에크먼드가 어두운 바 깊숙한 곳에 줄지어 늘어선 술병들을 멍하니 바라보며 말했다. 공기 중에 퀼런 연기가 감돌았다. 구석에 서 있는 자동식 뮤직박스에서는 쿵쿵거리는 금속성의 소리가 흘러나왔다. "도시를 걸어 돌아다니면서 이것저것 기웃거리고 자세히 관찰했죠."

"저는 테이프 도서관에 들렀습니다." 도저가 말했다. "공식적인 기록과 칼리스토의 실제 상황을 비교했죠. 학자들과도 이야기를 나눴습니다. 스캔실에서 시간을 보내는 지식인층 말입니다."

태버너는 칵테일을 홀짝였다. "뭔가 흥미로운 내용은 없던가?"

"아주 기초적인 판별법에 대해서는 알고 계시겠죠." 에크먼드가 비꼬는 투로 말했다. "저는 슬럼가 부근을 어슬렁거리다 버스를 기다리는 사람들과 대화를 나눴습니다. 먼저 정부 당국자들을 공격하기 시작했죠. 버스 서비스, 하수 처리, 세금, 모든 것에 대해서요. 그들은 즉각 제 말에 동조했습니다. 망설이는 기색도, 두려운 기색도 없이요."

"합법적인 정부는," 도저가 끼어들었다. "평범한 고대의 방식으로 구성되어 있습니다. 양당제이며 한쪽이 다른 쪽보다 약간 더 보수적이죠. 물론 본질적인 차이점은 없습니다. 양쪽 모두 공개 예비 선거를 통해 후보자를 선출하며, 등록된 선거권자들에게는 무기명 투표권이 부여됩니다." 그의 말 속에 약간의 놀라움이 깃들었다. "여긴 모범적인 민주국가입니다. 교과서도 확인했습니다. 이상적 슬로건 말고는 아무것도 보이지 않습니다. 언론, 집회, 종교의 자유─그런 것들 말입니다. 초등학교에서나 배울 법한 기초적인 내용뿐입니다."

잠시 동안 세 남자는 아무 말도 하지 않았다.

"감옥은 있지." 태버너가 천천히 입을 열었다. "모든 사회에는 범법자가 존재하기 마련이니까."

"한 군데 들렀죠." 에크먼드가 트림을 하며 대답했다. "좀도둑에 살인자, 횡령범이나 깡패 따위…… 평범한 범죄자들이었습니다."

"정치범은 없고?"

"전혀요." 에크먼드가 목소리를 높였다. "이런 내용을 목청껏 소리쳐도 아무런 문제가 없습니다. 아무도 신경 쓰지 않으니까요─관료들도 마찬가지입니다."

"어쩌면 우리가 떠난 다음에 수천 명쯤 잡아넣을지도 모르죠." 도저가 생각에 잠겨 중얼거렸다.

"말도 안 되는 소리." 에크먼드가 반박했다. "사람들은 원하면 언제든 칼리스토를 떠날 수 있습니다. 경찰국가를 운영하려면 우선 국경을 폐쇄해야 해요. 그런데 이곳의 국경은 활짝 열려 있습니다. 사람들이 쏟아져 들어오고 나가는 일을 반복하죠."

"어쩌면 식수에 화학 물질을 탔을지도 모르죠." 도저가 제안했다.

"테러 없이 어떻게 전체주의 국가를 유지할 수 있다는 말입니까?" 에크먼드가 논리적인 의문을 제시했다. "맹세할 수 있습니다. 이곳에 사상경찰 따위는 존재하지 않아요. 공포는 전혀 존재하지 않는단 말입니다."

"어떤 식으로든 압력이 작용하고 있을 거야." 태버너는 의견을 굽히지 않았다.

"경찰일 필요는 없죠." 도저가 그의 말에 동의하며 말했다. "권력과 폭력에 의한 것은 아닐 겁니다. 불법 체포와 감금과 강제 노동도 아닐 테고요."

"만약 여기가 경찰국가라면," 에크먼드는 생각을 정리하며 말했다. "어떤 식으로든 저항운동이 있어야 합니다. 권력을 가진 체제를 전복하려는 '위험 분자' 집단이 존재해야만 해요. 하지만 이 사회에서는 누구나 자유롭게 불평할 수 있습니다. TV나 라디오에서 의견을 개진할 수도 있고, 신문의 광고 면을 살 수도 있어요. 원하는 것은 뭐든 할 수 있습니다." 그는 어깨를 으쓱했다. "이런 상황에서 은밀한 저항운동이 대체 무슨 소용이겠습니까? 우스꽝스러워 보일 뿐이죠."

"그렇다고는 해도," 태버너가 말했다. "이 사람들은 정책 노선과 공식적인 이데올로기를 가진 일당제 사회에서 살고 있네. 세심하게 조율되는 전체주의 국가의 특성을 보인단 말이야. 스스로 깨닫든 그렇지 못하든 결국 실험실 쥐일 뿐이야."

"그렇게 되면 깨닫는 게 당연한 일 아닙니까?"

태버너는 말문이 막혀 고개를 저었다. "나도 그렇게 생각했네. 분명 뭔가 우리가 이해하지 못하는 통제 기구가 존재하는 게 분명해."

"모두 개방되어 있지 않습니까. 우리는 모든 걸 살펴볼 수 있어요."

"잘못된 것을 보고 있는 게 분명하네." 태버너는 나른하게 바 위의 텔레비전 화면을 바라봤다. 벌거벗은 아가씨들의 노래와 춤 시간이 끝나고 한 남자의 모습이 화면에 등장했다. 50대 정도로 보이는 선량하고 둥근 얼굴의 남자였다. 정직해 보이는 푸른 눈과 아이처럼 슬쩍 올라간 입매, 살짝 튀어나온 귓가에서 휘날리는 갈색 머리카락이 인상적이었다.

"이보게, 친구들." 텔레비전 속의 얼굴이 말했다. "오늘 밤도 자네들과 함께할 수 있어서 정말 기쁘구먼. 잠깐 자네들과 이야기하고 싶은 것이 있다네."

"광고군요." 도저는 이렇게 말하며 바텐더 기계에 신호를 보내 술 한잔을 더 주문했다.

"저게 누구지?" 태버너가 호기심 섞인 목소리로 물었다.

"저 착하게 생긴 노친네요?" 에크먼드는 자신의 기록을 뒤적였다. "유명 연설가 부류의 사람인가봅니다. 얀시라는 이름이군요."

"정부 사람인가?"

"제가 아는 한은 아닙니다. 촌뜨기 철학자 비슷한 부류던데요. 잡지 가판대에서 그의 전기를 하나 가져왔습니다." 에크먼드는 화려한 컬러 팸플릿을 자기 상관에게 넘겼다. "제가 보기에는 완벽하게 평범한 사람입니다. 예전에 군인이었는데, 화성-목성 전쟁에서 두각을 나타낸 모양이더군요. 전선 장교로서요. 소령까지 진급했답니다." 그는 무심하게 자신의 의견을 개진했다. "일종의 말할 줄 아는 연감 같은 존재예요. 모든 주제에 대해 핵심을 찌르는 격언을 남긴다더군요. 지혜로운 속담을 인용하기도 하고, 기침감기 치료법을 알려주기도 하고, 테라에 무슨 문제가 있는지 말하기도 하고."

태버너는 소책자를 검토했다. "그래, 이자의 사진을 여기저기서 봤네."

"아주 인기가 많은 인물이죠. 대중의 사랑을 받습니다. 사람들을 대변하는 발언을 하고요. 담배를 사려고 하니 그 친구가 좋아하는 담배 상표가 따로 있더군요. 아주 인기 있는 상표가 되었다고 합니다. 다른 담배들을 시장에서 몰아내기 직전이라더군요. 맥주도 마찬가지입니다. 여기 유리잔에 담긴 스카치위스키도 아마 얀시가 좋아하는 상표일 겁니다. 테니스공도 마찬가지고요. 문제는 얀시가 테니스를 치지 않는다는 거죠—그자는 크로케*를 칩니다. 주말마다요." 에크먼드는 새로 나온 술잔을 받아들며 말을 맺었다. "그래서 이제 모든 사람이 크로케를 칩니다."

"크로케가 어떻게 행성 전체가 즐기는 스포츠가 될 수 있단 말인가?" 태버너가 물었다.

"여기는 행성이 아닙니다." 도저가 끼어들었다. "조그만 위성일 뿐이죠."

"얀시는 그렇게 생각하지 않습니다." 에크먼드가 말했다. "칼리스토를 행성으로 생각해야 한다는 모양이더군요."

"어떻게?" 태버너가 물었다.

"영적으로 보면 이곳은 행성이라는 겁니다. 얀시는 사람들이 모든 문제를 영적으로 받아들이기를 원합니다. 그는 신과 정직성의 가치를 믿으며, 성실하고 말끔한 태도를 좋아합니다. 진부한 이야기를 되풀이하는 셈이죠."

태버너의 얼굴에 굳은 표정이 떠올랐다. "재미있군." 그는 중얼거렸다. "잠시 들러서 그 사람을 만나봐야겠어."

---

* 나무 망치로 공을 쳐서 기둥 문을 통과시키는 구기 종목. 게이트볼의 원형이다.

"무슨 이유로요? 그 작자는 생각할 수 있는 가장 지루하고 평범한 사람일 텐데요."

"그럴지도 모르지." 태버너가 대답했다. "바로 그 때문에 관심이 생기는 걸세."

크고 위압적인 체구의 밥슨은 얀시 빌딩의 입구에서 태버너와 만났다. "물론 얀시 씨를 만나실 수 있습니다. 하지만 그분은 꽤나 바빠서요. 약속 시간을 끼워 넣으려면 시간이 좀 걸립니다. 모두가 얀시 씨를 만나고 싶어 하니까요."

태버너는 별로 감동한 표정이 아니었다. "얼마나 기다려야 하는 거요?"

밥슨은 메인 로비를 가로질러 승강기로 향하면서 계산을 해봤다. "아, 대충 4개월 정도겠군요."

"4개월이라니!"

"존 얀시는 살아 있는 사람들 중 가장 인기가 많은 남자니까요."

"이 동네에서야 그렇겠지." 태버너는 사람들로 가득한 승강기에 오르며 성난 목소리로 대꾸했다. "나는 예전에 들어본 적도 없는 사람이오. 만약 그렇게 대단한 사람이라면, 왜 니플란 근처에서는 이름 한번 들어본 적이 없는 거요?"

"솔직히 말하자면," 밥슨은 거친 목소리로 비밀 이야기를 하듯 속삭였다. "저도 사람들이 얀시에게서 뭘 보는지 모르겠습니다. 제가 보기에는 그저 대단한 허풍선이일 뿐이거든요. 하지만 이 근처 사람들은 그 작자를 좋아하죠. 어쨌든 칼리스토는―변방이니까요. 얀시는 시골 식으로 생각하는 사람들, 세상을 단순하게 보고 싶어 하는 사람들에게 인기가 있는 모양입니다. 테라는 아마도 얀시가 들어가기에는 너무 약아빠진 동네겠죠."

"시도는 해봤소?"

"아직은 아닙니다." 밥슨이 말했다. 그러고는 생각에 잠겨 덧붙였다. "어쩌면 나중에라면."

태버너가 이 덩치 큰 남자의 말의 의미를 곱씹는 동안, 승강기가 상승을 멈췄다. 두 사람은 양탄자가 깔렸고 벽감에서 조명이 비치는 호화로운 복도로 나섰다. 밥슨이 문을 밀어 열자 크고 활기찬 사무실이 등장했다.

그 안에서는 얀시 게슈탈트의 최신작이 상영되고 있었다. 한 무리의 얀시 직원들이 아무 말 없이 신경을 곤두세우고 비판적인 태도로 화면을 바라보고 있었다. 얀시가 자신의 서재에서 고풍스러운 떡갈나무 책상 앞에 앉아 있는 장면이 흘러나왔다. 뭔가 철학적인 주제를 탐구하고 있던 것만은 분명해 보였다. 책상 위에 온갖 책과 종이쪽이 펼쳐져 있었다. 얀시의 얼굴에 생각에 잠긴 표정이 떠올라 있었다. 손으로 이마를 짚은 채 진지하게 집중하고 있는 듯 찌푸린 얼굴이었다.

"이건 다음 주 일요일 아침에 방영될 분량입니다." 밥슨이 설명했다.

얀시의 입술이 움직이며 목소리가 흘러나오기 시작했다. "이보게, 친구들." 그는 낮고 친근하며, 남자 대 남자로 말하는 투로 이야기를 시작했다. "나는 여기 책상에 앉아 있는 중이었네. 글쎄, 자네들이 거실에 자리를 잡고 있는 것과 마찬가지로 말이야." 카메라 시점이 바뀌었다. 서재 문이 열려 있는 모습이 화면에 잡혔다. 거실에는 익숙한 인물이 있었다. 선량한 얼굴에 가정적인 얀시의 아내였다. 그녀는 편안한 소파에 앉아 뜨개질을 하고 있었다. 손자 랄프는 바닥에 앉아 언제나와 마찬가지로 잭스 게임을 했다. 애완견은 한쪽 구석에서 졸고 있었.

그 모습을 지켜보던 얀시 직원 한 명이 공책에 뭔가를 적어 내려갔다. 태버너는 어안이 벙벙해져 흥미롭게 그 모습을 바라봤다.

"물론 나도 우리 가족과 함께 저기 있었다네." 얀시는 가볍게 웃으며 말을 이었다. "랄프에게 재미있는 이야기를 읽어주고 있었지. 저 아이는 내 무릎에 앉아 있었고." 배경이 흐릿해지면서, 얀시가 손자를 무릎에 앉힌 채 소파에 앉아 있는 장면이 잠시 투명하게 떠올랐다. 그러고는 책상과 책이 가득한 서재의 모습이 다시 등장했다. "나는 우리 가족에게 참으로 감사하고 있다네." 얀시가 말했다. "나는 힘겨운 때가 찾아올 때마다 우리 가족을 돌아보거든. 그들이 나의 힘의 지주가 되어주지." 이를 바라보던 얀시 직원이 다시 뭔가 기록했다.

"이런 훌륭한 일요일 아침에 내 서재에 앉아 있노라면," 얀시는 보다 큰 소리로 말을 이어갔다. "나는 우리가 살아 있어서 얼마나 다행인지, 이 사랑스러운 행성과 훌륭한 도시와 집들을 가지고 있어서 얼마나 다행인지, 신께서 우리가 즐기도록 주신 이 모든 것들에 감사하는 마음이 된다네. 하지만 우리는 조심해야 해. 그런 것들을 잃어버리지 않도록 조심해야 한다는 말일세."

얀시의 모습에 변화가 생기기 시작했다. 영상이 미세하게 바뀌는 듯했다. 아까와는 같은 사람이 아니었다. 경쾌해 보이는 모습은 사라졌고, 보다 나이 들고 거대한 남자가 있었다. 엄격한 눈매로 자기 아이들에게 말하는 아버지의 모습이었다.

"친구들이여." 얀시가 목소리를 높였다. "이 행성을 약화시킬 수 있는 힘이 존재한다네. 우리가 사랑하는 이들과 아이들을 위해 이룩한 모든 것을 한순간에 빼앗길 수 있다는 말이네. 우리는 꾸준히 경계하는 법을 배워야 하네. 우리의 자유를, 재산을, 삶의 방식을 지켜야 한다는 말이네. 우리가 분열되어 서로 다투기 시작하면 결국 적의 먹잇감이 되고 말 것일세. 우리는 협력해야만 하네, 친구들이여.

이번 일요일 아침에 나는 이런 생각을 하고 있었다네. 협력. 팀워크. 우리는 안전을 확보해야 하며, 안전을 위해서는 하나의 국민으로 뭉쳐야만 하네. 바로 그것이 보다 풍요로운 삶을 살기 위한 열쇠지." 얀시는 뒤뜰과 정원을 가리켜 보이며 말을 이었다. "자네들도 알겠지만, 나는 한때—"

목소리가 멎었다. 영상이 얼어붙었다. 방 안에 조명이 들어왔고, 얀시 직원들이 뭔가를 중얼거리며 움직이기 시작했다.

"좋아." 그들 중 한 명이 말했다. "적어도 지금까지는 괜찮았어. 하지만 나머지는 어디 있지?"

"또 시플링이야." 다른 사람이 대답했다. "그가 맡은 부분이 아직 올라오지 않았어. 그 친구 뭐가 문제인 거야?"

밥슨은 코웃음을 치며 자리에서 일어났다. "실례하겠습니다." 그는 태버너에게 말했다. "자리를 좀 떠야겠군요. 기술적 문제입니다. 원하신다면 마음껏 둘러보셔도 됩니다. 기록도 원하시는 대로 살펴보십시오. 원하시는 것은 뭐든지."

"고맙소." 태버너는 찜찜한 투로 대답했다. 그는 혼란스러웠다. 모든 것이 무해하고, 심지어는 사소하게 보였다. 그렇지만 근본적으로 뭔가 잘못되어 있었다.

그는 의심을 품은 채 주변을 둘러보기 시작했다.

존 얀시는 분명 모든 주제에 대해 생각이 확고한 사람으로 보였다. 생각할 수 있는 모든 주제에 관한 얀시의 의견이 존재했다…… 현대 미술, 요리에 넣는 마늘, 중독성 있는 음료의 사용, 육식, 사회주의, 전쟁, 교육, 여성들의 앞섶을 풀어헤친 옷가지, 높은 세금, 무신론, 이혼, 애국심 등—모든 종류의 의견을 찾아볼 수 있었다.

얀시가 의견을 표하지 않은 주제가 존재하기는 할까?

태버너는 사무실 벽을 가득 채운 두툼한 테이프들을 바라봤다. 얀시가 주절거린 말이 테이프로 10억 미터도 넘는 분량이었다…… 단 한 사람이 우주에 존재하는 모든 것들에 대해 의견을 가진다는 게 가능한 일이란 말인가?

아무 테이프나 골라 보니 식탁 예절에 관한 내용이 뽑혀 나왔다.

"있잖나." 조그마한 얀시가 태버너의 귀에 대고 작은 소리로 속삭이기 시작했다. "요전에 저녁 식사를 하다가, 우리 손자 랄프가 어떤 식으로 스테이크를 자르는지 눈여겨봤다네." 얀시가 시청자를 보고 웃는 동안 여섯 살 꼬맹이가 진지하게 스테이크를 자르는 모습이 잠시 스쳐 지나갔다. "글쎄, 랄프가 스테이크를 가지고 별 소득 없이 씨름하는 모습을 보니 한 가지 생각이 들지 뭔가. 내가 보기에는—"

태버너는 테이프 재생을 종료하고 원래 자리로 가져다놓았다. 얀시는 모든 주제에 대해 확고한 의견을 가지고 있었다…… 하지만 그 내용이 정말로 그렇게 확고할까?

마음속에 묘한 의심이 자라나고 있었다. 어떤 주제에서는 분명 확고했다. 얀시는 사소한 주제에 있어서는 명확한 규칙을 가지고 있었다. 인류의 방대한 민속자료에서 뽑아낸 특정한 격언을 입에 올렸다. 그러나 주요한 사상적, 정치적 문제로 가면 문제가 완전히 달라졌다.

태버너는 전쟁 항목 아래에 위치한 여러 편의 테이프 가운데 하나를 뽑아 무작위로 재생해봤다.

"……나는 전쟁에 반대한다네." 얀시가 성난 목소리로 선언했다. "나 자신도 알고 하는 말일세. 내 몫의 전쟁을 충분히 겪었으니 말이지."

그러고는 여러 전쟁 장면이 스쳐 지나갔다. 얀시가 자신의 용맹함, 전우애, 적에 대한 증오 등 여러 적절한 감정을 훌륭하게 표출하여 명성을 얻은 화성-목성 전쟁 장면이었다.

"하지만," 얀시가 단호하게 말을 이었다. "나는 행성은 강한 힘을 가져야 한다고 생각한다네. 우리는 유순하게 굽히고 들어가서는 안 돼…… 약함은 공격을 불러들이고 적대적인 태도를 유발하기 마련이네. 약해지면 전쟁을 불러일으키는 셈이 되는 게야. 우리는 단단히 준비하고 사랑하는 이들을 보호해야 한다네. 나는 정신과 영혼 모두를 바쳐 전쟁에 반대한다네. 하지만 예전에도 여러 번 말했듯이, 남자라면 언제나 앞에 나서서 정당한 전쟁을 수행할 준비를 하고 있어야 하는 법일세. 남자라 면 자신의 의무를 저버려서는 안 돼. 전쟁은 끔찍한 일이지. 하지만 가 끔 우리는 반드시……"

테이프를 제자리에 꽂으면서, 태버너는 방금 얀시가 대체 무슨 소리 를 했는지 의아해했다. 저 작자는 대체 전쟁에 대해 무슨 관점을 가지 고 있단 말인가? 얀시는 전쟁에 대해 이미 백여 개의 테이프를 사용했 다. 그는 전쟁, 행성, 신, 세금 등 필수적이고 중대한 주제에 대해 언제 든 말할 준비를 하고 있었다. 하지만 그 안에 실제로 주장이 존재하긴 하나?

서늘한 기운이 태버너의 등골을 타고 흘렀다. 사소하고 특정한 주제 에 있어서는 절대적인 의견이 존재했다. 개가 고양이보다 낫다든가, 자 몽은 설탕을 살짝 뿌리지 않으면 너무 시다든가, 아침에는 일찍 일어나 는 게 좋다든가, 술을 너무 많이 마시면 좋지 않다든가. 하지만 규모가 큰 주제로 들어가면…… 텅 빈 공허만이, 그럴듯하게 들리는 문장으로 구성된 공허한 구호만이 존재했다. 전쟁과 세금과 행성에 대한 얀시의 의견에 동조하는 대중은 실제로는 그 어떤 의견도 받아들이지 않은 것 이었다. 그리고 동시에 모든 의견을 받아들인 것이었다.

실제로 중요한 주제에 이르면 그들은 아무런 의견도 가지고 있지 않 았다. 그저 의견을 가지고 있다고 생각만 할 뿐이었다.

태버너는 빠른 속도로 여러 주요 주제에 대한 테이프를 훑어봤다. 모 두가 똑같은 방식이었다. 얀시는 문장 하나를 던져준 뒤 바로 다음 순 간에 그 문장을 철회했다. 그리하여 전체적으로는 모든 내용을 깔끔하 게 상호 삭제하는 효과를 불러왔다. 하지만 시청자는 풍요롭고 다양한 지적 의견을 흡수한 듯한 환상에 빠졌다. 놀라운 일이었다. 전문적인 솜씨였다. 단순한 우연이라고 생각하기에는 모든 것이 너무 잘 맞아떨어졌다.

존 에드워드 얀시만큼 무해하며 동시에 해로운 인물은 존재하지 않았다. 현실이라고 보기에는 너무 훌륭한 솜씨였다.

태버너는 식은땀을 흘리며 주 자료실을 떠나 사람들을 헤치고 뒤편 사무실로 들어갔다. 얀시 직원들이 책상과 작업대 위에서 바쁘게 업무에 매진하고 있었다. 사방에서 사람들이 움직였다. 그들의 얼굴에 떠오른 표정은 평온하고, 무해하고, 거의 지겨워 보였다. 얀시 본인의 얼굴과 같은 친절하고 가벼운 표정이었다.

완벽히 무해했다. 그리고 그렇기 때문에 악마적이었다. 태버너는 어떤 조치도 취할 수 없었다. 사람들이 존 에드워드 얀시의 말을 듣길 원하고 그를 모델로 삼아 따르기를 원한다면, 니플란 경찰이 무엇을 할 수 있겠는가?

아무런 범죄도 일어나지 않는데?

경찰이 여기저기 쑤시고 돌아다녀도 밥슨이 눈 하나 깜짝하지 않는 것도 당연했다. 관리들이 그들을 들여보내준 것도 당연했다. 정치범이나 용역이나 강제수용소는 있을 수 없었다…… 아예 필요하지가 않으니까.

고문실이나 절멸 수용소는 설득이 먹히지 않았을 때나 필요한 것이었다. 여기 사람들은 설득을 완벽하게 받아들이고 있었다. 공포로 다스리는 경찰국가는 전체주의의 기구가 무너지기 시작할 때에나 등장했다. 과거의 전체주의는 완벽하지 않았다. 관료 체제는 실제로 삶의 모든 측면에 간섭할 수가 없었다. 그렇지만 이제는 소통의 방식 자체가 진보했다.

진정으로 성공적인 전체주의 국가가 바로 눈앞에서 현실이 되고 있었다. 무해하고 사소한 모습으로 등장했지만 최종 단계는—악몽에 가깝지만 완벽히 논리적인 전개에 따라—새로 태어나는 모든 남자아이들이 기꺼이, 자발적으로 존 에드워드라는 이름을 가지게 되는 것일 터였다.

안 될 것이 있겠는가? 그들은 이미 존 에드워드처럼 살아가고, 행동하고, 생각하고 있다. 여성들에게는 마거릿 앨런 얀시 부인이 있었다. 그녀 역시 수많은 자신만의 의견을 가지고 있었다. 그녀에게도 모든 여성들이 따라할 수 있는 자신의 부엌, 옷 취향, 간단한 조리법이나 조언들이 있었다.

심지어는 행성의 어린아이들이 따라할 수 있는 얀시네 아이들도 있었다. 관료들은 그 어떤 부분도 그냥 넘기지 않았다.

밥슨이 만면에 친절한 웃음을 띠고 그에게 다가왔다. "잘되어 가십니까, 경관님?" 그는 끈적한 웃음을 지으며 태버너의 어깨에 손을 올렸다.

"괜찮소." 태버너는 간신히 대답하며 그의 손을 피했다.

"우리의 작은 업적이 마음에 드십니까?" 밥슨의 굵은 목소리에는 진짜 자부심이 서려 있었다. "훌륭한 작업 결과물 아닙니까. 예술적 결과죠. 우리는 정말로 엄격한 기준을 따라서 일합니다."

태버너는 주체할 수 없는 분노로 몸을 떨며 사무실에서 복도로 뛰쳐나왔다. 승강기가 도착하는 데에도 시간이 너무 오래 걸렸다. 그는 계단으로 향했다. 얀시 빌딩에서 나가야 했다. 여기서 도망쳐야 했다.

복도의 그림자 속에서 한 남자가 나타났다. 창백한 얼굴에 구부정한 모습이었다. "잠깐만요. 저랑…… 이야기 좀 하실 수 있을까요?"

태버너는 그를 밀치고 지나갔다. "원하는 게 뭐요?"

"테라의 니플란 경찰에서 나오셨죠? 저는……" 남자의 목젖이 오르내렸다. "저는 여기서 일합니다. 시플링이라고 합니다. 리온 시플링요. 저는 뭔가를 해야 합니다…… 도저히 견딜 수가 없어요."

"아무것도 할 수가 없소." 태버너가 그에게 말했다. "여기 사람들이 얀시를 좋아하기로 마음먹은 이상—"

"하지만 얀시는 존재하지 않습니다." 시플링이 깡마른 얼굴을 발작적으로 움찔대며 끼어들었다. "우리가 만든 겁니다…… 우리가 창조한 인물이에요."

태버너는 걸음을 멈췄다. "뭐라고?"

시플링은 흥분해서 목소리를 떨며 빠르게 말을 이어갔다. "저는 뭔가 조치를 취하기로 결심했습니다. 그리고 정확히 뭘 해야 할지 압니다." 그는 태버너의 소매를 붙잡으며 이를 악물었다. "저를 도와주셔야 합니다. 이 모든 것을 멈출 수 있어요. 하지만 혼자서는 불가능합니다."

두 사람은 매력적으로 꾸민 시플링의 거실에서 커피를 마시면서, 아이들이 바닥에서 어울려 게임하는 모습을 바라보고 있었다. 시플링의 아내와 루스 태버너는 부엌에서 함께 설거지를 하고 있었다.

"얀시는 합성물입니다." 시플링이 설명했다. "일종의 복합 인물이죠. 실제로 그런 이름의 사람이 존재하는 게 아닙니다. 우리는 사회 기록에서 기본이 되는 인물을 뽑아냈습니다. 일반적인 여러 사람들에게서 뽑아낸 행동 양식을 지니고 있죠. 그래서 그렇게 생동감이 있는 겁니다. 하지만 우리는 원하지 않는 요소는 없애버리고 원하는 요소는 강화시켰습니다." 그러고는 고뇌하는 표정으로 덧붙였다. "실제로 얀시 같은 사람이 존재할 수는 있습니다. 사실 얀시와 흡사한 사람이 아주 많아요. 바로 그게 문제입니다."

"사람들을 얀시의 모습으로 빚어내려는 명백한 목표를 가지고 시작한 거란 말이오?" 태버너가 물었다.

"최고위층에서 정확히 무슨 생각을 했는지는 알지 못합니다. 저는 구강청정제 회사의 광고 문구를 쓰던 사람이었으니까요. 칼리스토의 권력자들이 저를 고용하고 무엇을 해야 하는지 설명해줬습니다. 이 계획의 목적은 추론할 수밖에 없었죠."

"권력자라니, 혹시 정부 의회를 말하는 거요?"

시플링은 신경질 섞인 소리로 웃었다. "이 위성을 소유하고 보관, 운송, 계류 업무를 모두 맡아서 하는 기업 집단을 말하는 겁니다. 하지만 이곳을 위성이라고 부르면 안 되죠. 행성이니까요." 그의 입술이 비꼬듯 뒤틀렸다. "아무래도 권력자들이 장대한 계획을 세우고 있는 모양입니다. 가니메데의 무역 경쟁자를 흡수하는 일과 관련됐겠죠. 그 일이 끝나면 외행성 지역 모두를 탄탄하게 손에 쥐게 되는 셈이니까요."

"전면전을 벌이지 않으면 가니메데를 손에 넣을 수 없을 텐데." 태버너가 항변했다. "미디언 상회의 배후에도 자기 위성의 주민들이 있지 않소." 문득 한 가지 깨달음이 찾아왔다. "알겠군." 그가 작은 소리로 중얼거렸다. "실제로 전쟁을 시작하려는 거로군. 그들에게는 그럴 가치가 있는 전쟁이니 말이오."

"생각하시는 바로 그대로입니다. 전쟁을 시작하려면 대중을 전선에 나서게 만들어야 하죠. 사실 여기 사람들에게는 아무런 이득이 없습니다. 전쟁이 일어나면 안 그래도 얼마 안 되는 소규모 사업자는 전부 쓸려 나갈 겁니다. 권력이 보다 적은 수의 사람들 손에 집중될 테니까요. 8천만의 사람들이 전쟁을 지지하게 만들려면 무관심하고 양처럼 유순한 대중이 필요합니다. 그들은 실제로 그런 대중을 만들어내고 있어요. 얀시 홍보 전략이 끝나면 여기 칼리스토의 사람들은 뭐든 받아들이게 될 겁니다. 얀시가 그들을 위해 모든 생각을 해주니까요. 얀시는 사람들에게 어떤 머리 모양을 할지 지시합니다. 어떤 놀이를 할지도요. 술집에서 되풀이해 말하는 농담도 일러줍니다. 그의 아내는 남자들 모두가 먹게 될 저녁 식사 메뉴를 만들어냅니다. 이 작은 세계 안에서 수백만의 사람들이 얀시의 하루를 되풀이합니다. 그가 하는 행동을 따라하고, 그가 믿는 것을 따라 믿으면서. 우리는 11년 동안 쉴 새 없이 대중을 조작해왔습니다. 중요한 점은 그 안에 어떤 종류의 다양성도 존재하지 않는다는 겁니다. 한 세대 전체가 모든 문제에 있어 얀시의 의견을 받아들이도록 길러진 겁니다."

"그렇다면 얀시를 만들어내고 유지하는 일도 꽤나 엄청난 작업이겠군." 태버너가 말했다.

"대사를 쓰는 일에만도 수천 명의 사람들이 들러붙어 있습니다. 보신 것은 고작해야 첫 단계에 불과합니다. 똑같은 내용이 모든 도시로 흘러가죠. 테이프, 영화, 서적, 잡지, 포스터, 팸플릿, 드라마틱한 시청각 공연, 확성기 차량, 아이들의 만화책, 강연, 화려한 광고…… 그 모든 작업 전부가요. 얀시의 물결은 꾸준히 공급되고 있습니다." 그는 커피 탁자에서 신문을 집어 들고는 표제 기사를 가리켰다. "'존 얀시의 심장 상태는 어떤가?' 얀시가 없으면 어떻게 할지를 질문하고 있죠? 다음 주에는 얀시의 위장에 대한 기사가 예정되어 있습니다." 시플링은 증오를 섞어 말을 맺었다. "우리는 수백만 가지의 방법을 압니다. 모든 방식으로 얀시를 제작해내죠. 사람들은 우리를 얀시 직원이라고 부릅니다. 새로운 예술 형태죠."

"당신들, 회사 사람들은 얀시에 대해 어떻게 생각하고 있소?"

"바람만 가득 찬 허풍선이라고 생각하죠."

"아무도 그를 믿지 않는다는 거요?"

"밥슨조차도 웃어넘길 뿐입니다. 밥슨이 맨 꼭대기에 있죠. 그 아래로는 월급을 받는 직원들이 있습니다. 세상에, 만약 우리마저 얀시를 믿기 시작한다면…… 만약 우리마저 그 쓰레기에 실제로 뭔가 의미가 있다고 생각하기 시작한다면……" 격렬한 고통이 시플링의 얼굴 위에 서렸다. "바로 그래서입니다. 그래서 이 일을 견딜 수 없는 겁니다."

"이유가 뭐요?" 태버너는 깊은 호기심을 느끼며 질문했다. 그의 목덜미에 장치된 마이크는 모든 소리를 모아 워싱턴에 있는 경찰 본부로 보내고 있었다. "왜 당신이 거기서 떨어져 나왔는지 알고 싶소."

시플링은 몸을 수그려 자기 아들을 불렀다. "마이크, 그만 놀고 이리 좀 와보렴." 그는 태버너에게 설명했다. "마이크는 아홉 살입니다. 얀시는 저 아이가 살아온 동안 쭉 존재했죠."

마이크가 즉시 그들의 앞에 와서 섰다. "네, 아버지?"

"네 학교 성적이 어떻지?" 소년의 아버지가 물었다.

소년은 자부심 넘치는 태도로 가슴을 폈다. 눈이 반짝였다. 리온 시플링의 모습을 빼닮은 작은 아이였다. "전부 A와 B입니다, 아버지."

"영리한 아이입니다." 시플링이 태버너에게 말했다. "산수, 기하, 역사, 그 모두에 능숙하죠." 그는 아들을 보며 말했다. "몇 가지 질문을 할 테니 여기 신사분에게 네 대답을 들려드리렴. 알겠지?"

"네, 아버지." 소년은 순종적으로 대답했다.

시플링은 심각한 얼굴로 아들에게 질문을 던졌다. "네가 전쟁에 대해 어떻게 생각하는지를 듣고 싶구나. 학교에서 전쟁에 대해 배웠겠지. 역사적인 유명한 전쟁에 대해서는 잘 알고 있겠지?"

"네, 아버지. 우리는 미국 독립 전쟁, 제1차 세계 대전, 제2차 세계 대전, 제1차 수소폭탄 전쟁, 화성과 목성의 식민지 사이에서 벌어진 전쟁에 대해 배웠습니다."

시플링은 태버너에게만 들리게 설명했다. "우리는 학교에 얀시 자료를 배포합니다. 자료 형식으로 되어 있는 교육용 문건이죠. 얀시가 아이들에게 역사를 설명하며 그 의미를 말해줍니다. 자연과학도 마찬가지예요. 올바른 자세와 천문학과 우주에 존재하는 모든 것들에 대해 설명하죠. 하지만 내 자식이 그렇게 될 거라고는……" 그의 목소리는 점차 잦아들다가 순간 생기를 얻어 높아졌다. "그러면 전쟁에 대해서는 잘 알겠구나. 그래, 전쟁에 대해 어떻게 생각하느냐?"

소년은 즉각 대답했다. "전쟁은 나쁩니다. 전쟁은 존재하는 모든 것들 중 가장 끔찍한 것입니다. 전쟁은 인류를 거의 멸망시킬 뻔했습니다."

시플링은 아들을 날카롭게 바라보며 물었다. "그렇게 말하라고 가르치는 사람이 있더냐?"

아이는 어찌할 바를 모르고 머뭇거렸다. "아니요, 아버지."

"정말로 그렇게 믿는단 말이지?"

"네, 아버지. 사실이잖아요? 전쟁은 나쁜 일 아닌가요?"

시플링은 고개를 끄덕였다. "전쟁은 나쁘지. 하지만 정당한 전쟁의 경우는 어떨까?"

소년은 망설이지 않고 대답했다. "물론 정당한 전쟁에서는 싸워야 합니다."

"그 이유는?"

"우리가 살아가는 방식을 지키기 위해서입니다."

"그 이유는?"

소년은 다시 한번, 전혀 망설이지 않고 바로 대답했다. "우리는 적들이 마음대로 행동하게 둘 수 없습니다. 그러면 공격적인 전쟁을 유발할 뿐입니다. 우리는 맹목적인 힘이 지배하는 세상을 용납할 수 없습니다. 우리는—" 소년은 잠시 적절한 단어를 찾아 더듬거렸다. "우리는 규칙이 지배하는 세상을 만들어야 합니다."

시플링은 지친 표정을 지으며 반쯤은 혼잣말로 중얼거렸다. "저 아무 의미도 없고 서로 상치되는 문구는 제가 8년 전에 쓴 겁니다." 그는 자신을 추스르려 애쓰며 다시 질문을 던졌다. "전쟁은 나쁘지만, 정당한 전쟁은 치러야 한다는 말이구나. 자, 어쩌면 이…… 행성, 칼리스토가 다른 이들과 전쟁을 하게 될지도 모른다. 예를 들어 가니메데라고 해보자." 그는 자신의 목소리에 격렬한 비꼬는 투가 섞이는 것을 막을 수 없었다. "그냥 아무거나 선택한 거다. 자, 그래서 우리가 가니메데와 전쟁을 벌인다 치자. 이건 정당한 전쟁일까? 아니면 그냥 전쟁일 뿐일까?"

이번에는 답이 없었다. 소년의 매끈한 얼굴에 놀라서 생각하려 애쓰는 듯한 주름이 잡혔다.

"답이 없는 게냐?" 시플링이 차갑게 물었다.

"글쎄요, 그건," 소년이 더듬거렸다. "제 말은……" 소년은 뭔가를 기대하는 눈으로 아버지를 올려다봤다. "그때가 오면 누군가 말해주지 않을까요?"

"물론 그렇겠지." 시플링은 목멘 소리로 말했다. "누군가 말해줄 거다. 어쩌면 얀시 씨가 말해줄지도 모르지."

소년의 얼굴에 안도의 감정이 가득 밀려들었다. "그래요, 아버지. 얀시 씨가 말씀해주실 겁니다." 소년은 다른 아이들 쪽으로 걸음을 옮겼다. "이제 가도 될까요?"

시플링은 아들이 놀이판으로 돌아가는 것을 보며 비참한 표정으로 태버너를 돌아봤다. "저 아이들이 무슨 놀이를 하는지 아십니까? 히포-호포라고 부릅니다. 어떤 사람의 손자가 저 놀이를 좋아하는지 맞춰보시죠. 누가 저 놀이를 만들어냈는지도요."

침묵이 흘렀다.

"어떻게 할 생각이오?" 태버너가 물었다. "뭔가 조치를 취해야 한다고 하지 않았소."

시플링의 얼굴에 냉정한 표정이 떠올랐다. 표정 깊은 곳에서 교활한 기색이 느껴졌다. "저는 그 계획을 잘 압니다…… 어떻게 하면 계획이 어그러지게 할 수 있는지 알고 있어요. 하지만 상급자들의 머리에 총을 겨눠줄 누군가가 필요합니다. 9년 동안 저는 얀시의 가장 중요한 성격을 파악하게 되었습니다…… 우리가 여기서 길러내는 새로운 인간형의 열쇠를 말입니다. 사실 간단하죠. 바로 그게 사람을 입맛대로 조작할 수 있도록 만드는 요소입니다."

"들어보겠소." 태버너는 지금의 대화가 워싱턴에 전달될 만큼 선명하게 들리기를 바라면서 참을성 있게 말했다.

"얀시의 모든 관념에는 실체가 없습니다. 열쇠는 바로 가벼움이죠. 그의 이데올로기는 모두 희석되어 있습니다. 과도한 부분은 존재하지 않아요. 우리는 최대한 관념이 존재하지 않는 쪽으로 가려고 노력해왔습니다…… 경관님도 눈치채셨겠죠. 우리는 가능할 때마다 관념을 서로 상충되게 만들어서 비정치적인 자세를 유지하게 만들려고 합니다. 관점을 가지지 않도록 말이죠."

"물론 그럴 거요." 태버너가 동의했다. "다만 관점을 가지고 있다는 환상은 유지하면서 말이지."

"인간의 모든 측면을 제어하는 겁니다. 전체주의적 인간을 원하니까요. 따라서 각각의 견고한 질문에 대해 특정 관점을 유지할 필요가 있습니다. 모든 경우에 동일한 규칙이 적용됩니다. 얀시는 가장 문제의 소지가 적은 가능성을 택합니다. 보다 경박한 쪽을 말입니다. 보다 단순하고 노력할 필요가 없는 관점, 실제 사고를 유발할 수 있을 만큼 깊이 들어가지 않아도 되는 관점이죠."

태버너가 그 말을 받았다. "사람들을 잠재우는 관점이지." 그는 흥분해서 서둘러 말을 이었다. "하지만 극도로 독창적인 관점이 끼어들게 된다면, 만들어내는 데 실제로 노력이 필요한, 쉽게 받아들이기 힘든 관점이……"

"얀시는 크로케를 칩니다. 그래서 이제 모든 사람들이 나무망치를 들고 돌아다니죠." 시플링이 열의 넘치게 말했다. "하지만 얀시가, 말하자면—크리크슈필을 좋아한다고 해보죠."

"뭘 좋아한다고?"

"두 개의 판에서 펼치는 체스 게임입니다. 양쪽 선수들이 각자 하나씩의 판과 자기 말들을 가지고 시작하죠. 반대쪽 판은 절대로 볼 수 없습니다. 심판이 양쪽 모두를 확인한 뒤에 말을 얻거나 잃었을 때, 또는 다른 말이 있는 칸에 들어갔거나 불가능한 이동을 했을 때, 또는 체크 메이트를 하거나 당했을 때에만 알려줍니다."

"알겠소." 태버너가 재빨리 말했다. "각자 자기 말판 위에서 상대방의 위치를 파악하려 노력하는 게임인 게로군. 눈먼 상태로 체스를 두는 거지. 그거 참, 정말로 모든 정신적 능력을 사용하는 게임일 것 같소."

"프러시아인들은 이걸 사용해서 장교들에게 군사 전략을 가르쳤다고 합니다. 단순한 게임 이상이죠. 궁극적인 난투극인 셈입니다. 만약 얀시가 저녁 시간에 자기 아내와 손자와 함께 훌륭하고 경쾌한 6시간짜리 크리크슈필 게임을 한 판 벌인다면 어떨 것 같습니까? 만약 그가 가장 좋아하는 책이 시대착오적인 서부극 총싸움 이야기가 아니라 그리스 비극이었다면 어떨까요? 가장 좋아하는 음악이 〈나의 켄터키 옛집〉이 아니라 바흐의 〈푸가의 기법〉이면 어떻겠습니까?"

"슬슬 이해가 되는 것 같소." 태버너는 가능한 한 최대로 침착하게 대답했다. "우리가 도울 수 있을 것 같군."

밥슨이 꽥꽥거렸다. "하지만 이건—불법입니다!"

"당연히 그렇지." 태버너가 그 말을 긍정했다. "그래서 우리가 여기 있는 거요." 그는 손을 흔들어 니플란의 비밀 요원 부대를 얀시 건물로 들여보냈다. 놀라서 책상에 꼿꼿이 앉아 있는 직원들에게는 신경조차 쓰지 않았다. 그는 목덜미의 마이크에 대고 말했다. "거물들 쪽은 어떻게 되어갑니까?"

"나쁘진 않네." 켈먼의 목소리가 칼리스토와 지구 사이의 연결 시스템으로 증폭되어 희미하게 들려왔다. "물론 일부는 다양한 자기네 소유 구역 안으로 도망쳐 들어갔다네. 하지만 대부분은 우리가 움직일 거라는 생각조차 하지 못했지."

"이럴 수는 없습니다!" 밥슨이 소리쳤다. 그의 거대한 얼굴이 흰색 밀가루 반죽처럼 늘어져 흔들렸다. "우리가 뭘 했다는 겁니까? 무슨 법을 어겼다고—"

"내 생각에는," 태버너가 그의 말을 잘랐다. "순수하게 상업적인 이유만으로도 당신을 잡아넣을 수 있을 것 같소. 당신은 얀시의 이름을 사용해 여러 종류의 상품을 보증하게 만들었지. 하지만 그런 사람은 존재하지 않소. 이는 광고의 윤리적 제공에 대한 법령을 어기는 일이오."

밥슨의 입이 합 하고 닫히더니, 곧 힘없이 천천히 벌어졌다. "그런— 사람이—없다고? 하지만 누구나 존 얀시를 알고 있습니다. 아시잖습니까, 그는—"그는 말을 더듬고 손짓을 하며 이렇게 끝을 맺었다. "그는 어디에나 있습니다."

갑자기 밥슨의 두툼한 손에 작은 권총이 하나 나타났다. 그가 팔을 크게 휘두르는 동안, 도저가 앞으로 나서서 재빨리 총을 쳐 내렸다. 권총은 바닥에 떨어져 미끄러졌고, 밥슨은 히스테리를 주체하지 못하고 그 자리에 무너졌다.

도저가 역겨워하는 얼굴로 그에게 수갑을 채웠다. "남자답게 굴라고." 그가 명령했다. 그러나 대답은 들려오지 않았다. 밥슨은 이미 그 말을 듣기에는 너무 멀리 가버렸다.

태버너는 크게 만족해서는 충격 받아 줄지어 선 관료와 직원들을 놔두고 내부 사무실로 들어갔다. 그는 가볍게 고개를 끄덕여 보이고는 자기 업무에 둘러싸인 리온 시플링의 책상으로 다가갔다.

내용을 바꾼 첫 게슈탈트가 이미 스캐너에서 깜빡이고 있었다. 두 남자는 함께 자리에 서서 이를 지켜봤다.

"어떻소?" 재생이 끝난 후 태버너가 말했다. "평가는 당신이 해야 하지 않겠소."

"이거면 될 것 같습니다." 시플링이 초조하게 대답했다. "우리가 너무 소란을 일으키지 않으면 좋겠군요…… 이렇게 쌓아올리는 데 11년이 걸렸습니다. 해체할 때도 단계적으로 해야겠죠."

"일단 금이 가기만 하면, 곧 흔들리기 시작할 거요." 태버너는 문을 향해 움직여갔다. "혼자서도 할 수 있겠소?"

시플링은 사무실 끝에 자리 잡고 서서 얀시 직원들이 불안하게 일하는 모습을 감시하는 에크문드를 힐끔 쳐다봤다. "괜찮을 것 같습니다. 근데 어딜 가십니까?"

"이 영상이 방영될 때의 상황을 관찰하고 싶소. 대중이 처음으로 이걸 볼 때 그 주변에 있을 생각이오." 태버너는 문가에서 잠시 머뭇거렸다. "혼자 힘으로 게슈탈트를 짜다니 꽤나 힘든 일이 될 거요. 당분간은 별로 도움도 얻지 못할 테고."

시플링은 자신의 직장 동료들을 가리켜 보였다. 그들은 이미 자신들이 떠난 부분으로 돌아가 리듬을 찾아가는 중이었다. "저 친구들은 작업에 착수할 겁니다." 그가 말했다. "적어도 봉급을 전액 받는 동안에는 말입니다."

태버너는 복도를 가로질러 승강기로 향했다. 잠시 후 그는 아래층으로 내려갔다.

한 무리의 사람들이 가까운 거리 모퉁이의 공영 영상 화면 앞에 모여 있었다. 늦은 오후 시간의 TV 방송에 존 에드워드 얀시가 출연하기를 기다리고 있는 듯했다.

게슈탈트는 평소와 같은 방식으로 시작되었다. 의심의 여지가 없었다. 시플링은 마음이 내키기만 하면 훌륭한 장면을 만들어 넣을 수 있는 모양이었다. 게다가 이번에는 말 그대로 혼자서 한 편 분량을 만들어냈다.

소매를 걷어 올리고 진흙에 더러워진 바지를 입은 얀시가 정원에 쭈그리고 앉아 있었다. 한쪽 손에는 모종삽을 들고, 밀짚모자를 눈까지 가릴 만큼 깊숙이 눌러쓴 채 태양의 따사로운 빛을 바라보며 웃음 짓고 있었다. 너무도 생생해서 태버너조차 저 사람이 실제로 존재하지 않는다고 믿기 힘들 지경이었다. 하지만 그는 이미 시플링의 부하 직원들이 열심히, 익숙한 손놀림으로 저 존재를 기초부터 쌓아올리는 광경을 실제로 목격한 후였다.

"좋은 오후일세." 얀시가 친절하게 인사했다. 그는 김이 오르는 벌건 얼굴에서 땀을 닦아내고 비척이며 자리에서 일어섰다. "이거 원 참." 그가 말했다. "정말로 더운 날이로구먼." 그는 앵초 화단을 가리켜 보였다. "저 아이들을 심고 있었다네. 꽤나 힘겨운 일이지."

아직까지는 괜찮았다. 사람들은 무감각하게, 별다른 저항 없이 이데올로기의 양분을 흡수하고 있었다. 이 위성에 있는 모든 가정, 학교, 사무실, 거리 모퉁이마다 동일한 게슈탈트가 상영되고 있었다. 물론 재방송도 이루어질 것이다.

"그래." 얀시는 자신의 말을 되풀이했다. "정말로 더운 날이로구먼. 이 앵초들에게는 너무 덥지. 이 아이들은 그늘을 좋아한다네." 그가 앵초를 차고 옆의 그늘에 조심스레 심는 모습이 빠르게 스쳐 지나갔다. "그런 반면," 얀시는 자신의 특징인 매끄럽고 선량한 말투로 뒤뜰 담장 너머에서 말을 걸듯 이야기를 이어갔다. "내 달리아는 햇볕이 아주 많이 필요하다네."

카메라는 불타는 뙤약볕 아래에서 흐드러지게 피어나는 달리아의 모습을 담았다.

얀시는 줄무늬가 있는 정원용 의자에 몸을 던지면서, 밀짚모자를 벗고 손수건을 꺼내 이마를 훔쳤다. "그래서," 그는 친절한 표정으로 말을 이었다. "만약 누군가 그늘과 햇볕 중 어느 쪽이 더 나은지 묻는다면, 나는 그건 그 사람이 앵초인지 아니면 달리아인지에 달렸다고 대답하겠네." 그는 카메라를 향해 예의 소년 같은 웃음을 지어 보였다. "아무래도 나는 앵초 쪽인 모양이구먼. 오늘 감당할 수 있는 분량의 햇볕은 전부

쬐었으니 말일세."

청중은 불평 없이 그 내용을 받아들이고 있었다. 별것 아닌 시작이지만 장기적인 효과를 불러일으킬 터였다. 얀시는 이제 그 내용을 보다 발전시키려 하고 있었다.

그의 선량한 웃음이 사라졌다. 깊은 사색이 다가오고 있음을 알려주는 진지한 찌푸린 얼굴이 모습을 나타냈다. 얀시가 앞으로 나섰다. 그의 지혜가 다가왔다. 하지만 그 내용은 지금까지 그가 읊조린 적 없는 부류의 것이었다.

"있잖나." 얀시는 천천히, 진지하게 말을 꺼냈다. "그러고 보니 한 가지 생각이 드는데 말일세." 그는 반사적으로 진과 토닉이 담긴 유리잔으로 손을 뻗었다. 지금까지는 항상 맥주가 차 있던 잔이었다. 그 옆에 놓인 잡지는 《월간 개 이야기》가 아니라 《정신분석학 평론》이었다. 이러한 주변 환경의 변화는 천천히 무의식 속에 스며들 것이다. 지금 이 순간 사람들의 의식은 얀시가 뱉는 말에 쏠려 있었다.

"문득 이런 생각이 드는데." 얀시는 마치 자신의 지혜가 지금 막 떠오른 신선한 것이라도 되는 양 이렇게 말했다. "어떤 사람들은 그러니까, 햇빛이 좋고 그늘이 나쁘다고 말할 수도 있지 않겠나. 하지만 그건 말도 안 되는 한심한 소리지. 장미와 달리아에는 햇빛이 좋지만, 내 푸크시아*는 끝장이 나지 않겠나."

카메라는 그가 소중히 여기는, 어디에나 있는 푸크시아 화단을 비쳤다.

"어쩌면 자네도 그런 사람들을 알고 있을 걸세. 이해를 못 하는 사람들 말이야. 그러니까—" 얀시는 늘 하던 대로 속담을 끌어와 자신의 논지를 강화했다. "어떤 사람의 고기가 다른 사람에게는 독이라는 사실

---

* 바늘꽃과의 남아메리카산 소관목. 톱니가 있는 잎에 흰색, 분홍색, 자주색, 보라색 등의 꽃이 아래로 늘어져 핀다. 푸치아라고 부르기도 한다.

말이야. 예를 들어, 나는 아침 식사로 노른자가 위로 가게 부친 계란 두어 개를 먹는다네. 끓인 프룬과 토스트 한 조각을 곁들일 수도 있지. 하지만 마거릿은 시리얼 한 그릇을 선호하지. 랄프는 두 가지 다 좋아하지 않아. 그 아이는 핫케이크를 좋아한다네. 이 거리 아래에 사는 넓찍한 앞뜰을 가진 친구는 키드니 파이*에 스타우트 맥주를 한 잔 곁들인다지 뭔가."

태버너는 얼굴을 찡그렸다. 이 정도로 하면 사람들이 슬슬 알아챌 법도 했다. 하지만 청중은 여전히 내용을 있는 그대로, 한 마디 한 마디 받아들이고 있었다. 극단적 사상의 미약한 처음 한 조각이었다. 모든 사람이 서로 다른 가치 체계를, 독특한 삶의 방식을 가져야 한다는 생각. 모든 사람들이 서로 다른 것을 믿고 즐기고 인정해야 한다는 생각.

시플링이 말한 대로 시간이 걸릴 것이다. 방대한 양의 테이프 보관소 내용물을 바꿔야만 했다. 모든 분야에 세워둔 얀시의 지령을 파괴해야 했다. 앵초에 관한 사소한 고찰에서 새로운 부류의 사상이 등장하고 있었다. 아홉 살 먹은 소년이 어떤 전쟁이 정당한지 그렇지 않은지를 파악하고 싶다면, 그 아이는 자신의 마음에 물어봐야 할 터였다. 얀시가 즉각 제공하는 답변은 존재하지 않을 것이다. 이미 그 분야의 게슈탈트가 준비되고 있었다. 모든 전쟁은 한쪽에서는 정당하다고 주장했고, 다른 쪽에서는 그렇지 않다고 주장했음을 알려주는 내용이었다.

그 게슈탈트야말로 태버너가 가장 보고 싶은 것이었다. 하지만 한동안은 방영되지 않을 게 분명했다. 기다릴 필요가 있었다. 얀시는 우선 자신의 예술에 대한 취향을 천천히, 하지만 꾸준히 바꿀 생각이었다. 앞으로 언젠가, 대중은 얀시가 더 이상 목가적인 달력의 풍경화를 좋아하지 않는다는 사실을 깨닫게 될 것이다.

---

* 소고기와 소의 콩팥을 넣고 구운 파이. 영국의 대표 음식 중 하나이다.

사람들은 얀시가 소름 끼치는 그림과 악마의 공포를 훌륭하게 그려
낸 15세기 네덜란드 거장, 히에로니무스 보슈를 좋아하게 되었다는 사
실을 알게 될 터였다.

마이너리티 리포트
Minority Report

PHILIP K. DICK

1954년 12월 22일 스콧 메러디스 에이전시에 도착했다. 3년에 걸친 폭풍과도 같은 초기 단편 시대의 마침표를 찍는 작품이라고 할 수 있겠다. PKD은 1952년에서 1954년까지 총 90편의 단편을 써냈고, 이 시점을 기준으로 작품 활동의 중심이 중장편 소설 쪽으로 옮겨간다. 그는 동시에 SF를 넘어 주류 문학 작품을 집필하려 시도하기도 한다.

이 작품의 주제는 물론 인간의 자유의지 존재 여부다. 하지만 PKD은 그를 묘사하는 과정에서 주인공 내면의 갈등과 변화를 통해 시스템과 개인 간의 충돌이라는 문제 또한 제기한다. 결국 주인공 앤더튼이 선택하는 해답은 시스템을 지키기 위해 인간성의 일부를 포기하되 포기하는 행동 역시 자유의지에 따른다는 절충이었다. 이에 따라 앤더튼은 시스템에서는 유리되지만, 인간으로서 새로운 존엄성을 확보할 수 있는 수단을 손에 넣는다.

당대에는 그리 큰 관심을 끌지 못했으나, 스필버그 감독의 동명 영화(2002)가 PKD의 소설을 영상화한 작품 중 상업적으로 가장 큰 성공을 거둔 덕분에 전 세계에서 재출간 열풍이 불었다. 영화는 총 3억 6천만 달러의 흥행 수익을 기록했다. PKD이 이 작품으로 약 15달러 정도의 원고료를 받았다는 사실을 생각하면 격세지감마저 느껴진다.

I

나도 머리가 벗겨지고 있군. 대머리에 뚱뚱한 늙은이가 되어가고 있어. 앤더튼이 예의 젊은이를 처음 보자마자 든 생각이었다. 하지만 그는 이런 생각을 입 밖으로 내지는 않았다. 그 대신 의자를 뒤로 밀고 자리에서 일어나서, 당당하게 책상 옆으로 걸어 나와 딱딱한 태도로 오른손을 내밀었다. 그리고 억지 호의로 가득한 웃음을 보이며 젊은이와 악수를 나눴다.

"위트워라고 했나?" 그는 간신히 기꺼운 목소리를 유지하며 질문할 수 있었다.

"바로 그렇습니다." 젊은이가 말했다. "하지만 물론 에드라고 부르셔도 됩니다. 그러니까, 만약 국장님께서도 쓸데없는 격식에 대한 혐오를 공유하신다면 말입니다." 금발 머리에 과도한 자신감이 떠오른 얼굴을 보니, 이 친구는 이미 자기 방식대로 결정이 났다고 여기는 모양이었다. 서로를 에드와 존이라 부르고 모든 일을 처음부터 원만하게 협의해 진행할 수 있을 것이라고.

"이 건물을 찾는 일이 어렵지는 않았나?" 앤더튼은 과도하게 친절한 첫 접근을 무시하며 방어적으로 질문을 던졌다. 이런 세상에, 뭔가에 좀 기대고 싶군. 공포가 찾아들며 진땀이 흐르기 시작했다. 위트워는 이곳이 이미 자기 사무실인 양 주변을 둘러보고 있었다. 방 크기를 가늠하는 듯했다. 하루 이틀 정도 기다릴 수는 없는 건가? 잠시라도 예의를 차려줄 수 없는 건가?

"아무 문제도 없었습니다." 위트워는 주머니에 손을 넣은 채 주절거렸다. 그는 벽에 꽂힌 두툼한 서류철을 흥미롭게 살펴보고 있었다. "아시겠지만, 저도 아무 준비 없이 국장님의 기관에 들어온 것은 아닙니다. 프리크라임이 운영되는 방식에 대해서는 나름 여러 가지를 알고 있으니까요."

앤더튼은 떨리는 손으로 파이프에 불을 붙였다. "어떻게 운영된다는 말인가? 나도 들어보고 싶군."

"나쁘지 않게 운영되죠." 위트워가 말했다. "사실, 상당히 훌륭합니다."

앤더튼은 그를 물끄러미 바라봤다. "자네의 개인적 의견인가, 아니면 그냥 대외용 표현인가?"

위트워는 그의 눈길을 당당하게 받아들였다. "사적으로도, 공적으로도 그렇습니다. 의회는 국장님의 업적에 만족하고 있습니다. 사실 상당히 적극적일 정도죠." 그러고는 덧붙였다. "아주 나이 많은 늙은이들에게 가능한 한도 내에서 말이지만요."

앤더튼은 그 말에 움찔했지만 겉으로는 무심한 태도를 유지했다. 꽤나 힘겨운 일이었다. 그는 위트워가 실제로는 무슨 생각을 하고 있을지 궁금했다. 짧게 깎은 저 머리통 안에서 실제로 무슨 일이 일어나고 있는 걸까? 젊은이의 눈은 푸른색이고, 환하고, 지나칠 만큼 영리해 보였다. 위트워는 어리석은 친구가 아니었다. 거기다 상당한 야망을 가지고 있는 게 분명했다.

"내가 알고 있는 바에 의하면," 앤더튼은 천천히 말을 꺼냈다. "자네는 내가 은퇴할 때까지 내 보좌 역을 맡을 거라고 하던데."

"저도 그렇게 알고 있습니다." 상대방이 대답했다. 망설이는 투는 조금도 보이지 않았다.

"그때는 올해가 될 수도 있고, 내년이 될 수도 있고—또는 지금부터

10년 후가 될 수도 있어." 앤더튼의 손에 들린 파이프가 떨렸다. "나는 군이 은퇴할 의무가 없다네. 프리크라임을 설립한 것은 바로 나고, 따라서 나는 원하는 만큼 얼마든지 여기 머물 수 있어. 온전히 나 자신의 결정에 따르는 걸세."

위트워는 여전히 정직한 눈빛으로 고개를 끄덕였다. "물론입니다."

앤더튼은 간신히 마음을 조금 가라앉혔다. "그저 상황을 확실하게 해두고 싶었을 뿐이네."

"이제 시작이니까요." 위트워가 동의했다. "국장님이 보스 아닙니까. 저는 국장님 말씀에 따를 겁니다." 그는 모든 면에서 진솔한 태도를 보이며 물었다. "부디 이 조직을 좀 보여주실 수 있습니까? 최대한 빨리 기본적인 업무에 익숙해지고 싶어서 그럽니다."

노란 조명이 밝혀진 북적거리는 사무실을 지나가며 앤더튼이 입을 열었다. "자네도 물론 프리크라임의 기본 원리에 대해서는 알고 있겠지. 그럴 거라고 가정하고 넘어가도 되겠나?"

"대중이 접할 수 있는 정보는 모두 가지고 있습니다." 위트워가 대답했다. "국장님께서는 예지력을 지닌 돌연변이의 도움을 받아, 단호하고 성공적으로 금고형과 벌금형 같은 범죄 사후 처벌 제도를 폐지시키셨죠. 우리 모두가 알고 있듯이 처벌에는 범죄 억제 효과가 거의 없으며, 이미 사망한 피해자에는 별로 위안이 되지 못하니 말입니다."

그들은 아래로 향하는 승강기에 도착했다. 거기 올라타 빠른 속도로 내려가면서 앤더튼이 말했다. "자네도 아마 프리크라임 방식에 존재하는 기본적인 법적 문제는 인지했을 걸세. 우리는 법을 어긴 적이 없는 개인을 잡아들이는 셈이니 말이야."

"하지만 어기게 될 게 분명하지 않습니까." 위트워는 확신을 담아 대답했다.

"다행스럽게도 실제로 어기게 되지는 않지. 폭력 행위를 저지르기 전에 우리가 그들을 먼저 잡아들이니까. 따라서 범죄 그 자체는 완벽하게 형이상학적인 개념이 되는 걸세. 우리는 그들에게 혐의가 있다고 주장하지. 반면 그들은 영원히 무죄를 주장할 걸세. 그리고 어떤 면에서 보면 그들은 실제로 무고한 셈이지."

둘은 승강기에서 내려 다시 한번 노란 복도를 따라 걸어갔다. "우리 사회에는 이제 중범죄가 존재하지 않네." 앤더튼이 말을 이었다. "하지만 대신 미래의 범죄자들로 가득한 격리 수용소가 생겼지."

문이 열렸다 닫혔고, 앤더튼과 위트워는 분석 부서에 도착했다. 그들 앞에 육중한 장비가 잔뜩 늘어서 있었다. 자료 수집기와 입력되는 자료를 연구하고 재구성하는 계산 설비였다. 기계들 너머로는 세 명의 예지 능력자가 앉아 있었다. 미로처럼 얽힌 배선 때문에 모습을 거의 알아보기 힘들 정도였다.

"저기들 있군." 앤더튼이 무미건조한 목소리로 말했다. "자네가 보기엔 어떤 생각이 드나?"

어둠에 반쯤 잠긴 방 안에 세 명의 백치가 웅얼거리며 앉아 있었다. 그들이 주절대는 문장 조각 하나, 무작위적인 음절 하나하나가 모두 분석, 비교, 시각 기호로의 재구성의 대상이 되어 일반적인 천공 카드에 기록된 후 다양한 형식으로 암호화되어 출력되었다. 백치들은 특수 설계된 등받이가 높은 의자에 구속된 채 하루 종일 중얼댔다. 그들의 육체는 금속 고리, 전선, 죔쇠 등으로 바짝 고정되어 있었다. 육체적 욕구는 자동 시스템으로 처리되었다. 영적 욕구는 존재하지 않았다. 그들은 졸음에 겨워 중얼거리며 식물에 가까운 삶을 살아갔다. 그들의 흐릿하고 혼란스러운 정신은 그림자 속에 묻혀 있었다.

하지만 그들을 뒤덮은 그림자는 현재의 것이 아니었다. 비대한 두뇌와 연약한 육체를 지닌 허공을 더듬는 존재 셋이 미래를 꿈꾸고 있었다. 분석 장치는 세 명의 백치 예지 능력자들이 말하는 모든 내용에 세심하게 귀를 기울이며 그들의 예언을 기록했다.

위트워의 얼굴에서 가벼운 자신감이 처음으로 자취를 감췄다. 질리고 당황한 빛이 그의 눈에 감돌았다. 수치심과 도덕적 충격을 동시에 보여주는 눈빛이었다. "보기 좋은 광경은 아니군요." 그가 중얼거렸다. "저들이 이 정도일 줄은—" 그는 잠시 적절한 단어를 찾아 머릿속을 더듬으며 손짓을 해댔다. "이 정도로—기형일 줄은 몰랐습니다."

"기형인데다 저능아지." 앤더튼은 즉각 동의했다. "특히 저기 있는 아가씨가 그렇다네. 도나는 45세이지만 10살 정도로 보이지. 저 재능은 다른 모든 것을 앗아간다네. 뇌의 초감각 영역이 전두엽의 균형을 오그라들게 만드는 거야. 하지만 우리가 신경 쓸 이유가 있겠나? 저들의 예언을 얻을 수 있지 않나. 저들은 우리가 필요로 하는 것을 제공한다네. 그 내용이야 이해하지 못하겠지만, 그건 우리가 할 수 있고."

위트워는 방을 가로질러 기계 쪽으로 향했다. 그는 한쪽 배출구에 쌓인 카드 뭉치를 집어 들었다. "이게 이번에 나온 이름들입니까?" 그가 물었다.

"당연히 그렇지." 앤더튼은 얼굴을 찌푸리며 카드 뭉치를 받아들었다. "아직 내용을 확인하지도 못했군." 그는 이렇게 말하며 얼굴에 떠오른 짜증을 숨기려 했다.

위트워는 기계에서 새로운 카드가 튀어나와 빈 배출구로 들어가는 모습에 매료된 모양이었다. 곧이어 두 번째, 세 번째 카드가 등장했다. 윙윙거리는 자기 디스크에서 카드가 하나씩 떨어졌다. "저 예지 능력자들은 꽤나 먼 미래까지 볼 수 있는 모양입니다." 위트워가 감탄의 탄성을 올렸다.

"사실 상당히 제한적인 영역밖에는 보지 못한다네." 앤더튼이 그에게 일러줬다. "길어봤자 한두 주 정도지. 그들의 정보 대부분은 우리에게 아무 쓸모도 없다네. 그저 우리 일과는 관계가 없다는 뜻이네만. 우리는 그 정보를 유관 부처로 넘기지. 그 대가로 그들 역시 우리에게 정보를 전달하고. 주요 기관은 모두 자기네 나름대로 소중한 원숭이들을 숨기고 있다네."

"원숭이요?" 위트워는 당황한 듯 그를 바라봤다. "아, 그렇군요. 이해했습니다. 나쁜 것은 보지도 말고, 말하지도 말고, 뭐 그런 거였죠. 아주 재미있군요."

"아주 적절하지." 앤더튼은 윙윙 돌아가는 기계에서 갓 떨어져 나온 카드를 반사적으로 집어 들었다. "여기 있는 이름 중 일부는 그대로 폐기하네. 남은 이름의 대부분은 사소한 경범죄지. 절도, 탈세, 폭행, 갈취 등. 자네도 당연히 알고 있을 것이라 생각하지만, 프리크라임은 중범죄 발생률을 99하고도 소수점 아래 8퍼센트까지 낮췄다네. 실제로 살인이나 국가 반역죄가 저질러지는 경우는 거의 없지. 어쨌든 범죄자는 자신이 그 범죄를 저지르기 1주일 전에 격리 수용소로 가게 된다는 사실을 알고 있는 셈 아닌가."

"마지막으로 실제 살인 사건이 발생한 게 언제였습니까?" 위트워가 물었다.

"5년 전이었네." 앤더튼이 자부심을 담아 말했다.

"어쩌다 벌어졌죠?"

"범죄자가 우리 요원들에게서 도망쳤다네. 우리는 그의 이름을 확보하고 있었지. 아니, 사실 피해자의 이름을 포함해 사건의 모든 세부 사항을 알고 있었어. 폭력 행위가 일어날 정확한 시간과 장소도 알았고. 그런데도 그는 계획을 실행에 옮길 수 있었다네." 앤더튼이 어깨를 으쓱했다. "어쨌든 모두를 잡아넣을 수 있는 건 아니지 않겠나." 그는 카드를 엇갈려 섞으며 덧붙였다. "하지만 대부분은 잡아넣을 수 있지."

"5년 동안 단 한 건의 살인이라." 위트워의 자부심이 돌아오는 게 보였다. "상당히 감탄스러운 기록 아닙니까…… 자랑스럽게 여길 만한데요."

앤더튼은 조용히 덧붙였다. "나는 자랑스럽다네. 30년 전에 이 이론을 만들어낸 게 바로 나였으니까. 이기주의적인 사람들은 주식 시장에서 빠르게 치고 빠지는 용도로만 사용하려 했지. 하지만 나는 보다 정당한 뭔가를 떠올렸다네. 엄청난 사회적 가치를 지니는 용도를 말이야."

그는 원숭이 구역을 담당하는 부하 직원인 월리 페이지에게 카드 뭉치를 건네줬다. "우리가 원하는 것들을 찾아보게." 그가 일렀다. "자네가 직접 평가를 내려."

페이지는 카드 뭉치를 들고 사라졌다. 위트워는 생각에 잠긴 채 말했다. "아주 중대한 임무로군요."

"분명 그렇지." 앤더튼도 동의했다. "5년 전처럼 범죄자 한 명만 도망치게 해도, 결국 부주의 때문에 사람 한 명이 죽도록 놔두는 꼴일세. 모든 책임이 우리에게 있는 거지. 우리가 뭔가를 빠뜨리면 누군가 죽음을 맞는 걸세." 그는 쓴웃음을 지으며 배출구에서 새로운 카드 세 장을 뽑아냈다. "공공의 책무 아니겠나."

"그러면 혹시 유혹을 느끼신 적은—" 위트워는 머뭇거렸다. "그러니까 제 말은, 잡아들인 사람들이 엄청난 대가를 제공하겠다고 나서지 않겠습니까."

"그래 봤자 소용없는 일일세. 여기 카드의 사본이 군 사령부 쪽에도 그대로 출력되거든. 견제와 균형의 원리라네. 군대 쪽에는 원하는 만큼 지속적으로 우리를 감시할 권한이 있다네." 앤더튼은 맨 위의 카드를 가볍게 훑어보며 덧붙였다. "따라서 우리가 그런 유혹을 받아들이고 싶다 해도—"

그는 말을 멈추고는 입술을 굳게 다물었다.

"왜 그러십니까?" 위트워가 호기심을 보이며 물었다.

앤더튼은 조심스레 맨 위의 카드를 접어 주머니에 넣으며 말했다.

"아냐." 그가 중얼거렸다. "아무것도 아닐세."

그의 목소리에 담긴 가혹한 어조에 위트워의 얼굴이 붉게 달아올랐다. "저를 정말로 싫어하시는 모양이로군요." 그가 말했다.

"그건 사실이네." 앤더튼은 인정했다. "자네를 좋아하지는 않지. 하지만—"

아무리 그래도 눈앞의 젊은이가 그 정도로 마음에 들지 않는다는 사실은 믿을 수가 없었다. 가능해 보이지 않는 일이었다. 불가능했다. 뭔가 잘못됐다. 그는 어지러움을 느끼며 떨리는 손을 진정시키려 애썼다.

카드에는 앤더튼 자신의 이름이 적혀 있었다. 1등급, 즉 이미 미래의 살인자로 기소된 셈이다! 암호화된 천공 카드에 따르면 프리크라임 관리국장 존 A. 앤더튼은 사람을 죽일 예정이었다. 그것도 다음 주 안에.

그는 그 사실을 믿지 않았다. 사실이 아니라고 절대적이고 완벽하게 확신하고 있었다.

II

바깥쪽 사무실에서는 늘씬한 몸매의 리사가 자리에 서서 페이지와 대화를 나누고 있었다. 그녀는 앤더튼의 부인으로 젊고 매력적인 여성이었다. 정책에 대해 날카롭고 열의에 찬 토론을 나누느라 남편과 위트워가 사무실로 들어오는데도 거의 눈길조차 돌리지 않았다.

"안녕, 여보." 앤더튼이 말했다.

위트워는 침묵을 지키고 있었다. 경찰 제복을 맵시 있게 차려입은 갈색 머리의 여성에 눈길이 머물자 푸른 눈이 희미하게 흔들렸다. 지금의 리사는 프리크라임의 중역이었지만, 위트워는 그녀가 한때 앤더튼의 비서였다는 사실을 알고 있었다.

앤더튼은 위트워의 얼굴에 떠오른 표정을 보면서 걸음을 멈추고 생각에 잠겼다. 기계에 카드를 집어넣으려면 내부 공범이 필요하다. 프리크라임과 깊은 연관이 있으며 해석 장치에 접근할 권한을 가진 사람 말이다. 리사가 공범일 확률은 매우 적었다. 하지만 가능성이 없는 것은 아니었다.

물론 단순히 '조작된' 카드를 끼워 넣는 정도가 아니라 보다 대규모의 정교한 음모가 존재할 가능성도 있었다. 최초의 정보 자체를 변조했을 가능성도 있었다. 사실 정보의 변조가 어느 단계까지 이루어졌는지는 알아낼 도리가 없었다. 모든 가능성을 생각해보니 등골이 서늘해졌다. 처음에 충동적으로 생각한 계획—기계를 비틀어 열고 모든 자료를 제거하는 것—은 아무 쓸모없는 유치한 발상이었다. 아마 테이프에도 카드와 같은 내용이 기입되어 있을 터였다. 그러면 자신의 죄질을 더욱 나쁘게 만들 뿐이었다.

그에게는 약 24시간이 남아 있었다. 그 시간이 지나면 군부 쪽에서 자기네 카드를 검토한 후에 일치하지 않는 내용을 발견할 것이다. 그쪽의 카드 뭉치에는 이쪽에서 방금 빼낸 카드가 남아 있을 테고. 그는 두 장의 사본 중 한 장만을 가지고 있는 셈이었다. 결국 주머니에 접힌 채 들어 있는 카드를 모두가 볼 수 있도록 페이지의 책상 위에 펼쳐놓은 것이나 다름없었다.

건물 밖에서 무인 순찰차가 정기 수색을 시작하는 소리가 들렸다. 저런 순찰차 중 한 대가 그의 집 앞에 와 서기 전까지 몇 시간이나 남았을까?

"무슨 일이에요, 여보?" 리사가 걱정하는 기색으로 그에게 물었다. "꼭 유령이라도 본 사람 같아요. 당신 괜찮은 거예요?"

"나는 괜찮소." 앤더튼은 아내를 안심시키듯 말했다.

리사는 이제야 갑자기 에드 위트워의 연모하는 시선을 알아챈 모양이었다. "여기 신사분이 당신의 새로운 동료인가요, 여보?" 그녀가 물었다.

앤더튼은 경계하는 태도로 자신의 새로운 동료를 소개했다. 리사는 친절하게 웃으며 인사를 나눴다. 혹시 공범의 시선을 교환한 것은 아닐까? 그로서는 알 수 없었다. 세상에, 그는 모든 사람을 의심하기 시작하고 있었다. 자신의 아내와 위트워만이 아니라, 열 명가량의 부하 직원들에 대해서도 의심이 들었다.

"뉴욕에 사시나요?" 리사가 물었다.

"아닙니다." 위트워가 대답했다. "저는 지금까지 거의 대부분의 시간을 시카고에서 보냈습니다. 여기서는 호텔에 묵고 있죠. 도심지의 커다란 호텔입니다. 잠깐만요―여기 어디 호텔 이름이 적힌 명함이 있었는데."

위트워가 반쯤 작위적으로 자기 주머니를 뒤지는 모습을 보며 리사가 제안을 하나 했다. "우리와 함께 저녁 식사를 하시는 건 어떨까요? 앞으로 긴밀한 관계를 가지며 일해야 할 테니, 서로를 조금 더 잘 알 필요가 있지 않겠어요."

앤더튼은 깜짝 놀라서 뒤로 물러섰다. 아내의 친절한 태도가 무해한 우연일 확률은 얼마나 될까? 위트워는 오늘 저녁의 평온에 끼어들어 자연스레 앤더튼의 사저까지 따라올 수 있게 될 것이다. 기분이 나빠진 앤더튼은 충동적으로 몸을 돌려 문 쪽을 향해 걸음을 옮겼다.

"어딜 가는 거예요?" 리사가 놀라서 물었다.

"원숭이 구역으로 돌아갈 거요." 그가 말했다. "조금 괴상한 자료 테이프가 하나 있어서, 군대 쪽에서 보기 전에 다시 확인해야 하거든." 리사가 그를 잡아둘 설득력 있는 이유를 생각해내기 전에, 그는 얼른 복도로 나와버렸다.

앤더튼은 서둘러 복도 끝 비상구를 향해 걸음을 옮겼다. 거리로 통하는 외부 계단을 내려가고 있는데 리사가 숨을 헐떡이며 그의 뒤를 따라왔다.

"대체 무슨 생각을 하는 거예요?" 리사가 그의 팔을 잡으며 재빨리 그의 정면으로 돌아왔다. "당신이 나가려 한다는 게 뻔히 보였다고요." 그녀는 그의 앞길을 막으며 말했다. "뭐가 문제예요? 다들 당신 행동이 좀―" 문득 그녀는 자신의 표현을 절제했다. "그러니까, 너무 변덕스럽게 행동하고 있잖아요."

사람들이 그를 스치고 지나갔다. 평소와 다름없는 오후의 인파였다. 앤더튼은 사람들을 무시하며 아내의 손가락을 자신의 팔에서 떼어냈다. "도망가는 거요." 그가 말했다. "아직 시간이 남아 있는 동안."

"하지만―왜요?"

"나는 누명을 썼소. 의도적이고 악의적인 누명이지. 저 작자가 내 지위를 뺏으러 나온 거요. 의회는 그놈을 통해서 나를 옭아 넣을 생각인 거요."

리사는 놀라서 그의 얼굴을 올려다봤다. "하지만 쾌활하고 선량한 청년으로 보이던데요."

"물뱀만큼이나 선량하겠지."

리사의 당황은 곧 불신으로 바뀌었다. "믿을 수가 없네요. 여보, 당신 요즘 너무 스트레스를 받아서―" 그녀는 초조하게 웃으며 말끝을 흐렸다. "에드 위트워가 당신에게 누명을 씌우려 든다니, 쉽사리 믿기 힘든 일이잖아요. 그러고 싶다고 해도 그 사람이 뭘 할 수 있겠어요? 에드라면 분명―"

"에드라고 불렀지?"

"그게 그 사람 이름 아니던가요?"

아내의 눈 속에서 경악과 항변의 빛이 반짝였다. "이런 세상에, 당신 정말로 모두를 의심하고 있네요. 내가 그 사람하고 얽혀 있다고 믿는 거죠. 아닌가요?"

그는 잠시 생각해봤다. "잘 모르겠소."

리사는 힐난하는 눈빛으로 앤더튼 가까이 다가왔다. "거짓말이에요. 당신 정말로 그렇게 믿고 있잖아요. 어쩌면 정말로 몇 주 정도 어디론가 떠나야 할지도 모르겠어요. 당신은 휴식이 필요해요. 젊은이가 조직에 들어오게 되니 긴장하고 충격을 받은 거예요. 당신 지금 피해망상을 보이고 있어요. 이해를 못 하겠어요? 사람들이 당신에 대해 음모를 꾸미고 있다뇨. 말해봐요. 실제로 증거가 있는 거예요?"

앤더튼은 지갑을 꺼내 반으로 접은 카드를 끄집어냈다. "이걸 잘 살펴보시오." 그는 카드를 아내에게 넘기며 말했다.

아내의 얼굴에서 핏기가 빠져나갔다. 입에서는 격하고 건조한 헉 소리가 새어 나왔다.

"꽤나 명백한 함정 아니오." 앤더튼은 최대한 침착한 태도로 아내에게 말했다. "위트워는 이걸로 즉시 나를 합법적으로 제거할 방법을 손에 넣었소. 내가 퇴임할 때까지 기다리지 않아도 되겠지." 그는 음울하게 덧붙였다. "놈들은 내가 아직 몇 년은 까딱없을 거라는 사실을 알고 있을 테니까."

"하지만—"

"이걸로 견제와 균형 시스템이 끝장날 거요. 프리크라임은 더 이상 독립적인 기관으로 남아 있을 수 없겠지. 의회가 경찰을 관리하게 될 테고, 그다음에는—" 그는 입술을 굳게 다물었다. "군대도 흡수하게 될 거요. 뭐, 외부에서 보기에는 충분히 논리적이겠지. 물론 나는 위트워를 향한 적개심과 분노를 가지고 있소. 물론 동기도 있지. 젊은 사람에게 자기 자리를 내주고 시골로 돌아가는 일을 좋아하는 사람은 없으니까. 전부 그럴싸하게 들릴 거요. 내가 위트워를 살해하려는 의도를 조금도 가지고 있지 않다는 사실을 제외하면 말이오. 하지만 그걸 증명할 수는 없는 노릇이지. 내가 대체 뭘 해야겠소?"

매우 창백한 얼굴로, 리사는 조용히 고개를 저었다. "나…… 나도 모르겠어요. 여보, 우리가 만약……"

"지금 당장 해야 할 일은," 앤더튼이 그녀의 말을 끊으며 말했다. "집에 가서 내 물건을 챙기는 거요. 그리고 가능한 한 멀리까지 도망치는 거지."

"당신 정말로―숨을 생각이에요?"

"그렇소. 필요하다면 켄타우리의 식민 행성에라도 가야지. 예전에도 성공한 적 있는 일이고, 내게는 24시간 앞서 움직인다는 이점이 있소." 그는 굳은 표정으로 몸을 돌렸다. "그럼 안으로 들어가시오. 나와 함께 와봤자 아무 의미도 없소."

"내가 그럴 거라고 생각했어요?" 리사가 목멘 소리로 물었다.

앤더튼은 놀라서 그녀를 바라봤다. "그럴 것 아니었소?" 그러고는 뭔가 깨달은 듯 중얼거렸다. "그래, 당신은 나를 믿지 않는 거로군. 여전히 내가 이 모든 것을 상상하고 있다고 여기는 거야." 그는 사납게 카드를 가리켜 보였다. "이렇게 증거가 빤히 있는데도 믿지 못하겠다는 거지."

"그래요." 리사는 즉각 동의했다. "믿을 수 없어요. 여보, 당신은 이 카드를 제대로 들여다보지 않았어요. 여기에 적혀 있는 것은 에드 위트워의 이름이 아니에요."

앤더튼은 놀라서 카드를 다시 받아들었다.

"당신이 에드 위트워를 살해할 거라고 말하는 사람은 아무도 없어요." 리사가 높고 위태위태한 목소리로 빠르게 말했다. "이 카드는 진짜예요. 알겠어요? 에드하고는 아무 관련도 없다고요. 그도, 다른 누구도, 당신을 제거하려는 음모를 꾸미는 사람은 아무도 없어요."

앤더튼은 너무 혼란스러워 미처 대답하지 못하고 멍하니 카드를 바라보며 서 있었다. 그녀의 말이 옳았다. 그의 희생자로 지정된 사람은 에드 위트워가 아니었다. 기계는 다섯 번째 줄에 다른 이름을 말끔하게 찍어놓았다.

그는 감각이 느껴지지 않는 손으로 카드를 주머니에 집어넣었다. 지금까지 평생 들어본 적도 없는 사람의 이름이었다.

III

집 안은 서늘하고 고요했다. 앤더튼은 곧바로 여행 준비를 하기 시작했다. 짐을 싸는 동안 온갖 생각이 그의 마음속을 스쳐 지나갔다.

위트워에 대한 생각은 틀렸을지도 모른다. 하지만 그렇게 확신할 수 있나? 어찌 됐든 간에 그를 향한 음모는 생각보다 훨씬 더 교묘하게 짜여 있는 게 분명했다. 전체적인 그림을 놓고 보면, 위트워는 그저 다른 누군가가 조작하는 별 것 아닌 꼭두각시일 수도 있었다. 멀리서 보면 배경과 잘 구별도 가지 않는 그런 보잘것없는 존재 말이다.

리사에게 카드를 보여준 것은 실수였다. 의심할 나위 없이, 그녀는 카드에 대해 위트워에게 자세히 설명했을 것이다. 그는 지구를 떠나지도, 변방 행성의 삶이 어떤지도 경험하지 못할 게 분명했다.

이런 생각에 빠져 있는데 문득 뒤쪽에서 마룻널이 끼익 소리를 냈다. 그는 색이 바랜 겨울용 스포츠 재킷을 손에 쥐고 침대에 앉은 채 몸을 돌렸다. 청회색 원자력 권총의 총구가 그를 정면으로 겨누고 있었다.

"별로 오래 걸리지 않았군." 갈색 외투를 입고 장갑을 낀 손에 권총을 든, 자신 앞에 입을 꾹 다물고 선 우람한 남자를 보며 앤더튼이 쓰게 비꼬듯 물었다. "그 여자가 망설이지도 않던가?"

침입자의 얼굴에는 반응이 전혀 나타나지 않았다. "무슨 말을 하는 건지 모르겠군." 그가 말했다. "따라오시오."

앤더튼은 놀라서 스포츠 재킷을 내려놓았다. "우리 기관에서 나온 것 아닌가? 경찰관 아니었나?"

앤더튼은 당황해서 항변하며 집 밖으로 쫓겨났고, 기다리고 있던 리무진에 올라탔다. 세 명의 덩치 좋은 남자가 즉시 그의 뒤에 따라붙었다. 문이 쿵 하고 닫혔고, 자동차는 총알처럼 고속도로를 달려 도시를 빠져나갔다. 어스름이 깔린 들판이 빠르게 스쳐 지나가는 동안 그를 둘러싸고 앉은 무심한 얼굴들은 자동차의 속도 때문에 덜컹거리며 움직였을 뿐 무심하고 냉담한 태도를 그대로 유지하고 있었다.

앤더튼이 정확히 무슨 일이 벌어졌는지 감을 잡으려 헛되이 노력하는 동안, 차는 바큇자국이 보이는 샛길로 들어서더니 포장도로를 벗어나 그대로 어두침침한 반지하 주차장으로 내려갔다. 어디선가 명령을 내리는 소리가 들렸다. 육중한 금속 잠금장치가 움직여 잠기더니 머리 위의 조명이 켜졌다. 운전사는 자동차 시동을 껐다.

"이런 일을 벌이다니 후회하게 될 거다." 앤더튼은 덩치들이 자신을 차에서 끌어내리는 동안 거친 소리로 경고했다. "내가 누군지 알고나 있는 건가?"

"알고 있소." 갈색 외투의 남자가 말했다.

앤더튼은 총구에 몰려 위층으로 올라갔다. 차고의 차갑고 끈적한 정적이 곧 푹신한 양탄자가 깔린 복도로 바뀌었다. 아무래도 전쟁에 먹힌 전원 지역에 위치한 호화로운 개인 저택에 온 모양이었다. 복도 건너편 끝에 방이 하나 보였다. 단순하지만 세련되게 장식된, 벽마다 책이 가득한 서재였다. 지금까지 만난 적 없는 남자 하나가 램프 불빛에 얼굴을 반쯤 드러낸 채 자리에 앉아 그를 기다리고 있었다.

앤더튼이 다가가자 남자는 초조하게 무테안경을 얼굴에 쓰고, 안경집을 달각 하고 닫으며 마른 입술을 축였다. 아마도 70세는 넘은 것처럼 보이는 노인이었다. 겨드랑이 아래에는 가느다란 은제 지팡이를 끼고 있었다. 깡마르고 억세 보이는 몸에 묘하게도 경직된 태도였다. 아직 남아 있는 얼마 안 되는 머리카락은 옅은 갈색이었다. 두개골의 윤곽이 드러나 보이는 허연 머리통 위에 빛이 바랜 갈색 도료를 세심하게 한 겹 발라놓은 듯했다. 눈에는 진심으로 경계하는 빛이 드러나 있었다.

"이자가 앤더튼인가?" 노인은 갈색 외투의 남자를 돌아보며 성마른 목소리로 물었다. "어디서 잡았나?"

"자기 집에 있었습니다." 상대방이 대답했다. "우리가 예상한 대로 짐을 꾸리고 있었습니다."

책상 앞에 앉은 남자가 눈에 보일 정도로 몸을 떨었다. "짐을 꾸리고 있었다고." 그는 떨리는 손으로 안경을 벗어서 안경집에 다시 넣었다. "여기 좀 보게." 그는 앤더튼을 보며 무뚝뚝하게 물었다. "자네 대체 뭐가 문제인가? 완전히 정신이 나간 겐가? 대체 어떻게 만나본 적도 없는 사람을 죽일 수 있나?"

앤더튼은 문득 깨달았다. 이 노인이 바로 레오폴드 캐플런이었다.

"먼저 질문 하나 하겠소." 앤더튼은 즉시 반격에 나섰다. "지금 무슨 짓을 했는지 알고 있는 거요? 나는 경찰의 총책임자요. 이걸로 20년 형을 선고할 수도 있소."

그는 더 말을 이으려다가 순간 떠오른 의문 때문에 멈췄다.

"대체 어떻게 알아낸 거요?" 그가 물었다. 앤더튼의 손은 반사적으로 접힌 카드가 숨겨진 주머니로 향했다. "이 사실이 알려지려면—"

"나는 자네의 기관을 통해 경고를 받은 것이 아닐세." 캐플런은 성을 내며 참지 못하겠다는 투로 끼어들었다. "자네가 내 이름을 들어본 적이 없다는 사실도 별로 놀랍지는 않구먼. 레오폴드 캐플런, 서반구 연방 동맹군의 장군일세." 그는 못마땅한 말투로 덧붙였다. "영-중 전쟁이 끝나고 서반구 연방 동맹군이 와해되었을 때 퇴역했지."

이제야 이해가 되었다. 군이 내부의 안전을 위해 카드의 사본을 즉시 결재에 올린 모양이었다. 그는 약간이나마 안도하며 물었다. "자, 어쨌든 나를 이리 데려오지 않았소. 이제 뭘 할 거요?"

캐플런이 대답했다. "보다시피 자네를 죽일 생각은 아니었네. 그랬다가는 그 골치 아픈 작은 카드에 기록이 나타났을 테니까. 그저 자네에게 호기심이 생겼을 뿐일세. 당신 정도의 지위에 있는 사람이 난생 처음 보는 사람을 냉혹하게 살인할 생각을 한다니 말이야. 분명 뭔가 꿍꿍이가 있는 것 아니겠나. 솔직히 말해서 영문을 알 수가 없었다네. 만약 이것이 경찰이 꾸민 모종의 전략이었다면—" 그는 비쩍 마른 어깨를 으쓱해 보였다. "그렇다면 자네는 카드의 사본이 우리 손에 들어오도록 허용하지 않았겠지."

"일부러 끼워 넣은 게 아니라면 말이죠." 그의 부하 중 하나가 지적했다.

캐플런은 맹금류를 연상시키는 푸른 눈을 들어 앤더튼을 뜯어봤다. "뭔가 할 말은 없나?"

"바로 지금 말한 그대로요." 앤더튼은 자신이 믿는 단순한 진실을 정직하게 말하는 쪽이 보다 이득이리라는 사실을 금세 알아챘다. "카드에 적힌 예언은 경찰 조직 내부의 한 파벌이 계획적으로 위조해 넣은 거요. 카드를 준비한 덕분에 나는 함정에 걸리고 말았소. 자동적으로 내 권한이 취소되겠지. 내 보좌역이 그 자리를 차지하고는, 자신이 항상 능률적인 프리크라임의 방법대로 살인을 막았다고 주장할 것이오. 여기에는 말할 필요도 없이 살인도, 살인 계획도 존재하지 않았소."

"살인이 일어나지 않을 것이라는 점에는 동의하네." 캐플런이 진지하게 확언했다. "자네는 경찰에 구금될 테니까. 그 점을 확실히 할 생각이었네."

앤더튼은 공포에 질려 항변했다. "나를 다시 그리로 데려간다고? 구금되면 내가 무죄라는 사실을 증명할 수가—"

캐플런이 그의 말을 잘랐다. "나는 자네가 뭔가를 증명하든 증명하지 못하든 전혀 상관하지 않네. 내가 원하는 건 거치적거리지 않게 자네를 치워버리는 것뿐이야." 그는 냉랭한 태도로 덧붙였다. "나 자신의 안전을 위해서 말이지."

"이자는 떠날 준비를 하고 있었습니다." 부하 하나가 확인해줬다.

"바로 그거요." 앤더튼은 진땀을 흘리며 말했다. "놈들은 나를 손에 넣게 되면 즉시 수용소에 가둘 거요. 위트워가 모든 것을 손에 넣겠지. 경찰 업무 전체를." 그의 얼굴이 어두워졌다. "내 아내까지. 아무래도 그들이 공범인 것 같소."

캐플런의 마음이 잠시 흔들리는 듯 보였다. "가능한 일이지." 그는 이렇게 인정한 후 찬찬히 앤더튼을 뜯어봤다. 그러고는 고개를 저었다. "위험을 무릅쓸 수는 없네. 만약 자네가 누명을 쓴 거라면 참으로 유감일세. 하지만 간단하게 말해서, 그건 내 알 바 아니거든." 그는 슬쩍 웃음을 지어 보였다. "어쨌든 행운을 빌어주겠네." 그는 부하들에게 명령을 내렸다. "이자를 경찰 본부로 끌고 가서 최고위 직권자에게 넘겨라." 그는 현재 경찰국장의 이름을 언급한 후 앤더튼의 반응을 기다렸다.

"위트워라고!" 앤더튼은 경악하여 그 이름을 따라 말했다.

아직도 살짝 웃음을 머금은 채, 캐플런은 몸을 돌려 서재의 라디오 조작기 전원을 올렸다. "위트워는 이미 실권을 장악했다네. 이 사건을 꽤나 크게 부풀릴 생각인 모양이야."

잠시 잡음이 흐르더니 방 안에 갑자기 라디오 소리가 크게 울리기 시작했다. 미리 준비한 선언문을 읽는, 크고 전문적인 목소리였다.

"……모든 시민은 이 위험한 개인을 숨겨주거나 어떤 식으로든 돕지 말아야 한다는 점을 엄중히 경고한다. 범죄자가 자유롭게 도주해 폭력 행위를 저지를 수 있는 위치에 있다는 것은 현대 사회에서 매우 이례적인 일이다. 모든 시민들에게 존 앨리슨 앤더튼을 체포하는 경찰의 업무를 원조할 법적인 의무가 가해진다는 사실을 선포한다. 반복한다. 서반구 연방 정부의 프리크라임 부서는 현재 당 기구의 전임 국장, 존 앨리슨 앤더튼의 위치를 파악하고 무력화하는 업무를 수행 중이다. 이자는 프리크라임 시스템의 방법론에 따라 잠재적 살인자로 선포되었으며, 그에 따라 모든 자유와 권력을 누릴 권리를 박탈당한다."

"오래 걸리지 않았군." 앤더튼은 창백한 얼굴로 중얼거렸다. 캐플런이 라디오의 전원을 내리자 목소리도 사라졌다.

"리사가 그놈에게 바로 달려간 모양이오." 앤더튼은 내뱉듯 말했다.

"그 친구가 기다려줄 이유가 있겠나?" 캐플런이 말했다. "자네의 의도가 명백해진 상황 아닌가."

그는 부하들을 향해 고개를 끄덕였다. "이자를 다시 도시로 데려가라. 이렇게 가까이 두고 싶지 않구나. 그런 관점에서는 나도 위트워 국장과 생각이 일치하는군. 이자를 최대한 빨리 무력화시키고 싶으니 말이야."

IV

차가운 가랑비가 포석 위를 때리는 가운데, 자동차는 뉴욕의 어두운 거리를 지나 경찰 본부로 나아갔다.

"그분의 관점도 이해는 될 거요." 부하 중 하나가 앤더튼에게 말했다. "당신도 저런 상황에 놓였다면 이런 단호한 행동을 취하지 않겠소."

화가 나고 언짢아진 앤더튼은 그저 정면을 바라보고만 있었다.

"어쨌든 당신도 수많은 사람들 중 하나 아니겠소. 지금까지 수용소에 수천 명이 붙잡혀 갔으니까. 적어도 외롭지는 않을 거요. 사실 일단 들어가면 떠나고 싶지 않을 수도 있고."

앤더튼은 비에 젖은 보도에서 바쁘게 움직이는 행인들을 무력하게 바라봤다. 강한 감정도 이제 잦아들었다. 그저 온몸을 뒤덮는 피로가 느껴질 뿐이었다. 그는 나른하게 거리 번호를 세어봤다. 경찰 본부가 가까워지고 있었다.

"이 위트워라는 친구는 기회를 잡는 법을 아주 잘 아는 것 같군." 부하 한 명이 사근사근하게 말을 걸었다. "그자를 만나본 적 있소?"

"잠시 만났지." 앤더튼이 대답했다.

"당신의 자리를 노렸고, 그래서 누명을 씌웠다라. 확실한 거요?"

앤더튼은 얼굴을 찌푸렸다. "그렇다고 해서 달라질 게 있소?"

"그냥 궁금했을 뿐이오." 남자는 나른한 눈으로 앤더튼을 훑어봤다. "그래서, 당신이 전임 경찰국장이라는 말이지. 수용소 사람들이 반겨 맞이할 것 같군. 당신을 기억하고 있을 테니 말이오."

"물론 그렇겠지." 앤더튼도 동의했다.

"위트워는 분명 시간을 조금도 낭비하지 않았소. 캐플런은 운이 좋아. 그런 관료가 실권을 쥐고 있다니 말이지." 남자는 거의 애원하는 듯한 눈빛으로 앤더튼을 바라봤다. "그게 전부 음모라고 확신할 수 있소?"

"물론이오."

"캐플런의 머리카락 하나 건드리지 않을 거라는 말이오? 역사상 처음으로 프리크라임이 잘못된 예언을 했다는 거요? 그 카드 때문에 무고한 사람이 누명을 썼다는 거로군. 어쩌면 다른 무고한 사람들이 있었을 수도 있지 않겠소. 안 그렇소?"

"충분히 가능한 이야기요." 앤더튼은 무관심한 투로 인정했다.

"어쩌면 시스템 전체가 무너질 수도 있겠군. 물론 당신은 살인을 저지르지 않겠지. 어쩌면 그들 모두가 그랬을지도 몰라. 그래서 캐플런에게 당신을 밖으로 빼내달라고 부탁한 것 아니오? 시스템이 잘못되었다는 것을 증명하고 싶었던 거요? 그 문제에 대해 이야기하고 싶다면 나는 꽤나 열린 마음을 가지고 있소만."

다른 남자가 몸을 기울이며 물었다. "우리끼리만 하는 이야긴데, 그

음모 이야기가 사실인 거요? 당신 정말로 누명을 쓴 게 맞소?"

앤더튼은 한숨을 쉬었다. 이 시점까지 오니 자신도 확신이 서지 않았다. 어쩌면 그는 어떤 의도도 시작도 없는, 아무 의미 없는 폐쇄된 시간의 고리에 사로잡힌 건지도 모른다. 사실 스스로도 계속되는 불안감과 피로 때문에 신경증의 환상에 사로잡혔다고 인정해버릴 것만 같았다. 싸워보지도 않고 항복하기 직전이었다. 엄청난 피로감이 그를 짓눌렀다. 마주하고 있는 상대에게 저항할 방법이 전혀 없었다. 모든 상황이 그에게 불리하게만 돌아가고 있었다.

앤더튼은 날카로운 타이어 끌리는 소리에 문득 제정신이 들었다. 커다란 식료품 트럭 한 대가 안개 속에서 나타나 바로 앞의 차선으로 달려 들어왔다. 운전사는 차를 제어하려 안간힘을 썼다. 그는 핸들을 돌리고 브레이크를 밟아댔다. 브레이크를 밟는 대신 속도를 올렸더라면 목숨을 구할 수 있었을지도 모른다. 그러나 실수를 알아챘을 때는 이미 너무 늦었다. 차량은 미끄러지다 튕겨나갔고, 잠시 허공에서 정지한 후 그대로 식료품 트럭을 들이받았다.

앤더튼 아래의 좌석이 요동치면서 그를 문 쪽으로 날려 보냈다. 순간 참을 수 없는 고통이 뇌 속에서 폭발했다. 그는 숨을 헐떡이며 누워 있다가 무릎을 세우고 일어나려 했다. 어디선가 불타는 소리가 불길하게 울렸다. 뒤틀린 차체로 밀려드는 안개 너머로 불꽃이 일렁이며 타오르는 모습이 아스라이 보였다.

차 밖에서 누군가 그에게 손을 뻗었다. 누군가가 자신을 한때 문이었던 우그러든 금속 테를 통해 밖으로 끌어내는 게 느껴졌다. 묵직한 좌석 쿠션이 옆으로 치워졌고, 다음 순간 그는 두 발로 일어서 있었다. 앤더튼은 검은 형체에 기댄 채 차에서 조금 떨어진 골목의 그림자 속으로 이끌려 갔다.

멀리서 경찰 사이렌 소리가 들렸다.

"자네는 살아남을 거야." 낮고 다급한 목소리가 귓가에서 울렸다. 들어본 적 없는, 얼굴을 때리는 빗방울만큼이나 거칠고 낯선 목소리였다. "내 말이 들리나?"

"그렇소." 앤더튼이 대답했다. 그는 뜯어진 셔츠 소매를 멍하니 잡아당겼다. 볼의 찢긴 상처가 쓰라리기 시작했다. 앤더튼은 혼란 속에서 상황을 파악하려 했다. "당신 대체—"

"말은 그만 하고 들어보게." 남자는 거의 뚱뚱하다고 할 수 있을 정도로 커다란 덩치였다. 그의 커다란 손이 앤더튼을 젖은 벽돌 벽에 기대세워주고 있었다. 비도 피할 수 있고 불타는 자동차의 불길에서도 떨어져 있는 곳이었다. "이런 식으로 할 수밖에 없었네." 그가 말했다. "이게 유일한 대안이었어. 시간이 별로 없었네. 우리는 캐플런이 자네를 자기 저택에 좀 더 오래 붙들어놓을 줄 알았거든."

"당신은 누구요?" 앤더튼이 간신히 물었다.

빗물이 흘러 축축한 얼굴이 뒤틀리며 멋없이 싱긋 웃었다. "내 이름은 플레밍일세. 우린 다시 만나게 될 거야. 경찰이 도착할 때까지 5초 정도 여유가 있다네. 그 시간이 지나면 다시 처음으로 돌아가는 거지." 앤더튼의 손에 납작한 꾸러미 하나가 들이밀어졌다. "이 정도면 한동안 지낼 만은 할 걸세. 신분증도 전부 구비되어 있어. 가끔가다 연락하겠네." 그의 미소가 점점 짙어지더니 마침내 어색한 웃음소리가 되었다. "자네가 그 주장을 증명해 보일 때까지 말이야."

앤더튼은 눈을 껌뻑였다. "그럼 그 모든 게 누명이란 말이오?"

"물론이지." 남자는 날카롭게 대답하며 욕설을 내뱉었다. "놈들이 자네마저 그걸 믿게 만들었단 말인가?"

"나는 그저—" 앤더튼은 걸음을 옮기기가 힘들었다. 앞니 하나가 흔들리는 것 같았다. "위트워를 향한 적개심이 이성을 잃게 만들어서, 내 아내와 젊은 남자가 자연스레 싫어졌다고만……"

"농담하지 말게." 상대방이 말했다. "자네 판단력이 고작 그 정도는 아닐 텐데. 이 모든 게 정교한 계획이야. 모든 단계를 제어하고 있지. 카드는 하필이면 위트워가 등장한 바로 그날 나타나지 않았나. 이미 첫 단계가 완료되었네. 위트워는 국장이 되었고, 자네는 사냥당하는 범죄자가 되었지."

"배후에 누가 있는 거요?"

"자네 아내."

앤더튼은 머리가 빙빙 도는 것만 같았다. "분명한 거요?"

남자는 웃었다. "자네 목숨을 걸어보지 그러나." 그는 서둘러 주변을 둘러봤다. "경찰이 이리 오는군. 이 골목을 따라가게. 버스를 잡아타고 슬럼가로 들어가서, 방을 하나 빌리고 잡지나 한 묶음 사서 소일거리나 하고 있게나. 다른 옷을 구하고. 자네는 영리하니 나머지는 알아서 할 수 있겠지. 지구를 떠날 생각은 하지 말게. 모든 성간 교통수단을 감시하고 있으니까. 앞으로 7일 동안 무사히 숨어 지낼 수 있다면 성공하는 걸세."

"당신은 누구요?" 앤더튼이 물었다.

플레밍은 그를 놓아줬다. 앤더튼은 조심스레 골목 입구까지 가서 바깥을 내다봤다. 첫 번째 순찰차가 비에 젖은 보도 위로 올라왔다. 커다란 엔진 소리를 내면서 캐플런의 차였던 잔해 쪽으로 조심스레 다가오고 있었다. 잔해 안에서는 한 무리의 사람들이 힘없이 몸을 뒤틀고 엉겨 붙은 금속과 플라스틱을 고통스레 헤치면서 차가운 빗속으로 기어 나왔다.

"우리는 일종의 보호 단체라고 생각하면 될 걸세." 플레밍의 뚱뚱하고 무표정한 얼굴에 물방울이 맺혀 반짝였다. 그는 작은 소리로 말했다. "경찰을 감시하는 경찰 조직이라고 할까. 모든 것이 안정되도록 돌보는 일을 하지."

그의 두꺼운 손이 앞으로 뻗어 나왔다. 앤더튼은 비틀거리며 그에게서 떨어졌고, 골목에 놓인 어둠과 젖은 쓰레기 무더기 사이로 넘어질 뻔했다.

"이제 가보게." 플레밍이 날카롭게 말했다. "그 꾸러미는 버리지 말고." 앤더튼이 머뭇거리며 골목 반대쪽 출구를 향해 더듬더듬 움직이는 동안 뒤에서 남자의 마지막 말이 흘러나왔다. "자네가 아직 살아남아 있는 동안 그 내용을 세심하게 확인해보게."

V

신분증에 따르면 그의 이름은 어니스트 템플로, 실업자 신세인 전기 배선공이었다. 뉴욕 시에서 매주 생활비를 지원받았고, 버펄로에 마누라와 아이 넷이 있으며 통장에는 100달러도 들어 있지 않았다. 땀에 젖은 녹색 카드 덕분에 자유롭게 여행할 수도 있었고 고정된 주소지를 가질 필요도 없었다. 일자리를 찾는 남자는 여행을 해야 했다. 아주 멀리까지 가야 할 경우도 있었다.

거의 텅 빈 버스를 타고 도시를 가로지르며, 앤더튼은 어니스트 템플의 상세한 신원을 확인했다. 모든 신체 치수가 그와 동일한 것을 보니 애초에 그를 염두에 두고 만든 신분증이 분명했다. 한동안 시간이 흐른 후 그는 지문과 뇌파 패턴에 대해 의심이 들었다. 이 카드로 교차 검증을 통과할 수 있을 리가 없었다. 지갑에 가득한 카드로는 아마도 가장 형식적인 검사밖에는 통과하지 못할 게 분명했다.

그래도 어쨌든 없는 것보다는 나았다. 게다가 신분증과 함께 10,000달러의 현금도 동봉되어 있었다. 그는 돈과 신분증을 주머니에 넣고는, 함께 들어 있던 깔끔하게 타자기로 친 메모를 살펴봤다.

처음에는 도저히 그 뜻을 이해할 수가 없었다. 그는 당황해서 한동안 그 내용을 뚫어져라 살펴봤다.

　　다수가 존재한다는 사실은 논리적 필연에 의해
　　그에 상응하는 소수의 존재를 암시한다.

　버스는 광대한 슬럼가로 들어섰다. 전쟁 당시의 대량 파괴 이후 그 폐허에 들어선 싸구려 호텔과 부서져가는 셋집들이 몇 킬로미터에 걸친 공간을 가득 메우고 있었다. 버스가 정거장으로 들어가며 속도를 늦췄고, 앤더튼은 자리에서 일어섰다. 승객 몇 명이 무심한 눈으로 뺨의 벤 상처와 엉망이 된 양복을 쳐다봤다. 앤더튼은 그들을 무시하며 비에 젖은 보도 위로 걸어 내려왔다.

　호텔 접수원은 숙박료를 받는 일 말고는 그에게 아무런 관심을 보이지 않았다. 앤더튼은 계단을 통해 2층으로 올라와 이제 자신의 소유가 된 비좁고 곰팡내 나는 방으로 들어갔다. 그는 기꺼운 마음으로 문을 잠그고 창문의 블라인드를 내렸다. 방은 작지만 깨끗했다. 침대, 옷장, 풍경화가 그려진 달력, 의자, 램프, 25센트 동전 투입구가 달린 라디오도 있었다.

　그는 25센트 동전을 라디오에 집어넣고 침대에 털썩 주저앉았다. 모든 주요 방송국에서 경찰의 공고 내용을 방송하고 있었다. 현 세대의 사람들에게는 새롭고 흥미진진한 경험이었다. 도망친 범죄자라니! 대중의 관심은 모두 이 사건에 쏠려 있었다.

　"……이 남자는 자신이 고위직이라는 사실을 이용해 즉시 탈출을 감행했습니다." 아나운서는 프로답게 분노를 실은 어조로 말하고 있었다. "자신의 높은 직급 덕분에 예지 결과가 실린 자료를 읽을 수 있었으며, 그에게 실린 신뢰 덕분에 일반적인 탐지와 재수용 절차를 회피할 수 있었습니다. 그는 재임 기간 동안 자신의 권위를 행사해 수많은 잠재적 범죄자들을 적절한 수용 기관으로 이송했으며, 그로 인해 수많은 무고한 생명을 구할 수 있었습니다. 이 남자, 존 앨리슨 앤더튼은 프리크라임 시스템의 최초 설립에 중요한 역할을 했습니다. 이는 돌연변이 예지 능력자를 독창적인 방식으로 이용해 범죄자를 미리 발견하고 범죄를 예방하는 시스템입니다. 예지 능력자들은 미래의 모습을 본 다음 자료를 구두로 분석 기계에 전달합니다. 이러한 필수불가결한 역할을 맡는 세 명의 예지 능력자는⋯⋯"

방을 나서 작은 화장실로 들어서자 라디오 소리가 곧 희미해졌다. 앤더튼은 외투와 셔츠를 벗은 다음, 세면대에서 뜨거운 물을 틀어 뺨의 상처를 씻었다. 모퉁이의 드러그스토어에 들러 반창고, 면도날, 빗, 칫솔, 기타 사소한 필요한 물건들을 사온 터였다. 내일 아침에는 중고 옷가게에 들러 상황에 어울리는 복장을 갖출 생각이었다. 어쨌든 그는 이제 사고에서 다친 경찰국장이 아니라 실업자 전기공이었기 때문이다.

옆방에서는 아직도 라디오 소리가 들려왔다. 앤더튼은 그 소리를 적당히 흘려들으면서, 금이 간 거울 앞에 서서 부러진 이를 살펴봤다.

"⋯⋯세 명의 예지 능력자로 구성된 시스템은 이번 세기 중반에 존재했던 컴퓨터 시스템에 기원을 두고 있습니다. 전자 컴퓨터가 도출한 결과를 점검하기 위해서는 어떻게 해야 할까요? 동일한 설계로 만들어진 두 번째 컴퓨터에 출력 결과를 입력합니다. 하지만 두 대의 컴퓨터만으로는 충분하지 않습니다. 만약 두 대의 컴퓨터가 서로 다른 결과를 내놓는다면, 연역적 방법을 통해 어느 쪽이 옳은지를 추측하는 일이 불가능합니다. 세밀한 통계적 분석을 통해 얻어낸 문제의 해결책은 세 번째 컴퓨터를 가용해 처음 두 대의 결과를 점검하는 겁니다. 이런 방식을 사용하면 다수를 차지하는 결과를 얻을 수 있습니다. 세 대의 컴퓨터 중 두 대가 동의한다면, 서로 상반되는 결론 중 어느 쪽이 옳은지를 높은 확률로 판별할 수 있습니다. 두 대의 컴퓨터가 동일한 잘못된 결과를 도출할 확률은 적기 때문에—"

앤더튼은 손에 쥐고 있던 수건을 떨어뜨리고 옆방으로 달려갔다. 그는 떨리는 몸을 숙여 라디오가 지껄이는 말에 귀를 기울였다.

"……세 명의 예지 능력자의 만장일치는 바람직하기는 하지만 쉽게 일어나지 않는 현상이라고 현 국장 위트워 씨는 설명합니다. 가장 일반적인 경우는 두 명의 예지 능력자가 다수의 보고를 내놓고, 세 번째 능력자가 시간이나 장소 등의 세부 사항이 약간 다른 소수 보고를 내는 경우입니다. 이런 현상은 '복수의 미래' 이론으로 설명이 가능합니다. 만약 단 하나의 시간 흐름만이 존재한다면 예지 능력자의 보고가 아무런 가치도 없을 것입니다. 정보를 소유한다고 해도 미래를 바꿀 가능성이 전혀 없기 때문입니다. 프리크라임 기관의 업무를 위해서는 우선 이런 가정에서—"

앤더튼은 빠른 걸음으로 방 안을 빙빙 돌았다. 다수의 결과—카드에 적힌 내용에 동의한 것은 예지 능력자 두 명뿐이다. 꾸러미 안에 동봉된 메모가 의미하는 바가 바로 그것이었다. 세 번째 예지 능력자의 보고, 소수의 결과가 어째서인지 중요성을 가진다는 거였다.

하지만 어떻게?

손목시계를 보니 이미 자정이 넘은 시각이었다. 페이지는 퇴근했으리라. 그는 다음날 오후가 될 때까지는 원숭이 구역으로 돌아가지 않을 것이다. 미약한 가능성이었지만 걸어볼 가치가 있었다. 페이지가 그를 감싸줄 수도, 아닐 수도 있었다. 하지만 그 정도 위험은 감수해야 했다.

소수의 보고를 확인해야 하기 때문이다.

VI

정오부터 1시까지는 쓰레기로 가득한 길거리에 사람들이 들끓는다.

그는 바로 이 때, 하루 중 가장 바쁜 시간을 골라서 전화를 걸었다. 손님으로 북적이는 드러그스토어 안의 공중전화로 가서 잘 알고 있는 경찰 본부의 전화번호를 누른 후 귀에 수화기를 대고 서 있었다. 그는 일부러 영상이 아니라 음성 전화를 선택했다. 중고품 옷을 걸치고 면도도 하지 않은 초라한 행색이기는 했지만, 누군가 그의 모습을 알아볼 가능성은 충분했기 때문이다.

접수원의 목소리는 귀에 설었다. 그는 조심스레 페이지의 외선 번호를 말했다. 만약 위트워가 직원들을 몰아내고 자기 사람을 심는 중이라면 완벽히 처음 보는 사람과 통화하게 될 가능성도 있었다.

"여보세요." 페이지의 통명스러운 목소리가 들려왔다.

앤더튼은 안도하며 주변을 둘러봤다. 아무도 그에게 주의를 기울이고 있지 않았다. 손님들은 상품 사이를 돌아다니며 자신의 일과에 몰두하고 있었다. "지금 대화할 수 있나?" 그가 물었다. "아니면 다른 사람이 있나?"

잠시 침묵이 흘렀다. 대체 어찌해야 할지 고뇌하는 페이지의 사람 좋은 얼굴이 쉽사리 상상이 되었다. 마침내 더듬거리는 목소리가 들려왔다. "왜…… 이리로 전화를 하신 겁니까?"

앤더튼은 그 질문을 무시하며 말했다. "접수원 목소리가 처음 듣는 사람이던데. 새로 들어온 사람인가?"

"신입이죠." 페이지는 쥐어짜는 듯 작은 목소리로 대답했다. "요새는 사람들을 전부 갈아치우고 있습니다."

"그런 모양이더군." 앤더튼은 경직된 목소리로 물었다. "자네 자리는 어떤가? 아직 안전한가?"

"잠깐 좀 기다려보세요." 수화기를 내려놓는 소리와 숨죽인 발소리가 들렸다. 그 뒤 서둘러 문을 닫는 소리가 이어졌다. 페이지가 돌아왔다. "이제 좀 더 편하게 대화할 수 있겠군요." 그는 목쉰 소리로 말했다.

"얼마나 더 편한 건가?"

"별로 많이 나아진 건 아닙니다. 지금 어디 계십니까?"

"센트럴 파크를 산책하고 있지." 앤더튼이 대답했다. "햇빛을 즐기는 중일세." 물론 그가 보기에는, 페이지는 감청 장치가 제대로 설치되어 있는지 확인하러 간 것이었다. 지금쯤이면 공중 투하 병력이 이쪽으로 날아오고 있을지도 모른다. 하지만 여기서는 운에 맡길 수밖에 없었다. "새로운 직종에 종사하고 있다네." 그가 간략하게 말했다. "요즘은 전기 공 일을 하고 있지."

"그런가요?" 페이지는 말문이 막힌 모양이었다.

"혹시 자네가 부탁 한 가지만 들어줄 수 있을까 해서 전화했네. 어떻게든 주선해줄 수만 있다면, 잠시 들러서 그쪽의 기초 컴퓨터 설비를 확인해보고 싶은데. 특히 원숭이 구역의 자료와 분석 기록 보관물을 말이야."

잠시 침묵이 흐른 후 페이지가 입을 열었다. "주선할—수도 있을 것 같군요. 정말로 중요한 일이라면 말입니다."

"중요한 일일세." 앤더튼이 확인해줬다. "시간은 언제가 제일 좋겠나?"

"글쎄요." 페이지는 힘겹게 중얼거렸다. "사내 통신망을 점검하기 위해 수리 팀을 불러들일 겁니다. 현 국장님이 시스템을 개선해서 더 빠르게 운용할 수 있도록 만들길 원하시거든요. 그 친구들 사이에 끼어들면 될 것 같군요."

"그렇게 하지. 언제쯤인가?"

"4시로 하죠. 출입구 B, 6층입니다. 거기서—뵙죠."

"잘 알겠네." 앤더튼은 동의하면서 이미 수화기를 내려놓고 있었다. "내가 거기 도착할 때까지 자네가 관리직에 남아 있으면 좋겠군."

그는 전화를 끊고 빠르게 공중전화 앞을 떠났다. 잠시 후에는 빽빽한 사람들 사이를 뚫고 근처 카페테리아로 들어갔다. 그곳에서라면 누구도 그를 찾아낼 수 없을 터였다.

세 시간 반을 기다려야 했다. 그리고 아무래도 그보다 훨씬 더 길게 느껴질 모양이었다. 약속한 대로 페이지를 만날 때까지, 그는 평생 겪어본 중 가장 긴 기다림을 경험해야 했다.

페이지의 첫인사는 이랬다. "정신이 나간 것 아닙니까. 대체 왜 이리로 돌아오신 겁니까?"

"곧 다시 떠날 걸세." 앤더튼은 바짝 긴장해 문을 하나씩 잠그며 원숭이 구역 안으로 스며 들어갔다. "아무도 들여보내지 말게. 위험을 무릅쓸 수는 없어."

"한 발짝 앞서 있을 때 일을 마무리 지었어야죠." 페이지는 상황을 이해하려 애쓰며 그를 따라왔다. "위트워는 기회를 놓치지 않고 사방에서 일을 벌이고 있습니다. 나라 전체가 국장님의 피를 요구하고 있어요."

앤더튼은 그를 무시하고 분석 설비의 주 기록 저장소 문을 열었다. "세 마리 원숭이 중 어느 쪽이 소수 보고를 내놓았나?"

"저한테 묻지 마세요. 전 여기서 나갈 겁니다." 페이지는 문으로 나가기 전 잠시 머뭇거리다가 가운데의 사람을 가리키고 모습을 감췄다. 문이 닫혔다. 앤더튼은 홀로 남았다.

가운데라. 그가 잘 아는 친구였다. 15년 동안 같은 자리에서 전선과 연결 고리에 파묻혀 앉아 있는 왜소하고 구부정한 사람. 앤더튼이 다가가도 고개조차 들지 않았다. 그는 희뿌옇고 공허한 눈으로 아직 존재하지 않는 세상만을 바라보고 있었다. 주변의 진짜 세계에는 신경조차 쓰지 않은 채.

'제리'는 24세였다. 원래는 뇌수종으로 인한 저능아로 분류되었지만, 6세에 초능력 검사자들이 여러 겹의 부식된 뇌 조직 아래 파묻힌 예지 능력의 존재를 밝혀냈다. 그의 선천적 재능은 정부가 운영하는 훈련 기관에서 세심하게 양육되었다. 9세가 되자 그의 재능은 실용 가능한 단계에 이르렀다. 그러나 '제리'는 여전히 저능의 혼돈 속에 갇혀 있었다. 감당하기 힘든 능력이 그의 인격을 모두 흡수해버렸기 때문이다.

앤더튼은 자리에 쭈그리고 앉아 분석 설비의 저장용 테이프를 지키는 방호벽을 분해하기 시작했다. 그는 도식에 따라 복합 컴퓨터의 최종 단계까지 거슬러 올라간 후, '제리'의 개인 장비가 분화되는 지점을 찾아냈다. 얼마 후 그는 30분 분량의 테이프 두 개를 힘겹게 들어 올렸다. 다수 보고의 내용과 일치되지 않는, 최근에 반려된 보고 내용이었다. 앤더튼은 코드표를 확인하면서 자신의 카드 내용을 언급하는 부분을 골라냈다.

근처에 테이프 스캐너가 있었다. 그는 숨을 멈춘 채 테이프를 넣고 전송 장치를 작동시킨 후 내용에 귀를 기울였다. 작동하는 데에는 아주 짧은 시간밖에 필요치 않았다. 기록의 첫 부분만 보아도 무슨 일이 일어났는지는 명백했다. 그는 자신이 원하던 내용을 손에 넣었다. 이제 더 찾을 필요도 없었다.

'제리'의 환상은 다른 내용이었다. 예지 능력의 변덕스러운 성질 때문에, 그는 동료들과는 살짝 다른 시간 영역을 보고 있었다. 제리에게는 앤더튼이 살인을 저지를 거라는 보고 그 자체도 취합할 필요가 있는 하나의 사건이었다. 다수의 의견과 그에 대한 앤더튼의 반응 또한 자료의 일부였던 것이다.

당연한 말이지만, 따라서 '제리'의 보고 내용은 다수의 보고 내용을 대체하는 것이었다. 자신이 살인을 저지르게 될 거라는 보고를 받은 앤더튼은 마음을 바꿔 그렇게 하지 않겠다고 결심한다. 살인 예지가 살인 자체를 취소시켜버린 것이다. 정보를 알게 된 것만으로도 예방의 효과가 발생했다. 이미 새로운 시간 흐름이 형성되었지만, '제리'는 다수결에서 밀려났다.

앤더튼은 떨리는 손으로 테이프를 되감아 녹음 버튼을 눌렀다. 그는 고속으로 기록의 사본을 만든 다음, 원본을 제자리에 가져다놓고 사본을 입력 장치에서 꺼냈다. 바로 여기에 자신의 카드가 쓸모없다는 증거가 있었다. 이미 폐기된 미래이기 때문에. 이제 위트워에게 이 기록을 보여주기만 한다면……

그는 자신의 어리석음에 놀라고 말았다. 말할 것도 없이, 위트워도 이 기록을 봤을 터였다. 그럼에도 국장의 자리를 차지하고 앉아 경찰 병력을 풀어놓았다. 위트워는 물러설 생각이 전혀 없었다. 앤더튼의 무죄 여부에는 관심이 없었던 것이다.

그렇다면 어떻게 해야 하지? 다른 누가 관심을 가져줄까?

"이런 망할 바보!" 뒤쪽에서 걱정에 어쩔 줄 모르는, 이를 악문 목소리가 들려왔다.

그는 재빨리 몸을 돌렸다. 아내 리사가 경찰 제복을 입은 채 한쪽 문 앞에 서서 놀라고 당황해선 그를 바라보고 있었다. "걱정하지 마." 그는 즉시 테이프를 들어 보이며 말했다. "바로 나갈 테니까."

리사는 얼굴을 일그러뜨리며 앤더튼 앞으로 달려왔다. "페이지가 당신이 여기 와 있다고 하던데, 믿을 수가 없더군요. 당신을 들여보내지 말았어야 해요. 그는 당신이 어떤 사람인지 이해를 못 하는 모양인데."

"내가 어떤 사람이기에?" 앤더튼은 신랄한 태도로 되물었다. "대답하기 전에 일단 이 테이프 내용을 좀 들어보지 그래."

"들을 생각 없어요! 당장 여기서 나가주길 원할 뿐이에요! 에드 위트워도 누군가 여기 내려와 있다는 걸 알고 있어요. 페이지가 주의를 돌리려 하고 있지만, 그래도—" 그녀는 한쪽으로 뻣뻣하게 고개를 돌리고는 말을 멈췄다. "내려온 모양이네! 강제로 열고 들어올 생각인 거예요."

"당신이 영향력을 행사할 수 있지 않나? 우아하고 매혹적인 태도로 말이야. 아마 나에 대해서는 까맣게 잊어버릴 텐데."

리사는 비난하는 표정으로 그를 바라봤다. "옥상에 비행선이 한 대 주차되어 있어요. 만약 당신 도망가고 싶으면……" 목이 멘 듯 목소리가 잦아들었다. 그녀는 곧 말을 이었다. "1분쯤 있다가 이륙할 거예요. 나와 함께 가고 싶다면—"

"같이 가겠소." 앤더튼이 대답했다. 다른 선택 수단은 남아 있지 않았다. 증거물인 테이프는 확보했지만, 빠져나갈 방법은 생각해두지 않았던 것이다. 그는 구역을 빠져나가는 아내의 날씬한 몸을 따라 기꺼이 움직이기 시작했다. 둘은 옆문을 통해 직원용 통로를 따라 걸어갔다. 공허한 어둠 속에서 그녀의 구두 뒷굽이 딸각이는 소리가 크게 울렸다.

"빠르고 괜찮은 비행선이에요." 리사가 어깨 너머를 돌아보며 말했다. "비상용 연료까지 채워서 출발 준비가 되어 있죠. 현장 부대를 지휘하러 가려던 참이었거든요."

VII

앤더튼은 고속 경찰 비행선의 운전석에 앉아서 소수 보고를 담은 테이프의 내용을 간략하게 설명했다. 리사는 얼굴을 찌푸린 채 무릎 위에서 손을 꼭 맞잡고 아무 말 없이 듣고만 있었다. 비행선 아래로는 전쟁에 시달린 교외의 시골 풍경이 돈을새김한 지도처럼 펼쳐져 있었다. 여기저기 크레이터가 입을 벌리고, 농장과 소규모 산업 단지의 폐허가 점점이 박혀 있는, 도시와 도시 사이 텅 빈 지역의 모습이었다.

"이런 일이 예전에 얼마나 자주 일어났던 걸지 모르겠네요." 앤더튼이 설명을 끝내자 리사가 말했다.

"소수 보고 말이오? 상당히 자주 있었던 일이지."

"내 말은, 예지 능력자 한 명이 다른 시간대를 들여다보는 경우 말이에요. 다른 이들의 보고를 자료로 사용해서—다른 의견을 덮어쓰는 의견을 내놓는 경우." 그녀는 어둡고 진지한 눈빛으로 한 마디를 덧붙였다. "어쩌면 수용소의 사람들 중에서도 당신과 같은 경우가 꽤 많을지도 몰라요."

"그건 아니오." 앤더튼은 주장을 굽히지 않았다. 하지만 그 역시 같은 불안을 느끼기 시작하고 있었다. "나는 카드를 보고 결과물을 확인할 수 있는 지위에 있었잖소. 그 때문에 이런 일이 일어난 거요."

"하지만—" 리사는 격렬하게 손짓을 해댔다. "어쩌면 그 사람들 모두 이런 식으로 반응했을 수도 있잖아요. 진실을 알려줄 수도 있었다고요."

"그건 너무 큰 위험을 무릅쓰는 거요." 그는 완고하게 대꾸했다.

리사는 날카롭게 웃었다. "위험? 가능성? 불확정성? 예지 능력자가 있는데 그런 게 의미가 있긴 하나요?"

앤더튼은 작고 빠른 비행선을 조종하는 일에 집중했다. "이건 특수한 경우요." 그는 자신의 의견을 반복했다. "게다가 지금은 눈앞의 문제가 더 급하지 않소. 이론적 문제는 나중에 처리해도 될 거요. 이 테이프를 적절한 사람에게 가져다줘야 해. 당신의 젊고 영리한 친구가 파괴해버리기 전에 말이오."

"캐플런에게 가져가려는 건가요?"

"당연히 그렇소." 그는 둘 사이 좌석에 놓인 테이프를 툭툭 쳐 보였다. "그러면 관심을 가질 거요. 자신의 목숨이 위험에 처해 있지 않다는 사실을 확인하는 것이야말로 그의 가장 큰 관심사니까."

리사는 떨리는 손으로 핸드백에서 담배 케이스를 꺼냈다. "그자가 당신을 도울 거라고 생각하는 거군요."

"그럴 수도 있고, 아닐 수도 있지. 걸어볼 만한 가능성이니까."

"어떻게 그렇게 빠르게 모습을 숨긴 건가요?" 리사가 물었다. "완벽하게 효율적인 은신 작업은 쉬운 일이 아닐 텐데요."

"돈만 있으면 뭐든 가능하지." 그가 논점을 회피하며 답변했다.

리사는 담배를 피우며 생각에 잠겼다. "어쩌면 캐플런이 당신을 보호해줄지도 모르죠." 그녀가 말했다. "권력이 대단한 사람이니까."

"그저 퇴역한 군 장성인 줄만 알았는데."

"그건 사실이죠. 하지만 위트워가 그와 관계된 자료를 손에 넣었어요. 캐플런은 심상찮은 퇴역 군인 단체, 얼마 안 되는 수의 비밀 회원들로 구성된 클럽의 수장이에요. 전쟁 당시 서로 적이었던 고위 장교들로 구성된 배타적인 국제 조직이죠. 여기 뉴욕에 커다란 저택도 가지고 있고, 그럴듯한 신문사도 세 개나 소유하고 있고, 꽤나 돈이 많이 들어갈 것 같은 TV 광고도 자주 낸다고 해요."

"무슨 말을 하려는 거요?"

"그냥 이런 거예요. 나는 당신이 무죄라는 사실을 믿게 됐어요. 그러니까 내 말은, 당신이 살인을 저지르지 않을 거라는 사실이 명백해졌다는 말이에요. 하지만 당신도 이제 원래의 결과물, 즉 다수의 보고도 위조가 아니었다는 사실을 알게 되었겠죠. 그걸 꾸며낸 사람은 아무도 없어요. 에드 위트워가 만들어낸 게 아니라고요. 당신을 겨냥해 음모를 꾸민 사람은 존재하지 않고, 예전에도 존재하지 않았어요. 만약 당신이 이 소수 보고를 진실로 받아들인다면 다수의 보고 역시 받아들여야 한다는 말이에요."

그는 마지못해 동의했다. "그런 것 같군."

리사는 말을 이었다. "에드 위트워는 그저 선의를 가지고 행동하고 있을 뿐이에요. 그는 정말로 당신이 잠재적 범죄자라고 믿고 있어요. 그러지 않을 이유가 어디 있겠어요? 자기 책상 위에 다수의 보고가 떡하니 올라와 있는데, 해당 카드는 당신 주머니 속에 구겨진 채로 들어 있으니 말이죠."

"내가 없애버렸지." 앤더튼은 조용히 중얼거렸다.

리사는 진지하게 그를 향해 몸을 기울였다. "에드 위트워는 당신 자리를 손에 넣으려는 의도로 움직이는 게 아니에요." 그녀가 말했다. "언제나 당신을 움직여온 바로 그 의도를 따라 움직이는 거죠. 그는 프리크라임을 믿고 있어요. 시스템이 지속되기를 원하고 있다고요. 나는 그 사람과 대화를 나눴고, 그가 진실을 말한다고 확신하게 됐어요."

앤더튼이 물었다. "이 테이프를 위트워에게 가져가기를 원하는 거요? 그랬다가는 그자가 파괴해버릴 텐데."

"말도 안 되는 소리." 리사가 반박했다. "애초부터 원본은 그의 손에 있었어요. 원한다면 언제든 부술 수 있었다고요."

"그건 맞는 말이로군." 앤더튼도 인정했다. "하지만 아예 몰랐을 가능성도 있지 않소."

"당연히 몰랐겠죠. 이런 식으로 생각해봐요. 만약 캐플런이 이 테이프를 손에 넣는다면 경찰은 신뢰를 잃게 될 거예요. 왜 그런 건지 알겠어요? 이건 다수의 보고가 오류였다는 증거물로 사용될 테니까요. 에드 위트워의 말이 완벽하게 옳아요. 프리크라임이 살아남으려면 당신을 구속해야 해요. 당신은 자기 자신의 안전에만 신경 쓰고 있어요. 하지만 아주 잠깐이라도 시스템에 대해 생각을 좀 해봐요." 그녀는 몸을 기대고 담배를 눌러 끈 다음, 핸드백을 뒤져 다음 개피를 꺼냈다. "어느 쪽이 당신에게 더 가치 있는 거죠? 당신 한 사람의 안전? 아니면 시스템의 존속?"

"내 안전이오." 앤더튼은 조금도 망설이지 않고 대답했다.

"당신 진심이에요?"

"만약 무고한 사람들을 감금해야 존속할 수 있는 시스템이라면, 그런 시스템은 파괴되어야 마땅한 거요. 나의 개인적 안전이 중요한 이유는 내가 인간이기 때문이고. 게다가—"

리사가 핸드백에서 초소형 권총을 꺼냈다. "지금 내가 방아쇠에 손가락을 올려놓고 있는 것 같네요." 그녀가 낮은 소리로 말했다. "이런 무기를 사용해본 적은 한 번도 없지만, 지금은 기꺼이 시도해볼 생각이에요."

잠시 침묵이 흐른 후 앤더튼이 말했다. "비행선을 돌리길 원하는 거요? 맞소?"

"맞아요. 경찰 본부로 돌아갈 거예요. 미안해요. 당신이 이기적인 생각으로 시스템을 망가뜨리려 든다면—"

"설교는 그만두시오." 앤더튼이 그녀에게 말했다. "비행선은 돌릴 테니까. 하지만 지성을 가진 인간이라면 그 누구도 동의할 수 없는, 당신의 그 어리석은 변호 내용은 한마디도 듣지 않겠소."

리사의 핏기 없는 입술이 직선으로 굳게 다물렸다. 그녀는 권총을 꼭 쥔 채 그를 향해 앉아, 비행선의 방향을 크게 트는 그의 모습에서 눈을 떼지 않았다. 작은 비행선이 급격하게 방향을 트는 바람에 조수석 서랍 안의 물건들이 덜걱거렸다. 한쪽 날개가 천천히 들리면서 수직을 이룰 때까지 상승했다.

앤더튼과 리사 둘 다 좌석의 안전용 금속벨트에만 몸을 의지하고 있었다. 그러나 세 번째 탑승객은 그렇지 않았다.

앤더튼의 시야 가장자리에 뭔가가 번개처럼 움직이는 모습이 보였다. 동시에 소리도 들렸다. 덩치 큰 남자가 균형을 잃고 비행선의 강화벽에 부딪치면서 내는 소리였다. 그다음에는 모든 일이 순식간에 일어났다. 플레밍은 그대로 자리에서 일어나 날카롭게 뛰어들며 리사의 권총을 노리고 한쪽 팔을 뻗었다. 앤더튼은 너무 놀라서 소리조차 지를 수 없었다. 리사는 몸을 돌려 남자를 목격하고는 비명을 질렀다. 플레밍이 그녀의 손에서 권총을 쳐냈다. 권총은 비행선 바닥으로 달각거리며 떨어졌다.

플레밍은 신음소리를 내며 그녀를 밀치고 총을 쥐었다. "미안하네." 그는 최대한 몸을 곧추세우고 헐떡이며 말했다. "조금 더 뭔가를 말할 거라고 생각했어. 그래서 기다린 걸세."

"대체 언제부터 여기에—" 앤더튼은 질문을 시작하다 멈췄다. 플레밍과 그의 부하들이 자신을 감시하고 있었다는 사실은 명백했다. 리사의 비행선의 존재 역시 당연히 확인한 후 변수로 고려했을 테고, 리사가 그를 안전한 곳으로 데려가야 할지 이야기하는 동안 그녀의 배 화물칸에 숨어든 것이었다.

플레밍이 말했다. "아무래도 내 쪽으로 그 테이프를 넘기는 편이 나을 것 같네." 그의 축축하고 짤막한 손가락이 테이프를 쥐었다. "당신 말이 맞아. 위트워는 이걸 즉시 녹여버렸을 걸세."

"캐플런도 그렇다는 건가?" 앤더튼은 아직 남자가 나타난 충격에서 회복되지 못한 채 멍하니 물었다.

"캐플런은 위트워와 직접적으로 공모하고 있네. 그래서 그의 이름이 카드의 5행에 적혀 있는 거야. 그들 중 어느 쪽이 실제 주모자인지는 우리도 모른다네. 어쩌면 양쪽 모두 아닐 수도 있겠지." 플레밍은 초소형 권총을 던져버리고 자신의 우람한 군용 화기를 꺼냈다. "이 여자와 함께 비행선에 오르다니 정말로 어리석은 일이었네. 이 여자가 모든 일의 배후에 있다고 이미 일러뒀을 텐데."

"믿을 수가 없군." 앤더튼은 항변했다. "만약 그녀가—"

"자네는 아무것도 모르고 있어. 이 비행선은 위트워의 명령에 따라 예열되어 있었네. 자네를 태우고 건물을 나가서, 우리가 자네와 접선하지 못하기를 바란 거야. 자네가 우리와 떨어져 홀로 남게 되면 완전히 무력해질 테니까."

리사의 충격 받은 얼굴에 묘한 기색이 스쳤다. "거짓말이야." 그녀가 작은 소리로 말했다. "위트워는 이 비행선을 보지도 못했어. 나는 현장을 지휘하려—"

"거의 성공할 뻔했지." 플레밍이 냉혹하게 그녀의 말을 끊었다. "경찰 차량이 우리를 추적하지 않고 있다면 운이 좋은 거겠지. 그것까지 확인할 시간은 없었거든." 그는 말을 이으며 리사의 의자 뒤로 쭈그려 앉았다. "우선 이 여자를 제거하는 일부터 시작하지. 자네를 이 지역에서 완전히 빼내주겠어. 페이지가 자네의 새로운 용모에 대해 위트워에게 알렸으니, 그 내용이 이미 방송을 타고 있을 걸세."

플레밍은 여전히 웅크린 자세로 리사를 붙들었다. 그는 자신의 커다란 권총을 앤더튼에게 던진 다음, 숙련된 솜씨로 그녀의 턱을 밀어붙여 관자놀이가 좌석에 가 닿게 했다. 리사는 필사적으로 발버둥을 쳐댔다. 그녀의 목구멍 안에서 겁에 질린 높은 비명 소리가 새어 나왔다. 플레밍은 이를 무시하고 큼직한 손을 그녀의 목에 두른 뒤 천천히 짓누르기 시작했다.

"총상은 남지 않을 걸세." 그는 숨을 헐떡이며 설명했다. "여기서 떨어질 테니까. 사고사인 셈이지. 항상 일어나는 일이네. 하지만 이번에는 먼저 이 여자의 목을 부러뜨릴 필요가 있겠어."

앤더튼이 이토록 오래 기다리고 있다는 사실 자체가 묘한 일로 보였다. 그러는 동안에도 플레밍의 두꺼운 손가락은 리사의 창백한 피부를 잔인하게 파고들었다. 마침내 앤더튼은 거대한 군용 권총을 들어 올려 플레밍의 머리를 세게 내리쳤다. 거대한 손에서 힘이 빠져나갔다. 플레밍은 비틀거리며 앞으로 처지더니, 곧 비행선의 벽에 기대 쓰러졌다. 그는 몸을 가누려 애쓰며 다시 상체를 일으키려 했다. 앤더튼이 다시 그를 때렸다. 이번에는 왼쪽 눈두덩 위였다. 그는 그대로 쓰러져 일어나지 못했다.

리사는 한동안 자리에 널브러진 채 앞뒤로 흔들리며 숨을 쉬려 애썼다. 얼굴에 천천히 혈색이 돌아왔다.

"운전대를 잡아줄 수 있겠소?" 앤더튼이 다급한 목소리로 아내의 몸을 흔들며 물었다.

"그래요, 할 수 있을 것 같아요." 그녀는 거의 기계적으로 운전대를 향해 손을 뻗었다. "이제 괜찮을 거예요. 내 걱정은 말아요."

앤더튼이 말했다. "이건 군용 제식 권총이오. 하지만 전쟁 당시의 물건은 아니지. 그들이 만들어낸 유용한 신형 무기요. 내 짐작이 틀릴 수도 있겠지만, 가능성은 있으니―"

앤더튼은 바닥에 누워 있는 플레밍 쪽으로 돌아갔다. 그의 머리를 건드리지 않으려 조심하며 외투를 열어젖히고 주머니 속의 내용물을 확인했다. 잠시 후 땀에 젖은 지갑이 그의 손에 들어왔다.

신분증 내용에 따르면, 토드 플레밍은 군 정보부 국내 담당 부서에 소속된 소령이었다. 여러 종류의 서류 중에는 레오폴드 캐플런 장군이 서명한 문서도 있었다. 플레밍이 자신의 소속 집단, 즉 국제 퇴역 군인 협회의 특별한 보호 아래에 있다는 점을 명시한 내용이었다.

플레밍과 그의 부하들은 캐플런의 지령을 받고 움직였다. 식료품 트럭 사고 역시 일부러 조작한 것이었다.

즉 캐플런이 그를 경찰의 손아귀에 들어가지 못하도록 하려고 일부러 계획을 꾸몄다는 말이었다. 작전은 앤더튼과 플레밍이 사택에서 최초로 접선했을 때부터 시작됐다. 캐플런의 부하들이 짐을 꾸리던 그를 잡아들였을 때부터 말이다. 그는 곧 실제로 무슨 일이 벌어진 것인지 깨달았다. 그 이후로도, 그들은 계속해서 경찰보다 앞서 앤더튼을 손에 넣을 수 있도록 확실히 하고 있었다. 이 모든 게 애초부터 위트워가 그를 구속하지 못하게 하려는 계략이었다.

"당신이 진실을 말하고 있었던 거로군." 앤더튼은 좌석으로 돌아오며 아내를 보고 말했다. "위트워를 연결해줄 수 있겠소?"

리사는 아무 말 없이 고개를 끄덕였다. 계기판의 통신용 회로를 가리키며 그녀가 물었다. "당신―뭘 발견한 건가요?"

"위트워를 좀 연결해줘요. 최대한 빨리 그 친구에게 이야기해야 해.

758

아주 다급한 일이오."

리사는 내키지 않는 손으로 다이얼을 돌리고 비밀 통화를 위한 폐쇄 회로를 올린 다음 뉴욕의 경찰 본부를 호출했다. 다양한 하위 직급 경찰관의 얼굴이 스쳐 지나간 다음, 에드 위트워 얼굴의 작은 레플리카가 화면에 떠올랐다.

"나를 기억하나?" 앤더튼이 그에게 물었다.

위트워는 얼굴이 창백해졌다. "이런 세상에. 무슨 일이 일어난 겁니까? 리사, 저 사람을 체포해서 데려오는 건가요?" 그의 눈이 순간 앤더튼의 손에 들린 권총에 멎었다. "이봐요." 그는 다급하게 말했다. "그녀에게 손대지 마십시오. 무슨 생각을 하고 있는지는 모르겠지만, 그녀는 이 일과 아무런 관련도 없습니다."

"그건 이미 알아챘네." 앤더튼이 대답했다. "우리 위치를 확인할 수 있나? 돌아갈 때까지 보호가 필요할 것 같은데."

"돌아온다고요!" 위트워는 믿을 수 없다는 눈으로 그를 바라봤다. "체포당하겠다는 겁니까? 자수할 생각이에요?"

"그래, 그렇네." 앤더튼은 빠르고 다급한 목소리로 덧붙였다. "자네가 지금 즉시 해줘야 하는 일이 한 가지 있네. 원숭이 구역을 폐쇄하게. 아무도 그 안으로 들어가지 못하게 해. 페이지든 누구든. 특히 군대 사람들은 절대로 안 되네."

"캐플런이." 화면의 작은 이미지가 말했다.

"캐플런이 어쨌다는 건가?"

"그자가 여기 왔었습니다. 그리고…… 방금 떠났어요."

앤더튼은 심장이 내려앉는 것만 같았다. "그자가 뭘 하던가?"

"자료를 수집했습니다. 당신에 대한 우리 예지 능력자의 보고 내용을 복사해 갔어요. 자신의 안전을 위해 그 자료가 필요하다고 했습니다."

"그럼 이미 그걸 손에 넣은 셈이로군." 앤더튼이 말했다. "너무 늦었어."

위트워는 초조해서 거의 소리를 지르고 있었다. "그게 대체 무슨 소립니까? 무슨 일이 벌어지고 있는 겁니까?"

앤더튼은 무거운 목소리로 대답했다. "내 사무실로 돌아가서 말해주겠네."

VIII

위트워는 경찰 본부 옥상에서 그를 맞이했다. 작은 비행선이 착륙하자 주변을 날아다니던 호위 차량들이 그대로 꼬리날개를 내리고 속도를 내 날아가버렸다. 앤더튼은 즉시 금발의 젊은이 쪽으로 다가갔다.

"자네는 원하는 것을 얻었네." 그는 젊은이에게 말했다. "나를 잡아 가두든 수용소로 보내든 알아서 하게. 하지만 그것만으로는 충분하지 않을 걸세."

위트워의 푸른 눈이 불안으로 흔들렸다. "죄송하지만 무슨 말인지 이해를—"

"내 잘못은 아닐세. 애초에 내가 경찰 본부 건물을 떠나지 말았어야 했어. 월리 페이지는 어디 있나?"

"이미 구류했습니다." 위트워가 대답했다. "더 이상 문제를 일으키지는 않을 겁니다."

앤더튼의 표정은 어두웠다.

"자네는 그자를 잘못된 죄목으로 잡아넣었네." 그가 말했다. "나를 원숭이 구역으로 들여보낸 것은 범죄가 아니야. 하지만 군대 쪽으로 정보를 흘린 것은 범죄지. 자네는 내부에 군의 첩자를 들여놓고 있었던 걸세." 그러고는 조금 어색하게 자신의 발언을 수정했다. "그러니까, 내가 그랬다는 거지."

760

"국장님을 체포하라는 명령은 취소했습니다. 이제 대원들은 캐플런을 찾는 중입니다."

"성과가 있나?"

"그자는 군용 트럭에 타고 이곳을 떠났습니다. 우리는 그를 추적했지만, 트럭은 그대로 군대의 무장 병영으로 진입했습니다. 이제 그쪽에서는 전쟁 당시의 대형 R-3 전차를 동원해 거리를 봉쇄하고 있습니다. 그걸 치우게 하려면 내전 상황이 될 겁니다."

리사는 천천히, 머뭇거리며 비행선에서 내려왔다. 여전히 창백했고 떨고 있었다. 목덜미에는 흉측한 멍 자국이 생겨나고 있었다.

"무슨 일을 당한 겁니까?" 위트워가 물었다. 다음 순간 그는 비행선 안에 쓰러져 있는 플레밍의 모습을 목격했다. 그는 앤더튼을 정면으로 바라보며 말했다. "마침내 국장님도 이 모든 사건이 제 음모라고 간주하는 일을 그만두신 모양이로군요."

"그렇다네."

"그러니까 제가—" 그는 혐오스러워하는 표정을 지으며 말했다. "국장님의 지위를 빼앗으려 음모를 꾸민다고 생각하지는 않으신다는 거죠."

"당연하지만 그 생각에는 변함이 없네. 그런 부류의 일에서 무죄를 받을 수 있는 사람은 없어. 나는 내 자리를 지키려고 음모를 꾸미고 있고. 하지만 이건 그와는 완전히 다른 문제일세. 자네에게는 책임이 없어."

위트워가 물었다. "대체 자수하기에는 너무 늦었다는 말씀은 왜 하시는 겁니까? 세상에, 그냥 수용소에 들어가시면 됩니다. 이번 주가 지나가면 캐플런은 그대로 살아 있을 텐데요."

"그래, 그 작자는 살아 있겠지." 앤더튼도 인정했다. "하지만 그자는 내가 이대로 거리를 걸어 다녀도 자신이 살아 있을 거라고 증명할 수 있다네. 다수 보고가 쓸모없다는 자료를 손에 넣었으니 말일세. 그자는 프리크라임의 시스템을 박살 낼 걸세." 그러고는 말을 맺었다. "동전에서 어느 쪽이 나오든 그가 이기는 걸세. 우리는 지는 거고. 군대는 우리의 신용을 추락시킬 테지. 그들의 전략이 결실을 맺는 걸세."

"하지만 왜 그런 위태로운 짓을 벌인 겁니까? 대체 원하는 것이 뭐기에?"

"영-중 전쟁이 끝난 이후 군대는 설 자리를 잃었네. 서반구 연방 동맹군의 좋았던 시절과는 달라졌지. 당시 그들은 군사와 행정 모두를 손에 쥐고 있었지. 게다가 자기들 나름의 치안 병력도 가지고 있었고."

"플레밍처럼요." 리사가 힘겨운 목소리로 덧붙였다.

"전쟁이 끝난 후 서반구는 군비 축소를 감행했네. 캐플런과 같은 장교들은 퇴역해서 버려졌지. 누구도 그런 상황을 마음에 들어 하지 않았어." 앤더튼은 쓴웃음을 지었다. "나도 그 마음은 이해할 수 있을 것 같네. 그런 일을 당한 것은 그 혼자가 아니니까. 그렇다고 계속 그런 식으로 일을 꾸려나갈 수는 없는 걸세. 권력의 분할은 필수적이니까."

"캐플런이 이겼다고 말씀하셨죠." 위트워가 말했다. "우리가 할 수 있는 일은 없습니까?"

"나는 그자를 죽이지 않을 걸세. 우리도, 그자도 그 사실을 알고 있어. 아마 그는 돌아와서 우리에게 일종의 거래를 요구할 걸세. 우리는 조직으로서의 기능은 계속하겠지만, 의회가 우리의 실제 권한을 회수해 가겠지. 자네도 그런 상황은 마음에 들지 않겠지?"

"그렇다고 말할 수밖에 없겠죠." 위트워는 즉시 대답했다. "언젠가는 제가 이 기관을 다스리게 될 터였으니 말입니다." 그러고는 얼굴을 붉혔다. "물론 지금 당장은 아니지만요."

앤더튼은 침울한 표정을 지었다. "자네가 다수 보고를 발표해버린 게 안타까울 뿐일세. 만약 그 내용을 조용히 쥐고만 있었더라면, 조심스레 회수하는 일도 가능했을 텐데. 하지만 이제 모든 사람이 그 내용을 알고 있네. 이제 와서 물릴 수는 없어."

"그렇겠죠." 위트워가 어색하게 인정했다. "어쩌면 저는—이 직위를 제가 상상한 것만큼 깔끔하게 물려받지는 못한 모양입니다."

"결국에는 그렇게 될 걸세. 자네는 훌륭한 경찰 간부가 될 거야. 현상 유지를 신봉하는 사람 아닌가. 하지만 다소 힘을 빼는 법을 배우도록 하게." 앤더튼은 그들에게서 떨어져 걸어갔다. "나는 다수 의견을 담은 자료 테이프를 살펴볼 생각일세. 내가 정확히 어떤 상황에서 캐플런을 죽이게 될 예정이었는지 알아보고 싶네." 그는 생각에 잠겨 말을 맺었다. "어쩌면 뭔가 좋은 생각이 떠오를 수도 있으니까."

예지 능력자 '도나'와 '마이크'의 자료 테이프는 별도로 보관되어 있었다. 그는 '도나'의 분석을 담당하는 기계를 선택한 다음 보호 장비를 열고 내용물을 꺼냈다. 예전과 마찬가지로 코드를 살펴보고 관계가 있는 테이프를 찾아냈고, 얼마 지나지 않아 기계에 넣고 돌려볼 수 있었다.

테이프의 내용은 그의 추측과 거의 일치했다. '제리'는 바로 이 보고를 자신의 예지, 덮어씌운 시간 흐름의 근거로 사용했다. '도나'의 테이프에서, 캐플런의 군 정보국 요원들은 앤더튼이 귀가하는 동안 그를 납치했다. 앤더튼은 그대로 국제 퇴역 군인 협회의 사령부인 캐플런의 저택으로 끌려가 최종 선고를 받는다. 자발적으로 프리크라임 조직을 해산하는가, 아니면 군대와 전면적인 적대 관계를 시작하든가.

이 폐기된 시간 흐름에서, 앤더튼은 경찰국장으로서 의회의 도움을 요청한다. 하지만 어떤 도움도 없었다. 의회는 내전을 피하기 위해 경찰 시스템의 해체를 승인했고, '위기에 대처하기 위해' 군정 복귀를 선언했다. 앤더튼은 충성스런 경찰 부대를 이끌고 캐플런의 위치를 찾아 그와 기타 퇴역 군인 협회의 회원들을 공격했다. 사망자는 캐플런뿐이었다.

다른 이들은 치료를 받았다. 쿠데타는 성공했다.

그는 테이프를 되감고 '마이크'의 자료로 넘어갔다. 이번 자료도 동일한 내용일 게 분명했다. 두 명의 예지 능력자가 도출한 내용이 하나로 모여 같은 그림을 그려낸 것이기 때문이다. '마이크'의 보고서 역시 '도나'와 도입부는 같았다. 그러나 뭔가가 잘못되어 있었다. 앤더튼은 의문을 느끼고 테이프를 처음으로 돌려봤다. 두 내용은 묘하게도 일치하지 않았다. 그는 다시 테이프를 돌렸고, 귀를 기울여 자세히 내용을 들었다.

'마이크'의 보고는 '도나'의 보고와 상당히 차이가 있었다.

그는 한 시간 후 확인 작업을 끝내고 테이프를 치운 다음 원숭이 구역을 나섰다. 그가 나오자마자 위트워가 물었다. "어떻게 된 겁니까? 뭔가 잘못된 것 같은 표정인데요."

"아니." 앤더튼은 여전히 생각에 잠긴 채 천천히 대답했다. "잘못되었다고만은 할 수 없네." 문득 묘한 소리가 들려왔다. 그는 막연히 창문가로 걸어가 밖을 내다봤다.

거리에 사람들이 북적였다. 군복을 입은 사람들이 4열 종대로 늘어서서 중앙 대로를 따라 움직이고 있었다. 소총에 헬멧…… 전쟁 당시의 때 묻은 군복을 입은 군인들이 거리를 행진했다. 차가운 오후 공기 속으로 서반구 연방 동맹군의 군기를 높이 쳐든 채였다.

"군 집회로군요." 위트워는 창백한 얼굴로 설명했다. "제 생각이 틀렸습니다. 저들은 우리와 협상을 하려는 게 아닙니다. 그럴 이유가 있겠어요? 그 내용을 대중에게 발표하려는 겁니다."

앤더튼은 딱히 놀랍지도 않았다. "소수 보고를 읽어줄 생각인가?"

"그렇겠죠. 의회에 우리를 해산하라고 요구하고 우리 권한을 가져갈 겁니다. 우리가 무고한 사람들을 체포하고 있었다고 주장하겠죠. 야간의 일제 검거나 뭐 그런 것들요. 공포 정치를 펴려 했다고 할 겁니다."

"의회에서 굴복할 것 같나?"

위트워는 머뭇거렸다. "추측하고 싶지 않군요."

"내가 해보지." 앤더튼이 말했다. "그들은 굴복할 걸세. 저 밖에서 벌어지고 있는 일은 내가 아래층에서 알게 된 일과 맞아떨어지는 내용이야. 우리는 막다른 골목에 몰린 셈이고, 이제 취할 수 있는 행동은 하나밖에 없네. 좋든 싫든 그렇게 해야만 할 걸세." 그의 눈에 단호한 기색이 깃들어 있었다.

위트워는 염려하는 기색으로 물었다. "그 방법이 뭡니까?"

"일단 내가 말을 하면, 자네는 왜 스스로 그런 생각을 하지 못했는지 궁금해질 걸세. 지극히 당연한 일이지만 나는 이미 공표된 분석 결과를 그대로 따라야만 한다네. 캐플런을 죽일 걸세. 그들이 우리의 신뢰를 앗아가지 못하게 하려면 그게 유일한 방법이야."

"하지만," 위트워는 놀라서 말했다. "다수 보고는 이미 쓸모없어진 것 아니었습니까."

"내가 하면 되지." 앤더튼이 그에게 일러줬다. "하지만 그 대가도 따라올 걸세. 자네는 1급 살인에 관한 법조문을 숙지하고 있겠지?"

"종신형이죠."

"최소 종신형이지. 아마 자네가 이리저리 쑤시고 다니면 형량을 추방형으로 낮춰줄 수 있을 걸세. 저 머나먼 식민 행성으로, 변방으로 보내게 만들 수 있을 거야."

"그런 삶이―좋으신 겁니까?"

"그럴 리가 있나." 앤더튼은 진심을 담아 말했다. "하지만 그쪽이 차악 아니겠나. 게다가 내가 해야만 하는 일이고."

"어떻게 캐플런을 죽일 생각이신지 모르겠습니다."

앤더튼은 플레밍이 던져줬던 묵직한 군용 화기를 꺼냈다. "이걸 사용하지."

"그들이 저지하지 않을까요?"

"저지할 이유가 있겠나? 그들은 내가 이미 마음을 바꿨다고 말하는 소수 보고서를 손에 넣었잖나."

"그렇다면 소수 보고가 틀렸단 말입니까?"

"아니." 앤더튼이 말했다. "그 내용은 완벽하게 정확하네. 하지만 그렇다고 해도 나는 캐플런을 죽일 생각이야."

IX

앤더튼은 사람을 죽여본 적이 없었다. 사람이 죽는 모습을 본 적조차 없었다. 게다가 30년 동안 경찰국장으로 일했다. 이 세대에서는 의도적 살인이 자취를 감춘 지 오래였다. 아예 사건이 일어나지 않았던 것이다.

경찰차 한 대가 그를 군 집회가 벌어지는 곳까지 데려다줬다. 앤더튼은 뒷좌석의 그림자 속에서 플레밍이 건네준 권총을 세심하게 살펴봤다. 아무 문제도 없는 것처럼 보였다. 사실 어떤 결과가 일어날지 의문을 가질 필요조차 없었다. 그는 이후 30분 동안 무슨 일이 일어날지를 완벽하게 확신하고 있었다. 권총을 다시 집어넣으면서, 그는 문을 열고 조심스레 차 밖으로 나섰다.

누구도 그에게 관심을 기울이지 않았다. 사람들은 무리를 지어 열심히 앞으로 행진하면서 행렬의 소리를 들을 수 있는 거리를 유지하려 했다. 군복을 입은 사람들이 가운데를 미리 차지하고 널찍한 공간을 마련해두고 있었다. 전차와 여러 가지 무기들이 도열한 모습이 보였다. 아직도 생산되고 있는 위협적인 무기들이었다.

군에서는 금속으로 된 연단과 그 위로 오르는 계단을 설치해뒀다. 연단 뒤에 거대한 서반구 연방 동맹군의 깃발이 걸려 있었다. 함께 전쟁에서 싸운 동맹군을 상징하는 깃발이었다. 시대가 묘하게 흘러간 탓인지, 이제 서반구 연방 동맹군 퇴역 군인 협회에는 과거의 적 장교들도 속해 있었다. 그러나 장군은 장군이었고, 시간이 흐르면서 그들 사이의 얼마 되지 않는 차이점도 희석되어 사라진 지 오래였다.

좌석의 첫째 열에는 서반구 연맹 동맹군 사령부의 고급 장교들이 앉아 있었다. 그 뒤로는 최근 임관한 장교들이 보였다. 다양한 색깔과 형태의 연대 깃발들이 휘날렸다. 사실 행사 자체가 축제 야외극의 성격을 지니는 것처럼 보였다. 단상 위에는 위엄 있는 얼굴을 한 퇴역 군인 협회의 고위 인사들이 앉아 있었다. 모두가 기대감에 휩싸여 단단히 긴장한 모습이었다. 질서 유지를 위해 대기하는 경찰 병력의 모습도 맨 가장자리에서 어렴사리 눈에 띄었다. 사실 그들은 상황을 관찰하는 정보원에 지나지 않았다. 질서 유지가 필요한 상황이 되면 군에서 알아서 할 테니까.

사람들은 늦은 오후의 매서운 바람 때문에 웅성거리며 한데 모여들었다. 빽빽한 군중을 헤치고 앞으로 나아가던 앤더튼은 사람들의 무리 속에 휩쓸려버렸다. 모두가 묘한 기대감 때문에 그 자리에 못 박힌 듯 서 있었다. 군중은 뭔가 극적인 사건이 벌어지리라는 것을 직감하고 있는 듯했다. 앤더튼은 힘겹게 줄지어 있는 좌석을 건너가 연단 끝에 빼곡하게 뭉쳐 있는 군 장성들의 무리로 다가갔다.

캐플런도 그곳에 있었다. 하지만 지금의 그는 캐플런 장군이었다.

조끼, 금색 회중시계, 지팡이, 보수적인 양복 정장—그 모든 것이 사라졌다. 이번 무대를 위해 소중히 간수했던 옛날 군복을 꺼낸 모양이었다. 그는 위엄 있는 태도로 허리를 곧게 펴고 서서, 한때 자신의 참모부였던 장교들에게 둘러싸여 있었다. 계급장, 훈장, 군화, 장식용 단도, 챙이 달린 모자까지 차려입었다. 대머리 남자가 장교의 챙 달린 군모를 쓰는 것만으로도 이렇게 많이 변화할 수 있다니 참으로 놀라울 지경이었다.

앤더튼의 모습을 눈치챈 캐플런 장군은 일행과 떨어져 그가 서 있는 곳으로 걸음을 옮겼다. 마르고 표정이 풍부한 얼굴에는 그가 전임 경찰 국장을 보게 되어 얼마나 놀랍고 반가운지가 명백히 드러나 보였다.

"이거 놀라운 일이로군." 그는 회색 장갑을 낀 작은 손을 내밀며 앤더튼에게 말했다. "내가 듣기로는 자네 현 국장에게 끌려갔다고 알고 있었는데 말이지."

"아직은 밖을 돌아다니고 있습니다." 앤더튼은 짤막하게 대답하며 악수를 나눴다. "어찌되었든, 위트워 역시 똑같은 테이프를 가지고 있으니 말입니다." 그는 캐플런이 손에 꾹 움켜쥔 꾸러미를 가리키며 그의 시선을 정면으로 받아냈다.

초조하기는 해도, 캐플런 장군은 쾌활해 보였다. "이번 사건은 군에게 큰 의미를 지니게 될 거네." 그가 말했다. "내가 대중 앞에서 자네에게 가해진 부당한 누명을 완벽하게 벗겨줄 거라는 사실을 알면 자네도 기분이 좋지 않겠나."

"그렇죠." 앤더튼은 두루뭉술하게 대답했다.

"자네가 부당한 고발을 받았다는 사실이 명백해질 걸세." 캐플런 장군은 앤더튼이 무엇을 알고 있는지 파악하려 시도했다. "플레밍이 자네에게 상황을 전달해줄 기회가 있었나?"

"어느 정도는 그렇습니다." 앤더튼이 대답했다. "소수 보고서만 낭독하실 겁니까? 그것만 가지고 계신가요?"

"그 내용을 다수 보고와 비교해볼 생각일세." 캐플런 장군이 부관에게 손짓하자 곧 가죽 서류 가방 하나가 등장했다. "이 안에 모든 것이 있다네. 우리에게 필요한 증거가 전부 있지." 그가 말했다. "혹시 선례가 된다는 사실에 기분이 나쁘지는 않겠지? 자네의 사건은 지금까지 무수히 벌어진 부당한 개인의 체포를 대표하는 일이라네." 캐플런 장군은 딱딱한 동작으로 손목시계를 확인했다. "이제 시작해야겠군. 함께 연단에 올라가지 않겠나?"

"그건 왜입니까?"

냉정하게 절제된 격렬함을 보이면서 캐플런 장군이 말했다. "사람들이 살아 있는 증거를 볼 수 있도록 하기 위해서일세. 우리 둘이, 살인자와 피해자가 함께 있는 모습을 보이는 거지. 서로 나란히 서서 경찰이 만들어온 교활한 거짓말을 만천하에 드러내 보이는 걸세."

"기꺼이 그러죠." 앤더튼이 대답했다. "그럼 더 기다릴 것도 없겠군요."

캐플런 장군은 당황한 표정으로 연단을 향해 걸어갔다. 그는 앤더튼 쪽을 불안하게 쳐다봤다. 그가 왜 등장했는지, 그리고 얼마나 알고 있는지 궁금해하는 모습이었다. 앤더튼이 자발적으로 단상 계단을 올라 연설자 바로 뒷자리에 앉는 모습을 보자 불안함이 점점 가중되는 듯했다.

"내가 무슨 말을 할지 완벽히 이해하고 있나?" 캐플런 장군이 물었다. "이 사실을 밝히면 상당한 반향이 있을 거야. 의회에서 프리크라임 시스템의 기본적 정당성을 재고하게 될지도 모른다는 말이네."

"알고 있습니다." 앤더튼이 팔짱을 낀 채로 대답했다. "그럼 시작하죠."

군중이 잠잠해졌다. 하지만 캐플런 장군이 서류 가방을 열고 내용물을 자기 앞에 늘어놓자 다시 작은 소리로 웅성거리기 시작했다.

"여기 내 옆에 앉아 있는 분은," 그는 명료하고 절제된 목소리로 연설을 시작했다. "여러분 모두에게 친숙하실 겁니다. 여기서 보게 되어 놀라신 분들도 계실 겁니다. 최근까지만 해도 위험한 살인자로 지목되어 경찰의 수배를 받고 계셨기 때문입니다."

군중의 시선이 앤더튼에게 쏠렸다. 그들은 갈망하는 눈으로, 이처럼 가까운 거리에서 잠재적 살인범을 볼 수 있는 기회를 놓치지 않고 그를 뚫어져라 바라봤다.

"그러나 몇 시간 전에," 캐플런 장군은 말을 이었다. "경찰의 체포 명령이 취소되었습니다. 전 경찰청장이었던 앤더튼 씨가 자수했기 때문일까요? 아니, 그것만으로는 모든 진실이 설명되지 않습니다. 그는 여기 앉아 있습니다. 자수를 하지도 않았는데, 경찰은 더 이상 그에게 관심을 보이지 않습니다. 존 앨리슨 앤더튼은 과거, 현재, 미래 그 모든 시간대의 범죄와 아무런 관련이 없습니다. 그를 향한 모든 고발은 명백한 거짓이며, 잘못된 가정에 기반을 둔 타락한 형사 제도를 악마적으로 뒤튼 결과물입니다. 사람들을 갈아 넣어 파국에 이르게 만드는, 거대하고 무정한 파괴 기계의 소산이었던 것입니다."

사람들은 이야기에 마음을 사로잡혀 캐플런과 앤더튼을 번갈아 바라봤다. 이 사건의 기본 내용에 대해서는 모두가 잘 알고 있었다.

"소위 말하는 예방을 위한 프리크라임 제도 때문에 많은 사람들이 체포당해 수감되었습니다." 캐플런 장군은 말을 이었다. 갈수록 목소리에 실린 감정과 힘이 고조되었다. "저지른 죄 때문에 고발을 받은 것이 아니라 앞으로 저지르게 될 죄 때문에 고발을 받은 겁니다. 이러한 사람들을 자유롭게 풀어놓으면 결국 언젠가 중범죄를 저지르게 되리라는 가정이 당연하게 여겨졌습니다.

그러나 미래에 대한 완전한 지식은 존재할 수 없습니다. 예지를 통한 정보를 습득하게 되자마자, 그 정보가 스스로를 취소해버리기 때문입니다. 어떤 사람이 미래에 범죄를 저지르리라는 가정 자체가 패러독스인 것입니다. 그 정보를 손에 넣는 것만으로도 예지는 쓸모가 없어집니다. 모든 경우에, 그 어떤 예외도 없이, 경찰이 보유한 세 명의 예지 능력자는 자신들의 보고서 내용을 뒤덮을 뿐입니다. 체포를 하지 않았다고 해도 범죄는 여전히 일어나지 않았을 겁니다."

앤더튼은 나른한 자세로 그의 말을 반쯤 흘려듣고 있었다. 반면 군중은 열의 있는 태도로 귀를 기울였다. 캐플런 장군은 이제 소수 보고의 내용을 간략하게 요약하고 있었다. 그러한 보고 내용이 어떻게 해서 탄생했는지도 설명했다.

앤더튼은 외투 주머니에서 총을 꺼내 무릎 위에 올려놓았다. 캐플런은 이미 '제리'에게서 얻은 예지 결과물, 즉 소수 보고를 한쪽으로 치우고 있었다. 그의 길고 깡마른 손가락이 첫 번째 예지 능력자 '도나'와 그다음 예지 능력자 '마이크'의 예언을 요약한 내용을 집어 들었다.

"이것이 처음에 모습을 보인 다수 보고입니다." 캐플런이 설명했다. "처음의 두 예지 능력자가 주장한 바에 의하면, 앤더튼은 살인을 저지를 예정이었습니다. 하지만 그 자료들은 이제 자동적으로 효력을 상실했습니다. 여기 그 자료가 있습니다. 제가 읽어드리겠습니다." 그는 무테안경을 꺼내 코 위에 균형을 잡고 올려놓은 다음, 천천히 내용을 읽어 내려가기 시작했다.

캐플런의 얼굴에 묘한 표정이 떠올랐다. 그는 말을 멈추고 더듬거리다가 갑자기 몸을 돌렸다. 종이가 손에서 사방으로 날아갔다. 그는 궁지에 몰린 짐승처럼 몸을 돌리고 웅크렸다가 그대로 연단에서 달려 내려갔다.

순간 캐플런의 일그러진 얼굴이 앤더튼 옆을 스쳐 지나갔다. 이미 자리에서 일어나 있던 앤더튼은 총구를 들고 빠르게 앞으로 걸어 나가며 발포했다. 캐플런은 단상 위를 가득 메우고 있던 의자 다리에 발이 엉켜 고뇌와 공포로 가득한 새된 비명을 질렀다. 그는 날개가 꺾인 새처럼 버둥대며 팔을 휘두르다 연단에서 땅바닥으로 굴러떨어졌다. 앤더튼이 난간으로 걸어 나갔지만 이미 상황은 다 끝나 있었다.

다수 보고서가 주장한 대로, 캐플런은 목숨을 잃었다. 그의 여윈 가슴에 검은 구멍이 뚫려 연기가 피어올랐다. 아직도 경련하는 시체에서 검은 재가 바스락거리며 떨어져 나왔다.

앤더튼은 메스꺼움을 느끼며 몸을 돌려서는, 충격을 받아 자리에서 일어서는 군 장교들을 헤치고 빠르게 걸어 나왔다. 아직 손에 총을 들고 있었기 때문에 아무도 감히 그를 건드릴 생각조차 할 수 없었다. 그는 연단에서 뛰어내려 혼란에 빠진 사람들을 헤치고 가장자리로 나아갔다. 사람들은 충격과 공포에 빠져 무슨 일이 일어났는지 확인하려 안간힘을 쓰고 있었다. 눈앞에서 벌어진 사건을 이해하기 힘든 것이었다. 눈먼 공포가 사라지고 상황을 받아들이려면 제법 시간이 걸릴 터였다.

군중의 가장자리까지 빠져나오자 기다리고 있던 경찰들이 앤더튼을 체포했다. "무사히 빠져나오다니 정말 운이 좋으시군요." 순찰차가 조심스레 앞으로 나아가는 동안 그들 중 하나가 앤더튼의 귀에 대고 속삭였다.

"그런 것 같군." 앤더튼은 냉담하게 대답했다. 그는 자리에 몸을 기대고 생각을 가다듬으려 했다. 몸이 떨리고 어지러움이 느껴졌다. 그는 문득 앞으로 몸을 숙이고 격렬하게 구토를 시작했다.

"불쌍한 친구 같으니." 경찰 한 명이 동정하듯 이렇게 중얼거렸다.

비탄과 메스꺼움 속에서, 앤더튼은 그 경찰이 자신과 캐플런 둘 중어느 쪽을 두고 말하는 것인지 짐작조차 할 수 없었다.

X

네 명의 덩치 좋은 경찰들이 존 앤더튼과 리사가 짐을 꾸리고 물건을 싣는 일을 도왔다. 전 경찰청장은 50년 동안 상당한 양의 물질적 자산을 손에 넣을 수 있었다. 그는 상자들이 계속해서 트럭 짐칸으로 올라가는 모습을 시름에 젖은 침울한 눈으로 바라보며 서 있었다.

그들은 트럭을 타고 바로 우주 공항으로 나가 항성계 간 우주선을 타고 켄타우로스 X 행성으로 가기로 했다. 노인에게는 꽤나 힘든 여정이었다. 그렇지만 적어도 다시 돌아올 필요는 없었다.

"저게 끝에서 두 번째 상자네요." 리사는 업무에 몰두해 이렇게 선언했다. 그녀는 스웨터와 슬랙스를 걸친 채 텅 빈 방들을 돌아다니며 마지막으로 상황을 점검했다. "저기 있는 신형 원자력 주방 기구는 사용하지 못할 것 같아요. 거기선 아직도 전기를 쓴다던데요."

"그런 것까지 걱정하지는 않았으면 좋겠소." 앤더튼이 말했다.

"익숙해지겠죠." 리사는 이렇게 대답하며 그에게 가볍게 웃어 보였다. "그렇지 않겠어요?"

"그러길 바라야지. 당신 정말로 후회하지 않겠소? 내가 생각하기에는—"

"후회 안 해요." 리사는 힘주어 다짐했다. "당신도 여기 마지막 상자 옮기게 좀 도와줘요."

부부가 선두 트럭에 올라타고 있을 때 위트워가 순찰차를 타고 도착했다. 그는 차에서 뛰어내려 빠른 걸음으로 다가왔다. 묘하게 초췌해 보이는 얼굴이었다. "떠나시기 전에 말입니다만." 그는 앤더튼에게 말했다. "우선 예지 능력자들의 상황을 좀 자세히 설명해주셨으면 합니다. 의회에서 질문이 쏟아지고 있습니다. 철회된 '제리'의 보고서가 오류였는지, 오류가 아니라면 무엇이었는지 끈질기게 캐묻고 있어요." 그는 혼란스러운 목소리로 말을 맺었다. "아직도 제대로 설명할 수가 없습니다. 결국 소수 보고가 틀렸던 것 아닙니까?"

"어느 소수 보고 말인가?" 앤더튼은 즐거운 듯한 목소리로 되물었다.

위트워는 눈을 깜빡였다. "결국 그렇게 된 거였군요. 눈치챘어야 하는데."

앤더튼은 트럭의 운전석에 앉은 채 파이프를 꺼내 그 안에 담배를 떨어 넣었다. 그는 리사의 라이터로 불을 붙인 후 천천히 연기를 빨기 시작했다. 리사는 중요한 물건을 빼놓고 왔는지 확인하려 집 안으로 돌아간 참이었다.

"애초부터 세 건의 소수 보고가 있었을 뿐이라네." 그는 위트워의 혼란을 즐기는 듯한 태도로 설명을 시작했다. 언젠가는 위트워도 명확하게 이해하지 못하는 일에는 참견하지 않는 법을 배우게 될 것이다. 앤더튼은 만족감을 느끼고 있었다. 늙고 닳아빠진 몸이기는 했지만, 결국 문제의 본질을 파악한 것은 그밖에 없었던 것이다.

"세 건의 보고서는 연속되어 있었던 거라네." 그가 설명했다. "처음은 '도나'였지. 그 시간 흐름에서 캐플런은 내게 계획을 털어놓았고, 나는 바로 그를 살해했네. '제리'는 도나보다 살짝 앞서 나가 그녀의 의견을 자료로 사용했네. 그는 내가 도나의 보고서를 알고 있다는 사실을 염두에 뒀지. 그렇게 해서 만들어진 두 번째 시간 흐름에서 내가 원한 건 그저 내 직업을 지키는 거였네. 캐플런을 죽이고 싶었던 건 아니거든. 내가 신경 쓴 것은 내 지위와 목숨이었기 때문이야."

"그러면 '마이크'가 세 번째 의견이었다는 겁니까? 그게 소수 의견 다음으로 등장했다고요?" 위트워는 자신의 표현을 정정했다. "그러니까, 마지막이었다는 겁니까?"

"그래, '마이크'의 보고서가 마지막이었네. 최초의 보고를 직면한 나는 캐플런을 죽이지 않기로 결심했지. 그에 따라 두 번째 보고서가 등장했어. 하지만 그 보고서를 본 나는 다시 마음을 바꿨네. 두 번째 보고서, 두 번째 상황이야말로 캐플런이 만들고자 했던 거야. 그렇게 되자 나는 경찰 자체를 중요하게 여기게 되었다네. 캐플런이 무엇을 하고 있는지 파악했거든. 두 번째 보고서가 첫 번째 보고서의 내용을 쓸모없게 만든 것과 마찬가지로, 세 번째 보고서가 두 번째 보고서를 폐기시킨 셈이지. 그래서 우리는 결국 원점으로 돌아온 셈일세."

리사가 숨을 헐떡이며 그들에게 다가왔다. "이제 가죠. 여기는 전부 끝났어요." 그녀는 유연하고 재빠른 동작으로 금속 받침대를 타고 올라

운전사와 남편 사이를 비집고 들어갔다. 운전사는 충직하게 트럭의 시동을 걸었고, 다른 트럭들도 연이어 그를 따랐다.

"모든 보고서가 달랐던 거라네." 앤더튼이 결론을 내렸다. "모두가 독특했던 거야. 하지만 그중 둘은 한 가지 점에서 같은 의견이었네. 그대로 내버려두면 내가 캐플런을 죽일 거라는 사실. 바로 그 때문에 다수의 보고서라는 환상이 만들어졌지. 사실 그 모든 게 하나의 환상이었어. '도나'와 '마이크'는 캐플런이 살해당한다는 언뜻 보기에는 같은 보고를 내놓았네. 하지만 실제로는 같은 사건이 아니라 완벽히 다른 두 개의 시간 흐름에서, 완벽히 다른 상황 하에서 발생한 두 개의 사건이었어. '제리'와 '도나', 즉 소위 말하는 소수 보고와 다수 보고의 절반은 틀린 예언이었네. 셋 중에서 '마이크'만이 옳은 예언을 한 셈이지. 그의 예언을 쓸모없게 만들 다른 보고서가 등장하지 않았기 때문에 말일세. 이 정도면 요약이 될 듯싶군."

위트워는 초조하게 트럭을 따라 달려갔다. 금발 청년의 매끄러운 얼굴에는 두려움의 주름이 새겨져 있었다. "이런 일이 또 일어날까요? 전체 구성을 점검해야 하지 않겠습니까?"

"이런 사태는 단 한 가지 경우에만 일어날 수 있다네." 앤더튼이 말했다. "내 경우가 독특했던 것은 내가 자료에 접근할 권한을 가지고 있었기 때문일세. 물론 다시 일어날 수도 있겠지만, 그건 내 다음 경찰국장에게만 가능한 일이겠지. 그러니 조심해서 행동하게." 그는 슬쩍 미소를 지었다. 위트워의 경직된 표정이 꽤나 큰 기쁨을 안겨줬기 때문이다. 옆에서 리사의 붉은 입술이 움찔댔다. 아내의 손이 그의 손을 감쌌다.

"잔뜩 경계하는 편이 좋을 걸세." 그는 젊은 위트워에게 친절히 알려줬다. "언제라도 자네에게 일어날 수 있는 일 아닌가."

　작품의 제목과 다른 정보들 아래에 실은 글은 필립 K.딕(이하 PKD) 본인이 쓴 주해이다. 주해의 작성 연도는 글 뒤의 괄호 안에 넣었다. 대부분은 『필립 K. 딕 베스트 단편선』(1977)과 단편집 『황금 사나이』(1980)에 수록되었던 것들이며, 몇 개는 PKD의 단편을 실은 책이나 잡지 편집자들의 요청에 따라 작성되었다.

　제목 뒤의 날짜는 PKD의 대리인이 작품을 처음 받은 날짜로, 스콧 메러디스 에이전시의 기록을 따랐다. 날짜가 없다면 기록이 존재하지 않는다는 뜻이다. 잡지 제목에 이어 나오는 연도와 날짜는 작품이 잡지에 처음으로 게재된 때이다. 단편 제목 뒤, 괄호 안의 영문 제목은 PKD이 처음에 붙였던 원제이다(딕은 편집자나 출판사와 상의 후 종종 제목을 바꾸기도 했다). 이 역시 스콧 메러디스 에이전시의 기록을 따른다.

　이 책에는 PKD의 모든 단편소설(이후에 장편소설로 출판되거나 장편소설의 일부가 된 작품, 어린 시절의 습작, 원고가 발견되지 않은 미출간 작품은 제외했다)을 수록한 다섯 권의 단편집 중 네 권*에서 역자가 선별한 작품들을 잡지에 게재된 순서대로 실었다. 나머지 한 권『WE CAN REMEMBER IT FOR YOU WHOLESALE』은 폴라북스에서『도매가로 기억을 팝니다』로 출간되었다. 연대 분석은 그레그 릭먼과 폴 윌리엄스의 연구 결과를 빌렸다.

---

* 『The Collected Stories of Philip K. Dick』 시리즈 중 『Beyond Lies The Wub』『Second Variety』『The Father-Thing』『Minority Report』를 말한다.

워브는 그 너머에 머문다 Beyond Lies The Wub
―《플래닛 스토리즈》 1952년 7월호에 처음 수록.

"나는 다른 SF 잡지사들에도 단편 원고를 보내기 시작했다. 그런데 이것 봐라, 《플래닛 스토리즈》에서 내 단편을 사주는 게 아닌가. 나는 파우스트와도 같은 정열의 불꽃에 휩싸여 음반 가게 점원 일을 관두고 음반 판매 일도 집어치운 다음, 하루 온종일 글만 쓰기 시작했다(어떻게 그럴 수 있었는지는 지금도 모르겠다. 당시에는 새벽 4시까지 글을 붙들고 있었으니까). 점원 일을 그만두고 한 달도 되지 않아, 나는 《어스타운딩》(지금은 《아날로그》라는 이름을 쓴다)과 《갤럭시》에 내 글을 팔았다. 보수는 상당히 괜찮았고, 나는 바로 그때 내가 앞으로도 SF 작품을 추구하는 인생을 결코 포기하지 않으리라는 사실을 확신할 수 있었다." (1968)

"처음으로 출판된 작품이며, 당대에 신문 가판대를 장식하던 온갖 펄프 잡지 중에서도 가장 통속적인 《플래닛 스토리즈》에 수록되었다. 예전에 근무하던 레코드 가게로 네 부를 가져갔는데, 손님 한 명이 당황한 얼굴로 나를 끄러미 바라보면서 '필, 너 그런 책도 읽는 거니?'라고 물었다. 나는 그저 읽는 정도가 아니라 직접 쓰기까지 했다는 사실을 인정할 수밖에 없었다." (1976)

"이렇게 해서 워브는 살아남았다!
이 작품에서 지면에 담고 싶었던 것은 '인간'을 규정하는 요소였다. 나는 극적인 방법으로 인간인 우리 자신과 인간성이라는 이름의 보다 본질적인 성질을 가지는 외계 생명체를 비교해보고 싶었다. 비대한 뇌를 가진 이족 보행 짐승, 또는 옛사람들이 말하는 '생각할 줄 알고 뿌리가 갈라진 무'가 아니라, 인간이라 부를 수 있는 영혼을 지닌 존재 말이다……" (1981)

수호자The Defenders
—《갤럭시 사이언스 픽션》 1953년 1월호에 처음 수록.

두 번째 변종 Second Variety 1952년 10월 3일
—《스페이스 사이언스 픽션》 1953년 5월호에 처음 수록.

"내 본질적인 주제, 즉 '누가 인간이고 누가 인간으로 보이는(인간인 척하는) 것뿐인가?'가 보다 명확하게 드러난 작품이다. 우리가 이 문제를 직시해 개인적으로는 물론이고 총체적으로도 확신할 수 있는 해답을 얻을 때까지, 내 생각에 이보다 더 심각한 문제는 존재하지 않는다. 이 문제에 관해 제대로 된 답변을 내리지 못한다면 우리는 스스로에 대해서조차 확신할 수 없기 때문이다. 사실 다른 사람에게 알려주는 일은 고사하고 나 자신도 제대로 알지 못한다. 따라서 나는 이 주제에 계속 매달린다. 내게 있어 이보다 중요한 문제는 없다. 그리고 해답을 얻는 일은 정말로 힘들다." (1976)

"다른 영화 때문에 그쪽 사람들과도 일하고 있습니다. 캐피털 픽처스라는 작은 제작사에서 만드는 〈발톱〉이라는 영화예요(이후에 〈스크리머스〉로 제목이 바뀌었다). 그 사람들은 뭔가 하나를 바꿀 때마다 저한테 사본을 보내서 의견을 물어보곤 해요. 뭐랄까, 나를 하나의 인간으로 취급해줘요. 나도 그 동네에서 제대로 된 사람들과 고압적인 사람들을 분간할 줄은 알거든요. 〈블레이드 러너〉 제작진은 내가 《TV 가이드》에 쓴 기사에서 '안드로이드'라는 단어를 사용했다는 이유로 나한테 고래고래 소리쳐댔거든요. '그거 매우 위험한 행동이오. 안드로이드라는 단어를 이 영화와 연결 짓다니. 우리는 안드로이드라는 단어를 사용하지 않는단 말이오'라고요. 글쎄, 내 책 제목에 안드로이드라는 단어가 들어가는 이상 언급을 삼가는 일은 힘들지 않겠습니까? 덤으로 내가 영화 대본을 어떻게 손

에 넣었는지 궁금해하더군요. '당신이 어떻게 그걸 손에 넣은 거지?'라고, '당신' 부분을 강조하며 말하는 겁니다. 무슨 뜻인지 알겠죠?" (1982)

콜로니Colony
—《갤럭시》 1953년 6월호에 처음 수록.

"궁극의 피해망상은 모든 사람이 당신을 적대하는 것이 아니라 모든 사물이 당신을 적대하는 것이다. '직장 상사가 나를 함정에 빠뜨리려 하고 있어'가 아닌, '직장 상사의 전화기가 나를 함정에 빠뜨리려 하고 있어'인 것이다. 하지만 정상인의 눈에도 가끔은 물체가 자유의지를 가지는 것처럼 보일 때가 있다. 자신의 원래 역할을 수행하려 들지 않고, 인간의 행동을 방해하며, 부자연스러울 정도로 변화에 저항한다. 나는 이 단편에서 사물이 인간에 대해 음모를 꾸미는 현상을 인간의 정신적 문제로 돌리지 않고 논리적으로 서술하려 시도해봤다. 결국 다른 행성으로 갈 수밖에 없었지만 말이다. 결말에서는 선량한 사람들에 대한 사물의 악의가 궁극적인 승리를 맞이한다." (1976)

페이첵Paycheck 1952년 7월 31일
—《이매지네이션》 1953년 6월호에 처음 수록.

"버스 로커 열쇠의 가치는 얼마나 될까? 어떤 날에는 25센트지만, 다음 날은 수천 달러가 될 수도 있다. 이 작품에서 나는 전화를 걸 10센트 동전 하나가 생사를 가를 수도 있다는 생각을 했다. 열쇠, 잔돈, 영화 티켓 따위의 사소한 물건들 말이다. 재규어 자동차의 주차권은 어떨까? 나는 그저 이런 착상을 시간 여행이라는 이름으로 한데 모아, 작고 사소한 물건들도 시간 여행자의 눈으로 보면 훨씬 더 큰 가치를 지닐 수 있다는 사실을 보여줬다. 시간 여행자라면 10센트 동전 하나로 목숨을 구할 수 있는 순간이 언제인지 알고 있을 테니까. 나중에 과거로 돌아가게 된다면, 그는 엄청나게 많은 돈보다 바로 그 10센트 동전 하나를 선택하게 될지도 모른다." (1976)

변수 인간 The Variable Man 1952년 11월 19일
—《스페이스 사이언스 픽션》 1953년 7월호에 처음 수록.

통근자The Commuter
—《어메이징 스토리즈》 1953년 8~9월호에 처음 수록.

요정의 왕 The King of the Elves(Shadrach Jones and the Elves) 1952년 8월 4일
—《비욘드 판타지 픽션》 1953년 9월호에 처음 수록.

"이 단편은 물론 SF가 아니라 판타지에 속한다. 원래는 조금 음울한 결말로 끝나는 이야기였는데, 이 작품을 사들인 편집자 호러스 골드가 나를 설득했다. 예언은 언제나 현실로 이뤄지기 때문에 예언이며, 결과적으로 진실이 될 수 없다면 그 예언은 예언이 아니라는 거였다. 아무래도 그의 말에 따르자면 거짓 예언자라는 족속은 존재할 수 없는 모양이다. 호칭 자체가 모순적이지 않은가." (1978)

단기 체류자의 행성 Planet For Transients(The Itinerants) 1953년 3월 23일
—《판타스틱 유니버스》 1953년 10~11월호에 처음 수록.

자가 광고 Sales Pitch 1953년 11월 19일
―《퓨처 사이언스 픽션》 1954년 1월호에 처음 수록.

"처음 이 단편을 썼을 때, 독자들은 혐오스럽다는 반응을 보였다. 나는 당황해서 내 글을 다시 읽어보고 이내 이유를 깨달았다. 처음부터 끝까지 좌절로만 가득한 이야기였던 것이다. 다시 쓸 수 있다면 결말을 바꿀 텐데. 주인공 남자와 로봇 파스라드가 마지막에는 서로 협력해 친구가 되게 만들고, 이 단편 전체에서 드러나는 피해망상 그 자체인 사고방식을 파괴한 다음 정반대로 재구축할 것이다. 그러면 대립 구조가 인간 대對 로봇에서 인간과 로봇 대 우주로 바뀌면서 갈등이 해소될 수 있었을 터이다.

따라서 이 단편을 읽을 때는 원래 그랬어야 하는 결말로 상상해주길 바란다. 파스라드가 이렇게 말한다. '선생님, 저는 선생님을 도우려 이곳에 왔습니다. 광고 문구 따위는 저리 꺼지라고 하세요. 앞으로 영원히 함께합시다.' 물론 이랬다면 허황된 낙관적 결말을 지어냈다는 이유로 비판을 받았겠지만, 어쨌든 지금의 엔딩이 좋은 결말이 아니라는 점은 분명하다. 독자들의 의견이 옳았다." (1978)

황금 사나이 The Golden Man 1953년 6월 24일
―《이프》 1954년 4월호에 처음 수록.

"1950년대 초반 미국의 SF 대부분이 인간 돌연변이와 그들의 위대한 초능력을 언급하며 그들이 인류를 이끌어 보다 높은 존재 단계, 일종의 '약속의 땅'으로 이끌 것이라 이야기했다.《아날로그》지의 편집장 존 W. 캠벨 주니어는 그런 끝내주는 돌연변이들이 등장하는 이야기만을 사들일 것이라 선언했고, 또한 돌연변이들은 언제나 (1)선량한 존재이며 (2)확고하게 주도권을 잡고 있어야 한다고 말했다. 나는 「황금 사나이」를 쓸 때 (1)적어도 우리 평범한 인간들에게는 선

량하지 않을 수도 있고, (2)주도권을 잡고 이끄는 것이 아니라 강도처럼 우리들을 노리면서, 도움이 되기보다는 피해를 입힐 가능성이 더 많은 떠돌이 돌연변이를 보여주고자 했다. 캠벨은 정신 능력을 가진 돌연변이를 이런 식으로 묘사하는 일을 극도로 혐오했고, 이런 주제를 가진 소설을 출판하기를 거부했다. 그래서 이 단편은 《이프》지에 실리게 되었다.

우리 1950년대의 SF 작가들은 《이프》를 좋아했다. 종이와 삽화의 질이 훌륭한 세련된 잡지였기 때문이다. 하지만 그것보다는 유명하지 않은 작가들을 데리고 모험을 걸어보곤 했다는 점이 더욱 중요했다. 내 초기작 중 꽤나 많은 작품이 《이프》에 실렸으며, 따라서 내게는 《이프》가 주 시장이나 다름없었다. 처음 《이프》의 편집장은 폴 W. 페어맨이었는데, 별로 좋지 못한 글도 가져가서 괜찮은 작품이 될 때까지 교정해주곤 했다. 고마운 일이었다. 나중에는 사장인 제임스 L. 퀸이 편집까지 맡아서 하기 시작했고, 프레더릭 폴이 뒤를 이었다. 나는 세 사람 모두에게 내 작품을 팔았다.

「황금 사나이」가 게재된 바로 다음 호 《이프》에 어떤 여교사가 투고한 2쪽짜리 사설이 실렸다. 작품을 비판하는 내용이었는데, 그녀의 불만은 대체적으로 존 W. 캠벨 주니어의 불만과 일치했다. 그녀는 돌연변이를 부정적으로 묘사했다는 이유로 나를 호되게 질책하고는, 우리는 돌연변이를 당연히 (1)선량하고 (2)확고한 주도권을 가지는 존재로 간주해야만 한다고 훈계했다. 결국 시작점으로 다시 돌아온 셈이다.

사람들이 이런 관점을 가지는 이유에 대해 나름의 가설을 세워보자면, 이들은 자기 자신을 친절하고 현명하며 초지성을 가지고 어리석은 자들(곧 나머지 우리들)을 약속의 땅으로 인도할 니체식 초인의 전 단계라고 생각하는 것이 아닐까 한다. 즉 여기에는 권력에 대한 환상이 개입되어 있다. 정신적인 능력을 가진 초인이 지배권을 행사하는 내용은 스태플든의 『이상한 존』과 A. E. 반 보그트의 「슬랜」에서 처음 등장했는데, 요지는 다음과 같다. "지금은 우리가 차별과 박해와 냉대를 받고 있다고. 하지만 나중에는, 두고 보라지, 우리가 어떤 존재인지 확실히 보여줄 테니까!"

하지만 내 생각에는 정신 능력을 가진 돌연변이들이 세계를 지배하게 하는 것은 여우가 닭장을 지키게 하는 것이나 마찬가지다. 나는 그들의 반응을 신경증 환자들이 보이는 권력에 대한 위험한 갈망으로 여겼고, 그에 대응하는 작품을 썼다. 나는 존 W. 캠벨 주니어가 자신을 위해 그런 갈망을 의도적으로 이용했다고 생각한다. 반면 《이프》는 딱히 특별한 사상을 판매하려 시도하지 않았다. 진정으로 새로운 착상을 받아들이며, 어떤 주제에서도 양면을 동시에 보여주려 했다. 《이프》를 거쳤던 여러 명의 편집자들은 칭찬을 받아 마땅하다. 그들은 SF의 진정한 의무, 즉 통제 없이 모든 방향을 바라보는 일이 어떤 것인지 이해하고 있었으니까." (1979)

제임스 P. 크로우 James P. Crow 1953년 3월 17일
—《플래닛 스토리즈》 1954년 5월호에 처음 수록.

사칭자Imposter 1953년 2월 24일
—《어스타운딩》 1954년 6월호에 처음 수록.

"'내가 인간인가?'라는 주제를 다룬 첫 소설이었다. 혹시 그저 자신이 인간이라고 믿도록 프로그램된 것은 아닐까? 이 작품을 처음 쓴 게 1953년이라는 사실을 감안하면, 이렇게 자화자찬해도 될지는 모르겠지만 내가 SF계에 꽤나 새로운 사상을 하나 도입했다고 생각한다. 물론 이제는 이미 죽도록 많이 다룬 주제지만, 이 생각은 여전히 나를 사로잡고 있다. 이 주제가 중요한 이유는 결국 다음과 같은 질문을 던지기 때문이다. '인간이란 무엇인가? 그리고 인간이 아니려면 어떤 존재여야 하는가?'" (1976)

음울한 대지에 고하노니 Upon The Dull Earth 1953년 12월 30일
—《비욘드 픽션》1954년 9월호에 처음 수록.

조정 팀 Adjustment Team 1953년 2월 11일
—《오빗 사이언스 픽션》, 1954년 10∼11월호에 처음 수록.

아버지 괴물 The Father-Thing 1953년 7월 21일
—《판타지 앤드 사이언스 픽션》1954년 12월호에 처음 수록.

"나는 아주 어릴 적에 아버지는 항상 두 사람 존재한다고 느꼈다. 착한 아버지와 나쁜 아버지. 때로는 착한 아버지가 사라지고 나쁜 아버지가 그 자리를 차지하는 것이다. 아마도 많은 아이들이 이런 느낌을 받으리라. 만약 그 느낌이 사실이라면? 이 이야기는 이런 일상의 느낌이 사실이 되는 경우를 다루고 있다…… 이를 다른 이들에게 알릴 수 없다는 고통까지 추가해서. 다행히도 다른 아이들과는 이 사실을 공유할 수 있다. 아이들은 상황을 이해한다. 어른보다 현명하니까. 이런, 실수로 '인간보다 현명하다'라고 할 뻔했군." (1976)

포스터, 넌 죽었어! Foster, You're Dead! 1953년 12월 31일
—《스타 사이언스 픽션》1955년 3월호에 처음 수록.

"어느 날 신문을 보니, 정부가 방공호를 제공하는 대신 국민이 각자 방공호를 사도록 하는 쪽이 안보에 도움이 될 거라고 대통령이 제안했다는 내용이 실려 있었다. 나는 이에 격분했다. 그런 논리라면 우리 모두가 제각기 잠수함에 제트 전

투기, 기타 등등을 소유해야 할 것 아닌가. 나는 이 작품에서 실권자들이 인간 목숨을 놓고 얼마나 잔인해질 수 있는지, 그들이 어떻게 인간이 아니라 달러를 중심으로 생각하는지 보여주고자 했다." (1976)

독점 시장 Captive Market 1954년 10월 18일
—《이프》 1955년 4월호에 처음 수록.

얀시의 허울 The Mold of Yancy 1954년 10월 18일
—《이프》 1955년 8월호에 처음 수록.

"얀시는 물론 아이젠하워 대통령에 기반을 두고 만든 캐릭터이다. 그의 치세 동안 우리는 모두 '회색 플란넬 양복을 입은 남자' 문제를 걱정하며 살았다. 나라 전체가 단 한 명의 사람과 그의 복제 인간들로 바뀌어버리지는 않을까 두려워했던 것이다(물론 당시에는 '복제 인간'이라는 단어가 존재하지도 않았지만). 나는 이 단편이 정말로 마음에 들어서, 훗날 이 내용을 바탕으로 『끝에서 두 번째의 진실』이라는 장편소설을 집필하기도 했다. 특히 정부가 알려주는 모든 내용이 거짓이라는 부분이 좋았다. 나는 아직도 그 부분을 좋아하고, 사실은 여전히 그게 진실이라고 믿고 있다. 물론 이 단편의 기본적인 내용들은 아무래도 워터게이트 스캔들 덕분에 입증이 끝난 듯하다." (1978)

마이너리티 리포트 Minority Report 1954년 12월 22일
—《판타스틱 유니버스》 1956년 1월호에 처음 수록.

◑ 옮긴이의 말

'할리우드가 가장 사랑하는 SF 작가.' 듣기에는 좋은 호칭이지만, 할리우드의 총애는 아무래도 『발리스』와 『유빅』의 작가로서의 필립 K. 딕(이하 PKD)이 아니라 150여 편에 이르는 단편소설 작가로서의 PKD 쪽으로 기울어 있는 듯하다.

물론 장편을 스크린으로 옮긴 작품도 없지는 않다. PKD 열풍의 시초라 할 수 있는 〈블레이드 러너〉(1982, 원작 『안드로이드는 전기양의 꿈을 꾸는가』)와 로토스코핑 기법을 사용해 현실과 환각의 경계를 허물어버린 〈스캐너 다클리〉(2006, 동명의 원작)등이다. 하지만 2010년 개봉을 목표로 제작하던 『유빅』은 좌초되었고, 『흘러라 내 눈물, 경관은 말했다』 역시 판권이 팔린 후 한참 동안 영화화 소식이 들려오지 않고 있다.

반면 단편 쪽의 목록은 꽤나 풍성하다. 「도매가로 기억을 팝니다」를 영화화한 〈토탈 리콜〉(1990), 「두 번째 변종」을 영화로 만든 〈스크리머스〉(1995), 「사칭자」가 원작인 〈임포스터〉(2002), 동명의 단편을 원작으로 한 〈마이너리티 리포트〉(2002)와 〈페이첵〉(2003), 「황금 사나이」가 원작인 〈넥스트〉(2007), 「조정 팀」의 설정을 빌린 〈스크롤러〉(2011), 그리고 〈토탈 리콜〉의 리메이크(2012)에 이르기까지. 심지어 「요정의 왕」은 2016년 디즈니 애니메이션으로 개봉할 예정이라 한다. 1990년대에 시작해 아직까지 끝나지 않은 PKD 열풍의 주역은 역시 단편 작품들이고, 따라서 영화를 통해 PKD을 접한 이들에게는 원숙한 경지에 이른 1960~1970년대의 PKD보다는 작가의 길에 갓 들어선 1950

년대 초반의 PKD쪽이 더 익숙하지 않을까 싶다.

1950년대 초반은 PKD에게 있어 상당히 힘겨운 시기였다. 첫 번째 결혼 생활은 몇 개월도 버티지 못하고 파국을 맞았고, 갈수록 심해지는 불안증과 ROTC 의무교육에 대한 혐오 때문에 버클리 대학에서 중퇴했다. 두 번째 결혼을 했지만 음반 가게 점원 일로 버는 돈으로는 두 사람 입에 풀칠하기도 힘들 정도였다. '애완동물 사료용 말고기를 먹고, 도서관 연체료조차 내지 못하는' 궁핍한 생활이 이어졌다. 그 와중에도 작가의 꿈을 버리지 않은 PKD은 SF와 주류 문학 양쪽으로 집필을 멈추지 않았지만, 어느 출판사에서도 그의 소설을 사주지 않았다.

그러던 중 PKD이 출석하던 작문 모임의 주최자 앤서니 바우처가 그에게 새로운 길을 제시해준다. 펄프 잡지에 단편을 투고해보라는 거였다.

1950년대 초반의 미국 SF 소설계는 춘추전국시대나 다름없었다. 수많은 작가와 신규 편집자들이 1930~1940년대의 황금기 동안 확보한 새로운 세대의 독자를 노리고 기존의 펄프 잡지 시장에 뛰어들었다. 조지 캠벨의 《어스타운딩》, 《판타스틱 어드벤처》, 《위어드 테일스》 등 1930년대부터 이어져 내려온 유서 깊은 잡지들과 H. L. 골드의 《갤럭시》, 퀸의 《이프》, 바우처 본인의 《판타지 앤드 사이언스 픽션》 같은 신흥 잡지들이 각축전을 벌였다. 황금기에 SF를 읽으며 청소년기를 보낸 젊은 작가들은 이런 환경에서 기회를 찾을 수 있었다. 젊은 PKD에게 필요한 것도 바로 이런 기회였다.

그리고 PKD은 살아남기 위해 다작 작가의 길을 택했다. 한 부에 몇 센트밖에 하지 않는 펄프 잡지의 고료는 상상을 초월할 정도로 낮은 수준이어서, 전업 작가의 길에 들어선 이상 생계를 유지하려면 우선 많은 작품을 써낼 필요가 있었다. 1952년에서 1954년에 걸쳐 PKD이 집필한 단편은 총 90편으로, 작가로서 활동한 30년 동안 집필한 단편의 60%가량에 달한다. PKD 본인은 이 시기에 자신이 '하루 온종일 글만 붙들고 있었다'고 회상하고 있다.

물론 그의 단편이 전부 만족스럽게 팔린 것은 아니었다. 《어스타운딩》, 《갤럭시》, 《판타지 앤드 사이언스 픽션》 등의 주류 잡지에 실리는 작품은 그리 많지 않았다. 많은 작품이 단어 하나당 1센트라는 가격에 《이매지네이션》이나 《판타스틱 유니버스》 같은 싸구려 잡지로 팔려 나갔다. 심지어 아무도 구매하지 않은 작품을 구제하려고 PKD의 에이전트 스콧 메러디스가 본인이 발행하는 잡지였던 《코스모스》나 《오빗》에 게재한 경우도 있었다. PKD의 작품을 상당히 많이 실어준 《이프》 역시 주류와는 동떨어져 있었고, 다른 우수 구매자인 《플래닛》은 촉수 외계인이 풍만한 여성 우주비행사를 능욕하는 선정적인 표지 그림을 판매 전략으로 삼는 잡지였다. 물론 그 안에 훌륭한 작가의 진지한 작품들이 상당수 포진해 있기는 했지만.

PKD이 이렇게 '존재하는 모든 잡지에 작품을 판매하는' 작가가 된 것은 어찌 보면 그의 단편 특성상 당연한 일이었을지도 모른다. PKD 단편의 매력은 강렬한 착상과 뒤틀린 상상력에 있다. 반면 PKD은 그런 요소를 납득이 가는 설정이나 짜임새 있는 줄거리로 포장하는 일에는 종종 서툰 모습을 보인다. 상당수의 단편이 당대의 펄프 잡지에서 유행하던 장르를 어정쩡하게 차용하는데, 그 분야는 스페이스 오페라, 판타지, 심지어는 러브크래프트풍의 공포소설에까지 이른다. 당연히 작품의 질이 들쑥날쑥할 수밖에 없고, 가끔은 심각할 정도로 조잡한 작품도 등장한다. 거기다 작품 속의 독특한 'PKD스러움'이 편집자의 구미에 맞지 않으면 반려될 수밖에 없었다. 어쩌면 반 보그트나 아시모프, 하인라인 등의 황금기 작가들의 작품을 다루던 주류 잡지 편집자들의 눈에는

PKD의 작품 대부분이 싸구려 펄프 잡지용으로밖에 보이지 않았을지도 모르겠다.

물론 그 안에도 모두가 가치를 인정할 만한 주옥같이 빛나는 작품들이 존재한다. 이 시기 단편 중 다수는 훗날까지 PKD의 작품 속 화두로 남은 인간 존재의 본질과 현실의 비현실성, 비현실의 현실성을 다루고 있다. 냉전을 다룬 작품도 여럿 있는데, 1950년대 당시의 미국이 절멸 전쟁과 핵무기, 매카시즘의 공포에 사로잡혀 있었다는 점을 감안하면 당연한 일이라 할 수 있을 것이다. 그러나 PKD은 이런 작품에서도 자신의 'PKD스러움'을 숨기지 않으면서 기존의 익숙한 이야기를 뒤틀고 꼬아 다른 의미로 끔찍한 세상을 만들어낸다. 작가 자신의 공황과 피해망상을 녹여내기에 이보다 더 좋은 소재가 있을까? 「두 번째 변종」이 포스트 아포칼립스 장르에서 독보적인 위치를 차지하는 이유, 「포스터, 넌 죽었어!」가 냉전 주체 양측에서 인기를 끌었던 이유도 여기에서 찾을 수 있지 않을까 싶다.

다시 영화 이야기로 돌아가 보자. PKD의 단편이 영화 제작자들에게 인기를 끄는 이유는 무엇일까? 물론 일차적인 이유는 그의 작품이 매력적이기 때문이다. 번득이는 착상 하나만으로도 한 편의 영화를 이끌어가기에 충분한 원동력이 된다. 그러나 그게 전부는 아닐 것이다. PKD의 단편을 원작으로 하는 영화들은 하나같이 원작과 동떨어진 내용으로 악명이 높다. 주요 착상 하나, 가끔 주인공 이름 정도만을 남겨놓고 나머지는 전부 제작자의 입맛대로 바꿔버린다. 시대, 장소, 인물, 줄거리, 장르, 심지어는 주제 의식까지. 단순히 영화 문법에 맞추기 위해서라고 하기에는 원작과의 괴리가 너무 심하다.

이 책에 실린 작품을 읽은 독자들이라면 그 이유를 짐작할 수 있으리라 생각한다. PKD 단편의 강점은 독창적인 착상과 독특한 주제 의식에 있다. 주변 설정은 그런 'PKD스러움'을 최대한 드러내기 위한 요소일 뿐 참신하지도, 서로 긴밀하게 연결되거나 탄탄하지도 않다. PKD의 주인공들은 로켓 자가용을 타고 다니고 로봇 비서를 두고 살면서도 체크 무늬 양복과 넥타이, 중절모를 착용하는 사람들이다. 여성들은 온갖 최첨단 기계를 사용하면서도 여전히 전형적인 1950년대 가정주부의 모습에서 벗어나지 않는다. 당시 펄프 잡지의 전형적인 설정을 그대로 가져온 듯하다. 물론 PKD의 팬들이야 그런 익숙한 설정에서 배어나는 공황과 파국을 필수적인 요소로 여기고 사랑하기 마련이지만, 영화 제작자들이 그런 시대착오적인 배경에 큰 매력을 느끼지 못하는 것도 나름 이해할 만하지 않을까.

게다가 PKD의 작품은 분해하기 쉽다. 모티프가 워낙 강렬하고 독창성이 넘치는지라, 그것만 떼어다 자신이 원하는 배경에 옮겨놓기만 해도 훌륭한 이야기가 된다. 남는 공간을 자기 색깔로 채워도 아무런 문제가 없다. 스릴러도 넣고, 액션도 넣고, 능동적인 여주인공과의 로맨스도 넣고, PKD이라면 진저리를 쳤을 인류와 세계에 대한 희망도 넣고. 1950년대 펄프 잡지의 따분한 배경 대신 자신의 상상력을 과시할 수 있는 미래 세계 설정을 가득 채울 수도 있다. 영화 제작자 입장에서는 정말로 군침이 도는 원작일 수밖에 없지 않을까?

1955년을 기점으로, PKD은 애초에 목표했던 장편 쪽으로 방향을 선회한다. 시기도 적절했다. 과도한 경쟁과 매너리즘으로 인해 독자들이 펄프 잡지에 등을 돌리기 시작했고, 수많은 잡지들이 폐간이나 합병의 운명을 맞게 된 것이다. 첫 장편 SF인 『태양계 복권』과 그 뒤를 이은 『농담을 한 사내』는 호평을 받으며 작가로서 PKD의 입지를 다지게 해준다.

하지만 그의 행보는 여전히 순탄치 않았다. SF 장르는 침체기에 빠졌고, 주류 문단에 들어가기 위해 집필한 장편소설은 번번이 퇴짜를 맞았다. 두 번째 아내와도 이혼했으며, 갈수록 심해지는 공황장애 때문에 다시 암페타민을 복용하기 시작했다. 광기와 약물, 좌절과 고통으로 점철된 작가 PKD의 행보는 아직 시작에 지나지 않았던 것이다.

이 책에는 영화화된 작품과 PKD의 초기 작풍을 잘 보여주는 작품 위주로 고른 20편의 단편을 실었다. 독자들이 영화와 원작을 비교해보는 것과 더불어 훗날 SF계의 지형도를 송두리째 뒤바꾼 PKD이라는 작가가 어떻게 만들어졌는지, 그의 고뇌와 사상이 어떤 과정을 거쳐 형성되었는지를 작품을 통해 확인할 수 있었으면 한다.

마이너리티 리포트

초판 1쇄 펴낸날 2015년 8월 31일
초판 5쇄 펴낸날 2023년 12월 8일

지은이 필립 K. 딕
옮긴이 조호근
펴낸이 김영정

펴낸곳 폴라북스
등록번호 제22-3044호
주소 06532 서울시 서초구 신반포로 321(잠원동, 미래엔)
전화 02-2017-0280
팩스 02-516-5433
홈페이지 www.hdmh.co.kr

ISBN 978-89-93094-99-2 03840

* 폴라북스는 (주)현대문학의 새로운 종합출판 브랜드입니다.
* 책값은 뒤표지에 있습니다.
* 파본은 구입처에서 교환해드립니다.